BASTEI LÜBBE

JULIE GARWOOD

Die Tochter des Lords

ROMAN

Aus dem Englischen
von Eva Malsch

BASTEI
LÜBBE

BASTEI-LÜBBE-TASCHENBUCH
Band 12 560

Deutsche Erstveröffentlichung
Titel der Originalausgabe:
For the roses

Printed in France, Oktober 1996
Einbandgestaltung: Roland Winkler
Titelfoto: John Ennis/Agentur T. Schlück
Satz: MPM, Wasserburg
Druck und Bindung: Brodard & Taupin, La Flèche
ISBN 3-404-12560-6

Kein Mensch ist eine Insel und ganz allein; jeder ist ein Stück des Kontinents, ein Teil des Festlands; wenn das Meer einen Erdklumpen hinwegspülte, wäre Europa kleiner, so wie auch eine Landzunge und das Haus deiner Freunde oder dein eigenes kleiner wäre; mit dem Tod jedes Menschen stirbt etwas von mir, denn ich bin mit der Menschheit eng verbunden; und darum suche nie zu wissen, für wen die Totenglocke läutet, sie läutet für dich.

John Donne,
Devotions upon Emergent Occasions, Meditation XVII

Prolog

New York City, 1860

Sie fanden das Kind auf einem Abfallhaufen, und die Ratten hatten es glücklicherweise noch nicht erreicht. Zwei Biester waren bereits auf den Deckel des Korbs gekrochen und nagten am Geflecht, drei andere zerrten mit ihren scharfen Zähnen an den Seitenwänden, und alle gebärdeten sich wie verrückt. Denn sie rochen Milch und zartes Fleisch.

In dieser Hintergasse war die Bande zu Hause. Drei der vier Jungen schliefen in Holzkisten, mit altem Stroh ausgekleidet. Eine ganze Nacht lang hatten sie gestohlen und gekämpft, und vor lauter Erschöpfung hörten sie das Geschrei des Babys nicht.

Das Kind wurde von Douglas gerettet, dem vierten Banditen, der gerade an der Straßenecke Wache hielt. Zuvor hatte er eine Frau im dunklen Mantel beobachtet, die mit dem Korb in die Gasse gelaufen war, und leise gepfiffen, um die anderen zu warnen. Sie blieb kurz stehen, warf über die Schulter einen verstohlenen Blick zur Straße zurück, dann eilte sie in die Mitte der Gasse und warf den Korb auf den Abfallberg, der sich an einer Mauer türmte. Dabei murmelte sie unentwegt vor sich hin. Die Worte verstand Douglas nicht, denn sie wurden von seltsamen Lauten übertönt, die aus dem Korb drangen und wie Katzengemaunze klangen.

Offensichtlich fürchtete sich die Frau. Ihre Hand zitterte, als sie die Kapuze ihres Umhangs tiefer in die Stirn zog. Vielleicht fühlte sie sich schuldig, weil sie ein altes, krankes Haustier aussetzte, das niemand mehr haben wollte. So schnell die Beine sie trugen, rannte sie zur Straße, und

Douglas pfiff wieder, diesmal lauter. Sofort sprang das älteste Bandenmitglied auf, ein entlaufener Sklave namens Adam. Douglas zeigte auf den Korb, dann folgte er der Frau. Aus der Tasche ihres Umhangs hatte er ein dickes Kuvert ragen sehen und beschlossen, die Gelegenheit zu nutzen. Möglicherweise konnte er ein kleines Geschäft machen, denn immerhin war er der beste elfjährige Taschendieb in der Market Street.

Adam schaute ihm nach, dann versuchte er den Korb zu ergreifen. Doch die Ratten ließen sich ihre Beute nicht so leicht entreißen. Mit einem scharfkantigen Stein schlug er einem Tier auf den Kopf, worauf es laut quietschte und floh. Dann zündete er eine Fackel an und schwenkte sie vor dem restlichen ekligen Viehzeug. Sobald es verscheucht war, trug er den Korb zu den Kisten, wo seine Gefährten schliefen, und ließ ihn beinahe fallen, als er ein Wimmern hörte. »Travis, Cole, wacht auf! Douglas hat was gefunden.«

Ein paar Schritte entfernt setzte er sich auf den Boden, an eine Ziegelwand gelehnt, stellte den Korb, aus dem es winselte, ab und wartete, bis die beiden Jungen zu ihm kamen. Cole ließ sich zu seiner Rechten nieder, Travis an der anderen Seite.

»Was ist los, Boss?« fragte Travis und gähnte. Vor einem Monat hatten die drei Banditen den entlaufenen Sklaven zu ihrem Anführer ernannt und bei dieser Entscheidung sowohl ihrem Verstand als auch ihren Gefühlen gehorcht. Mit seinen fast vierzehn Jahren war er der älteste und intelligenteste von ihnen. Außerdem hatte er sie alle vor dem sicheren Tod gerettet. In den Hintergassen von New York City, wo nur die Stärksten überlebten, spielten Vorurteile gegen Schwarze keine Rolle. Hunger und Gewalt beherrschten die Nacht, und beide waren farbenblind.

»Ich weiß nicht, was das ist ...«, begann Adam.

»Ein Korb, das sieht man doch«, wurde er von Cole unterbrochen. »Vielleicht ist die Schließe am Deckel aus echtem Gold.«

Adam zuckte die Achseln, und Travis, der Jüngste, ahmte die Geste nach. Dann nahm er die Fackel entgegen, die der Boss ihm reichte, und hielt sie hoch, damit alle den Korb inspizieren konnten. »Sollen wir auf Douglas warten, bevor wir das Ding aufmachen? Wohin ist er denn gegangen?«

»Sicher kommt er gleich zurück.« Adam berührte die Schließe.

»Moment mal, Boss!« warnte Cole. »Da drin bewegt sich was – und es wimmert.« Er zog sein Messer. »Hörst du's auch, Travis?«

»Ja. Wenn das eine Schlange ist, die uns beißt ...«

»Unsinn!« erwiderte Cole ärgerlich. »Hast du nur Stroh im Hirn? Schlangen wimmern nicht. Wahrscheinlich ist's ein Kätzchen.«

Beleidigt senkte Travis den Kopf. »Wenn wir den Korb nicht aufmachen, finden wir's nie raus.«

Adam nickte zustimmend, öffnete die Schließe und hob den Deckel ein wenig hoch. Nichts sprang ihm entgegen, und er seufzte erleichtert. Dann nahm er den Deckel ab. Alle drei Jungen spähten in den Korb, schnappten nach Luft, konnten nicht glauben, was sie sahen.

Da lag ein Baby, schön wie ein Engel, in seligem Schlaf. Ein Daumen steckte im Mund, hin und wieder greinte es leise. Adam war der erste, der sich von seiner Überraschung erholte. »Großer Gott!« flüsterte er. »Wie kann man so einen Schatz wegwerfen?«

»So was tun die Leute immer wieder«, entgegnete Cole und versuchte seine unmännliche Aufregung zu verbergen. »Die Reichen und die Armen. Da gibt's keinen Unterschied. Irgendwas fällt ihnen auf die Nerven, und sie werfen's einfach weg. Hab ich recht, Travis?«

»Klar«, bestätigte der kleine Junge.

»Boss, hast du nicht die Geschichten über das Waisenhaus gehört, die Douglas und Travis erzählt haben?« fragte Cole.

»Dort habe ich viele Babys gesehen«, erklärte Travis, bevor Adam antworten konnte. »Die wurden im zweiten

Stock untergebracht und manchmal einfach vergessen. Dann gingen sie elend zugrunde.« Bei dieser Erinnerung bebte seine Stimme. »Dieses arme Wurm hier würde das auch nicht überleben. Es ist noch viel zu klein.«

Cole runzelte die Stirn. »Glaubst du, es ist ein Junge?«

»O ja. Er ist kahl. Nur Jungen kommen mit Glatzen auf die Welt.«

Dieses Argument überzeugte Cole. Er wandte sich zum Anführer. »Was machen wir mit ihm?«

»Jedenfalls werfen wir ihn nicht weg.« Es war Douglas, der diese Entscheidung traf. Die anderen blickten zu ihm auf, verblüfft über den zornigen Klang seiner Stimme. »Ich hab alles beobachtet. Vorhin fuhr eine Kutsche die Straße runter. Ein elegant gekleideter Mann stieg aus, den Korb unter dem Arm. Weil er unter einer Laterne stand, sah ich sein Gesicht ganz deutlich – und die Frau auch. Die hatte an der Ecke auf ihn gewartet. Er ging zu ihr und redete auf sie ein. Offenbar fürchtete sie sich, und er wurde wütend. Warum – das merkte ich bald.«

»So? Warum denn?« fragte Cole.

»Offenbar wollte sie den Korb nicht nehmen.« Douglas kauerte sich neben Travis auf den Boden. »Immer wieder schüttelte sie den Kopf. Der Mann zog einen dicken Umschlag aus der Tasche, hielt ihn der Frau vor die Nase, und da besann sie sich anders. Blitzschnell riß sie ihm das Kuvert aus der Hand, steckte es ein, und ich ahnte, daß da was Wichtiges drin sein muß. Dann nahm sie den Korb. Der Mann kletterte wieder in den Wagen und fuhr davon.«

»Und was tat sie?« wollte Travis wissen.

»Sie lief in unsere Gasse und warf den Korb weg. Auf den achtete ich nicht, denn ich dachte, eine alte Katze würde drin sitzen. Ein Baby – darauf wär ich nie gekommen, sonst hätte ich mich doch nicht aus dem Staub gemacht. Also, ich war mächtig neugierig auf das Kuvert und schlich der Frau nach.«

»Hast du's gekriegt?« wisperte Travis, und Douglas kicherte.

»Natürlich – ich bin ja nicht umsonst der beste Taschendieb von der Market Street: Die Frau hatte es verdammt eilig, aber ich konnte mich trotzdem an sie ranmachen. In der Menge, die zum Mitternachtszug drängte, nahm ich ihr den Umschlag weg, und die dumme Gans merkte gar nichts.«

»Und was ist in dem Kuvert?« erkundigte sich Cole.

»Das werdet ihr nicht glauben.«

Ungeduldig verdrehte Cole die Augen. Warum mußte Douglas immer alles so spannend machen? Das fiel den anderen gewaltig auf die Nerven. »Hör mal, wenn du nicht endlich ...«

Aber Travis unterbrach die Drohung. »Erst mal muß ich was Wichtiges sagen.« Der Inhalt des Kuverts interessierte ihn nicht im mindesten. »Wenn wir den kleinen Kerl nicht hier liegenlassen, wem wollen wir ihn dann geben?«

»Also, ich kenne niemanden, der ein Baby haben will«, gab Cole zu und rieb sich das glatte Kinn, so wie er es bei älteren, stoppelbärtigen Gaunern gesehen hatte. Er glaubte, das würde die anderen beeindrucken. »Wozu ist so ein winziges Kind überhaupt nutze?«

»Wahrscheinlich zu gar nichts«, erwiderte Travis. »Aber vielleicht später, wenn's größer wird ... Dann könnten wir ihm einiges beibringen.«

»Was, zum Beispiel?« Vorsichtig berührte Douglas die Stirn des Babys mit einem Zeigefinger. »Seine Haut fühlt sich wie Seide an.«

Travis erwärmte sich für die Idee, das Baby zu erziehen. »Also, du bildest ihn zum Taschendieb aus, Douglas. Das kannst du wirklich gut. Und du, Cole, zeigst ihm, wie man richtig gemein ist. Ich hab schon oft beobachtet, wie du dreinschaust, wenn du glaubst, man hätte dir unrecht getan. Bring's ihm doch bei! Das sieht wirklich grauenhaft aus!«

Erfreut über das Kompliment, grinste Cole ihn an. »Ich habe ein Schießeisen gestohlen.«

»Wann?« fragte Douglas.

»Gestern. Und sobald ich ein bißchen Munition geklaut habe, lerne ich, wie man damit feuert. Bald bin ich der schnellste Schütze von der Market Street. Und wenn ihr mich ganz nett drum bittet, erziehe ich diesen kleinen Burschen zum zweitschnellsten.«

»Und ich erkläre ihm, wie man alles findet, was man braucht«, erbot sich Travis. »Darin bin ich wirklich gut, was, Boss?«

»Ja«, bestätigte Adam. »Sehr gut.«

»Dann wären wir die beste Bande von New York City, und alle würden sich ganz schrecklich vor uns fürchten«, wisperte Travis. Seine Augen begannen zu strahlen, und seine Stimme nahm einen träumerischen Klang an. »Sogar Lowell und seine Freunde, diese Bastarde.« Damit meinte er eine rivalisierende Gang, die ihnen allen insgeheim Angst einjagte.

Eine Zeitlang schwiegen die Jungen, um über diese beglückenden Zukunftsaussichten nachzudenken. Dann strich Cole wieder über sein Kinn. »Und du, Boss, könntest ihm alles über diese Bücher erzählen – ich meine, was du bei deiner Mama gelernt hast. Vielleicht wird er dann genauso schlau wie du.«

»Ja, von dir könnte er lesen und schreiben lernen«, fügte Travis aufgeregt hinzu. »Und niemand würde ihm deshalb den Rücken auspeitschen.«

»Wenn wir ihn behalten, müssen wir ihm erst mal dieses alberne Kleid ausziehen.« Angewidert musterte Douglas die weißen Spitzenrüschen, die das Baby einhüllten. »Niemand darf ihn auslachen.«

»Das traut sich keiner, weil ich ihn sonst umbringe«, versprach Cole.

»Alle Babys tragen solche Sachen«, behauptete Travis. »Das habe ich gesehen.«

»Und wie wollen wir ihn füttern?« fragte Cole.

»Im Korb liegt eine Milchflasche, und wenn sie leer ist, füll ich sie wieder«, erklärte Travis. »Wahrscheinlich hat er noch keine Zähne, deshalb kann er nichts Richtiges essen.

Also braucht er nur Milch – und ein paar Windeln. Die besorge ich auch.«

»Wieso weißt du soviel über Babys?« erkundigte sich Cole.

»Einfach so.« Travis zuckte die Achseln.

»Und wer wickelt ihn, wenn er sich angepinkelt hat?« fragte Douglas.

»Da wechseln wir uns ab«, schlug Cole vor.

»Hinter McQueenys Haus hängen oft Windeln an der Wäscheleine«, erzählte Travis, »und winzige Kleider. Die könnte ich mir für unseren Kleinen schnappen. Und wie soll er heißen?«

»Es muß ein ganz besonderer Name sein«, meinte Cole.

»Mein Pa hieß Andrew«, verkündete Douglas.

»So?« entgegnete Cole. »Und nach dem Tod deiner Ma hat er dich ins Waisenhaus gesteckt, oder?«

»Ja«, gab Douglas zu und senkte den Kopf.

»Nach jemandem, der sein Kind weggegeben hat, können wir unser Baby nicht nennen. Wo's doch selber schon auf dem Müll gelandet ist! Der Name deines Pas würde ihm nur Unglück bringen. Ich finde, der kleine müßte Sidney heißen, nach diesem eleganten Burschen, der das Lottogeschäft in der Summit Street betrieben hat. Erinnerst du dich an ihn, Douglas?«

»Klar. Der war hoch angesehen.«

»Und er starb eines natürlichen Todes. Das ist wichtig. Er hat sich von niemandem abmurksen lassen. Wirklich, ein vorbildlicher Mann.«

»Und der Name klingt gut«, meinte Travis. »Stimmen wir doch ab!«

Douglas hob seine schmutzige rechte Hand. »Ich bin dafür. Wer noch?«

Alle außer Adam folgten seinem Beispiel. Während der letzten Minuten hatte er geschwiegen, und das war nur Cole aufgefallen. »Stimmt was nicht, Boss?«

»Das weißt du doch. Ich muß von hier verschwinden. In dieser Stadt würde ich nicht überleben, und ich war schon viel zu lange hier. Nun muß ich in den Westen gehen. Dort finden mich die Söhne meines Besitzers nicht. So wie jetzt will ich nicht mehr leben. Jeden Tag muß ich mich in dunklen Hintergassen verstecken, bis es Nacht wird. Da draußen in der Wildnis kann man untertauchen. Also kann ich euch nicht helfen, das Baby großzuziehen, und deshalb will ich auch nicht mitreden, wenn ihr einen Name aussucht.«

»Ohne dich schaffen wir's aber nicht, Adam«, jammerte Travis. »Du darfst uns nicht verlassen.« Wie ein verängstigter kleiner Junge brach er in Tränen aus. »Bitte, bleib bei uns!« rief er flehend.

Seine schrille Stimme weckte das Baby, und es begann zu schreien.

Adam griff in den Korb, berührte den Bauch des Kindchens, und seine Hand zuckte sofort wieder zurück. »Oh, es ist klatschnaß!«

»Dann müssen wir ihm die Windel abnehmen, Boss, oder es kriegt einen wunden Hintern«, erläuterte Travis.

Das Baby begann zu strampeln, und die Jungen beobachteten es fasziniert.

»Wenn es das Gesichtchen so zusammenkneift, kriegt es lauter Falten«, wisperte Douglas. »Süßes kleines Ding, was?«

Cole nickte und wandte sich zu Adam. »Du bist der Boss, und du mußt ihm die Windel abnehmen.«

Dieser Verantwortung wollte sich der älteste Bandit nicht entziehen. Er holte tief Atem, schnitt eine Grimasse, dann schob er seine Hände unter die Arme des Babys und hob es langsam aus dem Korb. Nun schlug es die Augen auf. Im Licht der Fackel, die Travis hochhielt, erblickten sie alle ein strahlendes Blau.

»Könnte dein Bruder sein, Cole«, meinte Travis. »Er hat deine Augen.«

Die Arme stocksteif ausgestreckt, hielt Adam das Baby fest und hatte keine Ahnung, was er nun tun sollte. Womöglich würde er ihm weh tun. Schließlich bat er Cole, das Kleidchen hochzuheben und die Windel zu entfernen.

»Warum ich?« beschwerte sich Cole.

»Weil du direkt daneben stehst. Beeil dich! Wenn er sich bewegt, entschlüpft er mir womöglich, und ich lasse ihn fallen.«

»Ein neugieriger kleiner Kerl, was?« sagte Travis zu Douglas. »Schau, wie er uns anstarrt! So ernst!«

Aufgeregt hielt Cole den Atem an, während er das Baby von der nassen Baumwollwindel befreite. Klatschend landete sie neben dem Korb am Boden. Er wischte sich die Hände an seinen Hosenbeinen ab, dann griff er nach dem Babykleidchen, um es nach unten zu ziehen. Und da erkannte er die Wahrheit. Um sich zu vergewissern, schaute er noch einmal ganz genau hin.

Sidney war ein Mädchen. Ein kahlköpfiges Mädchen. Helle Wut erfaßte ihn. Was zum Teufel sollten sie mit einem nichtsnutzigen Mädchen anfangen? Nein, damit wollte er nichts zu tun haben. Es war wohl am besten, wenn sie das Kind wieder auf den Müll warfen.

Aber schon nach wenigen Sekunden stimmte es ihn um. Gerade wollte er wütend die Stirn runzeln, als es ihn ansah. Er wollte wegschauen, doch das konnte er einfach nicht. Mühelos hielt das Kind seinen Blick fest, und dann zog es ihn vollends in Bann. Es lächelte. Von diesem Moment an war er verloren, mit Leib und Seele gehörte er der Kleinen.

»Von jetzt an ist alles anders«, erklärte er. »Wir können nicht die beste Gang von New York City werden. In diesen Hintergassen, zwischen lauter Gaunern darf sie nicht aufwachsen. Sie braucht eine Familie.«

»Sie?« Beinahe ließ Adam das Baby fallen. »Willst du mir vielleicht erzählen, daß Sidney ein Mädchen ist?«

Cole nickte. »Wenn sie ein Junge wäre, hätte sie bestimmte Körperteile.«

»Gott steh uns bei!« wisperte Adam.

»Ein Mädchen können wir nicht brauchen«, murmelte Travis. »Das sind doch nur lästige Heulsusen.«

Die anderen Jungen ignorierten ihn und schauten Adam an, der unglücklich die Stirn runzelte.

»Was ist los, Boss?« fragte Cole.

»Ein Schwarzer dürfte kein lilienweißes kleines Mädchen in den Händen halten.«

»Immerhin hast du sie vor den Ratten gerettet. Wenn sie älter wäre und das alles verstehen könnte, würde sie dich vor lauter Dankbarkeit küssen. Außerdem weiß sie nicht, ob du schwarz oder weiß bist.«

»Ist sie denn blind?« fragte Travis verblüfft.

»Nein«, murmelte Cole ungeduldig, »aber zu klein, um diese Art von Haß zu begreifen. Wenn Babys zur Welt kommen, hassen sie gar nichts. Das muß man ihnen erst beibringen. Wenn sie Adam anschaut, sieht sie nur einen – einen Bruder. Und große Brüder beschützen ihre kleinen Schwestern, nicht wahr? Ein heiliges Gesetz. Vielleicht weiß dieses kleine Ding schon was davon.«

»Ich habe meiner Mama versprochen, so weit nach Westen zu fliehen, bis ich mich in Sicherheit bringen kann«, erklärte Adam. »Und sie sagte, wahrscheinlich bricht ein Krieg aus, und wenn alles vorbei ist, könnte sie auch befreit werden. Dann will sie mir nachkommen. So lange muß ich am Leben bleiben. Darauf habe ich ihr mein Wort gegeben. Und was man seiner Mama verspricht, sollte man halten.«

»Nimm doch das Baby mit«, schlug Cole vor.

»Dann hängen sie mich ganz sicher auf«, entgegnete Adam verächtlich.

»Verdammt, du bist ja auch nicht aufgehängt worden, nachdem du diesen Bastard umgebracht hast, deinen Besitzer, erinnerst du dich?«

»Und du bist viel zu schlau, um dich fangen zu lassen, Adam«, betonte Douglas.

»Ich fühle mich auch wie der Bruder dieses kleinen Mädchens«, verkündete Cole. Als die anderen ihn verwundert anstarrten, fügte er hastig hinzu: »Wenn man so was zugibt, ist man keineswegs feige. Ich bin stark, und das ist ein winziges Bündelchen, das Brüder wie Adam und mich braucht, damit's anständig aufwachsen kann.«

»Anständig?« wiederholte Douglas. »Was weißt du schon davon?«

»Nichts«, gestand Cole. »Aber Adam weiß alles darüber. Nicht wahr, Boss? Du kannst reden und lesen und schreiben wie ein Gentleman. Das alles hat deine Mama dir beigebracht, und jetzt mußt du mir Unterricht geben. Meine kleine Schwester soll mich nicht für einen Trottel halten.«

»Er könnte uns alle unterrichten«, meinte Douglas.

»Aber ich will auch ihr Bruder sein«, meldete sich Travis wieder zu Wort. »Wenn ich erwachsen werde, bin ich groß und stark, was, Douglas?«

»Klar«, stimmte Douglas zu. »Wißt ihr, was ich denke?«

»Was denn?« Trotz seiner Sorgen grinste Adam, denn soeben hatte ihn das Baby angelächelt. Offenbar gefiel es dieser Kleinen, im Mittelpunkt der Aufmerksamkeit zu stehen. Ihr Lächeln erwärmte sein Herz und linderte den Kummer, der ihn seit der Trennung von seiner Mama quälte. Wie ein Himmelsgeschenk war das Kind in seine Arme gelegt worden, und jetzt mußte er es lieben und beschützen. »Manchmal frage ich mich, ob der Allmächtige weiß, was Er tut«, flüsterte er.

»Natürlich weiß Er das«, erwiderte Douglas. »Und Er will sicher, daß wir uns einen anderen Namen für unser Baby ausdenken. Sidney paßt nicht zu einem Mädchen. Hoffentlich wachsen ihr bald Haare. Ich mag keine glatzköpfige kleine Schwester.«

»Mary«, platzte Cole heraus.

»Rose«, sagte Adam gleichzeitig.

»Meine Mama hieß Mary«, erklärte Cole. »Sie starb bei meiner Geburt, und später erzählten mir Nachbarn, sie sei eine gute Frau gewesen.«

»Und meine Mama heißt Rose«, berichtete Adam. »Die ist immer noch eine gute Frau.«

»Jetzt schläft das Baby wieder ein«, wisperte Travis. »Leg's in den Korb zurück, Boss. Da drin hab ich ein paar saubere Windeln gefunden. Ich will mal versuchen, die Kleine zu wickeln, dann könnt ihr euch über den Namen streiten.«

Adam gehorchte, und alle schauten zu, wie Travis das Kind ungeschickt in eine frische Windel hüllte. Als er diese schwierige Aufgabe erfüllt hatte, schlief es tief und fest.

»Da gibt's nichts zu streiten.« Douglas deckte das Baby zu, während Adam und Cole die Gründe angaben, warum sie es nach ihren Müttern nennen wollten. Diplomatisch beendete er die Diskussion. »Sie heißt Mary Rose. Mary nach deiner Mama, Cole, und Rose nach deiner, Boss.«

Zufrieden grinste Cole, und auch Adam stimmte zu.

»Nun müssen wir Pläne schmieden«, flüsterte Douglas, um das Baby nicht zu wecken. »Am besten steigen wir morgen in den Mitternachtszug. Bis dahin mußt du alle Sachen besorgen, die Mary Rose braucht, Travis. Ich kaufe die Fahrkarten. Und du, Adam, versteckst dich mit dem Baby im Frachtwaggon. Einverstanden?«

»Eine gute Idee«, antwortete Adam.

»Und wie willst du die Karten kaufen, Douglas?« fragte Cole.

»Das Kuvert, das ich der Frau weggenommen habe, steckt voller Geld. Und da sind auch ein paar alte Papiere mit komischer Schrift und Siegeln. Keine Ahnung, was draufsteht. Ich kann ja nicht lesen. Dafür weiß ich ganz genau, wie Geld aussieht. Damit kommen wir weit genug, und der Boss kann irgendwo im Westen ein Stück Land für uns abstecken.«

»Zeig mir mal die Papiere!« verlangte Adam.

Bereitwillig zog Douglas das Kuvert aus der Tasche und zeigte es dem Anführer. Beim Anblick der Geldscheine stieß Adam einen leisen Pfiff hervor. Dann studierte er die beiden Papiere. Ein Blatt war mit Zahlen und Zeichen bedeckt, deren Sinn er nicht verstand. Und das andere sah aus wie eine leere, aus einem Buch herausgerissene Seite. Am oberen Rand standen ein paar handgeschriebene Zeilen – das

Geburtsdatum des Babys und sein Gewicht. Diese Angaben las er laut vor.

»Also haben sie nicht nur Mary Rose weggeworfen, sondern auch ihre Papiere«, murmelte Douglas empört.

»Als ich im Waisenhaus ankam, hatte ich gar keine Papiere«, erzählte Travis. »Ein Glück, daß ich meinen Namen schon kannte. Und jetzt will ich euch was vorschlagen. Ich bin hier der einzige, der nicht von der Polizei gesucht wird. Also sollte Mary Rose meinen Nachnamen bekommen. Wir alle sollten so heißen. Wie Geschwister. Von dieser Minute an sind wir alle Claybornes. Einverstanden?«

»Kein Mensch wird mich für einen Clayborne halten«, wandte Adam ein.

»Wen interessiert schon, was die anderen glauben?« entgegnete Cole. »Wir bitten niemanden um seine Einwilligung und wollen nur in Ruhe gelassen werden. Wenn du sagst, du bist ein Clayborne, und wir sagen, du bist ein Clayborne, wer sollte da widersprechen. Und falls das irgendwem nicht paßt, muß er sich erst einmal mit uns auseinandersetzen – wenn er unbedingt Ärger haben will. Und vergeßt nicht – ich habe ein Schießeisen! Sicher kann ich bald damit umgehen, und alle Schwierigkciten aus der Welt schaffen.«

Die anderen nickten, nur Adam seufzte skeptisch. Feierlich legte Douglas eine Hand auf den Korb. »Wir fliehen für Mama Rose – und wir bilden eine Familie für unsere kleine Mary Rose. Jetzt sind wir Brüder.«

»Ja – Brüder!« gelobte Travis und berührte Douglas' Hand.

Auch Cole schloß sich dem Bund an. »Für Mary Rose und Mama Rose. Und wir sind Brüder, bis der Tod uns scheidet.«

Adams Zögern schien eine halbe Ewigkeit zu dauern. Aber dann umschloß er Coles Hand, die auf den anderen lag. »Brüder«, schwor er, und seine Stimme bebte vor Rührung. »Für die beiden Rosen.«

3. Juli 1860

Liebe Mama Rose, ich schreibe dir an Mistress Livonias Adresse, und ich hoffe, Du bist bei guter Gesundheit, wenn Dich mein Brief erreicht. Nun werde ich Dir meine wundervolle, abenteuerliche Reise in den Westen schildern. Aber zuerst muß ich dir von unserer neuen Familie erzählen. Jetzt hast Du eine Namensschwester, Mama. Sie heißt Mary Rose …

Alles Liebe,
John Quincy Adam Clayborne

1

Montana Valley, 1879

Endlich würde das Baby nach Hause kommen. Cole wartete neben seinem Wagen auf die Postkutsche, die bald an der Straßenbiegung auftauchen mußte. Wie die Staubwolke über dem Hügel verriet, konnte es nicht mehr lange dauern. Vor lauter Aufregung konnte er kaum stillstehen. So schmerzlich hatte er sich nach Mary Rose gesehnt ...

Ob sie sich in den letzten Monaten sehr verändert hat, überlegte er. Dann mußte er über diesen dummen Gedanken lachen. Immerhin war sie schon erwachsen gewesen, als sie die Ranch vor einem Jahr verlassen hatte, um die Schule zu besuchen. Vielleicht zeigten sich jetzt noch etwas mehr Sommersprossen auf ihrer Nase, und sie trug das Haar länger. Ansonsten würde sie so aussehen wie zuvor.

Allen hatte sie gefehlt. Tagsüber gab es viel zu tun auf der Ranch, und sie fanden keine Zeit, um an Mary Rose zu denken. Doch beim Abendessen erinnerten sie sich wehmütig an die Stunden, wo sie ihnen befohlen hatte, ihre neuen Speisen zu kosten. Sie war eine gute Köchin, aber keiner mochte die ausgefallenen französischen Saucen, die sie über alles zu schütten pflegte.

Die Postkutsche hatte sich um eine Stunde verspätet, und das bedeutete, daß der alte, bärbeißige Clive Harrington das Gespann lenkte. Natürlich mußte er Mary Rose unterwegs die neuesten Klatschgeschichten erzählen, und das gutmütige Mädchen würde es nicht übers Herz bringen, ihn zur Eile anzutreiben. Die beiden waren dicke Freunde, wenn auch niemand in Blue Belle verstand, warum. Ständig jammerte der mürrische Clive über dieses und jenes – nach Coles Meinung ein höchst unangenehmer Zeitgenosse.

Sobald er auftauchte, leerten sich die Gehsteige in der Stadt. Niemand konnte diesen notorischen Nörgler ertragen. Nur wenn er Mary Rose erblickte, ging eine seltsame Verwandlung mit ihm vor. Plötzlich trug er ein lächerliches Grinsen zur Schau und scharwenzelte wie ein Narr um sie herum. Und sie mochte den alten Hurensohn wirklich, kümmerte sich rührend um ihn, lud ihn an Feiertagen zum Essen ein und flickte sogar seine Kleider.

Einmal im Jahr erkrankte Harrington, meistens um die Zeit, wo das Vieh zusammengetrieben wurde, aber manchmal schon einen Monat früher. Dann stand er vor der Clayborne-Tür, den Hut in der Hand, und fragte, wie er sein mysteriöses Leiden kurieren könne. Selbstverständlich war das nur ein mieser Trick. Aber Mary Rose quartierte ihn im Gästezimmer ein und verhätschelte ihn eine volle Woche lang, bis er sich wieder besserfühlte.

Während der alte Knacker nun die Pferde zügelte, putzte er sich geräuschvoll die Nase. Cole ahnte bereits, daß ein weiterer Krankenurlaub geplant war. Kaum blieb die Postkutsche stehen, als auch schon die Tür aufflog und Mary Rose heraussprang. »Endlich daheim!« jubelte sie, raffte die Röcke und rannte zu ihrem Bruder. Der Hut fiel ihr vom Kopf und landete im Staub. Krampfhaft versuchte Cole, seine ernste, kühle Miene beizubehalten, denn Harrington sollte nicht das Gerücht verbreiten, einer der Claybornes sei mittlerweile völlig verweichlicht. Und Cole liebte es, den Bewohnern von Blue Belle angst zu machen. Doch das fröhliche Gelächter seiner Schwester wirkte ansteckend, und er stimmte ein. Zum Teufel mit seinem Leumund!

Kein bißchen hatte sie sich verändert. Übermütig wie eh und je ... Eines Tages würde sie ihre besorgten Brüder noch ins Grab bringen, weil sie stets das Herz auf der Zunge trug. Kreischend warf sie sich in seine Arme, und er küßte ihren

Scheitel, dann empfahl er ihr, sich nicht so verrückt aufzuführen. Sie war nicht beleidigt. Die Hände in ihre Hüften gestemmt, trat sie zurück und musterte ihn. »Du bist immer noch ein hübscher Bursche, Cole. Hast du jemanden umgebracht, während ich auf der Schule war?«

»Natürlich nicht!« fauchte er, lehnte sich an den Wagen und versuchte sie strafend anzustarren.

»Ich glaube, du bist ein bißchen gewachsen. Und dein Haar ist heller geworden. Woher stammt diese Narbe auf deiner Stirn? Von einem Kampf?« Ehe er antworten konnte, wandte sie sich zu Harrington. »Clive, hat sich mein Bruder auf eine Schießerei eingelassen, als ich weg war?«

»Nein, wenn ich mich recht entsinne, Miss Mary.«

»Oder eine Messerstecherei?«

»Ich glaube nicht«, antwortete Clive.

Das schien sie zu überzeugen, und sie lächelte wieder. »Wie schön, daß ich wieder zu Hause bin! Jetzt lasse ich mich nie wieder fortschicken, und wenn Adam noch so steif und fest behauptet, das sei gut für meinen Geist und meine Seele. Meine Ausbildung ist abgeschlossen, und ich habe sogar Papiere, die das beweisen. Was für ein herrlicher Frühlingstag! Oh, ich liebe die Hitze und den Wind und den Staub! Hat Travis sich wieder mal in der Stadt geprügelt? Schon gut, Cole«, fügte sie rasch hinzu, »du würdest mir's ohnehin nicht erzählen. Aber Adam sagt mir alles. Übrigens hat er mir viel öfter geschrieben als du. Ist der neue Stall fertig? Kurz vor Schulschluß bekam ich einen Brief von Mama Rose. Immer wieder wundere ich mich, weil das mit der Post so gut klappt. In was für modernen Zeiten wir leben. Und nun sag mal ...«

Nur mühsam konnte Cole dem Wortschwall seiner Schwester folgen. Sie redete so schnell wie ein Politiker. »Nun halt mal die Luft an«, unterbrach er sie. »Ich kann nur eine Frage nach der anderen beantworten, und jetzt muß ich Harrington erst mal helfen, dein Gepäck abzuladen.«

Wenige Minuten später waren Mary Roses Truhe, ein paar

Kartons und drei Koffer hinten im Wagen verstaut. Sie kletterte auf die Ladefläche, wühlte in ihren Sachen, und Cole meinte, sie solle ihre Suche daheim fortsetzen. Doch sie ignorierte diesen Vorschlag. Unbeirrt schloß sie eine Schachtel und öffnete eine andere. Clive, der daneben stand, grinste sie an. »Miss Mary, ich habe Sie wirklich vermißt«, flüsterte er, errötete wie ein Schuljunge und warf einen kurzen Blick auf ihren Bruder, um sich zu vergewissern, daß er nicht ausgelacht wurde.

Cole gab vor, er hätte nichts gehört, und wandte sich ab, ehe er die Augen verdrehte. Aber Mary Rose freute sich über das Geständnis. »Oh, mir haben Sie auch gefehlt, Clive. Sind alle meine Briefe angekommen?«

»Klar, Miss Mary, und ich hab sie mehrmals gelesen.«

»Das freut mich. Natürlich habe ich Ihren Geburtstag nicht vergessen und Ihnen was mitgebracht.« Endlich fand sie das gesuchte Päckchen und gab es ihm.

»Ein Geschenk für mich?« flüsterte er ungläubig.

»Zwei Geschenke. Die eine Überraschung steckt in der anderen.«

»Und das ist es?« fragte er und strahlte wie ein Kind zu Weihnachten.

Mary Rose ergriff seine Hand und stieg vom Wagen. »Wie gesagt, es soll eine Überraschung sein. Deshalb hab ich's ja auch in dieses hübsche Papier gewickelt. Vielen Dank für die Fahrt, die war wundervoll.«

»Und Sie sind mir nicht böse, weil Sie nicht bei mir auf dem Kutschbock sitzen durften?«

»O nein.«

Harrington wandte sich zu Cole und erklärte: »Das wollte sie unbedingt, aber ich fand, für eine so feine junge Dame würde sich so was nicht schicken.«

»Allerdings nicht«, bestätigte Cole. »Jetzt fahren wir los, Mary Rose.« Ohne ihre Zustimmung abzuwarten, kletterte er auf den Wagensitz und packte die Zügel.

Doch vorher mußte sie ihren Hut holen. Das Geschenk

sorgsam unter den Arm geklemmt, als müßte er einen kostbaren Schatz hüten, kehrte Clive zur Postkutsche zurück.

Nun traten sie endlich die Heimfahrt an. Während Cole die Fragen seiner Schwester beantwortete, entfernte sie fast alles, was zu einer »feinen« Dame gehörte. Erst streifte sie die weißen Handschuhe ab, dann zog sie die Nadeln aus dem Nackenknoten, und die dichte blonde Mähne fiel auf ihren Rücken. Vergnügt schüttelte sie ihre Locken. »Wie gut, daß ich mich nicht mehr wie eine Lady benehmen muß. Das ist furchtbar anstrengend.«

Cole lachte, und sie wußte, daß sie von ihm kein Mitgefühl erwarten durfte.

»Sicher würdest du nicht lachen, wenn du ein Korsett tragen müßtest. Ich finde es einfach unnatürlich, den Körper so eng zusammenzuschnüren.«

»Mußtest du dieses Ding in der Schule tragen?« fragte er entsetzt.

»Ja, aber ich tat's nicht. Niemand merkte was. Glücklicherweise zog ich mich nicht in aller Öffentlichkeit an und aus.«

»Oh, hoffentlich nicht!«

Als sie den ersten Steilhang erreichten, mußte er das Tempo der Pferde drosseln. Mary Rose drehte sich um und paßte auf, daß ihr Gepäck nicht vom Wagen fiel. Auf dem Gipfel zog sie ihre marineblaue Jacke aus, hängte sie über die Rückenlehne der Bank, dann öffnete sie die Blusenknöpfe am Kragen und an den Manschetten. »Etwas Merkwürdiges ist in der Schule geschehen, und ich weiß nicht, was ich davon halten soll. Im Januar kam eine neue Klassenkameradin aus Chicago zu uns. Ihre Eltern begleiteten sie und halfen ihr, sich einzugewöhnen. Stell dir vor, die Mutter des Mädchens wuchs in England auf und glaubte, mich zu kennen.«

»Unmöglich! Du warst nie in England. Vielleicht hast du sie woanders getroffen?«

Mary Rose schüttelte den Kopf. »Daran würde ich mich sicher erinnern.«

»Erzähl mir alles.«

»Ich ging über den Schulhof, lächelte die Neuankömmlinge höflich an, und plötzlich begann die Mutter des Mädchens zu schreien, laut genug, um die Wasserspeier am Emmet Building zu erschrecken. Auch ich bekam's mit der Angst zu tun. Sie zeigte mit dem Finger auf mich, und ich wurde schrecklich verlegen.«

»Und dann?«

»Mit beiden Händen griff sie sich an die Brust und sah aus, als würde sie zusammenbrechen.«

»Was hast du denn getrieben?« Sofort war Coles Mißtrauen erwacht, und er befürchtete, daß sie ihm nicht die ganze Geschichte anvertraut hatte. Immer wieder beschwor sie Ärger herauf, und dann staunte sie über die Konsequenzen.

»Gar nichts!« beteuerte sie. »Ich benahm mich wie eine perfekte Lady. Wieso glaubst du denn, ich wäre schuld am Anfall dieser armen Frau gewesen?« fragte sie vorwurfsvoll.

»Weil du's in solchen Situationen meistens bist. Hattest du deine Waffe bei dir?«

»Natürlich nicht. Wirklich, ich weiß mich zu benehmen.«

»Und wie ging's dann weiter?«

»Nachdem sie sich beruhigt hatte, erklärte sie mir, sie hätte mich für eine Bekannte gehalten – eine gewisse Lady Agatha Sowieso. Sie behauptete, ich wäre dieser Dame wie aus dem Gesicht geschnitten.«

»Na und? Viele Frauen sind blond und haben blaue Augen. Das ist keineswegs ungewöhnlich.«

»Soll das heißen, daß ich unscheinbar und häßlich bin?«

»Klar«, log er, um sie zu necken. In Wirklichkeit war Mary Rose bildschön. Zumindest hatte ihm das jeder heiratsfähige Mann in der Stadt versichert. Er selbst sah in seiner Schwester eher ein gutmütiges, süßes kleines Ding, das allerdings ein wildes Temperament entwickeln und eine Menge Ärger machen konnte.

»Adam findet mich hübsch«, entgegnete sie und stieß ihn

mit der Schulter an. »Und er sagt immer die Wahrheit. Außerdem kommt's nur auf das Herz an. Mama Rose schreibt mir, ich sei ihre schöne Tochter, obwohl sie mich nie gesehen hat.«

»Willst du endlich aufhören, mich mit diesem eitlen Geschwätz zu langweilen, Mary Rose?«

»Ja, schon gut«, erwiderte sie lachend.

»Und an deiner Stelle würde ich mir keine Sorgen machen, nur weil du irgendeiner Frau ähnlich siehst.«

»Oh, die Geschichte ist noch nicht zu Ende. Etwa einen Monat später ließ mich die Schulleiterin in ihr Büro rufen. Dort erwartete mich ein älterer Mann, und auf dem Schreibtisch lag meine Akte.«

»Wieso wußtest du, daß es deine war?«

»Weil ich die dickste Akte von der ganzen Schule hatte, und der Einband war ziemlich abgegriffen.« Sofort erriet sie, was er dachte. »Du brauchst gar nicht so wissend zu grinsen, Cole. Im ersten Schuljahr stellte ich einiges an, das gebe ich zu. Damals hatte ich Heimweh und wollte rausgeworfen werden. Aber danach war ich sehr brav.«

»Erzähl mir von diesem Mann, der im Büro gewartet hat.«

»Das war ein Anwalt. Er stellte mir alle möglichen Fragen nach meiner Familie und wollte wissen, wie lange wir schon in Montana leben und wo unsere Mutter ist. Dann sollte ich meine Brüder beschreiben. Aber ich fand, das alles würde ihn nichts angehen.«

»Hat er erklärt, warum er's wissen wollte?«

»Er erzählte mir, es würde um ein großes Erbe gehen, und ich sei vermutlich eine jahrelang vermißte Verwandte. Beunruhigt dich das?«

»Ein bißchen. Es gefällt mir nicht, wenn man sich für uns interessiert.«

»So schlimm war's gar nicht«, versuchte sie ihn zu besänftigen.

»Zuvor hatte Eleanor mich die halbe Nacht wach gehalten, über irgendeinen Affront gejammert und mich dran gehindert, für meine Englischprüfung zu lernen. Aber weil dieser Anwalt zu Besuch kam, wurde ich erst am nächsten Tag geprüft.«

»Ich dachte, du wolltest dich nicht mehr mit Eleanor abgeben.«

»Das hatte ich auch nicht vor. Leider wollte kein anderes Mädchen das Zimmer mit ihr teilen. Und so flehte mich die Schulleiterin praktisch auf Knien an, Eleanor wieder bei mir aufzunehmen. Armes Ding! Sie hat so ein gutes Herz, wenn sie's auch meistens versteckt. Es ist nicht leicht, mit ihr auszukommen.«

»War sie so hysterisch und extravagant wie eh und je?« Schon oft hatte Mary Rose ihre Brüder mit Geschichten über Eleanors Possen amüsiert.

»O ja. Ob du's glaubst oder nicht, sie verließ die Schule eine Woche vor den anderen, ohne sich zu verabschieden. Irgendwas stimmte nicht mit ihrem Vater, aber sie wollte mir nicht verraten, was los war. Fünf Nächte lang weinte sie sich in den Schlaf, dann verschwand sie. Ich wünschte, sie hätte sich mir anvertraut, und ich wäre gern bereit gewesen, ihr zu helfen. Nach ihrer Abreise fragte ich die Schulleiterin, was das zu bedeuten habe. Sie wollte mir auch nichts erzählen, aber sie verzog angewidert die Lippen. Eleanors Vater hatte beabsichtigt, der Schule eine größere Summe für den Anbau eines neuen Schlafsaals zu spenden. Nun erklärte mir die Direktorin, darauf müßte sie nun verzichten.« Nach einer kleinen Pause fügte Mary Rose hinzu: »Und jetzt muß ich dir was gestehen. In der Nacht, bevor Eleanor wegfuhr, forderte ich sie auf, nach Rosehill zu kommen, wenn sie irgendwann meine Hilfe braucht.«

»Warum, um Himmels willen?« fragte Cole.

»Sie schluchzte so herzzerreißend und tat mir leid. Aber keine Bange, sie kommt sicher nicht auf unsere Ranch. Für ihren Geschmack ist die Wildnis hier draußen viel zu unzivilisiert.« Seufzend runzelte sie die Stirn. »Ich bin ihr schon ein bißchen böse, weil sie einfach abgereist ist, ohne mir auf

Wiedersehen zu sagen. Immerhin war ich ihre einzige Freundin in der Schule. Nun ja, reden wir nicht mehr von ihr. Dieser Anwalt ist viel interessanter. Glaubst du, er wird sich nach uns erkundigen?«

»Allerdings. Reg dich nicht auf«, fügte er rasch hinzu, als er ihre bestürzte Miene sah. »Darum kümmern wir uns erst, wenn's soweit ist.« Dann wechselte er das Thema und erzählte von der Ranch. Während Mary Roses Abwesenheit hatten die Brüder noch ein Stück Land erworben. Gerade kaufte Travis in Hammond das Material, das sie benötigten, um das Weideland für die Pferde einzuzäunen. Wenige Minuten später erreichten sie Rosehill.

Mit acht Jahren hatte Mary Rose ihrem Zuhause diesen Namen gegeben. Auf einem nahen Hügel fand sie Blumen, die sie für Rosen hielt. Darin sah sie eine Botschaft des Allmächtigen, der ihnen mitteilen wollte, sie dürften dieses Stück Land niemals verlassen. Adam wollte ihr die Freude nicht verderben und verschwieg, daß es keine Rosen, sondern nur gewöhnliche Stechapfelblüten waren. Außerdem dachte er, wenn seine Schwester die Ranch taufte, würde ihr das ein zusätzliches Gefühl der Sicherheit geben. Bald war das Clayborne-Anwesen in ganz Blue Belle mit diesem phantasievollen Namen bezeichnet worden.

Rosehill lag inmitten eines Tals, im Herzen von Montana. Rings um das Haus erstreckte sich flaches Land. Adam hatte beschlossen, das Heim der Claybornes im Zentrum dieser Ebene zu errichten, damit sich niemand unbemerkt nähern konnte. Von Überraschungen hielt er ebenso wenig wie seine Brüder. Um völlig sicherzugehen, baute er sogar einen Wachturm.

Im Norden und Westen grenzten majestätische Berge mit verschneiten Gipfeln an die Wiesenflächen. Die niedrigeren Hügel im Osten konnte man nicht als Weideland benutzen. Dort gingen Trapper auf Biber-, Bären- und Wolfsjagd. Hin und wieder klopfte ein müder Fallensteller an die Tür, bat um eine Mahlzeit und ein freundliches Gespräch. Adam schickte niemals einen hungrigen Mann fort, und wenn der Gast ein Bett für eine Nacht brauchte, wurde er in der Schlafbaracke einquartiert.

Es gab nur einen einzigen Weg, die Ranch mühelos zu erreichen – auf der Hauptstraße, die von Blue Belle über einen Hügel heranführte. Viele Fremde waren schon müde, wenn sie die Anlegestelle der Flußboote erreichten. Falls sie dann Pferdewagen benutzen mußten, um ihr Hab und Gut zu transportieren, dauerte es oft anderthalb Tage, bis sie in Blue Belle ankamen. Die meisten blieben in Perry oder Hammond. Nur fest entschlossene Gemüter oder Flüchtlinge wagten sich weiter. Man munkelte zwar, in den nördlichen Bergen könne man nach Gold scharfen, aber bis jetzt hatte man noch keins gefunden. Deshalb war das Land ziemlich dünn besiedelt.

Anständige, gottesfürchtige Familien, die sich hier niederlassen wollten, durchquerten die Wildnis in langen Planwagen, oder sie fuhren mit den Flußbooten, die auf dem Missouri verkehrten. Solche Leute bevorzugten die größeren Städte, wo die Bürgerwehr alles Gesindel verscheuchte.

Anfangs hatte die Bürgerwehr gute Dienste geleistet, aber nun stellte sie ein bedrohliches Problem dar, denn die Wächter pflegten jeden aufzuhängen, der ihnen mißfiel. Oft wurden schnelle, ungerechte Urteile verkündet. In manchen Fällen genügten vage Gerüchte, und schon wurde ein Mann aus seinem Haus gezerrt und am nächstbesten Baum aufgeknüpft. Selbst wenn man einen Stern trug, war man der Willkür gewisser Bürgerwehrtruppen ausgeliefert.

Die Außenseiter und Revolverschwinger, die leichtverdientes Geld suchten und der Lynchjustiz entrinnen konnten, verließen die größeren Städte wie Hammond, um sich in Blue Belle herumzutreiben. Deshalb hatte die Stadt einen wohlverdienten zweifelhaften Ruf erworben. Trotzdem lebten auch ein paar anständige Familien in Blue Belle. Adam meinte, ihr schwerer Fehler sei ihnen erst bewußt geworden, *nachdem* sie sich hier angesiedelt hatten.

Seiner Schwester erlaubte er nicht, allein nach Blue Belle zu fahren. Und da er die Ranch niemals verließ, mußten Travis, Douglas oder Cole sie begleiten, wenn sie Besorgungen in der Stadt erledigen wollte. Die Brüder wechselten einander ab, und wenn sie keine Zeit fanden, blieb Mary Rose eben zu Hause.

Auf dem Hügel, der die Hauptstraße von der Ranch trennte, zügelte Cole das Gespann. Er wußte, worum Mary Rose ihn bitten würde, und da rief sie auch schon: »Bitte, bleib stehen und laß mich die Aussicht genießen! So lange war ich nicht hier.« Tränen glänzten in ihren Augen. »Wenn du das siehst – fühlst du dich da genauso wie ich?«

»Das fragst du jedesmal, wenn ich dich nach Hause bringe«, erwiderte er lächelnd. »Ja, mir geht's genauso.« Er reichte ihr sein Taschentuch, das er schon seit langer Zeit nur ihr zuliebe bei sich trug. Als kleines Mädchen hatte sie sich die Nase an seinem Hemdsärmel abgewischt. Aber das erlaubte er ihr natürlich nicht mehr.

Glücklich betrachtete sie die Ranch und die Berge ringsum. So gut sie dieses Panorama auch kannte – jedesmal, wenn sie es wiedersah, war sie überwältigt von der Schönheit dieser Landschaft. Hier spürte sie die enge Verbundenheit zwischen dem Himmel und der Natur. Und nur seiner Schwester gestand Cole, daß der Anblick seiner Heimat auch ihn zutiefst bewegte.

»Sie lebt, Mary Rose, und ist schön wie eh und je.«

»Warum glaubst du, Montana wäre eine Frau?«

»Weil sie sich wie eine Frau benimmt, launisch und eitel. Niemals wird sie sich von einem Mann zähmen lassen. Natürlich ist sie eine Frau – und sicher die einzige, die ich jemals lieben werde.«

»Mich liebst du doch auch.«

»Du bist keine Frau, Mary Rose, sondern meine Schwester.«

Ihr Gelächter verhallte zwischen den Kiefernstämmen, und Cole lenkte die Pferde den sanft abfallenden Rang hinunter.

»Wenn sie eine Frau ist, hat sie uns liebevoll umarmt. Ob meine Rosen schon erwachen?«

»Mittlerweile müßtest du wissen, daß das keine Rosen sind. Nur ganz gewöhnliche Stechapfelblüten.«

»Das weiß ich, aber sie sehen wie Rosen aus.«

»O nein!«

Ständig stritten sie, und Mary Rose seufzte zufrieden. Welch ein Glück, die Ranch wiederzusehen! Das Ziegelhaus war nicht besonders eindrucksvoll, aber sie fand es schön. Im Sommer saßen sie auf der Veranda, die das einstöckige Gebäude an drei Seiten umgab, und abends hörten sie die Musik der Nacht. Da sie ihren ältesten Bruder nirgends entdeckte, rief sie: »Ich wette, Adam sitzt wieder über seinen Büchern.«

»Warum glaubst du das?«

»An einem so schönen Tag würde er draußen arbeiten, wenn er seine Buchhaltung nicht erledigen müßte. Oh, ich kann's kaum erwarten, ihn zu begrüßen. Beeil dich, Cole!«

Alle ihre Brüder hatten sie vermißt, und jedem brachte sie Geschenke mit – einen Karton voller Bücher für Adam, Zeichenpapier und neue Federn für Cole, der Pläne für einen Anbau entwerfen wollte, Medizin und Striegel für Douglas' Pferde, ein neues Tagebuch für Travis, der die Familienchronik niederschrieb, außerdem mehrere Kataloge und Saat für den Garten. Die würde sie unter Adams Anleitung hinter dem Haus verstreuen. Und dann sollten sie alle auch noch Schokolade und Flanellhemden bekommen.

Das Wiedersehen war so schön, wie sie sich's ausgemalt hatte. Bis spät in die Nacht saß die Familie beisammen, denn es gab viel zu erzählen. Den Anwalt, der Mary Rose in der Schule besucht hatte, erwähnte Cole erst, nachdem sie zu Bett gegangen war. Er wollte sie nicht beunruhigen. Um so größere Sorgen machte er sich selber. Ebenso wenig wie die anderen glaubte er an Zufälle, und so erörterten sie alle möglichen Gründe, die den Anwalt veranlassen mochten, Informationen über die Clayborne-Familie zu sammeln.

Als Jungen hatten Cole und Douglas einiges angestellt. Doch das alles lag schon sehr lange zurück, und die Gangster, die sie bestohlen hatten, lebten in weiter Ferne – wenn sie überhaupt noch auf Erden weilten. Deshalb dachten sie, man hätte ihre Missetaten längst vergessen. Es war Adam, dem eine ernste Gefahr drohte. Hatten die Söhne seines einstigen Sklavenmeisters diesen Anwalt beauftragt, den Flüchtling aufzuspüren?

Einen Mord vergaß man niemals, das wußten sie alle. Um zwei Menschenleben zu retten, hatte Adam ein anderes zerstört. Es war reiner Zufall gewesen, aber für die Umstände würden sich die Söhne nicht interessieren. Ein Sklave hatte ihren Vater getötet. Und sie würden weder ruhen noch rasten, bis der Mord gerächt war.

Einige Sekunden lang diskutierten sie im Flüsterton, dann erklärte Adam, es sei albern, sich jetzt schon aufzuregen. Man müsse erst einmal abwarten. »Und wenn wir tatsächlich bedroht werden?« fragte Cole.

»Dann tun wir alles, um einander zu schützen.«

»Niemandem werden wir gestatten, dich aufzuhängen, Adam«, beteuerte Travis. »Damals hast du nur getan, was du tun mußtest.«

»Jedenfalls müssen wir uns in acht nehmen«, betonte Adam.

Ein Monat verstrich in friedlicher Einsamkeit, und sie glaubten schon, der Anwalt würde niemals auftauchen.

12. November 1980

Liebe Mama Rose, Dein Sohn hat gesagt, ich soll Dir zeigen, wie gut ich schreiben kann. Deshalb bekommst Du diesen Brief. Wenn Mary Rose schläft, üben wir alle Grammatik und Rechtschreibung. Dein Sohn ist ein guter Lehrer. Er lacht nicht, wenn wir Fehler machen, und wenn wir uns mächtig anstrengen, hilft er uns. Ich glaube, jetzt gehöre ich zu Dir, weil wir doch alle Brüder sind.

Dein Sohn Cole

2

Ohne eine einzige Frage zu stellen, erfuhr Harrison Stanford MacDonald alles über die Familie. Er hatte viel über die gesetzlosen Städte im Wilden Westen gehört und gelesen. Und so wußte er, daß dort Fremde in zwei Gruppen eingeteilt wurden – die Männer, die man ignorierte und in Ruhe ließ, weil sie sich um ihren eigenen Kram kümmerten und beängstigend wirkten, und die anderen, die umgebracht wurden, weil sie zuviel fragten.

Der Ehrenkodex des Westens verblüffte Harrison. Die Siedler hielten zusammen, wenn es galt, ihresgleichen gegen Außenseiter zu verteidigen. Aber es störte sie nicht, wenn jemand seinen Nachbarn tötete – vorausgesetzt, es gab gute Gründe dafür.

Auf der Reise nach Blue Belle beschloß Harrison, die Vorurteile gegen Fremde zu nutzen. Um zehn Uhr morgens kam er an und verwandelte sich in den gemeinsten Hurensohn, der diese Stadt jemals heimgesucht hatte.

Er zog den neuen schwarzen Hut tief in die Stirn, klappte den Kragen des langen braunen Staubmantels hoch und schlenderte die breite Sandstraße, die hier Main Street genannt wurde, so arrogant entlang, als würden ihm alle Häuser zu beiden Seiten gehören. Seine Miene erweckte den Eindruck, er würde jeden umbringen, der ihm in den Weg trat. Genau das beabsichtigte er, und er glaubte sein Ziel zu erreichen, denn er beobachtete eine Frau, die bei seinem Anblick die Hand ihres Sohnes packte und davonrannte.

Beinahe hätte er gelächelt, doch das wagte er nicht. Wenn er sich freundlich gab, würde er nichts über die Claybornes herausfinden. Und so behielt er seinen bedrohlichen, haßerfüllten Blick bei. Alle waren entzückt.

Zuerst suchte er den allseits beliebten Saloon am Ende der Straße auf, bestellte eine Flasche Whiskey und ein Glas.

Falls der Besitzer des Etablissements diesen Wunsch am hellichten Vormittag seltsam fand, ließ er sich nichts anmerken. Harrison setzte sich mit der Flasche und dem Glas an einen runden Tisch in der dunkelste Ecke, den Rücken zur Wand, und wartete auf einen neugierigen Gesprächspartner.

Allzu lange mußte er sich nicht gedulden. Bei seiner Ankunft war der Saloon leer gewesen. Doch dann sprach sich herum, der Fremde sei hier hereingegangen, und zehn Minuten später zählte Harrison neun weitere Gäste. Sie saßen an den anderen Tischen und starrten ihn an. Gleichmütig schaute er vor sich hin. Der Gedanke, so früh am Morgen tatsächlich Whiskey zu trinken, drehte ihm den Magen um, und so ließ er die bernsteinfarbene Flüssigkeit nur im Glas kreisen, die Stirn nachdenklich gerunzelt. Schließlich schlurften Schritte über den Holzboden heran.

Instinktiv schob Harrison den Mantel beiseite und griff nach seiner Waffe. Doch er zog sie nicht, und er erkannte erst jetzt, daß seine automatische Reaktion sehr gut zu der feindseligen Rolle paßte, die er in Blue Belle spielen wollte.

»Sind Sie neu in der Stadt, Mister?«

Langsam hob Harrison den Kopf. Der Mann, der diese lächerliche Frage stellte, war offenbar von den anderen hergeschickt worden – ein unbewaffneter alter Kauz mit Pockennarben und das häßlichste Individuum, das Harrison je gesehen hatte. Die blinzelnden braunen Augen nahm man kaum war, denn das ganze runde Gesicht wurde von einer gewaltigen Knollennase beherrscht.

»Wer will das wissen?« entgegnete Harrison mürrisch.

»Ich heiße Dooley«, verkündete die Kartoffelnase grinsend. »Darf ich mich ein bißchen zu Ihnen setzen?«

Statt zu antworten, musterte Harrison ihn nur und wartete ab, was nun geschehen würde.

Dooley deutete das Schweigen als Zustimmung und nahm Platz. »Suchen Sie jemanden in der Stadt.« Nachdem Harrison den Kopf geschüttelt hatte, wandte sich der Mann zum aufmerksamen Publikum. »Er sucht niemanden. Billie, bring mir ein Glas – falls dieser Fremde mir was von seinem Whiskey abgibt. Sind Sie ein Revolvermann, Mister?«

»Ich laß mich nicht gern ausfragen.«

»Nein, Sie sind kein Revolvermann. Das dachte ich mir gleich. Sonst hätten Sie gehört, daß Webster erst gestern davongeritten ist. Der hat einen Gegner gesucht. Aber den Gefallen tat ihm niemand, nicht mal Cole Clayborne, und Webster kam nur seinetwegen nach Blue Belle. Cole ist der schnellste Schütze in dieser Gegend. Jetzt läßt er sich nicht mehr in Schießereien verwickeln, schon gar nicht, seit seine Schwester von der Schule nach Hause gekommen ist. Sie mag diese Ballerei nicht, und sie meint, Cole darf nicht in Verruf geraten. Adam paßt auf ihn auf. Das ist der älteste Bruder, der geborene Friedensstifter und sehr schlau. Sobald man sich mit seinem Aussehen abgefunden hat, merkt man's – das ist der Mann, an den man sich wenden muß, wenn man einen guten Rat braucht. Wollen Sie sich hier ansiedeln, oder sind Sie nur auf der Durchreise?«

Billie, der Saloonbesitzer, stellte zwei Gläser auf den Tisch und winkte einem Mann, der bei der Tür saß. »Komm rüber, Henry, und bring deinen Freund zum Schweigen! Der fragt den Leuten ein Loch in den Bauch, und er soll nicht schon vor dem Lunch abgeknallt werden. Das ist schlecht fürs Geschäft.«

Die Fragen, die nun folgten, beantwortete Harrison nur einsilbig. Henry und Billie hatten sich hinzugesellt. Offenbar waren die drei Männer gute Freunde. Sie klatschten gern, erzählten Geschichten über Stadtbewohner, und Harrison prägte sich alle Informationen ein. Schließlich kam die Verfügbarkeit von Frauen zur Sprache.

»Die sind in dieser Gegend selten wie Diamanten«, erklärte Dooley, »aber da haben wir sieben oder acht, mit denen man was anfangen kann. Ein paar sind recht hübsch, zum Beispiel Catherine Morrison. Ihrem Pa gehört der Gemischtwarenladen. Sie hat schönes braunes Haar und immer noch alle Zähne.«

»Aber Mary Rose Clayborne kann sie nicht das Wasser reichen«, warf Billie ein.

Alle, die im Saloon saßen, stimmten zu, und ein Graukopf rief: »Eine echte Schönheit!«

»Und herzensgut«, fügte Henry hinzu.

Dooley nickte. »Ja, sie kümmert sich um jeden, der Hilfe braucht.«

»Von weither kommen die Indianer angelaufen, nur um eine Locke von ihrem goldblonden Haar zu ergattern«, berichtete Henry. »Und sie gibt's ihnen, wenn auch widerstrebend. Die Rothäute glauben, das würde ihnen Glück bringen. Nicht wahr, Billie?«

»Klar. Ein paar Mischlinge versuchten sie mal von der Ranch zu entführen und behaupteten später, Miß Marys blaue Augen hätten sie verzaubert. Wißt ihr noch, was dann geschah?«

Dooley brach in Gelächter aus. »Damals hat sich Adam nicht wie ein Friedenstifter aufgeführt, was, Ghost?«

»Allerdings nicht!« bestätigte ein Mann mit dichtem weißem Haar und langem, zottigem Bart. »Einen dieser Entführer riß er beinahe entzwei, und seither wagt es niemand mehr, sich an dem Mädchen zu vergreifen.«

»Ein Jammer, daß Miss Mary nicht umworben wird ...«, seufzte Billie. »Mittlerweile müßten schon drei Babys an ihrem Rockzipfeln hängen.«

Harrison fragte nicht, warum es ihr an Bewerbern mangelte. Aber Dooley klärte ihn bereitwillig auf. »Keiner will sich mit ihren vier Brüdern anlegen. Auch Sie sollten sich von ihr fernhalten, Mister.«

»Mit dem will sie ohnehin nichts zu tun haben!« schrie Ghost, und Dooley nickte.

»Sie interessiert sich nur für die Armen und Schwachen. Wahrscheinlich fühlt sie sich dazu verpflichtet, solche Leute zu umsorgen.«

»Immer wieder schleppt sie irgendeine Jammergestalt nach Hause und ärgert ihre Brüder«, ergänzte Billie. »Aber die finden sich damit ab.«

»Uns mag sie auch, und wir sind keine Schwächlinge«, betonte Dooley.

»Natürlich nicht«, bekräftigte Henry. »Sie sollen keinen falschen Eindruck gewinnen, Mister. Miss Mary mag uns, weil wir schon so lange da sind. Also hat sie sich an uns gewöhnt. Übrigens, bald können Sie das Mädchen begutachten. Hoffentlich wird sie heute von ihrem Bruder Douglas begleitet.«

»Warum?« fragte Billie.

»Er soll mal nach meiner Stute sehen. Die benimmt sich so komisch.«

»Falls Sie einen guten Hengst brauchen, Mister«, wandte sich Dooley an Harrison, »Douglas hat einen ganzen Stall voll. Er reitet wilde Pferde zu, und manchmal verkauft er sie. Nicht an jeden! Er schaut sich die künftigen Besitzer seiner Lieblinge genau an. Eigentlich ist er kein richtiger Tierarzt, aber er weiß sehr gut Bescheid – wenn er's auch nicht mag, daß wir ihn Doc nennen.«

»Was für Geschäfte treiben Sie denn?« wollte Billie von Harrison wissen.

»Ich befasse mich mit Rechtssachen.«

»Davon werden Sie nicht satt. Sonst tun Sie nichts?«

»Ich gehe auf die Jagd.«

»Also sind Sie ein Trapper?«

Harrison schüttelte den Kopf. »Nicht direkt«, antwortete er ausweichend, denn er wollte diesen Männern nicht auf die Nase binden, daß er ein verschollenes Kind suchte, das inzwischen eine erwachsene Frau war.

»Haben Sie's schon mal mit Viehzucht versucht?« fragte Henry. »Dafür würden Sie sich eignen, weil Sie so groß und breitschultrig sind – wie die Claybornes. Möchten Sie uns nicht verraten, wie Sie heißen?«

»Harrison MacDonald.«

»Und woher kommen Sie?«

»Ich bin in Schottland geboren und in England aufgewachsen, auf der anderen Seite des Atlantiks.«

»Diese Stadt könnte einen Anwalt gebrauchen«, meinte Billie. »Wir haben keinen in dieser Gegend. Wenn Adam Clayborne ein Problem nicht lösen kann, müssen wir nach Hammond reiten. Sicher wird sich Richter Burns freuen, wenn Sie ihn unterstützen. Er regt sich immer schrecklich auf, wenn er mit uns zusammenarbeiten muß. Wie nennt er uns doch gleich?« fragte er Dooley.

»Ignoranten.«

»Ja, genau. Also, wenn Sie mich fragen – dieses Rechtswesen ist furchtbar kompliziert. Man muß so viele Formulare ausfüllen.«

»Früher war's viel einfacher, ein Stück Land zu kriegen!« rief Ghost. »Man setzte sich einfach drauf, und schon war man der Besitzer. Nun muß man Geld zahlen und Papiere ausfüllen.«

»Nun, wollen Sie sich hier niederlassen? Bringen Sie doch ein Plakat an Morrisons Schaufenster an! Da können Sie jeden Monat ein paar Dollar verdienen.«

Harrison zuckte die Achseln. »Jetzt weiß ich noch nicht, was ich tun werde. Vielleicht bleibe ich hier, vielleicht aber auch nicht.«

»Haben Sie genug Geld, um sich über Wasser zu halten, bis Sie eine Entscheidung treffen?«

Selbstverständlich wußte Harrison, wie unklug es gewesen wäre, von seinem Geld zu erzählen. »Nein, nur für ein paar Tage.«

»Sie können ja auf einer Ranch arbeiten«, riet Dooley. »Kräftig genug sind Sie.«

»Genau das habe ich mir auch schon gedacht«, log Harrison.

»Und was hat Sie nach Blue Belle geführt?« erkundigte sich Billie. »Ich weiß, das geht mich nichts an, aber ich bin nun mal neugierig, Mister.«

»Nennen Sie mich doch Harrison. Wenn Sie's wirklich wissen wollen, ich habe mich auf ein sinnloses Unternehmen eingelassen. Zumindest glaubt das der Mann, für den ich arbeite.«

»Dann haben Sie schon einen Job?« fragte Dooley.

»Jetzt bin ich gerade im Urlaub.«

»Darf ich Ihnen mal eine Frage steilen, die mit dem Gesetz zusammenhängt«, bat Ghost.

»Was interessiert Sie denn?«

»Ich überlege mir, ob ich ein Pferd stehlen soll«, erklärte Ghost, stand auf und kam zum Tisch herüber. »Also, dieser Kerl, an den ich denke, hat mir vor Jahren die Frau weggenommen. Und deshalb würde ich nichts Falsches tun. Das Gesetz steht doch auf meiner Seite?«

Nur mühsam unterdrückte Harrison ein Lächeln. Ghost sollte nicht glauben, der Fremde würde sich über ihn lustig machen. »Leider muß ich Sie enttäuschen. Der Stolz wäre auf Ihrer Seite – das Gesetz nicht.«

»Das habe ich ihm schon gesagt«, verkündete Dooley grinsend. »Wenn er Lloyd ein Pferd stiehlt, wird ihn die Bürgerwehr aufhängen.«

Diese Antwort mißfiel Ghost. Während er zu seinem Platz zurückkehrte, murmelte er etwas Unverständliches vor sich hin. Nun wandten sich auch die anderen mit diversen Problemen an Harrison, und in der nächsten Stunde erteilte er kostenlose juristische Ratschläge. Er hatte in Oxford studiert und seine Lehrzeit in England absolviert, aber auch für einen Fabrikbesitzer gearbeitet, der seine Erzeugnisse zur amerikanischen Ostküste verschiffte. Deshalb kannte der junge Anwalt das Rechtswesen der Vereinigten Staaten, denn er hatte sich über die Import- und Exportvorschriften informieren müssen.

Die Unterschiede zwischen der englischen und der amerikanischen Rechtsprechung faszinierten ihn. Begierig verschlang er alle Berichte über ungewöhnliche Fälle, die ihm in die Hände fielen.

Seine Leidenschaft für die Gesetze und sein Mitleid mit Menschen, die in Not geraten waren, hatte ihn in vielen Kreisen unbeliebt gemacht. Weil er für den mächtigen Lord Elliott arbeitete, mißachtete man ihn nicht, warf ihm aber die unpopulären Probleme vor, für die er seine Zeit opferte.

Bald erwarb er sich einen fragwürdigen Ruf als Fürsprecher der Armen in den Londoner Slums. Das kostete ihn seine Verlobung mit Lady Edwina Homer, die ihm brieflich mitteilte, sie könne keinen Mann heiraten, der ständig Skandale heraufbeschwöre. Seine Freunde warnten ihn und versuchten ihn von seiner lächerlichen Meinung abzubringen, die Armen in England müßten genauso viele Rechte erhalten wie die Reichen. Aber Harrison hatte entschieden erwidert, niemals würde er ihren elitären, egoistischen Standpunkt vertreten.

»Vielleicht sind die Gesetze in England anders als hier«, meinte Ghost, ging wieder zu Harrison und schaute ihn hoffnungsvoll an. »Sollte ich das Pferd stehlen, wird man mich womöglich gar nicht aufhängen, weil Lloyd mit dem ganzen Ärger angefangen hat.«

Bedauernd schüttelte Harrison den Kopf. »Ich kenne die amerikanischen Gesetze, und ich weiß, man würde Sie für schuldig befinden.«

Plötzlich flog die Schwingtür des Salons auf. »Da kommt Miss Mary, und Cole reitet hinter ihr.« Sofort rannte der Mann, der diese Neuigkeit verkündet hatte, wieder davon.

Billies Gäste eilten aufgeregt hinaus, und Dooley wurde beinahe umgestoßen. Als er sein Gleichgewicht wiedergefunden hatte, wandte er sich zu Harrison. »Kommen Sie nicht mit? Sie sollten wenigstens einen kurzen Blick auf Miss Mary werfen. Das lohnt sich.«

Weil Dooley es merkwürdig finden könnte, wenn Harrison kein Interesse zeigen würde, stand er auf und folgte den anderen zur Straße hinaus. Vielleicht würde seine Suche in wenigen Minuten ein Ende finden.

Widersprüchliche Gefühle erfüllten ihn. Er hatte Lord

Elliott versprochen, dieses Abenteuer würde sein letzter Versuch sein, das Rätsel zu lösen. Müde seufzte er auf. Elliotts Argumente waren unwiderlegbar. Auf keinen Fall konnte Mary Rose Clayborne seine Tochter sein. Victoria war ein Einzelkind, und Mary Rose hatte vier ältere Brüder. Das war von einem Anwalt in St. Louis bestätigt worden. Ein paar weitere Informationen, die dieser Mann geliefert hatte, erregten Harrisons Neugier. Mary Rose, in der Schule eindringlich von jenem Juristen befragt, hatte sich geweigert, die Namen ihrer Brüder zu nennen. Sie war ihm höflich, aber auch verängstigt erschienen. Und die Schulleiterin hatte sich vergeblich bemüht, die junge Dame zur Mitarbeit zu bewegen.

Trotzdem verdankte er dieser Frau die Kenntnis einiger wichtiger Fakten. Zwei von Mary Rose Brüdern hatten das Mädchen am Anfang jedes Schuljahrs zum Internat begleitet. Leider konnte die Direktorin diese Gentlemen nicht beschreiben, denn sie hatte sie nur aus der Ferne gesehen. Über einen Bruder kursierten beunruhigende Gerüchte, die sie dem Anwalt jedoch nicht verraten wollte. Sie sei keine Klatschbase, betonte sie, und Mary Rose eine Musterschülerin. An ihrem Benehmen könne man nichts aussetzen. Eine Dame vom Scheitel bis zur Sohle ... Also würden die Gerüchte wohl kaum der Wahrheit entsprechen. Danach war es dem Anwalt nicht gelungen, ihr noch mehr zu entlocken.

Elliott hatte Harrison gebeten, die Nachforschungen einzustellen. So schwer es dem Lord auch fiel – er zog die naheliegende Schlußfolgerung, daß die kleine Victoria Elliott bald nach ihrer Entführung gestorben war. Zu dieser Ansicht neigte auch Harrison. Aber jedesmal, wenn er den Beschützer seines Vaters anschaute, fühlte er sich verpflichtet, die Suche fortzusetzen.

Wenn er sich auch für einen Realisten hielt – ein seltsamer Instinkt hatte ihn veranlaßt, nach Montana zu reisen und die Wahrheit herauszufinden. Und er jagte beileibe keinem Hirngespinst nach. Er war bereits in Amerika gewesen, als er ein Telegramm erhalten hatte. Und so ritt er nach Chicago, um die Frau zu treffen, die glaubte, Elliotts Tochter sei ihr begegnet. Nach dem Gespräch mit Mrs. Middleshaw und dem Anwalt, den er ins Internat geschickt hatte, entschied er, eine Reise in die Wildnis würde sich vielleicht lohnen. Nach seiner Ansicht war Mrs. Middleshaw eine vernünftige Frau, die sich keinen Unsinn einbildete. Und sie hatte steif und fest behauptet, nur die Tochter könne Lady Victorias Mutter so erstaunlich ähneln.

Nun wappnete er sich gegen eine neue Enttäuschung. Als er vom hölzernen Gehsteig zur Straße hinabstieg, sah er Metall glänzen. Nur fünfzehn Schritte entfernt, ragte ein Schrotflintenlauf aus einer Gasse. Die Waffe zielte auf die Leute, die sich vor dem Gemischtwarenladen drängten. Dort erkannte er Henry und Ghost und Dooley.

Aber da standen auch drei andere Männer, die er nie zuvor gesehen hatte. Ein blonder Bursche trat einen Schritt beiseite, und sofort hob sich der Flintenlauf ein wenig. Dann geriet Dooley unfreiwillig ins Visier des Heckenschützen, und die Waffe sank wieder hinab.

Nun beschloß Harrison einzugreifen. Er zog seinen Mantel aus, warf ihn über eine der Stangen, an denen man die Pferde festband, und als die Männer in den Laden gingen, folgte er ihnen.

Der Duft von Leder und Gewürzen wehte ihm entgegen. Zwischen den Regalen, die sich unter der Last von Konserven, Kleiderstapeln, Lederwaren, Hacken, Schaufeln und anderen Waren bogen, führten ein breiter und zwei schmalere Gänge hindurch. Noch nie hatte Harrison ein so chaotisches Geschäft gesehen. Das Durcheinander beleidigte seine Ordnungsliebe. Auf einem runden Tisch in einer Ecke, neben drei riesigen Fässern mit eingelegtem Gemüse, bildeten farbenfrohe Stoffballen eine schiefe Pyramide. Ein ungekämmter Mann nahm eine große Gurke aus der Lake, dann wischte er seine nasse Hand an einer Spitzenborte ab, die vom Tisch hing. Warum ließ sich der Ladenbesitzer so etwas gefallen? Das verstand Harrison nicht. Dann seufzte er, verdrängte diesen Gedanken und hielt nach dem blonden Burschen Ausschau. Wo zum Teufel steckte der Mann?

Der alte Dooley, der am Ladentisch stand und mit einer hübschen brünetten jungen Lady tuschelte, winkte Harrison zu. Das mußte die Tochter des Eigentümers sein, Catherine Morrison. Statt der Aufforderung zu folgen, blieb Harrison bei der Tür stehen. Er mußte unbedingt diesen Blonden finden.

Wenig später hörte er Dooley irgend etwas über diesen »schüchternen Schotten« sagen. Beinahe hätte er laut aufgelacht. Nun schenkte ihm Miss Morrison ein einladendes Lächeln, das er nicht erwiderte. Im Augenblick legte er keinen Wert auf gesellschaftliche Kontakte, denn er fand es viel wichtiger, den Fremden zu warnen.

Normalerweise mischte er sich nicht in die Angelegenheiten anderer Leute ein, aber er hielt sehr viel von Fairneß. Und einen arglosen Mann aus dem Hinterhalt zu bedrohen – das fand er verdammt feige. Schließlich verlor er die Geduld und beschloß, auf die Suche nach dem Mann zu gehen. Doch da tauchte der Blonde am Ende des Mittelgangs auf, einen Mehlsack über der Schulter. Während Harrison ihn am Eingang erwartete, eilte eine junge Dame auf ihn zu.

Großer Gott – Lady Victoria, Elliotts jahrelang verschollene Tochter – das Ebenbild seiner verstorbenen Ehefrau ... Beim Anblick dieser blauen Augen stockte Harrisons Atem. Dieses schöne Mädchen sah aus, als wäre es soeben dem Porträt von Lady Agatha entstiegen, das in Elliotts Bibliothek über dem Kamin hing. Sicher, sie trug ein anderes Kleid, aber ansonsten war die Ähnlichkeit vollkommen, bis zu den Sommersprossen auf der Nase.

Mary Rose Clayborne ... Während sie näher kam, bemerkte er gewisse Unterschiede und war sich nicht mehr sicher. Zum Beispiel hatte sie hellere Augen als die Mutter, und nun schien sie sogar dem blonden Burschen zu gleichen.

Verdammt, sie könnte seine Schwester sein. Aber warum besaß sie dann so viele Züge von Elliotts Frau?

Außer dem Porträt gab es keinen Anhaltspunkt. Nur vage erinnerte er sich an Lady Agatha. Er war erst zehn gewesen, als sie ihren Mann nach Amerika begleitet hatte, zur Eröffnung einer neuen Elliott-Fabrik bei New York City. Aber Harrison wußte noch, daß sie wundervoll geduftet hatte, wie Blumen nach dem Regen, und er entsann sich ihres freundlichen Lächelns, ihrer zärtlichen Umarmung. Doch diese Erinnerungen eines Jungen, der die eigene Mutter verloren hatte, würden ihm jetzt nicht helfen.

Er hatte Lady Agatha nie wiedergesehen. Nach London zurückgekehrt, war sie Tag und Nacht in ihrem dunklen Schlafzimmer geblieben, um die verschwundene vier Monate alte Tochter zu betrauern.

Konnte das Mädchen, das jetzt auf ihn zuging, Lady Victoria sein? Wie sollte er die Wahrheit finden? Dann fiel ihm ein, was Dooley und die anderen Männer über Mary Rose Clayborne erzählt hatten. Stets würde sie für die Armen und Schwachen sorgen. Harrison begann einen Plan zu schmieden.

Von nun an durfte er nicht mehr den gemeinsten Hurensohn mimen, der Blue Belle jemals heimgesucht hatte. Sonst würde er niemals Mary Rose Claybornes Interesse erregen. Deshalb mußte er sich in einen naiven Großstädter verwandeln, der zu dumm war, um am Leben zu bleiben. Hoffentlich würde sie ihn nicht durchschauen.

Sofort entdeckte Mary Rose Clayborne den Fremden. Die Arme vor der Brust verschränkt, lehnte er am Sims von Morrisons Schaufenster, ein hochgewachsener Mann mit dunkelbraunem Haar und ausdrucksvollen Augen. Sicher, er sah attraktiv aus, aber Äußerlichkeiten interessierten sie nicht. Irgend etwas schien ihn zu bedrücken. Vielleicht konnte sie ihm helfen. Sollte sie ihn ansprechen? Schon in der nächsten Sekunde verwarf sie diesen Gedanken, denn sie entdeckte seinen Waffengurt mit dem sechsschüssigen

Revolver in der Halfter. War er nur in die Stadt gekommen, um ihren Bruder zu einem mörderischen Kampf zu verleiten? Bei Gott, wenn das stimmte, würde sie ihm gewiß nicht helfen, sondern ihn sogar eigenhändig erschießen, wenn es sein mußte.

Doch dann erkannte sie, daß sie vorschnelle Schlüsse zog. Es war wohl am besten, wenn sie ihn ignorierte. Sie wollte ihrem Bruder, der den Mehlsack schleppte, die Ladentür öffnen, doch da trat ihr der Fremde in den Weg. »An Ihrer Stelle würde ich jetzt nicht da hinausgehen, Madam.«

»Nein?«

Er schüttelte den Kopf. »Gewiß nicht.«

Verwirrt starrte sie ihn an, und er lächelte. Was fand er denn so amüsant? »Warum soll ich nicht hinausgehen?«

Bevor er antworten konnte, befahl der Blonde: »Mach die Tür auf, Mary Rose!«

»Dieser Gentleman möchte uns nicht hinauslassen«, erklärte sie und zuckte die Achseln. »Leider weiß ich nicht, was das bedeuten soll.«

Coles Augen verengten sich. »Hören Sie, Mister, es gibt einfachere Mittel und Wege, meine Schwester kennenzulernen. Warten Sie, bis ich diesen Sack hinausgebracht habe. Dann erlaube ich Ihnen vielleicht, mit ihr zu reden.«

Aber Mary Rose ließ nicht zu, daß er den Fremden hinters Licht führte. »Das wird er Ihnen nie gestatten. Mit Fremden darf ich nicht sprechen. Ich bin Mary Rose Clayborne. Und Sie?«

»Harrison Stanford MacDonald.«

Freundlich nickte sie ihm zu. »Freut mich, Ihre Bekanntschaft zu machen, Mr. MacDonald. Darf ich jetzt hinausgehen?«

»Vorher möchte ich ein paar Worte mit Ihrem Bruder wechseln.«

Sie trat auf Coles Zehen. »Sind Sie ein Revolvermann?« Die Frage klang wie eine Anschuldigung, und sie wartete keine Antwort ab. Offenbar hatte sie sich bereits eine Meinung über den Neuankömmling gebildet. Die Stirn gerunzelt, musterte sie ihn von oben bis unten und schüttelte den Kopf. »Falls Sie meinen Bruder zu einem Kampf herausfordern wollen – vergessen Sie's. Dafür interessiert er sich nicht. Am besten verlassen Sie diese Stadt so schnell wie möglich, Sir. Hier sind Sie nicht willkommen.«

»Um Himmels willen, Mary Rose, ich kann für mich selber reden!« schimpfte Cole. »Sind Sie ein Revolverschwinger, Mister?«

Harrison schüttelte den Kopf, verblüfft über die Wende, die das Gespräch genommen hatte. »Nein.«

»Woher kommen Sie, Mr. MacDonald?« fragte Mary Rose.

»Aus Schottland.«

»Und was machen Sie in Blue Belle?«

»Ich will mich in dieser Gegend niederlassen.«

»Also möchten Sie nicht gegen meinen Bruder kämpfen?« Ihre Stimme klang immer noch mißtrauisch.

»Warum sollte ich, Madam? Ich kenne ihn doch gar nicht.«

Erleichtert seufzte sie auf. »Dann ist ja alles gut. Eigentlich hielt ich Sie nicht für einen Revolvermann, aber ich war mir nicht ganz sicher, und so ...«

»Großer Gott, Mary Rose, mach endlich die Tür auf!« rief Cole ungeduldig.

»Aber ich habe dich noch nicht mit Mr. MacDonald bekannt gemacht«, protestierte sie.

»Das ist auch gar nicht nötig. Douglas wartet draußen beim Wagen. Öffne die Tür!«

Seine ärgerliche Miene schien sie nicht im mindesten zu beeindrucken. Liebenswürdig lächelte sie Harrison an. »Das ist mein Bruder Cole Clayborne. Er hat auch noch einen zweiten Vornamen, aber wenn ich den verrate, bringt er mich um. Cole, ich möchte dir Mr. Harrison MacDonald vorstellen ...«

»Mary Rose, ich schwöre bei Gott, ich werfe dir diesen Sack an den Kopf!«

»Mein Bruder ist wirklich sehr nett, Sir. Wenn Sie ihn erst einmal näher kennen ...«

Davon war Harrison nicht überzeugt. Cole sah keineswegs so aus, als könnte er sich jemals nett benehmen. Eins stand jedenfalls fest – bald würde er die Geduld verlieren. Und so beschloß Harrison, jenen Hinterhalt zu erwähnen, bevor der ungestüme Bursche durch die geschlossene Tür stürmte. »Da draußen zielt eine Schrotflinte auf Sie«, erklärte er leise, damit die anderen Leute im Laden nichts hörten. »Wer immer Sie erschießen möchte – er versteckt sich da drüben in einer Nebengasse. Ich dachte, das würde Sie vielleicht interessieren, Mister.«

Sofort verflog Coles Zorn. »Haben Sie ihn gesehen?«

Harrison schüttelte den Kopf. »Vorhin wollte ich ihm die Waffe aus der Hand schießen. Aber ich habe diesen Revolver eben erst gekauft und noch nicht ausprobiert. Womöglich hätte ich jemanden verletzt.«

Mary Rose blinzelte ungläubig. »Sie tragen ein Schießeisen, das Sie noch nie benutzt haben?«

»Ja, Ma'am.«

»Sind Sie von Sinnen?«

»Das glaube ich nicht.«

»Du meine Güte, haben Sie nichts Besseres zu tun, als bewaffnet in dieser Stadt herumzulaufen? Jeden Augenblick könnten Sie einen Kampf heraufbeschwören. Wollen Sie sich mit aller Macht umbringen lassen, Mr. MacDonald?« Die Hände in ihre Hüften gestemmt, stand sie vor ihm und erinnerte ihn an eine Lehrerin, die einen Schüler tadelte. Allerdings war er nie von einer so jungen, bildhübschen Lehrerin unterrichtet worden, sondern von alten vertrockneten Jungfern. Offensichtlich sorgte sie sich um ihn, und das gefiel ihm.

»Nein, Madam.« Er setzte eine angstvolle Miene auf. »Natürlich will ich mich nicht umbringen lassen. Ich will nur lernen, mit meinem neuen Revolver umzugehen. Und das kann ich nicht, wenn ich ihn in meinem Koffer verstecke.« Als er Cole gequält seufzen hörte, wandte er sich zu ihm. »Soll ich den Sack zu Ihrem Wagen tragen und den Sheriff holen?«

»Wir haben keinen Sheriff in Blue Belle«, verkündete Mary Rose.

Nun brauchte er keine Überraschung zu heucheln. »Und wer vertritt hier das Gesetz?«

»Niemand. Deshalb begeben sich alle Fremden, die hierherkommen, in höchste Gefahr. Sie sind doch in einer Stadt aufgewachsen, Sir?«

»Ja. Bitte, nennen Sie mich Harrison. ›Sir‹ und ›Mister‹ – das klingt so förmlich.«

»Gut, ich werde Sie Harrison nennen. Bitte, nehmen Sie jetzt Ihren Waffengurt ab. So was sollten Sie wirklich nicht tragen. Wahrscheinlich hat Ihnen jemand eingeredet, das sei im Wilden Westen fashionable. Oder haben Sie's gelesen?«

»Ich habe gelesen, auf diese Art von Ausrüstung dürfe man hier draußen nicht verzichten.«

»O Gott!« stöhnte sie.

Jetzt hatte ihr Bruder lange genug gewartet. Er lehnte den Mehlsack an die Wand und bewegte die Schultern, als müßte er verkrampfte Muskeln lockern. Dann ging er zur Tür, und weder Harrison noch Mary Rose traten ihm in den Weg. Der Hinterhalt schien Cole nicht sonderlich zu stören. Bevor er die Tür einen Spaltbreit öffnete, zog er seinen Revolver aus der Halfter.

An einen Pfosten gelehnt, wartete Douglas neben dem Wagen, und Cole pfiff, um seine Aufmerksamkeit zu erregen. Harrison beobachtete Mary Rose, deren Verhalten ihn verwirrte. Sobald ihr Bruder die Waffe gezogen hatte, hielt sie sich beide Ohren zu und verdrehte resignierend die Augen.

»Runter, Douglas!« befahl Cole, beugte sich aus der Tür und feuerte drei schnelle Schüsse ab. Der Krach hallte von den Wänden wider, die Schaufensterscheibe erbebte. Lässig steckte Cole den Revolver in die Halfter zurück.

»Das müßte genügen.« Dann hob er den Mehlsack auf und schlenderte hinaus. Natürlich wirkte sein Gleichmut etwas sonderbar, aber Harrison fand die mangelnde Neugier der Kundschaft im Laden noch erstaunlicher. Wenn sie es seltsam fanden, daß Cole Clayborne durch die Tür schoß, so zeigten sie es nicht. War man an solche Zwischenfälle gewöhnt? Vermutlich.

»Cole, du hast vergessen, dich bei Harrison zu bedanken!« mahnte Mary Rose.

»Danke für die Warnung!« rief Cole pflichtbewußt über die Schulter.

Obwohl sie diese Dankesworte zu dürftig fand, protestierte sie nicht. Es fiel ihm immer schwer, sich zu bedanken, und er ärgerte sich vermutlich, weil ihm ein Fremder das Leben gerettet hatte.

»War mir ein Vergnügen!« erwiderte Harrison.

»Wer hat dir denn im Hinterhalt aufgelauert, Cole?« fragte sie. Ihr Bruder warf den Mehlsack in den Wagen zu den anderen Vorräten, die er bereits gekauft hatte. »Wahrscheinlich Webster, der Huren ...« Hastig unterbrach er sich, bevor er genauer erläuterte, was er von seinem Feind hielt. »Er war sauer, weil ich letzte Woche nicht mit ihm kämpfen wollte. Am besten hätte ich ihn umgebracht. Er wird's immer wieder versuchen. Können wir losfahren, Mary Rose?«

»Gleich!« Sie wandte sich wieder zu Harrison. »Es war sehr freundlich von Ihnen, meinen Bruder zu warnen, und er ist Ihnen wirklich dankbar, obwohl er's nicht so zeigen kann. Er mag's nicht, wenn er jemandem irgendwas schuldet.«

»Oh, er schuldet mir gar nichts. Jeder andere an meiner Stelle hätte genauso gehandelt.«

»Wenn es doch so wäre! Vielleicht helfen sich die Nachbarn in Schottland – hier in Blue Belle nicht.«

Krampfhaft überlegte er, was er sagen könnte, um sie noch ein paar Minuten festzuhalten. Wie ein Einfaltspinsel stand er da – er, ein Anwalt, der es gewohnt war, zu argumentieren und wie ein Buch zu reden. Und jetzt fehlten ihm die Worte. Was für schöne Augen sie hatte ...

Sobald ihm dieser Gedanke durch den Sinn ging, erkannte er, in welchen Schwierigkeiten er jetzt steckte. Diese junge

Dame, die ihn so zauberhaft anlächelte, übte eine vernichtende Wirkung auf sein Gehirn aus. Das ärgerte ihn maßlos. Eigentlich müßte er es besser wissen. Wollte er sich etwa von einem hübschen Gesicht durcheinanderbringen und seine Pläne durchkreuzen lassen?

»Warum wollen Sie schießen lernen?« fragte sie unvermittelt.

Verdammt, nun mußte er sie belügen. Wenn er zugab, wie gut er mit einer Waffe umgehen konnte, würde sie davonlaufen, ohne ihn eines letzten Blickes zu würdigen. Seit den Schießübungen auf der Universität und seinem Dienst beim Militär war er ein ausgezeichneter Schütze. »Nun ja – ich möchte Rancher werden«, erwiderte er zögernd. »Und ich glaube, da kann man ein Schießeisen gebrauchen.«

»Wir haben eine Ranch, nur wenige Meilen entfernt. Sie heißt Rosehill. Haben Sie schon mal davon gehört?« Sofort bereute Mary Rose diese lächerliche Frage. Natürlich wußte er nichts von Rosehill, wo er doch eben erst in die Stadt gekommen war. Aber ihr fiel nichts Besseres ein, um das Gespräch zu verlängern. Sie hörte ihn gern reden. Sein ungewöhnlicher Akzent klang so musikalisch, seine Stimme tief und angenehm.

»Nein, ich habe noch nichts von Ihrer Ranch gehört.«

Ein paar Sekunden lang starrten sie sich noch an, dann verließ Mary Rose den Laden. Cole und Douglas beobachteten sie, an den Wagen gelehnt, resigniert und geduldig. Im Lauf der Jahre hatten sie sich an die Trödelei ihrer Schwester gewöhnt. Sie schenkte ihnen ein Lächeln, bevor sie sich zu Harrison umdrehte, der ihr auf den Gehsteig gefolgt war.

Aufmerksam musterte er Douglas, und sie beschloß, ihm ihren zweiten Bruder erst später vorzustellen – nachdem sie dem naiven Neuankömmling ihre Pläne für seine unmittelbare Zukunft erklärt hatte. Irgendwie mußte sie ihm helfen. Er sah so einsam und verloren aus. »Ich bring's einfach nicht übers Herz, Sie Ihrem Schicksal zu überlassen.«

»Wie, bitte?« fragte er verdutzt.

Rasch warf sie einen Blick über die Schulter, bemerkte die mißbilligenden Mienen ihrer Brüder und lächelte noch einmal, um sie zu beschwichtigen. Dann nahm sie Harrisons Arm und führte ihn auf die Straße. »Wenn ich nichts unternehme, geraten Sie sicher in ernsthafte Schwierigkeiten.«

»Warum glauben Sie das?«

»Soeben haben Sie zugegeben, daß Sie nicht wissen, wie Sie sich verteidigen sollen. Ganz sicher haben das mehrere Kunden im Laden gehört. Und es wird sich herumsprechen. So ungern ich das auch zugebe – in dieser schönen Stadt laufen ein paar gemeine Kerle herum. Sobald sie hören, wie hilflos Sie sind, werden sie Ihnen die Hölle heiß machen.«

»Und Sie bezweifeln, daß ich mich verteidigen kann?«

Nur widerstrebend verletzte sie seine Gefühle, aber um ihn zu retten, mußte sie die Wahrheit sagen. »Allerdings, das bezweifle ich.«

Obwohl sich die Dinge planmäßig entwickelten, kränkte Mary Rose seinen Stolz. Daß sie ihn für einen Schwächling hielt, war keineswegs erfreulich. »Madam, ich habe keineswegs behauptet, ich könne nicht auf mich selber aufpassen.«

Doch sie tat so, als hätte sie seinen Protest nicht gehört. »Am besten kommen Sie mit mir nach Hause.«

Mühsam verbarg er seine Freude. »Das ist keine gute Idee. Erst einmal muß ich mich an meine neue Waffe gewöhnen. Dafür habe ich eine ganze Menge bezahlt. Sicher ist es ein gutes Schießeisen.«

»Darum geht es jetzt nicht. Bitte, verstehen Sie mich doch! Sie sind ein großer Mann, und wenn Sie hierbleiben, geben Sie eine wunderbare Zielscheibe ab. Von allen Fremden, die nach Blue Belle kommen, erwartet man, daß sie sich selbst und ihren Besitz verteidigen. Da Sie offenbar nicht wissen, wie Sie Ihren Revolver und Ihre Fäuste gebrauchen sollen, werden Sie das Ende dieser Woche wohl kaum überleben. Also kommen Sie mit mir. Meine Brüder werden Ihnen gern alles beibringen, was Sie unbedingt wissen müssen: Immerhin haben Sie Coles Leben gerettet.

Um sich zu revanchieren, wird er Ihnen sicher Schießunterricht geben.«

Bevor Harrison antwortete, mußte er tief Atem holen. Gewiß, er wollte naiv wirken, aber nicht wie ein Vollidiot. »Oh, ich habe meine Fäuste schon öfter benutzt, und ich denke ...«

Mitleidig fiel sie ihm ins Wort. »Denken und tun – das sind zweierlei Dinge. Überschätzen Sie Ihre Fähigkeiten nicht! Das könnte gefährlich werden. Waren Sie schon einmal in eine Schießerei verwickelt?«

»Nein«, mußte er zugeben.

»Da sehen Sie's.«

»Haben sich alle Bewohner von Blue Belle schon in Schießereien eingelassen?«

»Nein, natürlich nicht.«

»Warum fragen Sie dann, ob mir das schon einmal passiert ist?«

»Sicher ist Ihnen aufgefallen, daß die meisten Männer im Laden keine Waffen tragen. Ein Revolver verkündet eine ganz bestimmte Botschaft. Und wenn Sie einen mit sich herumschleppen, wird man von Ihnen den Beweis verlangen, daß Sie auch damit umgehen können. Aber ich finde, man sollte ein Schießeisen nur benutzen, um zu jagen, um Schlangen und dergleichen zu töten – aber keine Menschen. Unglücklicherweise kennen manche Leute, die hier leben, diesen Unterschied nicht.«

»Ihr Bruder trägt auch eine Waffe.«

»Das ist was anderes. Cole bleibt nichts anderes übrig, aber Ihnen schon. Immer wieder versuchen irgendwelche Revolverschwinger, die sich mit Ruhm bekleckern wollen, meinen Bruder herauszufordern. Sie glauben, sie wären schneller als er. Und diese Arroganz bringt sie ins Grab, wenn sie auch nicht von Coles Hand sterben. Schon jahrelang hat er niemanden mehr umgebracht. Aber er muß eine Waffe tragen, um sich zu schützen.«

»Ich verstehe.«

»Und er hat nur so gut schießen gelernt, um uns alle zu verteidigen. Auch Sie müssen ein erstklassiger Schütze werden, wenn Sie sich hier niederlassen wollen, Harrison. Und falls Sie sich über die Viehzucht informieren möchten, sind Sie auf Rosehill bestens aufgehoben. Dort finden Sie erstklassige Lehrer. Arbeiten Sie doch für uns! Adam wird Sie anständig bezahlen, und Sie können sich alle Kenntnisse aneignen, die Sie benötigen.«

»Adam?«

»Mein ältester Bruder. Im ganzen sind's vier – Travis, Cole, Douglas und Adam.«

Um die Gunst der Stunde zu nutzen, beschloß er, ihr ein paar Fragen zu stellen. »Leben Ihre Eltern noch?«

»Meine Mutter. Jetzt ist sie im Süden, aber sie wird bald zu uns kommen. Holen Sie jetzt Ihre Sachen! Wenn Sie wollen, begleite ich Sie.«

»Sollten Sie nicht erst Ihre Brüder fragen, bevor Sie mir eine Stellung auf Ihrer Ranch anbieten, Miss Clayborne?«

Wie sie aus Erfahrung wußte, war es keine gute Idee, die beiden um Erlaubnis zu bitten. »Nein. Irgendwie kriege ich sie schon herum. Nennen Sie mich doch Mary Rose, oder einfach nur Mary, so wie alle Leute in der Stadt. Haben Sie ein Pferd und einen Wagen, Harrison, oder sind Sie mit der Postkutsche gefahren?«

»Ich habe ein Pferd.«

»Gehen wir?« Offensichtlich duldete sie keinen weiteren Widerspruch, denn sie sprang vom Gehsteig zur Straße hinab, steuerte den Mietstall an und lächelte ihren Brüdern zu, als sie an ihnen vorbeieilte. Der verdutzte Harrison zögerte nur kurz, dann folgte er ihr. »Dieser Gentleman neben Cole ist mein Bruder Douglas«, erklärte sie. »Vielleicht warte ich noch ein bißchen, bevor ich Sie mit ihm bekannt mache. Erst mal muß ich seine Laune bessern.«

»Ja, er sieht ziemlich irritiert aus. Ist er ihr Stiefbruder?«

»Nein. Warum fragen Sie?«

»Weil er weder Ihnen noch Cole gleicht. Irgendwie erinnert er mich an meinen Freund namens Nicholas, der in Italien geboren und aufgewachsen ist.«

»Nein, Douglas ist sicher kein Italiener. Eher ein Ire. Ja, das glaube ich.«

»Sie glauben es?« Sie nickte nur, ohne eine nähere Erklärung abzugeben, und Harrison fragte sie verwirrt: »Hat Ihr Vater ein zweites Mal geheiratet?«

»Nein. Cole und ich sind die einzigen in unserer Familie, die einander ähnlich sehen. Haben Sie Brüder?«

»Nein.«

»Und Schwestern?«

»Leider auch nicht.«

»Wie schade! Als Einzelkind müssen Sie sich schrecklich gelangweilt haben. Mit wem haben Sie sich denn geprügelt, als sie aufgewachsen sind?«

»Mit niemandem«, entgegnete er lachend.

Kein Wunder, daß der arme Mann sich nicht zu verteidigen wußte, wenn er keine älteren Brüder hatte, die ihm all diese notwendigen Dinge beibringen konnten.

Harrison warf einen Blick über die Schulter. Nein, Douglas war sicher nicht mit Mary Rose verwandt. Er besaß braunes Kraushaar, dunkle Augen, ein kantiges Kinn und breite hohe Wangenknochen. Coles Züge wirkten viel aristokratischer, vor allem die Adlernase. Seltsamerweise sahen die beiden Männer so aus, als wären sie gleich alt.

»Aber Sie sehen kein bißchen irisch aus, Mary Rose«, meinte Harrison.

»Nein?« Lächelnd eilte sie weiter, offenbar nicht bereit, dieses Thema genauer zu erörtern.

»Wohin gehst du, zum Teufel, Mary Rose?« schrie Douglas, und sie drehte sich um.

»Zum Mietstall!« erwiderte sie und beschleunigte ihre Schritte. »Heute abend wird Mr. MacDonald mit uns essen!«

Eine Zeitlang starrten ihr die beiden Brüder nach, dann

streckte Cole eine Hand aus. Douglas griff fluchend in seine Tasche und gab ihm einen Silberdollar.

»Gegen eine todsichere Sache darf man eben nicht wetten«, bemerkte Cole.

»Das verstehe ich nicht. Er ist über einsachtzig, kerngesund und kräftig, und seinen scharfen Augen entgeht nichts. Was findet sie denn an ihm? Er sieht völlig normal aus.« Das triumphierende Grinsen seines Bruders, der die Wette gewonnen hatte, ärgerte Douglas. »Verdammt noch mal, er trägt ein Schießeisen. Diesem Kerl möchte ich nicht in einer dunklen Gasse begegnen.«

»Es ist ein neuer Revolver.«

»So?«

»Und er hat ihn noch nie benutzt.«

»Und warum hat er sich dann diesen neumodischen Waffengurt umgeschnallt?«

Cole zuckte die Achseln. »Wahrscheinlich glaubt er, im Wilden Westen müßte man so herumlaufen. Auf diesem Leder habe ich keinen einzigen Kratzer gesehen. Wahrscheinlich ist der Gurt auch brandneu.«

»Also ist er ein Trottel?«

»Scheint so.«

Verständnislos schüttelte Douglas den Kopf. »Der wird sich umbringen.«

Nun grinste Cole noch breiter. »Und deshalb nimmt ihn unsere Schwester mit nach Hause.«

»Gib mir sofort mein Geld zurück! Das alles hast du schon vor unserer Wette gewußt!«

»Du hättest ja fragen können.«

Seufzend akzeptierte Douglas seine Niederlage und beobachtete, wie Mary Rose und der Fremde hinter der Ecke des Mietstalls verschwanden.

»Übrigens, Dooley hat Morrison erzählt, der Mann würde aus Schottland stammen und sei sehr gebildet«, fügte Cole hinzu.

»Also ein Städter?«

Cole nickte. »Mit seinem Schießeisen kann er nicht umgehen – und mit einem Messer sicher auch nicht. Oder hast du irgendeine Narbe in seinem Gesicht gesehen?«

»Keine einzige.«

»Vorhin habe ich mit ihm geredet. Er macht einen recht zivilisierten Eindruck, aber er ist nicht ganz richtig im Kopf. Stell dir vor, er wollte nicht auf Webster schießen – aus Angst, er könnte jemanden verletzen.« Douglas brach in schallendes Gelächter aus, und Cole wartete, bis sein Bruder sich beruhigt hatte. Dann fuhr er fort: »Wenn er auch nur einen Funken Verstand besäße, würde er keine Waffe tragen. Alle Leute, die ihn so sehen, müssen ihn doch für einen guten Schützen halten.«

»Was für eine Schande! So ein großer, gutgebauter Mann – und kann nicht schießen ...«

»Ja, wirklich ein Jammer!«

»Wie heißt er denn?«

»MacDonald. Harrison MacDonald.«

11. Februar 1861

Liebe Mama Rose, in St. Louis gab's Ärger. Ich trug Mary Rose auf der Hüfte. Da kam ein Mann angelaufen und versuchte, uns zu belästigen. Inzwischen hat die Kleine dichte Locken am ganzen Kopf und ist freundlich zu allen Leuten, die sie anschauen. Also lachte sie auch diesen Mann an und zeigte ihm ihre vier Vorderzähne. Mißtrauisch musterte er mich und fragte, warum sie nicht so aussehen würde wie ich. Er wollte mir das Baby sogar wegnehmen, aber dann tauchte Cole auf. Und der sieht natürlich aus wie Mary Roses Bruder mit seinen blonden Haaren und blauen Augen. Wütend schrie er diesen Burschen an und sagte, er solle sich um seinen eigenen Kram kümmern.

Nach diesem Zwischenfall beschlossen wir weiterzureisen, irgendwohin, wo sich niemand in die Angelegenheiten anderer Leute einmischt. Adam glaubt, in der Prärie wären wir am besten aufgehoben. Also brechen wir unser Zelt ab und

reiten morgen früh los. Schade, daß Du uns nicht schreiben kannst, aber sobald wir uns irgendwo niedergelassen haben, schicken wir Dir unsere Adresse.
Adam schaut mir über die Schulter und läßt Dir ausrichten, wir würden uns bald ein richtiges Häuschen bauen. Hier im Zelt kriecht Mary Rose ständig auf dem Erdboden herum, der Schmutz klebt an ihren Händen und Füßen. Außerdem steckt sie sich Erdklumpen in den Mund, wenn wir nicht aufpassen. Keine Ahnung, warum sie das macht. Aber sie ist ein süßes kleines Ding. Wir wechseln uns ab, wenn wir sie wickeln und schlafen legen. Jede Nacht liegt sie bei einem von uns, und ich kann dir sagen – ich hab's satt, klatschnaß aufzuwachen. Alles pinkelt sie voll. Aber das ist wohl normal, oder?
Hoffentlich kommen wir bald mal zusammen, damit wir endlich wissen, wie unsere Mama aussieht.

Herzliche Grüße,
Dein Lieblingssohn Douglas

3

Douglas fand das neue Wohlfahrtsprojekt seiner Schwester ungemein amüsant. Doch das änderte sich schlagartig, als er MacDonalds Pferd sah. Am liebsten hätte er ihn umgebracht, obwohl sich der Kerl nicht wehren konnte. Wenn der Hurensohn für den jämmerlichen Zustand dieses Hengstes verantwortlich war, dann verdiente er den Tod, bei Gott!

Die beiden Brüder waren im Wagen zum Mietstall gefahren. Dort erklärte der Besitzer, ein riesiger, rothaariger Dickwanst namens Simpson, Mary Rose und der Fremde seien nach hinten in den Corral gegangen. Cole wollte das Pferd seiner Schwester und sein eigenes holen, aber Simpson erbot sich freundlicherweise, die Stute und den Wallach zu satteln und auf die Straße zu führen.

Also lenkte Douglas das Gespann um die Ecke zum Corral, wo MacDonalds Pferd untergebracht war. Sobald der Wagen hielt, warf er seinem Bruder die Zügel zu und griff nach seiner Schrotflinte, die unter dem Kutschbock lag. Aber Cole war schneller, riß ihm die Waffe aus der Hand und warf sie nach hinten auf die Ladefläche. Natürlich wußte er, was Douglas dachte. »Erst mal solltest du rausfinden, was da los ist«, schlug er mit leiser Stimme vor. »Dann kannst du ihn immer noch abknallen.«

Douglas nickte, sprang vom Wagen und stürmte zum Corral. Am Zaun standen Mary Rose und MacDonald, die das Tier beobachteten.

Zunächst hatte ihr der Anblick des Pferdes die Sprache verschlagen. Doch sie erholte sich sehr schnell von ihrem Schrecken und fragte sich, warum es so grausam behandelt worden war. Runzlige weiße Narben übersäten das Fell. »Wie lange haben Sie den Hengst schon, Harrison?«

»Fast drei Wochen.«

»Gott sei Dank!« flüsterte sie und wollte eine weitere Frage stellen, doch da sah sie Douglas auf sich zukommen. Hastig trat sie zwischen die beiden Männer. »Er hat das Pferd erst seit drei Wochen!« erklärte sie ihrem sichtlich erbosten Bruder.

Ihr Benehmen verwirrte Harrison. »Warum schreien Sie denn so?«

»Damit er mich hört. Er soll Sie doch nicht umbringen.«

Wenn ihn diese Erklärung verblüffte, so zeigte er es nicht.

Und als er das hochrote Gesicht des jungen Mannes sah, erkannte er, worum es ging. Wütend starrte Douglas den übel zugerichteten Hengst an.

»Mein Bruder versteht sehr viel von Tieren«, fügte Mary Rose hinzu. »Von weither kommen die Rancher nach Rosehill und bitten ihn um Rat. Pferde mag er besonders gern, und sobald er diese Narben bemerkte ... Irgend jemand hat das arme Geschöpf ausgepeitscht, nicht wahr? Erst dachte ich, es hätte ein weißes Fell, dann kam ich näher und stellte fest, daß es goldbraun ist. Wer hat ihm das angetan?«

»Das weiß ich nicht«, erwiderte Harrison. »Ich fragte danach, aber niemand konnte mir Auskunft geben. Jetzt fallen mir die Narben gar nicht mehr auf. Ich sehe nur noch MacHugh.«

»MacHugh? Was für ein sonderbarer Name ...« Bestürzt unterbrach sie sich und fürchtete, sie hätte ihn beleidigt. »Ich meine, ein schöner Name. Sonderbar und schön«, bekräftigte sie.

Wie sie sich bemühte, seine Gefühle nicht zu verletzten! Er lächelte sie gerührt an. Ein süßes Mädchen, dachte er, und offenbar völlig unverdorben – eine erfrischende Abwechslung nach all den Frauen, die ich früher kannte ... Ob sie weiß, wie unglaublich schön und liebenswert sie ist?

Dann verdrängte er diese Gedanken und antwortete: »Ich nannte ihn nach einem bärbeißigen Ahnherrn, weil ich da eine gewisse Ähnlichkeit entdeckte.«

»Tatsächlich?«

»Das ist ein verdammt häßliches Pferd«, mischte sich Cole ein, der nun hinter ihnen stand.

»Wenn Sie über die Narben hinwegsehen, werden Sie MacHughs Schönheit bemerken«, entgegnete Harrison, ohne sich umzudrehen.

»Sie finden ihn schön?« wisperte Mary Rose.

Fast unhörbar seufzte sie, und ihr Herz erwärmte sich. Harrison war ein guter, anständiger Mensch. Nur selten schaute jemand hinter die Fassade. Bisher hatte sie nur vier Leute kennengelernt, die das taten – ihre Brüder. Hoffentlich täuschte sie sich nicht in diesem Schotten. Heutzutage traf man so wenige nette Männer.

MacHugh begann sich vor seinem Publikum zu produzieren. Wiehernd bäumte er auf. An diese theatralischen Possen war der Eigentümer bereits gewöhnt. Er wußte, daß sein Pferd versuchte, die Beobachter einzuschüchtern – offenbar mit Erfolg, denn als es zum Zaun stürmte, schnappe Mary

Rose entsetzt nach Luft und ging hinter Douglas in Dekkung. Und Harrison wünschte, sie hätte bei *ihm* Schutz gesucht.

»Läßt er Sie aufsteigen, Harrison?« fragte sie.

»Ich hätte ihn so oder so gekauft, selbst wenn ich ihn nicht reiten könnte.«

»Wie albern!« meinte Cole, aber Harrison war nicht gekränkt.

»Vielleicht.«

»Wegen der Ähnlichkeit mit Ihrem Ahnherrn?« erkundigte sich Mary Rose, und er nickte. »Worin besteht sie denn?«

»Der Hengst ist genauso störrisch wie er – falls man der Familienchronik glauben darf. In diesen dunklen Augen las ich ein wildes Feuer – und noch etwas anderes. Ich glaube, Geduld mit den Menschen, die ihn nicht verstehen.«

»Geduld«, wisperte sie. Träumerisch blickte sie in die Ferne und überlegte, ob sie sich in Harrison verlieben würde. Warum nicht – solange niemand was merkte?

»Und da dachte ich, von diesem Tier könnte ich einiges lernen. Ich bin nämlich sehr ungeduldig.«

Sicher würde er einen wunderbaren Ehemann abgeben, überlegte sie, denn er will sich in Geduld üben ...

Douglas trat näher zum Zaun. »Wenigstens hat er kräftige Beine. Und er sieht gesund aus. Haben Sie ihn untersucht, Mister, und auch in sein Maul geschaut?«

»Keine Krankheiten?«

»Soviel ich weiß, keine.«

»Wo haben Sie ihn gekauft?«

»Außerhalb von Hammond, bei Finley.«

»Sie sind zu Finley gegangen?« rief Mary Rose erschrocken. »Großer Gott, der kauft doch nur Pferde, um sie zu schlachten und das Fleisch zu verhökern. Wieviel haben Sie bezahlt?«

»Zwölf Dollar.«

»Dann wurden Sie übers Ohr gehauen, MacDonald«, warf Cole fröhlich ein.

Douglas schüttelte den Kopf. »Da bin ich mir nicht so sicher. Womöglich hat er ein gutes Geschäft gemacht.«

»Allerdings«, bestätigte Harrison. »Ich hatte wirklich Glück. Wäre ich eine Stunde später gekommen, würde MacHugh nicht mehr leben.«

»Und deshalb haben Sie ihn gekauft, obwohl Sie ihn vielleicht gar nicht reiten können«, seufzte Cole.

Doch Mary Rose zog ihre eigenen Schlüsse und flüsterte ihm zu: »Ist er nicht lieb?«

»Eher strohdumm«, wisperte er zurück.

Dieser kurze Wortwechsel entging Harrison nicht. Er zuckte die Achseln, dann ging er zum Gatter, und MacHugh folgte ihm auf der anderen Seite des Zauns. Dabei gebärdete sich das Pferd, als wollte es seinem Herrn Arme und Beine ausreißen, aber es stieß ihn nur an, als er den Corral betrat. Eine Zeitlang ließ es reglos den Kopf hängen, und plötzlich geriet es in Panik. Er packte die Zügel und beruhigte es.

Doch sobald Douglas näher kam, begann MacHugh nervös umherzutänzeln. »Bleiben Sie, wo Sie sind!« befahl Harrison. »Warten Sie, bis er zu Ihnen geht! Wenn Sie sich nicht rühren, tut er Ihnen nichts.«

Douglas nickte. Breitbeinig stand er da und beobachtete den Hengst. Allzu lange mußte er sich nicht gedulden.

Sobald Harrison die Zügel aus der Hand gab, sprengte MacHugh auf Douglas zu. Nur mühsam konnte Mary Rose einen Warnruf unterdrücken. Cole sah das wilde Funkeln in den Pferdeaugen und griff blitzschnell nach seiner Waffe. Bei Gott, er würde dieses verdammte Biest erschießen, bevor es seinen Bruder zu Tode trampelte. »Bist du denn verrückt geworden, Douglas?« flüsterte er.

Dicht vor Douglas blieb MacHugh stehen, aber er hatte sein beängstigendes Manöver keineswegs beendet. Zweimal mußte er sich noch aufbäumen, ehe er beschloß, etwas bessere Manieren zu zeigen. Mary Roses Knie waren weich geworden. Erleichtert lehnte sie sich an Cole.

»Wenn Sie wollen, können Sie ihn jetzt anfassen«, sagte

Harrison zu Douglas und trat neben den Hengst. »Niemals würde er Ihnen was antun. Das habe ich doch erklärt. Er spielt sich nur gern ein bißchen auf. Alles in Ordnung?« fragte er, als er bemerkte, wie blaß der junge Mann geworden war.

Bevor Mary Roses Bruder antworten konnte, mußte er schlucken. »Aber Sie haben nicht erwähnt, daß er mir eine Heidenangst einjagen würde.« Er streckte eine Hand aus, um den Hengst zu tätscheln. Prompt stieß MacHugh ihn zurück, und Douglas brüllte vor Lachen. Dann versuchte er es noch einmal. »Aus der Nähe sieht man erst, was für ein hübsches Pferd das ist, trotz der vielen Narben. Da haben Sie ein gute Wahl getroffen.«

»Es war nicht meine, sondern seine Entscheidung.« Eine nähere Erklärung gab Harrison nicht ab, und Douglas stellte keine Fragen. Er schien alles zu verstehen.

»Fast siebzehn Handbreit hoch, was?«

»In Schottland haben wir noch größere Pferde.«

»Kommen Sie von dort?«

Harrison nickte. »Und Sie sind Ire, nicht wahr?« fragte er und hoffte, Mary Roses Bruder würde nun seine Herkunft erläutern.

Erstaunt hob Douglas die Brauen. »Wer hat Ihnen das erzählt?«

»Ihre Schwester.«

»Dann bin ich wohl ein Ire«, entgegnete Douglas grinsend. »Manchmal.«

Was zum Teufel sollte das heißen? Danach wollte Harrison sich lieber nicht erkundigen, denn jetzt las er wachsames Mißtrauen in Douglas' Augen. »Lassen Sie sich bloß nicht von MacHugh zum Narren halten! Er ist nur sanftmütig, wenn er will. Und er kann ein mörderisches Temperament entwickeln, vor allem, wenn er sich in die Enge getrieben fühlt.«

»So wie viele Menschen.« Dann stellte Douglas sich vor und fügte hinzu, es würde ihn nicht stören, wenn Harrison zum Essen nach Rosehill käme. Schon jetzt bahnte sich eine enge Freundschaft zwischen den beiden Männern an, die auf Douglas' Liebe zu allen Tieren und auf Harrisons offenkundiger Schwäche für MacHugh basierte.

Natürlich mochte Cole nicht zurückstehen. Wenn Douglas sich in die Nähe dieser Höllenbestie wagte, würde er das auch schaffen. Ein paar Minuten später hatte er die gleichen Qualen erlitten wie sein Bruder, und es dauerte sogar noch etwas länger, bis sein Gesicht wieder die normale Farbe annahm.

Jetzt wollte Mary Rose ihr Glück versuchen. Beide Brüder befahlen ihr, außerhalb des Corrals zu bleiben.

»MacHugh mag Frauen viel lieber als Männer.« Harrisons beiläufiger Kommentar beschwichtigte weder Cole noch Douglas. Aber obwohl sie energisch die Köpfe schüttelten, eilte ihre Schwester in den Corral.

»Nie hört sie auf uns«, murmelte Cole, und Douglas fühlte sich bemüßigt, sie zu verteidigen.

»Sie hat eben ihren eigenen Willen«, erklärte er Harrison.

»Das sehe ich.«

Direkt neben dem Gatter blieb Mary Rose stehen und verbarg ihre Angst. Am liebsten hätte sie die Augen geschlossen, doch das wagte sie nicht. Sonst würden ihre Brüder sie auslachen, und das wäre zu peinlich, noch dazu in Harrisons Gegenwart. Der Hengst ignorierte sie. Nachdem sie ein paar Minuten gewartet hatte, ging sie zu ihm, und er trottete ihr entgegen. Zärtlich streichelte sie ihn, und ihr Duft schien ihm ebenso zu gefallen wie die sanften Liebkosungen. »Auf Rosehill wirst du dich wohl fühlen«, wisperte sie. »Und vielleicht möchtest du lange, lange bei uns bleiben, mit deinem Freund Harrison.«

Doch sie wußte, daß sie in irrealen Tagträumen versank. Erst seit einer halben Stunde kannte sie den Mann, und er wußte noch gar nicht, ob er sich hier niederlassen wollte. Wahrscheinlich würde er das Leben in der Wildnis zu beschwerlich finden und noch vor dem Winter die Flucht ergreifen.

Verstohlen spähte sie am Pferdehals vorbei zu Harrison hinüber, und ihr Atem stockte. Irgendwas stimmte nicht mit ihr. Sicher, er sah attraktiv aus, aber daran lag es nicht, daß ihr Herz so heftig pochte. Das mußte mit seiner Güte zusammenhängen, für die MacHugh der lebende Beweis war.

Konnte man sich so schnell verlieben? Das pflegten die Mädchen in der Schule zu behaupten, aber Mary Rose hatte es nie geglaubt. Jetzt geriet ihre Überzeugung ins Wanken. Ihre Brüder erklärten immer wieder, eines Tages würde sie heiraten. Wohl oder übel gab sie ihnen recht. Aber bis jetzt hatte ihr die Aussicht, jeden Tag bis ans Ende ihres Lebens mit ein und demselben Mann zu verbringen, den Magen umgedreht.

Plötzlich sah sie das ganz anders. Lauter Schmetterlinge schienen in ihrer Brust zu flattern. Vermutlich war das eine Begleiterscheinung der Liebe. Was würde sie erst empfinden, wenn Harrison sie küßte – falls das jemals geschehen sollte? Sie war nur selten geküßt worden und hatte jedesmal den Eindruck gewonnen, ein Fischmaul würde ihr den Mund verschließen. Nun beschloß sie herauszufinden, ob Harrison besser küssen konnte. Solche Gedanken waren natürlich schamlos, aber das machte ihr nichts aus.

Nachdem sie MacHugh ein letztes Mal gestreichelt hatte, verließ sie den Corral, und der Hengst folgte ihr fügsam.

Ihren Brüdern war nicht entgangen, daß sie Harrison angestarrt hatte. Jetzt fing sie auch noch zu singen an.

»Was zum Teufel ist nur los mit ihr?« fragte Cole.

»Sie träumt«, erwiderte Douglas.

Auch Harrison hatte Mary Roses eindringlichen Blick bemerkt, aber er schwieg. Woran dachte sie? Wenn er das nur wüßte ... In seinem Beruf kam es auf die Fähigkeit an, die Gedanken anderer Leute zu erraten, ihren Charakter zu beurteilen und ihre Reaktionen vorauszusehen. Normalerweise beherrschte er diese Kunst. Und ausgerechnet jetzt ließ sie ihn im Stich.

»Geben Sie's auf, MacDonald«, seufzte Cole und ging

zum Stall. Inzwischen hätte er lange genug gewartet, bis der alte Simpson seinen dicken Hintern in Bewegung setzte und die Pferde sattelte. Darum wollte er sich jetzt selber kümmern.

»Was soll ich aufgeben?« fragte Harrison und folgte ihm.

Douglas eilte zum Wagen und rief über die Schulter: »Am besten versuchen Sie gar nicht erst, Mary Rose zu verstehen! Das schaffen Sie nie!«

An der Stalltür drehte Cole sich um. »Vielleicht sollten Sie sich bemühen, Ihr Pferd einzufangen. Allem Anschein nach will es meiner Schwester nachlaufen.«

Fluchend rannte Harrison zu MacHugh. Was zum Teufel war nur los mit ihm? Er hatte nicht einmal gemerkt, daß der Hengst aus dem Corral getrabt war.

Cole schaute ihm grinsend nach und fand es keineswegs erstaunlich, daß MacHugh so schnell von seinem Herrn zu Mary Rose übergelaufen war. Wie alles, was in dieser Gegend kreuchte und fleuchte, erkannte auch der Hengst ein gütiges Herz.

Ob Mensch oder Tier – das spielte keine Rolle. Einmütig folgten sie Mary Rose nach Hause.

Sie lebte inmitten eines Paradieses. Als Harrison den Grat am Rand des Clayborne-Anwesens erreichte, zügelte er sein Pferd und blickte fasziniert in das schöne Tal hinab. Mary Roses Stute blieb an seiner Seite stehen. Leuchtend grüne Wiesen erstreckten sich bis zu den Bergen, und das Gras sah aus, als wäre es von der Sonne in ein Meer aus Smaragden verwandelt worden.

Tautropfen flimmerten an den Halmen. Überall blühten wilde Blumen, rosa und gelb, rot und orange, violett und blau. Ihr Duft erfüllte die frische, saubere Luft.

Im Norden und Westen erhoben sich stolze Berge, so alt wie die Zeit, und am Osthang wand sich ein klarer, breiter, blauer Bach herab.

Dieses Land erinnerte Harrison schmerzlich an die schottische Heimat, die er notgedrungen verlassen hatte. Doch die melancholischen Gefühle verflogen so schnell, wie sie gekommen waren, denn das wunderbare Bild, das seine Augen genossen, weckte einen beglückenden, inneren Frieden. Tröstliche Ruhe umfing ihn wie ein warmer Mantel.

Hier könnte er für immer bleiben. Diese Erkenntnis erschreckte ihn. Sofort verdrängte er den verräterischen Gedanken. Sein Herz gehörte Schottland, und eines Tages, wenn er reich und mächtig genug war, würde er dorthin zurückkehren, und den Besitz übernehmen, der ihm zustand.

Dann konzentrierte er seine Aufmerksamkeit wieder auf Rosehill. Er hatte geglaubt, die Claybornes würden in einer Holzhütte leben, so ähnlich wie die vielen Cottages, die er unterwegs gesehen hatte. Aber sie bewohnten ein einstöckiges, weißgestrichenes Ziegelhaus, bescheiden in der Anlage und den Proportionen, aber trotzdem stattlich. Weiße Pfosten stützten die Veranden, die das Haus an drei Seiten umgaben. Dahinter lagen zwei große Ställe, etwa fünfzig Meter voneinander entfernt, dazwischen zählte er fünf Corrals.

»Wie viele Pferde haben Sie, Mary Rose?« fragte er.

»Sechzig oder siebzig. Cole fängt immer wieder wilde Mustangs ein, die dann zugeritten werden. Natürlich besitzen wir auch Rinder, aber nach Travis' Meinung viel zu wenige.«

»Travis ist Ihr jüngster Bruder?«

»Wie alt war er bei Ihrer Geburt?«

Sie warf ihm einen neugierigen Blick zu. »Neun. Warum fragen Sie?«

Lässig zuckte er die Achseln. »Nur so … Sieht er wie Douglas aus – oder wie Sie und Cole?«

»Nun, er sieht wie – Travis aus. Sie stellen sehr viele Fragen, Harrison.«

»So?« antwortete er, weil ihm nichts Besseres einfiel.

Sie nickte. »Und wie gefällt Ihnen mein Zuhause?«

Wieder wanderte sein Blick über das Tal hinweg. Wenn er es als schön bezeichnete, würde er die Gefühle, die ihn bewegten, nur unzulänglich beschreiben. Er wußte nicht, warum es ihm so wichtig erschien, die richtigen Worte zu finden. Jedenfalls dachte er sehr lange nach, und schließlich kam seine Antwort mitten aus dem Herzen. »Rosehill erinnert mich an Schottland, und ein höheres Lob kann kein Highlander spenden.«

Erfreut lächelte sie. Harrisons Augen bezeugten, wie aufrichtig er das meinte. Sie lenkte ihr Pferd näher zu ihm und flüsterte: »Wissen Sie, was ich denke?«

»Was denn?«

»Wir beide sind einander sehr ähnlich.«

O nein, da täuschte sie sich ganz gewaltig. Sie waren grundverschieden. Wie er mittlerweile herausgefunden hatte, bestand sie nur aus Gefühlen. Und für ihn galt das sicher nicht. Nur selten ließ er jemanden wissen, was er dachte oder empfand. In allem, was er unternahm, ging er bedächtig und methodisch vor. Er haßte Überraschungen. Die konnten in seinem Beruf tödlich wirken, und deshalb pflegte er lange zu überlegen, bevor er Pläne schmiedete oder Entscheidungen traf. Sein Leben mußte in geordneten Bahnen verlaufen, und nach allem, was er über Mary Rose gehört hatte, schien sie das Chaos zu lieben. Außerdem war sie gutmütig, schrecklich naiv und viel zu vertrauensselig, auch Fremden gegenüber.

Nicht einmal zehn Minuten hatte sie gebraucht, um ihn nach Hause einzuladen, obwohl sie nichts über ihn wußte. Nein, sie glichen einander kein bißchen. Er traute niemandem. Von Natur aus war er ein Zyniker, und sein Beruf hatte diesen Charakterzug noch gefördert.

Wie konnte sie ihn nur so falsch beurteilen? In ihrer Unschuld akzeptierte sie alles, was er ihr erzählte. Und wenn er weiterhin den Grünschnabel spielte, der nur deshalb eine Waffe trug, weil sich das im Wilden Westen geziemte, würde Mary Rose auch in Zukunft glauben, sie wären Seelengefährten.

»Wollen Sie nicht wissen, warum ich den Eindruck gewonnen habe, wir würden uns ähneln?« fragte sie.

»Nun, warum?«

»Sie sehen die Dinge so wie ich. Hören Sie doch auf, die Stirn zu runzeln, Harrison! Ich habe Sie nicht beleidigt.«

»Natürlich nicht. Und wie sehen wir die Dinge?«

»Mit dem Herzen.«

»Schon vor langer Zeit habe ich gelernt, die Logik und den Verstand vor die Gefühle zu stellen. Meine Lebensphilosophie ist ganz einfach.«

»Und wie lautet Ihr Grundsatz?«

»Erst das Hirn, dann das Herz.«

Das beeindruckte Mary Rose nicht. »Also gestatten Sie sich keine Gefühle? Müssen Sie immer erst nachdenken?«

»Natürlich.«

Seufzend verdrehte sie die Augen. »Adam wird Sie sicher mögen.«

»Warum?«

»Weil mein Bruder Ihre Philosophie teilt. Manchmal treibe ich ihn mit meinen überschwenglichen Gefühlen fast zum Wahnsinn. Aber ich bin nun mal so. Wenn ich dieses Tal betrachte ...« Errötet verstummte sie.

»Ja?«

»Sicher halten Sie mich für verrückt.«

»Bestimmt nicht.«

Sie holte tief Atem. »Verspotten Sie mich nur, wenn Sie wollen. Jedenfalls fühle ich mich diesem Land so innig verbunden, daß ich oft glaube, ich würde sein Herz schlagen hören.« Aufmerksam beobachtete sie ihn, aber er lächelte nicht einmal. »Und ich dachte, auch Sie würden so etwas empfinden, Harrison. Ich bin mir noch immer nicht sicher ...«

»Wann reitest du endlich weiter, Mary Rose?« rief Cole hinter ihr. »Ständig muß ich deinetwegen warten. Nun habe ich schon fast den ganzen Tag vertrödelt.«

Sofort drückte sie die Fersen in die Flanken ihre Stute. »Mein Bruder mag's nicht, wenn man trödelt. Eigentlich ist er sehr nett, aber er zeigt's nicht gern.«

Harrison verkniff sich einen Kommentar und verschwieg, daß ihn nie zuvor ein so unfreundlicher Mensch wie Cole begegnet war.

Der junge Mann, der vor dem Haus wartete, mußte sich eine Zeitlang gedulden, bevor er mit dem fremden Besucher bekannt gemacht wurde. Nachdem Harrison abgestiegen war, versuchte er MacHugh in den Stall zu führen.

Aber das paßte dem Hengst nicht. Schnaubend bäumte er sich auf, tänzelte umher und stieß seinen Herrn an, der rücklings im Staub landete. Douglas verzog keine Miene, aber Cole lachte Tränen. Am liebsten hätte Harrison ihn umgebracht, aber das konnte er natürlich nicht tun, wenn er zum Essen bleiben und herausfinden wollte, wer zum Teufel diese Leute wirklich waren.

Schließlich gab er seinen Kampf gegen das Pferd auf, ließ die Zügel los und ging in den nächstbesten Corral. Verwundert wieherte MacHugh, dann stapfte er hinter seinem Herrn her. Er ließ sich widerstandslos absatteln, und Harrison mahnte: »Wenn du über diesen Zaun springst, bist du auf dich selber gestellt.«

»Kommen Sie doch her, Harrison, ich möchte Sie mit Travis bekannt machen!« rief Mary Rose.

»Travis?« wiederholte Harrison und schüttelte ihm die Hand. »Ist das ein irischer Name?«

»Schon möglich«, erwiderte der junge Mann lächelnd.

Verdammt, was war das für eine Antwort? Danach konnte er nicht fragen, weil Mary Rose gerade wortreich erzählte, daß er Cole vor einem Schuß aus dem Hinterhalt bewahrt hatte. Währenddessen musterte er Travis, der mit seinen rotbraunen Haaren und grünen Augen weder Mary Rose noch einem der beiden anderen Brüder ähnlich sah. Aber mittlerweile konnte ihn nichts mehr überraschen. Er würde nicht einmal mit der Wimper zucken, wenn dieses Mädchen ihm einzureden versuchte, Travis sei ihr Zwillingsbruder und ein Vollblutindianer.

Grinsend wandte sich der junge Mann zu Harrison. »Wirklich, man muß sehr mutig sein, um so ein ekliges Pferd zu reiten.«

»Sei nicht so unhöflich, Travis!« schimpfte Mary Rose.

»Wieso? Ich habe ihm doch ein Kompliment gemacht. Dazu gehört tatsächlich eine Menge Mut. Tut mir leid, wenn ich Sie gekränkt habe, Mr. MacDonald.«

Inzwischen war Cole zum Wagen gegangen, um die Einkäufe abzuladen. »Harrison, wollen Sie MacHugh morgen satteln?« rief er.

Sofort erwachte Harrisons Mißtrauen. »Warum?«

Cole hob den Mehlsack auf seine Schulter. »Weil ich zuschauen möchte.«

Harrison wußte, daß er's bereuen würde, wenn er irgend etwas sagte. Und so zwang er sich, den Mund zu halten. Er beobachtete, wie Cole im Haus verschwand.

Erst jetzt entdeckte er die hochgewachsene, dunkelhäutige Gestalt, die an einem Stützpfeiler lehnte. Der Mann sah sehr eindrucksvoll aus, mit seinen breiten Schultern, dem silbergrauen Haar und der goldgeränderten Brille. Zu einem rotkarierten, am Kragen geöffneten Hemd trug er eine dunkelblaue Hose. Er wirkte ruhig und gelassen. War das ein armer, bedürftiger Mensch, den Mary Rose in ihrem Haus aufgenommen hatte? Falls das zutraf, war er offensichtlich fest entschlossen, hierzubleiben.

»Hören Sie nicht auf Cole, Harrison«, bat Mary Rose. »Er hänselt die Leute gern, das ist alles, und er will keineswegs Ihre Gefühle verletzen. Im Grunde ist er ein sanftmütiger, verständnisvoller Mann.« Wie ihr freundliches Lächeln verriet, erwartete sie, daß er diesen Unsinn glaubte. Und er mußte sich sehr beherrschen, um ihr nicht ins Gesicht zu lachen.

»Um Himmels willen, Mary Rose, Harrison ist kein kleiner Junge, dem du irgendwas erklären mußt«, tadelte Travis. »Sicher werden Sie sich an meine Schwester gewöhnen, Mister, aber das könnte eine Weile dauern. Ständig sorgt sie sich um die Gefühle ihrer Mitmenschen. Am besten ignorieren Sie das Mädchen einfach so wie wir.« Nachdem er dem Besucher diesen klugen Ratschlag erteilt hatte, eilte er ins Haus.

»Jetzt müssen Sie nur noch einen Bruder kennenlernen«, verkündete Mary Rose. »Kommen Sie! Adam wartet auf uns.« Sie rannte die Verandastufen hinauf, blieb neben dem Schwarzen stehen, und Harrison vermutete, sie würde ihn mit dem anderen Gast bekannt machen, ehe sie ihn ins Haus führte und Adam vorstellte. Doch er täuschte sich. »Adam, das ist mein Freund – Harrison MacDonald aus Schottland.«

Langsam wandte sich Adam zu Harrison. »Willkommen auf Rosehill, Mr. MacDonald.«

Zu erstaunt, um zu antworten, starrte Harrison das Mädchen an, dann wieder Adam. Dieser dunkelhäutige Mann sollte Mary Roses Bruder sein?

Endlich fand er seine Sprache wieder. »Freut mich, Sie kennenzulernen, Sir. Ihre Schwester war so freundlich, mich zum Essen einzuladen. Hoffentlich mache ich Ihnen nicht zu viele Umstände.« Er streckte seine Hand aus, eine Geste, die Adam zu verblüffen schien. Nur zögernd umfaßte er die Finger des Besuchers.

»Oh, das stört uns nicht im mindesten. Wir sind daran gewöhnt, daß Mary Rose fremde Leute zum Essen einlädt.« Lächelnd fügte er hinzu: »Schottland liegt weit entfernt von Montana.« Harrison nickte, und Adam zeigte zur Tür. »Das Essen ist schon fertig. Kommen Sie, drinnen können Sie sich die Hände waschen.«

Er ging ins Haus, aber Harrison blieb verwirrt stehen. Geduldig wartete Mary Rose, und dann begann sie: »Was Adam betrifft ...«

»Ja?« Sicherheitshalber wappnete er sich gegen eine weitere Überraschung.

»Wenn Sie auch nicht gefragt haben – ich sag's Ihnen trotzdem. Er ist kein Ire.«

1. Juli 1862

Liebe Mama Rose, endlich haben wir dem Baby beigebracht, nicht mehr in die Windeln zu pinkeln. Das war ein hartes Stück Arbeit. Da wir Jungs sind, machen wir das anders. Mary Rose erwischte Travis eines Nachmittags dabei, und seither steht sie immer auf, wenn sie mal muß. Wir versuchten ihr zu erklären, ein Mädchen würde sich nicht so verhalten, aber sie hört nicht auf uns.

Vielleicht begreift sie nicht, daß sie ein Mädchen ist. Adam behauptet, sie sei sehr klug, aber sie ist so eigensinnig wie Cole, und Du weißt ja, wie stur er sein kann.

Schließlich dachten wir alle, wir würden eine Frau brauchen, die uns hilft, das Problem zu lösen. Adam wollte das Baby zu Belle bringen, der einzigen Frau in der ganzen Gegend. Da bekam Cole einen Wutanfall, weil er nicht will, daß Mary Rose bei einer Hure rumhängt. Aber ich erklärte, es würde nur auf Belles gutes Herz ankommen. Außerdem weiß doch jeder, wie sehr sie ihr Gewerbe haßt. Das tut sie nur, damit sie was zu essen hat. Jedem Mann, der sie besucht, erklärt sie, wie unglücklich sie ist. Mittlerweile hat sich das herumgesprochen, und sie wird nicht mehr »Hure« genannt. Jetzt heißt sie Blue Belle – die traurige Belle.

Dein Dich liebender Sohn
Douglas Clayborne

4

Die Mahlzeit entwickelte sich zur Inquisition. Bereitwillig spielte Harrison mit, denn die Fragen, die ihm die Clayborne-Brüder stellten, und ihre Reaktionen auf seine Antworten, verrieten eine ganze Menge über die Familie.

Am seltensten meldete sich Adam zu Wort, und seine stoische Miene verbarg, was er dachte. Im Gegensatz zu ihrem ältesten Bruder zeigte Mary Rose deutlich, was in ihr vorging. Das las Harrison mühelos in ihrem Gesicht. Nie zuvor war ihm ein so offenherziger, ehrlicher Mensch begegnet, und diese Erkenntnis weckte den Wunsch, ihr etwas näherzukommen. Auch ihre äußere Erscheinung zog ihn an. Ihr Blick faszinierte ihn, und ihr schöner Mund beschwor Gedanken herauf, die er sich eigentlich nicht erlauben durfte. Glücklicherweise verhinderte seine Disziplin, daß er sich zum Narren machte und das Mädchen unentwegt anstarrte.

Ihre Brüder waren nicht so höflich. Während sie aßen, ließen sie ihn kaum aus den Augen, bestürmten ihn mit ihren Fragen, und beim Kaffee wurde das Verhör fortgesetzt. Die Rangordnung war offenkundig geworden, sobald die Familie Platz genommen hatte. Adam saß am Kopfende des Tisches, Mary Rose zu seiner Linken, Cole zu seiner Rechten, Douglas neben seiner Schwester und Travis, der Jüngste, an Coles Seite. Den Gast hatte man gegenüber dem Mann plaziert, den er insgeheim als Patriarchen der Claybornes bezeichnete.

»Sind Sie satt geworden, Mr. MacDonald?« wollte Adam wissen.

»Ja, danke, der Eintopf war ausgezeichnet. Bitte, nennen Sie mich doch Harrison.«

»Gut, dann sagen Sie Adam zu mir. In England tragen manche Leute Adelstitel. Gilt das auch für Schottland?«

»Haben Sie einen Titel?« erkundige sich Douglas.

Darauf gab Harrison keine Antwort. Das Thema machte ihn verlegen, weil er fand, ein aristokratischer Gentleman würde in diesen Bergen pompös und fehl am Platz wirken.

»Nun?« drängte Cole unbarmherzig.

»Nun – ja«, gab Harrison unbehaglich zu. »Der Titel wurde von Generation zu Generation weitervererbt.«

»Und wie lautet er?« fragte Adam.

»Ich bin der Graf von Stanford, Hawk Isle.«

»Imposant«, meinte Douglas. »Sind Sie mit diesem Titel auf die Welt gekommen?«

»Nein, ich erbte ihn, als mein Vater starb.«

Interessiert beugte Cole sich vor. »Wie werden Sie genannt? Sir?«

»Nur vom Personal.«

»Und was sagen die anderen?«

»Lord.«

Cole grinste. »Klingt ziemlich affektiert. Sind Sie sehr reich? Besitzen Sie viele Ländereien?«

»Nein.«

Mary Rose merkte, wie unangenehm der Gast diese Fragen fand, und beschloß, das Thema zu wechseln. »Heute hat Adam das Essen zubereitet, weil er gerade an der Reihe war. Er mußte Samuel helfen.«

»Wer ist Samuel?«

»Unser Koch. Den haben Sie noch nicht kennengelernt. Meistens ißt er mit uns, aber heute abend hat er etwas anderes zu tun.«

»Hat er nicht«, widersprach Cole und wandte sich zu Harrison. »Er tat nur so, weil er Fremde haßt, und Sie werden ihn erst zu Gesicht bekommen, wenn er's will. Warum haben Sie Schottland verlassen?«

Der plötzliche Themenwechsel überraschte Harrison nicht, und er unterdrückte ein Lächeln. Diese Taktik hatte er vor Gericht schon oft angewandt, um Zeugen aus dem Konzept zu bringen und ihnen unbedachte Antworten zu entlocken. »Ich wollte mich in den Staaten umsehen.«

Ungläubig runzelte Cole die Stirn, aber Harrison machte sich nicht die Mühe, ihn zu überzeugen, und wartete auf die nächste Frage.

»Mary Rose hat erzählt, Sie würden sich für die Viehzucht interessieren«, bemerkte Douglas.

»Das stimmt.«

»Warum?« wollte Travis wissen.

»Ich würde gern eine Ranch besitzen.«

»Aber so ein Leben ist mit harter Arbeit verbunden«, warnte Douglas.

»Ja, das kann ich mir vorstellen.«

»Und was gefällt Ihnen dran?« fragte Travis.

»Ich bin gern im Freien.«

»Das klingt so, als hätten Sie bisher ständig in einem Büro gesessen.«

»Meistens blieb mir nichts anderes übrig. Erst in letzter Zeit konnte ich Geschäftsreisen unternehmen.«

»Für wen arbeiten Sie?« erkundigte sich Douglas.

»Für Lord William Elliott. Aber jetzt habe ich Urlaub.« Und so ging es weiter. Manchmal antwortete Harrison ausweichend, oder er schweifte vom Thema ab, nur um zu sehen, welcher Bruder eine Frage wiederholen würde. Erstaunlicherweise war Travis, der jüngste, am hartnäckigsten. »Warum sind Sie nicht in den Staaten geblieben?«

»In den Staaten?« wiederholte Harrison verständnislos.

»Montana gehört nicht dazu«, erklärte Douglas.

»Ach, das hatte ich vergessen. Wird dieses Land den Vereinigten Staaten beitreten?«

»Das ist nur eine Frage der Zeit.«

»Und warum sind Sie übers Meer gefahren?« fragte Travis.

»Weil ich mich hier umsehen wollte. Das habe ich doch schon erwähnt.«

»Hört doch auf, ihn zu belästigen!« bat Mary Rose und lächelte Harrison an. »Wie gefällt Ihnen unser Haus?«

»Sehr gut.«

»Aber Sie kennen's noch gar nicht richtig«, protestierte Douglas.

»Nur das Erdgeschoß«, bemerkte Cole. »Und mehr kriegen Sie auch nicht zu sehen. Harrison. Der Oberstock ist tabu.«

»Da sind nur Schlafzimmer«, erklärte Mary Rose und warf ihrem unhöflichen Bruder einen vernichtenden Blick zu.

»Dieses Haus überrascht mich«, gestand Harrison. »Ich hatte nicht erwartet ...«

»Dachten Sie vielleicht, wir würden wie Barbaren leben?« fiel Cole ihm ins Wort.

Nun hatte Harrison die schlechten Manieren dieses Rüpels lange genug ertragen. »Sie meinen – weil Sie sich wie ein Barbar benehmen?«

Cole wollte aufspringen, aber Mary Rose stimmte ihn um. »Beruhige dich, er wollte dich nicht beleidigen. Er versucht sich nur zu wehren. Hin und wieder kannst du die Leute ganz schön einschüchtern.«

»In der Stadt wird er ›Rabauke‹ genannt«, ergänzte Travis.

»Leider habe ich mir diesen Spitznamen noch nicht verdient«, murmelte Cole. »Aber ich arbeite dran.«

Mary Rose wandte sich wieder zu Harrison. »Hier draußen hat es gewisse Vorteile, wenn man sich wie ein Rabauke aufführt. Dann wird man in Ruhe gelassen, und darauf legt Cole großen Wert. Also war Ihre Bemerkung, er würde sich wie ein Barbar benehmen, eigentlich ein Lob. Verstehen Sie?«

Ungläubig starrte er sie an. »Tatsächlich?«

»O ja.«

Er mußte sich sehr beherrschen, um nicht energisch zu protestieren.

»Warum überrascht Sie unser Haus?« wollte Travis wissen.

»Von außen sieht es bescheiden aus. Aber drinnen …«

»… ist es genauso bescheiden«, vollendete Cole den Satz.

»Keineswegs. Der Salon und das Wohnzimmer sind erstaunlich groß, und die zahlreichen Bücher in der Bibliothek haben Sie bestimmt nicht hier gekauft.«

»Cole hat das Haus entworfen«, verkündete Mary Rose voller Stolz. »Und alle Brüder haben es mit vereinten Kräften gebaut. Das hat jahrelang gedauert.«

»Und was hat Sie noch überrascht?« fragte Douglas.

»Das Klavier im Salon.«

»Ein Steinway. Diesen Flügel haben wir gekauft, als Mary Rose alt genug war, um Klavier spielen zu lernen.«

»Und wer hat's ihr beigebracht?«

»Ein sehr guter Lehrer«, antwortete Cole ausweichend.

»Damals war ich sechs«, erklärte sie.

»Und ich hab's mit sieben gelernt«, bemerkte Harrison.

»Sie spielen Klavier?« rief sie entzückt.

»Klar«, seufzte Cole verächtlich. »Kämpfen und schießen kann er nicht, aber Klavier spielen. Diese Kunst wird Ihnen hier draußen nicht weiterhelfen.«

»Er könnte in Billies Salon auftreten«, schlug Douglas vor.

»Und sich in den Rücken schießen lassen, wie der letzte Pianist?« protestierte Travis.

»Warum wurde er erschossen?« fragte Harrison.

»Irgend jemand mochte seine Musik nicht«, erwiderte Cole. »Warum haben Sie Klavier spielen gelernt? Das finde ich sehr merkwürdig.«

»Nun, es gehörte zu meiner Ausbildung.« Harrison grinste belustigt. Offenbar glaubte Cole, es wäre unmännlich, Klavier zu spielen.

»Dann wurden Sie sehr schlecht ausgebildet. Mädchen spielen Klavier. Jungen nicht. Hat Ihr Vater Ihnen niemals gezeigt, wie man seine Fäuste gebraucht?«

»Nein. Ihrer schon?«

Statt einer Antwort zuckte Cole nur die Achseln.

»Haben Sie schon mal von Chopin oder Mozart gehört, Cole? Das waren Komponisten. Die schrieben ihre Musik nieder und spielten sie – auf dem Klavier.« Dieses Argument schien Cole nicht zu überzeugen, und Harrison beschloß, das Thema zu wechseln. »Woher haben Sie Ihr Porzellan?«

»Das sind nur sechs Tassen, und zwei passen nicht dazu. Die habe ich in St. Louis gekauft, damit Mary Rose Teepartys geben kann.«

»Damals war ich noch ein kleines Mädchen«, fügte sie hinzu, »und ich mußt lernen, Tee zu servieren. Das gehörte zu *meiner* Ausbildung.«

Lächelnd stellte sich Cole die kleine Mary Rose vor, die am Teetisch eine feine Dame gespielt hatte. »Und wer hat's Ihnen beigebracht?«

»Douglas.«

»Oh, da haben wir uns abgewechselt«, betonte Douglas und starrte seine Schwester vorwurfsvoll an. Offensichtlich mißfiel es ihm, daß sie die Teepartys erwähnt hatte. Doch sie tat so, als würde sie den Blick nicht bemerken.

Taktvoll wechselte Harrison das Thema. »Haben Sie alle Bücher in der Bibliothek gelesen?«

»Natürlich«, entgegnete Cole.

»Wir würden Sie unseren Nachbarn leihen«, sagte Mary Rose, »aber die meisten können gar nicht lesen.«

»Offenbar lieben Sie Ihre Bücher«, meinte Harrison. »Mir geht's genauso. Und ich war sehr traurig, weil ich meine Bibliothek nicht mit auf die Reise nehmen konnte.«

Zum erstenmal seit langer Zeit ergriff Adam wieder das Wort. »Dann haben wir gemeinsame Interessen.«

»Das dachte ich mir schon, als ich den gerahmten Auszug aus der ›Meditation‹ in der Bibliothek sah. Eines meiner Lieblingswerke.«

»Ich weiß nicht, in welchem Buch Adam diese Zeilen gefunden hat«, warf Cole ein. »Jedenfalls brauchte er einige Stunden, um sie abzuschreiben und zu rahmen. Und er setzte den Verfasser drunter, damit die Leute nicht glauben, er würde vorgeben, diese klugen Worte stammten von ihm.«

»Ich habe sie sehr oft gelesen, und wahrscheinlich kann ich sie sogar auswendig.«

»Das wollen wir hören.« Obwohl Harrison diese Herausforderung kindisch fand, nahm er sie an. »›Kein Mensch ist eine Insel ...‹« Nur ein einziges Mal ließ ihn sein Gedächtnis im Stich, und Adam half ihm aus der Klemme. Bewundernd lächelte er Harrison an, der den ältesten Clayborne viel netter fand als die anderen.

»Gut gemacht!« Mary Rose lobte ihn wie eine stolze Lehrerin ihren besten Schüler, und er kam sich wie ein Idiot vor. »Übrigens, die Liebe zur Literatur ist nichts das einzige Interesse, das Sie mit Adam verbindet. Er spielt auch Klavier.«

»Warum mußtest du ihm das erzählen«, fauchte Cole.

»Heute abend benimmst du dich unmöglich, Cole«, schimpfte sie. »Harrison ist unser Gast. Würdest du dich freundlicherweise daran erinnern?«

»Du mußt mir nicht sagen, was ich zu tun und zu lassen habe, Sidney.«

»Oh, du bist unerträglich«, flüsterte sie.

Harrison verstand nicht, was da geschah. Jedenfalls hätte Cole vom Stuhl fallen müssen, wenn Blicke töten könnten. »Warum nennen Sie Ihre Schwester Sidney?«

»Weil sie sich so albern aufspielt!« stieß Cole hervor.

»Tatsächlich?«

»Hören Sie, hier draußen ist es gefährlich, Fragen zu stellen.«

Harrison begann zu lachen, und diese Reaktion hatte Cole offensichtlich nicht erwartet. »Was amüsiert Sie denn so?«

»Sie, Cole. Seit einer Stunde bombardieren Sie mich mit Fragen.«

»Das ist unser Haus. Hier stellen wir die Regeln auf, Sie nicht.«

»Deine Gastfreundschaft läßt sehr zu wünschen übrig...«, begann Mary Rose und hätte Cole noch weitere Vorwürfe gemacht, aber Adam beugte sich vor und schaute sie an. Sofort verstummte sie. Dann wandte er sich zu Cole, der ebenfalls den Mund hielt.

Offenbar hatte Adam einen Waffenstillstand gefordert, ohne ein einziges Wort zu sagen. Das beeindruckte Harrison.

Es dauerte eine Weile, bis der älteste Clayborne das Schweigen brach. »Wenn Sie nicht zu müde sind, Harrison, würde ich gern etwas über Schottland erfahren. Ich war noch nie im Ausland, und ich unternehme nur Reisen mit der Hilfe meiner Bücher.«

»Möchtest du einmal nach Schottland fahren?« fragte Mary Rose.

»Ja, natürlich. Aber zuerst will ich meine Heimat sehen.«

»Und wo liegt Ihre Heimat?« wollte Harrison wissen.

»In Afrika. Meine Hautfarbe ist Ihnen sicher aufgefallen.«

»Wurden Sie in Afrika geboren?«

»Nein, in den Südstaaten, als Sklave. Meine Eltern erzählten mir wundervolle Geschichten über ihre Ahnen und das Dorf, aus dem sie stammten. Dieses Land würde ich gern sehen, bevor ich sterbe.«

»Wenn es noch existiert«, gab Cole zu bedenken. »Die meisten Dörfer wurden niedergebrannt.«

»Ja, das stimmt.«

»Schottland würde Ihnen gefallen«, versicherte Harrison. »In unserem Hochland gibt es so ähnliche Berge und Täler wie hier.«

»Erzählen Sie uns davon«, bat Travis.

Diesen Wunsch erfüllte Harrison nur zu gern. Er beschrieb die Ländereien, wo er aufgewachsen war, und fügte hinzu: »Das Bett meines Vaters stand direkt am Fenster, damit er sein Land betrachten konnte.«

»War er krank?« fragte Cole.

»Ja.«

»Wie lange?«

»So lange ich denken kann. Warum interessiert Sie das?«

Zerknirscht erinnerte sich Cole an seine Frage, warum Harrisons Vater dem Jungen nicht gezeigt hatte, wie man seine Fäuste gebrauchte. Nun kannte er den Grund. Dazu war der arme Mann nicht fähig gewesen. »Oh, ich bin nur neugierig. Warum mußte Ihr Vater im Bett liegen?«

»Eine Kugel durchbohrte sein Rückgrat.«

Bestürzt zuckte Cole zusammen. »Also war er gelähmt?«

»Ein Unfall?«

»Nein«, lautete die knappe Antwort.

»Und Sie blieben bei ihm, auch später, als Sie alt genug waren, um wegzugehen?«

Diese Frage erschien Harrison geradezu obszön. »Ja, ich blieb bei ihm. Um Himmels willen, ich war sein Sohn!«

»Wären *Sie* ans Bett gefesselt gewesen, hätte er sicher

nicht bei Ihnen ausgeharrt. Nur die wenigsten Väter würden so etwas tun.«

»Da irren Sie sich. Meiner hätte mir sicher beigestanden.«

»Nun, Sie haben nur Ihre Pflicht getan, Harrison.«

»Für mich war das keine Pflicht«, entgegnete Harrison gekränkt. »Und wenn Sie so etwas behaupten, beleidigen Sie die Ehre meines Vaters und meine.«

Der Zorn seines Gastes beeindruckte Cole nicht, der nur die Achseln zuckte. Dann wandte er sich zu Adam. »Der Mann muß abgehärtet werden. Bist du bereit, ihn aufzunehmen?«

»Vielleicht.«

»Kräftig genug ist er ja«, bemerkte Douglas, »aber er braucht auch ein bißchen Mumm in den Knochen. Und Durchhaltevermögen.«

»Das hat er«, erwiderte Cole. »Sonst wäre er nicht bei seinem kranken Vater geblieben. Was meinst du, Travis?«

»Mir ist's recht. Aber er interessiert sich etwas zu sehr für unsere Schwester, und das könnte Probleme aufwerfen.«

»Jeder interessiert sich für Mary Rose. Wenn sie Harrison gleichgültig wäre, würde ich ihm sogar mißtrauen. Ich finde, wir sollten's mit ihm versuchen.«

Die Brüder nickten zustimmend, und Mary Rose klatschte glückstrahlend in die Hände.

Fassungslos schaute Harrison von einem zum anderen. Sie redeten über ihn, als wäre er gar nicht vorhanden, und diese eklatante Unhöflichkeit wirkte schon beinahe komisch.

Dann stand Mary Rose auf, und Harrison erhob sich sofort. Die anderen rührten sich nicht. »Soeben wurden Sie eingeladen, bei uns zu bleiben«, erklärte sie. »Alle sind einer Meinung, und das ist erstaunlich, weil Cole normalerweise gegen alles protestiert. Er mag Sie. Ist das nicht nett?«

Weil er nicht widerstehen konnte, gab er eine ehrliche Antwort. »Nicht besonders.«

Alle lachten, auch Mary Rose. »Was für einen köstlichen Humor Sie haben, Harrison.«

Obwohl er nicht gescherzt hatte, ließ er es dabei bewenden.

»Jetzt zeige ich Ihnen, wo Sie schlafen.« Mary Rose ging zur Tür. »Du entschuldigst uns doch, Adam?«

»Ja, natürlich. Gute Nacht, Harrison.«

Lächelnd dankte Harrison den Brüdern für die Gastfreundschaft und folgte ihrer Schwester. Sie begleiteten ihn nicht, und das verblüffte ihn, nachdem Travis auf das besorgniserregende Interesse des Besuchers an Mary Rose hingewiesen hatte.

Zahllose funkelnde Sterne beleuchteten den Weg zur Schlafbaracke.

»Sie mögen meine Brüder, nicht wahr?« wollte Mary Rose wissen.

»Manchmal. Eine seltsame Familie ...«

»Nicht seltsam, nur anders.«

»Darf ich was fragen?«

»Ja?«

»Warum haben Sie mich nicht gewarnt?«

»Adams wegen?«

»Genau.«

»Warum sollte ich Sie warnen. Entweder würden Sie ihn akzeptieren – oder auch nicht. Die Entscheidung lag bei Ihnen.«

»Die Claybornes sind nicht blutsverwandt, was?«

»Da haben Sie recht. Trotzdem sind wir eine Familie. Nicht nur das Blut hält Menschen zusammen, die sich lieben.«

»Natürlich nicht. Sie alle sind schon vor langer Zeit eine Familie geworden, nicht wahr?«

»Ja. Wie haben Sie das erraten?«

»Nun, Sie alle benehmen sich wie richtige Geschwister. Zum Beispiel streiten Sie über unwichtige Dinge.«

»Das stimmt. Hier draußen ist es sehr schön, nicht wahr?«

Offensichtlich wollte sie das Thema wechseln, und er entschied, daß er ihr für einen Abend genug Fragen gestellt hatte. Am nächsten Tag würde er weitere Informationen sammeln.

»Ja, wunderschön. Die frische Luft hilft einem, klar zu denken.«

»Wenn das alles ist, was Ihnen auffällt, haben Sie zu lange in der Großstadt gelebt.«

»Allerdings. In London kann man die Sterne nicht immer sehen, weil die Atmosphäre schmutzig und verraucht ist.«

»Wie in New York City.«

Sein Atem stockte, und er bemühte sich, möglichst beiläufig zu sprechen. »Sie waren in New York City?«

»Als Baby, und deshalb erinnere ich mich an nichts. Aber meine Brüder haben mir von Fabriken und Qualmwolken und Menschenmassen erzählt.«

Nun mußte Harrison nur noch herausfinden, wer sie ihren Eltern entführt und den Jungen geholfen hatte, nach Montana zu gelangen. »Eine sehr interessante Stadt...«

»Trotzdem bleibe ich lieber hier. Meine Brüder schickten mich nach St. Louis auf ein Internat, und da hatte ich schreckliches Heimweh.«

»England und Schottland würden Ihnen sicher gefallen.«

»Auch dort wurde ich mein Tal vermissen. Hier gibt's so viel zu sehen und zu tun. Ständig erfahre ich neue Dinge, die mich bewegen. Erst neulich hörte ich von einer Frau, die ganz allein am Boar Ridge lebt. Ihr Mann und ihre Söhne wurden vor vielen Jahren von den Indianern getötet. Die Leute in Blue Belle halten sie für verrückt. Erst jetzt hat Travis mir von ihr erzählt, und ich möchte sie besuchen, sobald Adam mir's erlaubt.«

»Wenn sie verrückt ist, könnte sie gefährlich sein, Mary Rose, und Sie sollten nicht...«

»Jetzt reden Sie genauso wie Adam«, fiel sie ihm ins Wort. »Verstehen Sie denn nicht, daß ich der Frau helfen muß?«

Nun beschloß Harrison, das Thema zu wechseln. »Ich würde gern in diesem Tal bleiben, und ich glaube, genauso könnten Sie sich in Schottland oder England einleben.«

»Warum? Weil mich die Landschaft an meine Heimat erinnern wurde? Das bezweifle ich. Ich könnte ja auch keinen Mann lieben, nur weil er mich an einen anderen erinnert.« Nach einer kleinen Pause fügte sie hinzu: »Darf ich Ihnen eine persönliche Frage stellen? Wenn Sie nicht wollen, müssen Sie nicht antworten.«

»Was möchten Sie wissen?«

»Haben Sie schon viele Frauen geküßt?«

»Wie kommen Sie darauf?« fragte er verwirrt.

Natürlich konnte sie nicht die Wahrheit gestehen. Jedesmal, wenn sie ihn anschaute, träumte sie von einem Kuß. »Oh, ich bin nur neugierig. Nun? Haben Sie viele Frauen geküßt?«

»Ich denke schon.«

»Denkt man vor dem ersten Kuß nach? Oder tut man's ganz spontan?«

»Seltsam, worüber Sie sich den Kopf zerbrechen ...« Inzwischen hatten sie die Schlafbaracke erreicht, und er legte eine Hand auf den Türknauf. »Wie ich bereits sagte – bei mir steht der Verstand an erster Stelle, nicht die Gefühle. Bevor ich handle, denke ich immer nach.«

Mary Rose seufzte enttäuscht. »Offensichtlich sind Sie ein sehr disziplinierter Mensch.«

»Ja, und das finde ich sehr richtig.«

»So diszipliniert bin ich nicht.«

Das hatte er schon bemerkt. Er öffnete die Tür und wollte Mary Rose den Vortritt lassen, aber sie überquerte die Schwelle nicht.

»Da drinnen stehen zwölf Betten. Heute nacht schlafen Sie allein. Wenn Sie irgend etwas brauchen, geben Sie uns bitte Bescheid.«

»Wo soll ich mein Pferd unterbringen?«

»In der ersten Box zur Linken. Darf ich Sie um einen Gefallen bitten?« Sie stand dicht vor ihm, und im Mondlicht schimmerten ihre Augen wie Saphire. Ihren Mund wagte er nicht zu betrachten, aus Angst, die Beherrschung zu verlieren.

»Ja?« erwiderte er.

Seine Stimme klang spröde und belegt, doch das schien Mary Rose nicht zu bemerken. Offensichtlich erkannte sie auch nicht, welche Wirkung sie auf ihn ausübte, denn sie legte unbefangen eine Hand auf seine Brust. Sein Herz begann wie rasend zu schlagen. »Könnten Sie darüber nachdenken, ob Sie mich küssen werden?«

Die ganze Zeit hatte er an nichts anderes gedacht.

»Nein, verdammt noch mal!«

Verlegen ließ sie ihre Hand sinken. Warum führte er sich so sonderbar auf? Als würde sie ihn bitten, eine Ziege zu küssen! Nun hatte sie sich lächerlich gemacht, und sie mußte versuchen, wenigstens einen Teil ihrer Würde zu wahren. Am liebsten hätte sie ihre Röcke gerafft und wäre zum Haus gelaufen. Aber sie wollte sich nicht wie ein Kind benehmen. Und so zwang sie sich, in Harrisons Augen zu schauen. »Finden Sie den Gedanken, mich zu küssen, so abstoßend?«

»Nein!« fauchte er erbost, und vorsichtshalber beschloß sie, ihm keine weiteren Fragen zu stellen.

»Gute Nacht, Harrison. Schlafen Sie gut.«

Wußte dieses alberne Mädchen denn nicht, daß er kein Auge zutun würde? Er lehnte am Türpfosten und schaute ihr nach, während sie zum Hause schlenderte, lässig und unbeschwert. Wäre sie auch so blasiert, wenn er ihr erzählte, wozu ihn ihre süßen Lippen beinahe provoziert hätten?

4. August 1862

Liebe Mama Rose, letzte Woche sind wir furchtbar erschrocken. Mary Rose wurde krank. Schon den ganzen Tag lang war sie schlecht gelaunt gewesen, und das paßte nicht zu ihr. Normalerweise ist sie so nett und fröhlich. Aber am Dienstag verwandelte sie sich plötzlich in eine Furie. Douglas hatte ihre Lieblingsdecke gewaschen, die sie immer bis zu ihrer Nase hochzieht, wenn sie am Daumen lutscht. Und als sie die Decke an der Wäscheleine hängen sah, bekam sie einen Tobsuchtsanfall, den wir nie vergessen werden. Ihr schrilles Geschrei gellt uns immer noch in den Ohren. Statt ihr Mittagsschläfchen zu halten, heulte sie in einem fort. Nicht einmal Adam konnte sie trösten, und abends wollte sie nichts essen. Sonst hat sie einen guten Appetit, und deshalb merkten wir, daß da irgendwas nicht stimmte. Mitternacht hatte sie hohes Fieber.

Wir saßen abwechselnd bei ihr und kühlten ihr die Stirn mit einem nassen Lappen. Und jeder, der nicht gerade ihre Hand hielt, rannte aufgeregt herum. Das Fieber dauerte drei Tage und drei Nächte. Wie klein und hilflos sie in ihrem Bett aussah ... In ganz Hammond konnten wir keinen Doktor auftreiben.

Noch nie in meinem Leben hatte ich solch eine Angst. Cole fürchtete sich auch, aber das zeigte er nicht. Statt dessen steigerte er sich in wilde Wut hinein und erklärte, es sei falsch gewesen, ein Baby in den Wilden Westen zu bringen. Er fühlte sich genauso schuldig wie wir alle. Aber hätten wir das Baby auf der Müllhalde liegenlassen sollen? Dann wäre Mary Rose von den Ratten gefressen worden.

Manchmal tut's richtig weh, ein so kleines, verletzliches Geschöpf zu lieben. In allen Dingen ist sie von uns abhängig. Wir müssen das Fleisch in winzige Stücke schneiden, damit sie nicht dran erstickt, und aufpassen, daß sie nicht auf eine Schlange tritt. Vor lauter Sorge kann ich kaum schlafen.

Während sie krank war, betete ich unentwegt, und ich versuchte sogar, mein Leben gegen ihres einzutauschen Aber der Allmächtige wollte uns offenbar noch länger in Mary Roses Nähe wissen, denn eines Samstag morgens sank das Fieber, und sie kehrte zu uns zurück.

Douglas und Adam und ich waren so erleichtert, daß uns Tränen in die Augen stiegen. Und ich schäme mich auch gar nicht, das einzugestehen, weil's niemand gesehen hat. Natürlich verbarg Cole seine Tränen. Er rannte hinaus und kam erst nach einer Stunde wieder. Und da wußten wir, was

er inzwischen gemacht hatte. Seine Augen waren genauso rot und geschwollen wie unsere.
Bete für uns, Mama Rose. Wir brauchen alle Hilfe, die wir nur kriegen können. Auch wir beten für Dich. Jetzt, wo in Deiner Nähe gekämpft wird, haben wir schreckliche Angst um Dich. In den Zeitungen, die wir bekommen, stehen nur Nachrichten, die längst überholt sind. Aber Adam versucht uns auf dem laufenden zu halten. So, wie's mittlerweile aussieht, könnte der Süden den Krieg gewinnen, den man offiziell noch gar nicht als Krieg bezeichnet. Bitte, gib auf Dich acht!

Wir brauchen Dich.
Dein Sohn Travis

P.S. Beinahe hätte ich die guten Neuigkeiten vergessen. Vor zwei Wochen zogen die Morrisons hierher. Sie wollen einen Gemischtwarenladen eröffnen, an der Straße, wo Blue Belles Hütte steht. Darüber freuen sich alle. Bald können wir unsere Einkäufe hier in unserer kleinen Stadt erledigen. Auch die Post soll in den Laden geliefert werden, aber nur einmal in der Woche.
Die Morrisons haben eine Tochter namens Catherine, anderthalb Jahre älter als Mary Rose. Und unsere Schwester braucht eine Freundin. Das hat Adam zumindest gesagt. Und da die Morrisons offensichtlich anständige Leute sind, hat Cole nichts dagegen, wenn die beiden kleinen Mädchen miteinander spielen.

5

Im Morgengrauen stand Harrison auf, nach einer fast schlaflosen Nacht. Bedauerlicherweise war er viel zu früh erwacht, denn Cole hatte sich in die Baracke geschlichen, um die Sachen seines Gastes zu durchsuchen.

Danach fand Harrison keinen Schlaf mehr. Hätte er Cole fragen sollen, wofür er sich interessierte? Nein, es war wohl besser gewesen, reglos liegenzubleiben und keine unangenehme Szene heraufzubeschwören. Irgendwas Bedeutsames hatte der junge Mann ohnehin nicht finden können, denn Harrison trug keine wichtigen Papiere bei sich. Die bisher gesammelten Informationen und den Bericht des Anwalts aus St. Louis hatte er bereits nach London geschickt. Trotzdem ärgerte er sich über den unverschämten Kerl.

Und seine Stimmung besserte sich nicht. Nachdem er sich gewaschen und angezogen hatte, ging er in den Stall. Mindestens zwanzig Minuten lang versuchte er, seinen störrischen Hengst aus der Box zu locken und in den Corral zu führen. Doch das Pferd wollte bleiben, wo es war, und schlug ihm das Zaumzeug aus der Hand. Als er sich bückte und danach griff, hätte MacHugh ihn beinahe zertrampelt und machte genug Lärm, um den ganzen Haushalt zu wecken. Schließlich verlor Harrison die Geduld, beschimpfte das eigensinnige Biest in mehreren Sprachen und gab seine Bemühungen auf.

Sollte MacHugh doch in seiner Box verrotten. Harrison wandte sich zum Stalltor und erstarrte, denn da standen Cole und Douglas. Beide grinsten übers ganze Gesicht. Offensichtlich hatten sie den erfolglosen Kampf beobachtet.

»Wenn Sie gefrühstückt haben, können Sie zu arbeiten anfangen«, verkündete Douglas.

»Was soll ich denn machen?«

»Eigentlich wollte ich Sie bitten, ein paar Mustangs zuzureiten«, seufzte Cole. »Aber als ich sah, wie Sie mit Ihrem Pferd umgehen, besann ich mich anders. Warum bleiben Sie nicht im Haus und spielen Klavier?«

Erbost erinnerte sich Harrison an Coles Reaktion auf Mary Roses Erklärung, auch Adam würde das Instrument benutzen, und er beschloß dem arroganten Burschen eine wohlverdiente Lektion zu erteilen.

»Bevor Adam seine Klavierübungen absolviert hat? Oder nachher?«

Cole kam auf ihn zu – nicht wütend, sondern eher besorgt, was Harrison verwirrte. »Hören Sie, Adam hat nur Klavier spielen gelernt, weil er's Mary Rose beibringen wollte. Und er mußte so tun, als würde ihm das Spaß machen. Haben Sie das verstanden?«

Auch Douglas fühlte sich bemüßigt, seinen ältesten Bruder zu verteidigen. »Glauben Sie bloß nicht, Adam wäre unmännlich! Er könnte sich in jedem noch so harten Kampf behaupten, nicht wahr, Cole?«

»Allerdings. Nun, was sagen Sie dazu, MacDonald?«

Harrison bemühte sich nicht, eine diplomatische Antwort zu geben. »Nach meiner Meinung sind Sie beide verrückt.« Wenn sie bei klarem Verstand wären, würden sie nicht so alberne Vorurteile hegen, dachte er und wollte an ihnen vorbeigehen, ohne Douglas' zornrotes Gesicht zu beachten. Aber Cole, der seine Emotionen verbarg, trat ihm in den Weg.

»Schlag ihn noch nicht zusammen!« bat sein Bruder. »Erst will ich ihn was fragen. Warum halten Sie uns für verrückt?«

»Nun, Sie finden doch, nur Frauen dürften Klavier spielen«, erwiderte Harrison. »Das ist lächerlich. Eigentlich sollten Sie stolz auf Adam sein, weil er nicht nur seine Fäuste und sein Schießeisen schwingt, sondern auch Musik und Literatur liebt. Aber was Sie betrifft, Cole ...«

Hastig fiel Douglas ihm ins Wort. »In meinem Stall dulde ich keine Prügelei. Sonst würden sich die Pferde aufregen. Cole, erlaub ihm doch, die Mustangs zuzureiten!«

»Dazu bin ich durchaus imstande«, bemerkte Harrison. »Allzu schwierig kann es nicht sein, und es erfordert sicher keine übermäßige Intelligenz.«

»Wieso wissen Sie das?« fragte Douglas.

»Cole schafft's doch auch«, entgegnete Harrison lächelnd.

Es dauerte eine Weile, bis die Beleidigung registriert wurde. Gelassen wartete er, bis Cole seinen Revolver ziehen oder die Hände ballen würde. Auf beides war er vorbereitet.

Cole riß die Augen auf, trat zurück und schüttelte den

Kopf. Dann brach er in schallendes Gelächter aus, was Harrison bitter enttäuschte. Er hatte sich auf einen Kampf gefreut.

»Eigentlich sind Sie ein netter Kerl, Harrison«, meinte Cole.

»Wenn Sie das nächste Mal meine Sachen durchwühlen, erschieße ich Sie.«

»Haben Sie mich letzte Nacht gehört?« fragte Cole überrascht.

»Natürlich.«

»Und ich dachte, ich wäre ganz leise gewesen.«

»Und was genau haben Sie gesucht?«

»Nichts Bestimmtes. Ich war nur neugierig.«

»Das müssen Sie verstehen, Harrison«, warf Douglas ein. »Es fiel uns schwer zu glauben, daß ein großer, kräftiger Mann wie Sie sich nicht verteidigen kann. Aber nachdem Sie erwähnt hatten, Sie würden Klavier spielen, begann ich einiges zu begreifen.«

»Was denn?«

»Nun ja, Ihr Vater war krank und ... Cole, du hättest seine Sachen nicht durchsuchen dürfen.«

»Du hast mich doch dazu aufgefordert.«

Douglas entsann sich nicht, einen solchen Vorschlag gemacht zu haben, und die beiden Brüder begannen heftig zu streiten. Bald diskutierten sie über Dinge, die vor vielen Jahren geschehen waren, und Harrison beschloß, sich einzumischen. »Statt Ihre Zeit mit diesem albernen Gezänk zu vergeuden, sollten Sie mir lieber beibringen, was ein Rancher wissen muß. Wie man seine Fäuste benutzt und einen Revolver abfeuert, brauche ich nicht zu lernen. Das kann ich sehr gut, und ich würde es gern beweisen.«

»Wie denn?« fragte Cole grinsend. »Wollen Sie uns erschießen?«

»Keine schlechte Idee, aber es würde mir noch besser gefallen, Sie beide windelweich zu prügeln.«

Douglas schaute ihn mitleidig an. »Wirklich, es ist keine Schande, wenn man nicht weiß, wie man sich verteidigen soll. Keine Bange, wir geben Ihnen Unterricht. Übrigens, es freut mich, daß Sie ein bißchen Temperament entwickeln. Das ist unbedingt erforderlich, wenn man mit den Leuten in dieser Gegend zurechtkommen will.«

»Unsinn!«

»Vielleicht«, stimmte Cole zu. »Aber so ist das hier nun mal. Sie möchten sich doch Respekt verschaffen, oder?«

Harrison gab es auf, mit diesen starrsinnigen Brüdern zu diskutieren. Natürlich war es seine eigene Schuld, wenn sie ihn irrtümlich für einen Schwächling hielten. Diesen Eindruck hatte er erweckt, um an Mary Rose heranzukommen, die sich so rührend um ihre hilflosen Mitmenschen kümmerte. Nun bereute er seine Komödie, weil er sich wünschte, das schöne Mädchen würde ihn für einen tapferen, starken Mann halten.

Verdammt, was war nur los mit ihm? Während er zum Haus ging, versuchte er sich auf den eigentlichen Grund zu konzentrieren, der ihn nach Montana geführt hatte. Lady Victoria. Inzwischen hegte er keine Zweifel mehr. Mary Rose war Lord Elliotts verschollene Tochter. Könnte er sie doch einfach über MacHughs kraftvollen Rücken werfen und nach England bringen, wo sie hingehörte.

Aber sein Weg wurde von mehreren Hindernissen versperrt. Erst einmal mußte er herausfinden, wer die Entführung geplant hatte. Solange er den Schuldigen und seine Helfershelfer nicht entlarvte, schwebte die Familie Elliott in großer Gefahr.

Ein weiteres Hindernis, das sich der Wiedervereinigung des unglücklichen Vaters und der Tochter entgegenstellte, bildeten die Clayborne-Brüder.

Zum Teufel, wenn sie ihm bloß nicht so sympathisch wären! Sogar Cole mit seinen lächerlichen Lebensanschauungen wuchs ihm allmählich ans Herz. Und er bewunderte die offensichtliche Liebe aller vier Brüder zu ihrer kleinen Schwester, die Loyalität, die sie einander bewiesen. Keiner würde Mary Rose kampflos gehen lassen.

Was soll ich nur tun, fragte sich Harrison bedrückt. Mary Rose würde ihm keine Schwierigkeiten bereiten und sich in ihr unvermeidliches Schicksal fügen. Zumindest glaube er das. Sicher, sie beabsichtigte den Rest ihres Lebens in diesem Tal zu verbringen, doch sie würde sich anders besinnen, sobald sie erfuhr, daß ihr Vater in England auf sie wartete. Ihr gutes Herz mußte sie veranlassen, den Mann wenigstens kennenzulernen. Ob sie dann bei ihm bleiben würde – das war Lord Elliotts und nicht Harrisons Problem.

Als er um die Hausecke bog und zur Küchentür ging, sah er Mary Rose in die entgegengesetzte Richtung laufen. Da sie den kleineren Stall auf Umwegen ansteuerte, erriet er, daß sie nicht beobachtet werden wollte. An ihrem Arm hing ein brauner Korb.

»Guten Morgen, Harrison!« rief Travis hinter ihm.

Er dreht sich um. »Guten Morgen. Warum hat's Ihre Schwester so eilig?«

»Oh, sie versucht sich unbemerkt davonzuschleichen«, erwiderte Travis lächelnd, »aber ich weiß, was sie will. Ein paar Minuten gebe ich ihr noch Zeit, dann folge ich ihr. Adam wird sich mächtig ärgern, wenn er's rausfindet.«

»Was denn?«

»Daß sie die verrückte Cornelia besuchen möchte.«

»Diese Frau, die den Indianerangriff überlebt hat?«

»Das wissen Sie?«

»Ihre Schwester erwähnte es gestern abend.«

»Ja, das ist Corrie. Angeblich ist sie hoffnungslos dem Wahnsinn verfallen. Das wären Sie sicher auch, wenn man Sie skalpiert hätte. Jetzt wagen sich nicht einmal mehr die Indianer in Corries Nähe, weil sie Angst vor ihr haben. Genau wie die Leute in Blue Belle. Die wollen ihre Hütte niederbrennen. Einmal glaubte ein Trapper, daß Häuschen wäre verlassen, und als er zur Tür ging, schoß sie ihm beinahe den Kopf mit ihrer Schrotflinte weg. Seit dem Überfall verschanzt sie sich da draußen, und das ist jetzt schon fünfzehn Jahre her. Aber obwohl sie so gefährlich ist, will Mary Rose sie besuchen, weil sie sich einbildet, die Frau würde eine Freundin brauchen. Adam hat's ihr verboten. Natürlich hört sie nicht auf ihn.« Travis ging davon und rief über die Schulter: »Sagen Sie meinen Brüdern, wo ich bin, ja?«

Harrison freute sich, weil der junge Mann so gut auf seine Schwester aufpaßte. Doch dies war der letzte angenehme Augenblick in dieser ganzen Woche. So lange brauchte er, bis er lernte, wie man wilde Mustangs zuritt. Immer wieder wurde er aus dem Sattel geworfen und zutiefst gedemütigt, was die Clayborne-Familie köstlich amüsierte. Sein Körper war mit blauen Flecken übersät. Natürlich tauchte Cole jedesmal, wenn Harrison am Boden landete, in der Nähe des Corrals auf und brüllte vor Lachen.

Am liebsten hätte Harrison ihn umgebracht, aber dazu hätte es eines Kraftakts bedurft, der ihm kläglich mißlungen wäre. Er wußte nicht, welche Tageszeit er am schlimmsten fand. Abends taten ihm alle Knochen weh, morgens fühlte er sich, als hätte bereits die Totenstarre eingesetzt. Wie ein alter, krummbeiniger Mann wankte er umher.

Eines Abends kam Mary Rose in die Schlafbaracke. Glücklicherweise trug er immer noch seine Hose. Er hatte nur das zerrissene Hemd ausgezogen und sich dann bäuchlings aufs Bett geworfen. Als sie hereinkam, hob er nicht einmal den Kopf. »O Harrison, Ihr Rücken sieht ja schrecklich aus!« Sie setzte sich auf die Bettkante und tätschelte ihn sanft. »Adam schickt Ihnen eine Salbe, die wird Ihre Muskeln lockern. Soll ich sie auf Ihren Schultern verreiben?«

Seine Hinterbacken hätten das Heilmittel noch dringender gebraucht, aber es wäre unschicklich gewesen, darauf hinzuweisen. »Ja, bitte.«

»Sie sind ziemlich erledigt, was?«

Diese Frage beantwortete er nicht. Sie öffnete das Fläschchen, goß etwas kalte Flüssigkeit auf seinen Rücken, dann begann sie ihn zu massieren.

»Um Himmels willen, was stinkt denn hier so schrecklich?«

»Die Salbe«, erklärte sie.

»Das ist ja widerlich!«

»Den Pferden scheint's zu gefallen.«

Abrupt hob er den Kopf. »Sie behandeln auch die Pferde mit diesem Zeug?«

Sie drückte seinen Kopf ins Kissen zurück. »Den Menschen hilft's auch. Bald wird der Geruch verfliegen. Versuchen Sie sich zu entspannen und lassen Sie mich die Salbe in Ihre Muskeln kneten. In wenigen Minuten werden Sie sich besser fühlen.«

Das bezweifelte er. Seine Kehrseite schmerzte immer noch. »Lassen Sie die Flasche hier. Wenn Sie etwas nützt, werde ich – meine Beine damit einreiben.«

»Ja, natürlich«, versprach sie. »Schließen Sie die Augen und ruhen Sie sich aus.«

Wenig später glaubte Harrison, er wäre gestorben. Ihre Hände schienen seine Muskeln zu verzaubern. Rasch verebbten die Schmerzen, aber Mary Roses Nähe erregte ihn kein bißchen, also mußte er tot sein.

Sie dachte, er würde schlafen. Sein Gesicht war zur Tür gewandt. Und er sah so friedlich aus, so attraktiv. Das Haar hing ihm in die Stirn, Bartstoppeln bedeckten seine Wangen. Plötzlich erwachte Mary Roses Neugier, und sie wollte herausfinden, wie sie sich anfühlten. Da er tief und fest schlief, würde er ihre Kühnheit nicht bemerken. Zuerst berührte sie seine Stirn, entdeckte einen blauen Fleck an der Schläfe und umkreiste ihn vorsichtig mit einer Fingerspitze. Seine Haut war warm und glatt.

Langsam zeichnete sie sein Profil nach, die klassisch geformte Nase, die Backenknochen. Die Bartstoppeln kitzelten sie. Ganz zart ließ sie ihre Finger über seine Lippen gleiten. Alles an diesem Mann gefiel ihr. Seine äußere Erscheinung ebenso wie seine gütige Seele.

Sie beugte sich hinab, küßte seine Stirn und wußte nicht, woher sie den Mut dazu nahm. Normalerweise war sie sehr reserviert, was Männer betraf, sogar schüchtern. Aber heute abend – so nahe bei Harrison ...

Seufzend küßte sie seine Wange, dann richtete sie sich auf und begann wieder seine Schultern zu massieren. Was für seltsame Gefühle er in ihr weckte … In ihrer Unerfahrenheit wußte sie nicht, was sie dagegen tun sollte. Ein eigenartiges Prickeln erfaßte ihren ganzen Körper.

Und als sie überlegte, ob sie ihn noch einmal küssen sollte …

»Was treibst du da mit einem halbnackten Mann, Mary Rose? Hast du den Verstand verloren?« Wütend rannte Cole zum Bett.

»Nicht so laut!« wisperte sie. »Er schläft. Da ich die Tür offengelassen habe, ist es keineswegs unschicklich, wenn ich seine mißhandelten Schultern massiere.«

»So was tut eine Lady nicht. O Gott, wie naiv du bist!«

»Wenn du diese Ansicht vertrittst, solltest du mir vielleicht ein paar Fakten erklären.«

»Später, Mary Rose.«

»Das sagst du immer. Aber keine Bange, das alles habe ich mir schon selber zusammengereimt.«

Um das Thema zu wechseln, kauerte sich Cole neben Harrison, spähte ihm ins Gesicht, dann richtete er sich wieder auf. »Atmet er überhaupt noch?«

»Natürlich.«

»Er sieht wie tot aus.«

»Aber er lebt. Vorläufig. Wann werdet ihr ihn endlich in Ruhe lassen, du und Douglas?«

»Wir bringen ihm nur bei, was er wissen muß, wenn er ein Rancher werden will.«

»Und dabei bringt ihr ihn um.«

»Unsinn! Er ist ein zäher Bursche und kann einiges vertragen.«

»Schafft er's mittlerweile, die Mustangs zuzureiten?«

»Das hat Douglas behauptet. Aber ich finde, er stellt sich genauso dumm an wie am Anfang. Außerdem ist er nicht ganz richtig im Kopf.«

»Wieso glaubst du das?«

»Er redet mit den Mustangs und erklärt ihnen, was er vor hat. Dann klettert er in den Sattel und erwartet, sie würden ihn verstehen und mit ihm zusammenarbeiten. Niemals schreit er sie an, und er flucht erst, wenn er abends Schluß macht. Komm jetzt mit mir ins Haus zurück. Es ist schon spät.« Cole ging zur Tür, dann drehte er sich noch einmal um. »Übrigens, Morrison hat Douglas gesagt, Catherine läßt ihn fragen, ob er Harrison vorschlagen könnte, ihr den Hof zu machen.«

Nur mühsam verbarg Mary Rose ihren Zorn. »Das ist doch lachhaft! Die Morrisons kennen Harrison gar nicht.«

»Aber sie wollen ihn am Sonntag zum Essen einladen.«

»Er kann nicht hingehen.«

»Warum nicht?«

»Weil er zu beschäftigt ist.«

»Sicher wird's Travis nicht gefallen, daß sie Harrison einladen.«

»Dein Bruder ist ganz verrückt nach Catherine.«

»Das verstehe ich nicht. Ich finde sie gräßlich.«

»Wieso?«

»Sie ist hochnäsig und flirtet mit allen Männern.«

»Das ist mir noch gar nicht aufgefallen.«

»Klar, ein Mann bemerkt so was nicht. Außerdem flirtet sie nicht mit dir, weil du ihr Angst einjagst.«

Cole grinste. »Jetzt ärgerst du dich maßlos, was?«

»Warum sollte ich?«

»Nun, weil sich eine andere Frau für Harrison interessiert.«

»Das ärgert mich nicht.«

Wäre Harrison nicht mehr oder weniger verpflichtet gewesen, sich schlafend zu stellen, hätte er widersprochen. Die sanfte Massage steigerte sich zu einem wilden Trommelfeuer, und er wußte nicht, wie lange er diese Schläge noch aushalten würde.

»Irgend jemand muß sich um ihn kümmern«, fügte Mary Rose hinzu. »Er ist so unerfahren.«

»Was du nicht sagst ...«
»Und viel zu vertrauensvoll.«
»Tatsächlich?«
»Ich mein's ernst, Cole, also hör auf, so albern zu grinsen. Harrison ist ein sehr guter, sanftmütiger Mann. Sicher hast du das schon bemerkt.«
»Kann ich nicht sagen.«
»Wir alle müssen auf ihn aufpassen, denn wir sind für ihn verantwortlich.«
»Was glaubst du denn, was Catherine mit ihm treiben wird? Fürchtest du, sie könnte ihn beißen?«
»Oh, dazu wäre sie durchaus imstande. Du solltest den Morrisons erklären, Harrison sei nicht interessiert.«
Seufzend verdrehte Cole die Augen. »Morgen reiten Harrison und ich in die Stadt, um Pferdegeschirr zu holen. Dann kann er den Morrisons selber sagen, ob er zum Essen kommen will oder nicht. Die Entscheidung liegt bei ihm, Mary Rose.«
»Gut, ich werde euch in die Stadt begleiten.«
Jetzt konnte Harrison die Fausthiebe nicht länger ertragen, und er öffnete die Augen, sobald Cole die Baracke verließ. »So, nun können Sie aufhören, mich zu verprügeln.«
Erschrocken zuckte sie zusammen. »Sie sind wach?«
Natürlich hielt er es für überflüssig, diese Frage zu beantworten.
»Geht's Ihren Schultern besser?«
Nach der heftigen Massage waren die Schmerzen noch schlimmer geworden. »Ja, danke.«
Sie verschloß die Flasche, stellte sie neben das Bett und stand auf. »Wann sind Sie wach geworden?« erkundigte sie sich in möglichst beiläufigen Ton und bekämpfte ihre wachsende Panik. Hatte er ihr Gespräch mit Cole belauscht – und vorher die zarten Küsse gespürt?
»Vor ein paar Minuten«, log er. »Warum?«
Das Blut stieg ihr in die Wangen, und er bezwang seinen Lachreiz, denn er wollte sie nicht in noch tiefere Verlegen-

heit stürzen. Steifbeinig stieg er aus dem Bett und spürte den kalten Holzboden unter den nackten Füßen. Viel zu nahe stand er vor Mary Rose und wußte, er müßte zurücktreten. Doch das konnte er nicht.

»Gerade war Cole hier, um nach Ihnen zu sehen«, erzählte sie. »Und ich sagte ihm, am Sonntag würde ich was ganz Besonderes kochen. Sie essen doch mit uns? Ich werde mir sehr viel Mühe geben, und vielleicht lade ich sogar Dooley, Henry, Billie und Ghost ein.«

»Eine gute Idee!« meinte er und verbarg seine Belustigung.

»Möchten Sie meine Freundin kennenlernen? Ich glaube, Sie werden ihr gefallen.«

»Meinen Sie die verrückte Corrie?« fragte er interessiert.

»Bitte, Sie dürfen sie nicht verrückt nennen. Das ist sie nicht. Nur scheu und vorsichtig. Kein Wunder, nachdem sie von den Indianern überfallen wurde ...«

»Hat sie mit Ihnen geredet?«

»Nein, aber sie wird mir bald vertrauen. Das fühle ich.«

»Warum? Hat sie gelächelt oder ...«

»Oh, ich habe sie gar nicht gesehen«, fiel Mary Rose ihm ins Wort. »Sie wollte mich nicht ins Haus lassen.«

»Wieso können Sie dann wissen, daß sie nicht verrückt ist?«

»Nun ja, sie hat mich nicht erschossen.«

Er schloß die Augen und zählte bis zehn, bevor er die nächste Frage stellte. »Haben Sie an die Tür geklopft?«

»Nein, ich kam nicht einmal bis zur Veranda. Sie ist wirklich sehr schüchtern, Harrison.«

»Und wie nahe haben Sie sich herangewagt?«

»Nur bis zur Lichtung. Dann schoß sie mir vor die Füße. Aber sie verfehlte mich absichtlich. Sie wollte mir nur klarmachen, daß ich verschwinden soll.«

»Und was taten Sie dann?«

»Ich erklärte ihr, wer ich bin und daß ich eben erst von ihr gehört hätte. Außerdem erwähnte ich, wie schwierig es ge wesen sei, die Hütte zu finden. Die liegt ziemlich versteckt. Dann erzählte ich von meiner Familie. Natürlich mußte ich schreien, damit sie mich verstehen konnte. Ich fragte, ob ich den Korb mit der Marmelade und dem Brot und dem Kuchen auf die Wiese stellen dürfte. Und ich bat sie, meine Beweggründe nicht zu mißdeuten. Denn ich wollte ihr keine Almosen anbieten, nur meine Freundschaft – und sie keinesfalls beleidigen. Ich glaube, das hat sie begriffen. Also ließ ich den Korb stehen und versprach, bald wiederzukommen, mit weiteren Geschenken. Dann ersuchte ich sie noch, den leeren Korb auf die Lichtung zu stellen.«

»Möchten Sie jeden Tag hingehen?«

»Nein, dafür habe ich keine Zeit. Wenn Corrie anfängt, mit mir zu reden, und wir uns besser kennen, werde ich sie wahrscheinlich einmal in der Woche besuchen. Sicher schließen wir bald Freundschaft.« Nach einer kleinen Pause fügte Mary Rose hinzu: »Sie haben mir noch nicht geantwortet. Essen Sie am Sonntag mit uns?«

»Natürlich, wo Sie doch was Besonderes kochen wollen. War Adam böse, weil Sie zu Corrie gegangen sind, obwohl er's verboten hat?«

»Nicht böse, nur enttäuscht«, seufzte sie. »Und das ist viel schlimmer. Hätte er mich angeschrien, würde ich mich nicht so schuldig fühlen.«

»Haben Sie mit ihm besprochen, daß Sie diese Frau öfter besuchen wollen?«

»Ja, und er ist einverstanden. Natürlich muß ich ihn nicht ständig um Erlaubnis bitten. Ich bin durchaus fähig, meine eigenen Entscheidungen zu treffen. Das weiß er, und er ermahnt mich nur zur Vorsicht. Und ich mußte ihm versprechen, Corrie nie mehr allein zu besuchen. Ziehen Sie jetzt ein Hemd an, Harrison, sonst erkälten Sie sich. Gute Nacht.«

Sie wandte sich zur Tür, aber er hielt sie am Arm fest. »Warten Sie!«

»Ja?«

»Noch nie habe ich ein Mädchen wie Sie kennengelernt.« O Gott, warum redete er solchen Unsinn? Er kam sich vor wie ein Einfaltspinsel. »Sie sind sehr gütig.«

Zerknirscht erinnerte sie sich an ihr Gespräch mit Cole, an die schrecklichen Dinge, die sie über Catherine Morrison gesagt hatte. »Nein, das bin ich nicht. Ich versuch's, aber manchmal kann ich sehr grausam sein.«

Harrison zog sie näher zu sich heran und wußte, daß er den Verstand verloren hatte. Zum erstenmal in seinem Leben gehorchte er nicht der Vernunft, auf die er doch so großen Wert legte.

»Was tun Sie?« flüsterte sie verwirrt.

»Ich möchte Sie küssen.«

Erstaunt hob sie die Brauen. »Meinen Sie das ernst?«

»O ja.«

Beinahe entlockte ihr seine leise, verführerische Stimme einen Seufzer.

»Wollen Sie's nicht?« fragte er.

»Darauf kommt's nicht an. Die ganze Woche haben Sie kaum mit mir gesprochen und mir nur selten einen Blick gegönnt – und jetzt möchten Sie mich plötzlich küssen? Das finde ich unlogisch.«

»Das ist es ja auch.«

»Und warum wollen Sie mich küssen?«

»Weil ich sehr viel von Fairneß halte.« Er zog sie an seine Brust, küßte ihre Stirn, dann ergriff er ihre Arme und legte sie um seinen Nacken. »Vorhin haben Sie mich geküßt. Ein paarmal, wenn ich mich recht entsinne. Jetzt bin ich dran. Das ist doch nur fair, oder?«

»O Gott, Sie haben nicht geschlafen?« Verlegen starrte sie seine Brust an, und er hob ihr Kinn. Behutsam küßte er sie auf die Wange, auf die Nasenspitze. »Und jetzt wollen Sie nur meine Küsse zurückgeben?« wisperte sie. »Offenbar haben sie Ihnen gefallen.«

»Keineswegs.«

»Warum nicht?«

»Weil Sie wie ein kleines Mädchen küssen.«

Ihre Finger begannen mit seinem Haar zu spielen, und sie staunte, weil es sich so seidig anfühlte. Stöhnend schmiegte sie sich an ihn, genoß die Wärme seines Körpers, seine Kraft. »Zeigen Sie mir, wie man richtig küßt, Harrison.«

Da nahm er sie fest in die Arme und bat sie, den Mund zu öffnen. Warum, wollte sie fragen, doch sein Kuß verschloß ihr die Lippen, und sie vergaß alles andere. Ein wohliger Schauer rann ihr über den Rücken, instinktiv preßte sie sich an ihn.

Nie zuvor hatte sie einen so wunderbaren Kuß bekommen. Fordernd und sanft zugleich schob sich seine Zunge in ihren Mund und begann mit ihrer zu spielen. Seine wachsende Leidenschaft weckte ein Gefühl süßer Schwäche, und sie klammerte sich atemlos an ihn.

Als sie spürte, wie er zitterte, wußte sie, daß der Kuß ihn genauso erregte wie sie selbst. Und plötzlich erkannte sie ihre eigene Macht. Nicht nur Harrison – auch sie konnte bestimmen, was geschehen würde.

Bald verflogen ihre letzten Hemmungen, und sie erwiderte seine Küsse mit gleicher Glut.

Viel zu früh hob er den Kopf, ließ die Arme sinken, und sie schmiegte ihre erhitzte Wange an seine Brust, hörte die heftigen Schläge seines Herzens. Oder war es ihr eigenes, das in ihren Schläfen pulsierte? »Ich wollte nicht aufhören …« Ihr geflüstertes Geständnis klang erstaunt und verwirrt.

Harrison holte tief Atem und rang nach Fassung. Nie zuvor hatte er ein so heißes Verlangen empfunden.

»Wolltest du denn aufhören?« fragte sie.

Wie ihre belegte Stimme verriet, hatten die leidenschaftlichen Küsse sie genauso erschüttert wie ihn, und das fand er sehr erfreulich. »Nein«, gab er zu. »Und genau deshalb habe ich Schluß gemacht. Laß mich los, Mary Rose, du mußt jetzt ins Haus gehen.«

Nur widerstrebend trat sie zurück. Es wäre unschicklich

gewesen, ihn zu bitten, er solle sie küssen, bis ihr die Sinne schwanden. Langsam ging sie zur Tür. Auf der Schwelle blieb sie stehen, drehte sich um und wollte ihm eine gute Nacht wünschen. Doch die Worte blieben ihr in der Kehle stecken. Sie starrte ihn einfach nur an. Wie großartig er aussah im sanften Licht der Öllampe, die seiner Haut einen goldenen Schimmer verlieh ... »Habe ich dich jetzt auch wie ein kleines Mädchen geküßt?«

»Nein, wie eine Frau. Aber es war nicht richtig. Niemals hätte ich anfangen dürfen, was ich nicht zu Ende führen kann.«

Was er meinte, verstand sie nicht. Aber sie stellte keine Fragen und eilte zum Haus. In dieser Nacht konnte sie lange nicht einschlafen. Unentwegt kreisten ihre Gedanken um Harrison. Warum wollte er sich nicht mit ihr einlassen. Wie stark er sich zu ihr hingezogen fühlte, hatten seine Küsse bewiesen. Welche Probleme quälten ihn? Das mußte sie herausfinden.

Eine Zeitlang starrte sie ins Dunkel, und als sie noch immer keinen Schlaf fand, stieg sie aus dem Bett. Sie schlüpfte in ihren Morgenmantel und die Pantoffeln, dann ging sie in die Bibliothek hinunter. Dort saß Adam in einem abgewetzten, braunen Ledersessel und las eines seiner Lieblingsbücher. Ein helles Feuer knisterte im Kamin und erwärmte den Raum.

»Darf ich dich stören, Adam?«

Lächelnd hob er den Kopf, schloß das Buch und legte es auf den Tisch an seiner Seite. »Natürlich.«

Mary Rose setzte sich auf einen Schemel zu seinen Füßen. Zögernd begann sie: »Ich würde gern mit dir über Harrison reden.«

»Stimmt was nicht?«

»Alles in Ordnung – sogar sehr. Und ich glaube, er mag mich auch.«

»Was gibt's dann für Schwierigkeiten?«

»Letzte Woche bat ich ihn, mich zu küssen. Und heute abend hat er's endlich getan.«

»Und dann?«

»Er erklärte, er würde mich nie wieder küssen.«

»Hat er dir verraten, was ihn dran hindert?«

»Nein. Vielleicht haben ihm unsere Küsse nicht so gefallen wie mir. Oder er will mir nicht das Herz brechen. Vielleicht wird er bald nach Schottland zurückkehren, und er will sich nicht mit mir einlassen, weil er weiß, daß diese Beziehung keine Zukunft hat. Glaubst du, er ist genauso wie Cole?«

»Was meinst du?«

»Nun ja, Cole möchte sich von keiner Frau einfangen lassen, und er hat mir versichert, er würde niemals heiraten. Könnte Harrison genauso denken?«

»Um diese Frage zu beantworten, kenne ich ihn nicht gut genug. Aber ich kenne Cole. Der Junge redet nur Unsinn. Wenn er die richtige Frau kennenlernt, wird er sich anders besinnen.«

»Warum bilden sich so viele Männer ein, sie würden in einer Falle sitzen, wenn sie heiraten? Die Frauen halten sie doch nicht gefangen, um Himmels willen!«

»Wenn ein Mann die falsche Wahl trifft, sitzt er tatsächlich in einer Falle.«

»Wahrscheinlich. Aber die Frau auch.«

Besorgt runzelte Adam die Stirn. Wenn Mary Rose sich in Harrison verliebt, muß ich mich genauer über ihn informieren, überlegte er. Er darf ihr nicht weh tun, und es ist meine Pflicht, sie zu beschützen.

»Woran denkst du, Adam?«

»An Harrison. Soeben ist mir klar geworden, wie wenig wir über ihn wissen. Bevor du ihn bittest, dich wieder zu küssen, solltest du ihn besser kennenlernen.«

»Das will ich versuchen.«

»Übrigens, Cole bat mich, mit dir über Männer und Frauen zu reden. Das tat ich schon vor vielen Jahren. Aber er scheint zu glauben, du hättest das alles nicht richtig verstanden.«

»Oh, du hast dich sehr klar ausgedrückt und alle meine Fragen geduldig beantwortet. Nur was *du* sagtest, ergab einen Sinn. Travis erzählte mir irgendwas von Blumen und Bienen, dann führte er Gleichnisse aus der Bibel an, und als er von der wunderbaren Brotvermehrung sprach, war ich völlig verwirrt. Er erklärte, eines Tages würde ich mich auch so vermehren. Und als ich fragte, auf welche Weise, schickte er mich zu Douglas.«

»Und wie hat sich Douglas aus der Affäre gezogen?« fragte Adam amüsiert.

»Er war schrecklich verlegen, wich meinem Blick aus und meinte, da ich auf einer Ranch lebe, müßte ich mich nur umsehen, dann könnte ich mir selber alles zusammenreimen. Da antwortete ich, schon seit Jahren würde ich mich umschauen, aber nichts begreifen. In seiner Verzweiflung zeigte er auf die Pferde und behauptete, ich sei wie eine Stute. Und später würde ein Mann zu mir kommen wie ein Hengst.«

Da lachte Adam, bis ihm die Tränen kamen. »Und wie hat dir das gefallen?«

»Überhaupt nicht. Natürlich war ich gekränkt und angewidert. Weil er sich nicht anders zu helfen wußte, schickte er mich zu dir.«

»Aber wenn du dich an unser Gespräch erinnerst – warum hast du dann Cole um eine Erklärung gebeten?«

»Ich finde es so lustig, wenn er rot wird. Das sieht ihm gar nicht ähnlich.«

»Allerdings nicht. Aber jetzt wollen wir über Harrisons Küsse reden.«

Bereitwillig und unbefangen schilderte Mary Rose, was sie empfunden hatte. Mit Adam komme sie über alles reden, und sie vertraute blindlings seinem Urteil. Nun wollte er verhindern, daß sie sich vor ihren eigenen Gefühlen fürchtete. Oft wurde die Leidenschaft mißdeutet, und was man nicht richtig verstand, konnte einem angst machen. Aber Mary Rose sollte Freude am Leben finden und sich nicht davor verstecken, so wie er selbst in all den Jahren. »Manche Männer wollen mit einer Frau schlafen, ohne sie zu lieben. Begreifst du das?«

»Natürlich. Und eine Frau kann auch solche Wünsche verspüren, nicht wahr?«

»Ja.«

»Du willst mir erklären, die Begierde sei nicht immer mit Liebe verbunden?«

»Genau.«

»Sicher machst du dir Sorgen um mich, weil ich unschuldig bin. Aber Unschuld und Dummheit ist nicht ein und dasselbe.«

»Das stimmt.«

Eine Zeitlang unterhielten sie sich noch, dann gab Mary Rose ihrem Bruder einen Gutenachtkuß. »Oh, ich wünschte, Mama wäre hier. Ich vermisse sie so.«

»Eines Tages wird sie zu uns ziehen«, versprach Adam. »Allzu lange kann ihr Alptraum nicht mehr dauern. Vielleicht besinnt sich Mistress Livonia anders und läßt sie gehen. Aber solange die Mistress am Leben ist, wird Mama sie nicht verlassen. Die Frau ist völlig von ihr abhängig.«

»Ich kann mir gar nicht vorstellen, wie man sich fühlt, wenn man erblindet. Aber ich glaube, ich wäre nicht so gemein wie Livonia.«

»Jedenfalls braucht sie deine Mama dringender als du, Mary Rose.«

»Sind ihre Söhne so grausam, daß sie der eigenen Mutter den Rücken kehren?«

»Um an Livonias Geld zu kommen, würden sie alles tun. Jetzt wohnt sie mit Mama Rose in einem Cottage hinter dem Anwesen, das die Söhne bereits verkauft haben. Und solange sie von den Schurken in Ruhe gelassen werden, ist alles in Ordnung.«

»Du schickst Mama Rose regelmäßig Geld, nicht wahr?«

»Nun, wir tun, was wir können. Geh jetzt ins Bett. Ich möchte dieses Kapitel über die Verfassung zu Ende lesen und morgen mit Harrison darüber diskutieren. Darauf muß ich mich gründlich vorbereiten.«

»Bevor ich schlafen gehe, will ich noch einen Brief an Mama schreiben und ihr von Harrison erzählen. Sicher will sie alles ganz genau wissen.«

»Ich dachte, du hättest ihr schon von ihm geschrieben.«

»Ja, aber das war vor dem ersten Kuß. Seither ist alles anders. Gute Nacht. Ich liebe dich.«

»Und ich liebe dich auch, mein Schwesterchen.«

Eine halbe Stunde später kroch sie ins Bett, und bevor sie einschlief, dachte sie lächelnd, wie wundervoll das Leben doch war. Sie lebte in einem schönen Tal, zusammen mit ihren großartigen Brüdern, und jetzt hatte sie auch noch einen hübschen Verehrer.

17. Mai 1863

Liebe Mama Rose, wir hören so viele widersprüchliche Berichte über den Krieg, und nun wissen wir nicht mehr, was wir denken sollen. Sowohl der Norden als auch der Süden beanspruchen jeden Sieg für sich. Wenn die Neuigkeiten zu uns gelangen, sind sie so verfälscht, daß sie keinen Sinn mehr ergeben. Nur eins wissen wir – viele tausend junge Männer verlieren ihr Leben. Wir versuchen, deinen Rat zu befolgen und uns keine Sorgen um Dich zu machen, doch das fällt uns schwer. Du bist und bleibst in unseren Gedanken, in unseren Gebeten, in unseren Herzen.

Über Deinen Brief haben wir uns sehr gefreut. Nachdem wir wochenlang vergeblich auf eine Nachricht von Dir gewartet hatten, waren wir so erleichtert, daß wir zur Feier des Tages etwas besonders Gutes kochten. Cole bereitete einen Eichhörncheneintopf zu, Douglas backte Biskuits, und ich erntete frisches Gemüse im Garten. Zum Dessert gab's Bratäpfel und Pfefferminzcreme. Als wir unsere Bäuche gefüllt hatten, begannen wir zu singen. Cole und ich machten das ganz gut, aber was Douglas und Travis uns zumuteten, klang grauenhaft. Am schrecklichsten war die kleine Mary Rose. Deine

Namensschwester singt nicht – sie schreit. Neulich spielte ich mit dem Gedanken, ihr ein Klavier zu kaufen, wenn sie älter wird. Dann müßten wir natürlich einen Lehrer finden. Aber jetzt bin ich mir nicht mehr so sicher, ob das eine gute Idee ist. Wenn sie sich keine Melodie einprägen kann, verschwenden wir nur unsere Zeit. Andererseits braucht sie eine umfassende Ausbildung und sie sollte auch die Musik schätzen lernen. Ihre Brüder und ich sprechen oft über die Vorteile, die wir ihr verschaffen wollen. Und Travis meint, sie müsse Französisch lernen. Er behauptet, alle gebildeten Leute würden wenigstens eine Fremdsprache beherrschen. Jetzt konzentrieren wir uns auf Englisch. Die grammatikalischen Kenntnisse unseres Babys lassen immer noch zu wünschen übrig. Ständig bringt sie die Verben durcheinander. Aber wir befolgen deinen Rat und verbessern sie nicht unentwegt. Außerdem loben wir sie, wenn sie kleine Aufgaben bewältigt hat. Es macht ihr Spaß, uns Freude zu bereiten, und wenn sie lächelt, scheint die Sonne in unserer Hütte aufzugehen. Wirklich, Mama, sie kann einen Raum erhellen, als würden tausend Kerzen drin brennen.

Cole zeigte uns den Entwurf für das Haus, das er bauen möchte, und wir staunten, weil er alle Einzelheiten so präzise herausgearbeitet hatte. Bis jetzt wußte keiner von uns, wie begabt er ist. Obwohl ich glaube, daß er sich zuviel vornimmt, will ich seine Begeisterung nicht dämpfen. Er hat ein einstöckiges Gebäude mit fünf Schlafzimmern geplant, so grandios wie die Plantagenhäuser im Süden. Aber ich schlug ihm vor, die Fassade möglichst schlicht zu gestalten, damit unsere Familie kein Aufsehen erregt. Wenn die Leute ein luxuriöses Haus sehen, fragen sie sich, was dahintersteckt. Und sie werden neidisch. Zumindest habe ich diesen Eindruck gewonnen, auf Grund gewisser Erfahrungen. Wenn irgend jemand etwas Besseres besitzt, bilden sie sich ein, das müßten sie selber haben, doch sie sind nicht bereit, hart dafür zu arbeiten. Immerhin sind die Bewohner von Blue Belle nicht so wie die Städter. Jeder von uns würdigt, was der andere hat. Inzwischen gehören sieben Bücher zu meiner Sammlung, und nächste Woche wird Travis nach Hammond fahren und sehen, was er dort kaufen kann. Douglas reitet wilde Mustangs zu, die er zusammen mit Cole gefangen hat, und er weiß gut mit Tieren umzugehen. Vor kurzem sagte er, sie würden zwar nicht richtig mit ihm reden, aber sie geben ihm Bescheid, wenn irgendwas nicht stimmt. Allmählich erkennen wir, was jeder einzelne zum Familienleben beitragen kann. Ich finde es interessant, daß der liebe Gott diesem oder jenem Menschen ein besonderes Talent gegeben hat. Zum Beispiel kenne ich mich gut mit Zahlen aus, also erledige ich die Buchhaltung. Um die Besitzrechte auf unser Stück Land zu sichern, muß ich mich mit einer Menge Papierkram herumschlagen. Und ich notiere alle unsere Ausgaben. Morrison gibt uns Kredit. Was wir bei ihm kaufen, müssen wir nur einmal im Monat bezahlen, aber dafür nimmt er Zinsen. Wenn zuwenig Geld in der Zigarrenkiste liegt, sparen wir.

Ich reite nie in die Stadt. Selbstverständlich halte ich mich an deinen Rat und versuche, möglichst wenig Aufmerksamkeit auf mich zu lenken. Mittlerweile haben mich alle Leute hier draußen besucht, und sie scheinen sich an mich zu gewöhnen. Die Neuankömmlinge staunen, wenn sie hören, daß ein Schwarzer in dieser Gegend lebt. Und beim Anblick der restlichen Familie sind sie völlig verwirrt. Cole meint, weil ich in ganz Blue Belle akzeptiert werde, müßten auch die Neulinge denken, das wäre in Ordnung.

Natürlich ist die Freundschaft der Morrisons eine große Hilfe. Als ihr Dach einstürzte, ritt ich in die Stadt und half ihnen, ein neues zu bauen. Manchmal paßt Mrs. Morrison auf Mary Rose auf, und obwohl unsere kleine Schwester erzählt, Catherine würde sie schlagen und an den Haaren reißen, glauben wir, daß sie gern mit ihrer neuen Freundin spielt.

Jetzt bin ich vom Thema abgekommen, nicht wahr? Ich wollte von unseren besonderen Talenten erzählen, und dann

prahlte ich nur von meinen eigenen Fähigkeiten. Nun werde ich berichten, was meine Brüder leisten. Cole absolviert immer noch seine Schießübungen, damit er uns beschützen und Wild erlegen kann. Trotz seiner beachtlichen Fortschritte möchten wir nicht, daß er ein Revolverschwinger wird. Sein architektonisches Talent gefällt mir viel besser. Wenn die Leute Häuser bauen, hilft er ihnen.
Douglas betreut die Pferde, und Side Camp hat angekündigt, er würde eins kaufen, sobald man's satteln kann. Nun möchte Douglas einen Stall bauen, bevor wir anfangen, das Haus zu errichten. Ständig streitet er mit Cole über die Frage, was wichtiger wäre. Letzten Endes wird Cole nachgeben, aber sicher nicht kampflos.
Travis versorgt unseren Haushalt mit allem, was nötig ist. Über nichts anderes kann der Junge reden. Wenn wir irgendwas brauchen, sagen wir's ihm, und er weiß immer, wo's zu finden ist.
Welche Talente unser Baby besitzt, wissen wir noch nicht. Eins steht jedenfalls fest – Mary Rose ist keine Künstlerin. Ich lege eine ihrer Zeichnungen bei, die unsere Hütte darstellen soll, aber mit diesem Gekritzel kannst du sicher nicht viel anfangen. Aber sie war so stolz auf ihr Werk, und natürlich lobten wir sie alle und beteuerten, das Bild sei ihr großartig gelungen. Nun möchte sie nicht mehr, daß wir sie Baby nennen. Auch auf den Namen Mary hört sie nicht. Wir müssen sie mit ihrem vollen Namen anreden, wenn wir eine Antwort bekommen wollen. Wenn es auch albern ist, ständig »Mary Rose Clayborne« zu sagen, tun wir ihr den Gefallen, weil es ihr so viel bedeutet.
Tag für Tag stellt sie uns hundert Fragen. Ich glaube, sie ist klüger als wir alle zusammen, und meine Brüder geben mir recht, weil sie's mühelos schafft, uns herumzukommandieren.
Aber wir sind auch streng mit ihr. Wenn sie nicht gehorcht, lassen wir sie allein herumsitzen, bis sie bereit ist, wieder am Familienleben teilzunehmen. Sie haßt es, ausgeschlossen zu

werden, und wann immer wir sie ignorieren, schaut sie jämmerlich drein. Weil Cole so ein gutes Herz hat, kann er das kaum ertragen. Aber auch er versteht, wie wichtig eine gute Erziehung ist. Mary Rose muß begreifen, daß wir ein gewisses Benehmen nicht dulden.

Ich weiß nicht recht, ob sie sich wirklich so elend fühlt, wenn sie allein herumsitzt. Gestern arbeiteten wir zusammen im Garten. Plötzlich verlangte sie von mir, in die Hütte zu gehen und ihr ein Pfefferminzbonbon zu holen. Als ich mich weigerte, lief sie hinein und aß nicht nur ein Bonbon, sondern alle. Danach kam sie heraus, das Gesicht völlig verschmiert, ihre Decke und die Fetzenpuppe unter dem Arm, die Travis für sie genäht hat. Wortlos stapfte sie an mir vorbei und setzte sich am Ende des Gartens auf einen Baumstamm. Dann begann sie zu heulen und zu klagen. O ja: sie weiß ganz genau, wie sie unser Mitleid erregen kann, Mama. Ich mußte mich abwenden, um ein Lächeln zu verbergen.

Jetzt werde ich Schluß machen. Travis und Douglas haben mir ihre Briefe an dich schon gegeben, und Cole schreibt seinen gerade zu Ende. Es ist wirklich nett von Dir, jedem von uns einen einzelnen Brief zu schreiben. Dadurch sind wir auf besondere Weise mit Dir verbunden, und wenn Mary Rose älter ist, kann sie ihren eigenen Brief lesen. Sicher wird sie das zu schätzen wissen.

Meine Brüder wollten zum Militär gehen und dem Norden helfen, den Krieg zu gewinnen. Jedesmal, wenn sie davon sprachen, wurde ich sehr böse. Ich glaube, jetzt habe ich ihnen klargemacht, daß sie zwar für eine gerechte Sache kämpfen würden, aber nicht fortgehen dürfen. Wir alle haben unserer Schwester versprochen, sie niemals im Stich zu lassen, und sie steht an erster Stelle. Travis meinte, das Baby würde nicht alle vier Brüder brauchen. Aber ich erklärte ihm, jeder einzelne sei für Mary Rose wichtig. Und das stimmt, Mama. Sie braucht vier erwachsene Männer, die sie betreuen. Das Leben hier draußen ist hart und beschwerlich,

und wir schaffen's nur mit vereinten Kräften, uns selber und das kleine Mädchen zu ernähren.
Jeden Abend beten wir für die tapferen Soldaten aus den Nordstaaten.
Dieser Brief soll kein trauriges Ende nehmen. Wir waren sehr überrascht, weil das hübsche Medaillon, das Du uns geschickt hast, tatsächlich hier angekommen ist. Und das Päckchen war nicht einmal zerrissen. Mary Rose sah, wie wir das Medaillon bewunderten, und wir erzählten ihr, Du hättest ihr das geschickt, aber sie dürfe es erst tragen, wenn sie sechzehn Jahre alt sei. Da bekam sie einen Wutanfall. Keiner von uns gab nach. Schließlich einigten wir uns auf einen Kompromiß. Nun kann sie sich das Medaillon jeden Abend anschauen, bevor sie schlafen geht. Ein weiteres Ritual. Mittlerweile sind's drei. Ein Schluck Wasser, eine Gutenachtgeschichte – und jetzt auch das Medaillon.
Du siehst, wir haben's nicht leicht mit Mary Rose, aber ihr Lächeln entschädigt uns für alles.

Ich liebe Dich,
Adam

6

Der gute, sanftmütige Harrison verwandelte sich vor Mary Roses Augen in einen rasenden Wilden, und beim Abendessen erzählte sie Adam, der ganze Tag sei ein einziger Alptraum gewesen.

Daran war nur Harrison schuld. Und sie ärgerte sich so schrecklich über ihn, daß sie nicht mit ihm sprach. Der Vormittag hatte so angenehm begonnen. Eine Stunde lang bereitete sie sich auf den Besuch in der Stadt vor, denn sie wollte möglichst hübsch aussehen – für Harrison. Normalerweise war sie nicht eitel und wählte immer nur Kleider, die sie praktisch fand. Aber weil der Mann ihrer Träume sie geküßt hatte, legte sie diesmal großen Wert auf ihre äußere Erscheinung und probierte drei Reitkostüme an. Schließlich entschied sie sich für einen hellblauen Rock und eine weiße Bluse. Um ihre blonden Locken schlang sie ein blauweißes Band. Allzu begeistert war sie nicht von ihrem Spiegelbild. Nun, immerhin hatte sie ihr Bestes getan.

Wie sie bald erkannte, hätte sie sich die Mühe sparen können. Harrison wünschte ihr einen guten Morgen, dann beachtete er sie nicht mehr. Alle außer Adam begleiteten Mary Rose nach Blue Belle. Travis mußte ein Paket abholen, Cole und Harrison wollten neues Zaumzeug besorgen, und Douglas ritt in die Stadt, um mit dem Schmied zu reden, der einige Pferde beschlagen sollte.

Mary Rose nahm eine Einkaufsliste mit, denn sie hatte beschlossen, ihrer neuen Freundin Corrie einige Vorräte zu bringen. Wütend musterte sie ihren eigensinnigen Hausgast, der sie immer noch ignorierte. Trotz aller Warnungen trug er seinen Waffengurt, was er mit dem lächerlichen Argument begründete, er habe seinen alten Revolver geladen. Damit könne er sehr gut umgehen, falls es Ärger geben würde. Was für ein störrischer Kerl! Sicher, ihre Brüder waren auch bewaffnet, aber nur zu ihrem eigenen Schutz. Der alberne Webster und ein paar andere zwielichtige Gesellen trieben sich nach wie vor in der Gegend herum, und solange sie nicht verschwanden, mußten die Claybornes auf der Hut sein.

Weil Donnerstag war, wurden sie in der Stadt nicht erwartet. Mary Rose hoffte inständig, Catherine Morrison wäre daheim geblieben, statt ihrem Vater im Laden zu helfen, denn sie wollte das aufdringliche Mädchen nicht mit Harrison flirten sehen. Womöglich würde der naive Harrison auf Catherines Taktik hereinfallen und sich einfangen lassen. In diesem Tal war es nicht schwierig, einen Mann zu finden, weil hier viel weniger Frauen lebten. Aber einen guten Mann zu finden – das stand auf einem anderen Blatt.

Natürlich empfand Mary Rose keine Eifersucht. Sie fühlte

sich nur für Harrison verantwortlich. Deshalb mußte Catherine ihre Netze woanders auswerfen.

Auf dem Weg zur Stadt ersuchte Mary Rose ihre Brüder Cole und Douglas mindestens fünfmal, auf Harrison aufzupassen. Das fiel ihnen auf die Nerven, und nachdem sie's mehrmals versprochen hatten, befahlen sie ihr, den Mund zu halten. Sie hätte ihre Bitte auch Travis vorgetragen. Aber der ritt neben Harrison, und der Mann sollte nicht wissen, daß sie an seiner Fähigkeit zweifelte, für sich selber zu sorgen.

Glücklicherweise trafen sie Catherine nicht im Laden an. Mary Rose sah Harrison mit Morrison reden, doch das Gespräch dauerte nur wenige Minuten. Dann wurde der junge Schotte mit Floyd Penneyville bekannt gemacht, einem weiteren Neuankömmling, und man unterhielt sich über die Rinderherden, die man vor drei Wochen zusammengetrieben hatte, so wie jedes Jahr. Floyd und Harrison bedauerten, daß ihnen dieses Ereignis entgangen war.

Als sie den Laden verließ, um Douglas von der Schmiede abzuholen, eilte Dooley zu ihr. Cole, Travis und Harrison redeten immer noch mit Floyd.

»Guten Morgen, Miss Mary. Wie hübsch Sie heute aussehen!«

»Danke, Dooley.«

Erst jetzt erinnerte er sich an seine Manieren und nahm den Hut ab. »Wir haben Cole schon erzählt, daß Webster ein paar Kumpel um sich schart.«

»Ja, man muß immer auf alles gefaßt sein«, zitierte sie ihren Bruder Adam.

Dooley wanderte neben ihr den Gehsteig entlang. »Übrigens, Henry sagte mir, Sie würden der verrückten Corrie was zu essen bringen. Das war doch wohl ein Witz?«

»Keineswegs. Corrie ist nicht verrückt. Und ich wäre Ihnen sehr verbunden, wenn Sie das allen Leuten klarmachen würden, Dooley. Ich bin ihre Freundin.«

»Genau das hat Henry befürchtet. Und nun müssen Sie sich schlechte Neuigkeiten anhören. Bickley und seine Kumpane von der Bürgerwehr wollen Corries Hütte niederbrennen, weil sie glauben, die Frau wäre eine Gefahr für die Bevölkerung.«

»Wie können sie es wagen!« rief Mary Rose entsetzt und packte Dooleys Arm. »Sind sie schon losgeritten?«

»Nein, aber sie werden bald aufbrechen. Henry und Ghost versuchen gerade, Zeit zu gewinnen, und animieren die Kerle, mit ihren Heldentaten zu prahlen. Nun, Sie kennen Bickley, Miss Mary, und wissen, wie gern er angibt. Wirklich, dieser Mann muß ein Bruder des Teufels sein. Ich wünschte, er würde nach Hammond zurückkehren, wo er hingehört. Warum spielt er sich hier auf? Dazu hat er kein Recht. Und seine widerwärtigen Freunde! Diese ganze Bürgerwehr kann mir gestohlen bleiben!« Am liebsten hätte Dooley auf den Boden gespuckt, aber er vermutete, Miss Mary würde das nicht schätzen.

»Wo sind sie jetzt?«

»Im Salon. Die können's kaum erwarten, da hinauszureiten, und Henry weiß schon nicht mehr, wie er sie zurückhalten soll. Leider ist Ghost keine große Hilfe, denn er kann sich so schlecht konzentrieren, wenn alle Geister gleichzeitig mit ihm reden. Natürlich, seit er vom Blitz getroffen wurde, fällt ihm das Denken schwerer denn je. Aber ich behaupte, er wäre immer noch bei halbwegs klarem Verstand, wenn er nicht soviel trinken würde …

Miss Mary, wohin schleppen Sie mich denn?«

»Zum Salon.«

»Wollen Sie da etwa reingehen?«

»Allerdings. Ich muß Bickley von seinem Plan abbringen.« Entschlossen beschleunigte sie ihre Schritte, und Dooley schnappte nach Luft. »Lassen Sie mich erst mal Ihre Brüder holen, Miss Mary!« bat er keuchend. »Warten Sie hier!«

Mary Rose sah ein, daß sie Hilfe brauchte. Kaum hatte sie sich auf eine Bank vor dem Lagerhaus gesetzt, als Bickley und seine Konsorten aus dem Salon stolzierten. Vor der Tür standen die festgebundenen Pferde. Nun durfte sie keine

Zeit mehr verlieren. Verzweifelt hoffte sie, die Männer wären nicht angetrunken. Über Bickley erzählte man sich die schlimmsten Geschichten. Und er sah genauso häßlich aus, wie es zu seinem Charakter paßte – mit langem, strähnigem braunem Haar und stechenden Knopfaugen.

Trotz ihrer Angst stand sie auf und rief: »Bickley? Dürfte ich mal mit Ihnen reden?«

Zu ihrem Bedauern überquerte er die Straße nicht allein. Seine Freunde folgten ihm. »Was kann ich für Sie tun, Miss Mary?« fragte er grinsend und blinzelte ins Sonnenlicht. Er stank nach Schweiß und Alkohol.

»Möchten Sie mit Ihren Begleitern zum Boar Ridge reiten?«

»Genau. Wir werden diese verrückte Hexe ausräuchern, bevor sie irgend jemanden umbringt. Natürlich respektieren wir das Gesetz, und da es in Blue Belle keinen Sheriff gibt, ist es unsere Pflicht, in dieser Gegend für Ordnung zu sorgen.«

»Warum übernehmen Sie die Verantwortung für Blue Belle, wo Sie doch in Hammond wohnen? Wir können auf uns selber aufpassen.«

»In Hammond sieht ein Sheriff nach dem Rechten. Der braucht meine Hilfe nicht. Aber die Leute hier sind uns sicher dankbar, wenn wir uns um sie kümmern.«

Einer seiner Spießgesellen kicherte boshaft, und Mary Rose konnte ihren Zorn nur mühsam bezähmen. Sie holte tief Atem. »Gestern habe ich die gute Frau besucht. Sie ist nicht verrückt, nur scheu. Und sie hat was gegen Fremde, die ihr nachspionieren. Sie mag nur die Bewohner von Blue Belle und der näheren Umgebung.«

»Versuchen Sie etwa, uns an der Ausübung unserer Pflichten zu hindern?«

»Corrie ist meine Freundin, und ich möchte Sie ersuchen, sie in Ruhe zu lassen.« Allmählich nahm Mary Roses Stimme einen scharfen Klang an.

»Zum Glück muß ich nicht auf Sie hören. Mein Entschluß steht fest.«

Jetzt konnte sie sich nicht mehr beherrschen. »Wenn Sie der armen Frau was antun, gehe ich persönlich zu Richter Burns und zeige Sie wegen versuchten Mordes an. Meine Freunde in Blue Belle werden Sie mit dem größten Vergnügen hängen sehen.«

Solche Drohungen hörte Bickley nicht gern, schon gar nicht aus dem Mund einer Frau. Diesem hochnäsigen kleinen Biest mußte man mal gründlich die Meinung sagen. »Wie reden Sie denn mit mir? Wofür halten Sie sich eigentlich?«

»Für eine Frau, die Idioten von klugen Männern unterscheiden kann.«

Bickley war nicht sonderlich intelligent, konnte sich aber blitzschnell bewegen. Ehe Mary Rose wußte, wie ihr geschah, packte er ihren Oberarm und zog sie zu sich heran. Mit aller Kraft trat sie gegen sein Schienbein. Da schlug er sie mitten ins Gesicht.

»Bist du verrückt, Bickley«, flüsterte einer seiner Freunde nervös. »Laß sie los, bevor ihre Brüder anfangen, in der Gegend herumzuballern!«

»O nein, ich lasse sie erst los, wenn sie mich höflich darum bittet. Und falls sie mir nicht versichert, wie leid's ihr tut, breche ich ihr den Arm. Ihre Brüder sollen nur versuchen, mich dran zu hindern! Dann knalle ich sie alle nieder.«

Nach der Ohrfeige war Mary Rose etwas benommen gewesen. Davon erholte sie sich sehr schnell. Sie schmeckte Blut im Mund, aber darum konnte sie sich jetzt nicht kümmern. Erst einmal mußte sie die niederträchtigen Pläne dieses gräßlichen Schurken durchkreuzen, und so trat sie noch einmal gegen sein Schienbein. Als er sich vor Schmerzen krümmte, schlug sie ihm ihre Faust an die Schläfe, und das brachte ihn aus dem Gleichgewicht. Adam pflegte zu behaupten, sie würde über einen gewaltigen linken Haken verfügen, und nun wollte sie beweisen, daß sie dieses Kompliment verdiente.

Sie erwartete, Bickley würde sie loslassen, aber er umklammerte ihren Arm, bis er am Boden landete, dann stieß er sie gegen einen Pfosten. Hart prallte ihr Kopf gegen das Holz, und sie brach zusammen.

Einige Minuten später kam sie wieder zu sich. In ihren Ohren dröhnte es schmerzhaft, ringsum ertönte gellendes Geschrei. Einige Männer, die zu ihren Pferden rannten, stolperten über Mary Roses Körper. Ein Stiefel traf ihren Magen, irgend jemand benutzte sie als Trittstein, um in den Sattel zu steigen, und seine Sporen zerrissen ihre Kleid.

Ein Wunder, daß sie von den Pferden oder den Feiglingen, die zu fliehen versuchten, nicht zu Tode getrampelt wurde ... Starke Arme hoben sie hoch, und ihr wurde wieder schwarz vor Augen. Eine Zeitlang schwebte sie zwischen Licht und Dunkel, dann kehrte ihr Bewußtsein zurück, und sie sah Bickley davongaloppieren. Offensichtlich hatte man sie zur Wand des Lagerhauses getragen, um sie in Sicherheit zu bringen. Aber sie mußte Bickley folgen, bevor er Corrie überfiel. Beinahe wäre es ihr gelungen, aufzustehen. Aber was sie dann beobachtete, verblüffte sie dermaßen, daß sie wieder zu Boden sank.

Der gute, sanftmütige Harrison hatte sich in einen Barbaren verwandelt. Wie ein Racheengel sprang er hinter Bickley her, zerrte ihn vom Pferd und schleuderte ihn auf die Straße. Seine Miene ließ keinen Zweifel zu – mit bloßen Händen würde er den Mann töten, der Mary Rose angegriffen hatte.

Bickley zog seinen Revolver, der ihm blitzschnell aus der Hand getreten wurde, dann zückte er sein Messer – eine Taktik, die seinem Gegner zu gefallen schien. Harrison lächelte sogar. Er wartete, bis Bickley sich auf ihn stürzte, dann riß er ihm das Messer aus den Fingern.

In der Ferne krachte ein Gewehr, und Mary Rose sah Douglas auf sich zukommen, seine Schrotflinte an der Hüfte, den Revolver in der anderen Hand. Dicht vor ihm gingen die Männer, die eben noch zu fliehen versucht hatten, zum Salon zurück. Offenbar waren sie ihm beim Mietstall in die Arme gelaufen.

Cole stand hinter Harrison, die Arme vor der Brust verschränkt, und beobachtete voller Genugtuung, wie Bickley alle erdenklichen schmutzigen Tricks versuchte.

Plötzlich beugte sich Travis zu ihr herab und hob sie hoch. »Großer Gott, Schwesterchen! Alles in Ordnung mit dir?«

»Ja, aber dein Hemd ist voller Blut.«

»Das ist deins, nicht meins. Dein ganzes Gesicht ist verschmiert. Dieser Bastard hat dich geschlagen. Bist du auch wirklich in Ordnung?«

»Ja«, bestätigte sie ungeduldig. »Was treibt Harrison mit Bickley? Er kann doch nicht kämpfen. Bitte, du mußt ihn zurückhalten, bevor er verletzt wird! Bickley würde nicht einmal davor zurückschrecken, ihn zu töten.«

»Warum soll ich mich da einmischen? Wir haben doch alle gesehen, was dir der Schurke angetan hat. Und Harrison war schneller als wir alle. Der warf sich auf Bickley, bevor Cole und ich um die Ecke bogen.«

»Stell mich runter! Ich kann auf meinen eigenen Füßen stehen.«

Entschieden schüttelte Travis den Kopf. »Wenn ich dich jetzt loslasse, läufst du zu Harrison rüber. Er wird Bickley sicher nicht umbringen. Aber Cole wird wahrscheinlich keine Gnade kennen. Warte nur, bis er dein Gesicht gesehen hat! Aus deiner Stirn und einem Mundwinkel quillt immer noch Blut.« Er drehte sich zu Henry, Ghost und Dooley um, die Mary Rose wie alte besorgte Tanten musterten. »Paßt auf meine Schwester auf, während ich Harrison helfe, ja?«

»Keine Bange, wir beschützen sie«, versprach Henry. »Nicht wahr, Dooley?«

»Klar«, beteuerte sein Freund, der immer noch nach Atem rang. Er hatte eben erst den Gemischtwarenladen erreicht, als Bickley aus dem Salon gekommen und wenig später über Miss Mary hergefallen war. »Alles ging so schnell ...«

»Das ist wahr«, bestätigte Henry. »Blitzschnell.« Fürsorglich nahm er Mary Rose auf seine Arme und drückte sie so fest an sich, daß sie kaum Luft bekam. »Leicht wie eine Feder!«

»Bitte, stellen Sie mich runter«, flehte sie. »Es genügt, wenn ich mich an Sie anlehne.«

»Also gut. Aber wenn Sie schwindelig werden, trage ich Sie wieder.«

»Bevor du sie losläßt, soll sie erst einmal versprechen, daß sie bei uns bleibt«, schlug Dooley vor.

Diese Idee fand Henry großartig, und er zwang seine Geisel, einen feierlichen Schwur zu leisten. »Ghost, hol mal einen Stuhl für Miss Mary! Wir setzen sie hier an die Wand. Dann bring uns eine Schüssel Wasser und saubere Handtücher. Die findest du hinter der Theke im Salon. Wir müssen Miss Marys Gesicht waschen, bevor Cole sie sieht.«

»Also, ihr solltet sie lieber vor diesem Harrison verstecken«, meinte Ghost. »Der ist noch gefährlicher als Cole.«

»Zu spät, er hat sie schon gesehen«, entgegnete Henry. »Was glaubst du denn, warum er so wütend ist?«

»Allem Anschein ist er mit Bickley fertig. Ob er ihn umgebracht hat?«

»Nein, Bickley windet sich immer noch im Dreck.«

»Das könnte der Todeskampf sein.« Nachdenklich strich Dooley über sein Kinn und beobachtete den verkrümmten Mann.

»Da ich Harrison kenne und weiß, wie er übers Gesetz denkt, vermute ich, daß Bickley noch lebt.«

»Ich nicht. Wetten wir um fünf Cent?«

»Einverstanden.«

»Wenn Bickley abgekratzt ist, habe ich gewonnen.«

Henry nickte, und Mary Rose wünschte verzweifelt, die beiden würden den Mund halten. Aufgeregt beobachtete sie Bickleys Kumpane. Douglas scheuchte die fünf Männer zu Harrison. Da sie immer noch bewaffnet waren, fürchtete sie, dieser oder jener könnte versuchen, Harrison und Cole niederzuschießen.

»Ich sah, wie einer dieser Kerle Miss Mary in den Bauch

trat«, wisperte Henry, »und ein anderer stieg auf sie drauf. Wie kann man eine Lady nur so behandeln?«

Das fand auch Dooley verwerflich. Er dachte ein paar Sekunden lang nach, dann fühlte er sich bemüßigt, ihren Brüdern und ihrem Rächer zu erzählen, was die Männer verbrochen hatten, und rannte auf die Straße hinaus. »Harrison? Cole? Der eine trat Miss Mary in den Bauch, und dieser Häßliche stieg auf sie drauf. Beinahe hätte er sie umgebracht. Und ihr schönes Kleid haben diese Schufte auch zerrissen!«

Am liebsten hätte sie Dooley erwürgt. Nun stachelte er Harrison und ihre Brüder noch mehr auf. Ehe sie ihn zum Schweigen bringen konnte, war es zu spät. Harrison hatte jedes Wort gehört. Und wenn er auch nichts sagte – sein Gesicht sprach Bände. »Warum erzählst du das Harrison? Wo Cole doch viel besser mit einem Schießeisen umgehen kann!« Henry zog Mary Rose zur Straße, um den Kampf aus der Nähe zu verfolgen.

»Ich hab's Harrison *und* Cole gesagt«, verteidigte sich Dooley. »Aber ich glaube, Harrison ist viel gefährlicher. Gerade hat er Bickley mühelos fertiggemacht. Miss Mary, sind Ihnen diese Männer noch in anderer Form zu nahe getreten?«

Sie warf Dooley einen vernichtenden Blick zu. Falls Bickleys Freunde ihr noch etwas angetan hätten, würde sie's dem größten Klatschmaul von Blue Belle gewiß nicht verraten. Plötzlich riß sie sich von Henry los und eilte an Dooley vorbei, bevor sie wußten, wie ihnen geschah.

»Halt sie fest!« rief Henry. »Wenn es zu einer Schießerei kommt, könnte sie verletzt werden. Außerdem ist sie noch halb benommen.«

Dooley packte sie um die Taille und zerrte sie zu Henry zurück.

»Was sollte ich doch gleich holen?« rief Ghost von der Salontür herüber, und Henry erinnerte ihn geduldig an seinen Auftrag.

Währenddessen kämpfte sich Mary Rose zum Rand des

Gehsteigs vor und ließ Harrison nicht aus den Augen. Er stand zehn oder fünfzehn Schritte vor Cole und Travis, und ihre Brüder deckten ihm den Rücken. Aufmerksam beobachteten sie die Männer, die auf sie zugingen.

Der Häßlichste zog seine Waffe, und Cole schoß sie ihm aus der Hand, noch ehe sie aus dem Gürtel geglitten war. Sofort hoben die anderen ihre Hände, offensichtlich nicht bereit, sich auf eine Schießerei einzulassen.

Harrison wandte sich zu Cole. »Halten Sie sich da raus! Die gehören alle mir.«

Belustigt grinste Cole, und Travis schüttelte den Kopf. »Wollen Sie unbedingt sterben?« fragte er so leise, daß nur Harrison und Cole ihn hören konnten. »Dann wird Mary Rose ernsthaft böse.«

Aber Harrison hatte sich bereits zu Bickleys Freunden gewandt. »Werft eure Waffen weg!« befahl er und wartete, bis sie gehorchten. Dann nahm er seinen eigenen Waffengurt ab und schleuderte ihn zu Travis hinüber. Coles Revolver zielte auf Bickleys Spießgesellen. Fünf Kugeln steckten noch drin, und mehr brauchte er nicht, um jeden einzelnen zu töten, falls sie eine falsche Bewegung wagten. Womöglich würde irgendeiner ein verstecktes Schießeisen zum Vorschein bringen. Das hoffte er beinahe, denn dann hätte er einen guten Grund, wenigstens einen Gegner niederzuknallen. Doch dieser Wunsch wurde nicht erfüllt.

Als Harrison die Männer zu sich winkte, fragte Travis seinen Bruder: »Wird er alle auf einmal erledigen?«

Es war Harrison, der grimmig antwortete: »Genau!«

Wieder grinste Cole und trat mit Travis zurück, um dem Schotten mehr Bewegungsfreiheit zu verschaffen. »Das wird ein interessantes Spektakel«, meinte er gedehnt.

Nun bereute Mary Rose, daß sie ihren Revolver nicht mitgenommen hatte. Könnte sie doch all diese Narren erschießen, ihre Brüder und Harrison eingeschlossen! Cole sah doch tatsächlich so aus, als würde er sich amüsieren. Diesem Narren würde ihre erste Kugel gelten.

Nein, sie wollte nicht länger zuschauen. Harrison verschwand inmitten der Männerschar, und eine Gestalt nach der anderen flog zu Boden. Jetzt hatte sie genug gesehen, um eine Woche lang unter Alpträumen zu leiden. Sie flüchtete in den Salon, setzte sich ans Fenster, schaute aber nicht hinaus. An der Theke stand Ghost und genehmigte sich einen Drink. Als er sie entdeckte, stellte er die Flasche beiseite, kratzte sich am Kopf und überspielte seine Verlegenheit. »Was sollte ich doch gleich holen, Miss Mary?«

»Das ist nicht so wichtig, Ghost. Lassen Sie sich nur Ihren Whiskey schmecken.«

»Der ist viel besser als der Fusel, den ich sonst trinke.«

»Wollen Sie die Keilerei da draußen nicht sehen?«

»Doch, natürlich!« Ghost eilte zur Tür, und Mary Rose schloß die Augen.

Alle Knochen taten ihr weh. Am liebsten wäre sie in Tränen ausgebrochen. Und sie hatte sich so auf diesen Ausflug in die Stadt gefreut. Wenigstens konnte es jetzt nicht mehr schlimmer werden, und dieser Gedanke spendete ihr einen gewissen Trost.

Aber sie täuschte sich.

»Jetzt können Sie rauskommen, Miss Mary!« rief Dooley durch die Tür. »Sie sollten wirklich nicht im Salon sitzen. Was würde Adam dazu sagen? Ghost, hast du noch immer nicht …«

»Was sollte ich denn holen?«

»Eine Wasserschüssel und Handtücher«, erklärte Mary Rose müde.

»Ah, jetzt fällt's mir wieder ein!« Lächelnd kehrte Ghost zur Theke zurück und goß sich noch einen Drink ein.

»Da kommen Harrison und Ihre Brüder, Miss Mary!« verkündete Dooley.

Hätte es eine Hintertür gegeben, wäre Mary Rose davongelaufen. Keiner sollte sie so sehen. Zumindest war das der Grund, den sie sich selber einredete. An die wahre Ursache ihrer Angst mochte sie nicht denken. Harrison hatte sich völlig verändert, und sie wußte nicht, was sie davon halten sollte. Wie unbarmherzig er plötzlich wirkte ... Das hätte sie ihm niemals zugetraut.

»Hören Sie, Dooley, Harrison darf mich nicht sehen. Er soll draußen warten.«

»Aber er hat Sie schon gesehen, Miss Mary«, erwiderte Dooley und rannte zu ihr. »Was glauben Sie denn, wer Sie in Sicherheit brachte, als Sie ohnmächtig waren? Er vergewisserte sich nur, daß Sie noch atmen, und dann rannte er hinter Bickley her.«

Während er seine Erklärung beendete, betraten Cole und Travis in den Salon, gefolgt von Harrison.

»Daran erinnere ich mich nicht«, gab sie zu und starrte auf ihre Hände hinab.

»Du wurdest bewußtlos geschlagen, Mary Rose«, seufzte Cole. »Natürlich erinnerst du dich an nichts. Harrison, Sie hätten ihn umbringen oder wenigstens mich ranlassen sollen.«

»Immerhin hat Harrison Bickleys Hand gebrochen«, warf Mary Rose ein.

»Nein, nur verstaucht«, widersprach Henry. »Douglas schleift sie gerade alle ins Lagerhaus, und Morrison holt Stricke.«

»Hängen wir sie auf?« fragte Dooley.

»Nein«, erwiderte Henry. »Ein paar Leute bringen sie nach Hammond, und der Sheriff wird sie wahrscheinlich einsperren.«

»Gibt's hier einen Doktor?« erkundigte sich Harrison. »Mary Rose müßte verarztet werden.«

Cole schüttelte den Kopf. »In Blue Belle nicht, aber in Hammond.«

»Das ist zu weit«, meinte Travis. »Führen wir sie in Morrisons Haus, da kann seine Frau sich um sie kümmern.«

»Ich würde lieber nach Hause reiten«, flüsterte Mary Rose.

»Bald«, versprach Cole und kniete neben ihr nieder, dann fragte er im Flüsterton: »Warum schaust du uns nicht an?«

»Weil ich nicht will. Ich möchte nach Hause. Sofort.«

»Bist du uns böse?«

Sie nickte, dann stöhnte sie, weil die Bewegung ihre Kopfschmerzen verstärkte.

»Warum schreist du uns dann nicht an?«

»Das würde mir zu weh tun«, gestand sie, versuchte aufzustehen und begann laut zu jammern.

Plötzlich wurde Cole beiseite geschoben, und Harrison nahm Mary Rose auf seine Arme. Dabei ging er unglaublich sanft mit ihr um. Als sie das merkte, konnte sie ihn beinahe ansehen.

»Was ist denn los mit ihr?« wollte Travis wissen. »Hat sie Angst?«

»Nein, sie ist wütend«, erklärte Cole. »Und wenn ihr Temperament explodiert, möchte ich nicht in der Nähe sein.«

»Ich wette, so was haben Sie noch nie gesehen, Harrison«, bemerkte Travis und brach ebenso wie Cole in Gelächter aus.

Dieses herzlose Benehmen kränkte Mary Rose. »Ich verstehe nicht, was ihr beide so komisch findet«, fauchte sie.

»Wir lachen nur, weil wir uns freuen, daß du noch lebst.«

Ungläubig musterte sie ihn, und Cole versuchte sie zu beruhigen. »Überleg doch mal, der Tag kann nur noch besser werden, oder?«

Ja, an diese Hoffnung wollte sie sich klammern.

1. September 1863

Liebe Mama Rose, Deine Tochter hat ein freches Mundwerk. Gestern morgen befahl sie Cole, den Mund zu halten, und vor ein paar Minuten forderte sie Travis auf, er solle sich um seinen eigenen Kram kümmern. Wir staunen immer, wenn wir sie so reden hören, und wir müssen uns mächtig anstrengen, um ihr nicht zu zeigen, wie komisch wir sie finden. Ständig kommandiert sie uns herum und neuerdings wiederholt sie die unanständigen Wörter, die Cole so gern gebraucht. Natürlich haben wir unsere Lektion gelernt, und jetzt bemühen wir uns alle, möglichst gewählt zu reden. Aber weil sie dauernd flucht, muß sie oft allein herumsitzen. Großer Gott, wie sie schreien kann! Manchmal ist sie wirklich eine kleine Plage.

Nun bringen wir ihr abwechselnd das Alphabet bei. Um das zu begreifen, ist sie zwar noch zu jung, aber es macht ihr Spaß, wenn sie im Mittelpunkt der Aufmerksamkeit steht. Travis hat ihr eine Schiefertafel und Kreide besorgt. Einmal aß sie ein Stück Kreide, und da wurde ihr schlecht. In Zukunft wird sie's bleiben lassen.

Wir alle machen uns große Sorgen um Dich, Mama Rose. Dieser Krieg scheint kein Ende zu nehmen, und Deine Briefe erreichen uns nicht. Hoffentlich geht's Dir und Miss Livonia gut. Hätten wir eine Nachricht von Dir, würden wir uns alle besserfühlen. Wir wissen, Du schreibst uns, aber bei der Post herrscht ein einziges Durcheinander. Und wir sind uns nicht einmal sicher, ob du unsere Briefe bekommst. Aber ich glaube, der Allmächtige wird auf Dich aufpassen, und wenn die Kämpfe vorbei sind, bist Du eine freie Frau und kannst zu Deiner Familie ziehen. Das Baby braucht Dich dringend …

Gott schütze Dich,
Douglas

7

Niemals hätte sie das Schicksal herausfordern dürfen. Die weiteren Ereignisse dieses Tages erschienen ihr noch gräßlicher als alles, was bisher geschehen war. Kurz nachdem sie die demütigende Attacke überstanden hatte, saß sie ganz allein in Morrisons Salon, die Füße auf einem Schemel. Catherines Mutter hatte sich entfernt, holte Wasser und einen Waschlappen, um Mary Roses Gesicht zu waschen, und eine Wundsalbe. Inzwischen unterhielt sich Catherine mit den anderen Gästen am Küchentisch.

Aber ich verdiene das Leid, das ich nun ertragen muß, dachte Mary Rose bedrückt, weil ich so unfreundlich über Catherine geredet habe ... Natürlich konnte sie sich jetzt nicht beklagen, denn das abscheuliche Benehmen des Mädchen entsprach voll und ganz ihren Erwartungen.

Als Mary Rose mit ihrem blutverschmierten Gesicht ins Haus gekommen war, hatte Catherine Mitleid geheuchelt, um sich vor ihrem männlichen Publikum aufzuspielen, und sogar Krokodilstränen vergossen. Aber Mary Rose ließ sich natürlich nicht zum Narren halten.

Schon vor langer Zeit hatte sie Catherine durchschaut, die in Gegenwart ihrer Eltern und der Clayborne-Brüder stets ein Engel gewesen war. Aber sobald sie ihr den Rücken gekehrt hatten, fiel sie über Mary Rose her, kratzte sie und riß sie an den Haaren.

Bedauerlicherweise hatte sich ihr Charakter im Lauf der Jahre nicht gebessert. Ihr Mitleid mit Mary Rose erlosch in dem Augenblick, wo Mrs. Morrison die Männer in die Küche führte. Achtlos warf Catherine ein Handtuch, das die Mutter ihr gegeben hatte, in Mary Roses Gesicht und machte sich an Harrison heran.

Travis, Cole und Harrison saßen um den Küchentisch herum und aßen die Brombeerpastete, die Mrs. Morrison soeben aus dem Backofen genommen hatte, und bald gesellte sich Dooley zu ihnen. Durch die offene Salontür konnte Mary Rose deutlich sehen, wie Catherine um Harrison herumschwirrte. Als sie ihm einen gefüllten Teller servierte, legte sie eine Hand auf seinen Arm und neigte sich über seine Schulter. Es schien eine Ewigkeit zu dauern, bis sie sich wieder aufrichtete, und das schien ihm überhaupt nichts auszumachen.

Es war die reine Hölle, machtlos mit anzusehen, wie Catherine schamlos flirtete. Auch Travis bemühte sich um ihre Aufmerksamkeit und überschüttete sie mit Komplimenten, was sie sichtlich genoß.

»Wirklich, Harrison, ich dachte, Sie hätten den Verstand verloren, als Sie's mit all diesen Kerlen gleichzeitig aufnahmen«, bemerkte Dooley.

Harrison schüttelte den Kopf. »O nein, ich wußte genau, was ich tat.«

»Wer hätte das gedacht! Ein hochgelehrter Anwalt – und kann so großartig kämpfen.«

Coles Atem stockte. »Er ist Anwalt?«

»Klar«, bestätigte Dooley.

Langsam legte Cole seinen Löffel auf den Tisch und wandte sich zu Harrison. Dann schlug er ihm die Faust aufs Kinn.

Harrison zuckte zusammen. »Warum haben Sie das getan?«

»Weil Sie ein Anwalt sind«, erwiderte Cole und griff wieder nach seinem Löffel. »Warum zum Teufel haben Sie uns das nicht erzählt?«

»Das war kein Geheimnis.« Dooley ging zum Herd und lehnte sich dagegen. In der Küche war kein Stuhl mehr frei, und er hätte in den Salon gehen müssen, um sich zu setzen. Aber natürlich wollte er kein Wort versäumen, das am Tisch gesagt wurde, um dann alle Klatschgeschichten brühwarm in der Stadt zu verbreiten. Einen Teller in der Hand, schob er einen vollgehäuften Löffel in den Mund. »Jeder in Blue Belle weiß, womit Harrison sein Geld verdient, Cole. Und wir haben sogar besprochen, daß er gegenüber dem Laden eine Kanzlei eröffnen könnte, was, Sir?«

»Wenn Sie mich noch mal schlagen, puste ich Ihnen das Hirn aus dem Schädel, Cole«, warnte Harrison.

»Ich hasse Anwälte.«

»Offensichtlich. Und wieso?«

»Cole haßt alle Leute, Mister«, warf Dooley ein. »Ist Ihnen das noch nicht aufgefallen?«

Es war Travis, der Harrisons Frage beantwortete. »Wir hassen Anwälte, weil sie ständig ihre Nasen in Dinge stekken, die sie nichts angehen.«

Wieder einmal schaute Harrison in den Salon hinüber, um zu sehen, wie es Mary Rose ging. Das tat er alle paar Sekunden. Es dauerte endlos lange, bis Mrs. Morrison die Sachen zusammengesucht hatte, die sie benötigte, um das Mädchen zu verarzten.

»Wohin starren Sie denn?« fragte Cole.

»Oh, ich überlege mir nur, ob ich Ihrer Schwester helfen soll.«

»Überlassen Sie das Mrs. Morrison.«

»Aber die braucht verdammt lange ...«

Travis warf einen kurzen Blick in den Salon. »Sorgen Sie sich nicht um Mary Rose, Harrison, die ist in Ordnung.«

»Und Sie wollen also die Juristerei aufgeben und Rancher werden?« fragte Cole.

Harrison nickte. »Allerdings, mit diesem Gedanken trage ich mich.«

»Wie wundervoll Sie sich ausdrücken, Mr. MacDonald!« schwärmte Catherine, legte eine Serviette vor sich hin, und dabei streifte ihr Arm seine Schulter. »Und dieser Akzent ist ungewöhnlich, nicht wahr, Travis?«

»Der klingt so, als würde irgendwas in seinem Hals stekken«, murmelte Travis, dem es ganz und gar nicht gefiel, wie sie diesen Mann anlächelte.

Ungeniert setzte Catherine ihren Flirt fort, aber Mary Rose hörte nicht mehr zu. Sie ertrug es nicht länger, in diesem Salon zu sitzen, wollte nach Hause und liebevoll betreut werden. Hätten die Platzwunden an ihrer Stirn und auf den Lippen nicht von allein zu bluten aufgehört, wäre sie jetzt wahrscheinlich tot – infolge der mangelnden Aufmerksamkeit, die man ihr schenkte.

Und sicher würde es niemand merken, daß sie das Zeitliche gesegnet hätte – zumindest nicht, solange noch was von der Brombeerpastete übrig war.

Nachdem sie so lange dagesessen hatte, fühlte sie sich ganz steif und verlor beinahe das Gleichgewicht. Sie taumelte und spähte in die Küche, um festzustellen, ob das irgend jemand bemerkte. Natürlich nicht. Alle waren viel zu sehr mit der Pastete beschäftigt.

Seufzend ging sie auf die Veranda hinaus, und in diesem Augenblick kam Douglas angeritten. »Du siehst ja gräßlich aus, Mary Rose.«

»Kein Wunder – wo ich doch zusammengeschlagen wurde! Du ahnst gar nicht, was mir alles weh tut …«

»Jetzt hat's keinen Sinn mehr zu jammern.« Er schwang sich aus dem Sattel und stieg die Verandastufen hinauf. »Wo sind sie denn alle?«

»Drinnen. Sie essen gerade Mrs. Morrisons phantastische Brombeerpastete. Leider kann ich nicht selber beurteilen, wie die schmeckt, denn mir wurde nichts davon angeboten.«

»Jetzt jammerst du schon wieder. Aber das wird dir nicht helfen.« Ungeschickt tätschelte er ihre Schulter.

»Doch. Ich jammere gern.«

»Ja, das weiß ich«, antwortete er resignierend. Dann lächelte er, und seine Belustigung brachte sie ihn Wut. Hatte hier denn keine Menschenseele Mitleid mit ihr? »Wohin wolltest du denn?« fragte er.

»Nach Hause. Und wage bloß nicht, mich aufzuhalten.«

Endlich erkannte er, wie elend sie sich fühlte. Sie war den Tränen nahe. »Also gut, wir reiten nach Hause«, versprach er besänftigend. »Warte hier, ich hole die anderen. Und ich beeile mich, das verspreche ich dir.«

Natürlich wußte sie, was geschehen würde. Douglas' Versprechen war ernst gemeint, aber sobald er in der Küche ankam, ein Stück Pastete kostete und alberne Komplimente von Catherine hörte, würde er all seine Pflichten vergessen – und seine Schwester, die auf der Veranda starb.

Nein, das würde sie nicht abwarten. Mit einiger Mühe kletterte sie auf ihr Pferd und trat den Heimweg an. Dabei bekämpfte sie ihre miserable Laune. So schlecht ging es ihr gar nicht. Sie hatte schon Schlimmeres erlebt, zum Beispiel den Bienenstich, an dem sie fast gestorben wäre …

»Warte auf uns, Mary Rose!« schrie Douglas.

Gehorsam zügelte sie ihre Stute, drehte sich um und runzelte die Stirn, als sie Kuchenkrümel in seinen Mundwinkeln entdeckte.

»Kann sie selber reiten?« fragte Douglas hinter ihrem Bruder.

»Sie versucht's!« antwortete Mary Rose.

»Willst du bei mir im Sattel sitzen?« schlug Cole vor.

»Lieber nicht. Alles tut mir weh. Offensichtlich hast du vergessen, was passiert ist.«

»Aber du wirst mich sofort dran erinnern, nicht wahr?«

Sie unterdrückte ein Lächeln, denn ihre Brüder sollten nicht merken, daß sie nur deshalb so gern jammerte, weil sie sich darüber ärgerten.

»Immerhin wurde ich brutal in den Magen getreten und ...«

»Es ist doch sinnlos, das alles noch mal durchzuhecheln, Mary Rose.« Cole ritt an ihre Seite und zog sie auf seinen Schoß. »So, jetzt wirst du dich gleich besserfühlen.«

Wie fröhlich seine Stimme klang! Als wäre ihr überhaupt nichts zugestoßen! Sofort fing sie wieder zu klagen an. Das fiel ihm sicher bald auf die Nerven, und er würde ihr erlauben, auf ihrer eigenen Stute zu reiten. Sie wollte in Ruhe gelassen werden und ungestört über Harrisons bizarres Verhalten nachdenken. Blitzschnell hatte sich seine Persönlichkeit geändert. Was war nur aus dem sanftmütigen Mann geworden, den sie so gern mochte?

Cole gestattete ihr nicht, selber zu reiten, aber weil er ihr Gejammer nicht ertrug, vertraute er sie Douglas an. Der hielt nur fünf Minuten durch, bevor er sie Travis übergab.

Drei kann ich abhaken, jetzt fehlt nur noch einer, dachte sie selbstgefällig.

»Mary Rose, ich kriege Zahnschmerzen, wenn ich dir zuhöre«, murmelte Travis. »Warte doch, bis wir daheim sind, dann kannst du einen langen Brief an deine Mama schreiben und ihr erzählen, wie dir zumute ist.«

»Davon will Mama nichts wissen. Sie hat mir erklärt, eine junge Dame dürfe sich nicht beschweren, auch wenn's ihr noch soviel Freude macht.«

Travis lachte. »Früher hast du ihr geschrieben und uns verpetzt, was?«

»Damals war ich noch klein«, verteidigte sie sich. »Und Mama hat's mir verboten. Sie schrieb mir, es sei nicht loyal, wenn ich meine Brüder anschwärze. Aber jetzt hätte sie sicher Mitleid mit mir, wenn sie mich sehen könnte. Immerhin wurde ich niedergeschlagen und ...«

»Harrison, wollen Sie Mary Rose mal übernehmen?« schrie Travis und warf sie auf den Schoß des jungen Schotten hinüber. Gequält stöhnte sie, als sie auf den harten, muskulösen Schenkeln landete.

Doch dann lehnte sie an Harrisons breiter Brust und entspannte sich ein wenig. Ganz behutsam hielt er sie in den Armen, und das gefiel ihr. Funktionierte ihr Verstand nicht mehr, seit sie bewußtlos gewesen war? Erst hatte er sich auf Bickley gestürzt und ihr kalte Angst eingejagt und sich dann widerspruchslos Catherines Gesäusel angehört – und jetzt genoß sie seine Nähe?

Er neigte sich vor, um ihr prüfend ins Gesicht zu schauen, aber sie starrte unverwandt geradeaus. Schließlich schob er ihr Haar beiseite, um sie genauer zu betrachten. »Warum schaust du mich nicht an, Mary Rose? Hast du dich vor mir gefürchtet?«

»Nicht vor dir. Aber ich habe mir Sorgen um dich gemacht. Du sagtest zwar, du könntest auf dich selber aufpassen, aber das glaubte ich nicht. Und ich habe etwas gegen kampflustige Männer.«

»Deine Brüder kämpfen doch auch.«

»Meine Brüder liebe ich. Dich nicht.«

Natürlich liebte sie ihn nicht, das wußte er, aber es kränkte ihn trotzdem. »Ich weiß nicht, was über mich kam. Als du ohnmächtig warst, hätten dich die Pferde beinahe zertrampelt. Ich hob dich hoch, brachte dich in Sicherheit, und du lagst so hilflos da. Da wurde ich schrecklich wütend und rannte diesem Bastard nach.«

»Ganz spontan? Ohne vorher zu überlegen?«

Mühelos erriet er, worauf sie mit dieser Frage hinauswollte, und zuckte die Achseln. »Das habe ich nicht gesagt ...«

»Du hast deine Lebensphilosophie vergessen, was? Erst der Verstand, dann das Herz. Aber heute war es umgekehrt!« Cole hörte ihr triumphierendes Gelächter und lenkte sein Pferd neben MacHugh. Mißbilligend beobachtete er Harrison, der Mary Rose viel zu zärtlich im Arm hielt. »Finden Sie nicht, daß Sie meine Schwester zu fest an sich drücken? Das schickt sich nicht.«

»Kümmern Sie sich um Ihren eigenen Kram, Cole«, erwiderte Harrison.

Mary Rose lächelte, und Cole blinzelte verwirrt. Er war es nicht gewöhnt, von einem anderen Mann freche Antworten zu bekommen. Aber er beschloß, die Sache auf sich beruhen zu lassen, und grinste Mary Rose an.

»Was amüsiert dich denn so?« fragte sie mißtrauisch.

Natürlich konnte er ihr nicht die Wahrheit gestehen. Sie sah jämmerlich aus, das Haar wild zerzaust, die Stirn und das Kinn mit Blut verkrustet. Sobald sie in den Spiegel sah, würde sie einen Herzanfall bekommen. »Nun, es freut mich, daß du dich besserfühlst«, erwiderte er.

Beharrlich blieb er an ihrer Seite. Warum verschwand er nicht? Sie wollte allein mit Harrison reden und herausfinden, was er wirklich empfunden hatte, als sie zusammengebrochen war. »Da irrst du dich«, erklärte sie ihrem Bruder. »Ich fühle mich keineswegs besser.«

»Aber gerade hast du gelacht.«

»Weil ich mich im Delirium befinde. Ich habe gräßliche Schmerzen. Hast du etwa vergessen, was passiert ist? Mein Kopf dröhnt, und meine Hüfte ...«

Das genügte. Hastig ergriff Cole die Flucht und setzte sich an die Spitze der kleinen Prozession, gefolgt von Travis.

Douglas bildete die Nachhut, um ihnen den Rücken zu decken.

Auch Harrison musterte ihr mißhandeltes Gesicht. »Du brauchst einen Arzt, Mary Rose. Am besten reite ich nach Hammond und ...«

»Nicht nötig«, unterbrach sie ihn. »Mir geht's gut. Aber es ist lieb von dir, daß du dir meinetwegen solche Sorgen machst. Du magst mich, nicht wahr?«

»Klar. Deine Brüder mag ich auch. Ihr habt mich in eurem Haus aufgenommen, mir zu essen und ein Bett gegeben ...«

Abrupt verstummte er, als er Coles Ruf hörte. »Mary Rose! Du errätst nie, wer vor unserer Veranda wartet! Clive Harrington!«

Inzwischen hatte ihr Bruder den Grat oberhalb der Ranch erreicht und schaute hinunter. Sofort bat sie Harrison, sein Pferd anzuspornen. »Clive muß krank sein!«

Cole schüttelte den Kopf. »Das glaube ich nicht.«

Auch Travis zügelte seinen Hengst auf dem Grat. »Was hat denn die Postkutsche in unserem Vorderhof verloren?«

Irgend etwas mußte geschehen sein. Daran zweifelte Mary Rose nicht. Clive befolgte nämlich strenge Prinzipien. Niemals lenkte er sein Vehikel zu einem Haus. Die Fahrgäste mußten an den Stationen aussteigen und selber sehen, wie sie heimkamen. Nicht einmal um Fremde, die sich verirren könnten, kümmerte er sich. Und ihr Gepäck interessierte ihn ebensowenig. Er hatte Mary Rose erzählt, er sei mit wichtigeren Dingen beschäftigt, aber angedeutet, ihr zuliebe würde er eine Ausnahme machen. Doch sie bestand darauf, genauso behandelt zu werden wie alle anderen. Und er hielt sie für einen Engel, der vom Himmel herabgestiegen war und ihm half, seinen Grundsätzen treu zu bleiben.

Endlich kam auch MacHugh auf dem Grat an, und sie sah Clive vor dem Postkutschengespann umherlaufen. »Sicher ist was Furchtbares passiert. Seht doch, wie aufgeregt der arme Clive ist!«

»Wo steckt denn Adam?« fragte Travis.

»Wahrscheinlich im Haus«, meinte Douglas, der die anderen eingeholt hatte.

»Ja, ganz sicher ist was Grauenvolles geschehen!« jammerte Mary Rose.

»Nicht unbedingt«, erwiderte Harrison. »Genausogut könnte der Mann hierhergefahren sein, um wundervolle Neuigkeiten zu erzählen.«

Wortlos drehte sie sich im Sattel an und starrte ihn an, um ihm zu zeigen, wie lächerlich sie seine Vermutung fand.

»Vielleicht wurde er ausgeraubt«, spekulierte Travis.

»Das bezweifle ich«, entgegnete Cole. »Hier weiß doch jeder, daß er nichts Wertvolles mit sich herumschleppt.«

»Beeilen wir uns doch!« flehte Mary Rose. »Ich möchte Clive helfen. Offensichtlich hat er große Probleme.«

Endlich trieben sie die Pferde an, und wenige Minuten später erreichten sie die Ranch. Clive rannte zu Mary Rose und half ihr, aus dem Sattel zu steigen. »Großer Gott, was ist denn mit Ihnen passiert, Miss Mary?«

»Bickley hat mich niedergeschlagen.«

»Den Kerl bringe ich um!« kündigte er wutentbrannt an.

»Beruhigen Sie sich, Clive. Bickley und seine Freunde werden bereits nach Hammond gebracht, dort wird sich der Sheriff um sie kümmern. Aber es ist nett, daß Sie sich meinetwegen so aufregen. Sie sind ein guter Freund.«

»Haben Sie Schmerzen, Miss Mary?«

»Nein. Wenn ich mein Gesicht gewaschen und mich umgezogen habe, wird man mir nichts mehr anmerken.«

»Und kämmen sollten Sie sich auch.«

Seufzend strich sie ihre zerzausten Locken aus der Stirn. »Was führt Sie denn hierher, Clive? Stimmt was nicht?«

»Allerdings nicht. Ich bin ja so froh, daß Sie endlich daheim sind, Miss Mary. Heute hätten Sie nicht nach Blue Belle reiten dürfen. Es ist doch nicht Samstag. Haben Sie das vergessen?«

»Nein, aber ich wollte ein paar Sachen für eine Freundin kaufen.«

»Nun, wenn das so ist ... Aber jetzt müssen Sie mir helfen.«

»Natürlich. Was ist denn los?«

»Bitte, holen Sie die junge Dame aus meiner Kutsche! Sie rührt sich nicht von der Stelle, und sie läßt nicht mal Adam an sie ran. Sobald er auftauchte, schrie sie wie am Spieß und erklärte, kein Dienstbote dürfe sie anfassen. Das gezieme sich nicht. Da versuchte ich ihr klarzumachen, wie das hier draußen ist, aber sie wollte nicht auf mich hören. Und sie glaubt nicht, daß Adam Ihr Bruder ist, Miss Mary. Irgendwie verstehe ich ihre Zweifel. Sie kommt nicht aus dieser Gegend, also ist sie so was nicht gewöhnt. Schließlich gab's Adam auf und ging ins Haus. Er wollte nicht erschossen werden, das drohte sie ihm nämlich an, falls er sich noch mal in die Nähe der Kutsche wagen würde. Freundlicherweise bot mir Ihr Bruder einen bequemen Sessel im Salon und einen kühlen Drink an. Leider mußte ich das ablehnen, denn ich konnte die junge Dame doch nicht hier draußen allein lassen. Nur der Himmel weiß, was sie mit meinem Wagen treiben würde, sobald ich ihr den Rücken kehre. Glauben Sie mir, Miss Mary, ich habe mit Engelszungen auf sie eingeredet, aber sie besteht darauf, so höflich empfangen zu werden, wie's ihr gebührt. Und solange sie nicht kriegt, was sie will, steigt sie nicht aus. Schon zwei Stunden lang schmort sie da drin.«

»Wer ist sie denn?« Vergeblich versuchte Douglas, durchs Kutschenfenster zu spähen. Ein dunkler Vorhang versperrte ihm die Sicht.

»Miss Border!« Ein Schauer rann über Clives Rücken, als er diesen Namen flüsterte.

»Eleanor?« Ungläubig runzelte Mary Rose die Stirn. Was um alles in der Welt trieb Eleanor Border auf Rosehill?

»Die Eleanor!« rief Douglas entsetzt und starrte seine Schwester an.

Bevor sie antworten konnte, zerrte Clive an ihrem Arm. »Jedenfalls muß ich sie loswerden. Tun Sie doch was. Ich flehe Sie an, Miss Mary!«

Cole war der einzige Clayborne-Bruder, der sich amüsierte. Die berüchtigte Zimmergenossin seiner Schwester – das Mädchen, das ihr im Internat jahrelang das Leben schwergemacht hatte, kam zu Besuch. Was für eine interessante Abwechslung.

»Was hat sie denn hier verloren?« fragte Travis ärgerlich.

»Hast du sie eingeladen?« wollte Douglas wissen.

»Gewissermaßen«, antwortete Mary Rose ausweichend.

»Was soll das heißen?« fauchte Douglas.

»Ich hab sie eingeladen, aber nur, weil ich mir sicher war, daß sie nicht hierherkommen würde. Ständig hat sie betont, sie würde den barbarischen Wilden Westen hassen. Starr mich nicht so an, Douglas! Jetzt läßt sich nichts mehr ändern.«

»Oh, ich könnte dir den Hals umdrehen, Mary Rose!« stöhnte Travis. »Warum hast du ihr bloß deine Gastfreundschaft angeboten?«

»Sei nicht so kindisch! Sprich nicht so laut! Womöglich hört sie uns, und wir wollen doch ihre Gefühle nicht verletzen.«

Da brach Cole in schallendes Gelächter aus.

»Bringen Sie Miss Border nach Blue Belle, Clive«, schlug Douglas vor. »Dann kann sie ein Zimmer über dem Salon mieten.«

»Um Gottes willen, seid doch vernünftig!« mahnte Mary Rose. »Über dem Salon wohnen nur Trunkenbolde, und Eleanor ist eine vornehme Lady.«

»Hier versteht wohl niemand mein Problem!« rief Clive. »Ich muß sie loswerden, sonst komme ich heute abend nicht rechtzeitig zu Morton Junction. Dort werde ich von meinen Fahrgästen erwartet.«

»Ja, natürlich«, versuchte Mary Rose ihn zu besänftigen. »Wir helfen Ihnen gleich.«

»Und wenn die Leute rausfinden, daß ich mich nicht an meine Regel gehalten und diese Frau bis vor die Tür gebracht habe, kann ich mich nie wieder in Blue Belle blicken lassen.« Erbost wandte er sich zu den Brüdern. »Mit dieser Miss Border will ich nichts mehr zu tun haben. In meinen besten Hut hat sie ein Loch geschossen. Ein Glück, daß er da nicht auf meinem Kopf saß! Und dann drohte sie, wenn ich mich schlecht benähme, würde sie mich wie einen Hund niederknallen. Führt sich eine vornehme Dame so auf, Miss Mary? Schaffen Sie sie doch endlich da raus!«

»Sofort«, versprach Mary Rose. »Reiß dich zusammen, Douglas, und denk an die sprichwörtliche Gastfreundschaft der Claybornes. Es ist schon unhöflich genug, die arme Eleanor so lange warten zu lassen.«

»Glaubst du etwa, ich heiße sie willkommen, nachdem sie meinen Bruder so schändlich behandelt hat?«

»Sie hat's eben nicht verstanden ...«

»Was?« fiel Travis seiner Schwester ins Wort. »Clive hat ihr doch erklärt, daß Adam dein Bruder ist.«

»Offensichtlich hat sie ihm nicht geglaubt«, entgegnete Mary Rose.

»Und sie hat sogar angekündigt, sie würde ihn auch erschießen«, ergänzte Clive.

Da erlosch Coles Grinsen. »Was?« brüllte er.

»Reg dich nicht auf, Cole!« bat Mary Rose. »Ich habe niemandem von meiner Familie erzählt, weil ihr mir ständig einschärft, ich dürfe nicht über meine Brüdern reden. Sicher wird sich Eleanor bei Adam entschuldigen.«

»Oder?« fragte Travis.

»Oder sie muß abreisen«, versprach Mary Rose.

»Und ich, Miss Mary?« Empört zupfte Clive an ihrem Ärmel.

»Sie hat mich einen Esel genannt und behauptet, ich würde nicht einmal wissen, was eine Badewanne ist. Dann sagte sie noch andere häßliche Dinge, die ich lieber nicht wiederhole. Und dabei habe ich nichts weiter versucht, als sie an der Station abzusetzen. War das etwa ein Verbrechen? Sie kennen doch meine Grundsätze, Miss Mary?«

»Ja, natürlich, und niemand wird erfahren, daß Sie gegen

Ihre Regeln verstoßen haben. Auch bei Ihnen wird sich Eleanor entschuldigen und einen brandneuen Hut für Sie kaufen. Sind Sie dann zufrieden?« Er sah aus, als würde er vor Dankbarkeit in Tränen ausbrechen, und Mary Rose tätschelte seine Hand. »Es war wirklich nett von Ihnen, Eleanors Launen zu ertragen. Manchmal benimmt sie sich unmöglich, das weiß ich. Im Internat war sie meine Zimmergenossin. Tut mir leid, daß sie Ihnen solche Unannehmlichkeiten gemacht hat.«

»Nicht nur das, Miss Mary! Sie hat mir Angst und Schrekken eingejagt, ich schäme mich nicht, das einzugestehen.«

Ungeduldig verdrehte Cole die Augen. »Am besten zünden wir den Wagen an. Dann wird sie sofort rausspringen. Ich kaufe Ihnen einen neuen, Clive.«

Um das Schlimmste zu verhindern, eilte Mary Rose entschlossen zum Wagen, während Clive zu den Verandastufen zurückwich. Sie klopfte an die Tür und versuchte vergeblich, sie zu öffnen. »Eleanor, da bin ich – Mary Rose! Bitte, mach endlich die Tür auf!«

Sofort hörte sie ein Klicken. Der Riegel wurde zurückgeschoben, sie riß den Wagenschlag auf und kletterte hinein, dann warf sie ihn hinter sich zu, bevor irgend jemand in die Kutsche spähen konnte.

Zwischen den zugezogenen Vorhängen fiel genug Licht herein, und beim Anblick ihrer einstigen Zimmergefährtin wurde Mary Rose von Gewissensbissen geplagt, weil sie so furchtbare Geschichten über das arme Mädchen erzählt hatte. Eleanor schaute völlig verängstigt drein, drückte sich in eine Ecke und zitterte am ganzen Körper. Tränen rollten über ihre Wangen.

Mary Rose setzte sich ihr gegenüber, wollte sich vorbeugen und die Hand der unerwarteten Besucherin ergreifen. Erst jetzt entdeckte sie den Revolver, den Eleanor umklammerte, und starrte direkt in die Mündung. Darüber erschrak sie nicht. Sie wurde nur ein bißchen nervös. »Wann hast du diese Waffe gekauft?«

»Letzte Woche.«
»Weißt du, wie man damit umgeht?«
»Noch nicht, aber ich werde es lernen.«
»Solche Schießeisen sind gefährlich, Eleanor, und du solltest keins bei dir tragen.«
»Ich habe mir das Haar abgeschnitten. Gefällt's dir?«
Diese Frage verblüffte Mary Rose keineswegs. Schon immer war Eleanor egozentrisch gewesen, und sie nahm ihr Aussehen wichtiger als alles andere – nicht einmal ihre Angst konnte etwas daran ändern. Mit ihren ausdrucksvollen grünen Augen sah sie zauberhaft aus. Ihre dunkelbraunen Lokken, früher schulterlang, bedeckten jetzt nur die Ohren.
»Ja, deine neue Frisur ist sehr hübsch.« Mary Rose sprach im Flüsterton, um das Mädchen nicht zu alarmieren. Vorsichtig griff sie nach dem Revolver und drehte den Lauf nach unten, dann entwand sie ihn den Fingern ihrer Freundin, die sich nicht wehrte. »Jetzt mußt du dich nicht mehr fürchten. Du bist in Sicherheit. Alles wird gut.«
»Gar nichts wird gut. Nie wieder kann es so sein wie früher Ich wollte nicht hierherkommen, du weißt doch – wie sehr ich so primitive Zustände hasse.«
»Wenn du nicht herkommen wolltest, warum hast du's dann getan?«
»Weil ich nicht wußte, wohin ich mich sonst wenden sollte.«
Neue Tränen glänzten in Eleanors Augen.
»Wolltest du deinen Vater nicht nach Europa begleiten, nachdem du die Schule abgeschlossen hattest?«
»Das war eine Lüge«, gestand Eleanor. »Vater rannte einfach davon, ohne mir irgend etwas zu sagen.«
»Wieso?«
»Ein paar Polizisten kamen ins Internat, um mich zu verhören, und da erfuhr ich, was Vater verbrochen hatte. Natürlich mußte ich die Schule verlassen. Die Direktorin war wütend. Offenbar hatte Vater ihr versprochen, einen Anbau zu finanzieren.«

»Aber sie konnte dich doch nicht einfach hinauswerfen!« protestierte Mary Rose.

»Doch, das tat sie. Zuletzt war das Schulgeld nicht mehr bezahlt worden. Die Beamten erzählten mir, Vater habe seine Klienten jahrelang bestohlen. Mit diesem Geld bestritt er die hohen Kosten für seinen luxuriösen Lebensstil, seine elegante Kleidung. Stets richtete er sich nach der neuesten Mode. In seinem Schrank hingen mindestens fünfzig Anzüge. Ständig umgab er sich mit jungen Frauen. Mich wollte er nicht in seiner Nähe haben, weil ich ihn an sein Alter erinnerte, und so steckte er mich ins Internat. Nie hat er mich geliebt. Meine Mutter wurde schwanger, um ihn vor den Traualtar zu schleppen, und dann starb sie bei meiner Geburt. Aber sie trug einen Ring am Finger, also war sie sicher glücklich und zufrieden.«

Entsetzt hörte Mary Rose zu, und ihr Herz flog Eleanor entgegen. Aber sie war taktvoll genug, um ihr Mitleid nicht zu zeigen. »Und ich dachte, du würdest ein aufregendes Leben mit deinem Vater führen und in den Ferien weite Reisen in exotische Länder unternehmen ...«

»Nie bin ich irgendwohin gefahren. Ich blieb immer daheim bei der Haushälterin.«

»Aber die Geschichten, die du mir erzählt hast ...«

»Die habe ich in Büchern gelesen – und dir was vorgelogen, um dich zu beeindrucken.«

»Warum?«

Eleanor zuckte die Achseln. »Keine Ahnung.«

»Wieso hast du mir nicht einfach die Wahrheit gesagt?«

»Weil ich den Schein wahren mußte. Wie der Vater, so die Tochter. Außerdem hättest du mich bemitleidet.«

»Wo ist dein Vater jetzt?«

»Das weiß niemand. Die Polizei sucht ihn immer noch. Eigentlich müßte ich ihm dankbar sein, weil er einen Teil meiner Ausbildung bezahlt hat. Aber dafür hat er das Geld anderer Leute verwendet, also kann ich keine Dankbarkeit empfinden. Und er hinterließ nicht einmal einen Brief, um mir mitzuteilen, wohin er gehen würde. Immer wieder versicherte ich den Beamten, ich würde seinen Aufenthaltsort nicht kennen. Aber sie glaubten mir nicht. Zwei Tage und zwei Nächte bin ich im Gefängnis gewesen. Es war grauenvoll. Schließlich mußten sie mich freilassen. Natürlich hatte Vater einen Riesenskandal heraufbeschworen. Sogar in Chicago hassen mich die Leute, weil ich mit ihm verwandt bin. Alle scheinen zu glauben, ich wüßte, wo er sich versteckt. Und die Polizei läßt unser Haus rund um die Uhr bewachen. Oh, es war einfach unerträglich! Ich verkroch mich hinter geschlossenen Vorhängen und tat so, als wäre nichts passiert.«

»Es tut mir schrecklich leid«, wisperte Mary Rose, aber Eleanor schien ihr nicht zuzuhören.

»Die ganze Zeit dachte ich, das Haus würde uns gehören. Doch das war ein Irrtum. Die Vermieterin warf mich hinaus. Und weil ich nicht wußte, wohin ich sonst gehen sollte, kam ich zu dir. Du sagtest doch, ich solle mich an dich wenden, falls ich jemals Hilfe brauche. Hast du's ernst gemeint?«

»Natürlich.«

»Du schickst mich nicht weg?«

»Ganz sicher nicht. Dachtest du etwa, ich würde dir die Tür weisen, nur weil wir uns manchmal gezankt haben?«

»Du warst das einzige Mädchen in der Schule, das sich um mich bemühte. Klar, ich weiß, ich kann sehr schwierig sein. Und zu dir war ich nur so eklig, weil ich wußte, daß du Mitleid mit mir hattest.«

»Nein, das stimmt nicht. Wollen wir jetzt aus der Kutsche steigen?«

Eleanor umfaßte den Türgriff, aber Mary Rose hielt ihre Hand fest.

»Einen Augenblick noch. Erst möchte ich dir von meinen Brüdern erzählen. Adam ...«

»Dieser Mann mit der schwarzen Haut?«

»Ja.«

»Ach, du glaubst nicht, was dieser gräßliche Kutscher mir einreden wollte! Er sagte, dieser Neger sei dein Bruder. So eine ungeheuerliche Lüge!«

»Adam *ist* mein Bruder – und als ältester das Familienoberhaupt.«

Eleanors Kinnlade klappte nach unten. »Das ist doch nicht dein Ernst!«

»Doch. Bevor du das Haus betrittst, mußt du dich bei ihm entschuldigen.«

Verwirrt schüttelte Eleanor den Kopf. »Wie um alles in der Welt ...«

»Darauf kommt es nicht an. Jedenfalls ist Adam mein Bruder, und ich liebe ihn von ganzem Herzen.«

»Aber er kann nicht dein Bruder sein.«

»Trotzdem ist er's. Adam und meine anderen Brüder haben mich großgezogen. Wirklich, Eleanor, wir sind eine Familie, und die Familie steht immer an erster Stelle.«

»Und die Leute hier akzeptieren euch alle?«

»Selbstverständlich.«

»Warum?«

Mary Rose seufzte tief auf. »Da wir schon sehr lange hier leben, haben sich wahrscheinlich alle an uns gewöhnt. Nun? Entschuldigst du dich?«

Zögernd nickte Eleanor. »Ich wollte ihn nicht beleidigen, und ich dachte nur, der Fahrer hätte mich belogen. Ein unmöglicher Mensch! Mitten auf einer Sandstraße wollte er mich aus dem Wagen werfen. Kannst du dir das vorstellen?«

»Er heißt Clive Harrington, ein guter, anständiger Mann. Auch bei ihm mußt du dich entschuldigen. Du hättest nicht auf ihn schießen dürfen.«

Keineswegs zerknirscht zuckte Eleanor die Achseln. »Eigentlich wollte ich nicht auf ihn schießen, aber das darfst du nicht verraten. Vielleicht wird er böse, wenn er erfährt, daß dieser Revolver einfach losgegangen ist.«

»Er ist schon jetzt böse.«

»Glaub mir, es war ein Unfall. Warum soll ich mich für was entschuldigen, was ich gar nicht beabsichtigt habe?«

»Immerhin hättest du ihn umbringen können.«

»Aber das tat ich nicht.«

»Außerdem hast du ihn schlecht behandelt und seine Gefühle verletzt. Ich versprach ihm, du würdest dich entschuldigen und ihm einen neuen Hut kaufen, weil er nun ein Loch in seinem alten hat.«

»Dafür habe ich zuwenig Geld.«

»Gut, dann geb ich dir was. Aber das darfst du Clive nicht erzählen. Tu so, als würdest du das Ding mit deinem eigenen Geld kaufen.«

»Wieso interessiert du dich so sehr für seine Gefühle?«

»Weil er mein Freund ist.«

»Nun, wenn dir das so wichtig ist, entschuldige ich mich und kaufe einen Hut. Und warum hast du mir nichts von Adam erzählt? Dachtest du, ich würde es im ganzen Internat ausplaudern?«

»Warum sollte ich das befürchten?«

»Weil man dich geschnitten hätte, wenn die Wahrheit ans Licht gekommen wäre.«

Allmählich verlor Mary Rose die Geduld. Sie sehnte sich nur noch nach einem heißen Bad und ein bißchen Komfort, aber sie würde beides erst genießen können, wenn sie ihre Freundin im Gästezimmer einquartiert hatte. »Von Vorurteilen halte ich nichts, Eleanor, und es wäre mir egal gewesen, wenn mich ein paar alberne Mädchen geschnitten hätten. Mit Leuten, die einen Menschen nur wegen seiner anderen Hautfarbe hassen, verschwenden meine Brüder und ich keine Zeit. Alle vier sind wundervolle, stolze Männer, und ich schäme mich meiner Familie nicht.«

»Wieso hast du dann ein Geheimnis daraus gemacht?«

»Aus privaten Gründen. Wer wir sind und was wir machen, geht niemanden was an.«

»Sind deine anderen Brüder auch so wie Adam?«

»Genauso gut und anständig. Nur Cole und Douglas können manchmal ein bißchen eigensinnig sein.« Besorgt musterte Mary Rose ihre Freundin, die immer noch verwirrt und schockiert wirkte. »Können wir jetzt aussteigen?«

»Gleich … Hier draußen ist alles ganz anders, nicht wahr?«

»Anders als in der Stadt. Aber eine Familie ist eine Familie – egal, wo man lebt. Du wirst dich schon an meine Brüder gewöhnen. Wenn du sie respektierst und nicht deine hochnäsige Miene aufsetzt, werden sie dir sicher nett und freundlich begegnen.«

»Gut, ich will mich bemühen.«

»Können wir jetzt endlich aussteigen? Hier drin ist es so stickig.« Ohne eine Antwort abzuwarten, stieß Mary Rose den Wagenschlag auf, der Harrisons Schulter traf. Er hatte in der Nähe gestanden, um abzuwarten, ob sie vielleicht seine Hilfe brauchte. Nun reichte er ihr seine Hand und half ihr aus der Kutsche.

Tief atmete sie die frische Luft ein, und als sie seine sorgenvolle Miene sah, lächelte sie ihn beruhigend an. Dann warf sie Eleanors Waffe ihrem Bruder Cole zu, der sie in seinen Gürtel steckte.

Auch Eleanor kletterte aus dem Wagen. Mary Rose machte sie zuerst mit Harrison bekannt, dann mit ihren Brüdern. Schließlich führte sie die Besucherin zur Veranda, wo Clive stand.

Verlegen wisperte Eleanor eine Entschuldigung, aber damit gab er sich nicht zufrieden. »Das müssen Sie laut und deutlich sagen, damit's alle hören. Und nennen Sie mich Mr. Harrington – in möglichst respektvollem Ton.«

Mary Rose stieß ihre Freundin mit dem Ellbogen an, und Eleanor gehorchte widerstrebend. Wenn Clive auch nicht lächelte, so schien er sich doch zu freuen, denn seine gerunzelte Stirn wirkte nicht mehr so finster wie zuvor. »Wird sie auch Wort halten und mir einen Hut kaufen, Miss Mary?«

»Ja, sicher.«

Langsam trottete er zu seinem Wagen und kletterte auf

seinen Kutschbock. »Vor ein paar Tagen ging's mir gar nicht gut«, rief er Mary Rose zu. »Aber jetzt ...« Er machte eine kurze Pause und starrte Eleanor an. »Wie lange wird sie denn hierbleiben?«

»Eine Weile. Aber für Sie haben wir immer Platz, Clive.«

»Jetzt fühle ich mich schon wieder besser. Vielleicht kann ich meine Krankheit überwinden – für eine Weile. Auf Wiedersehen, Miss Mary!«

»Was soll das?« fragte Eleanor verwundert.

Mary Rose winkte ihrem Freund zu. »Oh, er hat mir nur erklärt, er würde nicht erkranken, bevor du abreist. Setz dich doch auf die Veranda, ich gehe hinein und rede mit Adam. Das wird einige Zeit dauern. Bevor du unsere Schwelle überquerst, muß er sich bereit erklären, dich willkommen zu heißen.«

»Und wenn er sich weigert?«

Über diese Möglichkeit wollte Mary Rose nicht nachdenken.

»Er ist ein sehr gütiger Mensch ... Aber ich muß ihm erzählen, was dir zugestoßen ist. Stört dich das?«

»Wird er's weitererzählen?«

»Bestimmt nicht.«

»Muß ich allein hier draußen sitzen?«

Mary Rose schaute sich nach jemandem um, der Eleanor Gesellschaft leisten konnte. Dafür kam nur Harrison in Frage. Cole hatte bereits den Stall erreicht, Travis und Douglas folgten ihm auf dem Fuß.

Allzu entzückt war Harrison nicht über die Aufgabe, die er übernehmen sollte, aber galant genug, um Mary Roses Bitte zu erfüllen.

»Warum schaust du so mürrisch drein?« fragte sie.

»Weil ich Angst um dich hatte. Du hättest nicht in den Wagen steigen dürfen. Immerhin war sie bewaffnet. Und die Kugel, die sie auf Clive abschoß ...«

»Mir würde sie nichts antun«, fiel Mary Rose ihm ins Wort. »Und anderen Leuten auch nicht. Sie ist nur verängstigt, weil sie einiges durchmachen mußte. Sei freundlich zu ihr, Harrison.«

Seufzend fügte er sich in sein Schicksal, rief Douglas zu sich und übergab ihm sein Pferd, dann stieg er mit Mary Rose die Verandastufen hinauf.

Endlich konnte sie ins Haus gehen. Sie traf Adam in der Bibliothek an, wo er am Schreibtisch saß, über seine Haushaltsbücher gebeugt. In seinem Arbeitseifer bemerkte er nicht, daß sie in der Tür stand.

Geduldig wartete sie und kämpfte mit den Tränen. So war es immer gewesen. In allen schwierigen Lebenslagen hatte sie sich stets beherrschen und ihre Würde wahren können – bis sie nach Hause gekommen und ihrem ältesten Bruder gegenübergetreten war. Auch jetzt brach sie zusammen. Sie brauchte nur Adams Blick zu erwidern, als er endlich aufschaute. »Um Himmels willen, Schwesterchen, was ist denn passiert?«

Da warf sie sich schluchzend in seine Arme.

13. Februar 1864

Liebe Mama Rose, gerade lasen wir eine Zeitung, die einen Monat alt ist. Travis tauschte sie bei Perry gegen ein paar Felle ein, und ein Gentleman namens Benson druckte die Rede ab, die Lincoln in Gettysburg hielt. Von der großen Schlacht, die dort stattfand, hatten wir schon im Juli erfahren. So viele tapfere Männer verloren ihr Leben.

Benson erklärte, unser Präsident habe die Rede auf dem Friedhof gehalten, den er am Rand des Schlachtfelds einweihte. Als Adam diese Ansprache las, weinte er, dann schrieb er sie ab, um sie Dir zu schicken.

Cole meint, wahrscheinlich hast Du sie schon gelesen, Mama. Aber sie ist so bedeutsam, daß Du sie ein zweites Mal lesen mußt. Das finden wir alle. Und wir beten für Dich und Lincoln.

Douglas

8

Mary Rose weinte wie ein kleines Mädchen, und Adam drückte sie fest an seine Brust: Liebevoll streichelte er ihr Haar, bis sie sich beruhigt hatte. Es dauerte einige Minuten, bis sie ihre Fassung wiederfand. Dann setzte sie sich auf die Schreibtischkante und schüttete ihm ihr Herz aus. In allen Einzelheiten schilderte sie, was in der Stadt geschehen war. Während er zuhörte, untersuchte er ihre Verletzungen. Schließlich führte er sie in die Küche, wusch ihr das Gesicht und schaute sich die Wunden etwas genauer an. Zu ihrer Erleichterung erklärte er, sie seien ungefährlich und müßten nicht genäht werden.

»Nimm jetzt ein Bad und ruh dich aus, Mary Rose. Für heute hast du genug erlebt. Und vergiß nicht, die Wunden mit Salbe zu bestreichen. Nun werde ich mich um meine Bücher kümmern.«

»Einen Augenblick noch, Adam ...« Sie folgte ihm in die Bibliothek. »Vorher sollten wir über Eleanor reden. Sie wartet auf der Veranda, weil ich ihr gesagt habe, daß sie erst hereinkommen darf, wenn du's erlaubst. Würdest du mit ihr sprechen? Sie möchte dir erzählen, was ihr widerfahren ist, ehe du entscheidest, ob sie hierbleiben kann.«

Erstaunt hob er die Brauen. »Habe ich jemals einen Menschen weggeschickt?«

»Nein, aber Eleanor läßt sich nicht mit unseren sonstigen Gästen vergleichen. Für einige Zeit wird sie diesen Haushalt ins Chaos stürzen. Würdest du das ertragen?«

»Und deine Brüder? Müßten sie nicht auch ein Wörtchen mitreden?«

»Die tun immer, was du willst. Cole wird uns natürlich Ärger machen, aber er soll ihr einfach aus dem Weg gehen.«

Adam lehnte sich in seinem Sessel zurück und schaute Mary Rose nachdenklich an. »Wie lange wird sie uns beehren?«

»Wenn ich das bloß wüßte!« seufzte sie. »Bitte, sprich mir ihr! Sie hat solche Angst, und sie braucht einen Unterschlupf, wo sie sich sicher fühlt.«

»Also gut.« Er stand auf und kam um den Schreibtisch herum. »Geh jetzt nach oben, ich kümmere mich um Eleanor. Wie lautet ihr Nachname?«

»Border. Soll ich nicht hierbleiben, während du mit ihr redest?«

»Nicht nötig.«

Sie begleitete ihn in die Halle und wandte sich zögernd zur Treppe. »Übrigens, ich habe sie aufgefordert, dich um Verzeihung zu bitten.«

»Ja, schon gut. Verschwinde endlich!« befahl er, öffnete die Haustür und sah Eleanor in einem Korbstuhl auf der Veranda sitzen. Sie unterhielt sich mit Harrison, der sichtlich genervt an einem Pfosten lehnte. »Miss Border, würden Sie mit mir in die Bibliothek kommen?« bat Adam.

Obwohl er mit sanfter Stimme gesprochen hatte, zuckte sie erschrocken zusammen und sprang so schnell auf, daß der Stuhl nach hinten kippte. Harrison stellte ihn wieder auf die Beine, und Eleanor ging zu Adam. Abrupt blieb sie stehen. »Ich kann Ihr Haus noch nicht betreten, Mr. Clayborne.«

»Warum nicht?«

»Mary Rose sagte, vorher müsse ich mich entschuldigen. Tut mir wirklich leid, wenn ich Sie beleidigt habe. Aber ich glaubte diesem gräßlichen Kutscher nicht, als er erklärte, Sie seien der Bruder meiner Freundin. Ich dachte, das würde er nur behaupten, um mich loszuwerden, und er hätte mich gar nicht nach Rosehill gebracht, sondern ganz woandershin ...«

»Wohin denn?« fragte Cole, der die Verandastufen heraufstieg.

»Ach, keine Ahnung ...« Sie warf ihm einen kurzen Blick zu, dann wandte sie sich wieder zu Adam. »Darf ich jetzt eintreten, Sir?«

»Ja, natürlich.«

»Bringen Sie das Gepäck in mein Zimmer, Mr. MacDonald!« Mit einer knappen Geste, die Harrison an die englische Königin erinnerte, zeigte sie auf ihre Koffer, die Clive in den Staub gestellt hatte.

»Bedaure, Miss, das kann ich nicht. Zum Oberstock habe ich keinen Zutritt. Cole, diese Aufgabe werden Sie übernehmen müssen.«

»Stauben Sie das Gepäck ab, bevor Sie's ins Haus tragen, Cole!« befahl Eleanor.

Als Harrison einen wütenden Fluch vernahm, grinste er. Zu seiner weiteren Belustigung sah er Douglas aus dem Stall laufen, gefolgt von MacHugh, der offensichtlich seine schlechte Laune an dem jungen Mann auslassen wollte.

»Hör mal, Adam, ich möchte dir was sagen!« Cole mußte schreien, um Harrisons Gelächter zu übertönen.

»Später«, erwiderte Adam und bedeutete Eleanor, ins Haus zu gehen. »Wenn ich mit Miss Border gesprochen habe. Es dauert nicht lange.«

Doch da irrte er sich. Die Unterredung dauerte drei Stunden. Nach der ersten Stunde war sein Hemd schon wieder naß geweint, denn Eleanor entpuppte sich als zweite Mary Rose.

Allmählich verlor Cole die Geduld. Er wollte Adam endlich mitteilen, Harrison sei ein Anwalt, und mit dem ältesten Bruder die Maßnahmen erörtern, die diese Situation erforderte. Entschlossen öffnete er die Bibliothekstür und hielt verblüfft inne.

Eleanor hatte beide Arme um Adams Taille geschlungen, schluchzte heftig und versuchte, gleichzeitig zu reden. Für Cole ergab ihr halbersticktes Gestammel keinen Sinn, aber es amüsierte ihn, seinen Bruder zu beobachten, der sich offenbar sehr unbehaglich und völlig hilflos fühlte.

Ungeschickt tätschelte Adam die Schulter des Mädchens, dann sah er den grinsenden Cole in der Tür stehen und bedeutete ihm zu verschwinden – ein Befehl, der sofort befolgt wurde.

Beim Dinner erwähnten sie den Zwischenfall nicht. Eleanor zog es vor, in ihrem Zimmer zu bleiben, und Mary Rose hatte ihr ein Tablett mit einer Mahlzeit und einer großen Kanne Tee gebracht, in der Hoffnung, das heiße Getränk würde die aufgeregte Freundin beruhigen. »Tut mit leid, daß ich mich verspätet habe«, entschuldigte sie sich, als sie am Eßtisch erschien und neben Adam Platz nahm. »Die Ärmste ist völlig erschöpft, deshalb wird sie uns heute abend nicht Gesellschaft leisten.« Dann flüsterte sie ihrem ältesten Bruder zu: »Sie mag dich, aber sie weiß natürlich noch nicht, wie stur du sein kannst.«

»O nein, sie mag ihn nicht«, widersprach Douglas, der scharfe Ohren besaß. »Ich glaube, sie steckt voller Vorurteile.«

Aber Cole schüttelte den Kopf. Nach seiner Ansicht würde keine Frau einen Mann umarmen, den sie haßte. »Das bezweifle ich. Sie ist nur unhöflich.«

Skeptisch runzelte Douglas die Stirn. »Bist du sicher? Wenn sie Vorurteile hat, kann sie nicht hierbleiben.«

»Ja, ich bin mir sicher.«

»Warum schaust du denn so wütend drein, Mary Rose?« fragte Travis.

»Ich habe ihr verboten, heute nachmittag zum Boar Ridge zu reiten«, erklärte Adam.

»Aber ich bin kein Kind mehr«, protestierte sie, »und ich verstehe nicht …«

»Vergiß bitte nicht, daß wir einen Hausgast haben«, unterbrach er sie. Sofort hielt sie den Mund.

»Können wir nicht endlich zu essen anfangen? Ich verhungere schon beinahe.« Douglas griff nach der Kartoffelschüssel, hielt aber inne, als Adam ihn ersuchte noch etwas zu warten.

»Harrison? Sprechen Sie zufällig Französisch?«

»Ja. Warum?«

»Dann möchte ich Sie bitten, heute abend unsere Tradition zu erdulden.«

»Sehr gern«, antwortete Harrison, obwohl er nicht die leiseste Ahnung hatte, was von ihm verlangt wurde.

Adam wandte sich wieder zu seiner Schwester. »In letzter Zeit waren wir sehr nachlässig. Würdest du das Abendgebet sprechen, Mary Rose?«

Gehorsam senkte sie den Kopf und faltete die Hände. *»Au nom du Père ...«*

Wieder einmal staunte Harrison über die Clayborne-Familie. Während der ganzen Mahlzeit sprachen sie alle Französisch.

Wie er feststellte, verfügte Mary Rose über den größten Wortschatz, und er nahm an, daß sie die Fremdsprache auf dem Internat gelernt hatte – offenbar schon vor Jahren. Das verriet ihr Akzent. Hingegen stolperte Travis über mehrere Wörter, und seine Aussprache hätte einen Franzosen erschauern lassen.

Beim Essen erinnerte sich Harrison an das Tischgebet, das französische Vaterunser. »Sind Sie alle katholisch?«

»Ja«, bestätigte Mary Rose. »Warum?«

»Ach, nur so ...« Das würde Lord Elliott einen gewaltigen Schrecken ein einjagen, denn er gehörte der anglikanischen Kirche an. Natürlich würde er seine Tochter innig lieben, aber beharrlich versuchen, sie zu bekehren.

»Übrigens, wir sind nicht immer Katholiken.«

»Was? Entweder man ist katholisch – oder nicht.«

»Wir sind nur zeitweise Katholiken.«

»Und wann, wenn ich fragen darf?«

»Im April, Mai und Juni.«

»Und im Juli, August und September?«

»Dann sind wir Lutheraner«, verkündete Travis.

»Und die nächsten drei Monate?«

»Da sind wir Baptisten, oder wir versuchen zumindest, deren Regeln zu befolgen.«

»Soll das ein Witz sein?« rief Harrison verwirrt.

»Keineswegs«, erwiderte Mary Rose. »Wo waren wir gerade?«

»Beim Januar«, wurde sie von Cole erinnert.

»Im Januar, Februar und März sind wir Juden ...«

»Juden?« Harrison schrie beinahe.

»Was haben Sie denn gegen die jüdische Religion?« erkundigte sich Cole. »Ich kann Leute mit Vorurteilen nicht ausstehen.«

Seufzend schloß Harrison die Augen und zählte bis zehn. Dann hob er die Lider und fauchte: »Ich habe keine Vorurteile, ich versuche nur, das alles zu begreifen. Wenn Sie jeweils nur drei Monate einer Religion angehören, verspotten Sie alle vier.«

Adam erbarmte sich seiner. »Auf diese Weise bemühen wir uns, möglichst viel über jede einzelne Religion zu lernen, Harrison, und die Überzeugungen anderer Menschen zu respektieren. Glauben Sie an die Existenz Gottes?«

»Ja.«

»Wir auch. Aber wir gehören keiner organisierten Kirche an.«

»Weil es in Blue Belle keine gibt«, warf Douglas. »Die Leute wollen zwar eine bauen, doch sie können sich auf keine Religion einigen. Also wird nichts draus.«

»Es gibt noch mehr Religionen als diese vier«, bemerkte Harrison. »Möchten Sie die alle kennenlernen?«

Adam nickte. »Selbst wenn wir unseren Geist, unsere Herzen und Seelen einer bestimmten Religion geweiht haben, werden wir uns auch weiterhin über andere informieren. Wissen bedeutet Freiheit, und die Freiheit verhilft einem zum besseren Verständnis aller Dinge. In Hammond leben mehrere jüdische Familien, die wir möglichst oft besuchen. Ein paar andere Stadtbewohner mögen sie nicht. So lächerlich das auch erscheinen mag – was sie nicht verstehen, lehnen sie ab. Manche verspotten die Juden sogar. Diese Ignoranz ist eine wahre Schande. Da wir nicht als Juden geboren sind, können wir den jüdischen Glauben nicht praktizieren. Zumindest haben wir diesen Eindruck gewonnen, nach allem, was uns die jüdischen Familien erzählt haben.

Ihre Traditionen bedeuten ihnen sehr viel, und ihre Kenntnisse bereichern auch uns. Je mehr wir erfahren, desto besser verstehen wir.«

»Sprechen Sie Französisch, um zu verstehen, wie die Leute in Frankreich leben?« fragte Harrison.

Ein seltsames Glitzern erhellte Adams Augen. »Wir sprechen Französisch, weil heute Donnerstag ist.«

»Und?« Grinsend beugte sich Harrison vor, und Mary Rose lächelte ihn an.

»An Dienstagen, Donnerstagen und Samstagen sprechen wir immer Französisch.«

»Wird diese Diskussion so ähnlich verlaufen wie jene andere – über die Iren?«

»Vielleicht.«

»Was soll das heißen?« fragte Travis.

»Harrison wollte, daß wir alle Iren sind«, erläuterte Mary Rose. »Keine Ahnung, warum er das so wichtig nahm. Ich versuchte nur, ihm einen Gefallen zu erweisen. Immerhin ist er unser Gast, und er soll sich willkommen fühlen.«

Verständnisvoll nickte Travis. »Und deshalb hast du ihm erzählt, ich sei ein Ire.«

»Du bist ein Ire, Travis«, betonte Cole.

»Natürlich. Ich überlege nur, warum ihn das interessiert. Ein seltsamer Vogel ist das, nicht wahr?«

»Allerdings.« Cole schaute Harrison nachdenklich an. »Da er aus Schottland stammt, sollte man meinen, er würde uns lieber als Schotten betrachten. Warum wollten Sie denn, daß wir alle Iren sind, Harrison?«

»Das ist mir völlig egal.« Harrison gab sich geschlagen. Offensichtlich war es unmöglich, ein normales Gespräch mit den Claybornes zu führen. Damit mußte er sich eben abfinden. »Ich hoffe nur, ich muß Sie niemals vor Gericht ins Kreuzverhör nehmen.«

»Was stimmt denn nicht mit uns?« fragte Douglas. »Wir waren doch sehr gastfreundlich, oder?«

»Ja, aber Sie sind völlig unlogisch.« Ob er die Familie

beleidigte, kümmerte Harrison nicht. Auch seine Geduld hatte gewisse Grenzen.

»Oder wir sind zu logisch für Ihren Verstand«, konterte Cole.

»Haben Sie schon mal über diese Möglichkeit nachgedacht?«

»Ich habe mich nur gewundert, warum Sie an drei Tagen pro Woche Französisch sprechen«, verteidigte sich Harrison. Als er merkte, wie alle vier Brüder seinen Ärger genossen, wechselte er entschlossen das Thema. »Wie fühlst du dich, Mary Rose?«

»Danke, gut.«

»Heute morgen wurde sie übel zugerichtet«, erklärte er Adam.

»Offensichtlich.«

»Aber jetzt sieht sie schon wieder besser aus«, meinte Douglas.

»Besser?« In Harrisons Augen war sie schön wie eh und je, trotz der Schrammen und blauen Flecken im Gesicht. Obwohl einer ihrer Mundwinkel etwas geschwollen war, hätte er diese süßen Lippen am liebsten geküßt.

»Jetzt tut er's schon wieder, Cole«, klagte Douglas.

»Was?«

»Er gafft Mary Rose an.«

»Nein, ich wollte mir nur ihre Verletzungen ansehen«, widersprach Harrison. »Du bist sehr widerstandsfähig, Mary Rose.«

»O ja, aber das sehen meine Brüder nicht ein.«

»Fang nicht schon wieder damit an, Mary Rose!« warnte Cole.

»Womit denn?« fragte sie und lächelte unschuldig.

»Wahrscheinlich meinen deine Brüder, daß du nicht allzu widerstandsfähig aussiehst«, warf Harrison ein.

»Aber ich bin's, und ich kann meine eigenen Entscheidungen treffen. Also sollen sie mir nicht ständig sagen, was ich tun darf und was nicht.«

Ihre wütende Miene überraschte ihn, aber er verkniff sich die Frage, welches Problem sie beschäftigen würde.

»Was wolltest du mir denn vorhin erzählen, Cole?« erkundigte sich Adam.

»Es geht um unseren Hausgast. Nun weiß ich, warum er uns dauernd ins Verhör nimmt. Ich habe herausgefunden …«

»… daß er ein Anwalt ist«, fiel Travis seinem Bruder ins Wort, und Cole runzelte ärgerlich die Stirn, weil ihm der Überraschungseffekt gestohlen worden war. »Wahrscheinlich hat er's verschwiegen, weil wir ihm sonst nicht erlaubt hätten, bei uns zu wohnen.«

»Aber er wäre verpflichtet gewesen, uns die Wahrheit zu sagen«, betonte Douglas.

»Es ist sehr unhöflich, über einen Gast zu reden, der im selben Zimmer sitzt«, mischte sich Harrison ein.

»Ist es denn besser, hinter seinem Rücken über ihn zu sprechen?« fragte Cole.

»Man soll überhaupt nicht über ihn tratschen«, entgegnete Harrison.

»Warum haben Sie uns Ihren Beruf verheimlicht?« forderte Douglas ihn heraus.

»Wahrscheinlich dachte Harrison, er hätte es erwähnt«, meinte Cole. »Alle in der Stadt wissen Bescheid, sogar Dooley.«

»Aber wir hatten keine Ahnung«, beschwerte sich Douglas. »Also, ehrlich, ich bin so wütend, daß ich ihn schlagen könnte.«

»Das habe ich schon getan«, prahlte Cole.

»Ja«, bestätigte Mary Rose, »in Morrisons Küche. Dein Bruder hat ausgezeichnete Tischmanieren, Adam. Findest du nicht auch, Harrison?« Alle musterten ihn gespannt, und er entschloß sich zu einer aufrichtigen Antwort. »Wie ich zugeben muß, hätte ich beinahe zurückgeschlagen. Aber dann spürte ich deinen Blick und ließ es bleiben, Mary Rose.«

»Du weißt, daß ich dich beobachtet habe?«

»Ja.«

»Trotzdem hast du dich von Catherine anschmachten lassen?«

»Sie hat ihn nicht angeschmachtet«, widersprach Cole, »sie war nur höflich. Nicht wahr, Travis?«

»Etwas zu höflich, für meinen Geschmack. Aber zu mir war sie auch sehr nett, also ist das wohl in Ordnung.«

»Hat sie dich auch angeschmachtet?« zischte Mary Rose.

Adam sah Harrisons zufriedenes Lächeln. Mary Roses Ärger über Catherines Verhalten schien den jungen Mann köstlich zu amüsieren.

»Warum regst du dich so über das Mädchen auf?« fragte Cole seine Schwester.

»Zufällig glaube ich, eine Gastgeberin sollte nicht so aufdringlich sein.«

»Ich finde, sie war sehr liebenswürdig.«

Seufzend beugte sich Adam vor. »Reden wir nicht mehr über so belanglose Dinge. Nun muß ich euch eine Frage stellen. Wo wart ihr denn, als Mary Rose niedergeschlagen wurde?«

Alle begannen gleichzeitig zu antworten. Und jeder nannte mehr oder weniger fadenscheinige Gründe für sein Versäumnis. Auch Harrison mischte sich lautstark ein. Cole war so empört über die angedeutete Kritik, daß er vergaß, Französisch zu sprechen. Während sie durcheinanderschrien, versuchte Mary Rose zu beteuern, sie sei durchaus fähig, auf sich selber aufzupassen.

Aber niemand beachtete sie. Schließlich schlug sie mit der Faust auf den Tisch. »Adam, würdest du mir bitte zuhören? Ich bin eine erwachsene Frau, und selber für meine Handlungsweise verantwortlich. Merkst du denn nicht, wie tief mich diese Diskussion beleidigt?«

Die Antwort ihres ältesten Bruders gefiel ihr ganz und gar nicht. »Nun will ich dich gern entschuldigen, Mary Rose. Geh doch in den Salon und spiel Klavier.« Entrüstet öffnete sie den Mund, um zu protestieren, aber seine Miene belehrte sie eines Besseren. Alle erhoben sich, als sie das Speisezimmer verließ, dann setzten sie sich wieder und begannen erneut zu schreien. Nun bemühte sich Harrison nicht mehr, Adams Aufmerksamkeit zu erregen. Er lehnte sich zurück und übernahm die Rolle des stillen Beobachters.

Nach einer Weile beruhigte sich Cole, erinnerte sich an die französische Konversation, die heute abend auf dem Programm stand, und fluchte in dieser Sprache, wobei er mit einem erstaunlichen Wortschatz aufwartete. »Eben war sie noch da, dann verschwand sie plötzlich«, berichtete er.

Das war die einzige plausible Erklärung. Travis suchte immer noch nach Ausreden, aber keine einzige, die ihm einfiel, ergab einen Sinn. Und Douglas warf Cole vor, er habe nicht aufgepaßt. Er selbst sei im Stall beschäftigt und deshalb außerstande gewesen, Mary Rose zu beschützen. Kein Mann könne gleichzeitig an zwei Orten sein.

»Aber ich sollte im Gemischtwarenladen und zur gleichen Zeit auf der Straße stehen?« fuhr Cole ihn an.

»Schon gut!« schrie Travis. »Ich war auf dem Weg zu Catherine, und ich hätte in der Nähe des Ladens bleiben müssen. Aber ich dachte, du würdest dich um Mary Rose kümmern, Douglas.«

Adam wandte sich zu Harrison. »Und was haben Sie gemacht?«

Statt sich herauszulavieren, entgegnete er tapfer: »Ich übernehme die volle Verantwortung. Weil ich in ein Gespräch über Rinderherden vertieft war, bemerkte ich nicht, wie Mary Rose den Laden verließ.«

»Jedenfalls darf das nie wieder passieren«, mahnte Adam. »Sicher, Mary Rose kann auf sich selber aufpassen, und sie trägt einen Teil der Schuld. Aber sie ist nun mal eine schwache Frau, selbst wenn sie's nicht zugeben will. Heute hätte sie getötet werden können.«

»Das stimmt«, bestätigte Harrison. »Und deshalb hätte ich diesen Bickley beinahe umgebracht. In letzter Sekunde beherrschte ich mich. Dieser Bastard und seine Freunde wurden nach Hammond gebracht. Der Sheriff kümmert sich um sie.«

»Und Sie glauben, der wird was unternehmen?« fragte Adam.

»Etwa nicht?«

»Das ist zu bezweifeln. Wir leben in Blue Belle, und die Leute in Hammond befassen sich nur mit ihren eigenen Angelegenheiten. Der Sheriff hat weiß Gott genug zu tun. Wahrscheinlich wird er Bickley und seine Kumpanen laufenlassen.«

»Werden sie nach Blue Belle zurückkommen?«

»Wahrscheinlich. Auf solchen Abschaum übt unsere Stadt eine unwiderstehliche Anziehungskraft aus. Aber er wird sich nicht mehr an Mary Rose heranmachen, sondern an Sie, Harrison. Seien Sie auf der Hut.« Dieser Rat wurde von Adams Brüdern eifrig bekräftigt, und er lächelte. »Vor etwa einem Monat haben wir einem Rancher, der bei den Wasserfällen lebt, dreihundert Rinder abgekauft. Möchten Sie uns helfen, die Herde nach Rosehill zu treiben, Harrison?«

Ehe der junge Schotte antworten konnte, wandte Douglas ein: »Er weiß doch gar nicht, wie man einen Bullen mit dem Lasso einfängt. Oder doch, Harrison?«

»Nein. Aber ...«

»Aber Sie glauben, das kann nicht allzu schwierig sein«, fiel Cole ihm ins Wort. »So wie die Zähmung der wilden Mustangs.«

»Da habe ich mich vielleicht ein bißchen ungeschickt angestellt«, gab Harrison zu. »Trotzdem – wenn Sie mir zeigen, wie man mit einem Lasso umgeht, werde ich's schon schaffen.«

»Wann werden Sie endlich merken, daß Sie hier fehl am Platz sind?«

»Nachdem ich Ihnen die Nase eingeschlagen habe, Cole.«

Alle lachten. Offenbar glaubten sie nicht, daß er's ernst meinte.

»Mit der Zeit werden Sie mir immer sympathischer, Sir«, bemerkte Cole.

»Warum?«

»Weil Sie der einzige sind, der ihm die Stirn bietet«, erklärte Douglas. »Deshalb mag er Sie, Harrison. Sie mögen nicht allzu klug sein, aber mutig. An Widerworte ist Cole nicht gewöhnt.«

Harrison zuckte die Achseln. »Wie weit ist's bis zu dieser Ranch, wo die Rinderherde wartet?«

»Ungefähr zwei Tagesritte«, entgegnete Cole. »Morgen nachmittag können Sie anfangen, mit dem Lasso zu üben. Aber erst kümmern Sie sich um die Mustangs. Einer ist besonders störrisch, der muß noch zugeritten werden. Erinnern Sie sich?«

»Ja«, seufzte Harrison, »dieser gescheckte ... Er will einfach keine Vernunft annehmen. Und er ist genauso stur wie Sie, Cole. Morgen will ich noch mal mein Glück mit ihm versuchen.«

»Sicher hätten Sie ihn längst gezähmt, wenn Sie nicht soviel Zeit vergeuden und stundenlang mit den Pferden reden würden. Die verstehen kein Wort. Das müssen Sie doch wissen.«

»Sie sollen sich an meine Stimme gewöhnen. Und ich bin nicht der einzige, der mit Pferden redet. Das macht Douglas auch.«

»Da hat er recht«, gestand Douglas.

»Würdest du Mary Rose darauf hinweisen, daß es heute abend ihre Pflicht ist, den Tisch abzuräumen?« bat Adam. »Morgen sind Sie dran, Harrison.«

»Gewiß. Und was muß man da machen?«

»Haben Sie noch nie Geschirr gespült?« fragte Cole.

»Nein.«

»Sie wurden ziemlich verhätschelt, was?« fragte Travis.

»Vermutlich.«

Douglas schlenderte zur Salontür. Auf der Schwelle blieb er stehen und drehte sich um. »Da gehe ich nicht rein. Wärst

mit dem Zaunpfahl nicht zu verstehen. Entweder ist er sehr schüchtern oder dumm, dachte sie. Mit subtilen Andeutungen würde sie nicht weiterkommen, also mußte sie zu drastischeren Mitteln greifen. Sie packte seine Hand und trat näher zu ihm. Nun mußte er sie wegschieben, um ihr zu entrinnen, aber so unhöflich durfte sich ein Gentleman natürlich nicht benehmen. Dieser Beweis ihrer Zuneigung verblüffte ihn. Statt ihre Hand abzuschütteln, drückte er sie ganz fest.

»Du hast schrecklich lange mit Adam geredet«, bemerkte sie und hoffte, ihre Stimme würde möglichst beiläufig klingen. Dieses Thema beunruhigte sie, und das sollte er nicht merken.

»Findest du?«

»Ja.« Vergeblich wartete sie auf nähere Erklärungen, und so fügte sie nach einer Weile hinzu: »Ich frage mich, warum du jeden Abend mit ihm diskutierst.«

Er spürte, wie ihre Hand in seiner zitterte. Was mochte sie bedrucken? Doch er wußte, wie sinnlos es wäre, sich direkt danach zu erkundigen. An Mary Roses Gedankenwelt kam man nur auf Umwegen heran. »Nun, ich unterhalte mich gern mit ihm.«

»Worüber denn?«

»Über dies und jenes.«

»Könntest du dich etwas genauer ausdrücken?«

»Warum? Was willst du wissen?«

»Oh, ich bin nur neugierig.«

»Zum Beispiel reden wir über die Kämpfe zwischen unseren Staaten und überlegen, wieso niemand das Wort ›Krieg‹ benutzt.«

»Stellst du meinem Bruder niemals Fragen?«

»Wofür sollte ich mich denn interessieren?«

»Für seine Herkunft.«

»Nein, danach frage ich ihn nicht.« Erst jetzt erkannte er, welch gute Gelegenheiten er versäumt hatte, um mehr über die Familie herauszufinden, und er staunte über sich selbst.

Auf seiner Suche nach der Wahrheit war er nach Montana gekommen Und jetzt, wo nur mehr ein wichtiges Teilchen im Puzzle fehlte –, die Identität des schurkischen Kindsentführers – gab er seine Ermittlungen auf. Nur zu deutlich erkannte er seine Beweggründe. Die Wahrheit würde die Familie Clayborne auseinanderreißen. Und wenn er sich vorstellte, welchen Kummer er diesen Menschen bereiten würde, brach ihm beinahe das Herz.

Mary Rose, die jetzt so vertrauensvoll seine Hand hielt, würde ihn verachten, wenn sie erfuhr, warum er sich auf Rosehill einquartiert hatte. Ihren Haß konnte er nicht ertragen. Er sehnte sich nach ihrer Liebe.

Wütend auf sich selbst, beschleunigte er seine Schritte. Nun mußte er allein sein, seine Gedanken ordnen und eine Lösung des Problems suchen. Ohne es wahrzunehmen, hatte er die Claybornes liebgewonnen und sorgte sich um sie. Sogar um den widerlichen Cole.

»Harrison, ich wollte dich nicht beleidigen, als ich andeutete, du würdest Adam vielleicht aushorchen«, beteuerte Mary Rose.

»Das habe ich nicht gedacht.«

»Bist du mir böse?«

»Nein.«

»Dann hör auf, meine Hand zu zerquetschen.«

Sofort ließ er sie los und blieb stehen. »Heute nacht ist es ziemlich kalt. Du solltest ins Haus zurückgehen.«

»Aber ich friere nicht. Hast du Angst?«

»Wovor?«

»Daß ich dich wieder küssen könnte.«

Über diese absurde Antwort mußte er lachen. »Ich habe *dich* geküßt«, erinnerte er sie.

»Und ich habe dir dabei geholfen.«

»Gut, dann sind wir beide schuldig.«

»Schuldig? Jetzt redest du wie ein Anwalt. Ich wünschte, du wärst keiner.«

»Was stört dich dran?«

»Wir haben was gegen Anwälte.«

»Warum?« Wortlos zuckte sie die Achseln, doch er ließ nicht locker. »Du hast befürchtet, ich könnte Adam nach den Familienverhältnissen und seiner Herkunft fragen, nicht wahr?«

»Über einen Teil seiner Vergangenheit redet er nicht gern, und ich wollte nicht, daß du ihn belästigst. Früher war er ein Sklave. Das ist alles, was du zu wissen brauchst.«

»Ist die Zeit, die er in New York City verbracht hat, auch tabu?«

»Nein.«

»Würde er über seine Reise in den Westen sprechen?«

»Sicher. Meine Brüder sind sehr stolz auf alles, was sie erreicht haben.«

Wie schön Mary Rose im Mondlicht aussah ... Harrison konnte sich nicht länger beherrschen und zog sie an sich. Diesmal war es kein sinnliches Bedürfnis. Er wollte sie einfach nur festhalten, ihr nahe sein, und sie schien es zu verstehen, denn sie schlang beide Arme um seine Taille. »Du warst sehr einsam, als du aufgewachsen bist, nicht wahr?«

»Wenn's so war, wußte ich's nicht.« Sein Kinn sank auf ihren Scheitel.

»Bis jetzt?« flüsterte sie in seinen Hemdkragen.

»Bis jetzt.«

Sie schmiegte sich noch enger an ihn, versuchte ihn zu trösten. Sein bisheriges Leben war öde, kalt und leer gewesen. Süße, verständnisvolle Mary Rose – wieviel Liebe hatte sie zu verschenken ... Was sollte er nur mit ihr machen?

Schließlich zwang er sich, sie loszulassen, und es kostete ihn einige Mühe, ihren Armen zu entkommen.

»Keine Bange, ich werde dich nicht bitten, mich zu küssen«, wisperte sie.

»Jetzt mußt du endlich ins Haus gehen.«

»Also – dann gute Nacht.«

»Gute Nacht.«

Sie eilte davon, aber plötzlich rannte sie zu ihm zurück,

warf sich an seine Brust und gab ihm einen kindlichen Kuß. Da mußte er ihr natürlich zeigen, wie er geküßt werden wollte. Begierig spielte seine heiße Zunge mit ihrer, und er konnte gar nicht genug von ihrem Mund kriegen. Ihr leises Stöhnen steigerte seine Leidenschaft, drohte ihn zu berauschen.

Alles an ihr war verführerisch, und sobald er merkte, daß er sich noch viel mehr wünschte als diesen betörenden Kuß, hob er den Kopf und schob sie sanft von sich. Sie starrte ihn an, die Lippen feucht und rosig, die Augen vor Sehnsucht verschleiert. »Gute Nacht«, wisperte sie heiser.

Ihre Verwirrung entzückte ihn. Nie zuvor hatte sie Leidenschaft empfunden, und weil ihr jegliche Erfahrung fehlte, vertraute sie ihm blindlings. Deshalb war sie verletzlich, und er betrachtete es als seine Pflicht, sie zu beschützen.

Er schaute ihr nach, bis sie im Haus verschwand, und dann rührte er sich noch immer nicht von der Stelle. Um Himmels willen, was sollte er tun? Mary Rose begann sich in ihn zu verlieben, und das hätte er verhindern müssen, solange es noch eine harmlose Schwärmerei gewesen war. Aber er hatte nichts unternommen, um sie zu entmutigen.

Warum nicht? Ganz einfach. Weil er sie liebte.

2. August 1864

Liebe Mama Rose, eine Zeitung aus Hammond berichtete von einer anderen Schlacht, die in Deiner und Mistress Livonias Nähe stattgefunden hatte. Natürlich regten wir uns alle furchtbar auf. Wir hörten so viele schreckliche Geschichten über die Banden, die Lebensmittel und Medikamente stehlen. Eine Woche, nachdem wir die Zeitung erhalten hatten, traf Dein Brief ein, und nun wissen wir, daß es Dir gutgeht. Wahrscheinlich schüttelst Du den Kopf über unsere Dummheit. Du empfiehlst uns, dem lieben Gott zu vertrauen und Ihm alle Sorgen zu überlassen, aber das fällt uns manchmal schwer. Immerhin versuchen wir's, Mama, und das ist doch auch schon was wert.

Tut uns leid, daß die neue Behandlung Mistress Livonias Augenlicht nicht verbessert hat. Glaubst Du nicht, dieser bedauerliche Zustand könnte mit den Prügeln ihres Ehemanns zusammenhängen? Ich weiß noch, wie oft sie blutüberströmt und grün und blau geschlagen war. Bitte, sag ihr, wir denken an sie und beten um ihre Genesung, um ihre Erlösung von dem Kreuz, das sie tragen muß.
Hoffentlich lassen ihre Söhne Euch beide in Ruhe. Wenn wir uns entsinnen, was sie ihrer eigenen Mama angetan haben, fühlen wir uns elend. Wie konnten sie nur so grausam sein? Cole befürchtet, die Jungs würden Dir ebenso zusetzen wie ihr Vater, aber ich bat ihn, an Dich zu glauben. Solange Du auf der Hut bist und in der Nähe ihrer Mutter bleibst, werden sie's nicht wagen, sich an Dir zu vergreifen. Wenn ich bloß recht habe …
In der Zeitung war noch eine schöne Rede von Lincoln abgedruckt, die er schon vor ein paar Jahren gehalten hat. Wußtest Du, daß er uns Schwarze nannte – nicht Sklaven? Diese Bezeichnung erscheint mir respektabler als alle anderen. Cole versteht nicht, wieso man nicht sagt, die Menschen seien Männer und Frauen. Sonstige Unterschiede findet er überflüssig, und ich wünschte, es wäre so einfach. Aber die Leute kommen auf seltsame Gedanken, wenn irgend jemand nicht so ist wie sie selber. Warum beschwört eine andere Hautfarbe soviel Haß herauf?
Eines Abends diskutierten wir Brüder über Rassenunterschiede. Ich fragte Travis, ob er glaube, daß die Männer, die damals die Unabhängigkeitserklärung schrieben, über Hautfarben nachdachten. Unsere Gesetze besagen doch, alle Menschen seien gleich. Ich erklärte, Jefferson habe wohl kaum die Schwarzen einbezogen, als er die Verfassung festlegte. Aber Douglas meinte, die Hautfarbe oder die Religion würden keine Rolle spielen, gleich sei gleich.
Schließlich zogen wir alle denselben Schluß – viele Südstaatler haben sich niemals genug Zeit genommen, um die Verfassung zu lesen.

Mary Rose spült sehr gern das Geschirr. Ganz besonders paßte sie auf die zwei Porzellantassen auf, die Travis für sie besorgt hat. Er versprach ihr, bald noch mehr mitzubringen, damit sie eine richtige Teeparty geben kann. Nun sucht er eine Kanne, und wie ich ihn kenne, wird er sicher eine finden. Natürlich weiß er nichts von Teepartys, aber Mrs. Morrison ist bestimmt so freundlich, ihm alles Nötige zu erklären, und dann bringen wir's unserer Schwester bei. Cole schwört, er würde niemals an einer Teeparty teilnehmen. Doch er wird sich schon noch anders besinnen, wie immer.
Endlich hat er angefangen, unser Haus zu bauen. Letztes Jahr geschah so vieles, was ihn von seinem Projekt abhielt. Erst mußte Douglas' Stall fertig werden, dann begann der Winter, ehe er die Grube für den Keller ausheben konnte. Und im Frühling ging er auf die Jagd, oder er fing wilde Pferde. Die Berge bieten uns so viele reiche Gaben. Während seine Brüder die Mustangs zusammen treiben, will er natürlich kein Haus bauen. Mit den wilden Pferden, die sie alle zureiten, bestreiten wir unseren Lebensunterhalt. Inzwischen hat Douglas einen sehr guten Ruf in der Umgebung von Blue Belle. Die Leute kommen von weither und fragen ihn, was sie mit kranken Kühen oder faulen Legehennen machen sollen. Und das weiß er immer.
Neuerdings bemühen wir uns alle um eine kultivierte Sprechweise, weil Mary Rose unentwegt flucht. Cole hatte die Idee, jeden Morgen ein neues Wort auf die Schiefertafel zu schreiben, und im Lauf des Tages gebrauchen wir's mehrmals. Er dachte, dadurch könnten wir alle unseren Wortschatz erweitern und unsere Schwester würde davon profitieren. Natürlich will sie bei allem mitmachen, was wir tun.
Ich lege die Briefe meiner Brüder bei, und ich schreibe Dir bald wieder, Mama.

Gott schütze Dich,
Adam

9

Am Freitag mußte Harrison eine weitere Demütigung hinnehmen. Schon im Morgengrauen stand er auf, fest entschlossen, das letzte der Pferde, die man ihm anvertraut hatte, noch am Vormittag zu zähmen. Diese Frist überschritt er um mehrere Stunden, aber am Nachmittag – nachdem er sich mindestens zehn neue blaue Flecken zugezogen hatte – gehorchte ihm der scheckige Mustang.

Harrisons Geduld und Ausdauer beeindruckten Douglas. Er holte Cole und forderte ihn auf, die Leistung ihres Hausgastes zu bewundern. »Schau doch, wie sanftmütig der Schecke jetzt ist!«

»Harrison hat ihn tatsächlich beruhigt.« Die Arme auf den Zaun gestützt, winkte er Harrison, der zu ihm ritt, und lobte ihn. »Das war gute Arbeit.«

»Oh, dafür braucht man nur Geduld und Verständnis«, prahlte Harrison und strahlte Cole an. »Und Ihnen würde es auch nicht schaden, beides zu lernen.«

»Geduld und Verständnis?« spottete Cole. »Verdammt, Harrison, Sie haben gequatscht und gequatscht, bis dieses arme Biest fast alles getan hätte, nur damit Sie endlich den Mund halten.«

Aber Harrison ließ sich nicht zu einem Streit verleiten. Im Augenblick hatte er was Besseres zu tun, als sich mit Mary Roses störrischem Bruder zu befassen, der niemals irgend etwas zugab. Er stieg vom Pferd, sattelte es ab und führte es in den größten Corral, wo sich die anderen Mustangs tummelten. Das war ein Fehler. Es dauerte sehr lange, bis er dem Schecken das Zaumzeug abnehmen konnte, denn die Pferde umdrängten ihn und versuchten seine Aufmerksamkeit zu erregen. Erst nachdem er jedes einzelne gestreichelt und gelobt hatte, durfte er den Corral verlassen. Um eine Diskussion mit Cole zu vermeiden, trug er den Sattel und das Geschirr auf einem längeren Umweg zum Stall.

Beide Brüder starrten die Pferde an.

»Hast du das bemerkt?« flüsterte Douglas.

»Klar.« Grinsend schüttelte Cole den Kopf. Die Mustangs waren so verrückt nach ihrem Herrn und Meister, daß sie ihm auf die andere Seite des Zauns folgten.

»Noch nie haben sich diese Tiere so aufgeführt«, bemerkte Douglas. »Gibst du endlich zu, daß Harrison ein Wunder bewirkt hat?«

Cole zuckte gleichmütig die Achseln. »Gut, ich geb's zu, aber nicht vor Harrison. Nun frage ich mich, ob er auch den Stieren gut zureden wird, damit sie ihm zur Ranch nachlaufen.«

»Wahrscheinlich. Hast du Travis gesehen?«

»Der versteckt sich im Stall.«

Warum der jüngste Bruder im Stall Zuflucht suchte, mußte Douglas nicht erklären. Der Grund saß auf der Vorderveranda. Dort wiegte sich Eleanor Border in Adams liebstem Schaukelstuhl und fächelte sich mit Mary Roses hochgeschätztem, nur bei besonderen Anlässen benutztem Fächer Kühlung zu.

Mißmutig musterten Douglas und Cole den unwillkommenen Gast, während ihre Schwester aus den Haus eilte, um der jungen Dame ein Glas Orangensaft zu bringen.

»Diese Frau hält Mary Rose ständig auf Trab«, bemerkte Cole, und Douglas nickte.

»Glaubst du, sie läßt unsere Schwester jemals zum Boar Ridge reiten?«

»Das bezweifle ich. Zumindest heute nicht. Seit dem Morgen versucht sich Mary Rose davonzustehlen, und jetzt ist es schon drei.«

»Es ist ihre eigene Schuld, wenn sie sich von Eleanor herumkommandieren läßt. Heute morgen brachte sie ihr zwei Tabletts herauf. Das erste Frühstück, das unser Koch zubereitet hatte, mißfiel Eleanor, und so mußte unsere Schwester noch eins machen.«

Seufzend schüttelte Cole den Kopf. »Von uns läßt sie sich

keine Befehle erteilen. Und sie sollte Eleanor nicht jeden Wunsch von den Augen ablesen. Wenn man sie wie eine verwöhnte Prinzessin behandelt, ist's kein Wunder, daß sie sich auch so benimmt.«

»Heute abend müssen wir mit Adam reden«, schlug Douglas vor. »Wir sagen ihm, er soll Eleanor rauswerfen. Wenn wir beide und Travis dafür stimmen und Adam und Mary Rose dagegen, entscheidet die Mehrheit.«

Coles Gewissen meldete sich. Er konnte den Anblick Eleanors nicht vergessen, die an Adams Brust geschluchzt hatte. Und obwohl er sich das nur ungern eingestand – diese Erinnerung bedrückte ihn. »Überstürzen wir nichts, Douglas. Am besten warten wir noch ein paar Tage, bevor wir abstimmen. Adam muß gute Gründe haben, wenn er der Frau erlaubt, bei uns zu wohnen.«

»Und warum hat er uns seine Gründe nicht verraten?«

»Dazu ist er vermutlich noch nicht bereit. Vielleicht hört Eleanor in absehbarer Zeit zu jammern auf. Inzwischen müßte sie alle Themen abgehakt haben.«

»Dann wird sie wieder von vorn anfangen«, prophezeite Douglas. »Ich glaube, sie hört sich gern jammern.«

Cole beobachtete die junge Dame, und unwillkürlich dachte er, wie hübsch sie aussehen könnte, wenn sie einmal lächeln würde.

»Dieses rote Haar. Daher kommt ihr heftiges Temperament.«

»Travis hat auch rote Haare und spielt nicht verrückt.«

»Immerhin versteckt er sich im Stall, und das kommt mir ziemlich irre vor.«

Harrison ging zu den beiden Männern, und Douglas fragte ihn: »Können Sie das glauben? Cole setzt sich für Eleanor ein.«

»Ich habe nur gesagt, wir sollten noch ein paar Tage warten, bevor wir abstimmen, ob sie verschwinden muß«, verteidigte sich Cole. »Sicher hat sie Angst und benimmt sich nur deshalb so ekelhaft.«

»Ja, das nehme ich auch an«, stimmte Harrison zu. »Sicher will sie mit ihrem Verhalten ihre prekäre Situation überspielen.«

»Ihr beide seid viel zu nachsichtig«, meinte Douglas. »Jetzt reite ich mit Travis nach Hammond und verkaufe ein paar Pferde. Möchtet ihr mitkommen?«

»Wirst du Pauline besuchen?« fragte Cole.

»Wer ist Pauline?« erkundigte sich Harrison.

»Sie betreibt ein Haus außerhalb der Stadt«, erklärte Douglas, »gleich hinter der Sneeze Junction.«

»Ist sie ...«, begann Harrison.

»... sehr freundlich«, vollendete Cole den Satz.

Harrison lehnte die Einladung ab, und wenig später brachen Cole, Travis und Douglas auf. Da es schon so spät war, bezweifelten sie, daß ihre Schwester noch an diesem Tag zur verrückten Corrie reiten würde. Doch da täuschten sie sich. Die Pflicht, Mary Rose zu begleiten, fiel Adam oder Harrison zu.

Diese Entscheidung überließ Adam seinem Hausgast. Er rief ihn in die Küche. »Einer von uns muß hierbleiben und Eleanor Gesellschaft leisten, der andere mit Mary Rose zum Boar Ridge reiten.«

»Ich dachte, Sie würden die Ranch nie verlassen.«

»Wo haben Sie das gehört?«

»In der Stadt. Dooley oder Ghost haben es erwähnt.«

»Oh, ich halte mich nur von Blue Belle fern. Die Berge sind mein Zuhause. Ich gehe oft mit Cole zur Jagd, und ich angle sehr gern.«

»Eigentlich würde ich lieber mit Mary Rose reiten.«

»Können Sie mit einem Schießeisen umgehen, oder haben Sie übertrieben? Natürlich will ich Sie nicht beleidigen, aber ich muß wissen, ob Sie meine Schwester notfalls beschützen können.«

»Ja, das kann ich. Und wenn Sie sich besserfühlen, nehme ich zwei Revolver mit.«

»Schnallen Sie auch noch ein Gewehr hinter dem Sattel

fest«, schlug Adam vor. »Um diese Jahreszeit könnten Sie einem Bären begegnen, der nach Nahrung sucht.«

»Gut, ich bin auf alles vorbereitet.«

»Glücklicherweise kann auch Mary Rose schießen. Das hat Cole ihr beigebracht.«

»Nun, dann machen wir uns auf den Weg.«

»Einen Augenblick noch. Ich möchte nicht lange um den heißen Brei herumreden. Offensichtlich mag meine Schwester Sie sehr gern, und ich habe den Eindruck gewonnen, daß sie auch Ihnen nicht gleichgültig ist. Selbstverständlich erwarte ich von Ihnen das Benehmen eines Gentleman. Geben Sie mir Ihr Wort?«

»O ja. Ich werde Mary Rose beschützen und niemals ihre Ehre verletzen.«

Lächelnd schüttelte Adam ihm die Hand und begleitete ihn zur Haustür. »Ich wünschte, sie würde bis morgen warten. Aber sie ist so starrsinnig.«

»Das ist mir auch schon aufgefallen.«

»Ja, es ist wohl kaum zu übersehen. Nun bin ich neugierig, was Sie von dieser Corrie halten. Mary Rose neigt dazu, immer nur das Gute in ihren Mitmenschen zu sehen. Passen Sie bloß auf sie auf, wenn sie mit ihrer neuen Freundin redet. Ich hab etwas dagegen, wenn man mit einem Gewehr auf meine Schwester zielt.«

Eleanor stand auf, als die beiden Männer die Veranda betraten, nickte Harrison zu und wandte sich an Adam. »Lassen Sie Mary Rose wegreiten? Es sieht nach Regen aus, und sie würde sicher ihr Kleid ruinieren, wenn sie in ein Gewitter gerät. Es wäre mir wirklich lieber, Sie würden ihr diesen Ausflug verbieten, Adam.«

»Wo steckt sie denn?«

»Im Stall«, antwortete Eleanor.

»Kommen Sie doch ins Haus! Sie können mir Gesellschaft leisten, während ich das Essen vorbereite.«

Dankbar nickte sie und folgte Adam in die Küche.

Es dauerte zwei Stunden, bis Harrison und Mary Rose die

abgeschiedene Hütte hoch oben auf dem Grat erreichten. Der Aufstieg war beschwerlich, der gewundene Pfad im zerklüfteten Terrain manchmal kaum zu erkennen.

Für Harrison verflog die Zeit viel zu schnell. Die Landschaft faszinierte ihn, immer wieder veränderten sich die Farben und die Düfte. Zur Rechten bewunderte er einen rauschenden Wasserfall, zur Linken sanft gewellte Hügel, dicht mit Kiefern bewaldet, und dazwischen lagen kleine Wiesen.

Die wilden Tiere waren von den höheren Gipfeln heruntergekommen, um ihren Winterpelz abzulegen, Beeren und süßes Frühlingsgras zu fressen. Da tummelten sich Hirsche und Elche, Maulesel und rote Eichhörnchen. Ein Rehkitz mit weißem Schwanz, mehr neugierig als ängstlich, rührte sich nicht von der Stelle, während Mary Rose und ihr Begleiter vorbeiritten. Er glaubte, es wäre nicht einmal zurückgeschreckt, wenn er eine Hand ausgestreckt hätte, um die samtige braune Nase zu berühren.

Mary Rose war seine eifrige Führerin in diesem Paradies. Unermüdlich nannte sie die Namen von Blumen, die er nie zuvor gesehen hatte, und zeigte ihm, welche Heilpflanzen die Einheimischen benutzten Wenn der Pfad breit genug war, ritten sie Seite an Seite. Immer wieder zügelte sie ihre Stute, um auf interessante Tiere oder einen besonderen Ausblick hinzuweisen. Ihre Liebe zu dem schönen Land war offensichtlich. Entzückt lächelte sie, als sie an einer Quelle einer Elchkuh und ihrem Jungen begegneten.

Einmal hielt sie nahe dem Grat und zeigte in ein Tal hinab. »Braunbären!« wisperte sie. »Links vom Bach. Siehst du sie, Harrison? Einer geht gerade ins Wasser. Hätten wir etwas mehr Zeit, könnten wir beobachten, wie sie fischen. Das können sie viel besser als wir.«

»Wieso weißt du, daß es keine Grizzlys sind?«

Falls sie die Frage für albern hielt, ließ sie sich's nicht anmerken. »Ein Grizzly hat einen Höcker hinter dem Kopf. Hier oben leben nur wenige. Sei nicht enttäuscht. Sie können viel Ärger machen.«

»Ich habe gelesen, manche Bergbewohner würden die Grizzlys gern jagen.«

Seufzend verdrehte sie die Augen. »Ich wette, das stand in einem Groschenroman. All diese Geschichten sind erfunden. Nur dumme Männer jagen Grizzlybären.«

Beim Anblick ihrer ernsthaft gerunzelten Stirn mußte er lächeln.

»Was amüsiert dich denn so?« fragte sie. »Glaubst du mir nicht?«

»Doch. Ich lächle nur, weil du mich glücklich machst.«

Dieses Kompliment gefiel ihr. »Danke.«

»Mary Rose?«

»Ja?«

»Warum flüstern wir eigentlich?«

Wie ihre erstaunte Miene verriet, war ihr das gar nicht aufgefallen. »Adam und ich haben hier oben immer geflüstert«, erklärte sie lachend. »Damals war ich viel kleiner, und er tat mir den Gefallen.«

»Aber warum wolltest du flüstern?«

»Wenn ich dir's erzähle, wirst du dich sicher über mich lustig machen.«

»Bestimmt nicht.«

»Ich flüsterte, weil ich dachte, ich wäre in Gottes Hinterhof. Und um meinen Respekt zu bekunden, mußte ich ganz leise reden.«

»Und was glaubst du jetzt, wo du erwachsen bist?«

»Daß ich immer noch in Gottes Hinterhof bin.« Da brach er in Gelächter aus, und sie wartete, bis er sich beruhigt hatte. »Ich höre dich gern lachen, obwohl du versprochen hast, mich nicht zu verspotten. Wann immer du lächelst, kräuseln sich die Sorgenfalten um deinen Augen, und das sieht sehr nett aus. Du machst dir viel zu viele Sorgen.«

»Tatsächlich?« fragte er überrascht. Nach seiner Ansicht konntc man sich gar nicht genug Sorgen machen. Ein Mann, der sich sorgte, war stets auf alles gefaßt.

»Allerdings.«

Sie schauten sich an, und keiner wollte weiterreiten. In diesem Moment entstand eine neue Vertrautheit zwischen ihnen, und die Außenwelt konnte das friedliche Zwischenspiel nicht stören. Jetzt gehörte sie nur ihm, er mußte sie mit niemandem teilen.

In der Ferne erklang ein Donnerschlag, aber Harrison ignorierte die Warnung ebenso wie Mary Rose. Ihre Blicke hielten einander fest, bis ein Zweig hinter ihnen knackte. Blitzschnell drehte Harrison sich im Sattel um, zog seinen Revolver und entsicherte ihn. Ein Häschen rannte über den Weg, und er steckte die Waffe wieder in den Gürtel. Mary Rose beobachtete ihn verblüfft. Noch nie hatte sich jemand in ihrer Gegenwart so schnell bewegt, von Cole natürlich abgesehen.

Warum hatte sich Harrison diese Fähigkeit angeeignet? Oder war es ein Instinkt? Nervös sagte sie sich, daß viel mehr in diesem Mann steckte, als es der äußere Schein vermuten ließ. Und sie wußte nicht, was sie davon halten sollte.

»Wieso runzelst du die Stirn?« fragte er. »Stimmt was nicht?«

»Wie schnell du deinen Revolver gezogen hast ... Du bist es gewöhnt, auf der Hut zu sein, nicht wahr?« Er gab keine Antwort, und sie schüttelte den Kopf. »Was für ein komplizierter Mann du bist! Ständig überraschst du mich.«

»Überraschungen können ganz interessant sein.«

»Du interessierst mich ohnehin schon sehr, und ich mag dich so, wie du bist.«

»Du magst den Menschen, für den du mich hältst.«

»Oh, du machst mich wahnsinnig, Harrison! Aber jetzt möchte ich nicht über deine Persönlichkeit diskutieren. Dafür fehlt uns die Zeit. Es ist schon spät, und wenn wir uns nicht beeilen, können wir meine Freundin nicht besuchen.«

Er erwiderte ihr Lächeln. Wenn er mit ihr zusammen war, fühlte er sich glücklich wie nie zuvor. Nur weil er rückhaltloses Vertrauen in ihren Augen las – weil sie ihn akzeptierte.

Akzeptiert zu werden ... Hatte er sich nicht sein ganzes bisheriges Leben bemüht, dieses Ziel zu erreichen? War das nicht der wahre Grund, warum er so unermüdlich nach Lord Elliotts Tochter suchte – um von diesem Mann als gleichwertig akzeptiert zu werden? Oder um ihm die Freundlichkeit zu vergelten?

Darauf wußte Harrison keine Antwort. Natürlich war er dankbar, weil Elliott für seinen Vater gesorgt hatte. Seine Lordschaft war der einzige gewesen, der Harrison in London nicht den Rücken gekehrt hatte. Er gab ihm Geld, übernahm die Kosten für die Steuern, und als der Vater ständiger Pflege bedurfte, engagierte er gutgeschultes Personal. Auch Harrisons Ausbildung hatte er finanziert.

Ja, er schuldete Elliott sehr viel, und seine Ehre verbot ihm, sich dieser Verantwortung jemals zu entziehen. An sein eigenes Glück durfte er nicht denken. So sehr er Mary Rose auch liebte – er mußte dieses Gefühl bekämpfen. Einen Monat nach ihrer Geburt hatte Elliott bereits die Zukunft seiner Tochter verplant, und darin war kein Platz für Harrison. Das würde sich auch nicht ändern, wenn er mit Lady Victoria nach England zurückkehrte.

Doch an das alles wollte er jetzt nicht denken, sondern die Zeit mit Mary Rose genießen, die ihm noch vergönnt war, Erinnerungen für kalte Nächte sammeln.

Die Ankunft bei Corries Hütte half ihm, seine düsteren Gedanken zu verdrängen, und er atmete erleichtert auf. Aber Mary Rose erlaubte ihm nicht, zur Lichtung zu reiten. Eine halbe Meile entfernte mußte er anhalten. Sie erklärte, sein Anblick würde Corrie erschrecken.

»Sehe ich denn so furchtbar aus?« fragte er gekränkt.

»Ja, mit deinen Bartstoppeln und deinen langen Haaren, die seit mindestens zwei Wochen geschnitten werden müßten. Du siehst sogar bedrohlich aus. Mir gefällst du zwar, aber Corrie sicher nicht. Tut mir leid, wenn ich deine zarten Gefühle verletzt habe.«

»Schon gut. So empfindlich bin ich nicht.«

Er durfte nicht einmal die Vorräte zur Lichtung tragen, und sie mußte dreimal hin- und herlaufen, bis sie alle ihre Geschenke ins Gras gelegt hatte. Zu ihrer Freude ließ Corrie sie diesmal näher zur Veranda kommen. Das betrachtete Mary Rose als großen Fortschritt. Und es störte sie nicht, daß die Frau während der ganzen Zeit mit ihrer Schrotflinte auf sie zielte. Ein Glück, daß Harrison das nicht bemerkte ... Sicher würde er eine Szene machen, wenn er glaubte, sein Schützling wäre in Gefahr.

Aber er wartete nicht an der Stelle, wo sie ihn verlassen hatte.

Lautlos schlich er zum Rand der Lichtung. In einem Gebüsch verborgen, spähte er zur Hütte hinüber, und als er den Flintenlauf aus dem Fenster ragen sah, blieb beinahe sein Herz stehen. Am liebsten hätte er seinem ersten Impuls gehorcht und die Waffe einfach aus Corries Händen geschossen, und er mußte seine ganze Willenskraft aufbieten, um sich nicht einzumischen. Der Schweiß brach ihm aus allen Poren. Nach fünfzehn Minuten erkannte er, daß die Flinte nur zur Abschreckung dienen sollte, und er konnte endlich befreit atmen.

Mary Roses Verhalten und die einseitige Konversation erschien ihm ebenso bizarr wie liebenswert. Zunächst entschuldigte sie sich, weil sie ihr Versprechen, am Vortag hierherzukommen, nicht eingelöst hatte.

»Normalerweise halte ich immer mein Wort, Corrie, es sei denn, irgendwas hindert mich daran. Wenn ich Ihnen erzählt habe, was geschehen ist, werden Sie meine Verspätung sicher verstehen.«

Und dann schilderte sie alle Ereignisse, erwähnte aber nicht, warum sie sich mit Bickley angelegt hatte. Offenbar sollte Corrie nicht befürchten, die Bürgerwehr würde sie aufsuchen und die Hütte niederbrennen. Mary Rose sprach nur von einer Meinungsverschiedenheit, die mit einer Schlägerei geendet habe. Daß sie verletzt und beinahe getötet worden war, verschwieg sie auch, Dafür berichtete sie ausführlich, wie ihr schöner Rock zerrissen worden sei und wie schamlos sich Catherine Morrison an Harrison MacDonald herangemacht habe.

»Dabei habe ich viel größere Rechte auf ihn. Ich brachte ihn zu mir nach Hause, um ihn zu beschützen. Wenn ich mir vorstelle, was dem armen Mann sonst passiert wäre, bricht mir fast das Herz. Was kann er denn dafür, wenn er so ungeschickt ist? Und so naiv, Corrie! Er kam mit einem Schießeisen in die Stadt und wußte nicht einmal, wie man's benutzt. So was Dummes! Er braucht wirklich jemanden, der auf ihn aufpaßt. Und obwohl er keine Ahnung hat, wie man kämpft, stürzte er sich auf Bickley und seine Männer. Vielleicht verlieh ihm der Zorn ungeahnte Kräfte. Jedenfalls hatte er Glück und kam ungeschoren davon. Und während wir hierherritten, verblüffte er mich schon wieder. Er hörte irgend etwas, und in der nächsten Sekunde hielt er seinen Revolver in der Hand. Aber wenn er schnell und geistesgegenwärtig ist, nützt ihm das nichts, denn er kann ja nicht schießen.«

Nach einer kleinen Pause seufzte sie tief auf. »Und Sie hätten sehen sollen, wie er für Douglas die Mustangs zuritt. Da tat er mir wirklich sehr leid. Ich schaute von meinem Zimmer aus zu – hinter dem Fenstervorhang versteckt, damit er sich nicht gedemütigt fühlte. Ein Wunder, daß er sich nicht den Hals brach, Corrie!«

Harrison biß die Zähne zusammen und zählte bis zehn. Lange würde er sich diesen Unsinn nicht mehr anhören können.

»Aber machen Sie sich kein Sorgen um Harrison«, fügte Mary Rose hinzu. »Ich erzähle Ihnen nur von ihm, weil er mich hierherbegleitet hat. Er soll mich beschützen. Deshalb trage ich meinen Revolver bei mir – damit ihm nichts zustößt. Jedenfalls wird er Sie nicht belästigen, Corrie. Er ist sehr nett und freundlich, und nach meinem letzten Besuch mußten Sie mich gut genug kennen, um zu wissen, daß ich mich niemals mit ihm abgeben würde, wenn er ein schlechter

Mensch wäre. Habe ich Ihnen eigentlich schon erzählt, wie sich Catherine an seinen Hals geworfen hat?«

Offenbar glaubte sie, das hätte sie noch nicht erwähnt, denn nun folgte eine ausführliche, maßlos übertriebene Schilderung aller Verbrechen, die das Mädchen im Laufe der Jahre begangen hatte. Die ersten dieser Missetaten waren bereits in der Kindheit verübt worden, und Mary Rose ließ keine einzige aus.

Anfangs hatte Harrison befürchtet, Corrie würde schießen, weil sie verrückt war. Nun könnte er es verstehen, wenn sie ihre Flinte abfeuern würde, einfach nur um diesen Wortschwall zu beenden.

Schließlich versprach Mary Rose ihrer Freundin, bald wiederzukommen, und wandte sich zum Gehen. Doch dann erinnerte sie sich, daß sie noch nicht über den neuen Hausgast berichtet hatte, und blieb stehen. Corrie und Harrison lauschten einem weiteren langen Monolog, der diesmal von Eleanor handelte. »Bald wird sie sich beruhigen. Und vielleicht entpuppt sie sich sogar als gute Freundin, wenn sie aufhört, sich selber zu bemitleiden. Oh, wie schnell die Zeit vergangen ist! Holen Sie die Lebensmittel ins Haus, bevor das Gewitter losbricht, Corrie! Bis zum nächsten Mal! Gott beschütze Sie!«

Harrison wartete, bis Mary Rose die Lichtung verlassen hatte. Eine Minute später verschwand der Flintenlauf vom Fenster. In weitem Bogen kehrte er zu der Stelle zurück, wo er hätte warten sollen. »War es ein netter Besuch?« fragte er.

»O ja.« Mary Roses Stimme klang müde und heiser. »So eine liebe Frau!«

»Hat sie mit dir geredet?«

»Nein, aber bald ist's soweit. Nun müssen wir zurückreiten, Harrison. Es ist schon spät. Warum mußt du denn immer so trödeln?«

»Wieso weißt du, daß sie bald mit dir reden wird?«

»Weil ich bis zur Mitte der Lichtung gehen durfte. Jetzt sind wir offensichtlich Freundinnen.«

»Weil sie nicht auf dich geschossen hat.«

»Genau«, bestätigte sie und lächelte erfreut, weil er das verstand.

»Wie unlogisch du bist, Mary Rose!« seufzte er.

Entschieden schüttelte sie den Kopf. »Ist es denn unlogisch, das Gute in den Menschen zu sehen? Jeder hat Gefühle, Harrison. ›Kein Mensch ist eine Insel.‹ Erinnerst du dich an diese Zeile, die Adam ebenso schätzt wie du?«

»Natürlich, aber ...«

»Ohne einander können wir nicht existieren. Bedeuten diese Worte für dich ebenso viel wie für mich? ›Mit dem Tod jedes Menschen stirbt etwas von mir, denn ich bin mit der Menschheit eng verbunden ...‹ Wir alle gehören zur selben Familie. Corrie empfindet die gleichen Bedürfnisse wie wir. Verstehst du das?«

»Ein Punkt für dich, Mary Rose.«

»Ich glaube, das ist die erste Diskussion mit dir, aus der ich als Siegerin hervorgehe.« Sie eilte zu ihrer Stute und schaute zum Himmel hinauf. »Jetzt wird's jeden Augenblick regnen.«

Er hob sie in den Sattel und reichte ihr die Zügel. Dann umfaßte er ihre Hände. »Welch ein gutes Herz du hast, Mary Rose ...«

Seine Stimme erschien ihr wie eine Liebkosung, und sie wollte ihm für das Kompliment danken, doch dann verdarb er den guten Eindruck, den er soeben erweckt hatte.

»Daran werde ich denken, wenn du mich das nächste Mal zum Wahnsinn treibst.« Grinsend ging er zu MacHugh und schwang sich geschmeidig in den Sattel.

»Und was soll diesem Bemerkung bedeuten?« fragte Mary Rose.

»Daß ich dein Spiel durchschaue. Du hast endlos lange mit Corrie geredet, und jetzt wirfst du mir vor, das Gewitter könnte uns überraschen, weil ich trödle.«

»Für mich bist du viel zu schlau, Harrison.«

Sie ritten den Weg zurück, den sie gekommen waren, und

schon nach kurzer Zeit zuckte der erste Blitz am abendlichen Himmel.

»Oh, es fängt zu regnen an!« rief Mary Rose. »In einer Viertelmeile kommen wir zu ein paar Höhlen. Da finden wir Unterschlupf. In der Dunkelheit ist der Weg zu gefährlich für MacHugh und Millie, sie könnten im nassen Geröll leicht ausgleiten.«

Harrison runzelte die Stirn. Sollte er die Nacht mit Mary Rose in einer Höhle verbringen? Das erschien ihm genauso unheilvoll wie der beschwerliche Weg für die Pferde. Natürlich würde er sich wie ein Gentleman benehmen. Er hatte Adam sein Wort gegeben, und das wollte er halten. Und wenn es ihn seine ganze Willenskraft kosten sollte ...

Mary Rose spornte ihre Stute an. »Schnell, Harrison! Bald gießt es in Strömen! Und ich möchte nicht naß werden.«

Wenig später war er bis auf die Haut durchnäßt und fror erbärmlich. Die Höhle bestand nur aus einem überhängenden Felsen, aber der Boden darunter war wenigstens einigermaßen trocken. Sie banden die Pferde fest, und Mary Rose entfachte ein Feuer, mit Hilfe der Zweige, die Harrison gesammelt hatte. So gut er konnte, rieb er die Pferde trokken, dann fing er Regenwasser mit einem Eimer ein, den Mary Rose aus einer Segeltuchplane geformt hatte. Zuerst tränkte er Millie, dann durfte MacHugh seinen Durst stillen.

Sie ließ die Decken am Feuer trocknen, dann bereitete sie zwei Nachtlager – dicht nebeneinander. Eigentlich wollte er auf der anderen Seite des Feuers schlafen, doch das schlug er nicht vor, denn es war nur vernünftig, wenn sie sich aneinander wärmten. Sie schlüpfte aus den Stiefeln, zog einen Revolver, den er erst jetzt entdeckte, aus ihrem Rockbund und schob ihn unter ihr Bettzeug.

»Hast du schon oft im Freien kampiert?« fragte er.

»Nein.«

»Es sieht aber so aus.«

»Natürlich ziehe ich mein Bett auf der Ranch vor.« Mary Rose kniete nieder und legte noch ein paar Zweige ins

Feuer. »Nun müssen wir eben das Beste aus dieser Situation machen.«

»Du bist überhaupt nicht zimperlich.«

»Hoffentlich nicht! Hast du das etwa gedacht?«

Er schüttelte den Kopf. Die Welt, aus der er kam, verstand sie nicht. Dort fielen vornehme Damen in Ohnmacht, wenn die Möglichkeit, sie könnten jemals in eine so unschickliche Lage geraten und mit einem Mann in einer Höhle übernachten, auch nur angedeutet würde.

Was für eine erfrischende Abwechslung brachte Mary Rose Clayborne in sein Leben! Er war tief beeindruckt, weil sie das unerwartete Mißgeschick so umsichtig meisterte. Offenbar war sie vernünftiger, als er vermutet hatte.

Und dann begann sie sich auszuziehen. Sofort änderte er seine Meinung. Diese naive Person besaß keinen Funken Verstand. »Um Gottes willen, was treibst du da?« Harrisons Donnerstimme hallte von den Felswänden wider.

»Ich kleide mich aus. Warum?«

»Zieh sofort die Bluse wieder an!«

Sein Befehl wurde ignoriert. Seelenruhig schlüpfte sie aus ihren restlichen Sachen, dann trat sie auf ihre Decke, um ihre Füße nicht zu beschmutzen, bevor sie die Socken abstreifte.

Lächelnd richtete sie sich auf, die feuchten Socken in der Hand. »Ein hübsches Medaillon, nicht wahr?«

»Was?«

»Mein Medaillon. Ich dachte, du würdest es anschauen.«

»Ja, natürlich«, log er. »Woher hast du's denn?«

»Das hat mir meine Mutter geschickt, ein Geschenk zu meinem sechzehnten Geburtstag. Es läßt sich nicht öffnen, aber das stört mich nicht. Siehst du die eingravierte Rose?« Sie trat näher zu ihm, damit er die Verzierung besser erkennen konnte, aber er hob abwehrend eine Hand.

»Ja, ich sehe sie.«

»Mutter schrieb mir, sie hätte das herzförmige Medaillon ausgesucht, weil unsere Herzen miteinander verbunden sind.

Ist das nicht lieb? Eines Tages werde ich dieses Schmuckstück meiner Tochter vererben.«

»Sehr hübsch«, bemerkte er, und sie nickte.

»Wenn ich's auf der Haut spüre, habe ich das Gefühl, meine Mutter wäre bei mir.« Sie reichte ihm die nassen Socken über das Feuer hinweg. »Halt sie mal, bitte! Aber nicht zu dicht bei den Flammen. Travis wäre wütend, wenn sie verbrennen würden.«

»Du trägst die Socken deines Bruders?«

»Nur wenn ich sie unbemerkt von der Wäscheleine stibitzen kann.« Lächelnd löste sie das Band, das ihre Haare im Nacken zusammenhielt, und Harrison versuchte auf einen Punkt neben ihrem Ohr zu starren – nicht auf die runden Brüste, die sich unter dem weißen Spitzenunterhemd abzeichneten. Kalter Schweiß brach ihm aus allen Poren.

»Hast du keine eigenen Socken?«

»Doch. Aber ich ziehe die Socken meiner Brüder lieber an, weil sie dicker sind. Da ich sie immer nur in den Stiefeln trage, sieht man sie nicht, und sie halten meine Füße warm.«

Ein praktischer Gedanke, aber es ärgerte ihn, daß sie die Socken eines Mannes trug, wenn es auch nur ihr Bruder war. Andererseits hätte er nichts dagegen, wenn sie sich *seine* Socken ausleihen würde. O Gott, verlor er allmählich den Verstand? Was für alberne Überlegungen. Das war einzig und allein Mary Roses Schuld, weil sie ihn mit jeder Bewegung ihres spärlich bekleideten Körpers in tiefste Verwirrung stürzte. »Zieh die Bluse wieder an!« fauchte er.

Sein Befehl wurde erneut mißachtet. Sie breitete das Haar über ihre Schultern, damit die Locken nicht zusammenklebten und schneller trocknen würden. Dann ließ sie das rosa Band auf die Decke fallen. »Warum soll ich die Bluse wieder anziehen? Ich habe sie doch eben erst ausgezogen – weil sie naß ist«, erinnerte sie ihn. »Oh, um Himmels willen, schau mich nicht so an, als wolltest du mich erwürgen! Ich verhalte mich doch nur vernünftig. Oder soll ich mir etwa den Tod holen? Du solltest deine Verlegenheit überwinden und dich auch ausziehen. Wenn du eine Lungenentzündung bekommst, müßte ich dich pflegen. Glaubst du, das würde mir Spaß machen? Nein, danke! Du würdest immer nur jammern.«

Um ihrer Standpauke Nachdruck zu verleihen, hatte sie die Hände in die Hüften gestemmt. Nun öffnete sie ihren Rockbund. In seiner Verwirrung merkte Harrison zunächst nicht, was sie tat. Und als der Rock zu Boden glitt, konnte er seinen Blick kaum von ihren langen, wohlgeformten Beinen losreißen. Wieviel mußte er noch ertragen, ehe diese gottverdammte Nacht zu Ende ging? Er wußte es nicht, aber er glaubte, die Situation könnte sich nicht mehr verschlimmern. An diese Hoffnung klammerte er sich wie ein Ertrinkender an den Strohhalm.

Fluchend ging er zu seiner Satteltasche, wühlte darin und zerrte ein dunkles Flanellhemd hervor. »Meine Verlegenheit hängt nicht mit meinen nassen Sachen zusammen, sondern mit *deiner* spärlichen Bekleidung, Mary Rose!« stieß er hervor und warf ihr das Hemd zu. »Zieh das an!«

»Brauchst du's nicht, um dich zu wärmen?«

»Zieh's an!«

Sein Tonfall duldete keinen Widerspruch, und so gehorchte Mary Rose. Sie mußte die Hemdsärmeln zweimal umkrempeln, und nachdem sie alle Knöpfe geschlossen hatte, fühlte sie sich angenehm erwärmt. Natürlich war ihr das Hemd viel zu groß und reichte ihr bis zu den Knien. »Danke.« Mit gekreuzten Beinen setzte sie sich ans Feuer, und er nahm auf der anderen Seite Platz. Dann breitete sie ihre Decke über die Beine und hielt ihre Bluse über die Flammen, um sie zu trocknen. »Warum machst du so ein finsteres Gesicht? Habe ich dich beleidigt?«

»Ich bin nicht einer deiner Brüder.«

»Das weiß ich.«

Verstand sie denn überhaupt nichts? »Und mehr kann ich nicht ertragen.«

»Mehr? Wovon? Großer Gott, mußtest du noch nie im

Freien schlafen? Wurdest du noch nie von einem Gewitter überrascht? Es ist doch nicht meine Schuld, wenn du das so unangenehm findest.«

Er knöpfte sein Hemd auf, zog es aus und hielt es ebenfalls ans Feuer. »Oh, es geht mir großartig!«

»Ziehst du deine Hose nicht aus?«

»Nein, zum Teufel!«

»Deshalb brauchst du dich doch nicht so aufzuregen. Ist die Hose nicht naß?«

»Nicht naß genug.«

»Wie komme ich eigentlich dazu, deine schlechte Laune hinzunehmen?«

»Du begreifst gar nichts, was? Nein, das glaube ich nicht. Du weißt verdammt gut, wie sehr ich dich begehre, und du versuchst absichtlich, mich zu reizen. Hör sofort damit auf! Dann wird sich meine Laune sicher bessern.«

Es dauerte eine Weile, bis sie den Sinn seiner Worte verstand.

Dann leuchteten ihre Augen auf. Er begehrte sie. Und sie hatte die Socken ihres Bruders getragen. Tiefe Zerknirschung trieb ihr das Blut in die Wangen. O Gott, sie war wie ein Holzfäller gekleidet. Niemals würde Catherine Morrison in die Socken ihres Vaters schlüpfen. »Normalerweise ziehe ich Seidenstrümpfe mit Spitzenborten an«, platzte sie heraus.

Warum sie ihm das mitteilte, konnte er sich nicht vorstellen. Und seltsamerweise blieb sie bei diesem Thema.

»Und die Socken meiner Brüder ziehe ich mir selten an. Glaub bloß nicht, ich würde gern Männerkleidung tragen.«

»Das habe ich nie vermutet. Ich fürchte, dieses Hemd wird nie trocken.«

Angestrengt überlegte sie, worüber sie reden sollte. Auf jeden Fall mußte er diese Socken vergessen. »Jetzt muß ich eine Woche lang das Geschirr spülen.«

»Warum?«

»Ich habe das Wort des Tages nicht benutzt.«

»Welches Wort?«

»Es steht auf der Schiefertafel. Und ich hab's nicht einmal gelesen.«

Harrison schloß die Augen und stellte sich die Küche vor. Dann lächelte er. »Unglück.«

»Bist du sicher?«

»Völlig sicher. Übrigens, den Koch habe ich noch immer nicht gesehen. Ich glaube, der existiert gar nicht. Habt ihr ihn erfunden?«

»Natürlich existiert er. Wenn er bereit ist, wird er sich zeigen und dich kennenlernen. Nimm dich in acht, er ist ziemlich reizbar. Wahrscheinlich, weil er vom Schicksal ins Unglück gestürzt wurde. So, jetzt habe ich wenigstens das Wort des Tages gebraucht.«

»Er ist also unglücklich?«

»O ja. Das können meine Brüder bezeugen. Frag sie doch morgen beim Essen.«

»Bis dahin werden sie mich schon umgebracht haben.«

»Warum?«

»Weil wir diese Nacht zusammen verbringen.« War er wirklich so dumm, sie auch noch daran zu erinnern? »Wäre ich dein Bruder, hätte ich gute Lust, den Mann zu ermorden, der deine Ehre beschmutzt.«

»Meine Brüder vertrauen uns. Wenn Adam dich für einen Lüstling hielte, hätte er dir nie erlaubt, mich zu begleiten.«

»Lüstling ... War dieses Wort nicht letzte Woche dran?«

»Am Dienstag. Jedenfalls bist du kein Lüstling.«

»Wie löblich, daß deine Brüder dich so gut erziehen und auf die Gefahren dieser Welt hinweisen ...« Beinahe hätte er hinzugefügt, das würde auch ihrem Vater gefallen. Er breitete sein Hemd über die Satteltasche, in der Hoffnung, die Luft würde es während der Nacht trocknen. Dann setzte er sich auf seine Decken, an die Felswand gelehnt.

»Bist du hungrig?« fragte er.

»Nein. Du?«

»Nein.«

»Du mußt nicht befürchten, meine Brüder könnten auf falsche Gedanken kommen. Wahrscheinlich ist Cole der einzige, der dich deshalb schlagen würde.«

»O nein, das lasse ich nicht zu. Einmal hat er es schon getan, und das reicht.«

»Also würdest du's nicht zulassen.« Mary Rose seufzte tief auf. »Es freut mich, daß du dein Selbstvertrauen noch immer nicht verloren hast – obwohl du die ganze letzte Woche auf deiner Kehrseite zubringen mußtest.«

»Reden wir von was anderem, ja?«

»Einverstanden. Ich wollte dir nur klarmachen, daß Cole am ehesten die Fassung verlieren würde, wenn er glauben müßte, mir wäre etwas zugestoßen. Er ist wirklich sehr nett.«

»Du kannst ihn um den kleinen Finger wickeln, was?«

»Nein, aber er erträgt's nicht, wenn ich traurig bin. Wann immer es geht, stellt er sich auf meine Seite.«

»War es schwierig für dich, ohne Vater und Mutter aufzuwachsen?«

»Ich habe eine Mutter«, erwiderte sie. »Mama Rose.«

»Warum lebt sie nicht bei dir und deinen Brüdern?«

»Weil sie's nicht kann – noch nicht. Sobald wie möglich wird sie zu uns ziehen.«

»Und deine Brüder nennen sie alle Mama?«

»Ja. Warum fragst du?«

»Nur so. Und dein Vater?«

»Ich habe keinen.«

»Vermißt du ihn nicht?«

»Wie kann ich etwas vermissen, was ich niemals hatte?« Nun entschied Mary Rose, ihre Bluse wäre trocken genug, faltete sie zusammen und legte sie neben sich, dann hielt sie den feuchten Rock an die Flammen.

Fasziniert beobachtete Harrison ihre zweckmäßigen und doch graziösen Bewegungen. »Du bist genauso unverdorben wie dein Paradies.«

»Meinst du?«

»Ja. Mama Rose ist Adams Mutter, nicht wahr?«

»Meine auch.«

»Aber sie hat Adam geboren.«

»Das stimmt. Wieso weißt du's?«

»Eine ganz einfache Schlußfolgerung. Sie lebt im Süden. Und du hast sie nie gesehen, oder?«

»Das war keine Schlußfolgerung, du hast's erraten, denn du weißt nicht, woher meine Brüder stammen. Auch die anderen könnten im Süden gelebt haben. Nein, ich habe Mama nie gesehen, aber ich kenne sie sehr gut. Mindestens einmal in der Woche schreibt sie mir. Während des Krieges, als ich noch klein war, kamen einige ihrer Briefe nicht an. Daran erinnere ich mich nicht genau, aber meine Brüder machten sich große Sorgen. Glücklicherweise hat sie alle Gefahren überstanden. Wenn es an der Zeit ist, wird sie zu uns übersiedeln.«

»Aber es ist noch nicht an der Zeit?«

»Nein.« Die prompte Antwort gab Harrison zu verstehen, daß er das Thema nicht weiterverfolgen sollte.

Einige Minuten saßen sie in einträchtigem Schweigen beisammen, und er freute sich, weil Mary Rose in seinem alten Flanellhemd so hübsch aussah. Währenddessen ärgerte sie sich immer noch über die Socken ihres Bruders, die sie getragen hatte.

»Woran denkst du, Harrison?«

»Oh, ich habe mir nur gerade überlegt, wie hübsch du aussiehst.«

Sie lachte. »Meinst du das ernst? Mein Haar ist feucht und zerzaust, und ich trage ein Männerhemd.«

Mein Hemd, verbesserte er sie in Gedanken, und das macht einen gewaltigen Unterschied. Der Anblick Mary Roses in seinem abgetragenen Lieblingshemd weckte einen seltsamen Besitzerstolz. Alles an ihr gefiel ihm. Er wollte sie schützen, vor jedem Unheil bewahren und sie lieben – und wiedergeliebt werden. Plötzlich erinnerte er sich an sein Leben in England. Wie kalt und leer war es gewesen ... Vor seiner Ankunft in Montana hatte er nicht gewußt, wie sich ein lebendiger Mensch fühlte. Und es war ihm stets so vorgekommen, als würde er am Rand des Lebens stehen und es betrachten, ein unbeteiligter Beobachter.

»Und woran denkst du jetzt?« fragte Mary Rose. »Du siehst bedrückt aus. Bist du's?«

»Nein.«

»Gerade habe ich mich über diesen dicken Wollrock geärgert. Es wird eine Ewigkeit dauern, bis er trocknet. Und jetzt erzähl mir deine Gedanken. Hoffentlich waren sie nicht so langweilig wie meine.«

»Ich dachte an mein Leben in England.«

»Nicht Schottland?«

»Aus beruflichen Gründen wohne ich in London. Dort besitze ich ein Stadthaus. Und ich finde nur selten Zeit, um ins Hochland zu reisen.«

»Wegen deiner Arbeit?«

»Ja.«

»Aber du hast Heimweh, nicht wahr?«

»Nun, ich vermisse, was das Hochland für mich symbolisiert.«

»Und das wäre?«

»Freiheit.«

»Also sind deine beruflichen Pflichten deine Fesseln?«

»Vor allen anderen Erwägungen muß ein Mann seine Schuld begleichen.«

»Bist du deinem Arbeitgeber etwas schuldig? Deshalb konntest du deine eigenen Träume nicht verwirklichen?«

»Ja und nein. Sicher, ich stehe in Lord Elliotts Schuld. Aber es ist viel komplizierter. Meine Träume haben sich verändert. Früher liebte ich meine Arbeit. Jetzt nicht mehr. Ständig kleine Siege zu erringen – das ist belanglos.«

»Und unser Paradies gefällt dir?«

»O ja.«

»Bist du glücklich hier?«

»Gewiß.«

»Dann hör doch auf, die Dinge zu komplizieren. Bleib hier und sei glücklich. Siehst du, wie einfach das ist?«

»Nein, das ist es keineswegs.«

»Jetzt stelle ich nur mehr eine einzige Frage«, versprach Mary Rose. »Wenn es einfach wäre, würdest du hierbleiben?«

»Ohne Zögern.«

Obwohl sie gelobt hatte, nichts mehr zu fragen, konnte sie sich nicht zurückhalten. »Hast du beschlossen, wieder fortzugehen?« Krampfhaft umklammerte sie ihren Wolfrock und hoffte auf die ersehnte Antwort.

»Noch habe ich gar nichts beschlossen. Ich will dir nicht ausweichen, ich bin nur ehrlich. Um zu erkennen, welchen Weg ich wählen soll, müßte ich viel mehr wissen.«

»Das verstehe ich nicht.« Ihre Arme schmerzten, weil sie den Rock so lange hochgehalten hatte. Schließlich legte sie ihn beiseite, rückte zu Harrison und lehnte sich an die Felswand. Ihre Schultern berührten sich. Träumerisch starrte Mary Rose ins Feuer. An die Möglichkeit, er könnte abreisen, wollte sie nicht denken – nicht jetzt, wo sie beschlossen hatte, sich in ihn zu verlieben. Und so lenkte sie ihre Gedanken in andere Bahnen. »Sicher bist du hungrig. Ich würde dir gern was holen.«

»Wo denn?«

»Da draußen.«

»So hungrig bin ich nun wirklich nicht. Ich kann ja auch hinausgehen und was suchen.«

Lächelnd schüttelte sie den Kopf. »Aber du bist doch so unerfahren. Sicher hast du noch nie im Freien übernachtet.«

»Doch, beim Militär.«

»Erzähl mir von London.«

»Eine wunderbare Stadt, mit einer bemerkenswerten Architektur, die Cole gefallen würde. Sicher würdest du gern in London leben, wenn du dich erst einmal an gewisse Unterschicdc gewöhnt hast.«

Das konnte sie sich nicht vorstellen. Ihr Paradies war alles, was sie brauchte, was sie sich wünschte. Warum wollte Harrison das nicht verstehen. »Mußtest du schon einmal mit einer Frau im schottischen Hochland übernachten? Oder irgendwo draußen in England?«

»Hätte ich das getan, wäre ich jetzt verheiratet«, entgegnete er belustigt.

»Warum?«

»Sonst wäre der Ruf dieser Frau ruiniert gewesen. In einem solchen Fall ist eine Heirat die einzige ehrenwerte Lösung.«

»Aber wenn nichts passiert wäre? Wenn ihr euch in einer harmlosen, unschuldigen Lage befunden hättet?«

»Trotzdem wäre sie von der Gesellschaft geächtet worden.«

»Und was wäre mit dir geschehen?«

»Nicht viel«, gab er zu. »Nur die Frau wäre für alle Zeiten erledigt. Doch bevor du die englische Gesellschaft verdammst, bedenk bitte, daß in New York ähnliche Regeln herrschen.«

»Das ist nicht *meine* Gesellschaft«, betonte sie. »Hier draußen haben wir keine Zeit für solchen Unsinn.« Unvermittelt lächelte sie. »Wenn das alles stimmt, was du da sagst, und wir in der englischen Bergwelt gestrandet wären, müßtest du mich morgen heiraten. Gibt's dort auch ein Paradies?«

»O ja, eine wunderschöne Landschaft.«

»Und würdest du mich heiraten?«

Langsam wandte er sich zu ihr. Sie sah einen sonderbaren Glanz in seinen Augen – und noch etwas, das sie nicht deuten konnte. »Wahrscheinlich nicht«, erwiderte er. »Mein Arbeitgeber ist ein sehr mächtiger Mann, er würde dir helfen und dich vor der Schande bewahren.«

Diese Antwort mißfiel ihr sichtlich, und er lachte leise. Als sie sich vorbeugte und ihm ins Gesicht schaute, wurde ihm wieder einmal ihre gefährliche Nähe bewußt.

»Was für ein seltsamer Mann du bist!« seufzte sie. »Eben

noch hast du gelacht, und jetzt runzelst du die Stirn. Warum?«

»Weil du mich provozierst, Mary Rose.«

»Tatsächlich?« fragte sie erfreut.

»Das war nicht als Kompliment gemeint. Hör auf, mich herauszufordern!« Als sie triumphierend lächelte, fauchte er: »Du scheinst dich ja köstlich zu amüsieren.«

»O ja. Jede Frau hört es gern, daß sie eine gewisse Anziehungskraft besitzt. Aber ich werde sofort aufhören, mit dir zu flirten, sobald ich herausgefunden habe, wie man das eigentlich macht.«

»Fang wenigstens schon mal an, deine guten Vorsätze zu verwirklichen, und nimm deine Hand von meinem Schenkel.«

Mary Rose hatte nicht gemerkt, wo ihre Finger gelandet waren, und zog sie rasch zurück.

»Was noch? Schau mich nicht so an!«

»Wie denn?«

»Als wolltest du geküßt werden.«

»Aber ich will geküßt werden.«

»Das wird nicht passieren, also hör auf!« befahl er.

Sie wickelte die Decke fester um ihre Beine, dann faltete sie die Hände in ihrem Schoß. »Was würde passieren, wenn man uns nicht auf die Schliche käme?«

»Wo?«

»In England, nachdem wir zusammen eine Nacht verbracht hätten.«

Er hatte gedacht, inzwischen wäre dieses Thema erledigt. Aber die Gepflogenheiten der Gesellschaftsschicht, aus der er stammte, schienen Mary Rose immer noch zu interessieren. »So was kann man nicht verheimlichen. Der Klatsch breitet sich wie ein Lauffeuer aus, und jeder weiß alles über seine Mitmenschen.«

»Wenn das so ist, würde ich den Leuten allen Grund geben, über mich zu reden. Da sie sich so brennend für Dinge interessieren, die sie nichts angehen, müssen sie ihr eigenes Leben furchtbar langweilig finden. Deshalb würde ich einen Skandal heraufbeschwören. Sollte ich den Mann lieben, mit dem ich die Nacht verbringe, und wissen, daß er mich heiraten will – nun, dann würde ich ...«

Erbost hielt er ihr den Mund zu. »Nein, das würdest du nicht. Du müßtest deine Ehre schützen und dir selbst treu bleiben.«

Nur zögernd gab sie ihm recht. »Andererseits, eine gefallene Frau wirkt irgendwie faszinierend. Wahrscheinlich würde ich nur noch rote Kleider tragen.«

»Wie gräßlich!«

»Das heißt also, du wirst mich nicht küssen?«

»Genau.«

Nachdenklich musterte sie ihn. »Am Hals und auf der Brust hast du lauter blaue Flecken. Und ich wette, deine Kehrseite schaut genauso aus.«

»Das wirst du nicht herausfinden.«

Ihre warmen Fingerspitzen berührten seine linke Schulter. Wahrscheinlich ahnte sie nicht einmal, was sie ihm antat. »Du solltest besser auf dich aufpassen, Harrison, und meine Brüder nicht begleiten, wenn sie die Herde zu unserer Ranch treiben.«

»Warum nicht?«

»Vermutlich würdest du dir den Hals brechen.«

»Wieviel Vertrauen du zu mir hast ...«

»Ich glaube an dich.« Ihre leise Stimme traf ihn mitten ins Herz.

Für einen atemlosen Augenblick starrten sie sich an, dann schauten sie weg. Keiner war bereit, den nächsten Schritt zu tun. Vorerst konnte Harrison ihr keine gemeinsame Zukunft versprechen, und deshalb durfte er ihr seine Liebe nicht gestehen. Auf jeden Fall müßte er vorher mit Lord Elliott reden – erst dann, wenn er imstande wäre, Lady Victoria den Lebensstil zu bieten, den ihr Vater erwarten würde.

Und Mary Rose fürchtete, sie könnte sich ernsthaft in Harrison verlieben. Dann würde ihr womöglich das Herz brechen. Offen und ehrlich hatte er erklärt, er würde vielleicht fortgehen. Und sie besaß nicht das Recht, ihn von seinen Zielen und Träumen abzuhalten. Wie selbstsüchtig ich bin, dachte sie ärgerlich. Solange ich nicht weiß, was geschehen wird, will ich kein Risiko eingehen. Verzweifelt versuchte sie, ihre verletzlichen Gefühle zu schützen. Doch der Gedanke an ein Leben ohne Harrison trieb ihr schon jetzt beinahe Tränen in die Augen.

»Woran denkst du?«

»Heute hier, morgen dort … Und was denkst du?«

»Es wird Jahre dauern, bis ich meinem Arbeitgeber in finanzieller Hinsicht ebenbürtig bin. Und jetzt sollten wir schlafen.«

Mary Rose breitete ihre Decken aus und legte sich darauf. Zur Seite gedreht, schob sie ihre Hände unter die Wange und schloß die Augen. »Ich bin todmüde, nachdem ich ständig die Treppe hinauf- und hinunterlaufen mußte.«

»Um Eleanor zu bedienen?« Obwohl sie keine Antwort gab, wußte er, daß er richtig geraten hatte. »Wie lange willst du dich noch von dieser Frau herumkommandieren lassen?«

»Um Himmels willen, sie ist doch eben erst angekommen, und ich möchte ihr nur helfen, sich auf der Ranch einzugewöhnen.«

»Ist sie manchmal auch nett zu dir, ich meine, wenn ihr allein seid?«

»Nein«, gab Mary Rose widerstrebend zu.

»Warum hast du dann soviel Geduld mit ihr?«

Mary Rose drehte sich auf den Rücken und sah Harrisons gerunzelte Stirn. Mußte sich dieser Mann denn ständig über irgendwas aufregen? »Und warum hast du soviel Geduld mit MacHugh?«

»Weil ich verstehe, wieso er so schwierig ist. Das bezeugen seine Narben.«

»Und Eleanors Narben sind unsichtbar, in ihrer Seele. Sie wurde schon so oft mißverstanden.«

Jetzt streckte sich auch Harrison auf seiner Decke aus, die

Arme hinter dem Kopf verschränkt. »Travis möchte Eleanor hinauswerfen.«

»O nein.«

»Der arme Junge kann sich nicht im Stall verstecken, bis sie abreist, Mary Rose. Auch Douglas hat sie nicht gern hier. Du verlangst zuviel von deinen Brüdern. Eigentlich müßten sie die gleichen Rechte haben wie du.«

»Die haben sie.« Auf einen Ellbogen gestützt, wandte sich Mary Rose zu ihm. »Und sie sind nicht sehr geduldig mit mir. Aber sie wissen, daß sie Eleanor nicht die Tür weisen können. Das wäre unanständig.«

»Es gibt ganz einfache Mittel und Wege, Eleanor loszuwerden.«

»So?« Interessiert rückte sie näher zu ihm.

»Wenn man mit einer bestimmten Methode keinen Erfolg hat, probiert man eine andere aus, nicht wahr?«

»Natürlich.«

»Erwartet Eleanor, daß du ihr jeden Morgen das Frühstück ans Bett bringst?«

»Ja.«

»Und was würde passieren, wenn du's nicht mehr tust?«

»Sie wäre wütend.«

»Und hungrig. Also müßte sie herunterkommen. Ignoriere ihren Ärger, erkläre ihr die Hausordnung ...«

»Und dann?«

»Dann versteck dich mit deinen Brüdern im Stall«, erwiderte Harrison grinsend.

Sie lachte. »Alle werden Eleanor liebgewinnen, wenn sie ein bißchen Verständnis für sie aufbringen.«

»Solange sie auf eurer Ranch wohnt, müßte sie gewisse Pflichten übernehmen – vorausgesetzt, sie bleibt länger hier.«

Mary Rose setzte sich auf. »Wenn ich dir jetzt was sage – versprichst du mir, Travis und Douglas und Cole nichts zu verraten?«

»Und Adam?«

»Der weiß es schon«, entgegnete sie und legte eine Hand auf seine Brust. Sein Herz schlug schneller, und weil er nicht widerstehen konnte, ergriff er ihre Hand und drückte sie an sich.

»Was dürfen deine Brüder nicht erfahren?«

»Eleanor wird nicht abreisen.«

»Sie bleibt hier?«

»Für immer.«

»O Gott ...«

»Genau«, flüsterte sie. »Sie kann nirgend woanders hingehen. Begreifst du's jetzt? Die arme Eleanor hat keine Familie, und ihr Vater wurde verhaftet, weil er mehrere Leute bestohlen hat – unter dem Vorwand, er wäre ein Kapitalanleger und würde ihre Ersparnisse profitabel investieren.«

»Und die Mutter?«

»Leider starb sie schon vor vielen Jahren. Eleanor ist ein Einzelkind. Und die Leute in ihrer Heimatstadt haben sich gegen sie gewandt. Freunde hat sie auch nicht.«

»Kein Wunder!«

»Versuch doch ein bißchen Mitleid zu zeigen!«

»Wozu? Davon hast du genug für uns beide, Liebste.«

Mary Rose hob die Brauen. »Du hast mich ›Liebste‹ genannt?«

»Verzeih ...«

»Unsinn! Sag's noch mal.«

»Nein. Wir haben über Eleanor geredet.«

»Aber man spricht nicht über andere Leute. Das ist sehr ungehörig.«

»Eins solltest du bedenken. Travis möchte deinen Hausgast hinauswerfen und mit den anderen darüber abstimmen. Deshalb mußt du dich mal mit ihm unterhalten.«

Sie entwand ihm ihre Hand, streichelte sein Gesicht, spürte die Bartstoppeln, die ihre zarte Haut kitzelten. Als sie ein angenehmes Prickeln fühlte, lächelte sie. Harrison wehrte sich nicht gegen die Liebkosung, die ihm viel zu gut gefiel, und schlang die Finger in Mary Roses seidiges Nackenhaar. Und dann zog er sie zu sich herab, küßte sie leidenschaftlich und umfaßte ihr Kinn. Mit sanftem Druck zwang er sie, den Mund zu öffnen. Wieder einmal besiegte die Versuchung seine Vorsicht. Ein Gutenachtkuß kann nichts schaden, dachte er, und er war erfahren genug, um rechtzeitig aufzuhören.

Sobald sie erkannte, was er sich wünschte, öffnete sie die Lippen. Seine Zunge spielte mit ihrer, und Mary Rose schmiegte sich fest an ihn. Der Kuß erstickte ihren wohligen Seufzer.

Immer begieriger erforschte Harrisons Zunge ihren Mund, heiß und hungrig. Ein wildes Sehnen, das sie nie zuvor empfunden hatte, durchströmte ihren ganzen Körper. Stumm flehte sie um noch intimere Zärtlichkeiten, grub die Fingernägel in seine nackten Schultern, preßte sich an seine Brust und verriet ihm ohne Worte, wie sehr sie ihn begehrte.

Und ihr leises Stöhnen weckte das Bedürfnis, ihr noch mehr zu geben. Nur ein einziger Kuß – und als Harrison seine Lippen endlich von ihren löste, zitterten sie beide vor Verlangen. Er drückte das Gesicht an ihren Hals, versuchte wieder klar zu denken, holte tief Luft. Und als er Mary Roses süßen Duft einatmete, drohten ihn seine Gefühle von neuem zu überwältigen. Erschrocken über seine mangelnde Selbstkontrolle, ließ er sie hastig los.

Da richtete sie sich ein wenig auf und hauchte einen Kuß auf sein Kinn. Eigentlich müßte sie sich jetzt endlich anständig benehmen und von ihm wegrücken. Aber es war so wundervoll, in seinen Armen zu liegen. Sie sank wieder auf seine Brust hinab, schob den Kopf unter sein Kinn und schloß die Lider. »Könnten wir so schlafen? Nur um uns zu wärmen.«

Er küßte ihre Stirn. »Einverstanden, für eine kleine Weile.«

»Gute Nacht ...« Doch schon nach kurzer Zeit hob sie den Kopf, schaute in sein Gesicht und las unverhohlene Zärtlichkeit darin. Ihr Herzschlag beschleunigte sich. »Jetzt schimmern deine Augen so dunkel wie der Himmel. Du bist ein sehr attraktiver Mann.«

Sanft streichelte er ihre Wange. »Und du bist eine wunderschöne Frau.« Sein Daumen liebkoste ihre rosigen, von seinem Kuß geschwollenen Lippen. Immer noch verschleierte ungestillte Leidenschaft ihren Blick, und er konnte sich nicht beherrschen – er mußte seinen Mund wieder auf den ihren pressen. Mit gleicher Glut erwiderte sie den Kuß, und ihre Lust wuchs ebenso wie die seine. Langsam strich er über ihre Schultern und Hüften, rastlos wand sie sich umher, und als sie zwischen ihren Beinen seine pulsierende Erregung fühlte, stöhnte sie wieder. Dieser leise Laut verdrängte alle seine Bedenken, und er kannte nur noch einen einzigen Gedanken – ihr Freude zu bereiten.

Seine Hand glitt unter das Flanellhemd, das er ihr geliehen hatte, um sie noch intimer zu liebkosen, zog ihr dünnes Unterhemd beiseite, umfaßte eine volle, runde Brust. Mit behutsamen Fingerspitzen reizte er die empfindsame Knospe, bis sie sich erhärtete, und dann nahm er sie entzückt in den Mund.

In vollen Zügen genoß Mary Rose diese betörenden Zärtlichkeiten, die harten Muskeln, die ihre Hand erforschte, das Wissen, daß sie ihm ein genauso heißes Glück schenkte wie er ihr. Das verrieten seine liebevollen Worte, atemlos in ihr Ohr gewispert, seine heftigen Herzschläge, die sie unter ihren eigenen spürte.

Nun streichelte er sie noch zielstrebiger, denn ihr drängendes Flüstern spornte ihn an. Er mußte berühren, was er besitzen wollte. Als seine Hand zwischen ihre Schenkel wanderte, erschauerte er, von unbezähmbarer Leidenschaft übermannt. Ihre Haut fühlte sich genauso weich an, wie er es erträumt hatte. Seine Finger bahnten sich einen Weg durch die letzten Hindernisse ihrer Unterwäsche, fanden seidige Kräusellöckchen und feuchte Wärme.

Und da vergaß er seine letzten Bedenken. Er schürte das Feuer in Mary Roses Körper und glaubte selbst zu verbrennen. Bald entdeckten seine suchenden Fingerspitzen die Stelle, wo sich Mary Roses lustvolle Gefühle konzentrierten.

Mit einem leisen Schrei bäumte sie sich auf, in wilder Ekstase. Es gab kein Zurück mehr. Mit bebenden Fingern öffnete er seinen obersten Hosenknopf.

Obwohl sie seine Erregung spürte, empfand sie keine Angst, denn sie wußte, er würde sofort innehalten, wenn sie ihn darum bat. Rückhaltlos vertraute sie ihm. Er war ein ehrenwerter Mann, und er würde tun, was immer sie wollte, solange es seine Ehre nicht verletzte. Oder würde er solche Bedenken verdrängen?

O Gott, was verlangte sie jetzt von ihm? Würde er seine Ehre opfern, nur um sie glücklich zu machen? Tiefe Scham stieg in ihr auf. Entschlossen schob sie seine verführerische Hand beiseite und kniff die Augen zusammen, um ihre Tränen zu bekämpfen. »Jetzt müssen wir aufhören«, flüsterte sie an seinem Hals.

Sofort erreichten diese Worte sein Bewußtsein, doch er brauchte etwas länger, um entsprechend zu handeln. Er holte tief Atem, dann schob er Mary Rose sanft von sich.

Um Himmels willen, was geschah mit ihm? Heiße Lust hatte seinen Verstand umnebelt. Bisher war es noch keiner Frau gelungen, ihn um den letzten Rest seiner Selbstkontrolle zu bringen. Aber Mary Rose ließ sich nicht mit anderen Frauen vergleichen. Sie war einzigartig – und gefährlich.

Mühsam rang sie nach Atem. Als Harrison von ihr wegrückte, fühlte sie sich einsam und verlassen. Sie zitterte vor Kälte und Reue. Wie hatte sie sich nur so schändlich verhalten und einem Mann gestatten können, ihren nackten Körper zu berühren, an den intimsten Stellen? Nun ließen sich die Tränen nicht länger unterdrücken.

Und wenn sie ihm nicht Einhalt geboten hätte? Diese Frage war leicht zu beantworten. Er würde sie heiraten. Dieser Gedanke erschütterte sie. Harrisons Ehrgefühl würde ihm befehlen, richtig zu handeln. Von früher Jugend an war er an die Last der Verantwortung gewöhnt, die ihm seine Kindheit geraubt hatte. Nein, sie wollte ihm nicht noch mehr aufbürden. Heftige Gewissensbisse nahmen ihr beinahe den

Atem. Es wäre nicht nur schändlich, die Begierde eines Mannes auszunutzen und ihn zur Ehe zu zwingen, sondern unverzeihlich. Während sie sich aufsetzte, Harrison den Rücken kehrte und ihre Decken glättete, starrte sie die Höhlenwand an. Das Haar fiel ihr ins Gesicht. Ungeduldig strich sie es nach hinten und merkte, daß ihre Hände immer noch bebten.

Irgend etwas mußte sie sagen, sich entschuldigen, eine Erklärung für ihre Handlungsweise abgeben. Aber sie fand nicht die richtigen Worte, um ihre Gefühle auszudrücken.

Auch er setzte sich auf. An die Felswand gelehnt, ließ er seine Schultern vom harten Gestein kühlen. Noch war seine Leidenschaft nicht erloschen. Er glaubte, Mary Roses süße Lippen zu spüren, ihre warme, weiche Haut ... »Verdammt!« stöhnte er.

Sie wandte sich zu ihm, und das Eis in seinen Augen beschämte sie noch mehr als ihre eigenen Schuldgefühle. »Verstehst du, was beinahe geschehen wäre?« fragte er.

Der Zorn in seiner Stimme ließ sie zusammenzucken. »Ja. Soweit darf es nie wieder kommen. Es ist zu gefährlich.«

»Allerdings.«

»Tut mir leid«, wisperte sie.

Sein Haar fiel ihm in die Stirn, so zerzaust wie ihres, und er sah aus, als wäre er eben erst erwacht. Was für ein liebenswerter Mann ... Das Schweigen machte sie nervös. Sie blickte ins Feuer, das beinahe ausgegangen war, und legte noch mehr Zweige in die schwachen Flammen. »Wirst du mir noch lange böse sein?«

»Schlaf jetzt, Mary Rose, bevor ich meinen Vorsatz, deine Ehre zu schützen, endgültig vergesse.«

Verwirrt starrte sie ihn an. »Hast du deshalb aufgehört?«

»Nein, weil du mich darum gebeten hast.« Als er die Tränen in ihren Augen bemerkte, verflog seine Wut. Erst jetzt erkannte er, daß er nicht an ihre Gefühle gedacht hatte. Wie konnte ich nur so egoistisch sein? Sinnliche Leidenschaft war eine völlig neue Erfahrung für Mary Rose, das hatten ihre Reaktionen deutlich bekundet, und die brennenden Wünsche ihres Körpers mußten sie erschreckt haben.

»Was hat denn meine Ehre damit zu tun?« wisperte sie.

»Beinahe hätte ich dich entjungfert – und entehrt.«

»Und deshalb warst du böse?«

»Ja.«

Sie holte tief Atem. »Vielleicht dachte ich nicht an meine, sondern an deine Ehre, als ich dir Einhalt gebot. Auf diese Idee bist du vielleicht nicht gekommen, was?«

»Meine Ehre?«

Offensichtlich glaubte er ihr nicht. Waren denn alle Männer so arrogant wie Harrison und ihre Brüder?

»Genau – deine Ehre.«

»Du bist viel disziplinierter als ich.« Nur mühsam kam ihm dieses Geständnis über die Lippen.

»Warum bilden sich die Männer ein, sie wären die einzigen, die an Ehre und Anstand denken? Auch Frauen sind dazu fähig. Hast du schon einmal von Jeanne d'Arc gehört? Sie gab ihr Leben für Frankreichs Ehre hin.«

»Jeanne d'Arc?« Beinahe hätte er über diesen Vergleich gelacht, aber er beherrschte sich. »Ich glaube, sie hätte sich niemals so verhalten wie wir beide.«

»Natürlich nicht. Um Himmels willen, diese Frau war eine Heilige! Das bin ich nicht. Und ich wollte mich auch nicht mit ihr vergleichen. Ich habe dir nur zu erklären versucht, daß die Frauen ebenso gut wie die Männer wissen, was Ehre bedeutet. Wärst du mit mir intim geworden, hättest du dich verpflichtet gefühlt, gewisse Konsequenzen zu ziehen.«

»Wir *waren* intim. Erinnerst du dich nicht an meine Berührung?«

»O Gott, schlaf doch endlich!« Soweit wie möglich von Harrison entfernt wickelte sie sich in ihre Decke und schloß die Augen.

In dieser Nacht fand er kaum Schlaf. Den Revolver in seiner Reichweite, lauschte er auf alle Geräusche. Nur zweimal nickte er ein. Das erste Mal weckte ihn ein leiser

Windhauch. Irgend jemand war in die Höhle geschlichen. Reglos lag er da, öffnete die Augen nur einen Spaltbreit – und da sah er die Frau. Unter der Decke umklammerte er die Waffe.

Die seltsame Gestalt neigte sich über Mary Rose, eine Steppdecke in der Hand. Die verrückte Corrie …

Aber Mary Rose hatte versichert, die Frau sei nicht verrückt.

Und bei ihrem Anblick fragte er sich bestürzt, wie sie es geschafft hatte, dem Wahnsinn zu entrinnen. Sie war grausam entstellt.

Den Revolver immer noch in der Hand, wartete er atemlos ab, was sie tun würde. Vorsichtig breitete sie die Decke über der schlafenden Mary Rose aus, dann verschwand sie so lautlos, wie sie gekommen war.

Harrison wollte nach ihr rufen und sich bedanken. Doch er besann sich eines Besseren. Wäre sie an einem Gespräch interessiert, hätte sie sich bemerkbar gemacht. Dazu war sie offenbar noch nicht bereit, und er respektierte ihren Wunsch.

Als er zum zweitenmal aus seinem unruhigem Schlaf erwachte, spürte er Mary Roses warmen Körper. Um Wärme zu suchen, schmiegte sie sich an ihn, und er mußte erneut mit seinem unseligen Verlangen kämpfen. Behutsam rückte er von ihr weg, stand auf und trat in den Regen hinaus. Nicht einmal die kalte Nachtluft konnte das Feuer seiner Leidenschaft löschen.

11. Juli 1865

Liebe Mama Rose, heute habe ich Geburtstag. Ich wünschte, Du könntest mit uns feiern. Jetzt ist der Krieg vorbei, und Du wirst bald zu uns kommen. Kein Sohn kann sich ein schöneres Geschenk vorstellen.

Jeden Abend beten wir für Lincolns Seele. Ich versuche seinen sinnlosen Tod nicht mehr zu beklagen, und ich tröste mich mit den schönen Worten seiner Antrittsrede. Das sind meine Lieblingszeilen: »Ohne Groll gegen irgend jemanden, voller Nächstenliebe, entschlossen in unseren Rechten, so wie Gott es uns gegeben hat, das Recht zu erkennen, wollen wir unser Werk vollenden, die Wunden der Nation verbinden, für alle sorgen, die im Kampf gefallen sind, für ihre Witwen und Waisen und alles tun, um einen gerechten und dauerhaften Frieden in unserem Land und mit allen anderen Völkern zu erzielen.«

Ich liebe Dich,
Travis

10

Als sie nach Hause zurückkehrten, gab irgend jemand einen Schuß ab. Doch Harrison hatte aufgepaßt. Er ritt neben Mary Rose, und sobald er zwischen den Kiefern an einer Wegbiegung Metall glänzen sah, stieß er das Mädchen aus dem Sattel, zog seinen Revolver und feuerte – einen Sekundenbruchteil zu spät.

Die feindliche Kugel streifte seinen Brustkorb an der rechten Seite, aber Harrison nahm den Schmerz kaum wahr. Den Blick zum Wald gerichtet, neigte er sich zu Mary Roses Sattel. Hätte er auf ihrer Stute gesessen, wäre er getötet worden.

»Bleib unten!« befahl er und nahm sich keine Zeit, um herauszufinden, wo sie gelandet war. Statt dessen spornte er MacHugh an, von einem einzigen Gedanken beflügelt – er mußte den Bastard finden und zur Rechenschaft ziehen.

Harrison sah das Gesicht des Feiglings. Aber als er die nächste Biegung erreichte, war der Schurke verschwunden. Entschlossen folgte er der Spur, die zu seiner Enttäuschung am Klippenrand oberhalb des Flusses endete. Offenbar war der Kerl hinabgesprungen – und hoffentlich ertrunken.

Seufzend ritt Harrison zu Mary Rose zurück. Sie kauerte

auf einem Felsblock, ihre Waffe in der Hand. Was soeben geschehen war, schien sie kein bißchen zu beunruhigen. »Alles in Ordnung?« fragte er grimmig.

»Ja, danke«, antwortete sie freundlich. »Würdest du bitte Millie holen?«

Diesen Wunsch erfüllte er, dann half er ihr in den Sattel. Lächelnd drückte sie die Fersen in die Pferdeflanken, so unbeschwert, als wäre ein Hinterhalt ein ganz alltägliches Ereignis.

»Ist wirklich alles in Ordnung?« erkundigte er sich noch einmal.

»O ja. Allerdings wird meine Kehrseite bald genauso grün und blau leuchten wie deine. Ich schlug ziemlich unsanft am Felsboden auf. Bitte, wirf mich nächstes Mal nicht vom Pferd. Sag einfach nur, ich soll mich ducken.«

Diesmal ließ er sie vorausreiten, um ihr seine Verletzung zu verheimlichen. Unter seinem Hemd spürte er feuchte Wärme, schaute hinab und entdeckte einen Blutfleck, der sich aber nur langsam ausbreitete. Das wertete er als gutes Zeichen. Er zerrte seine Lederweste aus der Satteltasche, zog sie an und schnitt eine Grimasse, weil die Bewegung einen heftigen Schmerz verursachte. Dann zwang er sich zu einem Lächeln, denn Mary Rose drehte sich um. »Falls du frierst, gebe ich dir Corries Decke.«

»Nicht nötig.«

»Hast du den Schuft erwischt, der uns töten wollte?«

»Nein.« Er warf ihr einen scharfen Blick zu. »Du tust so, als würde so was alle Tage passieren.«

»So ist es nicht.«

»Warum bist du dann so gelassen?«

»Es genügt doch, wenn *du* dich aufregst. Du bist wütend, weil der Schurke dir entwischt ist, nicht wahr?«

»Klar. Er ist in den Fluß gesprungen und wahrscheinlich ertrunken. Hattest du keine Angst?«

»Doch.«

»Herzlichen Glückwunsch! Du kannst deine Gefühle viel besser verbergen als ich.«

»Cole hat mir eingeschärft, ich müsse stets mit Überraschungen rechnen. Das ist sehr wichtig, wenn man in der Wildnis überleben will.«

»Was glaubst du, was dieser feige Heckenschütze von uns wollte?«

»Unsere Pferde oder unser Geld.«

»Verdammt!«

»Ärgere dich nicht mehr über ihn. Jetzt ist er verschwunden. Reden wir über was anderes. Ich bin immer noch tief gerührt über Corries Fürsorge. Immerhin mußte sie einen weiten Weg zurücklegen, um uns die Steppdecke zu bringen. Was für eine tapfere Frau ...«

»Die Decke war für *dich* bestimmt, nicht für uns.«

»Wie kannst du das wissen?«

Statt einer Antwort zuckte er nur die Achseln. Natürlich wußte er es. Corrie hatte das Mädchen zugedeckt. Doch er mochte nicht zugeben, daß er die Frau beobachtet hatte. Mary Rose sollte glauben, sie würde die erste sein, die ihre Freundin zu Gesicht bekam – falls Corrie sich jemals zeigen würde.

»Du schaust immer noch wütend drein, Harrison.«

»Kein Wunder! Vorhin wurde auf dich geschossen. Wenn dir etwas zugestoßen wäre ...«

»Ja?«

Er seufzte. »Dann würden deine Brüder mich umbringen.«

»Fällt es dir sehr schwer, mir zu gestehen, du würdest mich vermissen?«

»Natürlich würde ich dich vermissen.«

Mary Rose lächelte zufrieden und wechselte wieder das Thema. »Inzwischen habe ich beschlossen, deinen Rat zu befolgen und mit Travis zu sprechen. Er soll sich nicht übermäßig über Eleanor aufregen. Auch mit ihr werde ich reden, und zwar sehr energisch. Sie darf meine Brüder nicht herumkommandieren. Sicher wird Travis auf mich hören – Eleanor wahrscheinlich nicht. Trotzdem will ich's versuchen.

Bald hat er Geburtstag. Deshalb wird er sich so gut wie möglich benehmen, und ich gebe ihm ein hübsches Geschenk.«

»Wann hat er Geburtstag?«

»Am 11. Juli. Ich stricke einen Pullover für ihn, der ist schon fast fertig und wird ihm ganz bestimmt gefallen. Die Farbe paßt zu seinen Augen. Natürlich interessiert ihn das nicht. Ihm kommt's nur darauf an, daß die dicke Wolle ihn warm hält. Wann hast du Geburtstag?«

»Am 17. Februar.« Nach Mary Roses Geburtstag fragte er nicht, denn er vermutete, sie würde das genaue Datum nicht kennen, und ihre Brüder hätten irgendeinen Tag erfunden, um mit ihr zu feiern. Außerdem wußte er bereits, daß Lady Victoria am 2. Januar geboren war.

»Am 2. Januar.«

Das sprach sie aus, kurz nachdem er an dieses Datum gedacht hatte, und er traute seinen Ohren nicht. »Was hast du gesagt?«

»Am 2. Januar habe ich Geburtstag. Stimmt was nicht damit? Warum starrst du mich so verdutzt an?«

Harrisons Stimme versagte, seine Kehle war wie zugeschnürt. Verdutzt? Welch eine Untertreibung! Seine Gedanken überschlugen sich. Wieso kannte sie ihren Geburtstag?

»Adam ist am 20. November geboren, Cole am 15. April«, fügte sie hinzu, »doch da ist er sich nicht ganz sicher, weil er kein Dokument besitzt. Doch ein Nachbar glaubte sich an den Tag zu erinnern, und so blieb Cole bei diesem Datum. Douglas begeht seinen Geburtstag am 31. März. So, jetzt habe ich niemanden ausgelassen, oder?«

»Hast du deinen Geburtstag auch erfunden, oder gibt es Beweise?«

»O ja, ich habe Papiere.«

Beinahe wäre Harrison aus dem Sattel gefallen. Sie hatte Papiere …

Auf der Ranch wurden sie ungeduldig erwartet. Eleanor rannte von einer Ecke der Veranda zur anderen, Adam stand in der Tür, Douglas und Travis hockten auf dem Geländer, an die Pfosten gelehnt. Gerade kam Cole aus dem Stall, als Douglas aufschrie und in die Richtung der Heimkehrer zeigte.

Sofort zuckte die Hand des heißblütigsten Bruders zum Revolver, und Harrison seufzte müde. Jetzt hatte er wirklich keine Zeit für solchen Unsinn. Er fühlte sich elend, seine Wunde brannte wie Feuer. Außerdem hatte er beschlossen, nicht länger zu warten. Bevor er an diesem Abend zu Bett ging, mußte Mary Roses Zukunft entschieden werden. Er würde den Brüdern erzählen, woher ihre Schwester stammte. Und er mußte natürlich auch die Information erhalten, die er brauchte.

»Hör auf, die Stirn zu runzeln!« mahnte Mary Rose. »Versuch lieber zu lächeln.«

»Sie sehen aus, als wollten sie mich lynchen.«

Beim Anblick ihrer Brüder konnte sich nicht widersprechen. Drei von den vier Männern erweckten den Eindruck, sie könnten es kaum erwarten, Harrison am nächstbesten Baum aufzuknüpfen. Und Eleanor würde bereitwillig einen Strick holen. Die Hände in die Hüften gestemmt, starrte sie ihrer Freundin und deren Begleiter zornig entgegen.

»Nun, Adam scheint sich zu freuen, uns wiederzusehen«, meinte Mary Rose. »Gewiß wird er vernünftig sein. Aber erklär meinen anderen Brüdern möglichst schnell, was passiert ist, bevor Cole ...«

»Liebste, wir haben nichts Unrechtes getan.«

»Warum fühle ich mich dann schuldig?«

Er lächelte, als er erkannte, daß ihm genauso zumute war. »Gut, ich nehme mir Cole vor. Du kümmerst dich um die anderen.«

»Du beschäftigst dich mit Cole, und ich muß mich mit vier Leuten herumschlagen? Wirklich, sehr fair!« spottete sie. Dann schaute sie ihm nach, während er zum Stall ritt. Millie wollte MacHugh folgen, aber Mary Rose lenkte sie zum Haus. »Wirf deinen Revolver weg, Harrison!« rief sie. »Cole schießt nicht auf unbewaffnete Männer!«

Wortlos schüttelte er den Kopf und schwang sich aus dem Sattel, nur wenige Schritte von Cole entfernt. Der Hengst trottete in den Stall, und sein Herr beschloß, ihn zu versorgen, nachdem er sich mit dem wütenden, jungen Mann auseinandergesetzt hatte. »Sie Hurensohn!« schrie Cole. »Wenn Sie ...« Noch bevor er seine Drohung vollendete, schwang er eine Faust hoch, die kraftvoll umklammert und festgehalten wurde.

»Wenn ich – was?« fragte Harrison herausfordernd.

Cole blinzelte erstaunt. »Wenn Sie ... Verdammt, wie schnell Sie zupacken können! Lassen Sie mich los, Sie zerquetschen mir den Finger, den ich zum Schießen brauche.«

»Wollen Sie mich wieder schlagen?«

»Nein, eher niederknallen. Und danach Mary Rose.«

»Vorher töte ich Sie.«

»Zum Teufel!«

»Glauben Sie mir, es ist nichts geschehen, Cole. Wir wurden vom Regen überrascht, das war alles. Kommen Sie mit mir in den Stall. Ich wurde angeschossen, und ich möchte feststellen, ob ich ernsthaft verletzt bin. Davon soll Mary Rose nichts merken.« Harrison ließ Coles Faust los und ging auf wackeligen Beinen durchs Stalltor. Sicher würde er sich besser fühlen, sobald er etwas gegessen hatte.

»Was ist passiert?« fragte Cole und eilte ihm nach. »Wollten Sie sich an Mary Rose vergreifen? Hat sie deshalb auf Sie geschossen?«

»Natürlich nicht!« fauchte Harrison und blieb neben der Kerosinlampe stehen.

»Wo wurden Sie getroffen?«

»Hier an der Seite. Nur ein Streifschuß.«

»Zeigen Sie mal ...« Cole hob Harrisons Arm hoch, zog vorsichtig das Hemd aus dem Hosenbund und bückte sich, um die Wunde zu inspizieren. Sein Atem stockte. Mit dieser Verletzung war nicht zu spaßen.

»Nur ein Kratzer, nicht wahr?«

Cole richtete sich auf und fragte sich, ob Harrison wußte,

wie schwach seine Stimme klang. »Nur ein Kratzer«, bestätigte er.

»In der Nähe des Grats hat uns irgendein Feigling aufgelauert«, berichtete Harrison und begann, sein Hemd in die Hose zu stopfen. »Ich ritt ihm nach, aber da war er schon in den Fluß gesprungen.«

»Haben Sie sein Gesicht gesehen?«

Harrison nickte und wandte sich zum Stalltor. »Bevor ich mich wasche, sollte ich mit Adam reden.«

Rasch trat Cole an seine Seite und legte Harrisons Arm um seine Schultern. »Ich gebe Ihnen eine Salbe für den Kratzer. Hören Sie – Sie waren doch ein Gentleman? Ich hätte mich nicht wie ein Gentleman benommen, wäre ich mit einem hübschen Mädchen allein gewesen. Falls Sie meine Schwester angerührt haben, muß ich Sie umbringen.«

»Wenn ich sie mal anfasse, gebe ich Ihnen Bescheid.«

Offenbar bemerkte Harrison gar nicht, daß er gestützt wurde, und das sah ihm gar nicht ähnlich. Coles Sorge wuchs. »Am besten bringe ich Sie jetzt in die Baracke. Adam wird Sie verarzten. Um ehrlich zu sein, der Kratzer ist ein bißchen tiefer, als ich's zugeben wollte. Natürlich besteht keine Gefahr. Aber da Sie ein Städter und nicht an so was gewöhnt sind, darf man's nicht auf die leichte Schulter nehmen. Beeilen wir uns, ich muß Mary Rose retten.«

»Wovor?«

»Vor meinen Brüdern. Was meinen Sie denn, warum wir uns alle so aufregen? Sie sind einfach mit Mary Rose davongeritten und haben uns mit dieser Hexe allein gelassen. Ob ich Ihnen das jemals verzeihen kann, weiß ich nicht. Sie schoß auf Douglas und dann behauptete sie, es sei ein Versehen gewesen. Natürlich glaubte er ihr nicht – nachdem sie ›versehentlich‹ auch auf den Postkutschenfahrer gefeuert hat. Keiner glaubt ihr. Und bevor sie einen von uns umbringt, fliegt sie raus.«

Harrison brachte ein schwaches Lächeln zustande. »Also

haben Sie sich gar nicht so sehr um Mary Roses Tugend gesorgt?«

Selbstverständlich war Cole auch deshalb beunruhigt gewesen. Immerhin hatte er oft genug gesehen, wie Harrison seine Schwester anstarrte. Doch das wollte er nicht zugeben. »Nein. Und wenn Sie uns noch einmal mit Eleanor allein lassen, werden Sie es bitter büßen.«

Halb benommen taumelte Harrison und dachte, er wäre über einen Stein gestolpert.

»Verdammt noch mal, soll ich Sie etwa tragen!« schimpfte Cole.

Harrison konnte nicht antworten, weil seine Sinne schwanden. Bewußtlos hing er in Coles Armen.

Schreiend raffte Mary Rose ihre Röcke und rannte zum Stall. Alle anderen folgten ihr. »Was hast du ihm angetan?«

»Gar nichts«, verteidigte sich Cole.

»Aber was ist mit ihm geschehen?« Bestürzt starrte sie in Harrisons bleiches Gesicht, dann brach sie in Tränen aus.

»Hast du ihn getötet, Cole?« wollte Douglas wissen.

»Nein.«

»Was ist passiert?« fragte Adam.

Cole grinste teuflisch. »Oh, er ist nur in Ohnmacht gefallen.«

15. Januar 1866

Liebe Mama Rose, Deine Söhne sind so gemein zu mir. Adam zwingt mich, ganz allein am Tisch zu sitzen, nur weil ich Travis getreten habe. Wirklich, Adam ist ein böser Junge. Sag ihm, daß ich nicht allein sitzen will. Ich habe ein Bild für dich gemalt.

Mary Rose

11

Immer wieder mußten sie ihn daran erinnern – gnadenlos. Die Männer, die in dieser Wildnis lebten, fielen niemals in Ohnmacht. Und es bereitete den Brüdern, Adam eingeschlossen, ein geradezu teuflisches Vergnügen, ihn unentwegt darauf hinzuweisen.

Das ertrug Harrison, aber nur, weil ihm nichts anderes übrigblieb. Er war zu schwach, um sich zu wehren. Und als er zu Kräften kam, ritten drei Brüder davon, während Adam wie gewohnt das Haus hütete. Harrison ließ ihn in Ruhe, denn der älteste Bruder war schon genug gestraft, weil er Eleanor tagtäglich besänftigen mußte.

Ungeduldig wartete Harrison auf die Heimkehr der drei restlichen Claybornes, um ihnen von Elliotts Tochter zu erzählen. Sobald sie vollzählig versammelt waren, wollte er ihnen reinen Wein einschenken, denn er fand, es wäre nicht richtig, wenn Adam die Wahrheit vor den anderen erfahren würde.

Zweimal ritt der Älteste mit seiner Schwester zum Boar Ridge, und sie besuchten die Frau, die Mary Rose mittlerweile ihre liebste Freundin nannte. Inzwischen mußte Harrison den Hausgast bei Laune halten – keine allzu schwierige, aber entnervende Aufgabe. Er brauchte nichts weiter zu tun, als mit Eleanor auf der Veranda zu sitzen und ihren Klagen zu lauschen.

Seine Genesung dauerte zwei Wochen. Endlich fühlte er sich wieder halbwegs gesund, und da wurde er beauftragt, Eleanor nach Blue Belle zu bringen.

Cole war von seinem Jagdausflug zurückgekommen. Auf dem Heimweg hatte er in Hammond ein paar Sachen für Harrison besorgt – ein Gefallen, der vergolten werden mußte. Und so forderte er Harrison auf, mit ihm in die Stadt zu reiten. Dort warteten Douglas und Travis, die ebenfalls auf die Jagd gegangen waren. Ein paar zwielichtige Gestalten hatten sich in Blue Belle eingefunden, und Harrison sollte sie in Augenschein nehmen. Falls der feige Heckenschütze dazugehörte, würde Cole sich um ihn kümmern.

Dazu war Harrison gern bereit. Alles wollte er tun, um Eleanor zu entrinnen. Er saß gerade auf der Veranda, die gestiefelten Füße gegen das Geländer gestemmt, als Cole den Ausflug vorschlug. An seiner Seite fächelte sich die junge Dame mit einer alten Zeitung Kühlung zu und jammerte über die Hitze.

Cole ignorierte sie. An einen Pfosten gelehnt, erklärte er sein Anliegen, und sie verstummte, um zuzuhören. »Oh, da komme ich mit«, verkündete sie. »Ich werde einen neuen Hut für diesen Lümmel kaufen.«

»Nein«, erwiderte Cole entschieden. Zum erstenmal seit zwei Wochen sprach er mit ihr.

»Das werden wir ja sehen«, murmelte sie, sprang auf, warf die Zeitung zu Boden und rauschte ins Haus.

»Bin ich hier der einzige, der mit ihr umgehen kann?« fragte Cole. »Ich muß nur nein sagen, und schon verschwindet sie.«

Harrison lächelte. »Oh, sie will nur Adam holen, und der wird uns klarmachen, daß wir sie mitnehmen müssen.«

Offensichtlich glaubte Cole ihm nicht. Er lachte und schüttelte den Kopf. Wenig später rannte Mary Rose zur Tür heraus und hob die Zeitung auf. »Darf ich euch nach Blue Belle begleiten?«

»Nein«, entgegneten die beiden Männer wie aus einem Mund. Ihr Anblick erinnerte Harrison an einen ätherischen Engel, und er mußte sich zwingen, sie nicht anzustarren, denn das würde Coles Unmut erregen. Während seiner Genesung hatte er ihre Gesellschaft gemieden und sich schlafend gestellt, wann immer sie zu ihm in die Baracke gekommen war. Nun trug sie ein dunkelblaues Kleid mit gelber Schürze. Aus ihrem Haar, auf dem Oberkopf zusammengesteckt, hatten sich ein paar widerspenstige Löckchen gelöst.

Cole behauptete, sie würde müde aussehen, wurde aber nicht beachtet. »Bitte, laßt mich mitkommen! Ihr müßt auch nicht allzu lange warten, bis ich fertig bin.«

Mittlerweile war Adam auf der Schwelle erschienen. »Zwei Frauen sind zuviel für Harrison und Cole. Bleib daheim, Mary Rose.«

»Zwei Frauen?« wiederholte Cole.

»Hab ich's Ihnen nicht gesagt?« wurde er von Harrison gehänselt.

Offenbar gab sich Mary Rose noch nicht geschlagen, denn sie nahm ihre Schürze ab und steckte ihre Löckchen fest. »Adam, Eleanor darf nicht allein in Morrisons Laden gehen, sonst können wir uns dort nie mehr blicken lassen.«

Adam schaute Cole an, der die Achseln zuckte. »Zwei Frauen in einer Stadt, wo sich fremde Kerle rumtreiben? Das könnte unsere Kräfte überfordern. Und wenn Harrison wieder umkippt? Er sieht immer noch ziemlich krank aus.«

Um sich zu rächen, meinte Harrison: »Sie könnten mit Eleanor im Wagen fahren, Cole, und Mary Rose kann sehr gut auf sich selber aufpassen, wenn sie nachdenkt, bevor sie handelt.«

»Ehe sie sich mit Bickley anlegte, dachte sie auch nicht nach«, wandte Adam ein.

»Aus Schaden wird man klug«, beteuerte sie, und nachdem er zögernd nachgegeben hatte, eilte sie ins Haus. Eleanor zog sich bereits in ihrem Zimmer um, was Harrison nicht verstand. Sie hatte ein hübsches Kleid getragen und nichts getan, um sich schmutzig zu machen.

Seufzend kam Adam auf die Veranda. »Eigentlich sollte ich's nicht erlauben, aber ein paar friedliche Stunden sind einfach zu verlockend.«

»Eleanor fällt auch dir auf die Nerven, was?« fragte Cole, und Adam nickte widerstrebend.

»Sicher, sie ist sehr nett zu mir, und ich kann nicht klagen, aber ...«

»Aber sie hält den ganzen Haushalt auf Trab.«

»Ja.«

»Dumm ist sie nicht, nur gemein.« Cole grinste. »Und das weiß ich bei einer Frau zu schätzen. Jedenfalls wird sie die Hand nicht beißen, die sie füttert.«

»Wenn sie uns bloß nicht soviel Ärger machen würde ...«, murmelte Adam.

»Man mußte ihr mal eine Lektion erteilen«, schlug Harrison vor.

»Im Grunde ihres Herzens fürchtet sie sich. Das hat Mary Rose mir schon am ersten Tag erklärt, und ich stimme ihr zu, nachdem ich so viele Stunden mit dieser Frau verbracht habe.«

»Deshalb sind Sie beide so geduldig mit ihr. Doch damit erreichen Sie nichts.«

»Haben Sie einen Plan geschmiedet, Harrison?«

»Allerdings. Sie sollte mal richtig eingeschüchtert werden.«

Eleanors Wutschrei hallte zur Veranda herunter, und Cole schloß gequält die Augen. »Was für eine schrille Stimme! Warum muß sie denn dauernd kreischen!«

Harrison erläuterte seinen Plan, der auf einhellige Zustimmung stieß.

»Also werde ich den Retter spielen«, bemerkte Cole. »Aber Mary Rose wird da nicht mitmachen.«

»Auf dem Heimweg reiten Travis und Douglas mit ihr voraus – weit voraus.«

»Warum kann ich sie nicht aus dem Wagen werfen? Das würde ich viel lieber tun.«

»Weil Eleanor Sie nicht hassen soll. Es ist besser, wenn sie *mich* verabscheut.«

»Nun, dann müssen Sie mit ihr im Wagen sitzen«, erwiderte Cole lächelnd. »Ich werde ihn schon mal anspannen.«

Einige Minuten später kam seine Schwester aus dem Haus, und Eleanor erschien nach einer halben Stunde. Harrison wartete mit Mary Rose auf der Veranda, während Adam in der Küche das Essen vorbereitete.

Als Eleanor endlich auftauchte, trug sie ein Kleid ihrer Freundin, an das Harrison sich deutlich erinnerte. Dieses sanfte Blau hatte Mary Rose besonders gut gestanden.

Angesichts ihres Hausgastes blinzelte sie verwirrt, aber sie schwieg, und auch Harrison verkniff sich einen Kommentar. In diesem Kleid sah Eleanor nicht übel aus. Hätte er ihr Verhalten nicht so gräßlich gefunden, wäre er sogar bereit gewesen, ihre Schönheit zu würdigen. Sie besaß hübsche kurze Locken und ebenmäßige Züge. Ob auch ein gewinnendes Lächeln zu ihren Vorzügen zählte, wußte er nicht, denn sie lächelte nie. Ihre Lippen blieben stets verkniffen, als hätte sie Rizinusöl geschluckt. »Sind Sie bereit, Eleanor? Cole wartet beim Wagen.«

»Gibt es ein Restaurant in der Stadt? Vor der Rückfahrt möchte ich eine Tasse Tee trinken und Biskuits essen. Übrigens brauche ich noch etwas Geld, Mary Rose.«

»Da wäre nur der Saloon, und den können wir nicht aufsuchen.«

»Warum nicht?«

»Es wäre unschicklich. Gehen wir?«

Eleanor schritt die Verandastufen hinab. Beim Anblick des Wagens blieb sie abrupt stehen. Cole kehrte gerade zum Stall zurück, um die Reitpferde herauszuführen. »Holen Sie den Buggy! Dieses Vehikel ist ungeeignet!«

Langsam drehte er sich um und musterte sie mit schmalen Augen.

»Haben Sie nicht gehört? Sie sollen den Buggy holen!«

»Was hast du gegen den Wagen, Eleanor?« fragte Mary Rose. »Bitte, ärgere meinen Bruder nicht und steig ein!«

Harrison stand hinter den beiden Frauen, grinste und genoß Coles Zorn in vollen Zügen.

»Meinst du das ernst, Mary Rose?« fauchte Eleanor. »Wenn ich in diesem offenen Wagen sitze, bekomme ich Sommersprossen.«

»Die habe ich schon seit Jahren.«

»Ja, das weiß ich, meine Liebe.«

Seufzend wandte sich Mary Rose zu Cole. »Ich helfe dir, den Buggy anzuspannen.«

Da er zu weit entfernt stand, hörte Harrison seine Antwort nicht, tippte aber auf einen Fluch. »Nein, ich helfe ihm, und die Damen warten hier. Mary Rose?«

»Ja, Harrison?«

»Deine Sommersprossen gefallen mir«, flüsterte er ihr zu.

Natürlich mußte er mit Eleanor fahren, und als sie die Stadt erreichten, erschien ihm der Gedanke, sich zu betrinken, sehr verlockend. Seine Ohren dröhnten. In einem fort hatte sich die Frau über dies oder jenes beschwert, und er war so unhöflich gewesen, hartnäckig zu schweigen.

Travis und Douglas rannten aus dem Saloon, sobald sie Cole und ihre Schwester heranreiten sahen. Zunächst erhob Douglas keine Einwände gegen den Auftrag, auf Mary Rose aufzupassen.

Dann sah er Eleanor aus dem Buggy klettern und protestierte lauthals, weil er auch sie beschützen sollte. Niemand hörte ihm zu, und Travis eilte in den Saloon zurück, um zu beobachten, wie die drei verdächtigen Fremden auf Harrisons Ankunft reagieren würden.

Seite an Seite schlenderten die beiden Frauen die Straße hinab, und Douglas folgte ihnen in sicherem Abstand.

»Im Laden wirst du einer jungen Frau begegnen, Eleanor«, erklärte Mary Rose. »Sie heißt Catherine Morrison und ist die Tochter des Besitzers und interessiert sich für Harrison.«

»Dann muß sie einen sehr schlechten Geschmack haben.«

»Was mißfällt dir denn an Harrison?«

»Sehr viel – ich weiß gar nicht, wo ich anfangen soll. Zum Beispiel ist er unfähig, Konversation zu machen. Er murmelt immer nur einsilbige Antworten und runzelt dauernd die Stirn. Und du mußt doch gemerkt haben, wie er einen einschüchtern kann.«

»Nun, ich habe nur bemerkt, wie nett und freundlich und rücksichtsvoll er ist. Und ich will nicht, daß Catherine mit ihm flirtet.«

»Und?«

»Ich dachte, wenn sie sich an ihn heranmacht, könntest du – nun ja, du weißt schon.«

»Meinst du, ich soll mich einmischen?«

»Genau.«

»Wieso denn?«

»Damit würdest du mir helfen, und es würde dir gewiß nicht schaden, mir auch einmal einen Gefallen zu erweisen. Ach, schon gut! Vergiß, daß ich's erwähnt habe. Übrigens, du hättest mich fragen können, bevor du in meinem Kleid aufgekreuzt bist.«

»Das ist mir viel zu eng.« Natürlich kam Eleanor nicht auf die Idee, sich zu entschuldigen, doch das hatte Mary Rose auch gar nicht erwartet.

Als sie den Gemischtwarenladen erreichten, ließ sie ihrer Freundin den Vortritt. Douglas schaute sich aufmerksam um, entdeckte nicht allzu viele zweifelhafte Gestalten, ging wieder hinaus und wartete vor der Tür. Sollte sich seine Schwester doch allein mit Eleanor rumschlagen …

Sobald Harrison den Saloon betrat, erblickte er den Mann, der ihn aus dem Hinterhalt angeschossen hatte. Hastig wandte sich der Hurensohn ab, und Harrison tat so, als hätte er ihn nicht erkannt. Auf dem Weg zur Theke musterte er die beiden anderen Fremden. Er bestellte einen Whiskey und leerte das Glas in einem Zug. In seinem Kopf schien immer noch Eleanors durchdringende Stimme zu gellen. Travis postierte sich an seiner linken Seite, Cole an der rechten. Mit dem Rücken zur Bar starrten sie die Fremden an.

»Nun?« wisperte Cole. »Ist er da?«

Als Harrison nicht antwortete, neigte sich Travis zu ihm. »Bei Belle's hängen noch ein paar andere herum. Die sollten Sie sich auch anschauen, weil sie keinen Grund haben, hier aufzutauchen. Jetzt ist Belle schon seit sechs Monaten in Hammond, und wie jeder weiß, kommt sie erst im Juli in unsere Stadt zurück – wie immer kurz vor meinem Geburtstag. Dann bleibt sie bis zu den ersten kalten Herbsttagen. Erinnern Sie sich wirklich, wie dieser Heckenschütze aussieht?«

Beunruhigt runzelte Billie, der Saloonbesitzer, die Stirn. »Was habt ihr denn da zu tuscheln, Jungs?«

»Gerade wollte ich Travis und Cole sagen, sie sollen sich um ihren eigenen Kram kümmern«, erwiderte Harrison.

»Also, ich habe noch nie gehört, daß jemand Cole Clayborne erklärt hat, er dürfe sich nicht einmischen.«

»Schon gut, ich bin nicht beleidigt«, versicherte Cole. »In letzter Zeit fühlt Harrison sich nicht so gut.«

Mitfühlend nickte Billie und beugte sich über die Theke. »Ja, ich habe von Ihren Ohnmachtsanfällen gehört, Mister. Ist das noch oft passiert?«

Harrison starrte Cole an, der sich vergeblich bemühte, eine unschuldige Miene aufzusetzen. »Glauben Sie mir, ich habe Billie nichts davon erzählt.«

»Aber dem guten Dooley«, ergänzte Travis fröhlich.

»Kennen Sie die Männer, die da drüben am Fenstertisch sitzen?« fragte Harrison den Saloonbesitzer.

»Nein. Warum fragen Sie?«

»Nur so.«

»Die müßten mal ein Bad nehmen«, bemerkte Cole laut genug, so daß die Fremden es hörten. »Was für ein gräßlicher Gestank! Den kann ich sogar hier hinten riechen.«

»Halten Sie sich da raus, Cole!« fauchte Harrison.

»Ich mache doch nur ein bißchen Spaß.«

»Nun, gehen Sie zu Belle's oder nicht?« fragte Travis.

»Erzählen Sie mir erst einmal, wer Belle ist.«

»Die Hure unserer kleinen Stadt«, erläuterte Billie voller Stolz. »Eine sehr nette Frau, nicht wahr, Travis?«

»O ja.«

Cole achtete nicht auf dieses Gespräch. Einer der Männer war aufgestanden und hinausgegangen, und nun wartete Cole ab, was die anderen tun würden.

»Natürlich ist sie mittlerweile etwas in die Jahre gekommen«, fuhr Billie fort. »Aber sie fühlt sich immer noch gut an, so sanft und weich. Wenn Richter Burns zu uns kommt, besucht er sie immer und stellt seine Schuhe unter ihr Bett. Wir alle halten sehr viel von ihr. Aber das ist Ihnen sicher schon klar geworden, nachdem wir die Stadt nach ihr benannt haben.«

»Diese Stadt trägt den Namen einer Hure?« Ungläubig schüttelte Harrison den Kopf und brach in Gelächter aus.

»Was ist denn daran so komisch?« fragte Billie.

»Nun, ich dachte, die Stadt wäre nach einer Blume benannt worden.«

Billie kicherte. »Warum sollte uns so was Blödes einfallen? Wir sind keine Großstädter, Harrison. Niemals würden wir unser hübsches Städtchen nach einer Blume taufen. Das wäre doch sinnlos. Wahrscheinlich haben Sie nach all diesen Ohnmachtsanfällen den Verstand verloren.«

»Ich bin nur ein einziges Mal ohnmächtig geworden«, betonte Harrison.

»Natürlich«, stimmte Billie in herablassendem Ton zu, der seine Skepsis verriet.

Cole beobachtete immer noch die beiden Männer, die am Fenstertisch saßen. Während der eine mit leiser Stimme sprach, nickte der andere immer wieder, und schließlich ging er hinaus.

Neugierig spähte Cole durchs Fenster auf die Straße und flüsterte Travis zu: »Lauf doch mal raus, durch die Hintertür!«

»In diesem Salon gibt's keine Hintertür«, erinnerte ihn sein Bruder.

»Dann mach eben eine.«

»Ich sagte doch, Sie sollen sich aus meinen Angelegenheiten heraushalten!« stieß Harrison hervor, aber Cole zuckte nur die Achseln.

Inzwischen war Travis im Lagerraum verschwunden, und Harrison warf eine Münze auf die Theke. »Danke für den Drink, Billie.« Dann schlenderte er zu dem Schurken, der ihn angeschossen hatte.

Der Mann blickte von seinem Drink auf und runzelte die Stirn. Langsam glitt seine rechte Hand zum Hosenbund.

»Sie Hurensohn!« fuhr Harrison ihn an. »Ich habe Ihr Gesicht gesehen!«

»Wovon reden Sie?«

Das erklärte Harrison unmißverständlich, und dabei benutzte er alle Schimpfwörter, die ihm einfielen. Aber eine Reaktion erfolgte erst, als er den Mann einen Feigling nannte.

Der Schuft wollte aufstehen, doch Coles Stimme ließ ihn erstarren. »Mein Freund Harrison, Sie reden gerade mit dem häßlichsten Stinktier, das mir je vor die Augen gekommen ist. Und wenn es seine Hand noch mal bewegt, knall ich's nieder.«

»Um Himmels willen, fang hier drin keinen Ärger an!« flehte Billie und verzog das Gesicht, als würde er in Tränen ausbrechen. »Erst vor kurzem habe ich einen neuen Spiegel an die Wand gehängt. Bitte, erledigt das doch draußen!«

»Mischen Sie sich nicht ein, Cole!« befahl Harrison. »Das ist mein Kampf, nicht Ihrer. Nun, wie heißen Sie, Feigling?«

»Ich bringe Sie um! Niemand nennt Quick einen Feigling! Und den Namen Quick habe ich erworben, weil ich meine Waffe blitzschnell ziehen kann.« Nach dieser Drohung erhob sich der Mann und stolzierte hinaus. In seinem Gürtel steckten zwei Revolver, während Harrison, der ihm auf den Fersen blieb, nur einen trug. Cole rannte zur Tür, und Billie trat ans Fenster.

»Willst du deinem Freund nicht helfen, Cole?« fragte der Saloonbesitzer. »Jeder in dieser Stadt weiß, daß Harrison nicht schießen kann. Das wird er nicht überleben. Wäre doch Dooley hier! Heute ist er angeln gegangen, und er wird's sicher bedauern, daß er dieses Ereignis verpaßt.«

Aufmerksam ließ Cole seinen Blick über die Dächer wandern. Die beiden anderen Männer waren verschwunden. Offensichtlich hatten sie sich irgendwo versteckt – Feiglinge, die es ebenso wie ihr Freund vorzogen, aus dem Hinterhalt zu feuern.

Harrison stand in der Straßenmitte und redete auf Quick ein. Wenn er den Mann zu einem Geständnis bewegen konnte, würde er sich zwingen, ihn zu verschonen. Natürlich würde er ihn vorher windelweich prügeln. »Ihre Kugel hätte Mary Rose Clayborne töten können!« brüllte er.

Erschrocken wich Quick vor dem Zorn in Harrisons Augen zurück. »Ich – ich bringe Sie um«, wiederholte er stotternd. »Wollen Sie's auf einen Kampf ankommen lassen? Hier auf der Straße, vor Zeugen?«

»Erklären Sie mir die Regeln.«

Quick spuckte in den Staub, dann kicherte er. »Also, erst mal gehen wir langsam zehn Schritte zurück.«

»Können Sie denn bis zehn zählen?«

Quicks Augen verengten sich. »O ja, es wird mir Spaß machen, Sie umzulegen. Wenn einer von uns stehenbleibt, muß der andere diesem Beispiel folgen. Dann schießen wir. Noch bevor Ihre Hand den Revolver ergreift, werden Sie sterben. Nicht umsonst heiße ich Quick.« Wieder kicherte er, dann begann er zurückzuweichen, und Harrison folgte seinem Beispiel. Plötzlich hielt der Feigling inne und hob die Hände. »Schießen Sie nicht!«

»Wollen Sie nicht kämpfen?« fragte Harrison erbost. »Warum haben Sie sich anders besonnen?«

»Die Umstände mißfallen mir.«

Nur mühsam bezwang Harrison seinen Zorn. Am liebsten hätte er den Bastard auf der Stelle erschossen. »Also gut, dann will ich's Richter Burns überlassen, Sie aufzuhängen.«

Quick reckte seine Arme noch höher empor, und Harrison ging zu ihm. Aus den Augenwinkeln sah er Mary Rose, die aufgeregt durch Morrisons Schaufenster spähte. Hätte er doch eine Gelegenheit gefunden, Quick die Waffe aus der Hand zu schießen … Dann würde sie endlich glauben, daß er ebenso tüchtig war wie ihre Brüder.

Ihre Brüder? Wo steckten sie eigentlich? Das wußte er, noch bevor er sich umdrehte. Zehn Schritte hinter ihm stand Cole, flankiert von Travis und Douglas.

»Wie lange sind Sie schon hier?« schrie Harrison.

»Lange genug!« antwortete Cole. »Und an Ihrer Stelle würde ich Quick nicht den Rücken kehren. Der würde nicht zögern, Sie niederzuknallen.«

»Ich sagte doch ...« Als Harrison den Mann sah, der sich aus einem Fenster über dem Lagerraum des Ladens beugte, zog er blitzschnell seinen Revolver und feuerte. Ein Schuß genügte, und die Waffe flog aus der Hand des Schurken, der einen gellenden Schmerzensschrei ausstieß.

Diese Gelegenheit nutzte Quick, um sein Schießeisen zu ziehen. Im selben Augenblick rannte der dritte Mann zwischen zwei Häusern hervor und richtete seinen Revolver auf Harrison. Aber ehe er abdrücken konnte, wurde er von Cole niedergestreckt. Quick lag bereits im Staub, von Travis' Kugel getroffen. Rasch hatte Douglas sich abgewandt, um seinen Brüdern den Rücken zu decken und weiteren Überraschungen zuvorzukommen.

Am liebsten hätte Harrison jeden einzelnen erwürgt. Warum mußten sie sich ständig in Dinge einmischen, die sie nichts angingen?

Doch dies war noch nicht das Ende seiner Demütigung. »Haben Sie gar nicht überlegt, wo die beiden anderen sein könnten?« fuhr Cole ihn an. »Hätten wir nicht eingegriffen, wären Sie auf der Nase gelandet, mit einer Kugel im Rükken. Benutzen Sie doch endlich mal Ihr Hirn, Harrison! Hitzköpfe können hier nicht lange überleben.«

Harrison holte tief Atem. Bedauerlicherweise mußte er ihm recht geben. Beinahe wäre er von seinem Zorn übermannt und getötet worden. »Ja. Ich habe nicht nachgedacht.«

»In dieser Wildnis gibt's immer jemanden, der noch schneller ist«, mahnte Cole und bohrte seinen Finger in Harrisons Brust. »Haben Sie das begriffen?«

Wortlos nickte Harrison. »Leider haben wir keinen dieser Schurken getötet.«

»Dann werde ich sie jetzt im Lagerraum einsperren.«

»Das wird Ihnen nichts nützen, denn sie werden fliehen, sobald sich eine Gelegenheit bietet. Aber machen Sie, was Sie wollen. Da kommt Mary Rose. Sie schaut ziemlich wütend drein.«

»Hol die Pferde!« befahl sie Douglas. »Wir reiten sofort nach Hause.«

»Bist du böse, Mary Rose?«

»Warum habt ihr mit dieser Ballerei angefangen?«

»Das war Harrisons Schuld.«

»Spart euch diese Ausreden! Ihr habt bereitwillig mitgemacht!«

»Das ist doch kein Grund, uns so anzuschreien. Ist sonst noch was passieren?«

»Eleanor hat Mrs. Morrison eine fette Kuh genannt. Gehen wir!«

Um sein Grinsen zu verbergen, wandte Cole sich hastig ab. Mrs. Morrison eine fette Kuh zu nennen – das war nun wirklich sehr gemein. Unwillkürlich bewunderte er den Mut, den Eleanor aufgebracht haben mußte, um eine Frau, die vier mal soviel wog wie sie selbst, dermaßen zu beschimpfen. Allerdings war es auch sehr dumm, aber darüber wollte er nicht nachdenken.

Im Gegensatz zu seinem Bruder amüsierte sich Travis kein bißchen. Er war entsetzt, weil Eleanor Catherines Mutter beleidigt hatte. »Nun ja, ich gebe zu, Mrs. Morrison ist ziemlich dick«, sagte er zu Mary Rose. »Aber deshalb darf Eleanor sie nicht als fette Kuh bezeichnen.«

»Komm her, Mary Rose, ich brauche noch mehr Geld«, rief Eleanor. »Gerade habe ich etwas gesehen, was ich kaufen möchte.«

Aber Mary Rose ignorierte sie und ging mit Douglas zum Mietstall. Cole erklärte Travis den Plan Harrisons und beauftragte ihn, Douglas einzuweihen, sobald die Schwester außer Hörweite war.

Mittlerweile hatte Harrison den Gedanken verworfen, die Verwundeten einzusperren. Er konnte nur hoffen, sie würden alle verbluten. Seufzend wanderte er zum Buggy.

Ein paar Minuten später ritten die drei Brüder mit ihrer Schwester davon. Da bemerkte Eleanor endlich, daß sie im Stich gelassen wurde, und rannte zu Harrison, der sich nicht bemüßigt fühlte, ihr in den Wagen zu helfen. »Haben Sie jemals so was Unhöfliches erlebt?« schimpfte sie. »Wie kann Mary Rose es wagen, ohne mich aufzubrechen! Immerhin bin ich ihr Gast.«

Harrison biß die Zähne zusammen und schwieg, bis sie die halbe Strecke zurückgelegt hatten. Dann lenkte er den Wagen zum Straßenrand. »Sie sind kein Gast, sondern eine Almosenempfängerin.«

Wütend versuchte sie, ihn zu schlagen, doch er hielt ihre Hand fest. »Zumindest waren Sie das.«

»Was erlauben Sie sich?«

»Steigen Sie aus, Eleanor.«

Ihr Atem stockte, dann griff sie sich an die Kehle. »Wie bitte?«

»Sie haben's doch gehört. Steigen Sie aus.«

»Nein.«

»Gut, dann muß ich Sie eben rauswerfen.«

»Das meinen Sie nicht ernst!« Als er ihren Arm ergriff, stieß sie einen ohrenbetäubenden Schrei aus, dann kletterte sie aus dem Buggy. »Offenbar haben Sie den Verstand verloren. Wenn ich das Mary Rose erzähle ...«

»Deshalb muß ich mir keine Sorgen machen«, unterbrach er sie, »da Sie die Ranch nicht erreichen werden. Zu Fuß schaffen Sie das niemals.«

»So können Sie mich nicht behandeln!« kreischte sie schluchzend und schlug die Hände vors Gesicht.

»Mary Roses Brüder werden mir zujubeln. Nun habe ich ihnen ein hartes Stück Arbeit abgenommen. Morgen wollten die Claybornes Sie nämlich rauswerfen.«

»Das würde Mary Rose niemals gestatten.«

»Sie wollen abstimmen.«

»Dann würde Adam sich für mich einsetzen.«

»Als Haushaltsvorstand enthält er sich in solchen Situationen der Stimme. Cole, Travis und Douglas haben sich bereits gegen Sie ausgesprochen. Das würde auch ich tun, aber ich gehöre nicht zur Familie. Im Clayborne-Haushalt zählt die Mehrheit, Eleanor. Also hätten Sie keine Chance. Heute abend wollte Mary Rose Ihnen beim Packen helfen. Diese Mühe habe ich ihr jetzt erspart.«

»Ich reise nicht ab!«

»Sollten Sie tatsächlich zur Ranch laufen, wird einer der Brüder Sie in die Stadt zurückbringen.« Harrison kannte keine Gnade, aber er schämte sich ein bißchen, als er merkte, wie sehr er diese Szene genoß.

Während er die Zügel ergriff und das Gespann nach Rosehill lenkte, verfolgte ihn Eleanors hysterisches Geschrei noch mehrere Minuten lang. Um den Lärm zu übertönen, begann er zu pfeifen. Plötzlich bemerkte er, daß das Geschrei nicht leiser wurde, drehte sich um und sah sie hinter dem Wagen herlaufen. Seltsam – früh morgens fehlte ihr die Kraft, um ins Erdgeschoß herunterzukommen und mit der Familie zu frühstücken. Und nun lief sie bergauf genauso schnell wie die Pferde.

Grinsend wandte sich Harrison wieder zur Straße und spornte das Gespann an. An der nächsten Kurve würde Cole warten. Wahrscheinlich beobachtete er Eleanor schon und paßte auf, damit sie nicht in Gefahr geriet. Bald würde er ihren Retter spielen und sie nach Hause bringen.

Für Harrison verlief die restliche Fahrt in friedlicher Ruhe, und er konnte sich endlich auf seine eigenen Probleme konzentrieren. An diesem Abend würde er mit den Brüdern über Elliotts Tochter sprechen. Vor dieser Pflicht schreckte er zurück, denn sie hatten seine Sympathie gewonnen, und er schätzte sie als gute, anständige Männer. Wie Mary Rose sich verhalten würde, wenn sie erkannte, daß er unter Vorspiegelung falscher Tatsachen auf die Ranch gekommen war, wollte er sich gar nicht erst vorstellen.

Während er den Hang hinabfuhr und in der Ferne Rosehill erblickte, gewann er den Eindruck, er würde nach Hause kommen. Drei der vier Brüder saßen auf der Veranda, und Adam zähmte im Corral ein schwarzes Pferd, das Harrison nie zuvor gesehen hatte. Beharrlich, aber erfolglos versuchte es, seinen Reiter abzuwerfen. Da Adam ohne Sattel ritt, vollbrachte er eine bemerkenswerte Leistung, und es sah so aus, als würde er am Rücken des wilden Mustangs kleben. Aber so einfach, wie es schien, war die Arbeit wohl doch nicht, denn er hatte sein Hemd ausgezogen, und Harrison sah Schweiß auf den breiten, dunklen Schultern glänzen.

Auf dem Weg zum Stall winkte Harrison ihm zu. Dann nickte er, als Travis ihm mit einer Flasche winkte, brachte den Buggy in den Schuppen und schirrte die Pferde los. Nachdem er sie auf die Weide gebracht hatte, wo sie sich abkühlen sollten, führte er MacHugh in einen leeren Corral, damit sich der Hengst die Beine vertreten konnte. Dann ging er lächelnd zum Haus und freute sich auf einen erfrischenden Trank. »Wo ist Mary Rose?«

»Drinnen«, erwiderte Douglas.

Inzwischen war Adam abgestiegen, gesellte sich zu ihnen, und Harrison erklärte: »Heute abend möchte ich mit Ihnen und Ihren Brüdern sprechen.«

»Einverstanden. Worüber denn?«

»Das sage ich Ihnen später. Mary Rose darf nicht zuhören.«

Adam nickte und schlüpfte in sein Hemd.

»Heute ist es ziemlich heiß, was Harrison?« bemerkte Cole.

»O ja«, stimmte Harrison zu, und erst dann fiel ihm auf, mit wem er sprach. »Was machen Sie denn hier?«

»Nun, ich wohne in diesem Haus.«

»Wo ist Eleanor?«

»Ist sie denn nicht mit Ihnen im Wagen gefahren, Harrison?« erkundigte sich Adam.

»Sie sollte doch mit Cole reiten! Was ist passiert? Haben Sie Eleanor in die Stadt zurückgebracht, Cole?« Noch während Harrison diese Frage stellte, wußte er, daß es unmöglich gewesen wäre. Cole hätte nicht genug Zeit gefunden, um Eleanor nach Blue Belle zu befördern und noch vor ihm auf der Ranch einzutreffen. Es sei denn, er hatte eine Abkürzung genommen. »Sie ist doch im Haus, oder?«

Douglas lächelte, und Cole kippte seinen Stuhl nach hinten, legte die gestiefelten Füße aufs Geländer, zog den Hut in die Stirn und schloß die Augen. Verwirrt wandte sich Harrison zu Adam, der erschrocken die Stirn runzelte und erwiderte: »Nein, sie ist nicht drinnen. Cole, wenn ihr irgend etwas zugestoßen ist, ziehe ich dir bei lebendigem Leib die Haut ab! Solltest du sie nicht hierherbringen?«

»Ja«, gab Cole zu, ohne die Augen zu öffnen.

Seufzend setzte sich Harrison auf die unterste Verandastufe und überließ es Adam, das Problem zu meistern.

»Was ist geschehen?« fragte Adam.

»Sie ist in Ordnung«, versicherte Cole.

»Weißt du denn nicht, welche Gefahren in dieser Wildnis lauern? Hast du völlig den Verstand verloren? Um Himmels willen, überall laufen wilde Tiere herum!«

»Die werden ihr nichts tun. Reg dich nicht so auf, Adam. Übrigens hat Travis dir schon erzählt, daß er oben auf dem Grat die fünf Stiere entdeckt hat, die uns davongelaufen sind? Die will ich bald holen. Travis soll mich begleiten.«

»Was hast du mit Eleanor gemacht?« herrschte Adam ihn an und setzte sich neben Harrison auf die Stufe. Aber allzu große Sorgen schien er sich nicht um den Hausgast zu machen, denn er beobachtete MacHugh, der im Corral umhertänzelte. »Hätten Sie was dagegen, wenn ich ihn mal reite, Harrison?«

»Ich nicht, aber vielleicht MacHugh. Versuchen Sie Ihr Glück!«

»Cole, wann willst du endlich antworten?« rief Adam, ohne MacHugh aus den Augen zu lassen.

»Als ich am Bach vorbeikam, traf ich Dooley, und nun paßt er auf Eleanor auf, bis ich zurückkomme. Dafür habe ich ihm einen Dollar gegeben.«

»Und wann reiten Sie zurück?« fragte Harrison grinsend.

»Ach, irgendwann ... Wie friedlich es jetzt hier ist, nicht wahr?«

Mittlerweile hatte Travis Bierflaschen aus dem Haus geholt. Eine gab er Douglas, eine Harrison.

»Ist das nicht Dooley, der da den Hang herabreitet?« fragte Douglas und blinzelte ins Sonnenlicht.

Adam beugte sich vor. »Bei Gott, das ist Dooley – allein! Cole, wenn Eleanor irgendwas zugestoßen ist, bist du dafür verantwortlich.«

»Soll ich dir auch ein Bier bringen?« erbot sich Travis. Kurzfristig wurde die Sorge um Eleanor verdrängt. Adam nahm eine Flasche entgegen und vergönnte sich einen großen Schluck. »Schmeckt ausgezeichnet.«

Travis nickte. »O ja, und ich habe ein Dutzend Flaschen gekauft.«

»Hoffentlich kommt Mary Rose nicht heraus«, bemerkte Douglas. »Sonst fällt ihr auf, daß Eleanor verschwunden ist.«

»Wenn sie Fragen stellt, erzählen wir ihr nichts«, schlug Travis vor und lehnte sich gähnend an einen Pfosten.

»Es wird wohl einige Zeit dauern, bis sie wieder mit Eleanor redet«, prophezeite Douglas.

»Warum?« fragte Adam.

»Weil sie ihr böse ist. Eleanor nannte Mrs. Morrison eine fette Kuh.«

»Du lieber Himmel!« Adam erschauerte. »Wenn Mrs. Morrison das gehört hätte ...«

»Oh, das konnte sie gar nicht überhören. Eleanor hat's ihr nämlich mitten ins Gesicht gesagt.«

Betrübt schüttelte Adam den Kopf. »Dann müssen wir wohl künftig in Hammond einkaufen.«

»Eleanor wird sich entschuldigen«, versprach Cole. »Und ich wette, sie ist inzwischen bereit, sich zu bessern.«

»Was hat sie denn getan, als du weggeritten bist?« wollte Travis wissen.

»Sie bewarf mich mit Steinen, schrie und schimpfte. Was für einen erstaunlichen Wortschatz diese Frau besitzt ...«

»Ah, guten Tag, Dooley!« rief Douglas. »Möchtest du ein Bier?«

»Ja, das könnte ich vertragen.« Dooley kletterte von seinem Pferd und kam zur Veranda. Zum erstenmal bemerkte Harrison die O-Beine des alten Mannes. Zwischen seine Knie hätte ein mittelgroßes Gurkenfaß gepaßt.

Ächzend setzte sich Dooley zwischen Adam und Harrison auf die Stufe, nahm seinen Hut ab und wischte sich mit einem Ärmel über die Stirn. »Ziemlich warm für einen Wintertag, was?«

»Wir haben Juli, Dooley«, teilte Cole ihm mit.

Geduldig wartete Harrison, bis einer der Brüder herauszufinden versuchte, was mit Eleanor geschehen war. Keiner sagte ein Wort. Genüßlich nippten sie alle an ihrem Bier.

Voller Vorfreude leckte sich Dooley über die Lippen. Schließlich konnte Harrison seine Ungeduld nicht länger bezähmen. »Sollten Sie nicht auf Eleanor aufpassen, Dooley?«

»Klar, Sir.«

»Warum sind Sie dann hier?«

»Weil ich's nicht länger aushielt. Sie machte so viel Lärm, daß ich schon glaubte, mein Kopf würde platzen. Zufällig kam Ghost vorbei, und ich beauftragte ihn, mich abzulösen. Dafür gab ich ihm zwei Dollar.«

»Hat er seinen Fusel getrunken?«

»Vor zwei Tagen ist ihm der Fusel ausgegangen, und heute ist er stocknüchtern«, beteuerte Dooley.

Harrison wandte sich zu Cole. »Ich werde sie nicht holen.«

»Darum habe ich Sie auch gar nicht gebeten.«

»Aber ich muß wohl die Schuld auf mich nehmen, was?«

»Natürlich«, bestätigte Cole lachend. »Wenn Mary Rose alles rausfindet, bevor ich Eleanor zurückbringe.«

»Und warum?«

»Weil's Ihre Idee war.«

»Ich hab's doch nur gut gemeint.«

»Keine Bange, Mary Rose wird's nicht herausfinden«, mischte Travis ein, der in der Tür stand.

»Doch«, widersprach Douglas. »Wenn Eleanor ihr Zimmer zwei Tage lang nicht verläßt, schöpft Mary Rose Verdacht. Bis Freitag wird sie ihr grollen und dann anfangen, Fragen zu stellen.«

»Wollen Sie Eleanor so lange dort oben auf dem Berg schmoren lassen, Cole?« erkundigte sich Harrison.

»Das würde Ghost wohl kaum verkraften«, gab Dooley zu bedenken. »Wahrscheinlich muß ich ihm noch einen Dollar geben. Leihen Sie mir einen, Cole?«

»Klar, Dooley«, stimmte Cole zu.

»Da ist Ihr Bier, Dooley.« Travis drückte dem alten Mann eine Flasche in die Hand. »Ist das nicht Ghost, der da den Hang runterkommt?«

Langsam stand Harrison auf, um sich in sein unvermeidliches Schicksal zu fügen und Eleanor zu holen.

In diesem Augenblick erschien Mary Rose auf der Schwelle. »Hallo, Dooley.«

»Hallo, Miss Mary.«

»Hat irgend jemand Eleanor gesehen?« Sie trat auf die Veranda und schaute sich um. »Wo steckt sie denn? Ich will mit ihr reden.«

Alle starrten Harrison an, der sich wieder setzte und ins Leere blickte.

Darum entschloß sich Travis zu einer Lüge, um ihm aus der Klemme zu helfen. »Sie ist in ihrem Zimmer. Laß sie doch ein bißchen schmoren.«

»Und warum sollte sie schmoren?«

Darauf wußte Travis keine Antwort, und Douglas sprang in die Bresche. »Natürlich weiß sie, daß du ihr böse bist, Mary Rose. Sie ist zwar gemein, aber nicht dumm. Und nachdem sie Mrs. Morrison eine fette Kuh genannt hat, kann sie sich doch denken, daß dir das nicht gefällt.«

Harrison drehte sich zu Mary Rose um, die ihn prüfend musterte. »Hast du schon mit Harrison geredet, Adam?«

»Noch nicht, Mary Rose.«

»Dann tu's, bitte. Je früher, desto besser.«

»Worüber soll er mit mir reden, Mary Rose?« wollte Harrison wissen.

Ohne ihn einer Antwort zu würdigen, verschwand sie wieder im Haus und schlug die Tür hinter sich zu.

Verblüfft wandte sie Harrison zu Adam. »Was soll das?«

»Sie hat Adam von der Ballerei erzählt«, erklärte Cole.

»Nehmen Sie's ihr nicht übel, Harrison«, bat Douglas. »Sie meint's nur gut mit Ihnen.«

Cole stand auf, streckte sich und stellte seine Bierflasche aufs Geländer, dann stieg er die Stufen hinab. »Jetzt muß ich Eleanor wohl oder übel nach Hause holen. Ghost, warum hast du nicht auf sie aufgepaßt?«

Inzwischen hatte der weißhaarige Mann die Veranda erreicht. »Weil ich's nicht mehr aushielt. Soviel sind die zwei Dollar nun auch wieder nicht wert. Henry hörte den Lärm und schaute nach, was da los war. Also gab ich ihm drei Dollar, damit er sich eine Weile zu ihr setzte. In Zukunft tu ich dir nie wieder einen Gefallen, Dooley.«

Cole ging zum Stall und rief über die Schulter: »Haben Sie schon einmal ein Lasso benutzt, Harrison?«

»Inzwischen habe ich ihm gezeigt, wie man's macht!« schrie Douglas. »Und nun übt er's jeden Tag.«

»Sobald ich mit Eleanor zurückkomme, reiten wir los und fangen die Stiere ein«, brüllte Cole.

»Meinetwegen müssen Sie nicht lügen, Douglas«, sagte Harrison und stand auf.

»Beeilen Sie sich und üben Sie ein bißchen«, schlug Douglas vor. »Dann war's keine Lüge. Kommen Sie, ich zeig's Ihnen.«

»Vorher sollten Sie sich stärken, Harrison«, meinte Adam, und sein Gast folgte ihm in die Küche, während Douglas zwei Lassos holte. Sie aßen am Küchentisch, und dabei unterhielten sie sich über belanglose Dinge. Als Mary Rose hereinkam und Harrison erblickte, verschwand sie sofort wieder.

»Sollten Sie nicht mit mir über die Schießerei reden?« fragte Harrison. »Offenbar hat Ihre Schwester mich verpetzt.«

»Nun ja, sie glaubt, Sie hätten den Mann absichtlich provoziert.«

»Das stimmt«, gab Harrison zu und wartete vergeblich auf eine Lektion. »Und?«

»Was?«

»Sollten Sie nicht mit mir darüber sprechen?«

»Das habe ich soeben getan.«

Da brach Harrison in lautes Gelächter aus.

Cole lachte nicht. Sobald Eleanor ihn sah, hob sie einen großen Stein auf und schleuderte ihn in seine Richtung. Eigentlich müßte sie ihrem Retter einen netteren Empfang bereiten, dachte er, gestand sich aber ein, daß sie einen bemerkenswerten Anblick bot. Zornesröte war ihr in die Wangen gestiegen, ihre Augen blitzten.

»Haben Sie denn noch immer nichts dazu gelernt?« rief er. »Hören Sie auf, mit Steinen zu werfen, verdammt noch mal!« Blitzschnell wich er einem weiteren Geschoß aus und lenkte sein Pferd zu ihr. Sie stand mitten auf dem Weg. Mittlerweile hatte sie eine weite Strecke zurückgelegt und sicher Blasen an den Füßen. Doch das schien sie nicht zu stören. Sie humpelte an ihm vorbei, zum Grat. »Wohin gehen Sie denn, Lady?«

»Zur Ranch. Ich packe meine Sachen und erschieße Harrison, weil er mich aus dem Wagen geworfen hat. Und dann reise ich ab.«

»Mary Rose wird Ihnen nicht erlauben, Harrison zu erschießen, denn sie mag ihn sehr gern.«

»Das ist mir egal.«

»Sie interessieren sich wohl nur für Ihre eigene Person, was?«

Empört drehte sie sich um und straffte die Schultern. »Das stimmt nicht. Aber ich muß auf mich selber achten. Mary Rose hat vier starke Brüder – und ich habe niemanden.«

»So ein selbstsüchtiges Mädchen wie Sie ist mir noch nie begegnet.«

Da brach sie in Schluchzen aus. Alle Knochen taten ihr weh, und jetzt verletzte er auch noch ihren Stolz, obwohl ihr nichts anderes übriggeblieben war. Und nicht einmal an den konnte sie sich jetzt noch klammern. »Ich hatte ein sehr hartes Leben!« kreischte sie.

»Wer hatte das nicht?«

»Harrison hat mich hier draußen ganz allein gelassen.«

»Nein, Sie waren nie allein.«

Mutlos ließ sie die Schultern hängen. »Das weiß ich.« Dann wandte sie sich zum Gebüsch. »Jetzt können Sie gehen, Henry. Cole ist da.«

»Danke, Miss Eleanor!« rief Henry.

Sie holte tief Atem. »Ich – ich weiß Ihre Gesellschaft zu schätzen.«

»Nun, ich Ihre auch – wenn Sie nicht schreien. Ihre Stimme fährt wie ein Messer durch meinen Kopf, Miss Eleanor.«

»Tut mir leid.« Sie wandte sich ab, humpelte wieder den Weg entlang, und Cole ritt an ihre Seite.

»Das war doch gar nicht so schwierig, oder?«

»Was?« Vorsichtig setzte sie einen Fuß vor den anderen, um spitzen Steinen auszuweichen. Sie fühlte sich elend und wußte, daß sie noch viel schlimmer aussehen mußte. Wenn es ihr auch egal war, was Cole von ihrer äußeren Erscheinung hielt, so fuhr sie sich doch mit allen Fingern durch die kurzen Locken.

»War's so schwierig, sich zu entschuldigen?«

»Ja.«

Verständnisvoll lächelte er, weil es ihm genauso schwerfiel. »Und warum?«

»Das verstehen Sie nicht.«

»Versuchen Sie's doch.«

»Wenn ich mich entschuldige, komme ich mir so verletzlich vor.«

Beinahe hätte er zustimmend genickt. Sie waren sich viel ähnlicher, als er's gedacht hätte. »Man sollte andere genauso behandeln, wie man selber behandelt werden will«, zitierte er. O Gott, wie oft hatte Adam ihm diese goldene Regel eingetrichtert?

»Glauben Sie, dann sind die Leute nett zu mir?«

»Einige ganze sicher.«

»Und die anderen?«

»Zu denen dürfen Sie gemein sein.«

Zu seiner Überraschung lachte sie. Seine Worte ergaben einen gewissen Sinn, aber das wollte sie vorerst noch nicht zugeben. Statt dessen beschloß sie, erneut an sein Mitleid zu appellieren. »Alle haben mich im Stich gelassen. Sogar mein Vater. Da bekam ich Angst.«

»Jeder fürchtet sich hin und wieder.«

»Und ich habe kein Geld.«

»Wie schade! Verdienen Sie doch was.«

»Wie denn? Ich habe nichts gelernt. Vielleicht sollte ich mir einen Ehemann suchen.«

»Niemand würde Sie nehmen, nicht einmal ein Verzweifelter, der jahrelang keine so bildhübsche Frau wie Sie gesehen hat.«

Als sie dieses lässig geäußerte Kompliment hörte, hob sie erstaunt die Brauen. Fand er sie wirklich hübsch? »Mary Rose mag mich nicht. Sie hat nur Mitleid mit mir.«

»Erklären Sie ihr doch, was Sie empfunden. Sie wäre eine gute Freundin, aber Sie stoßen sie dauernd vor den Kopf.«

»Jetzt ist es zu spät. Ich habe alles verdorben und muß abreisen. Drei Brüder haben gegen mich gestimmt. Das weiß ich von Harrison. Meinen Sie wirklich, daß ich hübsch bin?«

»Klar. Und wenn Sie lächeln, sehen Sie vermutlich noch hübscher aus.«

»Travis haßt mich, und daran würde auch mein Lächeln nichts ändern.«

»Vielleicht sollten Sie aufhören, ihn ›Junge‹ zu nennen.«

»Ach, ich vergesse immer wieder seinen Namen.«

»Nein, Sie wollen ihn ärgern, und das gelingt Ihnen. Hören Sie doch auf damit. Und jetzt sagen Sie meinen Namen.«

»Cole.«

»Sehr gut. Ich heiße Cole. Nicht ›Sie da‹ oder ›Junge‹.«

»Muß ich jetzt zu allen Leuten nett sein?«

Nur Eleanor konnte eine solche Frage stellen. »Ja. Übrigens, ich hatte recht.«

»Womit denn?«

»Wenn Sie lächeln, sehen Sie wirklich sehr hübsch aus.«

Rasch wandte sie sich ab. »Danke. Zu Adam war ich immer nett. Harrison sagte, er würde nicht gegen mich stimmen.«

»Selbstverständlich nicht. Er ist ein sehr gütiger Mensch und kann fast alles ertragen. Wie lange wollen Sie eigentlich noch laufen?«

»Was bleibt mir denn anderes übrig?«

Er neigte sich aus dem Sattel hinab, schlang einen Arm um ihre Taille und hob sie auf seinen Schoß. Wie federleicht sie war ... Obwohl sie schwitzte, duftete sie immer noch, als hätte sie soeben gebadet.

Erleichtert atmete sie auf, weil ihre müden Füße endlich Ruhe fanden. Sie wollte Cole danken, fand aber nicht die richtigen Worte. Nervös rutschte sie auf seinen Schenkeln umher, und er mußte die Zähne zusammenbeißen, um sie nicht anzuschreien. Schließlich konnte er die Provokation nicht länger hinnehmen. »Sitzen Sie doch endlich still!«

»Ja, natürlich – danke.« Da, sie hatte es gesagt. Sofort entspannte sie sich. So schwierig war es gar nicht gewesen.

»Warum haben Sie Mrs. Morrison eine fette Kuh genannt?«

»Weil ich Mary Rose helfen wollte.«

»Wie denn?«

»Mrs. Morrison erzählte mir, Harrison würde ihre Tochter umwerben. Und da erklärte ich ihr, sie würde sich täuschen. Sie widersprach, und ein Wort ergab das andere.«

So genau wollte Cole das gar nicht wissen, und deshalb wechselte er das Thema. »Haben Sie auf der Schule gar nichts Vernünftiges gelernt?«

»Ich könnte Unterricht geben.«

»Und warum tun Sie's nicht?«

»Kinder können mich nicht ausstehen.«

Das überraschte ihn nicht. »Und Sie? Mögen Sie Kinder?«

»Keine Ahnung. Ich war noch nie mit Kindern zusammen.«

»Wieso wissen Sie dann, daß Kinder Sie nicht mögen?«

»Weil mich niemand mag.«

Er seufzte tief auf. »Könnten Sie sich auf der Ranch nützlich machen? Geschirr spülen, kochen oder nähen?«

»Nähen! Ja, das kann ich.«

»Na, sehen Sie!«

»Zu spät. Ich bin hinausgeworfen worden, erinnern Sie sich nicht?«

»Wenn Sie versprechen, sich anständig zu benehmen, rede ich mit den anderen. Seien Sie nett und freundlich, Eleanor, dann dürfen Sie sicher bei uns bleiben.«

»Und warum sind Sie schon jetzt so nett zu mir?«

»Weil Sie so ungefähr das hübscheste und gemeinste und süßeste Mädchen sind, das ich kenne.«

»Niemand kann gemein und süß zugleich sein.«

Statt einer Antwort zuckte er nur die Achseln.

»Haben Sie auch gegen mich gestimmt, Cole?«

»Was ich früher getan habe, zählt nicht mehr.«

»Gilt diese Regel auch für mich?«

»Klar, wir fangen ganz von vorn an.«

Um Cole zu danken, drehte sie den Kopf zu ihm, schaute in seine Augen und vergaß prompt, was sie sagen wollte.

Seine Aufmerksamkeit konzentrierte sich eher auf ihren Mund. Glücklicherweise kannte das Pferd den Heimweg und brauchte keinen Führer, denn Cole war zu beschäftigt, um es zu lenken. »Tut mir leid«, flüsterte er, bevor er sie küßte. Verdammt, was war in ihn gefahren? Warum entschuldigte er sich?

Seine Lippen fühlten sich warm und weich an. Sollte sie den Kuß erwidern? Das wußte sie nicht. Es war der erste Kuß ihres Lebens, und ihre Naivität verunsicherte sie.

Nur eins wußte sie. Dieser Kuß sollte nicht aufhören. Als Cole den Kopf hob, schlang sie die Arme um seinen Hals. Da preßte er sie an seine Brust und küßte sie noch einmal. Unwillkürlich öffnete sie die Lippen, und seine Zunge begann die ihre zu umkreisen – ein erotisches Spiel, das Eleanor sehr reizvoll fand. Sie war eine gelehrige Schülerin. Wegen ihrer mangelnden Erfahrung kannte sie keine Hemmungen, und ihre Neugier machte ihr Mut. Bereitwillig ahmte sie Coles Liebkosungen nach, wollte ihm die gleiche Freude schenken, die er ihr bereitete.

Beide begannen am ganzen Körper zu zittern, und Cole wußte, wann er aufhören mußte. Aber Eleanor nicht. Sonst hätte sie nicht versucht, die Zärtlichkeiten fortzusetzen. Aber er blieb unnachgiebig.

»Hat's dir gefallen, mich zu küssen?« flüsterte sie.

»Warum wollen Frauen immer über so was reden?«

Seine mürrische Stimme störte sie kein bißchen. »Das weiß ich nicht. Du bist der erste Mann, der mich geküßt hat. Deshalb möchte ich natürlich herausfinden, ob's dir Spaß gemacht hat.«

»Du bist noch nie geküßt worden?« fragte er ungläubig.

Sein Amüsement entging ihr nicht. »Noch nie. Warum machst du dich über mich lustig?«

»Das tue ich nicht. Du kannst sehr gut küssen.«

»Danke. Warum hast du dann aufgehört?«

»Um Himmels willen, müssen wir wirklich darüber diskutieren?« Als sie nickte, streiften ihre seidigen Locken sein Kinn, und er stöhnte. »Fordere niemals einen Grizzlybären heraus, wenn du nicht gefressen werden willst!«

So dumm war sie nun auch wieder nicht. Sie hatte

gehört, was in Ehebetten geschah. Und sie verstand Coles Gefühle. In Wirklichkeit hatte er gar nicht aufhören wollen, sie zu küssen. Auf dem ganzen Heimweg lächelte sie. »Adam und Harrison sind im Corral, bei diesem häßlichen Pferd.«

»Ja, mein Bruder versucht MacHugh zu reiten«, erklärte Cole. »Begrüß die beiden, Eleanor!«

»Guten Tag, Adam«, rief sie. Freundlich erwiderte der älteste Clayborne den Gruß.

Dann wandte er sich zu Harrison. »Offenbar hat Ihre Taktik gewirkt.«

Harrison nickte selbstgefällig und hoffte, Mary Rose würde niemals herausfinden, welchen tückischen Plan er geschmiedet hatte. Sonst würde sie ihn für einen herzlosen Bastard halten. Aber was spielte es schon für eine Rolle, was sie dachte? Bald würde sie ihn ohnehin verachten, wenn sie die Wahrheit erfuhr.

Wenigstens lenkte ihn das Training mit dem Lasso von seinen trüben Gedanken ab. Es war keineswegs einfach, temperamentvolle Stiere einzufangen, und als er abends am Eßtisch saß, taten ihm wieder einmal alle Muskeln weh. Seine linke Hand brannte wie Feuer, und sein Anblick weckte Mary Roses Mitleid. Nachdem sie das Abendgebet gesprochen hatte, tauschte sie mit Eleanor den Platz, um neben ihm zu sitzen. Fürsorglich schnitt sie seine Fleischportion in mundgerechte Bissen.

»Hat die Salbe geholfen?« fragte Adam.

»Ja, danke«, antwortete Harrison.

»Sind Sie sehr weit geschleift worden?«

Viel zu weit, dachte Harrison. »Nicht so schlimm. Jedenfalls habe ich heute sehr viel gelernt.«

Mary Rose fuhr ihm mit seiner Gabel vor dem Gesicht herum, und er riß sie ihr ungeduldig aus der Hand. Doch sein Ärger machte ihr nichts aus. »Du hast noch keinen einzigen Bissen gegessen.«

»Ich bin nicht krank, also muß ich nicht gefüttert werden.«

»Keine Bange, Mary Rose«, wurde sie von Douglas beruhigt. »Der Appetit ist ihm nur vergangen, weil seine Hand wie Feuer brennt. Glücklicherweise ist es die linke.«

»Was haben Sie denn gelernt, Harrison?« erkundigte sich Adam.

»Das man Handschuhe tragen muß«, verkündete Travis grinsend. »Das hab ich ihm vorher gesagt.«

»Und das man den Strick rechtzeitig loslassen muß«, ergänzte Cole, dann zwinkerte er Eleanor zu, der das Blut in die Wangen stieg. Adam bemerkte, was zwischen den beiden vorging, und verdrehte die Augen.

»Vor allem habe ich gelernt, daß ich hier draußen wirklich zu nichts tauge«, gestand Harrison und wandte sich zu Mary Rose. »Bist du jetzt zufrieden?«

Klugerweise stimmte sie nicht zu. Er starrte sie kampflustig an, aber sie tat ihm nicht den Gefallen, mit ihm zu streiten. Wäre er in besserer Stimmung gewesen, hätte sie erwidert, sie sei sehr zufrieden mit ihm. Endlich hatte er seine Arroganz überwunden und begriffen, wieviel er noch lernen mußte. Nun würden seine Chancen, ein langes Leben zu führen, erheblich steigen.

Nun drehte sich das Tischgespräch um ein weniger heikles Thema. Harrison wollte wissen, warum sich die Claybornes zur Viehzucht entschlossen hatten, und Travis erklärte: »Rindfleisch läßt sich gut verkaufen. Als wir unseren Zuchtstier verloren, erlitten wir einen Rückschlag. Leider konnte Douglas ihn nicht von seiner Krankheit heilen. Aber seit einiger Zeit erzielen wir wieder hohe Gewinne. Mit nur zwei Tieren fingen wir an. Und als wir zum erstenmal welche verkauften, waren's fast vierhundert.«

»Überall kann das Vieh ungehindert grasen«, fügte Adam hinzu. »Das gefällt Travis nicht. Er möchte die Weideflächen lieber einzäunen. Aber auf öffentlichem Grund und Boden darf man keine Zäune ziehen. In jedem Frühjahr treffen sich die Rancher, wenn das Vieh zusammengetrieben wird. Diesen ganzen Trubel haben Sie verpaßt, Harrison. Travis und

Cole kamen gerade vom großen Viehtrieb nach Salt Lake zurück, als Sie hier auftauchten.«

Offensichtlich hatten es die Brüder mit harter Arbeit zu einem gewissen Wohlstand gebracht. Doch das schienen sie nicht zu wissen. Alle betonten, sie würden noch am Anfang eines langen Weges stehen. Während Travis' größte Sorge dem Geld galt, kam es Cole vor allem auf Sicherheit an. Wäre es nach ihm gegangen, hätte er am liebsten eine hohe Mauer rings um die Ranch gebaut. Angeregt sprachen sie über ihre finanzielle Situation, bis Mary Rose und Eleanor endlich vom Tisch aufstanden.

Douglas beugte sich vor. »Vorhin sagte Adam, Sie hätten uns was mitzuteilen, Harrison.«

Inzwischen hatte Mary Rose die Tür erreicht. Aber bei diesen Worten blieb sie stehen und drehte sich um.

»Davon soll unsere Schwester doch nichts wissen«, erinnerte Cole seinen Bruder.

»Oh, das habe ich vergessen«, gab Douglas zu. »Tut mir leid, Harrison.«

»Was soll ich nicht wissen?« Mary Rose eilte zum Tisch zurück. Wollte Harrison ihren Brüdern erklären, er würde bald abreisen? Fiel ihm die Arbeit auf der Ranch zu schwer? Kalte Angst erfaßte ihr Herz, und sie zwang sich zur Ruhe. Nein, so schnell würde er nicht aufgeben. Wenn er von hier fortgehen wollte, dann nur, weil ihn seine innere Rastlosigkeit weitertrieb. Aber warum sollte sie nichts davon erfahren? »Worüber willst du mit meinen Brüdern reden, Harrison?« fragte sie und setzte sich wieder.

Seufzend griff er nach ihrer Hand. »Bitte, du mußt dich noch ein wenig gedulden.«

Sie nickte und schaute forschend in sein Gesicht, das nichts von seinen Gedanken verriet und ihr wie ein geschlossenes Buch vorkam.

»Mußt du heute nicht das Geschirr spülen, Mary Rose?« fragte Douglas.

»Ja, natürlich«, bestätigte sie.

Cole berührte unter dem Tisch Eleanors Knie, und als sie ihn ansah, deutete er mit seinem Kinn auf seine Schwester und wartete.

Sofort stand Eleanor auf. Sie hatte den Wink mit dem Zaunpfahl verstanden. »Darf ich dir helfen, das Geschirr zu spülen, Mary Rose?«

Travis zuckte zusammen. Hatte er richtig gehört? Eleanor bot seiner Schwester ihre Hilfe an? Unmöglich. Er öffnete den Mund, wollte etwas sagen, dann bemerkte er Coles Miene und schwieg.

Da Mary Rose die Frage ihrer Freundin ignorierte, räusperte sich Adam. »Sicher ist meine Schwester sehr dankbar für Ihre Hilfe, Eleanor.«

Ein paar Minuten später war der Tisch abgeräumt. Jedesmal, wenn Mary Rose ins Speisezimmer zurückkehrte, um weitere Teller und Schüsseln zu holen, nahm sie sich soviel Zeit wie nur möglich und belauschte das Gespräch. Aber keiner der Männer ließ etwas Interessantes verlauten. Schließlich mußte sie sich wohl oder übel in die Küche zurückziehen.

Eleanor stand bereits am Spülbecken und wusch das Geschirr. Zögernd begann sie zu sprechen: »Meine Liebe, ich muß dir was sagen.«

»Kann das nicht warten, Eleanor?«

»Nein.«

»Also gut. Worum geht's?«

»Warum bist du so ungeduldig?«

»Tut mir leid. Ich mache mir Sorgen um Harrison. Was wolltest du mir sagen?«

»Nun ja, ich habe mich schrecklich benommen, und das tut mir sehr leid. Ich weiß, ich habe dir das Leben schwergemacht. Und dabei bist du doch die einzige Freundin, die ich auf dieser Welt habe. Bitte, verzeih mir.«

»Dieses Gespräch haben wir vor einer Stunde schon einmal geführt«, entgegnete Mary Rose lächelnd. »Und seither ist nichts geschehen, was mich zu einem Sinneswandel bewogen hätte. Natürlich verzeihe ich dir.«

»Aber ich mußte es noch einmal sagen. Du sollst wissen, wie aufrichtig ich es meine, und mich mögen.«

»Ja, sicher, ich mag dich.«

»Ist es nicht sehr nett von mir, das Geschirr zu spülen?«

»Wahnsinnig nett, und ich bin glücklich, weil ich eine Freundin habe.«

Eleanor nickte. »Das freut mich. Und jetzt erzähl mir, warum du dir Sorgen um Harrison machst.«

»Wahrscheinlich wird er die Ranch bald verlassen. Und ich glaube, heute abend redet er mit meinen Brüdern darüber.«

»Wärst du traurig, wenn er fortgehen würde?«

Am liebsten hätte Mary Rose geschrien. Statt dessen wisperte sie: »Ja.«

»Liebst du ihn?«

»Ja.«

»Ich bezweifle, daß er mit deinen Brüdern über seine Abreise spricht. Sonst hätten sie dich nicht aus dem Zimmer geschickt. Er würde sich auch von dir verabschieden.«

»Aber – was könnte es denn sein?«

»Vielleicht bittet er sie offiziell um die Erlaubnis, dich zu umwerben. Hast du schon mal dran gedacht?«

»Meinst du?«

»Das ergibt doch einen gewissen Sinn, oder? Harrison interessiert sich für dich. Dauernd lächelt er dich an. Das ist mir aufgefallen. Und natürlich kann er deine Brüder nicht in deiner Gegenwart fragen, ob er dir den Hof machen darf.«

»Hoffentlich hast du recht, Eleanor«, seufzte Mary Rose. Dann beschloß sie, zum Speisezimmer zu schleichen und an der Tür zu lauschen. Aber im Flur stieß sie beinahe mit Adam zusammen.

»Ist das Geschirr schon gespült?« fragte er. »Nach so kurzer Zeit?«

»Oh, ich wollte nur saubere Geschirrtücher holen. Wohin gehst du denn?«

»Heute abend sind wir alle zu müde, um zu reden. Deshalb will Harrison bis morgen warten.«

Mary Rose konnte ihre Enttäuschung nicht verbergen. »Dann muß ich meine Neugier noch so lange bezähmen.«

»Sicher brauchst du dir keine Sorgen zu machen. Bring die Küche in Ordnung, und dann geh schlafen. Du siehst müde aus.«

Dieser Rat wurde befolgt. Sobald die Küchenarbeit erledigt war, zog sich Mary Rose in ihr Zimmer zurück. Sie glaubte, ihre Angst würde ihr den Schlaf rauben. Aber es war ein langer, anstrengen der Tag gewesen. Sobald ihr Kopf das Kissen berührte, versank sie im Reich der Träume.

Inzwischen wanderte Harrison in der Baracke umher und schaute immer wieder auf seine Taschenuhr. Nachdem eine Stunde verstrichen war, kehrte er ins Haus zurück und betrat als erster das Speisezimmer. Wenig später folgte ihm Travis, eine Flasche Brandy in der Hand. Cole holte Gläser aus dem Barschrank, stellte sie auf den Tisch und setzte sich. Dann erschien Adam, und zuletzt trat Douglas ein. »Gerade habe ich nach Mary Rose gesehen. Sie schläft tief und fest. Wenn wir leise reden, wird sie sicher nicht erwachen.« Diese letzte Bemerkung war an Cole gerichtet, der sichtlich erregt war und sich ungeduldig einen Drink einschenkte.

Alle Brüder füllten ihre Gläser, nur Harrison schüttelte den Kopf, als ihm die Flasche gereicht wurde.

»Also gut, Harrison«, begann Adam ohne Umschweife. »Verraten Sie uns, warum Sie wirklich hierhergekommen sind.«

»Sie wissen, daß ich andere Gründe hatte?«

»Natürlich.«

»Warum haben Sie nichts gesagt?«

»Nun, ich dachte, Sie würden uns alles erzählen, wenn Sie dazu bereit sind. Man darf einen Mann zu nichts drängen. Und da wir Sie ständig im Auge behielten, mußten wir uns nicht sorgen. Offenbar versuchten Sie, irgendwas herauszufinden. Vielleicht schenken Sie uns jetzt reinen Wein ein.«

»Ja, ich versuchte tatsächlich, etwas herauszufinden«, gestand Harrison etwas beschämt. »Und ich bin Ihnen sehr dankbar, weil Sie mir soviel Zeit gegeben haben.«

»Eins wollen wir von vornherein klarstellen, Harrison«, mischte Cole sich ein, »wir werden Ihnen nicht erlauben, ihn von hier wegzuschleppen. Eher jagen wir Ihnen ein paar Kugeln in den Kopf.«

»Adams wegen bin ich nicht hier.«

»Moment mal, woher wissen Sie, daß Cole von Adam redet?« fragte Travis.

»Seit Sie wissen, daß ich Anwalt bin, stellen Sie sich alle schützend vor Adam, mehr oder weniger auffällig. Deshalb erriet ich mühelos, wer hier verletzlich ist.«

»Wir alle haben was zu verbergen«, erwiderte Cole. »Jeden einzelnen von uns könnten Sie hinter Gitter bringen, Harrison. Aber wir bereuen nichts. Wir taten nur, was wir tun mußten, um zu überleben. Wahrscheinlich verstehen Sie das nicht. Wir sind eben so, wie wir sind.«

»Und wir entschuldigen uns bei niemanden«, ergänzte Adam leise.

Harrison nickte. »Jetzt werde ich Ihnen eine Geschichte erzählen, und ich bitte Sie, geduldig zuzuhören – bis zum Ende.« Abwartend schaute er in die Runde, und als alle nickten, lehnte er sich zurück. »Mein Arbeitgeber war ein guter Freund meines Vaters. Sein Name lautet Lord William Elliott, seine Frau hieß Agatha, eine liebenswerte, herzensgute Lady. Die beiden liebten sich leidenschaftlich und waren sehr glücklich.«

»Was hat das mit uns zu tun?« fragte Travis.

»Laß ihn ausreden«, mahnte Adam.

»Elliott ist ein ausgezeichneter Geschäftsmann. Nachdem er in England mehrere Fabriken gebaut hatte, beschloß er, in Amerika Zweigstellen zu errichten. Und so kam er mit seiner Frau nach New York City, um eine Fabrik außerhalb der Stadt zu eröffnen. Natürlich hätte er Agatha niemals erlaubt, ihn zu begleiten, wäre er über ihre Schwangerschaft informiert gewesen. Das Wohlergehen seiner Frau bedeutete ihm mehr, als alle beruflichen Erfolge. Da die neuen Fabrikgebäude seine Erwartungen nicht erfüllten, wurde die große Eröffnungsfeier verschoben. Elliott fand den Feuerschutz unzulänglich, und deshalb ließ er gewisse Veränderungen vornehmen. Während er die Umbauten persönlich beaufsichtigte, blieb seine Frau bei ihm in Amerika. Nach einigen Monaten gebar sie ihre Tochter, und sie wurde nach Elliotts Mutter Victoria genannt.«

Nun hielt Harrison kurz inne, um seine Gedanken zu ordnen. Prüfend musterte er die Brüder. Errieten sie bereits, worum es ging? Aber er las nur milde Neugier in ihren Augen.

»Fast ein ganzes Jahr hatten sie in New York City verbracht, als die Tragödie geschah. Die Fabrik sollte endlich eröffnet werden. Elliott und seine Frau besuchten die Feier, und Agatha wollte das Baby mitnehmen. Doch das gestattete er nicht. Er erklärte, Victoria sei noch keine vier Monate alt, und die kalte Frühlingsluft würde ihr schaden. Und so blieb die Kleine in der Obhut ihrer Kindermädchen und des Personals daheim. Zwei Tage später kehrten die Eltern nach New York City zurück. Vor der Haustür wartete die Polizei. Das Kindermädchen war mit dem Baby verschwunden. Am nächsten Nachmittag traf ein Brief ein, in dem ein hohes Lösegeld gefordert wurde. Elliotts Sekretär, George MacPherson, hielt den Boten fest, ehe er entfliehen konnte, zerrte ihn ins Haus und befragte ihn. Doch der Junge konnte nichts erzählen, was nennenswerte Anhaltspunkte geliefert hätte. In aller Eile beschaffte Elliott die Summe, die man verlangt hatte, und wartete auf neue Instruktionen, da er noch nicht wußte, wohin das Geld gebracht werden sollte. Aber er erhielt keinen Brief mehr. Verzweifelt klammerte er sich an die Hoffnung, seine Tochter möge unversehrt zu ihm zurückkehren.«

»Und was ist aus ihr geworden?« fragte Travis.

»Sie verschwand. Von diesem Alptraum konnte sich Lady Agatha nie mehr erholen. Sie erkrankte, und nachdem Elliott sechs Monate vergeblich nach dem Baby gesucht hatte, mußte er seine Frau nach England zurückbringen. Sein Sekretär MacPherson blieb in New York City, um weitere Nachforschungen anzustellen. Jede Spur wurde verfolgt, aber die Detektive, die Elliott engagiert hatte, und die Behörden tappten im dunklen. Nach einem halben Jahr wurde das Kindermädchen aufgespürt.«

»War das Baby bei ihr?« erkundigte sich Cole.

»Nein. Und in dem Zimmer, das sie gemietet hatte, entdeckte man keine Hinweise auf Victorias Verbleib. Man nahm an, die Frau hätte das Kind in ein Versteck außerhalb von New York gebracht und wäre dann aus irgendwelchen unerklärlichen Gründen zurückgekehrt. Leider konnte sie nicht mehr befragt werden. Sie lag tot am Boden – erdrosselt. Ein Jahr später starb Agatha. Die Ärzte meinten, sie sei der Schwindsucht zum Opfer gefallen. Aber Elliott kannte die wahre Todesursache – ihr gebrochenes Herz.«

»Nahm sie's ihrem Mann übel, daß er das Baby damals daheim gelassen hatte?« fragte Travis.

»Nein, das glaube ich nicht«, erwiderte Harrison. »Natürlich machte er sich selber die bittersten Vorwürfe. Nachdem mein Vater starb, nahm Elliott mich in seinem Haus auf, ermöglichte mir eine gute Ausbildung und versuchte sein Leben zu meistern. In England wußten alle, was geschehen war. Nicht nur als Geschäftsmann, sondern auch als stimmgewaltiger Parlamentarier hatte er sich einen Namen gemacht. Doch nach der Heimkehr zog er sich aus dem öffentlichen Leben zurück und verkaufte einen Großteil seiner Fabriken, um sich auf die Suche nach seiner Tochter zu konzentrieren. Und wann immer ich von der Universität nach Hause kam, erzählte er mir, es gäbe neue Anhaltspunkte. Dieses oder jenes Mädchen sei entdeckt worden, das Agatha oder einer anderen Verwandten gleichen würde.«

»Offenbar klammerte er sich an jeden noch so dünnen Strohhalm«, bemerkte Cole.

»Er war verzweifelt«, meinte Adam.

»Allerdings«, stimmte Harrison zu. »Erst vor zwei Jahren

gab er die Suche entmutigt auf, aber ich setzte sie fort. Ich war wie besessen, gönnte mir weder Ruhe noch Rast.«

»Und jetzt?« fragte Adam.

Harrison holte tief Atem. »Jetzt habe ich sie endlich gefunden.«

23. August 1866

Liebe Mama Rose, ich habe mit Coles Revolver gespielt, nur so zum Spaß. Trotzdem schrie er mich ganz furchtbar an, und er sagte, er würde mir den Hintern versohlen. Da schluchzte ich, so laut ich konnte, und er besann sich anders. Revolver sind schlecht, Mama. Das hat Adam gesagt. Ich will nicht mehr mit solchen Waffen spielen. Nie wieder. Würdest Du Cole schreiben, er soll mich nicht anbrüllen? Ich bin ein braves Mädchen. Adam hat's gesagt.

Ich liebe Dich,

Deine brave Tochter Mary Rose

12

Sie wollten ihm nicht glauben. Entschieden behauptete Cole, Mary Rose könne unmöglich Victoria sein. Adam war vernünftiger, stellte gezielte Fragen und suchte Widersprüchlichkeiten. Während sich Travis bemühte, Harrisons Erklärungen zu zerpflücken, blieb Douglas ungewöhnlich schweigsam, starrte in sein Brandy-Glas und schüttelte immer wieder den Kopf. Offenbar hatte es ihm die Sprache verschlagen.

»Falls es irgendeine Übereinstimmung gibt, ist das reiner Zufall!« Kraftvoll schlug Cole mit der Faust auf den Tisch, um seinen Worten Nachdruck zu verleihen.

»Wann wurde Victoria geboren?« erkundigte sich Adam. In seiner bebenden Stimme schwangen mühsam unterdrückte Gefühle mit.

Schon dreimal hatte Harrison diese Frage beantwortet, aber er wiederholte geduldig: »Am 2. Januar 1860.«

»Heilige Mutter Gottes!« flüsterte Adam.

»An diesem Tag kamen viele Leute zur Welt«, argumentierte Travis. »Wieso glauben Sie, daß unsere Mary Rose Ihre Victoria ist?«

»Das habe ich bereits erzählt.«

»Verdammt, erzählen Sie's noch einmal!«

»Wenn's unbedingt sein muß ... Die Frau, die Mary Rose im Internat sah, verständigte einen von Elliotts Mitarbeitern. Zufällig war ich zur selben Zeit aus geschäftlichen Gründen in Chicago, und sie lebte in der Nähe. Also fuhr ich mit der Bahn zu ihr.«

»Wieso haben Sie von dieser Frau gehört?« wollte Travis wissen. »Gibt's hier in Amerika Leute, die für Elliott arbeiten?«

»Ja, aber ich wurde nicht von ihnen benachrichtigt, sondern erhielt ein Telegramm aus dem Londoner Hauptbüro, das von der amerikanischen Zweigstelle informiert worden war. Ich hatte Elliotts Angestellte gebeten, mich stets auf dem laufenden zu halten, falls sich neue Anhaltspunkte bieten sollten. Seine Lordschaft hat die Suche bereits aufgegeben.«

»Und Sie nicht!« Harrisons Beharrlichkeit schien Travis zu ärgern.

»Nein, ich nicht, und sein Personal ebensowenig. Nachdem ich das Telegramm bekommen hatte, engagierte ich einen Anwalt in St. Louis und beauftragte ihn, Mary Rose im Internat aufzusuchen.«

»Anwälte halten zusammen wie Pech und Schwefel, was?« murmelte Cole.

Harrison beachtete den Einwurf nicht. »Und was der Mann herausfand, erregte meine Neugier.«

»Sicher hat sie ihm nichts erzählt«, erwiderte Cole.

»Kein Sterbenswörtchen. Die Internatsleiterin verriet ihm, Mary Roses Mutter würde im Süden leben. Natürlich überlegte ich, warum, fand es aber nicht wichtig genug, um Nachforschungen anzustellen. Um so bemerkenswerter erschien mir die Tatsache, daß Mary Rose ihre Brüder nicht erwähnte. Normalerweise prahlen Schwestern mit ihren älteren Brüdern oder beklagen sich über sie. Doch der Anwalt berichtete, sie habe nicht über die vier Claybornes gesprochen und sehr beunruhigt gewirkt.«

»Weil sie allen Anwälten mißtraut, genauso wie wir«, betonte Travis.

»Das verstehe ich. Als Sie alle errieten, womit ich meinen Lebensunterhalt verdiene, verriet mir Ihre Reaktion, daß zumindest einer von Ihnen in Schwierigkeiten stecken muß.«

»Wir haben Mary Rose angewiesen, nicht über uns zu reden, weil sich die Leute nicht in Dinge einmischen sollen, die sie nichts angehen.«

»Jedenfalls machte mich das Benehmen Ihrer Schwester neugierig. Im Lauf der Jahre hatte ich zahlreiche Berichte über Mädchen erhalten, die angeblich Victorias Mutter, ihrer Tante oder sonstigen Verwandten glichen. Obwohl jene Frau eindringlich behauptet hatte, Mary Rose sei der verstorbenen Lady Agatha wie aus dem Gesicht geschnitten, hätte mich das nicht veranlaßt, die weite Reise nach Montana anzutreten. Nein, ich kam hierher, weil der Anwalt mich über sein Gespräch mit Mary Rose informiert hatte.«

Obwohl Harrison eigentlich keinen Brandy trinken wollte, schenkte er sich einen Schluck ein, denn seine Kehle war staubtrocken.

»Kurz nach der Hochzeit beauftragte Elliott einen bekannten Maler, seine Frau zu porträtieren. Das Bild hängt in seiner Bibliothek. Und als ich Mary Rose durch Morrisons Laden schlendern sah, dachte ich, Lady Agatha sei jenem Gemälde entstiegen. Ich quartierte mich hier auf der Ranch ein, und da Sie alle meinen Fragen beharrlich auswichen, wurde ich immer neugieriger. So verhalten sich nur Menschen, die ein Geheimnis hüten. Immer wieder versicherten Sie, in dieser Wildnis sei es gefährlich, Wißbegier zu zeigen.

Andererseits bestürmten Sie mich mit zahllosen Fragen. Außerdem taten Sie so, als wären alle Anwälte Ihre Feinde. Das bestärkte mich in der Vermutung, daß Sie etwas zu verbergen haben. Irrtümlicherweise dachte ich, Sie wollten mich daran hindern, die Wahrheit über die Entführung herauszufinden. Wenn ich Sie auch nicht für die Kidnapper hielt, so dachte ich doch, Sie würden die schuldige Person schützen. Jetzt, wo ich Sie alle kenne, weiß ich es besser. Sie zogen hierher, unabhängig von irgendwelchen anderen Leuten, nur auf sich selbst gestellt. Eine Familie. Vier Brüder und eine kleine Schwester. Mary Rose ist Lady Victoria, nicht wahr?«

Sekundenlang schloß Adam die Augen. »Großer Gott, sie muß es sein.«

Mit zitternden Fingern griff Travis nach der Flasche. Sein Glas war voll, doch das schien er nicht zu bemerken.

Harrison wandte sich zu Adam. »Geben Sie mir einen Dollar.«

Den Sinn dieses Wunsches schien keiner der Claybornes zu verstehen, aber der älteste griff in seine Westentasche und warf Harrison eine Silbermünze zu.

»Was soll das?« fragte Travis.

»Ein Vorschuß«, erklärte Harrison. »Ob Sie Anwälte mögen oder nicht, ist mir verdammt egal. Jedenfalls vertrete ich Sie jetzt – Sie alle. Und nun erzählen Sie, was damals geschehen ist.«

»Mary Roses Entführer muß kalte Füße bekommen haben«, begann Cole. »Wir fanden sie in einer Hintergasse von New York City, auf einem Abfallhaufen.«

»Was?« stieß Harrison hervor.

»Ja, Sie haben richtig gehört.«

»Wir waren noch Kinder«, fuhr Adam fort, »und wir bildeten eine Straßenbande. Mit Hilfe einer Geheimorganisation, die Sklaven aus den Südstaaten in den Norden schleuste, war mir die Flucht nach New York gelungen. Dort wollte ich nicht bleiben. Ich hatte meiner Mutter versprochen, in den Westen zu gehen, denn sie dachte, dort sei ich sicherer, wenn die Kämpfe anfangen. Nachdem Lincoln verkündet hatte, die Sklaverei müsse ein Ende finden, ahnte sie den Krieg voraus. Und wenn der Norden siegte, würden wir endlich frei sein. An diese Hoffnung klammerte ich mich. Ich hauste mit meinen Brüdern in jener Gasse. Auf den Straßen trieben sich noch andere Jugendbanden herum, und wir mußten unser Revier verteidigen. Nachts hielten wir abwechselnd Wache. In jener Nacht war Douglas an der Reihe, und wir anderem schliefen. Plötzlich weckte er uns, zeigte auf den Abfallhaufen und rannte davon, um irgendwelche Nachforschungen anzustellen. Und so fanden wir den Korb, wo Mary Rose lag, zwischen lauter Ratten.«

»Guter Gott«, flüsterte Harrison. »Weiß sie Bescheid?«

»Ja, sie weiß, wie sie entdeckt wurde. Wir haben ihr nie was verheimlicht. Und sie weiß auch alles über uns. Übrigens, bevor wir ihr Geschlecht feststellten, nannten wir sie Sidney.«

Harrison lächelte. »Jetzt verstehe ich, warum sie so wütend war, nachdem Cole sie mit diesem Namen angeredet hatte.«

»Ja, das erinnert sie dran, daß sie nichts Besseres ist als andere Menschen«, erklärte Cole.

Adam räusperte sich und sprach weiter. »In jener Nacht gelobten wir uns, immer nur das Beste für Mary Rose zu tun. Wir wollten sie nicht in ein Waisenhaus bringen. Dort hätte sie sicher nicht überlebt. Travis hat am eigenen Leib erfahren, wie's in solchen Anstalten zugeht. Da er der einzige in unserer Mitte war, der nicht von der Polizei gesucht wurde, nahmen wir alle seinen Nachnamen an – Clayborne. Und dann zogen wir in den Westen. Es war ein langer, beschwerlicher Weg. Aber schließlich kamen wir hier an und ließen uns häuslich nieder.«

»Wenn ich's mir jetzt überlege – vielleicht hat Mary Roses Vater uns unwissentlich geholfen«, meinte Cole.

»Wie denn?« fragte Harrison.

»Douglas beobachtete, wie eine Frau den Korb auf den Abfallhaufen warf, rannte ihr nach und stahl ihr einen Umschlag voller Dollars. Damals gehörte er zu den besten Taschendieben in New York City. Von diesem Geld konnten wir ziemlich lange leben. Wahrscheinlich war es Elliott gestohlen worden.«

»Wie alt waren Sie damals?«

»Ich war fast zehn«, erwiderte Travis. »Aber ich erzählte den anderen, ich sei schon elf, weil ich Angst hatte, sie würden mich sonst nicht in ihrer Bande aufnehmen. Douglas und ich kannten die Zustände, die in den Waisenhäusern herrschten, und da wollten wir nie wieder landen. Und ich wußte, daß ich Schutz brauchte. Adam war so groß und stark. Tag und Nacht rannte ich ihm nach, bis er mir endlich erlaubte, bei ihm zu bleiben. Er war dreizehn und Cole elf, ebenso wie Douglas.«

»Also noch Kinder ... Kamen Sie gar nicht auf den Gedanken, das Baby könnte entführt worden sein?«

»Warum sollten wir?« fragte Cole. »Wir dachten, die Mutter oder der Vater wollten es nicht mehr haben. Viele Eltern ließen ihre Kinder im Stich, und die trieben sich dann auf den Straßen herum.«

Douglas seufzte. »So wie Travis, Cole und ich. Nur bei Adam war's anders. Seine Mutter schickte ihn weg, damit er sich in Sicherheit bringen konnte.«

»Ob meine Mutter mich verstoßen hätte, weiß ich nicht«, sagte Cole leise, »weil sie bei meiner Geburt starb. Und ich hörte, sie sei eine gute Frau gewesen. Sie hieß Mary. So nannte ich unser Baby ihr zu Ehren. Und weil auch Adams Mama Rose herzensgut ist, wurde ihr Name hinzugefügt. Das war Douglas' Idee.«

»Wissen Sie etwas über ihren Vater, Cole?« fragte Harrison.

»Eine Zeitlang behielt er mich bei sich, aber dann interessierte er sich mehr für Whiskey und Gin. Er versuchte mich zu verkaufen, und als ich hörte, er würde zwei Flaschen für mich kriegen, brannte ich durch.«

Welch eine grausame Jugend ... Nun sah Harrison die Claybornes in einem ganz anderen Licht. Sein Blick verriet Respekt und Bewunderung. »Sie alle sind sehr tapfer.«

Aber Douglas schüttelte den Kopf. »O nein, wir bemühten uns nur, unser Bestes zu tun. Damals waren wir alle verängstigte kleine Jungs, und trotzdem wollten wir für Mary Rose sorgen, so gut wir's konnten.«

»Das ist Ihnen sicher nicht leichtgefallen.«

»Am schlimmsten war's, die Windeln zu wechseln«, bemerkte Cole grinsend.

»Und wieso kennen Sie Mary Roses Geburtsdatum? Sie erzählte mir, sie habe Papiere. Wo sind sie?«

»In dem Kuvert mit dem Geld steckten zwei Dokumente«, erklärte Douglas. »Die verwahrt Adam in der Bibliothek. Auf dem einen Papier stehen eine Menge Zahlen, das andere sieht aus wie eine herausgerissene Buchseite. Am oberen Rand sind das Geburtsdatum, das Gewicht und die Größe des Babys vermerkt.«

Harrison nickte. »Aus der Familienbibel wurden zwei Seiten herausgerissen. Eine schickten die Entführer zurück, zusammen mit der Lösegeldforderung, um zu beweisen, daß Victoria sich in ihrer Gewalt befand. Am unteren Rand stand ihr voller Name.«

Douglas nickte. »Damals konnten Travis, Cole und ich noch nicht lesen. Aber Adam hat's uns gesagt.«

»Und wer brachte Ihnen Lesen und Schreiben bei?«

»Adam.«

»Wissen Sie, wer das Kindermädchen erwürgt hat?« fragte Cole.

»Nein«, erwiderte Harrison. »Von Anfang an bezweifelte Elliott, daß sie allein gehandelt hatte. Um eine Entführung zu planen, war sie nicht klug genug – und außerdem sehr ängstlich. Also muß sie mit jemandem zusammengearbeitet haben.«

»Vielleicht ist er auch schon tot«, meinte Douglas.

»Es könnte eine Frau gewesen sein.«

»Nein, es war ein Mann.«
»Wieso wissen Sie das?«
»Weil ich ihn gesehen habe.«
Erregt beugte sich Harrison vor und fegte sein Brandy-Glas beiseite, ohne es zu bemerken. »Sie haben ihn gesehen?«
»O ja. Er stieg aus einer eleganten Kutsche mit einem Wappen an der Tür, und er trug einen schwarzen Umhang, so wie die reichen Männer, wenn sie in die Oper gehen. Sein Hut war tief in die Stirn gezogen. Trotzdem sah ich sein Gesicht. Er stand direkt unter der Straßenlampe und schaute in meine Richtung. Aber er entdeckte mich nicht. Wahrscheinlich hörte er irgendein Geräusch, und deshalb drehte er sich zu mir. Jedenfalls konnte ich ihn mir ganz genau anschauen. Soll ich ihn beschreiben?«
»Können Sie sich denn erinnern? Damals waren Sie erst zwölf, Douglas. Im Lauf der Jahre verblassen die Erinnerungen.«
»Erzähl ihm doch mal von deiner Schnittwunde, Cole«, schlug Douglas vor, und sein Bruder lächelte.
»Wir waren etwa fünfzehn Jahre alt und wollten ein paar Felle stehlen, weil wir für den Winter Mäntel brauchten. Und so schlich ich mich ins Lager indianischer Renegaten, die unsere Gegend schon seit einiger Zeit unsicher machten. Sie stahlen und mordeten und zündeten die Häuser der Leute an. Alle fürchteten sich vor ihnen. Ich auch, aber ich wollte unbedingt die Felle haben, und die schnappte ich mir. Etwa zwanzig Mann rannten mir nach, und einer stach mich in den Bauch. Das brannte wie Feuer. An diesen Schmerz erinnere ich mich noch sehr gut. Adam mußte die Wunde nähen, und während er mich verarztete, saß Mary Rose neben mir und hielt weinend meine Hand. Damals war sie drei oder vier, ein süßes kleines Mädchen.«
»Wie sind Sie den Indianern entkommen?« fragte Harrison.
»Sie hatten mich zu Boden geworfen. Zwei hielten mich

fest, und der dritte fing gerade an, mir die Eingeweide aus dem Bauch zu schneiden. Da kam Douglas angeritten mit seiner Schrotflinte, ballerte wild drauf los, und da rannten sie davon, um ihre Schießeisen zu holen. Mein Bruder brachte mich nach Hause.

Weil der Winter begann, mußten wir warten. Aber wir haben's nicht vergessen, und sobald der Schnee schmolz, ritten wir zu den Indianern.«

»Die bearbeiteten wir so lange, bis sie zugaben, daß sie's gewesen waren«, ergänzte Douglas.

Verwundert hob Harrison die Brauen. »Wie denn? Sprachen sie englisch?«

»Nur einer«, erwiderte Cole. »Doch das spielt keine Rolle. Wenn Douglas ein Gesicht gesehen hat, vergißt er's nie.«

Was mit den Indianern geschehen war, brauchte Harrison nicht zu fragen. Das konnte er sich vorstellen.

»Danach machten sie einen weiten Bogen um uns«, fügte Cole hinzu. »Wollen Sie jetzt Douglas' Beschreibung von diesem Mann hören?«

»O ja.«

»Also, dieser Mann, den ich in New York City sah, hatte einen blonden Schnurrbart«, berichtete Douglas. »Seine Augenfarbe konnte ich nicht erkennen. Er war etwa eins achtzig groß und sehr mager, mit eingefallenen Wangen wie ein Skelett, spitzer Nase und dünnen Lippen. An seine glänzenden, schwarzen Schuhe erinnere ich mich besonders gut, weil ich überlegte, ob ich sie stehlen könnte. Die Frau weigerte sich, den Korb zu nehmen, den er ihr hinhielt. Immer wieder schüttelte sie den Kopf. Was sie sprachen, verstand ich nicht, denn ich war zu weit entfernt. Erst als er ihr einen dicken Umschlag gab, ergriff sie den Korb.«

»Und dieser Mann war mit dem Korb aus der Kutsche gestiegen?«

»Ja.«

»Hat die Frau ihn erwartet?«

»Ja.«

»Und der Fahrer. Konnten Sie ihn sehen?«

»Nein. Die Frau steckte den Umschlag in ihre Manteltasche, der Mann stieg wieder in den Wagen und fuhr davon. Sobald er verschwunden war, schaute sie sich um. Offenbar suchte sie eine geeignete Stelle, wo sie unsere Mary Rose loswerden konnte. Und dann entschied sie sich für unsere Hintergasse. Sie rannte hinein, warf den Korb auf den Abfall, dann machte sie sich aus dem Staub. Nachdem ich die anderen alarmiert hatte, folgte ich ihr. Kurz bevor sie in den Mitternachtszug stieg, zog ich ihr den Umschlag aus der Tasche.«

Erstaunt beobachtete Cole, wie Harrison zornig die Lippen zusammenpreßte. »Wissen Sie, wer der Mann war?«

Harrison nickte langsam. »Ja, ich glaube. Aber zuerst muß ich mich vergewissern.«

»Lebt er noch?« fragte Douglas.

»Ja – wenn es derselbe ist, den ich meine.«

»Werden Sie sich an ihm rächen?« wollte Cole wissen.

»Allerdings.«

»Haben Sie denn vergessen, daß Sie ein Anwalt sind?« gab Adam zu bedenken.

»Nein. Jedenfalls wird die Gerechtigkeit siegen, auf diese oder jene Weise.«

»Und warum sollen wir Ihnen diese ganze Geschichte glauben?« wandte Travis ein. »Von Anfang an haben Sie uns nur belogen. Sie wollten gar nichts über die Viehzucht lernen, was?«

»Doch. Ich hatte vor, später ins schottische Hochland zurückzukehren. Aber jetzt weiß ich genau, wo ich den Rest meines Lebens verbringen möchte. Irgendwann werde ich eine Ranch besitzen. Und um über magere Zeiten hinwegzukommen, werde ich weiterhin als Anwalt arbeiten.« Harrison zögerte kurz, dann legte er sein Geständnis ab. »Nachdem ich Mary Rose begegnet bin, habe ich meine Pläne geändert. Anfangs wehrte ich mich dagegen – aber dieses Gefühl ist zu stark. Ich liebe sie.«

Seufzend schüttelte Cole den Kopf. »Meine Schwester wird Sie hassen, wenn sie von Ihrem Täuschungsmanöver erfährt.«

»Für eine kleine Weile. Aber das spielt keine Rolle. Wir beide sind füreinander bestimmt. Zunächst sagte ich mir, ich würde sie nicht verdienen, weil ich kein reicher Mann bin. Nun finde ich solche Erwägungen belanglos. Elliott würde sich einen wohlhabenden Schwiegersohn in gehobener gesellschaftlicher Stellung aussuchen. Aber keiner wird Mary Rose jemals so lieben wie ich. Deshalb gehört sie zu mir.«

»Soll das etwa heißen, Sie wollen unsere Schwester verführen?« flüsterte Douglas fassungslos.

»Das ist nicht Ihr Ernst...«, begann Travis.

»Doch. Sie wird zu mir gehören, für immer, meinen Namen tragen und meine Kinder gebären.«

»Glauben Sie wirklich, wir würden Ihnen gestatten, sie anzurühren?« fauchte Cole.

Allmählich verlor Harrison die Geduld. »Ich bitte Sie nicht um Erlaubnis, ich teile Ihnen nur mit, was ich tun werde.«

»Was die Verführung betrifft – hätte Mary Rose da nicht auch ein Wörtchen mitzureden?« fragte Douglas grinsend.

»Natürlich möchte ich sie zu nichts zwingen. Aber sie liebt mich, auch wenn sie's noch nicht genau weiß. Da sie eine intelligente Frau ist, wird sie's bald merken.«

»Mary Rose liebt sie, Harrison«, versicherte Adam. »Das weiß sie schon jetzt.«

Harrisons Augen leuchteten auf. »Hat sie's Ihnen gesagt?«

»Mehr oder weniger. Und Lord Elliott? Vorhin erwähnten Sie, er würde sie mit einem reichen Mann verheiraten. Wollen Sie ihm verheimlichen, daß Sie seine Tochter gefunden haben?«

»Natürlich nicht. Nachdem er so lange gelitten hat, ist es sein gutes Recht, die Wahrheit zu erfahren.«

Adam nickte. »Allerdings. Wenn ich mir vorstelle, was er

durchgemacht haben muß – und seine arme Frau ... Andererseits – sein Leid war unser Glück. Wird er das verstehen?«

»Ich will es ihm erklären. Sicher wird er Ihnen keine Vorwürfe machen. In England hat Mary Rose eine große Familie, unzählige Tanten und Onkeln und Vettern und Kusinen, außerdem einen Adelstitel und ein riesiges Vermögen. Elliott wird nicht hierherkommen. Das hat er nicht nötig. Sie wird zu ihm fahren.«

»Wie können Sie da so sicher sein?« fragte Douglas. »Sie wissen doch gar nicht, wie sie sich verhalten wird, wenn Sie ihr die Wahrheit erzählen.«

»Das werde ich nicht tun. Diese Aufgabe müssen ihre Brüder übernehmen.«

Eine Zeitlang schwiegen sie, und Harrison sah ihnen an, wie sie mit ihrem Gewissen kämpften. Dann traf Adam eine Entscheidung. »Ja, wir werden ihr's sagen.«

»Sie will uns sicher nicht verlassen«, meinte Cole.

»Es muß ja nicht für immer sein«, entgegnete Adam. »Aber sie wird ihre Pflicht erfüllen und ihren Vater aufsuchen.«

»Wann reisen Sie ab, Harrison?« fragte Douglas.

»Bald. Ich war schon viel zu lange hier. Nun muß ich mich um Elliotts Geschäfte kümmern, die mich nach Amerika geführt haben.«

»Es wäre wohl besser, Sie verlassen die Ranch, bevor wir Mary Rose die Wahrheit erzählen«, schlug Adam vor.

»Warum?«

»Das wäre für uns alle leichter. Erst einmal müssen wir die Situation ausführlich erörtern. Auch wir beide werden vor Ihrer Abreise noch einige Gespräche führen, Harrison. Bevor wir Mary Rose einweihen, sollten Sie mir noch einige Fragen beantworten.«

»Für Sie alle war das ein schwerer Schlag, das weiß ich.« Harrison schob seinen Stuhl zurück und stand auf. »Leider konnte ich Ihnen das nicht ersparen. Elliott ist durch die

Hölle gegangen. Ihm wurde das Glück verwehrt, Mary Roses Kindheit mitzuerleben und sie aufwachsen zu sehen – ein Glück, das Sie genießen durften. Ermöglichen Sie ihm wenigstens, seine Tochter kennenzulernen.«

»Wie ich bereits versichert habe – Mary Rose wird ihre Pflicht erfüllen, wenn wir ihr die Wahrheit gesagt haben.«

»Schieben Sie's nicht zu lange hinaus«, drängte Harrison. »Ein oder zwei Wochen – länger kann ich wohl kaum warten. Dann muß ich nach England zurückkehren und Elliott informieren. Nun lasse ich Sie allein«, fügte er hinzu und wandte sich zur Tür.

»Sie haben viel zu besprechen.«

»Moment mal!« rief Cole. »Wann wollen Sie unsere Schwester verführen? Nachdem sie die Wahrheit erfahren hat? Oder schon vorher?«

»Eine kleine Weile werde ich noch warten, aber es gibt nichts, was mich von meinen Plänen abbringen könnte.«

»Verdammter Bastard«, murmelte Cole, »Sie ...«

Ungeduldig fiel Harrison ihm ins Wort. »Ich habe Sie über mein Vorhaben informiert, und ich schlage vor, Sie akzeptieren es.«

Sobald er das Zimmer verlassen hatte, wandten sich die jüngeren Brüder zu Adam, und Cole fragte: »Was sollen wir tun?«

»Wir müssen gar nichts tun«, bemerkte Douglas. »Habt ihr's nicht gehört? Harrison sagte, Elliott würde nicht hierherkommen.«

»Ja, weil Mary Rose zu ihm fahren wird«, erwiderte Travis.

»Wie gern würde ich ihn hassen«, flüsterte Cole.

»Warum willst du Elliott hassen?« fragte Adam.

»Ich rede von Harrison. Verdammt, er reißt unsere Familie auseinander.«

»So oder so«, seufzte Douglas, »wir können sie nicht daran hindern, ihren Vater aufzusuchen.«

»Wohl kaum«, bestätigte Cole. »Unsere Schwester ist erwachsen. Natürlich wußten wir, sie würde uns eines Tages verlassen und heiraten – aber so plötzlich ... Was soll nun aus uns werden. Ist es an der Zeit, auch *unser* Leben zu ändern?«

»Noch ist es zu früh, um solche Pläne zu schmieden«, meinte Douglas. »Cole, du wolltest doch das Stück Land beim Grat kaufen, das an unsere Ranch grenzt. Und für Travis wird alles beim alten bleiben. Er ist ohnehin dauernd unterwegs und nur selten daheim. Selbst wenn wir keine Familie mehr sind – wir werden immer wieder zusammenkommen.«

Energisch mischte sich Adam ein. »Unsere Zukunftspläne sind vorerst unwichtig. Jetzt geht es nur um Mary Rose. Das alles wird sie furchtbar aufregen. Und wir sollten ihr überhaupt keine Zeit geben, sich Sorgen zu machen. Auf der Fahrt nach England kann sie sich an den Gedanken gewöhnen, daß Elliott ihr Vater ist.«

»Du findest, sie sollte sobald wie möglich abreisen?« fragte Travis.

»Ja.«

Widerstrebend nickte Cole. »Je früher sie uns verläßt, desto eher kommt sie zurück.«

»Falls sie zurückkommt«, warf Travis ein. »Und wer von uns wird sie begleiten?«

»Wir alle«, antwortete Cole.

»Sei doch vernünftig!« entgegnete Douglas. »Was soll denn aus der Ranch werden? Immerhin tragen wir eine gewisse Verantwortung.«

»Für Mary Rose sind wir bereits Vergangenheit«, erklärte Adam. »So schwer es mir auch fällt, das auszusprechen – keiner von uns darf sie begleiten.«

»Soll sie denn allein fahren?« rief Travis erschrocken.

»Harrison könnte sie mitnehmen«, meinte Adam. Dieser Vorschlag mißfiel seinen Brüdern, und so machte er einen anderen. »Dann soll Eleanor mit ihr reisen. Die beiden werden aufeinander aufpassen.«

»Bald fahren die Cohens nach Osten, zu irgendeiner Familienfeier«, verkündete Travis. »Wenn ich nächstes Mal nach Hammond reite, um diese beiden Pferde zu verkaufen, besuche ich die Cohens und erkundige mich nach den Einzelheiten. Eleanor und Mary Rose könnten sich den Leuten anschließen.«

»Eine gute Idee!« stimmte Cole zu. »Zu John Cohen habe ich volles Vertrauen.«

»Wir müssen das Geld zurückgeben«, erklärte Douglas, und alle wandten sich zu ihm.

»Welches Geld?« fragte Cole.

»Elliotts Geld, das damals in diesem Umschlag steckte. Wir haben die ganze Summe verbraucht, und nun müssen wir sie zurückzahlen. Reichen unsere Ersparnisse aus, Adam?«

»Ja«, antwortete Adam, »und ich bin völlig deiner Meinung. Was Elliott gehört, soll er zurückbekommen. Natürlich werden wir uns eine Zeitlang etwas einschränken müssen. Jetzt bereue ich, daß wir die Rinder gekauft haben, aber das läßt sich nicht mehr rückgängig machen.«

Bis spät in die Nacht hinein diskutierten sie über ihre Probleme, und schließlich entschied Adam, es sei an der Zeit, schlafen zu gehen. »Wir sagen's Ihr gemeinsam.«

»Wann?« Cole stand auf und streckte sich.

»Darüber denken wir morgen nach.«

Erleichtert atmeten Travis und Cole auf. Noch eine kurze Galgenfrist..

7. Februar 1867

Liebe Mama Rose, wir haben eine Überraschung für Dich. Inzwischen ist es meinen Brüdern und mir gelungen, genug Geld zu sparen, und nun können Cole und Douglas Dich hierherholen. Lies erst einmal weiter, Mama, bevor Du den Kopf schüttelst. Falls Du Dir wegen der Kosten Sorgen machst, das ist überflüssig. Wir haben uns alles ganz genau überlegt, und wenn Du hier bist, wirst Du sehen, wie gut wir zurechtkommen. Jetzt ist noch Winter, und meine Brüder werden erst nach dem Viehtrieb im Frühling abreisen.

Jedesmal, wenn ich unsere Herde sehe, freue ich mich. Mit zwei Zuchttieren haben wir angefangen, und jetzt besitzen wir zehn. Demnächst erwarten wir fünf Kälbchen. Natürlich brauchen wir nicht lange, um unsere kleine Herde zusammenzutreiben, aber hier draußen in der Wildnis helfen die Nachbarn einander, und so greifen wir den Pearlmans unter die Arme. Die haben bereits achtzig Rinder. Und sie waren immer sehr großzügig zu uns. Zum Beispiel mußten wir ihnen nichts für die Dienste ihres Zuchtbullen bezahlen. Wir haben versprochen, uns einen eigenen zu kaufen, und dann werden wir uns revanchieren.

Du sorgst Dich um Livonia, nicht wahr? Ich weiß, sie ist blind, Mama, und von Dir abhängig. Aber wir brauchen Dich auch. Wenn Du eine Pflegerin ausbildest, die Deine Pflichten übernehmen kann, wird Livonia Dich nicht allzusehr vermissen. Außerdem hat sie zwei Söhne. Sicher, die beiden taugen nicht viel, aber trotzdem müssen sie die Verantwortung für ihre Mutter tragen. Das wird Livonia ganz bestimmt verstehen. Bitte, widersprich uns nicht! Nun haben wir lange genug auf Dich gewartet. Unser Entschluß steht fest. Falls wir nichts mehr von Dir hören, werden Cole und Douglas um den 1. Juni herum an Deine Tür klopfen.

Alles Liebe,
John Quincy Adam Clayborne

13

Sie ließen Mary Rose nicht aus den Augen. Offenbar hatten Travis, Douglas und Cole genau geplant, wer ihr jeweils folgen oder Harrison auf den Fersen bleiben sollte. Das Benehmen der Brüder war ungeheuerlich angesichts der Tatsache, daß Harrison ohnehin von morgens bis abends arbeitete und ihre Schwester nur selten sah. Doch er nahm es klaglos hin.

Adam fand, sie würden sich wie Kinder aufführen und ihre Schwester vor einem Mann schützen, der seine ewige Liebe zu Mary Rose beteuert und seine ernsten Absichten glaubhaft erklärt hatte, vor vier Zeugen. Sein Herz sei bereits an sie gebunden. Aber Travis wandte ein, sie habe sich noch nicht dazu geäußert.

»Nur weil ihr sie nie mit Harrison allein laßt«, erwiderte Adam. »Hier gibt's keinen Priester. Wollt ihr nach Salt Lake reiten und einen holen? Mutter Rose heiratete meinen Vater vor ihrer Familie, ohne kirchlichen Segen. Den bekamen sie erst einen Monat später, und da sprach mein Vater in aller Form sein Ehegelübde.«

»Eine Pistole im Rücken?« fragte Travis.

»Keineswegs. Er wollte sie heiraten. Laßt Mary Rose und Harrison in Ruhe.«

Das alles klang sehr vernünftig. Trotzdem ertrug Travis den Gedanken nicht, seine kleine Schwester könnte intim mit einem Mann werden.

Natürlich merkte sie, daß irgendwas nicht stimmte, aber niemand wollte ihr verraten, was los war. Eine seltsame Spannung lag in der Luft. Und drei ihrer Brüder verhielten sich sehr merkwürdig. Wenn sie sich auch über Coles, Travis' und Douglas' Gesellschaft freute – sie verstand nicht, warum sie ständig in ihrer Nähe blieben. Nie konnte sie sich ungestört mit Harrison unterhalten.

Die Enttäuschung über sein Gespräch mit den Brüdern machte ihr immer noch zu schaffen. Leider hatte sich Eleanors Vermutung, er würde die Claybornes offiziell um die Erlaubnis bitten, Mary Rose den Hof machen zu dürfen, als falsch erwiesen. Travis erzählte, es sei um geschäftliche Dinge gegangen, konnte allerdings nicht begründen, warum sie ausgeschlossen worden war. Das wußte offenbar nur Harrison. Er schien ihr aus dem Weg zu gehen, winkte ihr zwar, wenn sie einander begegneten, aber in der ganzen Woche sagte er höchstens zehn Wörter zu ihr. Nun mußte sie endlich unter vier Augen mit ihm reden, und Eleanor würde ihr dabei helfen.

In dieser Woche besuchte sie Corrie dreimal – öfter als nötig. Vergeblich hoffte sie, alle ihre Brüder wären zu beschäftigt, um sie zu begleiten, und Harrison würde mit ihr reiten.

Nach jedem dieser Ausflüge wußte sie wundervolle Neuigkeiten zu erzählen. Am Montag hatte ein Schaukelstuhl auf der Lichtung gestanden, damit sich der Gast ausruhen konnte, am Mittwoch vor Corries Verandastufen. Bei jedem Besuch kam Mary Rose näher an ihre Freundin heran und mußte nicht mehr schreien, wenn sie mit ihr sprach.

Und am Freitag stand der Schaukelstuhl auf der Veranda, direkt am Fenster, zur Wiese gewandt. Wie Mary Rose später beim Abendessen gestand, war sie etwas nervös gewesen, als sie die Stufen erklommen hatte. Aber auf dem Fenstersims lag keine Schrotflinte, und Mary Rose dachte, vielleicht wolle Corrie herausfinden, ob ihre Besucherin genug Mut aufbrachte, um im Stuhl zu sitzen und ihr den Rücken zuzukehren.

Während sie diese Geschichte erzählte, gab Harrison seine ruhige Zurückhaltung auf und brüllte: »Hast du den Verstand verloren? Travis, Sie sind doch mit ihr geritten? Wie konnten Sie Ihrer Schwester erlauben ...«

»Regen Sie sich nicht auf«, fiel Travis ihm ins Wort. »Ich hielt meine Schrotflinte in der Hand, und notfalls hätte ich die Veranda innerhalb weniger Sekunden erreicht.«

»Da wäre sie schon tot gewesen!« Harrison sprang auf, packte ihn am Kragen und riß ihn vom Stuhl hoch, der nach hinten kippte. Wie Cole mit einem kurzen Blick feststellte, berührten die Füße seines Bruders den Boden nicht mehr.

Cole konnte seine Bewunderung nicht verhehlen, denn Travis war wahrlich kein Leichtgewicht, mahnte aber trotzdem: »So benimmt man sich nicht bei Tisch, Harrison.«

Doch Harrison ignorierte ihn und starrte in Travis' Gesicht. »Corrie hätte ihr ein Messer in den Rücken stoßen, ihre Kehle durchschneiden oder Gott weiß was tun können. Haben Sie sich das mal vorgestellt, während Sie Ihre verdammte Schrotflinte in der Hand hielten?«

»Lassen Sie ihn los, Harrison!« befahl Adam.

Erst jetzt merkte Harrison, was er tat, und gehorchte sofort. Travis war viel zu verblüfft, um in Wut zu geraten, und Cole hob den Stuhl auf, um ihn wegzuziehen, sobald sein Bruder sich setzen würde.

Aber auf diesen uralten Trick war Travis gefaßt und schob Cole weg, ehe er Platz nahm. »Da Sie aus Sorge um Mary Rose verrückt spielen, bin ich Ihnen nicht böse, Harrison. Ihr Glück, daß Sie mein Hemd nicht zerrissen haben! Sonst würde ich Sie niederschlagen.«

»Oh, ich hätte es gern geflickt«, platzte Eleanor heraus. »Das weißt du doch, Mary Rose?«

»Ja, natürlich«, bestätigte Mary Rose und sah Harrison an. Wieder einmal hatte sich der gute, sanftmütige Mann in einen Barbaren verwandelt. Das mißfiel ihr, und sie fragte sich, warum er so aggressiv geworden war. Sie schaute in die Runde, um festzustellen, wen sie dafür verantwortlich machen konnte, und ihr Blick blieb an Coles grinsendem Gesicht hängen. Erbost runzelte sie die Stirn und zeigte mit dem Finger auf ihn. »Das ist deine Schuld, Cole Clayborne! Seit Harrisons Ankunft übst du einen schlechten Einfluß auf ihn aus. Früher war er ein perfekter Gentleman. Und was ist jetzt aus ihm geworden. Wenn du ihn restlos verdorben hast, werde ich es Dir nie verzeihen.«

»Zeig nicht mit dem Finger auf andere Leute, Mary Rose«, tadelte Adam, wenn auch halbherzig. Mühsam bezähmte er seinen Lachreiz, denn er wollte die Gefühle seiner Schwester nicht verletzen. Falls sie glaubte, Cole habe Harrison verdorben, würde er ihr das nicht ausreden.

So feinsinnig war Cole nicht. Er brach in schallendes Gelächter aus. »Unsinn, Mary Rose, er tat nur so, als wäre er ein Gentleman. In Wirklichkeit ist er genauso wie wir alle.«

»Vielleicht wie Adam, aber keinesfalls wie du oder Douglas oder Travis.«

»Was stimmt denn nicht mit uns?« wollte Douglas wissen, aber sie ignorierte seine Frage und wandte sich zu Harrison. »In Zukunft solltest du dich von Cole fernhalten. Er färbt auf dich ab. Mittlerweile hast du schon einige seiner schlechten Gewohnheiten angenommen.«

»Zum Beispiel?«

»Unhöflichkeit.«

»Komm her, Mary Rose.« Sein Blick duldete keinen Widerspruch.

Seufzend legte sie ihre Serviette auf den Tisch, erhob sich und ging zu ihm. »Es war sehr unhöflich von dir, Travis von seinem Stuhl hochzuzerren«, meinte sie und legte eine Hand auf seinen Arm.

»Ja, das war unhöflich.«

»Und jetzt tut's dir leid«, erwiderte sie, erfreut über sein Geständnis, und wollte ihm helfen, sich zu entschuldigen.

»Nein, es tut mir nicht leid.«

»Oh, um Himmels willen, Harrison – gegen diese Wutanfälle mußt du was tun. Sie beunruhigen mich.«

»Er benimmt sich nur wie ein normaler Mann, Mary Rose«, warf Douglas ein. »Das finde ich erfrischend.«

»Und ich helfe ihm, seine großstädtischen Gepflogenheiten abzulegen«, fügte Cole hinzu. »Dafür solltest du mir dankbar sein, Schwesterchen.«

Ungeduldig wechselte Harrison das Thema. »Was Corrie betrifft ...«

»Ja, ich weiß«, fiel Mary Rose ihm ins Wort. »Ich soll mich entschuldigen, weil ich auf die Veranda gegangen bin, nicht wahr?«

»Keineswegs. Du sollst in Zukunft nur vorsichtiger sein.«

»Das verspreche ich dir.«

»Danke.« Ehe sie merkte, was er vorhatte, hauchte er einen zarten Kuß auf ihre Lippen.

»Lassen Sie das, Harrison!« verlangte Cole, aber seine Stimme klang nicht böse.

Diesen Befehl quittierte Harrison, indem er Mary Rose noch einmal küßte, einen Arm um ihre Schultern legte und sie besitzergreifend an sich zog. Dann schaute er Travis an. »Wenn Sie unfähig sind, Ihre Schwester zu beschützen ...«

»Ich? Unfähig? Das ist doch der Gipfel ...«

»Sei still, Travis«, wurde er von Adam unterbrochen. »Harrison, setzen Sie sich wieder. Und du, Mary Rose, gehst zu deinem Stuhl zurück.«

Wie in Trance gehorchte sie. Vor ihren Brüdern hatte Harrison seine Zuneigung noch nie so deutlich gezeigt.

»Wer hat denn diese Biskuits gebacken?« fragte Travis.

»Ich«, erwiderte Eleanor. »Warum? Schmecken sie Ihnen nicht?«

»Doch, sehr gut.«

Beglückt lächelte sie. »Das freut mich. Morgen werde ich noch welche backen. Vielleicht sogar einen Kuchen. Ich mache mich sehr nützlich, nicht wahr, Mary Rose?«

»O ja. Soll ich jetzt erzählen, was sonst noch auf Corries Veranda geschehen ist?«

»Ich glaube, das hält Harrison nicht mehr aus«, warnte Cole. Aber Adam lächelte seine Schwester ermutigend an. »Nur zu, Mary Rose, erzähl uns alles!«

»Also, ich schaukelte im Stuhl und sprach mit ihr, und plötzlich spürte ich ihre Finger auf meiner Schulter, so leicht wie Schmetterlingsflügel. Sie tätschelte mich sogar. Und einmal kniff sie mich.«

»Warum?« fragte Cole.

Etwas verlegen gestand Mary Rose: »Wahrscheinlich, weil ich soviel jammerte, und das zerrte an ihren Nerven.«

»Schade, daß wir dich nicht schon vor Jahren gekniffen haben!« wurde sie von Adam gehänselt.

»Wirklich, du solltest nicht jammern, Mary Rose«, mahnte Eleanor. »Das mögen die Leute nicht.«

»Wann hast du denn das herausgefunden?«

»Sicher ist dir aufgefallen, daß ich nicht mehr jammere.«

»Ja, in der Tat«, versicherte Mary Rose ihrer Freundin. »Als ich ganz allein von der Stadt nach Hause ging und lauter Blasen an den Füßen hatte, dachte ich nach, und da erkannte ich, wie gräßlich mein Benehmen auf andere Leute wirken muß.«

»Wann warst du denn allein?« fragte Mary Rose erstaunt. Zufällig schaute sie Cole an und sah, daß er ein Grinsen unterdrückte.

Eleanor blinzelte bestürzt. »Habe ich gesagt, ich sei allein gewesen? Das stimmt nicht. Vergiß es.«

Das hatte Mary Rose nicht vor. Irgend etwas war auf dem Rückweg von Blue Belle zur Ranch geschehen, und das wollte sie herausfinden. »Hilf mir, den Tisch abzuräumen und den Kaffee zu servieren, Eleanor, ja?«

»Natürlich.«

Mary Rose trug einen Teil des Geschirrs in die Küche, und Eleanor folgte ihr mit dem Rest. Nachdem sie die Teller und Schüsseln auf der Anrichte abgestellt hatte, holte sie die Kaffeekanne.

»Nun, Eleanor?« begann Mary Rose ohne Umschweife. »Erzähl mir, was auf dem Rückweg aus der Stadt passiert ist.«

»Gar nichts.«

Aber Mary Rose ließ nicht locker, und schließlich schilderte Eleanor die Ereignisse.

Helle Wut stieg in Mary Rose auf. Wie grausam und herzlos von Harrison und Cole, das Mädchen dermaßen zu erschrecken!

Das Mitgefühl ihrer Freundin entzückte Eleanor, und so erzählte sie alles noch einmal, wobei sie die Einzelheiten ein wenig ausschmückte. Und am Ende ihres Berichts war sie genauso zornig wie Mary Rose.

Im Speisezimmer sprachen die Männer inzwischen wieder über Corrie, und Harrison fand es nun doch angebracht, sich zu entschuldigen, weil er beim Dinner die Beherrschung verloren hatte. »Trotzdem – Sie hätten Ihrer Schwester nicht erlauben dürfen, die Veranda zu betreten. Ich weiß, in jener Nacht, als wir in der Höhle schliefen, war Corrie sehr freundlich und brachte Mary Rose eine Steppdecke …«

»Haben Sie Corrie gesehen?« fragte Cole.

»Ja.«

Vorwurfsvoll runzelte Travis die Stirn. »Warum haben Sie uns das nicht erzählt?«

»Weil Mary Rose nichts davon erfahren sollte. Sie schlief tief und fest. In jener Nacht war Corrie nicht verrückt. Während sie sich über Mary Rose beugte, lag sogar ein zärtlicher Glanz in ihren Augen. Ich weiß nicht, ob ihre Stimmungen so wechselhaft sind wie der Wind oder ob sie gefährlich werden könnte. Jedenfalls wäre ich nicht bereit, ihr Mary Rose anzuvertrauen.«

»Wie sah sie denn aus?« wollte Douglas wissen.

»Als hätte man mit einem Kriegsbeil auf sie eingeschlagen.«

Travis erschauerte. »Die Ärmste ...«

»Und warum spricht sie nicht?« fragte Cole.

»Nun, ich bin mir nicht sicher, ob sie's kann«, entgegnete Harrison.

»Also meinen Sie – ihr Hals ...« Travis konnte nicht weitersprechen, erschüttert über das Bild, das vor seinem geistigen Auge erschien.

Interessiert beugte sich Cole vor. »Warum verschweigen Sie Mary Rose, daß Sie Corrie gesehen haben, Harrison?«

»Weil ich nicht indiskret sein möchte. Corrie ist die Eroberung Ihrer Schwester, und Mary Rose soll sie als erste sehen.«

»Glauben Sie, Corrie wird sich ihr jemals zeigen?«

»Das bezweifle ich, aber vielleicht ...«

»Wahrscheinlich wird Mary Rose in Ohnmacht fallen oder schreien«, seufzte Travis.

Entschieden schüttelte Harrison den Kopf. »Nein, sie wird es tapfer hinnehmen.«

Adam nickte. »Offenbar kennen Sie Mary Rose sehr gut, Harrison.«

»Da braut sich ein Gewitter zusammen«, bemerkte Douglas.

»Hast du's donnern gehört?« fragte Cole.

»Verdammt«, fluchte Harrison, »MacHugh haßt Donner.«

Die Brüder lachten, und Travis meinte: »Im Grunde haßt er alles.«

»Aber Adam mag er«, entgegnete Douglas. »Nachdem du ihn heute geritten hast, ist er dir überallhin nachgelaufen. Wie schaffst du das nur?«

»Nun, ich habe Harrisons Rat befolgt und MacHugh gelobt. Der hört gern, wie großartig er ist.«

»Würden Sie für ihn sorgen, wenn ich abreise, Adam?« bat Harrison.

»Nehmen Sie ihn nicht mit?« erkundigte sich Douglas.

»Die Reise übers Meer wäre zu mühselig für ihn. Eins müssen Sie mir versprechen, Adam, verkaufen Sie ihn nicht. Wenn ich nicht zurückkommen kann, behalten Sie ihn.«

»Einverstanden. Werden Sie jemals zurückkommen?«

Ehe Harrison antworten konnte, stellte Travis eine andere Frage. »Sind Sie immer noch entschlossen, uns in einer Woche zu verlassen?«

»Nein, schon übermorgen.«

»Warum haben Sie sich anders besonnen?« fragte Cole.

»Wegen Ihrer Schwester.«

Weitere Erklärungen hielt Harrison für überflüssig, aber Douglas ließ es nicht dabei bewenden.

»Versuchen Sie uns zu drängen, damit wir ihr möglichst bald die Wahrheit sagen? Das ist unsere Entscheidung, Harrison, und nicht Ihre. Warum können Sie nicht länger warten?«

»Mir ist es nur recht, wenn er so schnell wie möglich verschwindet«, warf Travis ein. »Allmählich hab ich's satt, ständig hinter Mary Rose herzulaufen. Sobald er weg ist, droht ihr keine Gefahr mehr.«

»So oder so, er muß uns erklären, warum er schon früher fortgehen will«, beharrte Cole.

Da entschloß sich Harrison zu einer unmißverständlichen Antwort. »Ganz einfach, Gentlemen. Ich bin am Ende meiner Geduld und ertrage es nicht mehr, Mary Rose tagtäglich zu sehen – ohne ...«

»Das reicht, die Einzelheiten können Sie sich sparen«, fiel Cole ihm hastig ins Wort. »Wir haben's schon begriffen.«

»Schon wieder«, murmelte Douglas.

»Was?« fragte Travis.

»Donner. Und zwar kommt er aus der Küche.«

»Wovon zum Teufel redest du?« wollte Cole wissen.

Das brauchte Douglas nicht zu erläutern. Harrison wurde in die Küche beordert. Lauthals schrie Mary Rose seinen Namen, und Eleanor rief noch viel schriller nach Cole.

Die beiden Männer schauten sich an, und Cole meinte: »Vielleicht haben sie gewisse Dinge besprochen.«

»Vielleicht?« wiederholte Harrison ironisch. »Kommen Sie!« Nur widerstrebend folgte Cole ihm in die Küche.

»Wie konntest du nur so grausam sein?« kreischte Mary Rose. »Eleanor solche Angst einzujagen! Ich fasse es einfach nicht. Das arme Mädchen mitten in der Wildnis aus dem Wagen zu werfen!«

Harrison fand keine Zeit, sich zu verteidigen, denn nun trat Eleanor neben ihre Freundin, die Hände kampflustig in die Hüften gestemmt. »Wenn ich an die Blasen an meinen Füßen denke! War Cole Ihr Komplize, Harrison? Wenn ja, werde ich ihm nie verzeihen!«

»Ihr beide habt sie ganz allein gelassen!« zischte Mary Rose. »Ein Glück, daß ihr kein wildes Tier begegnet ist!«

Endlich kam Harrison zu Wort. »Sie war nie allein. Irgend jemand hat immer auf sie aufgepaßt.«

»Wer denn?« fragte Mary Rose.

»Erst Dooley, dann Ghost und schließlich Henry«, erklärte Cole.

»Ghost? Großer Gott! War er betrunken?«

»Allerdings«, antwortete Eleanor. »Sternhagelvoll! Wäre ich in Gefahr geraten, hätte er mich gewiß nicht retten können. Großer Gott, der Mann hielt mich für einen Engel.«

Cole brach in lautes Gelächter aus. »Dann muß er wirklich betrunken gewesen sein.«

Gekränkt starrte Eleanor ihn an. »Was hättest du denn getan, wenn ich gestorben wäre?«

»Ich hätte dich begraben.« Natürlich hätte sie viel lieber gehört, er wäre in tiefste Verzweiflung versunken. Weil er ihre Enttäuschung bemerkte, fügte er tröstend hinzu: »Aber ich hätte ein besonders hübsches Plätzchen für dich ausgesucht.«

»Und?«

»Dann hätte ich dich möglichst tief in der Erde verscharrt, damit die wilden Tiere nicht an dich herankommen.«

Weder Mary Rose noch Eleanor konnten ihren Zorn noch länger schüren. Coles gleichmütiges Grinsen wirkte einfach zu komisch.

»Und was hättest du dann getan?« fragte Eleanor.

»Wahrscheinlich hätte ich mir ein Bier eingegossen.«

Um ihr Lächeln zu verbergen, eilte sie aus der Küche. In der Halle holte Cole sie ein und umschlang ihre Taille. »Was hätte ich denn sagen sollen?«

»Daß mein Tod dich betrüben würde.«

»Klar, ich wäre sehr traurig.«

»Warum hast du's dann nicht zugegeben?«

»Weil du wirklich eine Nervensäge warst, Eleanor. Jetzt gefällst du mir viel besser. Du bist viel süßer, wenn du nicht dauernd schreist. Hätten wir dir jene Lektion nicht erteilt, würdest du dich immer noch so unmöglich aufführen wie früher. Und wärst du nicht von Harrison aus dem Wagen geworfen worden, hätte ich dich nicht küssen können. Übrigens, das alles war seine Idee. Willst du mich wieder küssen?«

»O ja.«

Mit einer Hand umfaßte er ihren Nacken, dann drückte er sie noch fester an sich. »In dir brennt ein wildes Feuer, Ellie, und das möchte ich spüren. Die ganze Woche habe ich an unseren Kuß gedacht.«

»Und worauf wartest du jetzt?« flüsterte sie träumerisch.

Lächelnd preßte er seine Lippen auf ihre und vergaß den

Mann, der allein mit Mary Rose in der Küche war – und nur darauf brannte, sie zu verführen.

Dankbar lächelte Mary Rose. Endlich allein mit Harrison … Er öffnete die Hintertür, sobald Eleanor und Cole die Küche verlassen hatten, und starrte in die Nacht hinaus. Eine kühle Brise wehte ihm entgegen.

»Was betrachtest du?« fragte Mary Rose leise.

»Das Paradies.« Er wandte sich zu ihr, nahm wortlos ihre Hand und führte sie hinaus. Erst wenige Schritte vor dem Corral ließ er sie los und lehnte sich an den Holzzaun, die Arme vor der Brust verschränkt.

Sie stand zehn Schritte von ihm entfernt, wollte zu ihm laufen und sich an seine Brust werfen. Aber sie rührte sich nicht und wartete auf eine ermutigende Geste. Er schaute sie nur an. Das schien ihm völlig zu genügen. Sein zärtlicher Blick erschien ihr wie eine Liebkosung und instinktiv trat sie näher zu ihm. Obwohl er sie noch immer nicht berührte, nahm ihr eine heiße Sehnsucht den Atem.

Wußte er, wie sehr er sich seit seiner Ankunft in Montana verändert hatte? Seine Muskeln wirkten noch kräftiger, seine Haut schimmerte bronzebraun, und die Sonne hatte helle Strähnen in sein dunkles, mittlerweile fast schulterlanges Haar gebleicht. Im Mondlicht sah es aus wie gesponnenes Gold.

Harrison beobachtete, wie sich der Ausdruck in ihren Augen veränderte. Das Blau vertiefte sich – so wie immer, wenn er Mary Rose küßte, wenn Leidenschaft ihren Blick überschattete. Aber warum sah sie ihn jetzt so an? Er glaubte es zu wissen, aber sie mußte es aussprechen. »Woran denkst du?« Seine Stimme klang heiser und gepreßt.

»Wie gut du aussiehst … Von Anfang an fand ich dich sehr hübsch. Aber wenn ich dich jetzt anschaue, kann ich kaum atmen.« Woher nahm sie den Mut, so etwas zu sagen? Nachdem er eine Woche lang ihre Gesellschaft gemieden hatte? »Und ich frage mich, warum du mir ausweichst. Bist du meiner müde geworden?«

Verwundert runzelte er die Stirn. Wie kam sie nur auf solche Gedanken? »Niemals könnte ich deiner müde werden. Von morgens bis abends denke ich an dich. Verdammt, und nachts träume ich sogar von dir.«

Nun trat sie noch einen Schritt näher. »Vielleicht denken wir an dieselben Dinge.« An Küsse, an geteilte Geheimnisse.

»Das bezweifle ich«, erwiderte er und lachte in gutmütigem Spott. »Von Männern weißt du nicht viel, was?«

»Doch. Immerhin habe ich vier Brüder. Normalerweise fällt's mir nicht schwer, ihre Gedanken zu lesen.«

»Interessiert es dich, was ich jetzt denke?«

»O ja. Du machst mich neugierig.«

»Ich stelle mir vor, wie es wäre, wenn du in meinem Bett lägst – die Haut zart und seidig, das Haar wild zerzaust, die Lippen geschwollen von meinen Küssen. Und ich denke an dein leises Stöhnen, das mich zum Wahnsinn treibt und ein unbezähmbares Verlangen entfacht. Ich male mir aus, wie leidenschaftlich wir uns lieben würden, eng miteinander verschmolzen.« Langsam ließ er die Arme sinken. »Ich wäre nicht sanft. Das würdest du nicht wollen. Versteh mich, Mary Rose. Ich möchte dich besitzen, ganz und gar, immer wieder.«

Ihr Herz schlug wie rasend, und Harrisons Worte weckten ein Feuer, das ihren ganzen Körper zu durchströmen schien. Ganz offen und ehrlich hatte er gesprochen, und er verdiente, daß sie ihm so aufrichtig antwortete. Eine wohlerzogene Lady müßte sich jetzt abwenden und ins Haus flüchten. Vielleicht rührte er sie deshalb nicht an. Er überließ ihr die Entscheidung, ob sie sich schicklich benehmen wollte oder nicht. Und sie wußte, was sie tun mußte. Freimütig schaute sie in seine Augen. »So was Ähnliches habe ich auch gedacht.« Als er triumphierend lächelte, schlang sie ihre Arme um seine Taille und lehnte sich an ihn.

»Wenn du so redest, Harrison, dann wird mir ...«

»Ganz heiß?«

»Ja«, bestätigte sie. »Aber – vielleicht bin ich schamlos ...«

»Nein, meine Süße, nur ehrlich. Ich liebe dich, mein Engel.«

Freudentränen brannten in ihren Augen. Erst jetzt erkannte sie, wie lange sie sich schon nach diesen Worten sehnte.

»Hör mir jetzt gut zu, Mary Rose«, bat er. »Ja, ich liebe dich, und ich werde dich bis zu meiner letzten Stunde lieben. Ich möchte den Rest meines Lebens mit dir verbringen, dich auf Händen tragen und beschützen. Kein Mann kann dich so lieben wie ich. Daran mußt du dich erinnern, wenn du mich haßt. Und bedenk auch, daß ich dir niemals weh tun wollte.«

»Was sagst du da? Ich verstehe dich nicht. Niemals könnte ich dich hassen.«

»O doch, Liebste, du wirst mich verabscheuen. Wie gern würde ich dir diesen Herzenskummer ersparen. Aber das steht nicht in meiner Macht.«

Diese düstere Prophezeiung jagte ihr Angst ein. Was sollte das bedeuten? Wenn er sie liebte, zählte nichts anderes. »Harrison, ich vertraue dir. Was immer du getan hast oder noch tun magst – nichts wird meinen Haß gegen dich erregen. Ich liebe dich über alles. Und zu dieser Liebe gehört rückhaltloses Vertrauen. Natürlich schenke ich dir meine Liebe nicht leichtfertig. Wenn ich in dein Bett komme, dann auf meinen eigenen Wunsch und mit liebevollem Herzen. Ich bin nicht wankelmütig, und es wäre mir unmöglich, dich zu lieben und im nächsten Augenblick zu hassen. Und welcher Kummer mich auch immer erwartet – wenn du bei mir bist, ertrage ich alles.«

Seine Hände umschlossen ihre Schultern. »Denk gründlich nach, bevor du mir noch einmal deine Liebe beteuerst. Und sprich erst einmal mit deinen Brüdern, hör dir an, was sie zu sagen haben.«

Entschlossen schüttelte sie den Kopf. »Nicht nötig. Wie es in meinem Herzen aussieht, weiß ich schon jetzt. Daran können meine Brüder nichts ändern.«

Ihr Vertrauen erschütterte ihn. »O Mary Rose, du führst

mich in Versuchung, alle Konsequenzen zu mißachten. Ich brauche dich, und lange kann ich nicht mehr warten. Aber ich werde dich nicht zwingen. Du mußt freiwillig zu mir kommen. Wage bloß nicht, mir deine Liebe noch einmal zu gestehen! Denn wenn du das tust, gehörst du für immer zu mir. Und ich werde dir nicht erlauben, dich anders zu besinnen.« Langsam glitten seine Finger über ihr Gesicht, und die rauhen Schwielen auf ihrer zarten Haut betonten die wunderbaren Unterschiede, die zwischen dem großen Mann und der zierlichen Frau herrschten. Sie genoß die Kraft, die er ausstrahlte und fühlte sich keineswegs schwach, obwohl ihr seine körperliche Überlegenheit bewußt wurde. In allen Dingen, auf die es ankam, war sie ihm ebenbürtig – in der Kraft ihres Herzens und ihrer Seele. »Mary Rose, ich liebe dich.« Der zärtliche Klang seiner Stimme jagte einen wohligen Schauer durch ihren Körper. »Und du bist alles, was ich mir jemals von einer Frau erträumt habe. Und noch viel mehr. Von Anfang an haben mich deine Güte, deine innere Stärke und deine süße Unschuld verzaubert. Geh jetzt ins Haus. Sonst vergesse ich womöglich mein Versprechen, keinen Zwang auszuüben.«

Rasch ließ er die Hände sinken, und sie verstand, was er von ihr erwartete. Er zeigte ihr einen Ausweg, weil er wollte, daß sie nicht den geringsten Zweifel an ihren Gefühlen hegte. Wenn sie ihre Liebe ein zweites Mal beteuerte, gab es kein Zurück mehr. Doch sie brauchte keine Bedenkzeit. »Ich liebe dich, Harrison.«

»Großer Gott, Mary Rose, begreifst du denn nicht …«

»Ich liebe dich.« Da zog er sie an sich, und sie schlang beide Arme um seinen Hals. Vor erwartungsvoller Freude begann sie zu zittern, kostete das Glück aus, seine harten Muskeln zu spüren, seine warme Brust. Wenn er sie nicht bald küßte, würde sie den Verstand verlieren.

Doch er wartete, bis er seine Begierde nicht länger bezähmen konnte. Zuerst glitt seine Zunge behutsam über ihre Lippen, die sich bereitwillig öffneten. Dann küßte er sie mit wachsender, verzehrender Leidenschaft. In diesem Augenblick gab es nur noch Mary Rose, die Liebe seines Lebens, und er glaubte in einem goldenen Paradies zu versinken.

Mit gleicher hemmungsloser Glut erwiderte sie seine Küsse, und offenbar konnte sie nicht genug von ihm bekommen. Überall wollte sie ihn berühren und streicheln, und als sie seine drängende Erregung spürte, rieb sie ihre Hüften instinktiv an den seinen.

Die übermächtige Versuchung begann alle anderen Gedanken auszulöschen. Plötzlich erkannte Harrison die Gefahr, in die sie gerieten. Wenn er sich nicht sofort Einhalt gebot, würde er ihr hier draußen im Hof die Unschuld rauben.

Nein, das durfte nicht geschehen. Obwohl jeder Nerv in seinem Körper nach Erfüllung schrie, riß er sich von Mary Rose los. Schwankend sank sie an seine Brust.

»Geh ins Haus!« stieß er hervor.

»Ins Haus?« Mit verschleierten Augen schaute sie zu ihm auf. »Ich will dich nicht verlassen. Bitte, küß mich wieder. Ich liebe dich, Harrison! Halt mich fest!«

»Geh ins Haus!« Es war keine Bitte, sondern ein Befehl. Was hatte ihn so plötzlich verändert? Verwirrt trat sie zurück und wandte sich ab. Wie unhöflich von Harrison, sie einfach wegzuschicken! Noch einmal würde sie sich das nicht sagen lassen. Erbost lief sie zur Veranda und flüsterte: »Oh, verdammt, du bist genauso launisch wie dein Pferd!«

»Mary Rose!« rief er ihr nach, und sie drehte sich um.

»Ja?«

»Ich warte auf dich! Spann mich nicht zu lange auf die Folter!«

Oh, dieser arrogante Kerl ...

4. Mai 1867

Liebe Mama Rose, nachdem wir Deinen Brief gelesen hatten, waren wir alle verzweifelt. Hundert Fragen möchten wir dir stellen. Warum hast Du uns nicht früher erzählt, was Livonia Dir antut? Diesen Kummer hättest Du nicht allein tragen dürfen. Jetzt sind wir deine Familie, und Du solltest uns nichts verheimlichen.

Wie lange erpreßt Livonia Dich schon – nur damit Du bei ihr bleibst? Ja, wir verstehen, daß die alte Frau sich fürchtet. Es muß schrecklich sein, wenn man mit Blindheit und zwei selbstsüchtigen Söhnen geschlagen ist, die alles verkaufen wollen. Aber das rechtfertigt nicht, was Livonia Dir zumutet, Mama Rose.

Glaubst Du, sie wird ihren Söhnen wirklich erzählen, daß Adam den Vater getötet hat? Oder blufft sie nur? Weiß sie denn nicht mehr, wie sehr er sich stets bemüht hat, Dich und Livonia vor dem Zorn Deines Masters zu schützen? Immer wieder mußte sie seine Schläge erdulden. Gewiß, sie hat viel gelitten, doch das gibt ihr noch lange nicht das Recht, Dich so zu behandeln. Sie versündigt sich gegen Dich, und das finden wir unerträglich. Lincoln wollte Dir die Freiheit schenken, und auf dem Schlachtfeld opferten viele tausend junge Männer ihr Leben für Deine Freiheit.

Nun hat Mistress Livonia Dich erneut zur Sklaverei verdammt ...

Gott schütze uns alle,
in Liebe Dein Sohn Douglas

14

Cole und Eleanor standen noch lange in der Halle, küßten sich und flüsterten einander süßen Unsinn ins Ohr. Erst als er spürte, daß er die Selbstkontrolle zu verlieren drohte, beendete er das Liebesspiel. Er war es gewöhnt, stets zu bekommen, was er wollte. Aber Eleanor ließ sich nicht mit den Frauen vergleichen, in deren Betten er normalerweise landete. Bevor er mit ihr schlief, würde er ernste Absichten erklären müssen. Und – verdammt noch mal – soweit durfte es nicht kommen.

Während er ihr ins Speisezimmer folgte, nahm er sich vor, sie nie wieder zu küssen. Er rückte ihr einen Stuhl zurecht, dann setzte er sich auf die andere Seite des Tisches. Die prüfenden Blicke seiner Brüder bemerkte er nicht. Denn er war vollauf damit beschäftigt, all die Gründe zusammenzuzählen, warum er sich in Zukunft von der errötenden Jungfrau, die ihm gegenübersaß, fernhalten mußte.

»Hast du nicht was vergessen, Cole?« fragte Douglas.

»Was denn?«

»Mary Rose und Harrison sind immer noch in der Küche – allein.«

Spontan wollte Cole aufspringen, doch er besann sich anders.

»Mary Rose ist ein erwachsenes Mädchen und kann diese Situation selber meistern. Und wenn er seine Freiheit opfern will, ist das sein Problem, nicht meines.«

»Seine Freiheit?« Douglas beobachtete, wie sein Bruder bei diesen Worten Eleanor anstarrte, und mußte sich sehr beherrschen, um nicht zu lachen.

»Genau. Seine Freiheit.« Coles verkrampftes Kinn verriet, daß er die Diskussion nicht fortsetzen mochte.

»Ich glaube, Harrison sieht das anders«, wandte Travis ein. Ohne die Veränderung wahrzunehmen, die mit Cole vorgegangen war, lächelte Eleanor ihn an. »Mary Rose ist sehr tüchtig. Das fanden alle Lehrerinnen in unserem Internat. Zum Beispiel half sie mir immer bei den gräßlichen mathematischen Aufgaben. Sonst hätte ich's nie geschafft.«

Travis musterte Cole noch eine Zeitlang, dann eilte er in die Küche. Mochte seine Schwester auch noch so tüchtig sein – er kannte Harrison und dessen Wünsche, und er verstand die sorglose Haltung seines Bruders nicht.

Reglos saß Mary Rose am Küchentisch und blickte ins Leere.

»Was ist denn los mit dir?« fragte Travis.

»Nichts.«

»Irgendwas stimmt da nicht. So rote Wangen hast du nur,

wenn du krank oder wütend bist. Also, welche dieser beiden Ursachen steckt dahinter?«

»Weder die eine noch die andere.«

»Wo ist Harrison?«

»Im Bett.« Nähere Erklärungen gab sie nicht ab und erwähnte auch nicht, daß Harrison auf sie wartete – obwohl er sie so unhöflich von sich gestoßen hatte.

»Ärgerst du dich, Mary Rose?«

»Nein!«

»Fauch mich nicht so an! Was bedrückt dich denn? Vielleicht kann ich's in Ordnung bringen.«

Travis würde sie nicht in Ruhe lassen, bevor sie seine Neugier befriedigte. Also mußte sie ihm zumindest eine Halbwahrheit erzählen. »Ich habe was gegen arrogante Männer. Kannst du dieses Übel aus der Welt schaffen?«

»Offensichtlich hat Harrison dich in Wut gebracht«, meinte er grinsend.

»Bitte, geh jetzt! Ich möchte ungestört nachdenken.«

Ohne ihre Forderung zu beachten, holte er die Kaffeekanne. »Will er dich zu irgendwas drängen, das du nicht willst?«

»So etwas würde er niemals tun.«

»Das dachte ich mir, aber ich wollte es von dir hören. Beantworte mir nur noch eine Frage, dann lasse ich dich mit deinen Gedanken allein. Liebst du ihn?«

»O ja.«

»Bist du sicher?«

»Völlig sicher«, beteuerte sie lächelnd. »Er ist unhöflich und herrisch und arrogant und eigensinnig.«

»Mehr kann sich ein Mädchen von einem Mann nicht wünschen.«

»Und er ist sanft und gut und liebevoll.«

Tränen glänzten in ihren Augen, was Travis nicht entging. »Weinst du, Mary Rose?«

»Nein, natürlich nicht.« Erst jetzt wurde ihr das Wunder dieses Abends voll und ganz bewußt. Harrison liebte sie, und er würde sie bis zu seinem Lebensende lieben. Hatte er das nicht gesagt? Tief seufzte sie auf, und eine Träne rollte über ihre Wange, von Travis aufmerksam beobachtet. »Nun liebe ich ihn schon so lange ...«

Der träumerische Klang ihrer Stimme mißfiel ihm. »Großer Gott, jetzt benimmst du dich wie eine richtige Frau. Klar, das sah ich kommen, aber ich war noch nicht drauf vorbereitet, und ich wünschte, du würdest mit diesem Unsinn aufhören.«

»Und was ärgert dich am Verhalten einer Frau?«

»Eben bist du noch wütend, im nächsten Augenblick lächelst du, und du schmollst und lachst gleichzeitig. Nie zuvor warst du so gefühlvoll, kleine Schwester, und das paßt mir nicht.«

Sollte sie sich entschuldigen oder nicht? Travis starrte sie an, und plötzlich sah er sie in völlig neuem Licht. Sie war nicht mehr das kleine Mädchen mit den aufgeschürften Knien, sondern eine schöne Frau.

»Du bist hinter meinem Rücken erwachsen geworden, was?« murmelte er.

Da ihr wichtigere Dinge durch den Kopf gingen, achtete sie nicht auf die Worte ihres Bruders. »Willst du wissen, wann ich mich in ihn verliebt habe? Das weiß ich ganz genau ...«

Hastig unterbrach er sie. »Nein, ich will es nicht wissen. So was interessiert Männer nicht. Um Himmels willen, ich bin immer noch dein Bruder. Also möchte ich nicht hören, was womöglich mit dir geschehen ist.«

»Zwischen Harrison und mir ist nichts passiert, was ich dir nicht erzählen könnte.«

»Gott sei Dank! Und wenn's soweit ist, will ich's nicht erfahren. Hast du das verstanden, Mary Rose?«

»Du bist genauso arrogant wie Harrison.«

Diese Bemerkung ignorierte er, denn er fand es nicht so schlimm, wenn jemand arrogant war. Die Kaffeekanne in der Hand, ging er zur Tür, wo er sich noch einmal umdrehte. »Wenn er dir jemals weh tut, will ich's zuerst wissen. Du sagst es mir doch?«

»Ja, ich sag's dir.«

Zufrieden nickte er. »Ich liebe dich, kleines Balg.«

»Und ich dich. Du magst Harrison, nicht wahr?«

»Nun, es ist schwer, ihn nicht zu mögen. Aber die Gründe, die ihn hierhergeführt haben, gefallen mir nicht. So wirst du auch denken, wenn wir mit dir reden.«

»Ach ja, das große Gespräch ...«, wisperte sie.

»Hat er dir davon erzählt?«

»Nur daß ihr mir was zu sagen habt. Aber worum's geht, hat er mir verschwiegen. Jetzt könntest du's mir verraten.«

Travis schüttelte den Kopf. »Gedulde dich bis morgen abend und zieh nicht die Stirn in Falten. Einverstanden?«

»Was immer ihr mir sagen wollt – ich werde Harrison nicht hassen.«

Nein, sie ist unfähig, irgend jemanden zu hassen, dachte Travis, aber ihr Herz würde brechen, wenn sich ihre ganze Welt veränderte, und es erschien ihm nur natürlich, Harrison dafür verantwortlich zu machen. »Bring die Tassen ins Speisezimmer, Mary Rose.« Diesen Befehl gab er ihr nur, um sie von ernsten Gedanken abzulenken. So lange wie möglich sollte sie glücklich und unbeschwert bleiben. Geflissentlich wechselte er das Thema und erzählte von Eleanor und Cole. »Allmählich sieht er ein, daß er nicht mit ihr herumspielen kann. Sie ist der Typ, der heiraten will, und er nicht.«

»Doch«, widersprach Mary Rose, »aber er weiß es noch nicht. Auch du bist so ein Typ, Travis. Wenn die richtige Frau kommt, wirst du sie auf der Stelle heiraten und einen wundervollen Ehemann und Vater abgeben.«

»Und auf meine Freiheit verzichten? Bist du wahnsinnig?«

Genau diese Antwort hatte sie erwartet.

»Du redest genauso wie Adam«, erwiderte sie lachend. »Warum glauben die Männer, die Ehe wäre ein Gefängnis?«

»Weil's so ist.«

Er wollte die Küche verlassen, doch sie rief ihn zurück. »Travis?«

»Ja?«

»Es war MacHugh.«

»Was?«

»Seinetwegen verliebte ich mich in Harrison.«

Seufzend verdrehte er die Augen. »Klar. Du hast dich in sein Pferd verliebt und geglaubt, Harrison würde auch dazugehören.«

Bevor sie weitere Erklärungen abgeben konnte, floh er aus der Küche. Das störte sie nicht. Sie blieb gern allein zurück, dachte wieder an all die wundervollen Dinge, die ihr Liebster gesagt hatte. Den Rest seines Lebens wollte er mit ihr verbringen. Das erschien ihr wie ein Traum, der Wirklichkeit geworden war.

Erst als Travis nach ihr rief, trug sie die Kaffeetassen ins Zimmer und stellte sie auf den Tisch. Dann wünschte sie ihren Brüdern eine gute Nacht und zog sich in ihr Zimmer zurück.

Während sie auf der Bettkante saß, versuchte sie zu vergessen, daß Harrison auf sie wartete. Das gelang ihr natürlich nicht. Jedesmal, wenn sie durchs Fenster schaute und Licht in der Baracke schimmern sah, schlug ihr Herz schneller.

Er wartete auf sie, hatte ihr das Verlangen seines Körpers gezeigt, ihre Leidenschaft geweckt, und jetzt konnte sie nicht so tun, als wäre es nicht geschehen, als hätte sie ihm nicht alles schenken wollen.

Weil sie ihn liebte, begehrte sie ihn auch – obwohl er so unglaublich arrogant war. Er hatte einfach erklärt, er würde sie erwarten, in der festen Überzeugung, sie wäre unfähig, seinem Wunsch zu widerstehen. Rastlos sprang sie auf und begann umherzuwandern. Waren alle Männer so wie Harrison? Sie schüttelte den Kopf. Keiner hatte sie jemals so besitzergreifend behandelt. Er war eigenwillig und starrsinnig, gut und großzügig und wundervoll. Einen zweiten Harrison Stanford MacDonald gab es nicht auf dieser Welt. Und genau deshalb liebte sie ihn.

Er hatte ihr keinen Heiratsantrag gemacht. Nun versuchte sie sich vorzustellen, er würde vor ihr knien und um ihre Hand bitten. Darüber mußte sie lächeln. Niemals würde er sie um etwas bitten, sondern ihr einfach nur mitteilen, was geschehen würde. Natürlich war er viel zu anmaßend, aber das störte sie kein bißchen.

Außerdem dachte er nur praktisch. Im Augenblick konnten sie nicht offiziell heiraten. In Blue Belle gab es keine Kirche, und Priester kamen nur selten in die Stadt. Richter Burns könnte die Zeremonie vornehmen, aber der ließ sich nur drei- oder viermal im Jahr blicken. Auch in anderen Städten warteten viele Männer auf den Galgen.

An diesem Abend hatte Harrison ihr seine Liebe erklärt. Und sie hatte das Geständnis erwidert, Gott war ihr Zeuge. Das mußte doch genügen, oder?

Sie wußte nicht, wie lange sie in ihrem Schlafzimmer umherging und über ihre Zukunft nachdachte. Als das Haus von stillem Dunkel erfüllt wurde, hörte sie endlich auf, sich um die Dinge zu sorgen, die ihr Leben verändern würden. Sie wusch ihren Körper mit Seife, die nach Rosen duftete, schlüpfte in ein weißes Nachthemd und den rosaroten, mit Spitzen besetzen Schlafrock, den Douglas ihr letztes Jahr zu Weihnachten geschenkt hatte. Dann suchte sie unpraktische, aber wunderhübsche Satinpantoffeln aus ihren Schrank hervor.

Immer noch nervös, setzte sie sich an ihren Toilettentisch. Die Liebe zu Harrison erschreckte sie nicht. Aber der Liebesakt – das war etwas anderes. Den Männern gefiel dies alles, das wußte sie, weil ihre Brüder immer wieder nach Hammond ritten und dann vergnügt nach Hause kamen, den Duft billigen Parfüms an den Kleidern, ein albernes Grinsen auf den Gesichtern. Vielleicht gefiel es auch den Frauen. Da Mary Rose mit keiner darüber geredet hatte, konnte sie sich keine Meinung bilden. Blue Belle war sehr erfahren, doch sie hatte Mary Rose stets wie eine betuliche Tante behandelt und nie über ihr Gewerbe gesprochen.

Sorgfältig bürstete sie ihr Haar und hoffte, dieses alltägliche Ritual würde sie beruhigen. Und dann entschied sie, daß sie lange genug gezögert hatte. Sie verknotete den Gürtel ihres Schlafrocks und stieg die Treppe hinab. Als sie die Baracke erreichte, zitterte sie vom Scheitel bis zur Sohle. Wie lange sie dastand, die Hand am Türknauf, wußte sie später nicht. Mindestens fünf Minuten mußten verstrichen sein, ehe sie endlich genug Mut aufbrachte, um einzutreten.

Sie holte tief Atem, straffte die Schultern und öffnete die Tür.

Wenn Mary Rose beschlossen hatte, etwas zu tun, dann tat sie es ohne Rücksicht auf Verluste. Krachend schlug die Tür gegen die Wand, sprang zurück, warf sie beinahe zu Boden und wurde diesmal etwas sanfter beiseite geschoben.

Am liebsten hätte Harrison laut aufgelacht, aber er lächelte nicht einmal, denn wenn er nur das geringste Amüsement zeigte, würde sie wahrscheinlich sofort zum Haus zurücklaufen. Genau zwölf Minuten lang hatte die Liebe seines Lebens draußen auf der Schwelle gestanden. Er hatte ihre Schritte gehört, dann ihr zauderndes Flüstern. Offenbar war ihre Unsicherheit noch immer nicht verflogen.

Er war nicht aus dem Bett gestiegen, um sie zu holen, denn sie mußte ihre Entscheidung ganz allein treffen. Hin und wieder hatte er auf seine Taschenuhr geschaut – das letzte Mal zwei oder drei Sekunden vor Mary Roses Versuch, seine Tür aus den Angeln zu heben.

Sobald er ihre Kleidung sah, erkannte er, daß die Claybornes noch nicht mit ihr über England gesprochen hatten. Wäre es anders gewesen, hätte sie ihn trotzdem aufgesucht, aber vollständig angekleidet, und ihn mit Fragen bestürmt – getrieben von Zorn und Verwirrung. Eine Zeitlang würde sie ihm das Täuschungsmanöver übelnehmen, aber seine Beweggründe letzten Endes verstehen. Es war seine Pflicht, sie zu beschützen, und ob es ihr gefiel oder nicht – nach der Ankunft in England würde sie ihn brauchen.

Was sie erwartete, wußte er nur zu gut, denn er kannte die

Familie Elliott. Mit den besten Absichten würden sie alle versuchen, Mary Roses Identität zu zerstören und sie völlig zu vereinnahmen, damit sie in ihre Gesellschaftsschicht paßte. Das durfte Harrison nicht zulassen. Mary Rose mußte so bleiben, wie sie war – so, wie er sie liebte. Deshalb hatte er beschlossen, das Bündnis fürs Leben schon jetzt einzugehen.

Wie rasend hämmerte Mary Roses Herz gegen ihre Rippen, ihre Knie bebten, und sie konnte kaum atmen. Harrisons Anblick beruhigte sie nicht. Er saß auf dem Bett, an einen Pfosten gelehnt, die langen Beine auf der Decke ausgestreckt. Und er trug nur noch seine aufgeknöpfte Hose. Sonst nichts. Zum erstenmal sah Mary Rose sein dunkles, gekräuseltes Brusthaar.

Dann bemerkte sie das Buch in seiner Hand, das er jetzt zuklappte, und sie hob verwundert die Brauen. Um sich die Wartezeit zu verkürzen, hatte er gelesen. Was sollte sie davon halten? Während sie aufgeregt in ihrem Zimmer herumgelaufen war, hatte er seelenruhig gelesen ... Am liebsten hätte sie ihn geohrfeigt.

Harrison las die Angst in ihren Augen und wußte, er würde sie besänftigen müssen, ehe er sie berührte. Natürlich wollte er sein Versprechen einlösen und sie zu nichts zwingen. Wenn sie sich plötzlich anders besann und ins Haus zurückkehrte, würde er sie nicht zurückhalten. Selbst wenn ihn seine Beherrschung übermenschliche Kräfte kosten würde. Doch er war ehrlich genug, um sich einzugestehen, wie leicht ihm sein Edelmut fiel. Sie würde bei ihm bleiben. Daran zweifelte er nicht.

Endlich brach Mary Rose das Schweigen. »Du hast gelesen.«

Obwohl sie nur eine schlichte Tatsche feststellte, klang es wie eine Anklage.

Statt eine Erklärung abzugeben, nickt er nur. »Möchtest du die Tür zumachen?«

»Nein.« Kein Spur von Panik schwang in ihrer Stimme mit. Harrison legte das Buch auf den Nachttisch und schwang die Beine über den Bettrand. Da sie annahm, er würde die Tür schließen, hob sie abwehrend eine Hand. »Warum trägst du kein Nachthemd?«

»Weil ich immer nackt schlafe.«

Nun begannen ihre Knie noch heftiger zu zittern. »Vielleicht – hättest du das nicht erwähnen sollen ...«

»Bald wirst du's ohnehin herausfinden. Bleibst du heute nacht bei mir?«

Sie konnte einfach nicht fassen, wie kühl und sachlich er sprach. »Das weiß ich noch nicht.« Immerhin gelang es ihr, ihn zu belügen, ohne mit der Wimper zu zucken. Sie hatte die Entscheidung bereits in ihrem Schlafzimmer getroffen. Aber das wollte sie ihm nicht verraten. Sie ärgerte sich immer noch, daß er ein Buch gelesen hatte, während sie durch ein Fegefeuer gegangen war.

»Liebste, wie lange wird es noch dauern, bis du dich zu einem Entschluß durchringst? Lange halte ich's nicht mehr aus, ohne dich zu berühren.«

Sein drängender Unterton beruhigte sie ein wenig. Ganz so gelassen war er offenbar doch nicht gewesen.

Aber als er aufstand, hob sie sofort wieder eine Hand. »Bleib, wo du bist, Harrison! Erst einmal muß ich dir eine Frage stellen. Und wenn mir die Antwort mißfällt, gehe ich.« Zögernd trat sie einen Schritt näher. »Du hast mir von deiner Phantasie erzählt – und mich in deinem Bett gesehen, vor deinem geistigen Auge ...«

»Ja.«

»Habe ich da gelächelt?«

Belustigt nahm er sie in die Arme. Das Kinn auf ihren Scheitel gelegt, versicherte er, sie sei glücklich und zufrieden gewesen, überwältigt von seinen Liebeskünsten. »Und du wußtest gar nicht, wie du mir danken solltest.«

Sie rückte ein wenig von ihm ab und starrte ungläubig in seine Augen. »Nachdem du mich geliebt hattest, wollte ich dir danken?«

»Es war mein Traum, Süße, und nicht deiner.«

Seufzend schob sie ihren Kopf wieder unter sein Kinn und schlang die Arme um seine Taille. »Großer Gott, sogar wenn du träumst, bist du arrogant. Was soll ich nur mit dir machen?«

Dazu fielen ihm mehrere Vorschläge ein, aber die wollte er erst später erläutern. Alle seine Gedanken drehten sich um ihren Mund, um ihre Hände. »Deine Finger fühlen sich wie Eis an.«

»Kein Wunder! Du hast ja die Tür offengelassen. Vielleicht solltest du sie schließen. Hier drin erfriert man ja beinahe.«

Gehorsam schloß er die Tür, dann führte er Mary Rose zu seinem Bett. Eine Zeitlang standen sie voreinander und schauten sich an, ließen ihre erwartungsvolle Freude und das Verlangen allmählich wachsen. Im sanften Lampenschein glich sie einem Engel. Schimmernd fielen die Locken auf ihre Schultern, der zarte Stoff des Schlafrocks zeichnete die Konturen ihres Körpers nach.

Mary Rose war die erste, die sich bewegte. Langsam löste sie den Knoten ihres Gürtels, und als sie den Schlafrock auszog, bemerkte Harrison, wie ihre Hände bebten.

Ohne den Blick von ihren blauen Augen abzuwenden, nahm er ihr das Kleidungsstück aus der Hand und warf es hinter sich auf einen Stuhl. Dann hielt er sie davon ab, ihr Nachthemd aufzuknöpfen. »Laß mich das machen«, flüsterte er heiser.

Fügsam ließ sie die Arme sinken, und er spürte, wie sie erschauerte, während seine Finger über die seidige Haut an ihrem Halsausschnitt glitten. Damit sie sich nicht gedrängt fühlte, nahm er sich Zeit, als er sie auszog. Das kostete ihn sehr viel Selbstdisziplin. Am liebsten hätte er ihr das Hemd vom Leib gerissen, aber er bezähmte seine Ungeduld. Diese Nacht sollte für Mary Rose eine wundervolle Erinnerung werden, durch nichts getrübt.

Ganz langsam öffnete er einen Knopf nach dem anderen, bis zur Taille hinab, hielt immer wieder inne, um sie zu liebkosen, und dann streifte er das Nachthemd behutsam über ihre Schultern hinab. Ihre vollkommene Schönheit nahm ihm den Atem. Entzückt betrachtete er die glatte helle Haut, die vollen Brüste mit den rosigen Knospen, die wohlproportionierten weiblichen Rundungen.

Wie gern hätte er sie an sich gerissen, ihren weichen Körper gespürt ... Doch er widerstand der Versuchung immer noch, zog das Hemd tiefer hinunter, über die schmale Taille, die sanft geschwungenen Hüften, die schlanken Schenkel. Die zarte, makellose Haut unter seinen Fingern schürte sein Verlangen, bis er es kaum noch ertrug.

Dann fiel das Hemd zu Boden, und Harrison trat einen Schritt zurück, um Mary Rose zu betrachten. »Oh, du bist noch viel schöner, als ich dachte.«

Dieses Kompliment befreite sie von ihrer Verlegenheit. Sobald sie die Bewunderung in seinem Blick sah, verflog der letzte Rest ihrer Scheu. Er sagte, sie sei schön, und weil sie sich seiner Liebe sicher war, glaubte sie ihm. Nun konnte sie nicht länger still stehen. Sie schlüpfte aus ihren Pantoffeln und streckt die Arme nach ihm aus. »Soll ich dich ausziehen?«

»Noch nicht. Zögern wir's noch ein wenig hinaus. Wenn du mich schon jetzt entkleidest, geht alles viel zu schnell, und ich wünsche mir, daß du ein vollkommenes Glück genießt.«

»Ist es denn falsch, wenn's schnell geht?«

Harrison schüttelte den Kopf. »Nichts, was wir gemeinsam tun, wird jemals falsch sein.« Er ließ ihr keine Zeit, darüber nachzudenken, und umschlang sie. Ihre Hände lagen auf seiner Brust, zwischen ihren Fingern quoll das dunkle Kraushaar hervor. Das kitzelte. Lächelnd senkte sie die Arme, schmiegte sich an ihn, und ihre Brüste empfanden das gleiche prickelnde Gefühl. Er vergrub das Gesicht in ihrer Halsbeuge, atmete sehnsüchtig ihren süßen Duft ein, und wie ihr leises Stöhnen verriet, fand auch sie die körperliche Nähe beglückend. »Oh, ich wußte, es würde wundervoll sein«, wisperte er, aber ihr fehlten die Worte, um die Emotionen zu beschreiben, die sie durchströmten. Alle ihre Nerven schienen zu vibrieren.

Heiße Küsse bedeckten ihren Hals, Harrisons Zunge neckte ihr Ohrläppchen, und unentwegt flüsterte er ihr zu, was er mit ihr tun würde. Sein Versprechen wirkte ebenso erregend wie die Zärtlichkeiten. Überall wollte sie ihn berühren, streichelte seine Brust, den Nacken, die Schultern, spürte entzückt das Muskelspiel unter ihren Händen. Rastlos rieb sie sich an seinem Körper, um die köstliche Hitze noch intensiver wahrzunehmen.

Ihre Hemmungslosigkeit berauschte ihn und steigerte seine Begierde ebenso wie ihr Seufzen, wann immer er eine besonders sensitive Körperstelle entdeckte. Wie Seidenstränge rieselten ihre Haare zwischen seinen Fingern hindurch.

Einen Arm um ihre Taille geschlungen, beugte er sich hinab und küßte sie. Das Feuer in seinem Innern drängte ihn, ihr nie gekannte Freuden zu bereiten. Immer wieder schob er seine Zunge tief in ihren Mund – ein wildes erotisches Ritual. Seine Hände wanderten über ihre Schultern nach unten, umschlossen die vollen Brüste, die Fingerspitzen spielten aufreizend mit den Knospen. Instinktiv neigte sie sich zu ihm, ließ ihn wissen, wie sehr sie diese sinnlichen Liebkosungen genoß. »Oh, du treibst mich zum Wahnsinn!« hauchte sie.

»Das ist erst der Anfang.«

Wie sollte sie noch stärkere Gefühle ertragen? Flüssige, drängende Hitze breitete sich in ihrem ganzen Körper aus.

Während ihr ein glühender Kuß den Mund verschloß, glitt Harrisons Hand zwischen ihre Schenkel, und seine Zunge ahmte die aufwühlenden Bewegungen seiner Finger nach. Sie glaubte zu sterben, von wachsender Ekstase erfaßt, wand die Hüften hin und her, bis sie die süße Qual nicht mehr ertrug. Als sie seine Hand beiseite schob, hob er sie hoch und legte sie aufs Bett, dann schlüpfte er aus seiner Hose.

Der Wunsch, ganz mit Mary Rose zu verschmelzen, in ihr

zu versinken, wurde übermächtig. Aber vorher mußte er ihre Einwilligung erringen. Er merkte, wie erschrocken sie seinen nackten, sichtlich erregten Körper anstarrte. »Alles wird gut«, versprach er atemlos. »Wir beide sind füreinander geschaffen, Baby.«

Angstvoll schüttelte sie den Kopf und wollte aufstehen. Er ließ ihr keine Zeit, sich in ihre Furcht hineinzusteigern, streckte sich neben ihr aus und hielt ihre Beine mit seinem Schenkel fest. Als er sie zu küssen versuchte, wandte sie sich ab. Doch seine leisen, besänftigenden Worte bewogen sie schon bald, ihn wieder anzuschauen. »Vertraust du mir, meine Liebste? Gestatte mir nur noch einen einzigen Kuß, und wenn du dann immer noch gehen willst, werde ich dich nicht daran hindern.«

Über dieses Angebot mußte sie eine Zeitlang nachdenken, ehe sie zustimmte. Hätte sein Verlangen ihn nicht so gepeinigt, wäre ihm ihre skeptische Miene fast komisch erschienen.

»Nur ein Kuß?« wisperte sie.

»Nur ein Kuß«, versprach er. »Es wird dir gefallen, mein Engel, ganz sicher.« Offenbar glaubte sie ihm immer noch nicht, denn sie runzelte die Stirn, aber das beunruhigte ihn nicht. »Öffne deine Lippen, Baby«, bat er.

Als sie den Kuß leidenschaftlich erwiderte, wußte er, daß sie ihre Angst vergessen hatte. Zärtlich streichelte er sie, bis sie sich stöhnend umherwand, und er spürte, wie ihre innere Anspannung wuchs.

Wieder wanderte seine Hand zwischen ihre Beine, und er half ihr, sich auf ihn vorzubereiten. Die feuchte Wärme, die seine Fingerspitzen ertasteten, jagte einen freudigen Schauer über seinen Rücken. Zärtlich liebkoste er die empfindsamen Hautfältchen und wußte genau, wo er sie berühren mußte, damit sie in seinen Armen zerschmolz.

Der Lust, die er in ihr entfachte, konnte sie nicht widerstehen, grub begierig ihre Nägel in seine Schultern und seufzte leise. Unfähig, noch länger zu warten, schob er ihre Schenkel auseinander und glitt dazwischen. Ohne seinen Mund von ihrem zu lösen, hob er ihre Hüften ein wenig an und drang langsam in sie ein. Sobald er die dünne Wand des Widerstands spürte, hielt er inne und schloß die Augen, dann durchstieß er das letzte Hindernis mit einer kraftvollen Bewegung.

Er fühlte sich, als wäre er gestorben und zum Himmel emporgeflogen. Und ihr kam es so vor, als wäre sie mitten entzweigerissen worden. Sie schrie auf, versuchte sich ihm zu entziehen, aber sein Körper hielt sie eisern fest.

»Sei ganz ruhig, mein Schatz, und warte, bis der Schmerz nachläßt. Bald hast du's überstanden. Ich liebe dich, Mary Rose. O Baby, weine nicht!«

Die Verzweiflung in seiner Stimme half ihr, die Qual zu bewältigen. Jetzt war es leichter zu ertragen, doch sie spürte immer noch pochendes Brennen. Leidenschaft kämpfte mit Mary Roses Unbehagen. Für sie ergab dies alles keinen Sinn. Sollte ihr das tatsächlich gefallen?

Obwohl es ihm sehr schwerfiel, Zurückhaltung zu üben, geduldete er sich, bis ihr Zittern verebbte. Wie wundervoll sie sich anfühlte ...

O Gott, wenn er sich nicht bald bewegen und die Kraft seiner Begierde bewußt dosieren konnte, würde er den Höhepunkt zu früh erreichen. Aber er wollte ihr die gleiche Erfüllung schenken wie sich selbst – ganz egal, wie lange es dauern mochte. Sein Herz klopfte rasend schnell, krampfhaft biß er die Zähne zusammen und preßte das Gesicht an Mary Roses Hals. Dann küßte er ihr Ohrläppchen. »Ist es jetzt besser, meine Süße?«

Sie hörte die Sorge, die in seiner Frage mitschwang. Um ihn zu trösten, log sie: »Ja, viel besser.« Wild entschlossen, ihren Worten Nachdruck zu verleihen, schlang sie die Arme um seinen Hals und streichelte seinen Rücken. Sie spürte, wie er sich anspannte, und ahnte, welch ungeheure Selbstbeherrschung er aufbringen mußte, während er reglos in ihr verharrte. Seine Rücksichtnahme ließ ihren Schmerz belanglos erscheinen. »O Harrison, ich möchte dich nicht enttäuschen.«

Auf einen Ellbogen gestützt, entlastete er sie von seinem Gewicht. »Niemals könntest du mich enttäuschen, Liebste.«

Überwältigt von seiner Zärtlichkeit, versicherte sie: »Jetzt tut's kaum noch weh, und ich werde es ganz bestimmt ertragen. Du mußt nicht länger warten.«

Sein Lächeln überraschte sie. »Ertragen? Nun, wir werden sehen ...« Er küßte sie, und als er den Kopf hob, sah er erleichtert die Leidenschaft, die ihre Augen wieder verschleierte. Erst vor kurzem hatte er sich mit ihr vereint, aber sein heftiges Verlangen gaukelte ihm vor, seither wäre eine halbe Ewigkeit verstrichen. Sein glühender Blick schürte auch Mary Roses sinnliche Wünsche.

»Sag mir, was ich tun soll. Ich will dich glücklich machen.«

»Heb langsam die Hüften, Baby, damit ich ...« Stöhnend verstummte er, sobald sie gehorchte.

Sie glaubte, diese Bewegung würde ihr neue Schmerzen bereiten, doch sie empfand etwas ganz anderes. Die Intensität dieses Gefühls weckte den Wunsch, noch mehr zu spüren, und sie hob die Hüften noch höher.

»Gefällt dir das?« flüsterte Harrison. »Sag mir diesmal die Wahrheit!«

»Ja. Aber ich glaube noch immer nicht, daß ich dir danken muß.«

Großer Gott, wie sehr er sie liebte ... Er bat sie, die Beine um seinen Körper zu schlingen, und drang noch tiefer in sie ein. Inzwischen waren Worte überflüssig. Langsam bewegte er sich, wollte Mary Rose behutsam zum Gipfel der Lust führen. Doch der Drang, den Rhythmus zu beschleunigen, ließ sich bald nicht mehr bezähmen.

Ihr atemloses Flehen spornte ihn an. Jedesmal, wenn er sich zurückzog, hob sie ihm die Hüften entgegen. Ihre Fingernägel bohrten sich in seinen Rücken, als auch sie alle Hemmungen verlor. Um ihn herauszufordern, schrie sie leise auf. Die Sehnsucht, die ihr Blut erhitzte, wurde unerträglich. Was sie sich wünschte, wußte sie nicht, kannte nur einen einzigen Gedanken – sie wollte es jetzt, sofort.

Endlich kam die beglückende Erlösung. Mary Rose schwelgte in ihrem Entzücken, rief Harrisons Namen immer wieder, während heiße Wellen ihren ganzen Körper durchfluteten. Als er das Zittern ihrer Erfüllung spürte, stillte auch er sein Verlangen. Nie zuvor hatte er eine so tiefe, vollkommene Befriedigung empfunden. Weil ihm die Frau in seinen Armen alles bedeutete ...

Erschöpft sank er auf Mary Rose hinab. Sie hatte ihm seine ganze Kraft genommen. Nun wollte er nur noch schlafen, an ihrer Seite, und sie wieder lieben, sobald er erwachte.

Auch sie brauchte sehr lange, um sich zu erholen. Was soeben geschehen war, erschütterte sie. In jenem überwältigenden Augenblick hatten sich zwei Seelen vereint, und sie fühlte sich immer noch von Harrisons Liebe erwärmt. Ein Leben ohne ihn konnte sie sich nicht mehr vorstellen.

Nach einer Weile richtete er sich auf und schaute in ihre verschleierten Augen. »Ich habe dir weh getan, nicht wahr?«

»Ja, aber nur für kurze Zeit.«

»Jetzt gehören wir zueinander, für immer.«

»Ja – für immer.«

Zufrieden nickte er und küßte Mary Rose. Sie rieb ihre Zehen an seinen Beinen und seufzte wohlig, als seine Zunge mit ihrer zu spielen begann. Bald regte sich sein Verlangen von neuem, doch er wußte, daß er ihr nach der schmerzhaften Entjungferung etwas Zeit lassen mußte, ehe er sie zum zweitenmal liebte.

Widerstrebend löste er seine Lippen von den ihren und drehte sich auf den Rücken, aber sein Arm umfing Mary Rose immer noch. »Wir sollten miteinander reden.«

Der ernsthafte Klang seiner Stimme beunruhigte sie, und sie fürchtete, er würde ihr etwas mitteilen, das sie nicht hören wollte. Sie glaubte sogar zu wissen, was. Ein paar Minuten lang schwiegen sie.

Harrison starrte ins Leere, während er über verschiedene

Methoden nachdachte, die Zukunft zu erörtern. Inzwischen wuchs Mary Roses Sorge, und schließlich ertrug sie die Stille nicht länger. »Nun, ich will's dir leichter machen, und ich sag's an deiner Stelle ...«

Aber er drückte sie noch fester an sich, um sie zu unterbrechen. »Was ich dir erklären möchte, kannst du gar nicht wissen. Du bist keine Gedankenleserin.«

»Nein, aber ich ziehe gewisse Schlüsse aus deinem ernsten Tonfall und deinem Zögern. Du hast mir etwas Wichtiges zu sagen, findest aber nicht die richtigen Worte. Habe ich recht?«

»Ja. Und weil es so wichtig ist, muß ich unbedingt die richtigen Worte wählen.«

»Weil du ein Anwalt bist.«

»Nein, weil du's verstehen sollst.«

»Da könnte ich dir viel Zeit ersparen, Harrison.« Sie begann seine Brust zu streicheln, und das lenkte ihn von seinen Gedanken ab. Doch er riß sich zusammen. Ehe er seinem Verlangen nachgab und Mary Rose noch einmal liebte, mußte er mit ihr reden.

»Hör auf, mich in Versuchung zu führen.«

»Ich will dich doch nur trösten.«

»Mary Rose, du liegst nackt neben mir.«

»Und deshalb führe ich dich in Versuchung?«

»Allerdings.«

Zufrieden schmiegte sie ihre Wange an seine warme Haut. »Ich verstehe, was dich bedrückt. Nun bereust du, was geschehen ist, und ich möchte dich trösten. Wirklich, du mußt dich nicht schuldig fühlen.«

»Verdammt noch mal, was sollte ich denn bereuen?«

»Unsere – Indiskretion.«

Hatte er sich verhört? »Unsere – was?«

»Unsere Indiskretion.«

»Mary Rose ...« Er holte tief Luft. Vor Zorn schrie er beinahe. »Um Himmels willen, wie funktioniert dein Gehirn eigentlich? Heute nacht haben wir uns aneinandergebunden, für alle Zeit, und du nennst das eine Indiskretion?«

»Du könntest etwas mehr Geduld mit mir haben«, klagte sie. »Das würde dich nicht umbringen. Immerhin ist das alles neu für mich. Nie zuvor war ich mit einem Mann intim. Ist es da ein Wunder, wenn ich mich jetzt ein bißchen verletzlich fühle?«

Mit diesen Worten hoffte sie, sein Verständnis zu gewinnen, doch sie täuschte sich. »Wie lächerlich! Du hast überhaupt keinen Grund, dich verletzlich zu fühlen. Außerdem beleidigst du mich damit.«

»Wenn wir diese Diskussion fortsetzen, werden wir bald streiten«, seufzte sie, »wo wir doch viel angenehmere Dinge tun könnten ...« Wieder streichelte sie seine Brust und schlang ein Bein um seine Schenkel.

»O Mary Rose, manchmal möchte ich dich schütteln und küssen zugleich. Und eines Tages wirst du mich noch um den Verstand bringen.« Stöhnend erwiderte er ihre Liebkosungen.

»Ist diese Nacht genauso schön wie in deinen Träumen, Harrison?«

»Noch viel schöner.«

»Habe ich dich glücklich gemacht?«

»Sehr glücklich.« Es überraschte ihn, daß sie diese Bestätigung brauchte. Seine Leidenschaft während des Liebesakts hätte ihre Frage hinlänglich beantworten müssen. Aber vielleicht fühlte sie sich wirklich verwundbar, weil sie eine völlig neue Erfahrung gemacht hatte.

»Und jetzt kannst du mir gar nicht genug danken?«

Harrison lachte leise. »Dieser Teil meines Traums hat dir wohl mißfallen, meine Süße.«

Doch sie war viel zu zufrieden, um auf diese Bemerkung einzugehen. »Was wolltest du mir vorhin sagen?«

»Wir müssen über unsere Zukunft reden.«

»Einverstanden.«

»Die nächsten Monate könnten sehr schwierig für dich werden.«

»Willst du mir Schwierigkeiten machen?«

»So hab ich's nicht gemeint.«

»Ich liebe dich, Harrison.«

»Und ich dich, Mary Rose. Bald muß ich nach England zurückkehren, und du sollst mich begleiten.«

»Warum mußt du zurückfahren?«

»Weil ich verpflichtet bin, etwas zu beenden, das ich begonnen habe.«

»Wirst du lange in England bleiben?«

»Das hängt von dir ab.«

Diese Antwort verstand Mary Rose nicht. »Sehnst du dich immer noch nach dem schottischen Hochland?«

»Ich möchte mit dir zusammensein. Wo ich lebe, ist unwichtig.«

»Früher hast du's wichtig gefunden.«

»Ja, früher schon«, stimmte er lächelnd zu. Er war geradezu besessen von dem Gedanken gewesen, ins Hochland heimzukehren. Aber die Liebe zu Mary Rose hatte seine Pläne geändert. Mit ihr konnte er überall auf der Welt glücklich sein.

»Wann willst du abreisen?« fragte sie.

»Übermorgen – mit dir.«

Verwirrt runzelte sie die Stirn Sie sollte ihre Brüder verlassen und nach England fahren, zur anderen Seite eines riesigen Meeres? Mußten sie in der Großstadt leben? Könnte sie das aushalten? Die Menschenmassen würden ihr den Atem nehmen. Und wenn sie aus dem Fenster schaute, würde sie nur Häuser und Straßen sehen und sich nach ihrem Paradies sehnen. Aber hier zurückzubleiben, ohne Harrison? Nein, das wäre unerträglich.

»Ich weiß, du brauchst Zeit, um darüber nachzudenken, meine Süße.«

»Ja … O Harrison, ich wünschte … Könntest du hier in Montana leben?«

»Wenn es möglich wäre.«

»Und *ist* es möglich?«

»Das weiß ich noch nicht.«

»Und wenn ich nicht mit dir nach England fahre?«

»Dann komme ich zurück und hole dich.«

»Ich will jetzt nicht an die Zukunft denken. Morgen werden wir unsere Pläne schmieden und Entscheidungen treffen. Küß mich wieder und liebe mich.« Mary Rose stützte sich auf einen Ellbogen und schaute in seine Augen. »Bitte – ich möchte dich wieder in mir spüren«, flüsterte sie.

»Es ist zu früh, mein Schatz, und es würde dir weh tun.«

Doch das kümmerte sie nicht. Ihre Sehnsucht nach Harrison war größer als die Angst vor Schmerzen. Lächelnd neigte sie sie hinab, und ihre Lippen streifte seinen. »Laß mich dich küssen, nur ein einziges Mal, und danach höre ich auf, wenn du's willst. Das verspreche ich.«

»Wie nett, meine eigenen Worte aus deinem Mund zu hören ...« Er umarmte sie, und sie streckte sich auf seinem Körper aus. »Möchtest du mich küssen, bis du mich in dir spürst?«

»O ja ...«

Und das waren die letzten zusammenhängenden Worte, die sie beide für lange Zeit hervorbrachten. Später schliefen sie ein, eng umschlungen.

5. April 1868

Lieber Mama Rose, gestern wurde Adam in einen Kampf verwickelt. Es war meine Schuld, weil mein schönes blondes Haar den Indianern so gut gefällt. Ich stecke eine Locke ins Kuvert, damit Du sehen kannst, wie hübsch es ist. Die Indianer waren so begeistert davon, daß sie's abschneiden wollten. Und dann sagte einer, sie würden mich mitsamt dem Haar mitnehmen. Da wurde Adam wütend. Cole und Douglas waren nicht da, und als Travis aus dem Stall kam, hatte Adam alle Rothäute niedergeschlagen. Dein Sohn holte sich eine blutige Nase, und die Indianer schliefen sehr lange in unserem Garten, als er mit ihnen fertig war.

Solche Kämpfe sind sehr schlimm, Mama. Sogar Adam hat das gesagt, aber nun glaubt er, die Indianer werden mein Haar in Ruhe lassen. Hoffentlich.

Deine Tochter Mary Rose

15

Kurz bevor der Morgen graute, kehrte sie in ihr Schlafzimmer zurück. Sie fand es erstaunlich, daß Harrison nicht erwacht war, als sie sich aus der Baracke geschlichen hatte. Normalerweise weckten ihn die leisesten Geräusche. Wahrscheinlich fühlte er sich nach dieser Liebesnacht völlig erschöpft – ein Gedanke, der Mary Rose zutiefst befriedigte.

Noch war sie nicht bereit, den neuen Tag zu begrüßen, und sobald ihr Kopf das Kissen berührte, schlummerte sie ein. Gegen zehn Uhr öffnete sie die Augen. Erst beim Dinner sollte sie Harrison wiedersehen. Travis erzählte ihr in der Küche, Dooley sei zur Ranch herausgeritten, um ein Telegramm abzuliefern.

»Und für wen war's?«

»Für Harrison natürlich. Wär's an einen von uns adressiert gewesen, hätte es hier auf dem Küchentisch gelegen.«

»Wer hat's geschickt?«

»Keine Ahnung?«

»Hat Harrison dir nichts davon erzählt?«

»Nein, Mary Rose, und ich habe ihn auch nicht gefragt. Aber die Neuigkeiten schienen ihn nicht besonders zu freuen. Jedenfalls schaute er ziemlich grimmig drein.«

»O Gott, hoffentlich ist niemand gestorben.«

»Wie kommst du drauf?« fragte Travis verwundert.

»Meistens enthält ein Telegramm schlechte Nachrichten. Was tat Harrison, nachdem er's gelesen hatte?«

»Er steckte das Papier ein und ging in die Baracke, um seine Sachen zu packen. Dann wollte er in die Stadt reiten und einen Koffer kaufen, um das Gepäck nach England verschiffen zu lassen. Aber Adam gab ihm einen von seinen alten Koffern, und ich versprach, ihn abzusenden.«

»Ja, ich wußte, Harrison würde abreisen. Das hat er mir gesagt.«

»Reg dich erst auf, nachdem du mit ihm geredet hast«, riet Travis.

»Ich rege mich doch gar nicht auf.«

»Dann laß meinen Arm los. Du kneifst mich.«

Erst jetzt merkte sie, daß sie den Unterarm ihres Bruders umklammerte, und sie zog ihre Hand hastig zurück. »Harrison soll nicht abreisen.«

Verständnisvoll seufzte er. »Wenn man jemanden liebt, ist's nicht immer angenehm, was? Man wird so verletzlich.«

Gegen diese Behauptung konnte Mary Rose nicht protestieren. In diesem Augenblick fühlte sie sich elend. »Nein, es ist nicht immer angenehm. Wann verläßt er uns?«

»Das hat er nicht gesagt.«

»Und wo steckt er jetzt?«

»Vor einer Stunde ist er mit Adam weggeritten, ohne mir ihre Pläne zu verraten. Aber ich weiß, daß Adam unter vier Augen mit ihm sprechen will. Vielleicht angeln sie drüben bei Cowan. Da sind die Forellen besonders wohlgenährt. Sorg dich nicht, Mary Rose. Heute abend wird Harrison dir sicher alles erklären.«

Irgendwie mußte sie den restlichen Tag überstehen, und sie wünschte, sie wäre etwas geduldiger. Eleanor war keine gute Gesellschaft. Ziellos wanderte sie im Haus herum, offensichtlich nicht gewillt, einer nützlichen Beschäftigung nachzugehen. Mary Rose beschloß den Salon sauberzumachen. Das würde ihr wenigstens die Zeit vertreiben.

Mit dem Salon begnügte sie sich nicht. Danach schrubbte sie die Böden, bezog alle Betten frisch, putzte die Fenster und arbeitete im Garten. Am Spätnachmittag taten ihr alle Knochen weh. Sie wankte in die Küche, um das Essen vorzubereiten. Aber der Koch schwenkte sein Fleischmesser vor ihrer Nase und verlangte, sie solle ihm verdammt noch mal nicht im Weg herumstehen.

Samuel oder Pockengesicht, wie Douglas und Cole ihn nannten, war ein halber Crow-Indianer und ein halber Ire. Das ergab eine interessante Kombination, was sein Temperament betraf. Sein irischer Jähzorn wurde von würdevoller Gelassenheit gemildert.

Mary Rose fand ihn einfach großartig, was sie ihm allerdings verschwieg, weil sie wußte, daß er Komplimente haßte. »O Samuel, du bist noch genauso bärbeißig wie an dem Tag, als du hier ankamst.«

Wie seine dunkelbraunen Augen verrieten, wußte er dieses Urteil sehr zu schätzen. Wieder hob er sein Messer und drohte das Abendessen zu vergiften. Mary Rose brach in Gelächter aus, und Samuel wandte sich ab, aber nicht, bevor sie sein Grinsen gesehen hatte.

Da Samuel das Wort für diesen Tag nicht auf der Schiefertafel notiert hatte, ergriff Mary die Kreide und malte in großen Buchstaben »Flunkerer«. »Schau mal, Samuel, ich habe deinen Namen geschrieben!«

Eine Zeitlang hänselte sie den Koch noch, dann deckte sie den Tisch. Nachdem diese stupide Arbeit erledigt war, holte sie Seife, Handtücher und saubere Kleidung aus ihrem Zimmer und überredete Eleanor zu einem Bad im nahen Fluß.

Obwohl sie es kaum erwarten konnte, Harrison wiederzusehen, wich sie beim Dinner seinem Blick aus. Sie fürchtete zu erröten, wenn sie ihn anschaute und sich an die vergangene Nacht erinnerte. Wann immer sie daran dachte, stockte ihr Atem. Natürlich würden ihre Brüder das merken und deshalb starrte sie beharrlich auf den Teller. Was sie getan hatte, beschämte sie zwar nicht, aber mit ihrer Familie mochte sich nicht darüber reden.

Auch ihren Brüdern schien eine solche Diskussion zu widerstreben. Mindestens zwei mußten gehört haben, wie sie nachts aus dem Haus geschlichen war. Trotzdem verlor keiner ein Wort darüber, und deshalb konnte Mary Rose sie ebenso wenig anschauen wie ihren Liebsten.

Zweifellos wußten sie Bescheid. Warum fühlte sie sich dann kein bißchen schuldig? Vermutlich würde sie noch eine Weile brauchen, um das herauszufinden.

Harrison fiel es sicher nicht schwer, sich an die neue

Situation zu gewöhnen. Jedenfalls bereute er nichts, das wußte Mary Rose. Nachdem sie einander ihre Liebe gestanden hatten, glaubte er vielleicht, sie könnten allmählich anfangen, sich wie ein altes Ehepaar zu verhalten.

Aber sie waren nicht verheiratet, zumindestens nicht nach dem Gesetz, und ehe das Ehebündnis von einem Priester gesegnet wurde, mußte sie Rücksicht auf die Gefühle ihrer Brüder nehmen.

Sogar Eleanor führte sich sonderbar auf. Sie nippte an ihrem Wasserglas, aber ihr Essen rührte sie kaum an und schob es nicht einmal auf dem Teller umher – so wie Mary Rose, die auf diese Weise Appetit zu heucheln versuchte.

Douglas war der erste, dem Eleanors erhitzte Wangen auffielen. »Fühlen Sie sich nicht wohl?«

»Heute abend bin ich nur ein bißchen müde. Keine Ahnung warum ... Den ganzen Tag habe ich nichts getan. Hier drin ist es ziemlich heiß, nicht wahr?«

Seufzend wandte sich Douglas zu Adam. »Sie hat Fieber. Siehst du nicht, wie rot ihr Gesicht ist?«

Mary Rose ließ erschrocken die Gabel sinken und musterte ihre Freundin. »Bist du krank?«

Als sie keine Antwort bekam, stand Douglas auf, ging um den Tisch herum und befühlte Eleanors Stirn. »Klar, sie hat Fieber, sogar ziemlich hohes. Kommen Sie mit, Eleanor, ich bringe Sie ins Bett.« Er half ihr aufzustehen, und sie lehnte sich kraftlos an ihn.

»O Eleanor, es tut mir so leid!« rief Mary Rose und schuldbewußt, weil sie den beklagenswerten Zustand ihrer Freundin übersehen hatte. »Warum hast du nichts gesagt?«

»Weil ich nicht jammern wollte.«

Cole schüttelte den Kopf. »Deshalb mußt du nicht gleich die Märtyrerin spielen, Ellie. Wie lange bist du schon krank?«

»Seit heute morgen. Und nachmittags zwang mich Mary Rose, im Fluß zu baden. Das Wasser war furchtbar kalt, aber nicht einmal da habe ich gejammert. Adam, war es nicht nett von mir, stillschweigend zu leiden?«

Als Adam die Tränen in ihren Augen sah, plagten ihn Gewissensbisse. Offenbar glaubte die arme Frau immer noch, man würde ihr die Tür weisen. Er beugte sich zu ihr hinüber und tätschelte beruhigend ihre Hand. »Hätten Sie doch nur gejammert, Eleanor! Jetzt gehören Sie zur Familie. Und wenn Sie krank sind, wollen wir es alle wissen, damit wir für Sie sorgen können.«

»Wirklich?« hauchte sie entzückt.

»O ja!« bekräftigte Adam lächelnd. »Douglas wird Sie bald wieder gesund machen. Gehen Sie mit ihm nach oben. Später bringe ich Ihnen eine Tasse Tee. Mary Rose, du solltest deiner Freundin helfen.«

»Jetzt können wir uns auf was gefaßt machen«, stöhnte Cole, nachdem Mary Rose und Douglas mit der Patientin das Speisezimmer verlassen hatten.

»Was meinst du?« fragte Adam.

»Hast du nicht gemerkt, wie begeistert sie war, als du sagtest, sie hätte jammern sollen?«

»Mach dich nicht lächerlich! Sie ist tatsächlich krank, das sieht man doch.«

»Vergeßt die Jammerei!« mischte sich Travis ein. »Mich interessiert viel mehr, was Adam sonst noch zu Eleanor gesagt hat. Sie gehört jetzt zu unserer Familie? Was soll das heißen?«

»Ich möchte nur, daß sie sich bei uns heimisch fühlt«, erwiderte Adam. »Und es kann nicht schaden, wenn wir ein bißchen nett zu ihr sind.«

»Wann genau wird sie abreisen?« fragte Travis.

Adam zeigte etwas übertriebenes Interesse an einer Gräte, die er aus seiner Forelle entfernte. »Nu ja, das muß sie selber entscheiden.«

»Hm ...«, murmelte Travis und wechselte einen Blick mit Cole. »Wahrscheinlich bleibt sie für immer hier.«

»Verdammt, Adam, das hättest du mir sagen sollen, bevor ich sie geküßt habe!« fauchte Cole. »So leichtsinnig wäre ich nie gewesen, wenn ich's gewußt hätte. Jetzt muß ich wohl oder übel mit ihr über meine Absichten reden.«

Douglas war ins Speisezimmer zurückgekehrt und hatte die letzten Worte gehört. »Du meinst deine mangelnden Absichten, was?« Dann schüttelte er den Kopf, als sein Bruder nickte. »Du solltest dich schämen! Wie kannst du nur so gewissenlos mit Eleanor herumspielen? Adam, bring ihr keinen Tee, bevor ich mein Spezialpulver gemischt habe. Davon gebe ich einen Löffel in ihre Tasse. Ich wünschte wirklich, du hättest ihr nicht gesagt, daß sie jammern soll. Das nutzt sie jetzt weidlich aus. Und Mary Rose ist auch schon ganz aufgeregt. Sie glaubt, sie wäre schuld an Eleanors Fieber, und bittet sie dauernd um Verzeihung für ihre Selbstsucht. In letzter Zeit ist unsere Schwester verdammt emotional«, fügte er hinzu und warf einen vielsagenden Blick in Harrisons Richtung. »Vielleicht kriegt sie die gleiche Krankheit wie ihre Freundin. Vorhin hat sie kaum einen Bissen gegessen und Harrison kein einziges Mal angeschaut.«

»Das ist mir auch aufgefallen«, sagte Cole.

»Am besten verschieben wir das bewußte Gespräch, bis es Mary Rose wieder bessergeht«, schlug Travis vor.

»Nein!« protestierte Harrison in entschiedenem Ton, und Adam pflichtete ihm bei.

»Wir versuchen nur hinauszuzögern, was wir fürchten, und das dürfen wir nicht. Unsere Schwester muß so bald wie möglich die Wahrheit erfahren. Heute befragte ich Harrison nach der Familie Elliott, und er versprach mir, gut auf Mary Rose aufzupassen. Trotzdem glaube ich, sie sollte nicht mit ihm abreisen, und vorerst hierbleiben, bis sie sich an die neue Situation gewöhnt hat.«

Harrison wollte widersprechen. Doch er besann sich anders, entschuldigte sich, verließ das Haus und setzte sich auf die Veranda.

Wenig später folgte ihm Adam. Er sank in einen Sessel und streckte die langen Beine aus. »Mein Wunsch mißfällt Ihnen, nicht wahr?«

»Allerdings. Während der Schiffsreise findet Mary Rose

genug Zeit, um sich an den Gedanken zu gewöhnen, daß sie englische Verwandte hat.«

»Aber es widerstrebt mir, sie mit einer solchen Neuigkeit zu konfrontieren und gleich danach wegzuschicken ... Mary Rose, wie lange stehst du schon hier?«

»Noch nicht lange. Darf ich mich zu euch setzen?«

»Nein«, entgegnete Adam, ohne eine Erklärung abzugeben.

»Erlauben Sie ihr doch, hierzubleiben!« bat Harrison. »Ich möchte mit ihr reden.«

Widerwillig nickte Adam, und Mary Rose lehnte sich ans Geländer, die Hände wie im Gebet gefaltet. »Würde mir einer von euch bitte mitteilen, was los ist? Warum seid ihr so schlecht gelaunt?«

»Wir sind nicht schlecht gelaunt«, erwiderte Adam.

»Aber du runzelst die Stirn.«

»Weil wir über ernsthafte Dinge diskutieren, Mary Rose. Noch betreffen sie dich nicht.«

»Natürlich betreffen sie Mary Rose!« rief Harrison. »Seien Sie doch vernünftig, Adam!«

»Ich werde vernünftig sein, wenn es an der Zeit ist. Und jetzt muß ich Eleanor den Tee bringen. Bleib nicht zu lange hier draußen, Mary Rose.«

Aber so leicht kam er nicht davon. Mary Rose folgte ihm zur Haustür. »Welche Neuigkeit mußt du mir sagen?«

»Also hast du uns doch belauscht?«

»Ja.«

»Morgen erzähl ich dir alles.«

Sie wartete, bis er im Haus verschwunden war, dann schlenderte sie zu Harrison und blieb zwischen seinen ausgestreckten Beinen stehen. Mühsam verbarg sie ihre Sorge, die sie quälte, seit sie wußte, daß er seine Sachen gepackt hatte.

»Bist du mir böse?« fragte er.

»Nein.«

»Beim Essen wolltest du mich nicht anschauen, und du hast kein einziges Mal mit mir gesprochen ...«

Ungeduldig unterbrach sie ihn. »Bald reist du ab. Das hat Travis mir verraten.«

Er nickte nur, ohne ihr mitzuteilen, was ihn zu diesem überstürzten Aufbruch veranlaßte.

»Weil du ein Telegramm bekommen hast?«

»Nein, in diesem Telegramm ging es um eine finanzielle Angelegenheit. Komm näher, Mary Rose!« Ehe sie aus eigenem Antrieb gehorchen konnte, zog er sie auf seinen Schoß und schlang die Arme um ihre Taille. »Alles in Ordnung?« flüsterte er.

Vorwurfsvoll starrte sie ihn an. Wie konnte alles in Ordnung sein, wenn er sie schon so bald verlassen wollte? Wußte er denn nicht, daß er ihr Herz auf die Reise mitnehmen würde?

»Gestern habe ich dir weh getan, Mary Rose, das weiß ich.«

»So schlimm war es nicht.« Verlegen senkte sie den Kopf. »Tut es dir leid?«

Diese Frage irritierte ihn. Er legte einen Finger unter ihr Kinn und zwang sie, ihn anzusehen. »Nein, meine Süße, es tut nur überhaupt nicht leid. Und wenn ich könnte, würde ich dich jetzt gleich wieder lieben. Gott weiß, wie ich dich begehre ...«

Tränen schimmerten in ihren Augen. »O Harrison, ich begehre dich genauso. Und mir tut's auch kein bißchen leid. Aber es gefällt mir nicht, wenn ich mich verletzlich fühle.« Oder einsam und verlassen, ergänzte sie in Gedanken.

»Und warum fühlst du dich so?«

»Verdammt, du willst doch abreisen!«

»Du wirst nach England kommen. Es ist nur eine kurze Trennung. Hast du mir letzte Nacht nicht zugehört? Von jetzt an bleibst du für immer bei mir.« Er küßte sie, lange und leidenschaftlich, und sie legte ihre Arme um seinen Nacken. Mit der ganzen Liebe und Verzweiflung, die ihr Herz erfüllten, erwiderte sie den Kuß.

Danach konnte sie kaum atmen. Die Wange an seine

Brust geschmiegt, lauschte sie seinem Herzschlag. »Ich liebe dich so sehr, Harrison.«

»Das weiß ich, Baby.«

»Willst du heute nacht wieder mit mir schlafen?«

»Ich würde dir weh tun.« Doch das Verlangen war stärker als seine Fürsorge. Er stand auf, trug Mary Rose zur Baracke, und unterwegs begann sie begierig, sein Hemd aufzuknöpfen.

Als sie ihr Ziel erreichten, konnten sie ihre Begierde kaum noch bezähmen. Mit bebenden Händen und völlig erfolglos versuchte Mary Rose, ihren Rockbund zu öffnen. Harrison half ihr und fluchte leise, weil sich die winzigen Häkchen seinen großen Händen widersetzten.

Endlich landeten alle Kleidungsstücke in einem chaotischen Haufen am Boden. Mary Rose und Harrison sanken aufs Bett. Sobald er ihren warmen Körper unter sich spürte, stöhnte er vor Entzücken. In ihrem Bauch breitete sich ein prickelndes, drängendes Gefühl aus. Mit beiden Händen umfaßte sie sein Gesicht und küßte ihn voller Hingabe.

Um das Feuer in ihr zu schüren, streichelte er sie zärtlich. Aber als seine Finger zwischen ihre Schenkel glitten, spürte sie einen stechenden Schmerz und umfaßte sein Handgelenk. »Oh, es tut so weh!« flüsterte sie. »Das hatte ich nicht erwartet. Wir sollten aufhören, Harrison, aber ich will nicht. Ich möchte ...«

Sein Kuß erstickte den restlichen Satz und entfachte Mary Roses Leidenschaft von neuem. Bald war der Schmerz vergessen.

Harrisons Lippen wanderten über ihren Hals, sein heißer Atem streifte ihr Ohr, während er ihr aufreizende Worte zuflüsterte und ankündigte, was sie empfinden würde. Seine Lippen zogen eine heiße Spur über ihre Brüste, ihren Bauch, bis hinab zu der Stelle, wo sich die Hitze ihres Verlangens konzentrierte. Verstört rang sie nach Atem und versuchte ihm Einhalt zu gebieten. Aber er konnte und wollte ihr nicht gehorchen. Der warme Nektar schmeckte zu köstlich.

Und dann wehrte sie sich nicht mehr gegen die betörenden Liebkosungen seiner Zunge. Ihre Fingernägel gruben sich in seine Schultern, und ihr leises Seufzen flehte ihn an, ihr noch mehr zu schenken. Die ersten Wellen des Höhepunkts durchströmten ihren Körper, und sie schrie Harrisons Namen, dann begann sie zu schluchzen, erschüttert von der Intensität ihrer Gefühle.

Nun vermochte er sich nicht länger zu beherrschen. Wenn er nicht sofort in sie eindrang, würde er den Verstand verlieren. Er richtete sich auf, und während er zwischen ihren Schenkeln kniete, hob er ihre Hüften hoch. Ungeduldig vereinte er sich mit ihr.

Der Schmerz verschmolz mit beglückender Erfüllung. Und die Leidenschaft, die er in ihr entfacht hatte, schien in tausend glitzernde Fragmente zu zerspringen. Rückhaltlos überließ sie sich dem wilden Sturm, sicher und geborgen in den Armen des Mannes, den sie liebte.

Wenig später stillte auch er seine Lust. Eigentlich hatte er geplant, seine Erlösung hinauszuzögern, Mary Rose noch länger Freude zu bereiten. Doch sie bäumte sich begierig auf, zog die Knie hoch, damit er noch tiefer in sie eindrang, und da konnte er sich nicht länger beherrschen.

Während er den Gipfel seiner Ekstase genoß, beteuerte er immer wieder, wie sehr er Mary Rose liebte. Danach sank sein Kopf kraftlos in ihre Halsbeuge. Langsam kehrte die Realität zurück. Harrison befreite Mary Rose von seinem Gewicht, streckte sich neben ihr aus und, musterte sie besorgt. »Obwohl ich es nicht wollte – jetzt habe ich dir doch weh getan.«

»Beruhige dich, ich lebe noch. Sag mir noch einmal, daß du mich liebst.«

»Ich liebe dich.«

»Das wird mir helfen, wenn ...«

»Wenn?« Er nahm sie in die Arme. »Was meinst du?«

»Wenn ich schwanger werde, und du mich verlassen hast.«

Sie dachte, er würde ihr diese Sorge nehmen. Statt dessen

erwiderte er: »Hoffentlich bist du schwanger. Ich wünsche mir mindestens zwanzig Kinder.«

»Der Himmel möge mir helfen ...«, wisperte sie.

Besitzergreifend strich seine Hand über ihren Bauch. »Du wirst eine wunderschöne Mutter sein.«

»Nein – dick und fett!«

»Ich mag dicke Frauen.«

»Bitte, Harrison, fahr nicht weg!«

»Das muß ich. Aber du kommst bald zu mir, mein Schatz. Allzulange werden wir nicht getrennt sein.«

»Und wenn was passiert? Wenn ich dir nicht folgen kann?«

»Dann komme ich hierher und hole dich. Das sagte ich doch schon. Wenn's sein muß, schleppe ich dich mit Gewalt nach England. Dooley erzählte mir, Richter Burns sei auf dem Weg nach Blue Belle. Er begleitet Belle nach Hause. Offenbar ist er in sie verknallt.«

»Verknallt?«

»So hat's Dooley ausgedrückt«, erwiderte Harrison gähnend. »Vor meiner Abreise könnte Burns uns trauen.«

»Ein Priester oder Rabbi wäre mir lieber. Ich finde es nicht besonders romanisch, wenn ein Mann, der normalerweise Leute aufhängt, unseren Ehebund schließt.«

»Aber ich will nicht warten.«

»Hast du Angst, ich könnte mich während deiner Abwesenheit anders besinnen?«

»Dafür ist es ohnehin zu spät. Du gehörst zu mir, seit du gestern nacht durch diese Tür kamst. Warum bist du später ins Haus zurückgelaufen?«

»Wegen meiner Brüder.« Ihr Finger strich über Harrisons Brust. »Ich wollte ihnen nicht noch mehr Schande bereiten.«

»Schande?« Er schrie beinahe. »Hältst du es etwa für eine Schande, daß du mit mir geschlafen hast?«

»Bitte, versteh mich doch! Wir sind noch nicht verheiratet, und ich muß die Gefühle meiner Brüder berücksichtigen. Hätten sie uns zusammen im Bett ertappt, wären sie todunglücklich gewesen.«

Das verstand er nicht. Er sprang aus dem Bett und griff nach seiner Hose. »Zieh dich an!« befahl er.

»Komm wieder ins Bett und laß mich erklären ...«

»Zieh dich an, Mary Rose, oder ich wickle dich in eine Decke und trage dich ins Hans hinüber. Sollen deine Brüder dich so sehen?« Sofort stieg sie aus dem Bett und begann sich anzukleiden. »Warum diese Eile?«

»Das Wort ›Schande‹ mißfällt mir!« herrschte er sie an. »Nun werden wir mit deinen Brüdern reden. Trödle nicht herum, verdammt noch mal! Ich will mit Adam sprechen, bevor er ins Bett geht.«

»O nein, du wirst nicht mit Adam reden. Ich gehe allein ins Haus. Wenn du glaubst, ich würde dir erlauben, meinen Brüdern zu erzählen, was wir soeben getan haben – vergiß es! Ich lasse mich nicht demütigen. Ist das klar?«

Erbost schlüpfte sie in ihre Schuhe und konnte nicht fassen, daß dieser wunderbare Abend ein so schlimmes Ende finden mußte. Was für ein zärtlicher, rücksichtsvoller Liebhaber war er gewesen ... Und jetzt benahm er sich wie ein arroganter Rüpel. Sie wußte nicht, was den plötzlichen Stimmungsumschwung bewirkt hatte, fühlte sich aber nicht bemüßigt, Harrison zu beschwichtigen.

Allein schon der Gedanke, Adam könnte von diesen leidenschaftlichen Liebesstunden erfahren, drehte ihr den Magen um. Niemandem würde sie erlauben, sie dermaßen zu erniedrigen, nicht einmal dem gräßlichen Kerl, den sie liebte. Sie versuchte an ihm vorbeizugehen, aber er packte ihre Hand, zerrte sie durch den Hof und ins Haus.

In der Halle trafen sie Cole, der Mary Rose forschend anstarrte. »Was zum Teufel ist mit dir passiert?« Sein Blick glitt über ihre zerzausten Locken, und sie benutzte ihre freie Hand, um sich das Haar aus der Stirn zu streichen.

»Nichts!« rief sie, während Harrison sie zur Bibliothek zog.

Ohne anzuklopfen, stieß er die Tür auf und schob Mary Rose über die Schwelle. Dann blieb er hinter ihr stehen. Als sie die Flucht ergreifen wollte, versperrte ihr seine breitschultrige Gestalt den Weg.

Verwirrt klappte Adam das Buch zu, das er gelesen hatte und wollte aufstehen. Aber Harrison forderte ihn auf, sitzen zu bleiben. Dann führte er Mary Rose zum anderen Sessel und drückte sie hinein.

»Also wirklich, Harrison, das ist einfach ungeheuerlich!« flüsterte sie. »Wenn du ein einziges Wort sagst, dann tue ich irgendwas Schreckliches. Das schwöre ich dir.«

Einen Arm um ihre Schultern gelegt, schaute er ihren Bruder an. »Adam, Mary Rose und ich müssen so schnell wie möglich heiraten. Morgen kommt Richter Burns nach Blue Belle. Wir sollten alle in die Stadt reiten und …«

»Ich lasse mich nicht von einem besseren Henker trauen«, fiel sie ihm ins Wort. »Das würde gegen meine Prinzipien verstoßen.«

»Harrison, schließen Sie die Tür«, schlug Adam vor. »Und würdet ihr beide bitte eure Stimmen senken? Was soll dieses Gerede vom Heiraten?«

Wütend verschränkte Mary Rose die Arme vor der Brust. »Hör nicht auf ihn, Adam. Er fühlt sich nur elend, weil er abreisen muß.« Ohne Harrisons Finger zu beachten, die sich in ihren Oberarm bohrten, fügte sie hinzu: »Am besten regeln Harrison und ich die Sache unter uns. Du brauchst dich nicht einzumischen, Adam. Wenn du uns jetzt entschuldigst …«

Nun war es Harrison, der ihr ins Wort fiel. »Adam, ich dachte, Mary Rose hätte mich verstanden. Offensichtlich war das ein Irrtum. Sie scheint zu glauben, sie hätte ihren Brüdern Schande gemacht, als sie mit mir schlief. Da sie diesen Eindruck gewonnen hat, möchte ich sie möglichst bald heiraten. Verdammt will ich sein, wenn ich ihr gestatte, sich unserer Liebe zu schämen. Eigentlich wollte ich warten, bis Sie ihr alles erklärt haben, Adam. Aber meine Gefühle waren nun einmal stärker als meine Entschlußkraft. Ich liebe sie, und sie liebt mich.«

Verständnisvoll nickte Adam ihm zu und beobachtete seine kleine Schwester, die in diesem Augenblick kein bißchen wie eine liebende Frau aussah – eher so, als wollte sie ihren Bräutigam ermorden. »Sicher wird Richter Burns sich freuen, wenn er die Zeremonie morgen vornehmen kann.«

»Adam, ich will nicht …«

»Fühlst du dich entehrt, Mary Rose?«

Wenn sie diese Frage bejahte, mußte sie morgen heiraten, und wenn nicht, würde sie ihren Bruder belügen. Also hielt sie den Mund.

»Nun, sind Sie einverstanden, Adam?« fragte Harrison ungeduldig.

»Es wäre netter, wenn die Hochzeit hier auf der Ranch stattfände. Sicher wird es Richter Burns nichts ausmachen, hierherzukommen. Und er soll Belle mitnehmen. In all den Jahren half sie uns, das Mädchen großzuziehen. Und sie möchte sicher an Mary Roses Hochzeit teilnehmen. Aber vielleicht sollten Sie nicht erwähnen, daß Sie bereits mit Ihrer Braut geschlafen haben, Harrison. Es genügt, wenn wir Ihre baldige Abreise als Grund für die überstürzte Trauung angeben.«

»Mary Rose wird mich nach England begleiten.«

»Das muß sie selber entscheiden, nach unserem Gespräch.«

»Vielleicht sollten wir schon jetzt über alles reden.« Es war Cole, der diesen Vorschlag machte. Soeben hatte er die Bibliothek betreten, dicht gefolgt von Travis.

Mary Rose wünschte, der Erdboden würde sich auftun und sie verschlingen. Falls die beiden gehört hatten, was zwischen Harrison und ihr geschehen war, würde sie vor Verlegenheit sterben.

»Ein Problem nach dem anderen«, entgegnete Adam. »Was geschehen ist, ist nun mal geschehen. Morgen feiern wir Hochzeit. Ihr seid doch einverstanden?«

Cole und Travis nickten. »Hier draußen kann man sich leicht scheiden lassen«, versuchte Cole seine Schwester zu beruhigen. »Daran mußt du während der Zeremonie denken.«

Sein Galgenhumor amüsierte Harrison kein bißchen. »Mary Rose, wir bleiben beisammen, bis der Tod uns scheidet. Hast du das endlich begriffen? Oder muß ich's dir mit Gewalt einbleuen?«

Empört schüttelte sie seinen Arm von ihren Schultern und sprang auf. »Was für ein reizender Heiratsantrag, Harrison! Wenn ich dich nicht so wahnsinnig liebte, würde ich dich erschießen! Gute Nacht!«

Immerhin hatte sie das letzte Wort. Niemand hielt sie zurück, als sie aus der Bibliothek stürmte. Atemlos rannte sie die Treppe hinauf, und sie weinte erst, als sie ihre Tür hinter sich geschlossen hatte.

Allmählich zerrte ihre Liebe zu Harrison fast schmerzhaft an ihren Nerven. Ob sie nun entehrt war oder nicht, von einem besseren Henkersknecht würde sie sich nicht trauen lassen. Nachdem sie diesen Entschluß gefaßt hatte, fühlte sie sich etwas besser.

18. August 1869

Liebe Mama Rose. Travis, Douglas, Cole und ich waren sehr froh, weil Du Adam einen schrecklich strengen Brief geschrieben hast. So zornig kennen wir Dich gar nicht. Aber das war gut so. Natürlich mußtest Du Deinem ältesten Sohn klarmachen, wie albern sein Plan war. Da wollte er doch tatsächlich davonlaufen und irgendwo untertauchen, nur damit Livonia Dich nicht mehr erpressen und zwingen kann, bei ihr zu bleiben.

Cole glaubt, es gibt einen Ausweg, und er versteht Dein Mitleid mit Livonia nicht. Nach seine Ansicht müßtest Du sie hassen, aber Adam sagt Du würdest niemanden hassen, weil das nicht zu Deinem Wesen paßt. Warum darf Dich keiner von uns besuchen? Livonias Söhne können uns nichts anhaben.

Wie gern würde ich Dich umarmen!
Deine Tochter Mary Rose

16

Zu ihrer Hochzeit erschien sie bewaffnet. Da Richter John Burns weder an seinem Gerichtshof noch bei einer Trauung Waffen duldete, mußte Mary Rose den sechsschüssigen Revolver aus ihrer Tasche entfernen. Und er hätte sogar eine Leibesvisitation angeordnet, wäre Adam damit einverstanden gewesen.

Der Richter war ein sympathischer Mann um die Fünfzig, attraktiv und hochgewachsen, mit leicht gebeugten Schultern, leuchtend grünen Augen – von Verurteilten als satanisch empfunden – und dichtem kastanienbraunem Haar. Sein irisches Temperament wurde von englischer Sachlichkeit gebändigt. Mit Harrison verstand er sich auf Anhieb großartig. Seine Verwandten lebten außerhalb von Canterbury, und so entdeckten die beiden, abgesehen von der Juristerei, gewisse Gemeinsamkeiten.

Vor allem freute sich Burns über den Respekt, den der Bräutigam der liebenswürdigen Belle entgegenbrachte. In dieser Hinsicht mußte Harrison nicht heucheln, denn die Frau hatte immerhin mitgeholfen, Mary Rose großzuziehen. Deshalb fühlte er sich ihr verpflichtet, und ihr Gewerbe interessierte ihn nicht. Sie besaß ein gutes Herz, und nur darauf kam es an. Ihre Zuneigung zu Mary Rose war offensichtlich. Während sie als Brautjungfer und Trauzeugin fungierte, brach sie in Tränen aus. Sie trug ein blaues Kleid, und Burns erzählte Harrison, er habe sie nie in einer anderen Farbe gesehen. Sogar die spitzenbesetzte Unterwäsche sei blau, flüsterte er.

Belle war nach oben gegangen, um der Braut beizustehen. Trotz ihrer Jahre sah sie immer noch hübsch aus, mit dunklem, von grauen Strähnen durchzogenem Haar und freundlichen braunen Augen.

Als sie mit Mary Rose den Salon betrat, wirkte die Frau, die Blue Belles Stolz und Freude war, viel glücklicher als die

Braut. Wahrscheinlich fühlt sich meine Liebste elend, dachte Harrison. Trotzdem ist sie bildschön.

»Leider kann Eleanor nicht mit uns feiern«, erklärte Adam. »Sie hat immer noch Fieber. Aber Douglas hat mir versichert, heute würde es ihr schon bessergehen.«

»Spiel doch Klavier, Belle!« bat Burns.

»Das kann ich nicht.«

»Ich spiele«, erbot sich Mary Rose.

Lachend schüttelte Belle den Kopf. »Da du die Braut bist, hast du was anderes zu tun. John, bringen wir's einfach hinter uns. Hier drin ist es furchtbar heiß. Jungs, stellt euch hinter eure Schwester. Wer spielt den Brautvater?« Sie reichte Mary Rose ein Feldblumensträußchen, ergriff ihre Hand und legte sie auf Harrisons Arm.

»Wir alle sind Brautväter«, informierte Adam den Richter.

»Nun, das ist wohl in Ordnung.«

»Moment mal!« rief Mary Rose. »Haben Sie in dieser Woche irgend jemanden aufgehängt, Richter Burns.«

»Nicht, daß ich wüßte.«

»Also gut«, seufzte sie. »Übrigens, Harrison hat mir keinen Heiratsantrag gemacht. Er teilte mir nur mit, wir würden heiraten. Aber gefragt hat er mich nicht.« Ihre Stimme klang ziemlich schwach, und sie hoffte, niemand würde es merken. In ihrer Hand zitterte der Blumenstrauß. Sie umfaßte ihn etwas fester und bemühte sich, Haltung zu wahren.

»Mein Lieber, Sie müßten das Mädchen fragen«, erinnerte Belle den Bräutigam.

Gehorsam wandte sich Harrison zu Mary Rose. »Willst du mich heiraten?«

»Nein.«

»Sie meint ja«, erklärte er dem Richter.

»Aber sie muß es sagen«, entgegnete Burns, und Harrison schaute seine Braut wieder an.

»Liebst du mich?«

»Ja.«

»Möchtest du den Rest deines Lebens mit mir verbringen?«

»Ja.«

»Wirst du deine Wutanfälle bezähmen?«

»Ja.«

»Dann will ich den Rest meines Lebens mit dir verbringen.«

»Das hört sich so an, als hätte sie zugestimmt, John«, warf Belle ein.

Der Richter räusperte sich, öffnete sein Buch und begann die zeremoniellen Worte vorzulesen. Knapp fünf Minuten später waren Harrison und Mary Rose Mann und Frau. Nachdem sie es überstanden hatten, seufzte er erleichtert, und sie blinzelte verwirrt. Sanft nahm er sie in die Arme und küßte sie. Die Blumen an ihre Brust gepreßt, erwiderte sie den Kuß und wisperte: »Jetzt kannst du abreisen. Ich mache meinen Brüdern keine Schande mehr.«

»Sehr komisch«, flüsterte er an ihrem Mund und küßte sie noch einmal – etwas leidenschaftlicher.

Zwei Brüder – Douglas und Travis – hatten Tränen in den Augen. Und Cole schaute sehr zufrieden drein, was seinen Schwager überraschte. »Freust du dich etwa, Cole?«

»Falls du sie geschwängert hast, ist sie wenigstens verheiratet. Wahrscheinlich möchte sie hier leben, Harrison. Darüber solltest du auf deiner Reise nach England nachdenken.«

»Sie wird zu mir kommen.« Harrisons Stimme klang so entschieden, daß Cole die Stirn runzelte.

Während des restlichen Vormittags wurde gefeiert. Mary Rose brachte ihrer kranken Freundin ein Stück von der Hochzeitstorte, die Samuel gebacken hatte. Aber Eleanor litt unter Appetitmangel. Ein paar Minuten lang weinte sie, weil sie die Trauung versäumt hatte, dann schlief sie ein.

Mary Rose ließ den Teller mit dem Tortenstück auf dem Nachttisch stehen und ging nach unten. Am Fuß der Treppe wartete Harrison und umarmte seine junge Frau. »So bald wie möglich lassen wir uns den Segen eines Priesters erteilen. Wirst du dich dann besser fühlen?«

»Ja, danke.«

»Meine Süße, ich liebe dich.«

»O Harrison, ich dich auch.«

Richter Burns gesellte sich zu ihnen. »Sicher möchten Sie sich nun mit Ihrer Frau zurückziehen, Harrison. Aber da Sie Anwalt sind, würde ich Sie gern in einer bestimmten Angelegenheit nach Ihrer Meinung fragen. Wenn Sie so freundlich wären, ein paar Minuten für mich zu erübrigen und mir in die Bibliothek zu folgen ...«

Diesen Wunsch konnte Harrison ihm nicht abschlagen, obwohl er sich an seinem Hochzeitstag nicht im mindesten für juristische Probleme interessierte. Er zwinkerte seiner Braut zu, dann suchte er mit Burns die Bibliothek auf.

Umständlich stopfte der Richter seine Pfeife, dann lehnte er sich in Adams Sessel zurück, lächelte Harrison an und wies einladend auf den zweiten Lehnstuhl. »Dies ist die merkwürdigste Familie, der ich je begegnet bin. Und da Sie eine Clayborne geheiratet haben, müssen Sie auch etwas sonderbar sein.«

»Vermutlich. Aber alle vier sind gute Männer, und sie haben viel für ihre Schwester getan.«

»So wie meine süße Belle. Früher nähte sie oft Kleider für Mary Rose und betreute sie bei sich daheim. An die Kindheit Ihrer Frau erinnere ich mich kaum. Meistens besuchte ich Belle am Abend, und da war das kleine Mädchen natürlich schon zu Hause. Aber ich weiß noch, daß Mary Rose einen Kopf voller Locken hatte, so wie heute. Sie lieben Ihre Gemahlin doch?«

»O ja, Sir.«

»Übermorgen findet eine Gerichtsverhandlung in Hammond statt.« Der Richter schlug die Beine übereinander und fuhr fort: »Ein Geschworenenprozeß – und die ganze Stadt stellt sich gegen den Angeklagten. Deshalb kann er nicht mit einem fairen Verfahren rechnen, und ich fürchte, die Bürgerwehr wird noch vorher über ihn herfallen. Haben Sie schon von einem gewissen Bickley gehört?«

»Diesen Bastard werde ich nie vergessen.« Harrison berichtete, unter welchen Umständen er den Mann kennengelernt hatte, und Burns nickte.

»Also wollten Sie ihn töten, nachdem er Ihre Mary Rose verletzt hatte. Doch Sie taten es nicht, weil Sie den Gesetzen verpflichtet sind. Ich würde mich gern von Ihren juristischen Fähigkeiten überzeugen. Könnten Sie mich nach Hammond begleiten und mit George Madden reden, den alle Welt am Galgen sehen will?«

»Wie lautet die Anklage?«

»Pferdediebstahl. So etwas gilt in dieser Gegend als schweres Verbrechen und wird meistens mit der Todesstrafe geahndet. Viel Zeit werden Sie nicht finden, um sich auf den Fall vorzubereiten. Aber ich glaube, nach Ihrem Gespräch mit Madden müßten Sie wissen, wer das Pferd tatsächlich entwendet hat. Mehr will ich nicht sagen, um Sie nicht zu beeinflussen. Jedenfalls verdient der Mann einen gerechten Prozeß, und den kriegt er wohl nur, wenn Sie mich nach Hammond begleiten. Ihre Frau können Sie nicht mitnehmen. Wegen der Verhandlung hat sich die Stadt in einen Hexenkessel verwandelt. Die Bürgerwehr hat alle Leute aufgestachelt, und man plant bereits eine Lynchjustiz. Schon seit Tagen hat der Sheriff alle Hände voll zu tun, um einigermaßen für Ruhe und Ordnung zu sorgen. Leider kann ich den Prozeßtermin nicht verschieben und Ihnen eine Gelegenheit geben, etwas mehr Informationen zu sammeln. Sonst würde der Sheriff nachts in mein Zimmer schleichen und mich im Schlaf erschießen. Derzeit arbeitet er vierundzwanzig Stunden pro Tag, und sein Gefängnis platzt aus allen Nähten, vollgestopft mit Leuten, die meine Aufmerksamkeit erfordern.«

»Man nennt Sie Henker«, bemerkte Harrison.

»Freut mich zu hören.«

Harrison lachte. »Aber ich glaube, Sie sind ein gerechter Mann.«

»Das hoffe ich. Wenn jemand den Galgentod verdient, zögere ich allerdings nicht.«

»Wann wollen Sie aufbrechen?«

Der Richter lächelte zufrieden. »Am besten morgen mittag. So lange werde ich brauchen, um aus Belles Bett zu kriechen. Treffen wir uns vor ihrem Haus, wenn's Ihnen recht ist.«

»Einverstanden.« Harrison stand auf. »Würden Sie mich jetzt entschuldigen? Meine junge Frau erwartet mich.«

»Nur noch eine Frage. Ich bin schrecklich neugierig. Verraten Sie mir, warum sie bei ihrer Hochzeit einen Revolver trug?«

»Da bin ich mir nicht ganz sicher, aber ich glaube, sie wollte mir klarmachen, daß sie sich zu nichts zwingen läßt.«

Lachend schüttelte Burns den Kopf. »Was für eigenwillige Methoden sie anwendet, um das zu betonen ...«

Als Harrison die Bibliothek verließ, kümmerten sich Mary Rose und Belle gerade um Eleanor. Erst um drei Uhr kam seine Frau herunter. Er saß mit den Brüdern auf der Veranda, trank Bier und erzählte ihr von dem Prozeß in Hammond.

Eine Stunde später verabschiedeten sich Burns und Belle, und Mary Rose ging in die Küche, um das Dinner vorzubereiten.

Alle vier Brüder schienen sich über das Glück ihrer Schwester zu freuen, und das verblüffte Harrison. Aus irgendeinem Grund erregte die Hochzeit das Wohlgefallen der Claybornes, aber er wußte nicht, warum. Und so wandte er sich an Cole, der neben ihm saß. »Wieso wart ihr denn alle mit der Heirat einverstanden?«

»Nun, Douglas bemerkte sehr treffend, es habe keinen Sinn, das Stalltor zu schließen, nachdem das Pferd hinausgerannt sei. Mary Rose liebt dich, und du liebst sie.«

»Und?«

»Da du mit ihr in Montana leben wirst, verlieren wir sie nicht.«

»Wo wir uns niederlassen, liegt ganz bei ihr. Vielleicht besinnt sie sich anders, wenn sie Elliott kennengelernt hat.«

Cole und Douglas wechselten einen Blick, den Harrison nicht deuten konnte.

»Gibt's sonst noch was zu sagen?« fragte er.

»Er kann sie nicht halten, oder?« entgegnete Cole, beinahe im Flüsterton.

Verwundert richtet Cole sich in seinem Sessel auf. »Was soll das heißen?«

Diese Frage wurde von Douglas beantwortet. »Ganz einfach – Elliott kann sie nicht in England festhalten und mit einem reichen Lord verheiraten, weil sie bereits deine Frau ist.«

»Und da du ein Ehrenmann bist, wirst du sie nach Montana zurückbringen, wo sie hingehört«, ergänzte Cole. »Darauf verlassen wir uns.«

»Sicher würde Elliott sie niemals zwingen, gegen ihren Willen bei ihm zu bleiben.«

»Das behauptest *du*«, erwiderte Douglas. »Aber wir brauchen eine gewisse Garantie.«

»Und deshalb habt ihr mir erlaubt, sie zu heiraten. Seid ihr gar nicht auf die Idee gekommen, daß ich sie veranlassen könnte, mit mir nach Schottland zu ziehen?«

Cole lächelte. »Weißt du, was dein Problem ist, Harrison? Du bist zu edelmütig. Wenn sie nach Montana zurückkommen will, wirst du sie herbringen, denn du könntest es nicht ertragen, sie unglücklich zu machen. Welch ein Pech. Die Liebe hat eben ihren Preis. Es dürfte dir ziemlich schwerfallen, Mary Rose zufriedenzustellen, aber du wirst dich bemühen.«

»Paß bloß auf sie auf!« befahl Douglas. »Sonst müßten wir euch nach England folgen. Ich weiß, du hast versichert, Elliott sei ein guter Mensch. Aber leider kennen wir ihn nicht.«

Mary Rose unterbrach die Diskussion, und Harrison stand auf, als sie die Veranda betrat. Bei der Hochzeit hatte sie ein elfenbeinweißes Kleid getragen, und es nun mit einem rosaroten vertauscht, das weiße Spitzenborten schmückten. Die blonden Locken waren auf dem Oberkopf festgesteckt. In dieser Aufmachung wirkte sie sehr züchtig, und plötzlich konnte er es kaum erwarten, die Nadeln aus ihrem Haar zu ziehen, ihr die Kleidung vom Leib zu reißen und sie leidenschaftlich zu lieben.

Aber sie hatte andere Pläne und band sich eine weiße Schürze um die Taille.

»Ich glaube, nun wird Harrison endlich den Oberstock kennenlernen«, bemerkte Cole.

»Nein!« widersprach Mary Rose. »Ich würde diese Nacht lieber mit ihm in der Baracke verbringen. Oder macht's dir was aus, Harrison?«

»Keineswegs.« Die Röte in ihren Wangen überraschte ihn. Warum war sie verlegen? Das würde er später herausfinden. »Warum hast du die Schürze umgebunden?«

»Weil ich Samuel helfe, das Abendessen zu kochen.«

Jetzt merkte er, wie ihre Hände zitterten. Auch ihren Brüdern mußte es auffallen, und Douglas runzelte besorgt die Stirn. »Fühlst du dich nicht wohl, Mary Rose? Hat Eleanor dich womöglich angesteckt?«

»Nein, es geht mir gut.«

Nun beschloß Harrison, sofort herauszufinden, was sie bedrückte, nahm ihre Hand und führte sie zur anderen Seite der Veranda. »Was ist los mit dir?«

»Nichts«, wisperte sie, »ich bin nur ein bißchen nervös.«

»Warum?«

»Vor kurzem habe ich geheiratet!« erklärte sie in klagendem Ton.

Harrison versuchte sie zu umarmen, aber sie warf einen Blick auf ihre Brüder und wich zurück. Das Publikum machte sie offensichtlich befangen, und er zwang sich zur Geduld.

»Auch ich habe geheiratet.«

»Ja, natürlich. Das alles ging so schnell, nicht wahr?«

»Wieso möchtest du heute nacht nicht in deinem Zimmer schlafen?«

»Weil meine Brüder uns hören würden«, flüsterte sie.

Verständnisvoll nickte er. »Wir brauchen richtige Flitterwochen.«

Mary Rose schaute unglücklich zu ihm auf. »Morgen reitest du nach Hammond.«

Das hatte er nicht vergessen. »Weißt du, was wir tun sollten?«

Neugierig neigte sie sich zu ihm. »Was?«

»Reiten wir zu Corrie. Du erzählst ihr, daß du jetzt eine verheiratete Frau bist, und wir verbringen unsere Hochzeitsnacht in der Höhle.«

»Möchtest du wirklich auf einem Felsenboden schlafen?«

»Vor allem will ich mit dir allein sein. Oder hast du eine bessere Idee?« Wie er ihr anmerkte, erwärmte sie sich allmählich für seinen Vorschlag. »Wenn du dich diesmal ausziehst, werde ich dich nicht daran hindern.«

Die Röte in ihren Wangen vertiefte sich, und wieder warf sie einen Blick über die Schulter, um festzustellen, ob ihre Brüder zuhörten.

»Pack deine Sachen zusammen«, flüsterte Harrison. »Inzwischen sage ich Adam, wohin wir reiten.«

»Sicher würde Samuel gern einen Picknickkorb für uns zurechtmachen. Vor dir würde er davonlaufen, also soll Adam ihn darum bitten.«

Harrison glaubte noch immer nicht an die Existenz des Kochs, wollte aber kein Spielverderber sein.

Eine Stunde später brachen sie zum Boar Ridge auf. Mary Rose brachte Corrie einen Korb voller Geschenke mit, und Adam hatte ihr erlaubt, ein Buch von einem beliebten Schriftsteller namens Mark Twain dazuzulegen, unter der Bedingung, daß Corrie es nach der Lektüre zurückgab. Dann würde er ihr einen weiteren seiner Schätze leihen.

Nur eine knappe Stunde lang unterhielt sich die junge Ehefrau mit ihrer Freundin, und kurz bevor das nächtliche

Dunkel herabsank, erreichten sie die Höhle. Mary Rose breitete eine dicke Steppdecke auf dem Steinboden aus. Sonst brauchten sie kein Bettzeug, denn die Hitze der aneinandergeschmiegten Körper wärmte sie.

Es war eine zauberhafte, romantische Nacht – und sehr lehrreich für Mary Rose. Nun verlor sie ihre letzten Hemmungen. Fern vom Rest der Welt, tat sie alles, was sie sich wünschte. Harrison zeigte ihr, wie sie ihm Freude bereiten konnte, und sie erwies sich als wißbegierige Schülerin. Sobald sie erkannte, wie sie seine Sinne erregen mußte, beglückte sie ihn mit immer kühneren Liebkosungen.

Erst im Morgengrauen schliefen sie ein, erschöpft und eng umschlungen. Sie erwachten um acht Uhr, liebten sich noch einmal, dann kehrten sie widerstrebend zur Ranch zurück.

Wenig später ritt Harrison nach Blue Belle, um den Richter zu treffen. Mary Rose gab ihm einen zärtlichen Abschiedskuß, bevor sie in ihr Zimmer ging und den Rest des Vormittags verschlief.

Wie im Traum verbrachte sie den Tag. Eleanor hatte wieder begonnen, über jede Kleinigkeit zu jammern. Aber Mary Rose war viel zu glücklich, um sich über ihre mißgelaunte Freundin zu ärgern. Zum Dinner trug Cole die Patientin in den Speiseraum. Das Fieber war endlich gesunken, und obwohl Eleanor immer noch blaß aussah, entwickelte sie einen gesunden Appetit. Danach trug Cole sie ins Gästezimmer zurück, wo er etwas länger blieb als nötig. Er hatte Douglas verraten, er würde mit Eleanor über seine mangelnden Absichten reden.

Natürlich nahm sie die Erklärung, er eigne sich nicht zum Ehemann, nicht besonders wohlwollend auf. Ebensowenig gefiel ihr sein Geständnis, er habe nur mit ihr geflirtet, weil er überzeugt gewesen sei, sie würde bald abreisen. Als er ihr Zimmer verließ, schrie sie ihm alle vulgären Flüche nach, die sie jemals gehört hatte, und schleuderte eine Porzellanvase auf seine Schulter.

Mary Rose beschloß, erst einmal abzuwarten, bis Eleanor

sich etwas beruhigte. Dann wollte sie nach oben gehen und die Freundin trösten. Sie half Douglas, das Geschirr zu spülen, und fand es seltsam, daß die Brüder am Tisch sitzen blieben.

Nachdem die Küchenarbeit erledigt war, wurde Mary Rose aufgefordert, bei ihnen Platz zu nehmen. Adam verkündete, es gäbe etwas zu besprechen. Die Hände im Schoß gefaltet, saß sie auf Harrisons Stuhl und lächelte unbeschwert, denn sie glaubte, die Unterredung würde sich um die Familienfinanzen drehen. So grimmige Mienen trugen die Claybornes nur zur Schau, wenn es ums Geld ging.

Cole eröffnete das Gespräch. »Dein Ehemann kam aus zwei Gründen hierher, Mary Rose. Erstens wollte er sich über die Viehzucht informieren, weil er irgendwann nicht mehr als Anwalt arbeiten und sich eine Ranch aufbauen will, entweder im schottischen Hochland oder hier.«

»Das weiß ich. Und der andere Grund?«

»Er suchte jemanden«, erwiderte Douglas. »Hauptsächlich deshalb reiste er nach Montana.«

Eine volle Minute lang wartete sie, aber die Brüder schwiegen beharrlich. Schließlich wandte sie sich zu Travis. »Und wen suchte er?«

»Dich«, platzte Travis heraus, versäumte es jedoch, die Einzelheiten zu erläutern.

Die Pflicht, alles zu erklären, lastete auf Adams Schultern. Unbehaglich räusperte er sich und erzählte die Geschichte eines kleinen Mädchens namens Victoria. Ohne ihn zu unterbrechen, hörte Mary Rose zu, schüttelte nur ein paarmal den Kopf, als wollte sie der Möglichkeit widersprechen, sie könnte tatsächlich Lady Victoria aus England sein.

Der Bericht dauerte zwanzig Minuten. Als Adam endlich verstummte, warteten alle Brüder gespannt auf Mary Roses Reaktion. Cole rechnete mit einem Wutanfall und war ziemlich erstaunt, weil sie statt dessen milde Neugier zeigte. Nur der einfühlsame Douglas schien zu erraten, was seine

Schwester dachte. Offenbar bezweifelte sie, daß sie Elliotts vermißte Tochter war. »Glaubst du uns nicht?«

»Glaubt *ihr* etwa, ich wäre Victoria?« konterte sie.

Alle vier Brüder nickten. »Dafür gibt es stichhaltige Beweise«, antwortete Adam und zählte die Fakten noch einmal auf. »Bald wirst du deinen Vater kennenlernen. Was empfindest du bei diesem Gedanken?«

»Ich hab keinen Vater, sondern vier Brüder.«

»Sei nicht halsstarrig, Mary Rose!« mahnte Adam. »Denk erst einmal in Ruhe darüber nach. Ich weiß, das ist eine große Überraschung für dich. Aber du kannst nicht so tun, als würde deine englische Familie nicht existieren. Auf der ganzen Welt hat dein Vater dich gesucht.«

»Willst du ihn nicht sehen?« fragte Travis.

Seufzend starrte sie auf ihre Hände hinab. Es gab so vieles zu überlegen, und sie wußte nicht, wo sie anfangen sollte. »Natürlich tut mir der Mann leid. Für Lord Elliott und seine Frau muß es schrecklich gewesen sein, die kleine Tochter zu verlieren.«

»Diese Tochter bist du«, wurde sie von Douglas erinnert.

»Ja, das behauptet ihr. Aber ich kenne ihn nicht, und wenn ich ihn auch bemitleide, so kann ich ihn trotzdem nicht lieben. Ihr alle seid meine Familie, und für einen Neuanfang ist es zu spät.«

Travis beugte sich vor. »Möchtest du gar nicht wissen, wie er ist?«

»Eigentlich nicht«, gestand sie und zuckte die Achseln. »Und wie ist Harrison in das alles verwickelt? Er arbeitet für Elliott, nicht wahr.«

»Ja«, bestätigte Adam.

Allmählich wurde ihr die ganze Wahrheit bewußt, und sie fühlte sich elend. »Also kam er nach Montana – wegen jenes Gesprächs, das der Anwalt in St. Louis mit mir führte? Nur weil sich irgend jemand einbildete, ich würde Elliotts Frau ähnlich sehen?«

»Ja.«

»O Gott, dann war alles Lüge, was Harrison mir erzählt hat. Wenn ich wirklich Victoria bin, warum hat er mir nichts davon gesagt?«

Cole schnitt eine Grimasse. »Anfangs traute er uns nicht.«

Mary Roses sichtliche Verzweiflung tat ihren Brüdern in der Seele weh.

»Hör mir zu, mein Mädchen!« befahl Adam. »Du wurdest entführt, und Harrison wußte nicht, ob wir dabei unsere Hände im Spiel hatten. Damals waren wir noch Jungs, und er glaubte nicht, daß wir die Entführung geplant hatten. Aber er mußte schweigen, bis er herausfand, wer dahintersteckte. Deshalb war er vorsichtig.«

»So oder so, er hat mich hintergangen. Jetzt bin ich seine Frau, und nicht einmal nach der Hochzeit hat er mir reinen Wein eingeschenkt.«

Hilfesuchend schauten die jüngeren Brüder Adam an und hofften, es würde ihm gelingen, die Schwester zu besänftigen.

»Darüber mußt du mit Harrison reden«, empfahl Adam. »Nun entscheide bitte, ob du nach England fahren und deinen Vater kennenlernen möchtest. Bald wird Harrison abreisen. Eigentlich hatte er vor, dich mitzunehmen. Aber ich wollte dir Zeit geben, damit du dich an die Existenz deiner englischen Familie gewöhnen kannst, bevor ich dich übers Meer schicke. Sicher wäre Eleanor bereit, dich zu begleiten. Schüttle nicht den Kopf, Mary Rose, und sei vernünftig! Selbstverständlich mußt du Elliott aufsuchen. Das bist du ihm schuldig. Jahrelang hat er unter seinem Verlust gelitten. Jetzt soll er sehen, was für eine wunderbare Tochter er hat.«

»Lassen wir ihr erst einmal Zeit, über alles nachzudenken«, schlug Travis vor. »Sie schaut ziemlich erschrocken drein.«

Nach Coles Meinung wirkte sie eher wütend. Sie fühlte sich von Harrison betrogen – dem Mann, den sie liebte. Soviel stand für sie fest. Aber die Tatsache, daß sie einen

Vater hatte, verwirrte sie. Das mußte sie erst einmal verkraften, ehe sie entschied, wie sie sich verhalten würde.

»Schlaf drüber, Mary Rose«, riet Cole. »Du mußt nichts unternehmen, ehe du dazu bereit bist.«

Plötzlich war sie zu müde, um nachzudenken. Ihr Magen drehte sich um, und sie wollte nur noch ins Bett sinken und sich einreden, was sie soeben erfahren hatte, wäre eine Lüge – von bösartigen Menschen erfunden. Tränen rannen über ihr Gesicht, und Cole reichte ihr sein Taschentuch, bevor sie darum bitten konnte. Auf die Tischkante gestützt, stand sie auf. »Ich soll also nach London fahren und das Mitglied einer fremden Familie werden? Was erwartet ihr von mir?«

»Morgen reden wir noch einmal darüber, wenn du frisch und munter bist«, erwiderte Adam.

»Jetzt ist Harrison deine Familie, Mary Rose«, betonte Douglas. »Du hast ihn geheiratet, erinnerst du dich? Und du haßt ihn doch nicht?«

Darüber mußte sie eine Weile nachdenken. »Nein, ich hasse ihn nicht. Wie könnte ich? Aber nun habe ich das Gefühl, daß ich ihn gar nicht kenne. O Gott, Douglas, ich bin mit einem Fremden verheiratet. Was an ihm ist echt und was nicht? War alles nur Täuschung?«

»Sicher, Harrison kam mit Hintergedanken zu uns«, argumentierte Douglas. »Aber wenn du gründlich nachgedacht hast, wirst du sicher erkennen ...«

Unglücklich fiel sie ihm ins Wort. »Niemals hat er mir vertraut. Und jetzt kann ich ihm nicht mehr trauen. Er hat mich betrogen und ...« Plötzlich war sie so wütend, daß sie nicht weitersprechen konnte. Schluchzend wischte sie ihre Tränen von den Wangen. Hatte er die Liebe zu ihr nur geheuchelt?

»Beruhige dich doch, Mary Rose!« bat Travis. »Du darfst Harrison nicht vorschnell verurteilen. Weißt du noch, wie viele Geschichten wir über die Ritter im Mittelalter gelesen haben? Manchmal töteten die Schloßherren einen Boten, der ihnen schlechte Neuigkeiten überbracht hatte. Nun,

Harrison ist eine Art Bote. Ihn trifft keine Schuld an den Ereignissen. Denn er war es nicht, der dich aus deiner Wiege gestohlen und dann auf den Müll geworfen hat. Das solltest du bedenken.«

Das Gleichnis, das Travis angeführt hatte, gefiel Cole. »Wenn du im Mittelalter gelebt hättest – wärst du dann jemals auf die Idee gekommen, einen unschuldigen Boten zu ermorden, Mary Rose?«

»Nein, verdammt noch mal, aber ich hätte auch nicht mit ihm geschlafen!« fauchte sie.

Keiner ihrer Brüder fand es angebracht, sie wegen ihrer undamenhaften Ausdrucksweise zu tadeln. Nur zu gut verstanden sie ihre Erregung. Und wenn sie fluchte, um ihrem Zorn Luft zu machen, würden sie ihr das nicht verwehren.

»Und dein Vater?« fragte Adam.

»Du sagtest doch, darüber würden wir morgen reden«, erinnerte sie ihn. »Wenn ich mich entschließe nach England zu fahren – werdet ihr mich begleiten?«

Wieder überließen es die jüngeren Brüder dem älteren, eine Antwort zu geben. Er lehnte sich in seinem Sessel zurück und schüttelte den Kopf. Plötzlich fühlte er sich so müde wie ein Achtzigjähriger. »Leider können wir nicht mit dir kommen. Wir gehören deiner Vergangenheit an.«

»Aber ihr seid meine Familie!« rief sie.

»Ja, natürlich«, stimmte er hastig zu. »Das wird sich niemals ändern.«

»Und wir zwingen dich auch gar nicht, nach England zu reisen«, beteuerte Cole. »Wir lieben dich, Mary Rose, und wir würden dich niemals hinauswerfen.«

»Trotzdem findet ihr alle, ich müßte meinen Vater sehen. Und ihr habt recht – ich brauche erst einmal Zeit, um über alles nachzudenken. Entschuldigt mich bitte ...«

Sie floh in ihr Schlafzimmer. Während der nächsten Stunde saß sie auf der Bettkante und versuchte ihre Gedanken zu ordnen, die immer wieder zu Harrison zurückkehrten. Nun war sie froh über seine Abwesenheit, denn sie hätte es nicht ertragen, ihm gegenüberzutreten. Sie wußte nicht, was sie ihm sagen sollte.

Vor kurzem hatte er ihr prophezeit, sie würde ihn hassen lernen. Als sie sich dieser Warnung entsann, stieg neuer Zorn in ihr auf. Was, um Himmels willen, würde geschehen?

Schließlich ging sie in die Bibliothek hinunter, wo Adam sie erwartete. Obwohl sich das Leben der Claybornes völlig verändert hatte – gewisse Dinge blieben gleich, und kleine Schwestern brauchten Trost.

Am nächsten Morgen fühlte sie sich nicht besser, sondern noch schlechter. Douglas verstand, daß sie Rosehill für eine Weile verlassen mußte, und beschloß, sie zu den Cohens nach Hammond zu bringen. Da Eleanor inzwischen genesen war, bestand sie darauf, ihre Freundin zu begleiten. Zu seiner Verwunderung zeigte sie sich ehrlich um Mary Rose besorgt, und tat ihr Bestes, um ihr beizustehen.

Als Harrison auf die Ranch zurückkehrte, wollte er wissen, wo seine Frau sich aufhielt. Adam, Cole und Travis konnten ihm ehrlich versichern, sie wüßten es nicht. Aber Douglas spürte die Verzweiflung seines Schwagers und erklärte, Mary Rose brauche etwas Zeit, um sich über ihre Gefühle klarzuwerden. »Am besten fährst du so schnell wie möglich nach England, Harrison.«

Natürlich konnte Douglas nicht versprechen, Mary Rose würde ihrem Mann folgen.

Aber davon war Harrison fest überzeugt. Er bat Douglas, ihn telegraphisch zu verständigen, sobald Mary Rose und Eleanor aufbrechen würden. Dann verabschiedete er sich von allen und ersuchte Adam, gut auf MacHugh aufzupassen. Es fiel ihm unendlich schwer, die geliebte Frau zu verlassen. Und er sagte sich immer wieder, die Trennung würde nicht allzulange dauern. Weil sie seine Liebe aus ganzem Herzen erwiderte, würde sie ihm schon bald nachkommen.

Nach Harrisons Abreise fühlte sich Mary Rose teils erleichtert, teils todunglücklich. Das ergab keinen Sinn, aber sie war zu verwirrt, um einen klaren Gedanken zu fassen.

Eine volle Woche lang weigerte sie sich, über ihren Vater zu sprechen. Doch sie mußte unentwegt an ihn denken, und nachdem sie ihr Selbstmitleid endlich überwunden hatte, meldete sich ihr Gewissen, weil sie eine so heftige Abneigung gegen ihn hegte.

Eine weitere Woche verstrich, ehe Mary Rose beschloß, ihn aufzusuchen. Sie würde ihre Pflicht erfüllen. Als sie den Brüdern ihre Entscheidung mitteilte, fügte sie hinzu, sie beabsichtige nicht, für längere Zeit in England zu bleiben. Sobald sie die Familie kennengelernt hatte, würde sie nach Rosehill zurückkehren, wo sie hingehörte.

Ihre Zukunft mit Harrison erwähnte sie nicht, und klugerweise drängten die Claybornes sie nicht zu irgendeinem Entschluß, den sie später vielleicht bereuen würde.

Bevor sie abreiste, besuchte sie Corrie noch einmal, und Travis begleitete sie. Mary Rose nahm ihm das Versprechen ab, der armen Frau einmal wöchentlich Lebensmittel zu bringen. Damit Corrie nicht auf ihn schoß, wollte Mary Rose sie mit ihm bekannt machen.

Wie immer um die Wochenmitte wurde sie von Corrie erwartet. Mary Rose ging in die Mitte der Lichtung, begrüßte ihre Freundin, dann näherte sie sich langsam der Hütte. Auf der Veranda stand der Schaukelstuhl, und während sie die Stufen hinaufstieg, beobachtete sie zufrieden, wie die Schrotflinte vom offenen Fenster verschwand. Lächelnd stellte sie den Korb mit den Geschenken aufs Fensterbrett und nahm Platz. Corrie berührte sie an der Schulter und warf ihr das geliehene Buch in den Schoß.

Wenn Mary Rose auch bezweifelte, daß Corrie lesen konnte, so wollte sie die Frau nicht mit einer unverblümten Frage beleidigen. Der Korb verschwand vom Fenstersims, und sie wartete eine Weile, bevor sie erklärte: »In diesem Korb liegt noch ein Buch. Falls Sie's nicht lesen möchten, geben Sie's mir einfach zurück.«

Wieder tätschelte Corrie ihre Schulter, und daraus schloß Mary Rose, daß ihre Freundin lesen konnte und das Buch behalten wollte. Es dauerte eine Weile, bis sie genug Mut aufbrachte, um ihre Reise nach England zu erwähnen. »Soll ich erzählen, wie ich nach Montana geraten bin?«

Natürlich erwartete sie keine Antwort und berichtete, wie ihre Brüder sie in New York City in einem Korb gefunden hatten. Als sie von ihrem Vater sprach, den sie in London treffen würde, begann sie zu weinen.

Sanft streichelte Corrie ihre Schulter, und Mary Rose vertraute ihr alle Ängste an. »Warum fühle ich mich schuldig, weil ich nicht mehr als Mitleid für den Mann empfinde? Ich möchte ihn nicht sehen, aber ich weiß, es ist meine Pflicht. O Corrie, wie furchtbar selbstsüchtig ich bin! Mein Leben gefällt mir so, wie es ist, und nichts daran soll sich ändern. Sicher ist es falsch, so zu empfinden. Was soll ich dagegen tun? Oh, ich mache mir so große Sorgen! Was wird geschehen, wenn meine Verwandten mich nicht mögen? Wenn ich meinen Vater enttäusche? Ich weiß nicht, wie sich eine englische Lady benimmt. Angeblich heiße ich Victoria. Aber ich bin nicht Victoria, sondern Mary Rose.

Und was soll aus meiner Ehe werden, wenn ich Harrison nicht mehr vertrauen kann? O Corrie, wie gern würde ich hierbleiben!« Mary Rose trocknete ihre Tränen, dann griff Corrie nach ihrer Hand.

Diese tröstliche Geste rief eine neue Tränenflut hervor. Schuldbewußt dachte Mary Rose an das Grauen, das ihre Freundin erlitten hatte. Im Vergleich dazu waren ihre eigenen Probleme albern und belanglos. Immerhin hatte die arme Frau ihren Ehemann und ihren Sohn sterben sehen.

»O Corrie, Sie machen mir Mut!« wisperte Mary Rose. Das war keine hohle Phrase, denn je länger sie über den Verlust ihrer Freundin nachdachte, desto leichter fiel es ihr, das eigene Leben in die richtige Perspektive zu rücken. Sie wußte, daß sie ihre Pflicht erfüllen mußte, und was immer ihr die Zukunft bringen mochte – sie würde es ertragen. »Ich bin sehr glücklich, weil Sie meine Freundin sind, Corrie.«

In diesem Augenblick stieß Travis einen schrillen Pfiff aus, um seiner Schwester zu bedeuten, nun müsse sie mit ihm nach Hause reiten.

»Morgen fahren Eleanor und ich nach Hammond zu den Cohens«, erklärte sie ihrer Freundin. »Sie reisen nach Boston zu einer Familienfeier, und wir begleiten sie. Dann wird Mr. Cohen uns an Bord des Schiffes bringen, auf dem wir den Atlantik überqueren. Und wenn alles gutgeht, bin ich schon wieder daheim, bevor der erste Schnee fällt. Während meiner Abwesenheit wird Travis Ihnen alles bringen, was Sie brauchen. Ich habe Ihnen doch von meinem Bruder erzählt, nicht wahr? Erinnern Sie sich? Er wird immer nur zur Mitte dieser Lichtung gehen«, fügte Mary Rose hastig hinzu, als Corrie ihre Hand drückte. »Darf ich ihn jetzt rufen? Er wird dort hinten bei den Bäumen stehenbleiben, und Sie können ihn anschauen – damit Sie ihn später wiedererkennen und nicht erschrecken, wenn er herkommt. Und er hat versprochen, er wird Sie immer rufen, bevor er die Lichtung betritt.«

Da lockerte Corrie ihren Griff, der Mary Roses Finger umschloß.

»Travis!« rief Mary Rose. Ihr Bruder erschien am anderen Ende der Lichtung und winkte ihr zu. Der Fenstervorhang verbarg Corrie vor seinem Blick, aber er merkte, daß seine Schwester die Hand der Frau hielt.

»Ein Gewitter braut sich zusammen, Mary Rose!« rief er. »Jetzt müssen wir zurückreiten. Guten Tag, Corrie!« grüßte er, bevor er zwischen den Bäumen verschwand.

Widerstrebend stand Mary Rose auf und küßte die Hand ihrer Freundin. »Ich werde Sie sehr vermissen, Corrie. Bis wir uns wiedersehen, werden der liebe Gott und Travis auf Sie achten. Vertrauen Sie allen beiden.«

Das Buch unter dem Arm ging sie langsam davon. Der Wind frischte auf, und sein Geheul mischte sich mit dem Ruf eines ungeduldigen Kardinalvogels. Beinahe übertönte der Sturm das leise Schluchzen der Frau, die in ihrer Hütte weinte.

2. Januar 1870

Liebe Mama Rose, heute bin ich zehn Jahre alt. Erinnerst Du Dich, wie Adam Dir schrieb, er habe in meinem Korb Papiere gefunden. Darauf stand, am 2. Januar sei ein Baby geboren worden. Und weil ich das einzige Baby in diesem Korb war, glaubten meine Brüder, daß müßte ich sein.

Ich bin sehr glücklich, weil ich eine so nette Familie habe. Travis backt eine Geburtstagstorte fürs Abendessen, und alle meine Brüder haben Geschenke für mich gemacht. Adam sagt, nächstes Jahr würden sie mir auch was im Laden kaufen. Wird das nicht wundervoll?

Was glaubst Du, warum meine Mama und mein Papa mich weggeworfen haben? Ich frage mich, ob es meine Schuld war.

Deine Tochter
Mary Rose

17

An einem Dienstagnachmittag traf Harrison in London ein. Doch er mußte bis zum nächsten Abend warten, ehe er mit seinem Arbeitgeber sprechen konnte. Lord Elliott hielt sich auf seinem Landsitz auf, zwei Fahrstunden von der Stadt entfernt, und würde erst am Mittwochmorgen die Rückreise antreten.

Harrison schickte ihm einen Boten mit einem kurzen Brief, informierte ihn über seine Heimkehr und bat um ein Gespräch unter vier Augen. Es handle sich um eine sehr persönliche und zudem juristische Angelegenheit. Das betonte er, um zu verhindern, daß Elliott seinen Privatsekretär George MacPherson hinzuzog.

Am Mittwochabend öffnete ihm Murphy – der Butler Seiner Lordschaft, seit Harrison denken konnte – die Haustür. Als der treue Diener den Besucher erkannte, leuchteten seine Augen auf. »Wie schön, Sie wiederzusehen, Mylord!«

»Ja, ich bin froh, daß ich wieder da bin. Wie geht es Lord Elliott und Ihnen?«

»Nun, wir haben die Skandale vermißt, die stets mit Ihren Kriminalfällen verbunden waren, Mylord. Nach Ihrer Abreise fanden keine nennenswerten Ereignisse statt. Wie ich zugeben muß, bereitet mir Seine Lordschaft Sorgen. Er arbeitet zu hart, und Sie wissen ja, wie eigensinnig und unvernünftig er sein kann. So eindringlich ich ihn auch ermahne, er will sich nicht schonen. Ich fürchte, er wird so weitermachen, bis sein Herz zu schlagen aufhört. Aber Sie werden ihn sicher aufmuntern, Mylord. Sie haben ihm sehr gefehlt.«

»Ist er oben?«

»Ja, Mylord, in der Bibliothek.«

»Ich hoffe, er ist allein?«

»O ja, und er erwartet Sie schon ungeduldig. Laufen Sie doch gleich hinauf.«

Auf halber Höhe der Treppe blieb Harrison stehen und drehte sich um. »Murphy, er wird einen Brandy brauchen.«

»Bringen Sie schlechte Neuigkeiten aus Amerika mit?« Beunruhigt runzelte der Butler die Stirn.

»Ganz im Gegenteil«, erwidere Harrison lächelnd. »Trotzdem wird er einen Brandy nötig haben. Steht eine Flasche in der Bibliothek?«

»Ja, Mylord, und ich bringe noch eine nach oben, nur zur Sicherheit. Dann können Sie beide sich betrinken.«

Harrison lachte. Noch nie hatte er Elliott auch nur angeheitert gesehen. Seine Lordschaft war viel zu gut erzogen, um etwas zu tun, das seine Selbstkontrolle oder Würde beeinträchtigen würde.

Rasch stieg Harrison die restlichen Stufen hinauf und betrat die Bibliothek. Elliott stand vor dem Kamin, eilte seinem jungen Freund entgegen und umarmte ihn. »Endlich bist du wieder da!« rief er und schlug ihn liebevoll auf den

Rücken. »Setz dich, und wenn wir dein juristisches Problem geklärt haben, mußt du mir alles über dein Abenteuer in Amerika erzählen.«

Harrison wartete, bis Elliott Platz genommen hatte, ehe er in einen Sessel sank. Betrübt stellte er fest, wie müde sein Gönner aussah. Die Landluft hatte dem älteren Mann offenbar nicht gutgetan, denn seine Wangen waren aschfahl. Dunkle Ringe – ein Zeichen seiner tiefen Trauer – umgaben die Augen.

Nach dem Tod seiner geliebten Agatha hatte er kein zweites Mal geheiratet, aber die Damen der Londoner Gesellschaft bedrängten ihn immer noch. Erstens war er schwerreich, zweitens sehr attraktiv mit seinem silbergrauen Haar und den aristokratischen Zügen. Auch seine staatsmännische Haltung wirkte imposant. Er entstammte einer einflußreichen Familie, verfügte über eine hervorragende Ausbildung und untadelige Manieren. Aber was viel wichtiger war – er besaß ein gutes Herz. Wie seine Tochter, dachte Harrison. Vielleicht hat er ihr all jene wundervollen Eigenschaften vererbt, die von ihren Brüdern gefördert wurden.

Zudem zeichnete ihn eine starke Willenskraft aus. Ein schwächerer Mann wäre nach dem Tod seiner Frau und dem Verlust des einzigen Kindes vermutlich zusammengebrochen. Aber Elliott bekämpfte seine Verzweiflung im stillen und zeigte der Welt ein tapferes Gesicht.

Seit er sich von der öffentlichen Bühne des politischen Lebens zurückgezogen hatte, arbeitete er hinter den Kulissen, um Veränderungen zu bewirken. Ebenso wie Harrison kümmerte er sich um die Armen und vertrat die Ansicht, allen Menschen würden die gleichen Rechte zustehen.

»Ist es in Amerika Mode, kein Jackett zu tragen, mein Sohn?«

»Meine Jacketts passen mir nicht mehr«, antwortete Harrison lächelnd, »weil meine Schultern breiter geworden sind. Bevor ich mich der Öffentlichkeit präsentiere, muß ich einen Schneider aufsuchen.«

»Ja, du bist verändert, nicht nur äußerlich. Und nun zur Sache, mein Junge. Aber ehe wir deine juristische Angelegenheit erörtern, mußt du mir etwas versprechen. Schluß mit der Suche!«

»Gewiß, ich gebe dir mein Wort.«

Zufrieden lehnte sich Elliott in seinem Sessel zurück und schlug die Beine übereinander. »Also, erzähl mir von deinem juristischen Problem.«

»Um ehrlich zu sein, es gibt keins. Ich wollte nur sichergehen, daß wir ungestört miteinander reden können. Dein Privatsekretär soll nicht hören, was ich dir zu sagen habe.«

»Du willst George nicht dabeihaben?« fragte Elliott und hob die Brauen. »Warum denn nicht? Du magst ihn doch. Seit Jahren arbeitet er für mich, fast so lange wie du. Verrat mir endlich, was dich bedrückt.«

»Er wird Ihnen gute Neuigkeiten mitteilen, Mylord«, verkündete Murphy und stellte eine volle Brandy-Flasche auf den Tisch. »Und während Sie hören, was er zu sagen hat, werden Sie einen Drink brauchen. Zumindest hat er das behauptet. Soll ich einschenken?«

»Nur zu, Murphy, wenn Harrison glaubt, daß ich's wirklich nötig habe.«

Harrison war dankbar für die Unterbrechung. Plötzlich kamen ihm Bedenken. Er fand, es wäre keine gute Idee, die Neuigkeit einfach auszusprechen, denn die Aufregung könnte einen Herzanfall seiner Lordschaft heraufbeschwören.

Wenig später verließ Murphy die Bibliothek, und Elliott nippte an seinem Brandy. »Nun?«

»Ich habe geheiratet.«

»Was?« Beinahe ließ der Lord sein Glas fallen, und sofort bereute Harrison seine unverblümte Mitteilung. Nun hatte er seinen Freund doch aufgeregt, obwohl er gerade das zu vermeiden suchte. »Großer Gott, wann denn?« flüsterte Elliott.

»Vor zwei Wochen. Damit wollte ich eigentlich nicht anfangen. Es gibt eine andere, viel wichtigere Neuigkeit, und ich ...«

Elliott fiel ihm ins Wort. »Nichts kann wichtiger sein. Ich nehme an, die junge Dame ist Amerikanerin?«

»Ja, aber ...«

»Wie heißt sie?«

»Mary Rose.«

»Mary Rose«, wiederholte Elliott. »Wartet sie unten? Ich muß gestehen, ich bin enttäuscht, weil ich bei deiner Hochzeit nicht in der Kirche war. Wie gern hätte ich an deiner Seite gestanden ...«

»Wir haben nicht in der Kirche geheiratet?«

»Nein? Und wer hat euch getraut.«

»Ein Richter namens Burns, der normalerweise Verbrecher an den Galgen bringt. Das klingt seltsam, ich weiß. Aber du würdest ihn mögen. Er hat sehr präzise Vorstellungen von Recht und Unrecht, und ich war sehr stolz, als ich an seinem Gericht einen Angeklagten vertreten durfte.«

»Hast du gewonnen?«

»Ja.«

Elliott nickte voller Genugtuung. »Was anderes hätte ich auch gar nicht von dir erwartet. War es eine Mußheirat?«

»Gewissermaßen. Ich zwang Mary Rose, mich zu heiraten. Anfangs bekämpfte ich die Anziehungskraft, die sie auf mich ausübte. Ich dachte, ich hätte nicht das Recht, sie zu umwerben. Doch letzten Endes konnte ich ihr nicht widerstehen.«

»Natürlich war es dein gutes Recht, sie zu umwerben, Harrison, und sie darf sich glücklich schätzen, weil sie dich bekommen hat. Bedenk, wer dein Vater war! Jede Frau müßte stolz auf dich sein. Oder fand ihre Familie, du wärst ihrer nicht würdig? Welch ein Unsinn!«

»Nein ...«

Elliott ließ seinen jungen Freund nicht zu Wort kommen. »Oh, ich kann's immer noch nicht fassen! Nachdem Edwina eure Verlobung gelöst hatte, dachte ich, die Lust an der Ehe wäre dir ein für allemal vergangen. Nun freut es mich, daß meine Sorge unbegründet war. Offenbar kann die richtige

Frau die Gesinnung eines Mannes ändern. Wo ist deine Mary Rose?«

»Immer noch in Amerika.«

»Und warum hast du sie nicht mitgebracht?«

»Das wurde von gewissen Umständen verhindert. Sie lebt mit ihren Brüdern auf einer Ranch in Montana, außerhalb von Blue Belle.«

»Also hast du ein Mädchen vom Land geheiratet?« rief Elliott ungläubig.

»Nur keine Bange, Mary Rose ist sehr gebildet – und alles, was ich mir jemals von einer Frau erträumt habe.«

»Mein Sohn, ich wollte keineswegs andeuten, sie würde nicht zu dir passen. Wenn du dich entsinnst – auch ich habe eine Landpomeranze geheiratet. Meine Agatha stammte aus deinem schottischen Hochland. Und weil sie auf einer Farm aufwuchs, konnte sie sich ihr reines Herz bewahren.« Versonnen blickte Elliott vor sich hin, und Harrison wartete eine Weile, bevor er ihn in seinen Erinnerungen störte.

»Wie du weißt, fuhr ich nach Montana, um deine Tochter zu suchen. Diesmal war die Reise nicht vergeblich.«

»Allerdings nicht. Du bist zwar wieder einer falschen Spur gefolgt, aber deiner Mary Rose begegnet. Welch ein hübscher Name! Du liebst sie doch sehr?«

»Über alles. Auch du wirst sie lieben.«

»Daran zweifle ich nicht.«

Harrison beugte sich in seinem Sessel vor. »Diesmal war es keine falsche Spur. Ich habe deine Tochter geheiratet.«

Mary Rose und Eleanor kamen am 21. Juli in England an. Die heiße, schwüle Luft roch nach Regen. Mittlerweile war Harrison am Ende seiner Geduld. Er hatte bereits beschlossen, eine Schiffsreise nach Amerika zu buchen, als er ein Telegramm von einem Gentleman namens John Cohen erhielt, der ihn über Mary Roses Abreise aus Boston und das Datum ihrer Ankunft in England informierte.

Sobald sie von Bord ging, entdeckte Harrison ihr goldblondes Haar. Er bahnte sich einen Weg durch die Menge, umarmte seine Frau, von maßloser Erleichterung erfüllt. Endlich war Mary Rose da, wo sie hingehörte. Seine Begrüßung klang nicht gerade liebenswürdig. »Warum zum Teufel hast du dir so lange Zeit gelassen?«

Weil ihr ein heißer Kuß den Mund verschloß, konnte sie nicht antworten. Sie wehrte sich nicht, schlang die Arme um seinen Nacken, stellte sich auf die Zehenspitzen und küßte ihn genauso leidenschaftlich.

»Um Himmels willen, Mary Rose!« wisperte Eleanor, die hinter ihr stand. »Die Leute gaffen uns schon an. Hör sofort auf!« Nach einer Weile trat sie zur Seite. Wenn die beiden diese peinliche Szene nicht beenden wollten, würde sie eben einfach so tun, als hätte sie nichts mit ihnen zu tun. Wußte Mary Rose denn nicht mehr, wie sich eine anständige junge Dame benahm? Was Harrison betraf, war ohnehin Hopfen und Malz verloren. Das verriet der hungrige Ausdruck in seinen Augen. Nein, jeder Versuch, ihn zur Vernunft zu bringen, wäre sinnlos.

Endlich hob er den Kopf und erkannte beglückt, daß der Kuß seine Frau ebenso aus der Fassung gebracht hatte wie ihn selbst. »Meine Süße, ich habe dich so vermißt.«

»Ich dich auch. Nun werden wir so bald wie möglich miteinander reden. Zwischen uns hat sich alles geändert, und wir müssen von vorn anfangen. Ich will mich bemühen, die Situation zu meistern, aber es ist schwierig.«

»Über deine Sorgen sprechen wir später«, entgegnete er und küßte sie wieder.

»Oh, um Himmels willen!«

Nun erregte Eleanors Mißfallen seine Aufmerksamkeit. Ohne Mary Rose loszulassen, begrüßte er ihre indignierte Freundin. »Wie war die Reise, Eleanor?«

»Sehr angenehm, danke. Wenn Sie Ihre Frau so fest an sich pressen, kriegt sie keine Luft, Harrison. Außerdem sollten wir von hier verschwinden. Bald wird es regnen. Wir beide sind müde von der Reise, und wir würden uns sehr gern häuslich niederlassen, bevor die Nacht hereinbricht. Fahren wir zu ihrem Vater?«

Mary Rose befreit sich aus Harrisons Armen. »Eigentlich möchte ich ihn erst morgen sehen. Oder erwartet er mich schon heute abend? Es ist fast dunkel, und ich brauche noch etwas Zeit, um mich auf diese Begegnung vorzubereiten.«

»Dafür hattest du zwei lange Monate Zeit, Mary Rose«, erwiderte Harrison.

»Eine Nacht brauche ich noch«, beharrte sie.

»Dein Vater erwartet dich ohnehin erst morgen, also kannst du dich beruhigen. Heute nacht bleibst du mit Eleanor bei mir.«

»Hoffentlich verfügen Sie über ein geräumiges Quartier, Harrison«, warf Eleanor ein, »Mary Rose hat mir erklärt, sie würde auf einem eigenen Zimmer bestehen, weil sie Ihnen immer noch grollt ...«

»Also wirklich, Eleanor, ich kann für mich selber sprechen«, fiel Mary Rose ihr ärgerlich ins Wort und wandte sich wieder an Harrison. »Aber sie hat recht, ich bin dir böse.«

Seine Augen verengten sich, dann ergriff er ihren Arm und führte sie zur Straße, wo die Droschken warteten. »Du schläfst bei mir, in meinem Bett«, flüsterte er ihr zu. »Zwei Monate mußte ich warten, verdammt noch mal, und ich werde mich keine Sekunde länger gedulden als unbedingt nötig.«

»Was ist denn mit unserem Gepäck?« jammerte Eleanor.

»Dafür ist bereits gesorgt«, entgegnete Harrison. »Hör auf, den Kopf zu schütteln, Mary Rose, ich meine es ernst.«

In der Öffentlichkeit wollte sie nicht mit ihm streiten. Später, unter vier Augen, würde sie ihm ihre Entscheidung mitteilen. Da er ein intelligenter Mann war, würde er verstehen, was sie empfand.

»Das waren keine zwei Monate«, protestierte Eleanor, »sondern nur fünf Wochen. Eigentlich wollte Mary Rose erst Ende September die Reise antreten, aber Adam erlaubte ihr nicht, so lange zu zögern.« Abrupt blieb Harrison stehen. »Du wolltest bis Ende September warten?«

»Da siehst du, was du getan hast, Eleanor!« schimpfte Mary Rose. »Du hast ihn aufgeregt. Großer Gott, Harrison, wenn wir uns nicht beeilen, werden wir noch klatschnaß. Bei dir zu Hause können wir über alles reden.«

In diesem Augenblick begann es in Strömen zu gießen, und als sie in der Droschke saßen, waren sie bis auf die Haut durchnäßt. Dreißig Minuten später erreichten sie Harrisons Stadthaus, ein imposantes einstöckiges Gebäude aus roten Ziegeln. Ein schwarzgekleideter, junger Mann namens Edward öffnete die Tür, der als Harrisons Butler fungierte – eine Leihgabe von Lord Elliott.

Hocherfreut, weil ihr ein Diener zur Verfügung stand, trat Eleanor vor Harrison und ihrer Freundin in die Halle. Edward begrüßte sie ehrerbietig, dann wandte er sie zu Mary Rose und schnappte verblüfft nach Luft. »In der Tat, sie sieht aus wie das Porträt ihrer Mutter«, flüsterte er Harrison zu. »Sobald Lord Elliott sie sieht, wird er glauben, daß sie seine Tochter ist. Lady Agathas Ebenbild ...«

Mary Rose, die seine Worte gehört hatte, hob erstaunt die Brauen. »Glaubt Lord Elliott denn nicht, daß ich seine Tochter bin?«

Verlegen senkte Edward den Kopf. »Er möchte es gern glauben, Mylady, aber er wurde schon so oft enttäuscht und wagt nicht mehr zu hoffen.«

Harrison schlüpfte aus seinem nassen Jackett und reichte es dem jungen Mann, dessen Bemerkung er nichts hinzuzufügen wußte.

»Jetzt brauche ich unbedingt ein heißes Bad«, verkündete Eleanor. »Seien Sie doch so freundlich und zeigen Sie mir mein Schlafzimmer, Edward. Wenn ich nicht bald aus diesen nassen Sachen herauskomme, werde ich mich erkälten.«

»Im Juli kannst du dich nicht erkälten«, versicherte Mary Rose ihrer Freundin. »Dafür ist es viel zu heiß.«

»Hast du noch nie von einer Sommergrippe gehört?«

Während sie nach oben gingen, zählte Eleanor alle Krankheiten auf, die sie in ihrem jungen Leben befallen hatten, und Mary Rose war dankbar für die Ablenkung. Jedesmal, wenn sie Harrison anschaute, schien sich ihr Herz in einen flatternden Schmetterling zu verwandeln. Am liebsten hätte sie ihn angeschrien, weil sie sich so tief verletzt fühlte, und gleichzeitig geküßt, nachdem sie ihn so schmerzlich vermißt hatte.

Eleanor ließ sich von Edward ihr Zimmer zeigen, und Harrison ergriff die Hand seiner Frau, um sie in sein riesiges Schlafgemach zu führen, das in warmen Erdtönen eingerichtet war – braun und goldgelb und rostrot. Die Herbstfarben von Montana, dachte sie.

Obwohl sie es nicht wollte, fiel ihr Blick auf das gigantische Vierpfostenbett, und ihr Puls schlug schneller, als sie sich erinnerte, daß ihr Mann nackt zu schlafen pflegte. Das Blut stieg ihr in die Wangen. Nun mußte sie sofort mit ihm reden, bevor sie den Mut verlor. Der Anblick dieses Betts drohte ihre Willenskraft zu lahmen.

»Bitte, Harrison, wir müssen miteinander reden.«

»Soeben hat er den Raum verlassen, Mylady. Soll Caroline ein Bad für Sie vorbereiten?«

Erschrocken drehte sie sich um und sah Edward auf der Schwelle stehen. »Wohin ist Harrison gegangen?«

»Wieder nach unten. Soll ich ihn holen?«

Sie schüttelte den Kopf. »Danke, ich würde sehr gern baden. Warum nennen Sie mich Mylady?«

»Weil Sie Lady Victoria sind.«

Sie widersprach nicht, und Edward fragte, ob die Köchin einen Imbiß vorbereiten solle. Dann erklärte er, Eleanor habe eine Mahlzeit in ihr Schlafzimmer bestellt. Aber Mary Rose lehnte das Angebot ab. Sie war viel zu nervös, um auch nur ans Essen zu denken.

In der nächsten Stunde wurde sie von ihrer Zofe verwöhnt, und die Unterwürfigkeit des Mädchens brachte sie in Verlegenheit. Wann immer Caroline sie »Mylady« nannte, kam sie sich vor wie eine Thronfolgerin. Das heiße Bad beruhigte sie ein wenig, und sie lag in der Porzellanwanne, bis das Wasser erkaltete. Dann hüllte sie sich in ihren Morgenmantel.

Die Zofe beherrschte die englische Sprache nicht und benutzte Gesten, um zu erklären, sie würde gern Mary Roses Haar bürsten. Offenbar war die brünette Frau genauso nervös wie ihre Herrin, denn ihre Hände bebten. Da Mary Rose den fremdartigen Akzent erkannte, erwiderte sie auf französisch, sie würde ihr Haar lieber selbst bürsten. Doch das ließ Caroline nicht zu. Unentwegt schwatzte sie, während sie Mary Rose auf einen Stuhl drückte und mit einer Bürste durch die blonden Locken strich.

Das letzte Mal hatte jemand anderer Mary Roses Haar gebürstet, als sie ein kleines Mädchen gewesen war. Pfefferminzbonbons klebten in ihren Locken, und Cole mußte sie mühsam entfernen. Seither hatte sie sich immer selbst frisiert. Und nun kam sie sich ziemlich albern vor, weil sie untätig dasaß und sich bedienen ließ.

Auf dem Bett lag eines ihrer Nachthemden. Die Decke war bereits zurückgeschlagen, eine langstielige rote Rose schmückte eins der Kissen. »Was soll diese Blume?« fragte Mary Rose ihre Zofe.

»Ihr Gemahl hat befohlen, sie dahin zu legen, Mylady. War das nicht nett von ihm?«

Es war tatsächlich nett, und deshalb verblüffte es Mary Rose. Was für eine romantische Geste ... So etwas sah Harrison gar nicht ähnlich. Er war kein romantischer Typ. Wenn er etwas wollte, steuerte er sein Ziel energisch an. In dieser Hinsicht glich er ihren Brüdern.

Und diese Rose paßte nicht zu ihm. Aber sie kannte ihn ja auch kaum, oder?

»Wissen Sie, was Ihr Mann zu Edward sagte, als er die Rose bestellte?« fragte Caroline. »Diese Blume würde Sie daran erinnern.«

»Woran?«

»Daß er Sie liebt!« erwiderte Caroline lachend. »Was könnte eine rote Rose denn sonst bedeuten?«

Mary Rose zuckte die Achseln und nahm ihr ungeduldig die Bürste aus der Hand. Jetzt war sie lange genug verhätschelt worden. Sie dankte der Zofe und entließ sie für diese Nacht. Formvollendet knickste Caroline und verließ den Raum. Mary Rose wußte nicht, was sie davon halten sollte. Sie ging zum Bett, um ihr Nachthemd zu holen.

Plötzlich hielt sie inne, als die Tür hinter ihr aufschwang, drehte sich um und sah Harrison eintreten. Auch er hatte gebadet. Sein Haar war immer noch feucht, und er trug nichts außer einer dunklen Hose. Besaß er überhaupt einen Morgenmantel? Offenbar gefiel es ihm, halbnackt herumzulaufen. In Montana mochte das in Ordnung sein, in London nicht.

Immerhin beschäftigte er Dienstmädchen in seinem Haus, und es mißfiel ihr, daß diese Frauen die nackte Brust ihres Ehemanns zu sehen bekamen. Sie wollte ihn auf seine mangelhafte Bekleidung hinweisen, doch dann besann sie sich anders. Dieses Thema konnten sie später erörtern. Jetzt gab es wichtigere Dinge zu besprechen.

Harrison verriegelte die Tür hinter sich und ging zu seiner Frau, mit entschlossener Miene. Hastig trat sie zurück. »Wir müssen reden«, begann sie und hob abwehrend eine Hand. »Das meine ich ernst, Harrison. Bleib stehen!«

Aber er ignorierte den Befehl, und sie wich zurück, bis sie gegen das Bett stieß.

»Also gut«, stimmte er zu und fing an, den Gürtel ihres Morgenmantels aufzuknoten. »Sprich doch!«

Vergeblich versuchte sie, seine Hände wegzuschieben, und ehe sie Luft holen konnte, hatte er den Gürtel gelöst.

»Es fällt mir wirklich schwer, meinen Ärger über dich zu bezähmen, Mary Rose.«

Ungläubig riß sie die Augen auf. »Warum ärgerst du dich über mich?«

»Weil du erst im September nach England kommen wolltest!« Er schrie beinahe. »Hattest du das tatsächlich vor?«

So leicht ließ sie sich nicht in die Defensive drängen. »Und du? Du hast mich die ganze Zeit belogen. Verdammt, laß meinen Morgenmantel los!«

»Dann zieh ihn aus, zum Teufel!«

»Erwartest du, ich würde bei dir schlafen?«

»Oh, ich erwarte nicht, daß du allzuviel schläfst. Die ganze Nacht werde ich dich lieben. Ich begehre dich. Und du begehrst mich auch. Das weiß ich.«

Tränen stiegen ihr in die Augen. »Aber ich traue dir nicht mehr.«

»Doch.«

Vor Verzweiflung hätte sie am liebsten die Arme hochgeworfen. Es war einfach unmöglich, mit ihm zu diskutieren. Mit voller Absicht weigerte er sich, ein vernünftiges Gespräch zu führen. Und einen Mann, der seine Hose auszog, konnte man nicht mit logischen Argumenten beeindrucken. Trotzdem versuchte sie es. »Ich hatte viel Zeit, um über unsere Situation nachzudenken. Da wir verheiratet sind, kann ich dir nicht einfach davonlaufen. Also müssen wir von vorn anfangen.«

»Und wie sollen wir das machen?«

»Du könntest mich umwerben, und mit der Zeit lerne ich vielleicht wieder, dir zu trauen. Jetzt habe ich das Gefühl, ich würde dich überhaupt nicht kennen. Der Mann, den ich liebte, brach mir das Herz.«

»Du willst von vorn anfangen?« Ungeduldig umfaßte er ihre Schultern. »Du lagst bereits mehrmals in meinen Armen, ich hörte dich meinen Namen schreien und spürte die ganze Hitze deiner Leidenschaft. Wenn du glaubst, ich könnte das alles vergessen und noch einmal von vorn anfangen, mußt du den Verstand verloren haben.«

»Und was schlägst du vor?«

»Komm her, dann zeig ich's dir!« Er wollte sie an seine Brust pressen, aber sie riß sich los.

»Warum hast du mir nicht von meinem Vater erzählt?«

»Diese Aufgabe mußten deine Brüder übernehmen. Es wäre falsch gewesen, wenn ich davon gesprochen hätte.«

»Und wieso warst du nicht dabei, als sie mir alles sagten? Dann hätte ich's leichter ertragen.«

»Zu jenem Zeitpunkt mußte ich in Raymond einen Angeklagten verteidigen, und als ich auf die Ranch zurückkehrte, warst du verschwunden. Verdammt, Mary Rose, du hättest mir nicht davonlaufen dürfen. Immerhin bin ich dein Ehemann.«

»Damals war ich schrecklich wütend auf dich.«

»Wohin bist du gegangen?«

»Douglas brachte mich zu den Cohens. Und ich blieb zwei Wochen bei der Familie. Bereust du wenigstens, daß du mich so gekränkt hast?«

»Nein, weil ich nur tat, was unter den Umständen nötig war. Bald wirst du das einsehen.«

»Liebst du mich?«

»Natürlich«, versicherte er und nahm sie wieder in die Arme. Er küßte ihre Stirn, ihre Nase, dann streifte er den Morgenmantel von ihren Schultern, hob sie hoch und sank mit ihr aufs Bett. Tränen strömten über ihre Wangen. »Soll ich gehen, Mary Rose?«

Sie schüttelte den Kopf, und er atmete erleichtert auf. Endlich küßte sie ihn. Begierig glitt ihre Zunge zwischen seine Lippen, erforschte seinen Mund, und diese kühne Liebkosung erregte ihn genauso wie Mary Roses seidige Haut, die er am ganzen Körper spürte. Als sie seine Schultern streichelte, wuchs sein Verlangen.

Obwohl er sich Zeit lassen und ihr restlose Erfüllung schenken wollte, bevor er seinen eigenen Höhepunkt anstrebte, reizten ihn ihre Zärtlichkeiten so sehr, daß seine Willenskraft erlahmte. Hungrig begann er an den Knospen ihrer Brüste zu saugen, und sie bäumte sich stöhnend auf. Seine Hand glitt zwischen ihre Schenkel, und sobald er die feuchte Hitze spürte, verlor er den letzten Rest seiner Beherrschung. Mary Rose wand sich ungeduldig umher und forderte, er solle diese süße Qual beenden und sich ganz mit ihr vereinen. Offenbar war er nicht schnell genug, denn sie nahm ihre bebenden Finger zu Hilfe, um ihr Ziel zu erreichen.

So tief wie möglich drang er in sie ein und flüsterte: »O Gott, wie gut du dich anfühlst! Beweg dich nicht – jetzt noch nicht! Bitte, laß mich ... Ah, meine Süße, du bringst mich zum Wahnsinn ...«

Seine Stimme versagte, wilde Lust umnebelte seine Gedanken, und er konnte sich nur noch seinen Empfindungen widmen – dem unglaublichen Entzücken, das Mary Roses wiegende Hüften erzeugten, ihre Beine, die sich an seine Schenkel preßten.

Voller Sehnsucht nach der Erlösung schlang sie die Arme um seinen Hals, grub die Finger in sein Haar und spornte ihn an. Sobald er die ersten Wellen spürte, die Mary Roses Körper erschütterten, erkannte er, daß sie den Gipfel der Lust erreichte, und stillte seine eigene Begierde.

Nur wenige Sekunden lang zögerte sie angstvoll, dann überließ sie sich den überwältigenden Emotionen, klammerte sich an ihren Mann und zweifelte nicht mehr an ihm – stets würde er ihr Geborgenheit schenken.

Es dauerte lange, bis sie in die Realität zurückkehrte. Harrison hielt sie in den Armen, streichelte sie, flüsterte ihr Liebesworte ins Ohr, und sie schlief erschöpft ein. Eine Stunde später wurde sie von seinen Zärtlichkeiten geweckt. Im Dunkel der Nacht liebten sie sich wieder, und dann noch einmal, während die Sonne aufging.

Jedesmal gab sich Mary Rose bereitwillig hin. Von ganzem Herzen liebte sie ihren Mann. Bald würde sie ihm das Täuschungsmanöver verzeihen und neues Vertrauen in ihn setzen.

24. Februar 1871

Liebe Mama, heute habe ich herausgefunden, wie die Babys gemacht werden. Adam erklärte mir ganz genau, was zwischen einem Mann und einer Frau geschieht. Dann sagte er, ich soll mein Gesicht nicht so angewidert verziehen. Aber es

fällt mir schwer, mich nicht davor zu ekeln, Mama. Wenn ich mir vorstelle, eines Tages könnte ein Mann auf mich klettern, wird mir ganz übel.
Travis und Douglas finden es auch gräßlich, Babys zu machen. Das sagten sie zwar nicht, aber sie konnten mich nicht anschauen, als sie mir zu erzählen versuchten, was dabei passiert. Und beide bekamen knallrote Gesichter. Wahrscheinlich wollen sie niemals auf Frauen klettern. Wie Cole darüber denkt, weiß ich nicht. Als ich ihn danach fragte, geriet er in Wut und schickte mich zu Adam.
Dein Sohn behauptete, es sei wunderschön, wenn ein Mann und eine Frau miteinander schlafen. Aber ich glaube, er wollte mich nur hänseln. Was hältst Du davon, Mama? Du hast Adam bekommen, also muß sein Papa vorher auf Dich gekrochen sein. War das nicht grauenhaft?
Inzwischen hat Cole den Stuck an der Decke in der Bibliothek unseres prachtvollen Hauses fertiggestellt. Damit gab er sich große Mühe. Fast jede Nacht arbeitete er in diesem oder jenem Zimmer, und das möchte er auch tagsüber tun, aber er muß Douglas helfen, die wilden Pferde zu zähmen.
Ich mußte den Indianern noch eine blonde Locke von mir schenken. Jetzt sind sie sehr nett zu mir und versuchen mich nicht mehr zu stehlen. Sicher haben sie immer noch Angst vor Adam. Er gibt ihnen was zu essen und versucht sie höflich zu behandeln, aber er traut ihnen nicht über den Weg. Natürlich hat er nicht vergessen, was beinahe geschehen wäre, als diese Renegaten mich entführen wollten.
Die Indianer glauben, ich würde ihnen Glück bringen. Ist das nicht albern, Mama?
Warum haßt Du Livonia nicht? Manchmal finde ich, Du müßtest sie verabscheuen. Ich weiß, sie fürchtet sich und ist von Dir abhängig, aber wenn Du mal richtig gemein zu ihr wärst, würde sie Dich sicher gehen lassen.

Ich vermisse dich sehr.
Mary Rose

18

Vor der Begegnung mit dem Vater flatterten ihre Nerven, und das verstand sie nicht. Sie hatte nichts von diesem Mann zu befürchten. Für sie war er ein Fremder, dem sie höflich und mitfühlend gegenübertreten würde. Immerhin hatte er einen schweren Verlust erlitten, und sie betrachtete es als ihre Pflicht, ihn zu trösten.

Ihr Ehemann hatte sie mit der Neuigkeit geweckt, es sei Elliotts Wunsch, für unbestimmte Zeit mit ihnen in seinem Landhaus zu wohnen. Da begann sie sich zu sorgen. Vielleicht empfand sie vor allem deshalb so große Angst, weil sie so wenig über den Lord wußte. Harrison hatte zwar versichert, sein Arbeitgeber sei reich und intelligent. Aber nach Mary Roses Ansicht sagte keine dieser beiden Eigenschaften etwas über seinen Charakter aus.

Auf der Fahrt zum Landsitz bestürmte sie Harrison mit Fragen. »Du hast erwähnt, wer sich's leisten könne, würde die Stadt im Sommer verlassen, aber nicht erklärt, warum.«

»In London ist es zu heiß. Dort beginnt die Saison erst im September.«

Seufzend faltete sie die Hände im Schoß. »Und wieso durfte Eleanor uns nicht begleiten?«

»Weil sie nicht so zeitig aufstehen wollte – erinnerst du dich? Morgen wird sie uns mit Edward und dem übrigen Personal folgen.«

»Wie lange werden wir bei Lord Elliott bleiben?«

»So lange du willst.« Harrison streckte die langen Beine aus und versuchte unbefangen zu wirken. Natürlich spürte er die Nervosität seiner Frau. Am Morgen war es ihr schwergefallen, ein Kleid auszuwählen, und das sah ihr gar nicht ähnlich. Normalerweise legte sie keinen großen Wert auf ihre äußere Erscheinung. Aber an diesem Tag nahm sie ihr Aussehen sehr wichtig, und er glaubte auch zu wissen, warum. Sie wollte ihren Vater nicht enttäuschen. »Sicher wird er dich lieben, meine Süße.«

»Und werde ich ihn auch mögen?«

Diese Frage schien ihn zu überraschen. Er beugte sich vor und ergriff Mary Roses Hände. »O ja.«

»Hätte ich bloß nicht dieses blaue Kleid angezogen! Es macht mich so blaß.«

»Du siehst zauberhaft aus.«

»Aber ich will nicht zauberhaft aussehen.«

Geflissentlich wechselte er das Thema. »England ist schön, nicht wahr?«

»Ja, die Landschaft gefällt mir. Aber hier bin ich nicht daheim.«

»Mit der Zeit wirst du dich einleben.«

»Ich vermisse meine Brüder.«

»Hast du mich nach meiner Abreise auch vermißt?«

Darauf gab sie keine Antwort. Er ließ ihre Hände los, lehnte sich zurück und schaute aus dem Wagenfenster. In London hatte es geregnet, jetzt schien die Sonne. »Wir sind früh dran. Dein Vater erwartet uns erst nachmittags, gegen vier, aber wir werden schon zu Mittag eintreffen. Bist du müde? Letzte Nacht habe ich dich ziemlich lange wach gehalten.«

Dunkle Röte stieg ihr in die Wangen. »Nein, ich bin nicht müde.«

»Ich schon«, erwiderte er grinsend. »Glücklicherweise hat dein Körper mir verziehen.«

»Was soll das heißen?«

»Gegen die Leidenschaft, die ich in dir entfache, bist du machtlos, was? Weißt du noch, wie du ...«

Hastig unterbrach sie ihn. »Ich war dabei, also mußt du mich nicht daran erinnern. Würdest du mir erzählen, was Lord Elliott sagte, als er von mir hörte?«

»Ich würde lieber erörtern, wie dir heute nacht in meinen Armen zumute war.«

»Um Himmels willen, laß diesen Unsinn und beantworte meine Frage!«

»Dein Vater glaubte mir nicht, und ich brauchte mehrere Stunden, um ihn zu überzeugen. Möchtest du auf meinem Schoß sitzen?«

»Nein, ich möchte nicht auf deinem Schoß sitzen.« Sie entfaltete ihren Fächer und begann ihn vor ihrem Gesicht zu schwenken.

»Aber ich will dich küssen.«

»Das geht nicht. Du würdest mein Kleid zerknittern und meine Frisur zerstören.«

Dieser Protest entmutigte ihn nicht. Ehe Mary Rose wußte, wie ihr geschah, zog er sie auf seinen Schoß. »Deine Locken gefallen mir nicht, wenn sie hochgesteckt sind.«

»Weißt du, warum ich froh bin, daß du dein Haar nicht abgeschnitten hast?«

»Warum?«

Zärtlich streichelte sie seinen Nacken. »So siehst du eher wie ein Bewohner von Montana aus, nicht wie ein eleganter Engländer.«

Er küßte ihren Hals, und ein wohliger Schauer rann durch ihren ganzen Körper, bis zu den Zehen hinab. Leise seufzte sie und neigte den Kopf zur Seite, um seinen Lippen noch besseren Zugang zu gewähren. Sie glaubte zu wissen, warum er sie liebkoste. Offenbar spürte er ihre Angst vor dem Vater, und nun versuchte er sie abzulenken. Damit hatte er Erfolg. Sein warmer Atem an ihrem Ohr erregte sie.

»Warum riechst du so gut, mein Engel?« flüsterte er.

»Weil ich zu baden pflege?«

Lachend umfaßte er ihr Kinn, seine Lippen streiften ihren Mund, aufreizend spielte seine Zunge mit ihrer. Bald genügte ihm das nicht mehr, und er hob widerstrebend den Kopf. »O Mary Rose, ich kann dich einfach nicht küssen, ohne den dringenden Wunsch zu verspüren, dir die Kleider vom Leib zu reißen und dich zu lieben ... Hör auf, meine Süße! Provoziere mich nicht!«

Doch sie fuhr fort, zarte Küsse auf seinen Hals zu hauchen. Als sie hörte, wie sein Atem stockte, genoß sie in vollen Zügen die Macht, die sie auf ihn ausübte. Noch einmal forderte er sie auf, sich anständig zu benehmen. Aber sie ignorierte seinen Befehl und streichelte mit ihrer Zungenspitze seine Unterlippe.

Obwohl er beschlossen hatte, sich wie ein Gentleman zu verhalten, vergaß er diese Absicht. Während Mary Rose verführerisch auf seinem Schoß umherrutschte, schwand der letzte Rest seiner Selbstkontrolle dahin, und der Gedanke, seine Frau in einer fahrenden Kutsche zu lieben, erschien ihm völlig normal. Er begehrte sie, und sie begehrte ihn – nichts anderes zählte. Erst als Mary Rose seine Finger an ihrem Schenkel spürte, kam sie zur Besinnung. Wie sie unter ihren Rock geraten waren, wußte sie nicht. »O Gott, was tun wir denn da«, flüsterte sie atemlos, »in einer Kutsche?«

»Wir sind verheiratet, also können wir uns lieben, wo wir wollen. Das ist unser gutes Recht.«

In seinen Ohren klang das durchaus vernünftig. Aber Mary Rose schob seine Hände beiseite, setzte sich wieder auf die gegenüberliegende Bank und ordnete ihr Haar, das sich aus den Nadeln gelöst hatte und auf ihre Schultern herabhing. Daran war Harrison schuld. Sie warf ihm einen vorwurfsvollen Blick zu, den er strahlend erwiderte. »Du bist wunderschön.«

»Offenbar hat die Leidenschaft dich blind gemacht«, erwiderte sie.

»Da sind wir. Soeben haben wir die Einfahrt zum Landsitz deines Vaters passiert. Das Grundstück ist über hundert Morgen groß.«

Sie holte tief Luft. »Hat er sich über unsere Hochzeit gefreut?«

»O ja. Er war nur enttäuscht, weil er nicht dabeisein konnte, und nun möchte er eine zweite Zeremonie arrangieren.«

Erstaunt hob sie Braucn. »Das ist sicher nicht nötig.«

»Du kannst ja mit ihm darüber reden. Meine Süße, hör

auf, die Hände zu ringen! Alles ist in bester Ordnung, und wenn du Angst hast, lehn dich einfach an mich.«

»Oh, ich bin durchaus fähig, auf meinen eigenen Füßen zu stehen. Außerdem fürchte ich mich nicht vor meinem Vater.«

Harrison widersprach ihr nicht. Wenn sie ihm weismachen wollte, sie hätte keine Angst, würde er eben so tun, als glaubte er ihr.

»Sind die anderen Verwandten auch da?« fragte sie. »O Gott, Harrison, was für ein riesiges Haus! Wie viele Schlafzimmer gibt's denn?«

»Ungefähr zwölf, da bin ich mir nicht ganz sicher. Die Verwandten werden erst gegen Abend eintreffen.«

»Wie spät ist es jetzt?«

Er zog seine Taschenuhr hervor. »Elf.«

Der Wagen bog in die runde Auffahrt und näherte sich dem großen weißen Gebäude, das Mary Rose wie ein Palast erschien. Ringsum blühten Blumen, sorgsam gestutzte Hekken und Büsche säumten große, gepflegte Rasenflächen. Zu beiden Seiten der Eingangstreppe aus roten Ziegeln saßen steinerne Löwen.

Harrison half seiner Frau aus der Kutsche, und sie stiegen die Stufen hinauf. An. der schwarzgestrichenen Tür hing ein länglicher vergoldeter Klopfer. Links und rechts standen weiße Blumenkästen, gefüllt mit Blüten in allen Regenbogenfarben. Mary Rose trat näher zu ihrem Mann, als er anklopfte.

Fünf Sekunden später wurde die Tür von einem breitschultrigen Butler namens Russell geöffnet, der sich tief verbeugte und das junge Paar einließ. Mary Roses Anblick verblüffte ihn ebenso wie den jungen Edward in Harrisons Stadthaus.

»Ja, Russell, meine Frau gleicht Lady Agatha«, bemerkte Harrison, bevor der Diener sich von seiner Überraschung erholen und das Wort ergreifen konnte.

Lächelnd nickte der ältere Mann. »Gewiß, Mylord, ich war ganz verdutzt«, gestand er.

Nur mit halbem Ohr hörte Mary den kurzen Wortwechsel. Sie stand inmitten der imposanten Halle und schaute sich verwundert um. Schwarzweiße Marmorfliesen bedeckten den Boden, eine breite, geschwungene Treppe führte nach oben. Am Deckengewölbe, drei Etagen höher, hing ein grandioser Kristallüster, in dem über fünfzig Kerzen steckten Mary Rose konnte sich nicht vorstellen, wie irgend jemand sie erreichen mochte, um sie anzuzünden.

»Wo ist Lord Elliott?« fragte Harrison. »Ist er heute schon heruntergekommen, oder arbeitet er in der Bibliothek?«

»Wo er jetzt gerade ist, weiß ich nicht, Mylord. Er dachte, Sie würden erst heute nachmittag eintreffen. Möchten Sie nach oben gehen und in der Bibliothek warten, während ich ihn suche?«

Harrison schüttelte den Kopf. »Nein, das Wetter ist viel zu schön, um im Haus zu bleiben. Wir gehen lieber in den Garten. Komm, Mary Rose!« Er ergriff ihre Hand und führte sie durch einen großen Raum mit mehreren Sofas und Sesseln, kleinen Tischen mit Glasplatten und einem gigantischen Marmorkamin.

Alle Sitzmöbel waren mit kostbarem Brokat bezogen. Hingerissen blieb Mary Rose stehen. Nie zuvor hatte sie eine so extravagante Einrichtung gesehen.

»Was denkst du?« fragte Harrison, der sie beobachtete. »Irgendwas scheint dich zu verwirren.«

»Was für ein unpraktisches Mobiliar!« erwiderte sie im Flüsterton, damit die Dienstboten nichts hören konnten. »Der Staub, der durchs Fenster hereinweht, muß die Bezüge doch ruinieren.«

»Gefallen sie dir?«

»O ja, aber ich würde niemals wagen, in so einem Sessel zu sitzen. Wenn ich ihn schmutzig mache …«

Am liebsten hätte er sie in die Arme genommen und geküßt. Sie war so herrlich unverdorben. »Gehen wir hinaus?« Er zog sie zu einer Glastür. Dahinter lag ein Hof mit Steinboden, von einer drei Fuß hohen Ziegelmauer umgeben. Von hier blickte man in einen Garten, und Mary Rose fühlte sich an die Bilder von königlichen Parks erinnert, die sie in Büchern gesehen hatte. Harrison stieß die Tür auf und folgte seiner Frau hinaus. »Wie du sicher schon bemerkt hast, ist dein Vater ein Blumenfreund. Einmal erzählte er mir, wenn er besonders schwierige Probleme lösen müsse, würde er Unkraut jäten. Und er schlug schon viele siegreiche juristische Schlachten, während er auf den Knien lag. Wenn er sich auch mit Reichtümern umgibt – er genießt vor allem die einfachen Dinge des Lebens.« Er geleitete sie zu einem Gartenstuhl mit gelben Kissen und schlug ihr vor, hier zu warten, während er Russell bei der Suche nach Elliott half.

»Sollten wir nicht unsere Koffer nach oben bringen und die Sachen auspacken? Wenn ich meine Kleider nicht sofort aufhänge, zerknittern sie.«

»Darum kümmert sich das Personal.«

Sie setzte sich und faltete die Hände im Schoß. »Ja, natürlich.« Erst jetzt erinnerte sie sich wieder an Lord Elliotts zahlreiche Dienstboten. Harrison hatte mindestens ein Dutzend Namen aufgezählt, und sie konnte sich nicht vorstellen, daß man sich von so vielen Leuten bedienen ließ. Da sie es gewöhnt war, für sich selbst zu sorgen, bezweifelte sie, daß ihr dieser Lebensstil gefallen würde.

Ehe Harrison ins Haus zurückkehrte, küßte er ihre Stirn. Sie war zu nervös, um lange still zu sitzen. Was sollte sie sagen, wenn sie ihrem Vater gegenüberstand? Es erschien ihr überaus wichtig, die richtigen Worte zu finden, denn sie wollte ihn nicht enttäuschen. So viele Jahre lang hatte er nach ihr gesucht. Deshalb wäre es unangebracht, wenn sie einfach nur versicherte: »Freut mich, dich kennenzulernen.«

Mary Rose beschloß dem Steinpfad zu folgen, der in den Garten führte, und hoffte, ein Spaziergang würde sie beruhigen. Überall dufteten Blumen. Die verschiedenen Aromen erinnerten sie an ihr heimatliches Tal, und sie entspannte sich ein wenig. Langsam wanderte sie weiter, blieb immer wieder stehen, um Blumen zu betrachten, die sie nicht kannte. Eines der prächtigen Gewächse erschien ihr besonders merkwürdig. Mit den roten und rosa Blütenblättern glich es einer Rose, roch aber nach Flieder.

Die friedliche Stille und die schöne Umgebung besänftigten ihre Nerven. Da ihr Vater sich gern im Freien aufhielt, gab es gewisse Gemeinsamkeiten, und sie würden einen Gesprächsstoff finden. Sie konnte ihm von ihrem Garten im Paradies erzählen, und er würde ihr erklären, wie all die fremdartigen Blumen hießen.

Als sie um die nächste Ecke bog, sah sie einen älteren Mann, der sich auf ein Knie niedergelassen hatte und eine Blume inspizierte. Wie ein Gärtner war er nicht gekleidet, denn er trug eine dunkle Sonntagshose und ein schneeweißes Hemd, die Ärmel bis zu den Ellbogen hochgekrempelt. Ein breitrandiger, tief in die Stirn gezogener Strohhut überschattete sein Gesicht.

War das ihr Vater? Sie wußte es nicht. Beinahe hätte sie kehrtgemacht, um ins Haus zu fliehen, doch sie besann sich anders und ging weiter.

Elliott hörte Röcke hinter sich rascheln und nahm an, ein Hausmädchen käme angelaufen, um zu fragen, ob er Hilfe brauche. Lächelnd griff er nach dem Korb, den er mit Blumen gefüllt hatte, und hielt ihn hoch. »Sicher wird sich meine Tochter über diese Blütenpracht in ihrem Zimmer freuen«, meinte er, ohne aufzublicken.

Zögernd ergriff Mary Rose den Henkel und stand unschlüssig da. Sollte sie ein Gespräch eröffnen, indem sie sich vorstellte? O Gott, hoffentlich würde ihre Stimme nicht verraten, wie nervös sie war!

»Ob meine Victoria Blumen mag ...«, bemerkte Lord Elliott.

Da holte sie tief Atem. »O ja, Vater, ich liebe Blumen.«

Er rührte sich nicht, und eine halbe Ewigkeit schien zu verstreichen, bis er sich endlich zu ihr wandte. Beim ersten Anblick des Mädchens drohte sein Herz stehenzubleiben. Sonnenlicht umgab das goldblonde Haar, verlieh der ganzen

Gestalt eine mystische Aura, und sekundenlang glaubte er, seine geliebte Agatha wäre vom Himmel herabgestiegen, um zu ihm zurückzukehren.

Ganz die Tochter ihrer Mutter ... Nun war seine Victoria nach Hause gekommen. Elliott schwankte und fürchtete, das Gleichgewicht zu verlieren, doch sie streckte ihm eine hilfreiche Hand entgegen. Daran klammerte er sich wie an einen Rettungsanker. Wie verzaubert starrte er Mary Rose an, und auch ihr sanftes Lächeln erinnerte ihn an Agatha. Dann verschwamm sie vor seinen Augen, und er merkte, daß er lautlose Tränen vergoß.

Sie half ihm auf die Beine, wollte einen Arm um seine Taille legen, um ihn zu stützen, doch er ließ ihre Hand nicht los. Inzwischen war der Strohhut zu Boden gefallen, und sie konnte das Gesicht ihres Vaters betrachten. Trotz seines fortgeschrittenen Alters sah er sehr attraktiv aus. Im Sonnenschein funkelte sein Haar wie Silber. Er hatte hohe Wangenknochen und eine wohlgeformte, gerade Nase. Seine stolze Haltung erinnerte sie an ihren Bruder Adam, in dessen Adern das Blut mehrerer Stammeshäuptlinge floß, seiner edlen Vorfahren. Kam auch Lord Elliott aus einer so vornehmen Familie? Irgendwann würde sie ihn danach fragen, aber jetzt fand sie es unpassend.

Schweigend schauten sich Vater und Tochter an, und Elliott rang tapfer nach Fassung. Schließlich zog er ein blütenweißes leinenes Taschentuch, hervor und wischte über seine Augen. Hand in Hand wanderten sie zum Haus, und er begann endlich zu sprechen. Deutlich verriet seine bebende Stimme, wie ergriffen er war. »Deine Heimkehr macht mich überglücklich.«

Sie nickte und überlegte, was sie antworten sollte. Vor allem wollte sie ehrlich sein, aber auch freundlich, und so sprach sie einfach aus, was ihr Herz bewegte. »Vater?«

»Ja, Victoria?«

»Ich bin so froh, daß du mich nicht weggeworfen hast.«

Lord Elliotts jüngere Schwester Lillian war das erste Mitglied der Familie, die sich auf dem Landsitz versammelte, um Victorias Rückkehr zu feiern. Obwohl es stichhaltige Beweise gab, mochte sie noch immer nicht glauben, daß es sich tatsächlich um ihre Nichte handelte. Zu oft hatte sie mit ihrem Bruder gelitten, wenn die Detektive falschen Spuren gefolgt waren. Deshalb wollte sie sich nur auf ihr eigenes Urteil verlassen, mit eigenen Augen feststellen, ob tatsächlich Victoria vor ihr stehen würde – oder eine Hochstaplerin, die nach finanziellem Gewinn strebte.

»William, warum sitzt du denn hier draußen in der Hitze?« rief sie, als sie aus dem Haus eilte. »Du solltest wirklich vorsichtiger sein, sonst wirst du noch krank!«

Höflich erhoben sich Harrison, Lord Elliott und Mary Rose aus den Gartenstühlen, und Lillian musterte ihre Nichte aufmerksam. »Ja, in der Tat, sie ähnelt Agatha.«

Elliott stellte ihr seine Tochter vor, und Mary Rose lächelte. Da sie nicht wußte, ob sie sich verbeugen oder knicksen oder die Hand ihrer Tante schütteln sollte, stand sie einfach nur da, bis Lillian ihr vielleicht bedeuten würde, wie sie sich benehmen mußte. Diese Frau glich ihrem Bruder überhaupt nicht, abgesehen von den hohen Backenknochen. Klein und schlank, mit einer Adlernase und braunem Haar, wäre sie gewiß attraktiver gewesen, hätte sie keine so tristen Farben bevorzugt. Sie trug ein dunkelgraues Kleid, das ihren Teint leichenblaß wirken ließ.

Sicher bekäme sie rote Wangen, wenn sie hineinkneifen würde, dachte Mary Rose. Und sie müßte aufhören, die Stirn zu runzeln. Außerdem starrt sie mich viel zu unverhohlen an.

»Wie heißt du, mein Kind?« fragte Lillian und faltete die Hände wie im Gebet.

»Mary Rose Clayborne.«

Überrascht wandte sich Lillian zu ihrem Bruder. »Warum nennt sie sich nicht Lady Victoria?«

»Seit ich denken kann, werde ich Mary Rose genannt«,

erklärte ihre Nichte. »Für mich bedeutet der Name Victoria nichts.«

Diese unverblümte Antwort schockierte Lillian, und die Falten auf ihrer Stirn vertieften sich. »Wenn du auch wie die verstorbene Frau meines Bruders aussiehst – ich bezweifle immer noch, daß du seine Tochter bist. Möchtest du versuchen, mich zu überzeugen, Kindchen?«

Nach kurzem Zögern entschloß sich Mary Rose zur Ehrlichkeit, auch wenn man sie unhöflich finden mochte. »Nein, Tante, ich möchte nicht versuchen, dich zu überzeugen. Und ich wünschte, du würdest mich nicht ›Kindchen‹ nennen. Ich bin eine erwachsene Frau.«

»Großer Gott, wie impertinent sie ist, William!«

Mary Rose wußte nicht, wie sie sich verteidigen sollte, und der Vater kam ihr zur Hilfe. »O nein, sie ist nicht impertinent, nur aufrichtig.«

Lillian nickte. »Und was habt ihr jetzt vor?«

»Um Himmels willen, Lillian, meine Tochter ist eben erst angekommen. Vorerst müssen wir nicht über Zukunftspläne reden. Setz dich und hör auf, ihre Nerven zu strapazieren.«

»Aber ich versuche doch nur, die Wahrheit zu ergründen«, entgegnete Lillian und trat näher zu Mary Rose. »Bist du Lady Victoria?«

»Das wird behauptet. Und meinem Vater zuliebe würde ich's gern glauben. Nachdem er mich so lange erfolglos gesucht hat, könnte er nun endlich seinen inneren Frieden finden.«

»Und was wünschst du dir selbst?«

Den Sinn dieser Frage verstand Mary Rose nicht. Sie warf einen kurzen Blick auf Harrison, dann schaute sie wieder ihre Tante an. »Nun, ich möchte ein paar Wochen bei meinem Vater verbringen und dann nach Hause fahren.«

»Wie gesagt, es ist zu früh, um Pläne zu schmieden.« Lord Elliott tätschelte ihre Hand. »Vielleicht besinnst du dich anders und bleibst länger bei mir.«

Doch sie wollte keine falschen Hoffnungen in ihm wekken. »Daheim warten meine vier Brüder. Und deshalb muß ich nach Amerika zurückkehren.«

»Darüber reden wir später«, entschied er. »Erst einmal brauchst du Zeit, um uns alle kennenzulernen. Lillian ist das schwierigste Mitglied unserer Familie, meine Liebe. Wie du siehst, hat es ihr die Sprache verschlagen. Ich muß gestehen – ich hätte nie gedacht, daß man sie zum Schweigen bringen könnte, aber dir ist es gelungen.«

»Oh, ich wollte dich nicht ärgern, Tante«, beteuerte Mary Rose verwirrt.

»Harrison, weiß sie die Position ihres Vaters zu würdigen?« fragte Lillian.

»Nein«, entgegnete er prompt. »Sie richtet sich nach anderen Wertmaßstäben als die jungen Damen in England.«

»Setzen wir uns in den Salon?« schlug Lord Elliott vor. »Ich glaube, meine Schwester braucht eine Erfrischung.«

»Geh doch mit Harrison voraus!« befahl Lillian. »Inzwischen werde ich mit meiner Nichte unter vier Augen sprechen.«

»Hör mal, Lillian, du darfst sie nicht einschüchtern.«

»Das wird sie nicht tun, Vater«, versicherte Mary Rose.

Auch Harrison ließ seine Frau nur widerstrebend mit Lillian allein. Am liebsten hätte er Mary Rose beiseite geführt und erklärt, bellende Hunde würden nicht beißen und in Wirklichkeit besitze ihre Tante ein Herz aus Gold, wäre aber stets bestrebt, es vor aller Welt zu verbergen.

»Meine Tochter und ich waren so lange getrennt«, betonte Lord Elliott. »Tut mir leid, Lillian, aber ich muß darauf bestehen, daß wir alle zusammen hineingehen.«

»Keine Bange, Vater, es dauert nicht lange«, versprach Mary Rose. »Und ich würde sehr gern allein mit meiner Tante sprechen.« Ohne die Erlaubnis der Männer abzuwarten, nahm sie wieder Platz, lächelte Lillian an und wies einladend auf einen Gartenstuhl. Sobald Lord Elliott und Harrison im Haus verschwunden waren, fragte sie: »Soll ich beginnen, Tante Lillian, oder willst du den Anfang machen?«

»Laß mich den Anfang machen. Das Alter bringt gewisse Privilegien mit sich«, fügte Lillian lächelnd hinzu. »Meine Liebe, ich würde dir gern trauen, aber es fällt mir schwer. Sicher, ich kenne die Beweise, die dein Mann gesammelt hat. Trotzdem hege ich meine Zweifel. Und ich verstehe natürlich, warum du als Tochter meines Bruders gelten möchtest.«

»Tatsächlich? Und warum sollte ich das nach deiner Meinung anstreben?«

»Nun, seine Position, sein Reichtum ...«

»Ich könnte dir viel mehr Gründe nennen, warum ich nicht deine Nichte sein will. Glaub mir, diese neue Identität kompliziert mein Leben. In Montana habe ich eine Familie. Ist es denn selbstsüchtig, Heimweh zu empfinden?«

»Stammst du aus einer wohlhabenden Familie?«

»Ja, ich denke schon. Zumindest habe ich alles, was ich mir wünsche.«

»Ist diese Familie so reich wie dein Vater?«

»Das weiß ich nicht. Wir führen ein anderes Leben und besitzen eine andere Art von Reichtum. Warum möchtest du nicht, daß ich Victoria bin?«

Eine Zeitlang starrte Lillian die junge Frau schweigend an. Dann flüsterte sie: »Du hast die Augen deiner Großmutter.« Wehmütig schüttelte sie den Kopf. »Niemals hat Agatha ein unfreundliches Wort über irgend jemanden gesagt, schon gar nicht über ihre Mutter. Diese Frau war ein gemeines altes Biest, aber sie hatte wunderschöne blaue Augen. Wahrscheinlich wird sich Agatha im Grab umdrehen, wenn sie hört, wie ich über ihre Mutter rede.«

Da brach Mary Rose in Gelächter aus. Lillians Äußerungen paßten ganz und gar nicht zu ihrer wohlanständigen Attitüde.

»Ich möchte nur verhindern, daß mein Bruder wieder verletzt wird.«

»Oh, ich werde ihm gewiß nichts zuleide tun«, versprach Mary Rose. »Ich möchte ihn nur kennenlernen und dann wieder nach Hause fahren. Natürlich werde ich ihm regelmäßig Briefe schreiben, und ich hoffe, er besucht mich eines Tages. Ich würde ihn gern mit meinen Brüdern bekannt machen.«

Verwundert schüttelte Lillian den Kopf und wußte nicht, was sie davon halten sollte. »Weißt du denn nicht, was dein Vater dir bieten könnte?«

»Doch. Väterliche Liebe. Und ich will mich bemühen, ihn so zu lieben, wie eine Tochter ihren Vater lieben sollte. Darin habe ich keine Übung, aber ich werde es lernen.«

»Nun bist du eine verheiratete Frau und deinem Mann verpflichtet. England ist Harrisons Heimat. Also mußt du hier bei ihm bleiben. Das siehst du sicher ein.«

Mary Rose sah nichts dergleichen ein, aber das behielt sie für sich. »Bist du verheiratet, Tante Lillian?«

»Mein lieber Kenneth starb vor fünf Jahren. Bedauerlicherweise wurden wir nicht mit Kindern gesegnet.«

»Das tut mir leid.«

»Da ich stets beschäftigt bin, finde ich keine Muße, um Trübsal zu blasen. Ich engagiere mich für die Wohlfahrt. Auch die Familie beansprucht einen großen Teil meiner Zeit und Aufmerksamkeit. Robert hat sieben Kinder, die ständig in irgendwelche Schwierigkeiten geraten. Gewiß, Barbara ist eine reizende Frau, aber sie kann ihre Sprößlinge nicht unter Kontrolle halten. Die beiden haben sechs Töchter und einen Sohn. In ein oder zwei Stunden wirst du sie alle kennenlernen.«

»Wer sind Robert und Barbara?«

»Dein Onkel und deine Tante. William, dein Vater ist der Erstgeborene. Nach ihm kam ich zur Welt, dann Daniel und schließlich Robert, Barbaras Mann. Besitzt du ein passendes Kleid fürs Dinner, meine Liebe?«

Mary Rose schaute an sich hinab und entdeckte weder Knitterfalten noch Schmutzflecken. »Stimmt was nicht mit diesem Kleid?«

»Es ist hoffnungslos altmodisch.«

»Für diesen Stoff habe ich ein Vermögen bezahlt, verdammt noch mal!«

Erschrocken schnappte Lillian nach Luft und griff sich an die Kehle. »So darfst du nicht reden, Victoria. Am besten fange ich sofort an, dir bessere Manieren beizubringen. Bevor du der Gesellschaft präsentiert wirst, gibt's noch eine Menge zu tun. Niemals darfst du vergessen, wer dein Vater ist.«

»Das werde ich nicht vergessen«, stimmte Mary Rose zu, wenn sie auch nicht wußte, was die Tante ihr zu erklären versuchte. Nach Lillians eindringlicher Miene zu schließen, mußte es etwas Wichtiges sein. »Warum hast du nicht noch einmal geheiratet? Du bist so eine hübsche Frau. Würdest du in Montana leben, hätten dich mindestens zehn Männer umworben, noch ehe dein teurer Gemahl im Grab erkaltet wäre.«

»Guter Gott, Kind! Sei nicht impertinent!«

»Ich bin nicht impertinent, nur ehrlich.«

Prüfend tastete Lillian über ihre hochgesteckten Haare und erhob sich. »In Zukunft darfst du deine Meinung nicht so unverblümt äußern, Victoria. Sonst schockierst du die Leute.«

Plötzlich erkannte Mary Rose, daß Lillian sie als Kind ihres Bruders akzeptierte. »Offensichtlich zweifelst du nicht mehr an mir, Tante. Wie konntest du deine Ansicht so schnell ändern?«

»Die Beweise sind unwiderlegbar, und die Waagschale neigt sich zu deinen Gunsten.«

»Warum?«

»Es ist unhöflich, so viele Fragen zu stellen, Victoria. Gehen wir jetzt hinein. William und Harrison haben schon lange genug auf deine Gesellschaft gewartet.«

»Vorher muß ich dich um einen Gefallen bitten.«

»Ja?«

»Bitte, nenn mich Mary Rose.«

»Aber du bist nicht mehr Mary Rose, sondern Victoria.

An diesen Namen mußt du dich gewöhnen.« Lillian nahm den Arm ihrer Nichte und zog sie mit sich. »Wie ich gehört habe, kommt morgen deine Freundin zu uns. Wie heißt sie?«

»Eleanor. Sicher wirst du sie mögen, Tante Lillian. Sie hat viel bessere Manieren als ich.«

»Nun, wir werden sehen.«

Mary Rose folgte ihrer Tante in den Salon. Weder Harrison noch ihr Vater nahmen Notiz von ihr, weil sie aufgeregt debattierten.

»Da sie dir dieses Geld unbedingt geben wollen, solltest du es nehmen«, meinte Harrison. Den Rücken zu seiner jungen Frau gewandt, stand er vor dem Kamin, und sie trat neben ihn.

»Nein, ich werde es nicht nehmen«, verkündete Lord Elliott zum drittenmal. »Schick es ihnen zurück, mein Junge!«

Entschieden schüttelte Harrison den Kopf, und als Mary Roses Schulter seinen Arm streifte, griff er sofort nach ihrer Hand.

»Redet ihr von dem Geld, das meine Brüder nach England geschickt haben?« fragte sie.

»Ja«, bestätigte Harrison. »Dein Vater will es nicht annehmen.«

»Bitte, Vater!« Mary Rose wandte sich zu Lord Elliott, der in einem Ohrensessel vor dein Kamin saß. »Meine Brüder würden sich sehr freuen, wenn du das Geld akzeptieren könntest.«

»Misch dich nicht in diese Diskussion ein, Victoria!« mahnte Lillian. »Das sollen die Männer unter sich ausmachen. Wollen wir nach oben gehen und deine Garderobe inspizieren? Sicher finden wir etwas Passendes für heute abend.«

Mary Rose hörte Harrison seufzen, dann drückte er ihre Hand. »Geh nur, meine Süße. Über dieses andere Problem reden wir später.«

Wäre sie daheim gewesen, hätte sie energisch gegen das

Verbot protestiert, an einem »Männergespräch« teilzunehmen. Aber sie war nicht zu Hause, sondern in England. Hier galten andere Gesetze, und plötzlich fühlte sie sich unsicher. Sie hatte ihren Brüdern versprochen, ihr Bestes zu tun, um möglichst gut mit ihrer Verwandtschaft auszukommen.

Fügsam folgte sie ihrer Tante aus dem Salon. In der Tür blieb sie noch einmal stehen und warf Harrison einen vernichtenden Blick zu, um ihm zu bedeuten, wie ungern sie sich wegschicken ließ. Aber er zeigte nicht das geringste Mitleid und besaß sogar die Frechheit, ihr zuzuzwinkern. Seufzend stieg sie die Treppe hinauf und beschloß ihm gründlich die Meinung zu sagen, sobald sich eine Gelegenheit ergab.

Während der nächsten Stunde stritt sie mit Lillian über ihre Garderobe. Diese Frau bewies ein geradezu manisches Interesse an Kleidern, was Mary Rose verwirrte. Einfach lächerlich, daß ihre Tante nichts Passendes fürs Dinner fand! Immerhin hingen acht wunderschöne Kleider im Schrank. Aber Lillian schüttelte verächtlich den Kopf.

Mary Rose war verlegen und gekränkt, denn die Stoffe und Schnitte der Kleider, die ihre Tante so abscheulich fand, hatte sie selber ausgesucht.

Schließlich behielt sie das blaue Kleid an, und Lillian verkündete: »So, jetzt gehe ich nach unten und benachrichtige eine Schneiderin. Morgen vormittag – sobald du von den beiden Ärzten untersucht wurdest, die mein Bruder hierherbeordert hat – wählen wir gemeinsam die Stoffe aus und stellen deine neue Garderobe zusammen.«

»Aber ich brauche keine Ärzte. Ich bin kerngesund.«

»Sei nicht schwierig, Victoria. Das alles geschieht nur zu deinem eigenen Wohl. Beim Dinner wirst du neben mir sitzen, damit ich deine Tischmanieren korrigieren kann. Ruh dich jetzt aus. Du solltest mindestens eine Stunde lang schlafen, dann komm herunter. Inzwischen müßte Robert mit seiner Familie eingetroffen sein.«

»Tante Lillian, du hast noch einen anderen Bruder namens Daniel erwähnt. Wird er uns auch besuchen?«

»Vorerst nicht. Er verbringt gerade mit seiner Familie die Ferien in Südfrankreich. In ein oder zwei Wochen kommen sie nach Hause. Dann wirst du die beiden kennenlernen. Seine Frau heißt Johanna, und sie haben drei Kinder, lauter nette Jungen. Schlaf jetzt, Victoria. Ich schicke Ann Marie herauf, sie wird dir helfen.«

Mary Rose fragte nicht, warum sie die Hilfe eines Dienstmädchens brauchte, wenn sie sich ausruhte. Sonst hätte Lillian sie nur wieder impertinent gefunden. Auch dem Vorschlag, mindestens eine Stunde lang zu schlafen widersprach sie nicht, obwohl sie keine Ahnung hatte, wieso man sich mitten am Tag ins Bett legte. Sie war kein bißchen müde, aber ziemlich verstört. So viele Namen mußte sie sich merken, so viele Regeln befolgen.

Um Himmels willen, wie sollte sie all diese Erwartungen erfüllen? Nun, sie war noch nie einer Herausforderung ausgewichen, und sie würde es auch diesmal nicht tun. So gut sie es vermochte, wollte sie den Wünschen ihrer Verwandten entsprechen.

Ann Marie betrat das Zimmer, half ihr aus dem Kleid und schlug die Bettdecke zurück. Dann zog sie die Vorhänge zu. Also sollte Mary Rose tatsächlich schlafen. Nur mit ihrem Unterhemd bekleidet, streckte sie sich auf ihrem Bett aus und bewunderte das geräumige Zimmer, in dem warme goldgelbe Farben dominierten.

Mit der Zeit beruhigten sich ihre Nerven, und sie schaute nachdenklich zur Decke hinauf. Was für ein freundlicher Mann ihr Vater war ... Sein Lächeln und seine Stimme gefielen ihr. Er sprach in sanftem und trotzdem gebieterischem Ton. Wenn sie ihren Brüdern schrieb, würde sie versichern, Lord Elliott sei ein sehr netter, gütiger Mensch.

Wenige Minuten später kam Harrison herein. »Wie halsstarrig dein Vater ist! Mit aller Macht will er deinen Brüdern das Geld zurückschicken, obwohl ich ihm mehrmals versichert habe, es handle sich um eine Summe, die ihm damals vermutlich gestohlen wurde. Damit möchte er die Claybornes für deine Lebensunterhalt entschädigen, den sie in all den Jahren bestreiten mußten.«

Mary Rose drehte sich auf die Seite und schaute ihn an. »Als ich meine Brüder erwähnte, wirkte er irgendwie traurig und enttäuscht.«

»Natürlich muß er sich erst an den Gedanken gewöhnen, daß du noch eine andere Familie hast.«

»Morgen soll ich von zwei Ärzten untersucht werden. Wußtest du das?«

Harrison schlüpfte aus seinem Jackett, warf es über einen Stuhl, dann setzte er sich auf den Bettrand, um seine Schuhe und Socken auszuziehen. »Ja, dein Vater hat es erwähnt.«

»Und warum muß ich untersucht werden? Ich fühle mich großartig!«

»Offenbar möchte sich dein Vater vergewissern, und es kann nicht schaden, oder?«

»Nach meiner Ansicht ist das reine Geldverschwendung, aber wenn's unbedingt sein muß ... Du hast mich noch gar nicht gefragt, was ich von meinem Vater halte. Bist du nicht neugierig?«

Lächelnd wandte er sich zu ihr. »Ich weiß schon, was du denkst, weil ich beobachten konnte, wie du ihn ansahst. Schon jetzt magst du ihn, und ich glaube, bald wirst du ihn liebenlernen.«

Sie nickte. »So wie eine Tochter ihren Vater lieben sollte. Aber kann ich ihm trauen?«

»Natürlich. Und mir auch. Das weißt du.«

Darüber wollte sie nicht reden, und sie versuchte das Thema zu wechseln, doch das ließ er nicht zu.

»Liebe und Vertrauen gehen Hand in Hand, Mary Rose. Wenn du mir nicht vertraust, liebst du mich nicht. Und du liebst mich doch?«

Weil dieses Problem sie immer noch quälte, blieb sie ihm die Antwort schuldig. Immerhin hatte er sie belogen und tief gekränkt. Sie verstand, warum er seine Beweggründe nicht sofort nach seiner Ankunft auf Rosehill enthüllt hatte. Doch sie fand, in jener ersten Liebesnacht wäre er verpflichtet gewesen, ihr die Wahrheit zu verraten. Er hatte weiterhin geschwiegen, und das nahm sie ihm übel, wenn sie auch teilweise seine Erklärung akzeptierte, es sei die Aufgabe ihrer Brüder gewesen, ihr von Lord Elliott zu erzählen.

So oder so, er hatte sie hintergangen, und sie fürchtete, dies könnte wieder geschehen. Nun mußte schrittweise ein neues Vertrauen zwischen ihnen aufgebaut werden. Und Harrison blieb nichts anderes übrig, als sich zu gedulden, bis sie ihre Angst überwand. »Ich bin noch nicht bereit, mit dir darüber zu sprechen. Gib mir noch etwas Zeit ... Natürlich liebe ich dich«, fügte sie rasch hinzu, als er erbost die Stirn runzelte. »Und während du wartest, könntest du lernen, *mir* zu vertrauen.«

»Allmählich machst du mich wütend, Mary Rose«, fauchte er, und sie schnitt rasch ein anderes Thema an. »Hoffentlich kann ich mir heute abend alle Namen merken.«

Seufzend streifte er seine Hose nach unten. »Dabei werde ich dir helfen. Und jetzt müssen wir über George MacPherson reden, mein Schatz, den Privatsekretär deines Vaters. Heute abend ißt er nicht mit uns. Er hat noch Urlaub. Aber wenn er hierherkommt, darfst du ihm nicht erzählen, wie Douglas diesen Mann und die Frau beobachtet hat, die das Babykörbchen mit dir auf den Abfall warf. Tu einfach so, als wüßtest du nichts von jener Nacht.«

»Hat er mich denn entführt?«

»Das vermute ich, aber vorerst kann ich nichts beweisen. Inzwischen habe ich die alten Rechnungsbücher studiert. MacPherson konnte unmöglich ein paar tausend Dollar gespart haben, um sie seiner Komplizin zu geben. Also stahl er das Geld von einem Konto deines Vaters. Bis jetzt sind mir keine Diskrepanzen aufgefallen. Aber ich werde sicher welche finden.«

»Wurde MacPherson zur Zeit der Entführung nicht überprüft?«

»Doch. Leider hat die Polizei diese Rechnungsbücher

nicht so gründlich durchgesehen, wie es ihre Pflicht gewesen wäre.«

»Könnte ich dir helfen?«

»O ja.«

»Wenn wir Douglas bitten, nach England zu kommen, wird er MacPherson vielleicht entlarven.«

»Vor Gericht wäre das kein stichhaltiger Beweis. MacPhersons Verteidiger würde behaupten, damals sei Douglas noch ein kleiner Junge gewesen, und man dürfe sich nicht auf sein Gedächtnis verlassen.«

»Hast du meinem Vater über MacPherson erzählt?«

»Noch nicht«, erwiderte Harrison. »Sonst könnte Elliott nicht mehr mit dem Mann zusammenarbeiten, und MacPherson würde Verdacht schöpfen und womöglich untertauchen. Dann könnten wir ihm niemals was nachweisen.«

»Ja, da muß ich dir recht geben. Mein Vater hat kein Pokergesicht.«

»Pokergesicht?«

»Er zeigt seine Gefühle. Und ein guter Pokerspieler läßt andere niemals wissen, was er denkt. Ich wette, du würdest jede Partie gewinnen, Harrison, weil du deine Gedanken stets verbirgst. Schlafen die anderen auch am Nachmittag?«

Der plötzliche Themawechsel verwirrte ihn nicht, denn mittlerweile wußte er, wie das Gehirn seiner Gemahlin funktionierte.

»Die meisten Frauen.«

»Und die Männer?«

Bevor er antwortete, legte er seine restliche Kleidung ab.

»Manche Männer auch, aber ich nicht. Dafür begehre ich dich viel zu sehr. Haben wir jetzt genug geredet, mein Engel?«

Als er sich neben ihr ausgestreckt hatte, schlang sie die Arme um seinen Hals. »Gefällt dir meine Garderobe?«

»Nein, verdammt, ich hasse das ganze Zeug. Am liebsten sehe ich dich nackt.«

Da sie die erhofften tröstlichen Worte nicht hörte, beschloß sie, nicht mehr über so alberne Dinge wie ihre Garderobe nachzudenken. Jetzt hatte sie etwas Wichtigeres zu tun. Sie wollte ihren Mann lieben und ihn diesmal restlos um den Verstand bringen. »Wie lange dürfen wir uns ausruhen, Harrison?«

Seine Lippen streiften ihren Hals. »Etwa zwei Stunden. Warum?«

»Das müßte genügen. Dreh dich auf den Rücken.«

»Was hast du vor?«

»Soll ich's dir erklären – oder lieber zeigen?«

Sofort gehorchte er. »Zeig's mir!«

Sie errötete wie eine Jungfrau, aber sie benahm sich wie eine geübte Verführerin. Abwartend verschränkte er die Hände hinter dem Kopf. Mary Rose erhob sich auf die Knie, und der bewundernde Blick ihres Mannes half ihr, die anfängliche Scheu zu überwinden.

Langsam öffnete sie die Schleife des Bändchens, das ihr Hemd über den Brüsten zusammenhielt, und zog die Träger nach unten. Es dauerte eine ganze Weile, bis sie sich vollends entkleidete. Dann neigte sie sich herab und ließ ihren Busen über Harrisons Brust gleiten. Ihr Haar fiel auf seine Schultern. »Bist du kitzlig?« wisperte sie und streichelte seinen flachen Bauch.

»Nein«, entgegnete er atemlos.

Sie küßte seinen ganzen Körper, und als ihre Lippen ihn intim zu liebkosen begannen, biß er die Zähne zusammen, um die süße Qual zu ertragen, und schloß die Augen.

Allzulange hielt er es nicht aus, viel zu früh drohte sein Höhepunkt, und vorher wollte er Mary Rose Befriedigung schenken. Er hob sie hoch, setzte sie rittlings auf seine Hüften und befahl mit heiserer Stimme: »Nimm mich in dir auf!«

»Noch nicht«, flüsterte sie und begann ihn mit süßen Küssen zu peinigen. Ihre Zungenspitze wanderte aufreizend über seinen Mund, und er erwiderte den Kuß mit der ganzen Glut seiner Leidenschaft. Seine Hände umfaßten ihre Brüste, und sie wand sich in wachsender Ekstase.

Nun konnte er sich nicht länger beherrschen. Er hielt ihre Hüften fest, drang kraftvoll in sie ein, und sie wußte nicht recht, was sie nun tun sollte. Ein Instinkt half ihr, sich rhythmisch zu bewegen, immer schneller. Harrisons lautes Stöhnen spornte sie an, und beide erreichten gleichzeitig den Gipfel ihrer Lust. Während die köstlichen, heißen Wellen durch Mary Roses Körper strömten, schrie sie den Namen des Mannes, den sie liebte. Dann sank sie erschöpft auf seine Brust hinab. An ihrer erhitzten Wange spürte sie seinen rasenden Herzschlag.

Mit beiden Armen hielt er sie umfangen und streichelte sie, bis sie allmählich zur Besinnung kam.

»Hat's dir gefallen?« wisperte sie.

Verwundert hörte er die Sorge aus ihrer Frage heraus und begann zu lachen. Nicht gefallen? Allein schon der Gedanke an ihre süßen, betörenden Lippen erregte ihn von neuem. Er schlang die Finger in ihr Haar und zwang sie, den Kopf zu heben. Tief schaute er ihr in die Augen. »O ja, ich war völlig hingerissen. Hast du's nicht bemerkt?«

Zufrieden lächelte sie. »Doch.«

In wachsendem Verlangen küßte er sie, bis beide nach Atem ringen mußten. Beim zweiten Mal liebten sie sich zärtlicher und langsamer, und Harrison war nicht bereit, seiner Frau die Kontrolle zu überlassen. Nun bereitete er ihr die gleichen süßen Qualen, die sie ihm vorhin zugemutet hatte. Als sie endlich Erfüllung fanden, hatten sie sich restlos verausgabt.

Bald war es an der Zeit, aufzustehen und Vorbereitungen für das Dinner zu treffen. Gähnend kroch Mary Rose aus dem Bett, voller Genugtuung, weil Harrison genauso müde aussah, wie sie sich fühlte.

Ann Marie bestand darauf, das Haar ihrer Herrin am Hinterkopf zu einem lockigen Knoten zusammenzustecken, und Mary Rose ließ es geschehen, nachdem die Zofe erklärt hatte, sie würde Lady Lillians Anweisungen befolgen. Lächelnd versicherte Harrison seiner Frau, sie würde bildhübsch aussehen.

Drei Stunden später zweifelte sie daran. Eine Horde wohlmeinender, aufgeregter Verwandter hatte sie unentwegt begafft und mit Fragen bestürmt. Weil sie es nicht gewohnt war, im Mittelpunkt der allgemeinen Aufmerksamkeit zu stehen, fand sie den Abend ziemlich anstrengend und fürchtete, das könnte man ihr anmerken. Aber sie zwang sich zu lächeln und die Neugier ihrer Familie geduldig zu befriedigen.

Tante Barbara, eine hochgewachsene, vollbusige Frau, akzeptierte sie sofort als ihre Nichte und umarmte sie. Dabei tätschelte sie ihr den Rücken, und Mary Rose kam sich wie ein kleines Kind vor, das beruhigt werden mußte.

»Armes, armes Mädchen!« rief Barbara immer wieder. »Jetzt ist alles gut. Du bist daheim, bei deiner Familie, und wir alle lieben dich. Von nun an werden wir für dich sorgen.«

Da Tante Barbara sie nicht loslassen wollte, kam Onkel Robert seiner Nichte zu Hilfe. »Du erstickst sie ja, Barbara!« mahnte er, dann drückte er Mary Rose so fest an seine eigene Brust, daß sie kaum noch atmen konnte.

Belustigt stand Harrison mit ihrem Vater am anderen Ende des Salons und beobachtete die Ereignisse. Sie lächelte ihm etwas gequält zu, dann widmete sie sich wieder ihrer Tante und ihrem Onkel. Die spontane Zuneigung der beiden rührte ihr Herz, aber gewisse Kommentare verwirrten sie. Offenbar glaubte Barbara, ihre Nichte hätte in diesen zwanzig Jahren schrecklich gelitten. Mary Rose machte sich nicht die Mühe, das Mißverständnis zu beseitigen. Und sie war ihren Verwandten auch nicht böse. Diese Leute konnten einfach nicht verstehen, was für ein wundervolles Leben sie mit ihren Brüdern geführt hatte.

Mit ihrem Vetter und ihren Kusinen verstand sie sich auf Anhieb. Die älteste war vierzehn und wurde gerade auf ihr gesellschaftliches Debüt vorbereitet, ein reizendes, lebhaftes Mädchen, ebenso wie die fünf jüngeren Schwestern. Sobald der siebenjährige Robert, seinem Vater wie aus dem Gesicht geschnitten, den Salon betrat, entdeckte er Harrison, rannte zu ihm und wich ihm nicht mehr von der Seite. Offensichtlich betete der kleine Junge Mary Roses Ehemann an.

Da die Kinder nicht mit den Erwachsenen essen durften, wurden sie nach oben geschickt, sobald der Butler meldete, das Dinner sei angerichtet. Mary Rose fand es seltsam, daß sie ausgeschlossen wurden. Aber sie stellte keine Fragen, nachdem Tante Lillian sie angewiesen hatte, ihre Meinung für sich zu behalten.

Beim Dinner saß sie zwischen Barbara und Lillian, gegenüber von Harrison. Die Mahlzeit wurde wie eine heilige Handlung zelebriert. Man unterhielt sich im Flüsterton, und die Lakaien reichten kostbare Silberplatten mit erlesenen Speisen herum.

Noch bevor Mary Rose zu essen anfing, beging sie ihren ersten Fehler. Sie erkundigte sich, wer das Tischgebet sprechen würde, und der Vater bat sie, diese Aufgabe zu übernehmen.

Schon nach wenigen Worten wurde sie unterbrochen. »Großer Gott, William, sie wurde katholisch erzogen!« kreischte Lillian. »O William, was sollen wir nur machen?«

»Armes Kind!« klagte Barbara. »Armes, armes Kind!«

»Aber ich bin keine Katholikin«, erklärte Mary Rose. »Ich habe noch nicht entschieden, welcher Religion ich angehören werde.«

»Du hast dich noch nicht entschieden?« rief ihr Vater entsetzt. »Victoria, seit vielen Jahren sind die Elliotts treue Anhänger der anglikanischen Kirche. Und du bist eine Elliott.«

»Kann ich nicht gleichzeitig eine Elliott und eine Katholikin sein. Oder eine Jüdin ...«

Lillians schriller Schreckensschrei ließ Mary Rose verstummen. Offenbar hatte sie wieder einmal zu freimütig ihre Meinung geäußert. Das brachte die bedauernswerte Frau dermaßen aus der Fassung, daß sie ein Wasserglas umstieß.

»Wirklich, ich wollte dich nicht ärgern«, beteuerte Mary Rose. »Meine Brüder und ich haben beschlossen, die verschiedenen Religionen zu studieren, bevor wir uns auf eine festlegen.«

»Da haben wir wohl eine ganze Menge zu tun, Lillian«, stöhnte Barbara, und ihre Schwägerin nickte zustimmend.

»Man weiß gar nicht, wo man anfangen soll.« Dann wandte sie sich zu ihrer Nichte. »Könnten deine Mutter oder deine Großmutter dich so reden hören, würden sie vor Kummer sterben.«

»Sie sind bereits tot!« mischte sich Elliott ärgerlich ein. »Und ich finde es bewundernswert, daß Victoria sich über andere Religionen informieren will. Aber ich bin natürlich sicher, daß sie letzten Endes der anglikanischen Kirche beitreten will.«

Mary Rose widersprach ihm nicht, weil sie eine weitere Diskussion vermeiden wollte. Aber Harrison ärgerte sich über die Worte Seiner Lordschaft. »Das kann sie doch selbst bestimmen, nicht wahr?«

Elliott zuckte die Achseln und schnitt ein weniger heikles Thema an, als er Lillians hochrote Wangen musterte. Für einen Abend hatte sie genug Überraschungen erlebt. »Wußtest du, daß du nach deiner Großmutter benannt wurdest, Victoria?«

Verwundert hob Mary Rose die Brauen und flüsterte Lillian zu: »Nach diesem gemeinen alten Biest?«

Lord Elliott hörte die Frage und verkniff sich ein Lächeln, während Lillian laut aufstöhnte. Da beschloß Mary Rose in Zukunft nachzudenken, bevor sie irgend etwas sagte.

»Nein, nicht nach diesem gemeinen alten Biest«, erklärte ihr Vater, »sondern nach der anderen Großmutter.« Liebevoll zwinkerte er ihr zu und schlug vor, nun solle man sich endlich aufs Essen konzentrieren.

Die restliche Mahlzeit verlief in gedämpfter Stimmung. Mit einem wahren Heißhunger hatte Mary Rose sich an den Tisch gesetzt, aber nun war ihr der Appetit vergangen. Lustlos starrte sie auf ihren Teller. Die formelle Atmosphäre störte sie. Daheim ging es beim Dinner laut und chaotisch zu. Es war die einzige Tageszeit, wo alle Brüder zusammenkamen, und jeder wollte zuerst erzählen, was er in den vergangenen Stunden getan hatte. Entweder stritten sie, oder sie hänselten einander, und es gab immer einen Grund zum Lachen.

Jetzt kam sie sich vor wie bei einer Beerdigung. Am liebsten wäre sie nach oben geflohen. Doch sie wagte nicht, sich zu entschuldigen. Pflichtbewußt befolgte sie Lillians Anweisungen und stand die ganze, scheinbar endlose Mahlzeit durch.

Der Vater brachte einen schmeichelhaften Toast auf ihre Heimkehr und ihre Hochzeit aus. Dann meinte Barbara, man sollte Ende September einen Empfang zu Victorias Ehren geben, und Lillian stimmte begeistert zu. Beide begannen eifrig Pläne zu schmieden, während ihrer Nichte immer wieder die Augen zufielen.

Doch sie durfte sich erst eine Stunde später zurückziehen, und da war sie so erschöpft, daß sie kaum die Treppe hinaufsteigen konnte. Im Schlafzimmer wurde sie von Ann Marie erwartet – und von einer roten Rose, die auf dem Kissen lag. Bei diesem Anblick lächelte sie.

Als Harrison zu ihr kam, schlief sie tief und fest. Er beugte sich hinab, küßte sie, sah beglückt die Blume in ihrer Hand. Lautlos zog er sich aus und legte sich zu seiner Frau. Der Abend war schwierig für sie gewesen, und die ungeteilte Aufmerksamkeit der Familie hatte sie sichtlich verwirrt. An der vornehmen Tafel nahm sie kaum einen Bissen zu sich, und er wußte, daß ihr die fortgesetzte Kritik den Appetit verdarb. Trotzdem meisterte sie die Situation viel besser als er selbst. Während er wegen so manch taktloser Bemerkung in Wut geraten war, hatte sie die ganze Tortur gelassen hingenommen.

Voller Sorge um seine Frau schlief er ein. Ja, der Abend war schwierig gewesen, und es sollte noch schlimmer kommen.

3. Oktober 1872

Liebe Mama Rose, würdest du bitte aufhören, mich ständig zu fragen, wann ich endlich heiraten werde? Wie Du weißt bin ich nicht in der Lage auch nur an eine Ehe zu denken. Jederzeit könnte ich im Gefängnis landen oder am Galgen enden. Und ich will keine Frau zur Witwe machen oder zwingen, mein gefährliches Leben zu teilen.

Außerdem gefällt's mir so, wie's jetzt ist. Ich habe meine Ruhe, muß mich vor niemandem verantworten, und das letzte, was ich mir wünsche, ist eine Frau, die mir ständig auf die Nerven fällt.

Dein Brief mit den Erklärungen über die weibliche Monatsblutung kam gerade rechtzeitig an. Mary Rose hatte gräßliche Rückenschmerzen und verkroch sich zwei Tage lang in ihrem Zimmer. Jetzt will sie immer noch nicht über ihre Entwicklung zur Frau reden, aber Dein Brief hat ihr sicher geholfen. Sie möchte keine Frau sein, doch sie wird sich bald anders besinnen. Allmählich muß sie lernen, die Jungs, die uns besuchen, nicht mehr mit Fausthieben zu bearbeiten.

Wie hübsch sie ist, weiß sie gar nicht. Keiner von uns glaubt, daß sie jemals eitel sein wird. Da vier ältere Brüder ständig an ihr herumnörgeln, kann sie gar nicht auf die Idee kommen, ihre Nase hochzutragen. Sicher wird sie allen Männern in der Stadt den Kopf verdrehen. Warte nur, bis Du sie siehst, Mama! Sie ist so klug und süß und diese blauen Augen werden unzählige Herzen brechen.

O Gott, ich hasse es, Mary Rose aufwachsen zu sehen!

Alles Liebe,
Adam

19

Am nächsten Vormittag, um elf Uhr, erschienen Dr. Thomas Wells und Dr. Harold Kendleton, um zwei volle Stunden mit Mary Rose zu verbringen. Die ärztliche Untersuchung dauerte nicht lange, aber dann wurde sie in allen Einzelheiten nach ihrer Vergangenheit befragt. Nur zu gern erzählte sie von ihrer Familie und ihrem Leben in Montana. Sie war stolz auf ihre Brüder, und das verhehlte sie nicht.

Sobald die Ärzte das Schlafgemach verlassen hatte, eilte die Schneiderin mit drei Gehilfinnen herein und nahm der jungen Lady Maß für die neue Garderobe.

Inzwischen gingen die Doktoren in die Bibliothek und erstatteten Seiner Lordschaft Bericht. An der Konferenz, die danach stattfand, nahmen die Schwestern und Schwäger des Hausherrn teil. Etwas später beschloß er, auch Harrison hinzuzuziehen.

Dr. Wells, ein untersetzter älterer Mann, strich unentwegt über seine dichten grauen Bartkoteletten, während er seine fachkundigen Ansichten zum besten gab, die keineswegs Harrisons Zustimmung fanden. Außerdem fand er den Arzt viel zu pompös. Er lehnte am Türrahmen, die Arme vor der Brust verschränkt.

Als er hereingekommen war, hatte Wells gerade betont, man müsse Lady Victoria einen nahtlosen Übergang in ihr neues Leben ermöglichen. »Auf keinen Fall darf man ihr erlauben, allzuoft an ihre Vergangenheit zu denken. Meinem Kollegen Kendleton und mir selbst fiel auf, wie treu sie den Männern ergeben ist, die sie großgezogen haben und die sie ihre Brüder nennt. Leider gelang es uns nicht, ihr das Geständnis zu entlocken, daß da keine leibliche Verwandtschaft besteht.«

Eifrig nickte Dr. Kendleton und blinzelte die Zuhörer durch seine dicken Brillengläser an. »Es wäre wohl keine gute Idee, in Lady Victorias Gegenwart das Thema ihrer

Kindheit und Jugend noch einmal anzuschneiden. Das alles muß sie vergessen. Ihre Tochter ist sehr intelligent, Lord Elliott. Sobald sie die seltsame Loyalität gegenüber diesen Claybornes überwunden hat, wird es ihr sicher nicht schwerfallen, hier in England ihren Platz zu finden.«

Die lächerliche Meinung der beiden Experten erzürnte Harrison, aber Elliott hing fast begierig an ihren Lippen.

Schließlich konnte Harrison nicht länger schweigen, und so wandte er sich an seinen väterlichen Freund. »Warum sprichst du nicht mit deiner Tochter über ihre Angelegenheiten, William? Wenn du glaubst, es würde ihr Schwierigkeiten bereiten, sich hier einzugewöhnen, frag sie doch selber, wie du ihr helfen kannst.«

»Soeben wurde mir empfohlen, ihre Vergangenheit nicht mehr heraufzubeschwören. Nun müssen wir in die Zukunft blicken und sie von ihrem Entschluß abbringen, nach Montana zurückzukehren.«

»Was sie erlitten hat, kann man nicht ungeschehen machen«, warf Dr. Kendleton ein. »Aber mit Ihrer Hilfe und Geduld wird sie gewiß darüber hinwegkommen, Lord Elliott.«

»Warum glauben Sie denn, daß Sie unglücklich war?« rief Harrison erbost. »Sie führte ein wunderbares Leben, hatte alles, was sie brauchte, und wurde innig geliebt. Und es wäre ein schwerer Fehler, wenn man ihr verbieten würde, über die Claybornes zu sprechen, die ihr soviel bedeuten.«

»Wir sollten auf die Experten hören«, beharrte der Lord. »Sicher wissen sie besser als du oder ich, wie man Victoria helfen kann.«

Vergeblich suchte Harrison nach weiteren Argumenten. Er verstand nicht, warum der normalerweise besonnene Elliott plötzlich dermaßen unvernünftig war. Wenn er in Ruhe darüber nachdächte, würde er erkennen, daß man Mary Rose so akzeptieren mußte, wie sie war.

Nun spiegelten Elliotts Augen sogar uncharakteristische Angst und Unsicherheit wider, und er schien Harrisons

Gedanken zu lesen. »Ich will sie nicht verlieren, mein Junge. Und ich werde mein Bestes tun, um sie glücklich zu machen.«

»Wir alle meinen es nur gut mit Victoria«, beteuerte Lillian.

»Warum merkt ihr denn nicht, was für eine wundervolle junge Frau sie ist?« fragte Harrison und seufzte tief auf. »Sie braucht sich nicht zu ändern. Und ihr könnt Mary Roses Vergangenheit nicht auslöschen.«

»Oh, sie soll sich nicht ändern«, entgegnete Barbara. »Sie müßte nur etwas bessere Manieren lernen und ihren Horizont erweitern.«

Dr. Kendleton unterbreitete der Familie noch mehr Vorschläge, wie Lady Victoria am besten zu »behandeln« sei, und Harrison ertrug es nicht, noch länger zuzuhören. Wortlos verließ er die Bibliothek. Am liebsten hätte er seine Frau sofort nach Montana zurückgebracht. Der Gedanke, daß man sich bemühen würde, ihre Vollkommenheit zu »verbessern«, krampfte ihm das Herz zusammen.

Aber er beschloß, einige Tage zu warten, bevor er mit Elliott sprach. Der Mann sollte Mary Rose erst einmal besser kennenlernen. Dann würde Harrison ihn an etwas erinnern, das er offensichtlich vergessen hatte – ein Vater mußte seine Tochter bedingungslos lieben und durfte nicht versuchen, sie in einen anderen Menschen zu verwandeln.

Weil Harrison sich vergewissern wollte, daß es ihr gutging, eilte er ins Schlafzimmer. Mitten im Raum stand sie auf einem Schemel, die Arme ausgebreitet, und zwei Frauen nahmen ihr Maß. Gelangweilt verdrehte sie die Augen, und er stieß einen Pfiff aus, um ihre Aufmerksamkeit zu erregen.

Im selben Moment trat Lillian ein. »Mein Lieber, ein Gentleman pfeift nicht. Hast du deine Manieren verlernt?«

»Harrison verfügt über ausgezeichnete Manieren«, erklärte Mary Rose. »Kann ich vom Schemel steigen? Ich möchte mit meinem Mann sprechen.«

»Bleib, wo du bist, Victoria!« befahl Lillian. »Wir haben zu tun. Später darfst du dich mit Harrison unterhalten.«

Da er nicht mit ihr streiten mochte, wandte er sich zu Mary Rose. »Liebling, ich muß nach London fahren und ein paar Papiere holen. Heute abend bin ich wieder da.«

»Nun, dann will ich dir wenigstens einen Abschiedskuß geben.«

»Nein, meine Liebe«, entschied Lillian. Aber Harrison ignorierte sie, ging zu seiner Frau und küßte sie. Das Publikum störte sie nicht im mindesten. Zum Entsetzen ihrer Tante schlang sie beide Arme um Harrisons Hals und erwiderte den Kuß voller Hingabe.

Ein paar Minuten später verließ er das Haus. Den Großteil des Nachmittags verbrachte er im Archiv neben seinem Büro, wo er in alten Dokumenten und Briefen blätterte. Dann mußte er sich noch um einige laufende Geschäfte kümmern, unterstützt von seinem Assistenten.

Erst nach Sonnenuntergang kehrte er auf Elliotts Landsitz zurück, wo sich inzwischen weitere Verwandte und zahlreiche Freunde eingefunden hatten Bei Harrisons Anblick seufzte Mary Rose erleichtert. Sie saß zwischen ihrem Vater und Eleanor auf dem Sofa. Als ihr Mann den Salon betrat, erhob sie sich und lief ihm entgegen.

Vor Gästen durfte man keine eheliche Zuneigung demonstrieren. Doch das kümmerte weder Harrison, der die Etikette kannte, noch Mary Rose, die nichts davon wußte. Sie warf sich an seine Brust, und er drückte sie fest an sich. »Oh, ich habe dich so vermißt!« wisperte sie.

»Wie war der Nachmittag?« fragte er und küßte ihre Stirn.

»Hektisch. Lillian starrt uns an und runzelt die Stirn. Was habe ich denn jetzt schon wieder falsch gemacht?«

»In der Öffentlichkeit dürfen wir nicht zeigen, wie sehr wir uns lieben.«

»Ist das eine unumstößliche Regel?«

Statt einer Antwort zuckte er nur die Achseln. Einen Arm um ihre Schultern gelegt, führte er sie zu Elliott, der ihn erstaunt musterte. Wahrscheinlich bekomme ich bald wieder zu hören, wie gewaltig ich mich verändert habe, dachte Harrison.

»Was für ein unwürdiges Spektakel, Harrison!« tadelte Lillian. »Laß deine Frau los!«

Nun zog auch Elliott die Stirn in Falten. »Er ist kein kleiner Junge mehr, den du herumkommandieren kannst, Lillian. Kommt, ihr beiden, setzt euch zu uns. Gerade erzählt Eleanor, wie gut es ihr in England gefällt.«

Sie nahmen auf dem Sofa gegenüber dem Hausherrn und dem jungen Mädchen Platz, und Lillian saß daneben in einem Lehnstuhl.

»O ja, ich bin so glücklich hier!« jubelte Eleanor. »Wenn ich mir das vorstelle – ich habe eine eigene Zofe, und alle sind so höflich zu mir!«

»Sie wird nun mal gern verwöhnt«, flüsterte Mary Rose ihrem Mann zu.

»Victoria, eine Dame tuschelt nicht in Gesellschaft«, mahnte Lillian. »Und sitz gerade, meine Liebe! Von morgens bis abends mußt du eine stolze Haltung einnehmen. Vergiß nicht, du bist eine Elliott!«

»Sie ist eine MacDonald«, widersprach Harrison.

»Aber auch eine Elliott«, beharrte Lillian.

Mary Rose versuchte ihrer Tante zu gehorchen und saß kerzengerade da, mit straffen Schultern, was sie ziemlich unbequem fand. Zufrieden nickte Lillian ihr zu.

»Hier herrschen ganz andere Anstandsregeln als in Amerika«, bemerkte Eleanor. »Zum Beispiel erklärte mir Lady Barbara, eine Dame dürfe niemals zwinkern. Hast du das gewußt, Mary Rose?«

»Nein.«

»Sie heißt Victoria«, betonte Lillian. »Bitte, Miss Eleanor, sprechen Sie meine Nichte mit ihrem richtigen Namen an. Und eigentlich sollten sich die Regeln nicht unterscheiden. Bedenken Sie – eine Dame ist eine Dame, ganz egal, wo sie lebt. Jane Carlyle erklärte, man sei erst dann eine Dame, wenn man sieben Jahre lang keinen Fuß in die eigene Küche gesetzt habe.«

Am liebsten hätte sich Mary Rose an die Stirn gefaßt. Noch nie hatte sie so einen Unsinn gehört.

Aber Lillians Behauptung schien Eleanor furchtbar zu erschrecken. Sie entfaltete ihren Fächer und schwenkte ihn nervös durch die Luft. »Früher war ich eine Dame, bis Mary Rose – ich meine Victoria, mich zwang in ihrer Küche zu arbeiten. Ich habe sogar gekocht, Lady Lillian! Muß ich nun sieben Jahre warten, bis ich mich wieder eine Dame nennen kann?«

Sichtlich verblüfft über dieses Geständnis, fragte Lillian: »Sie haben *gekocht?*«

Mary Rose beobachtete ihren Vater, den dieses Gespräch zu verwirren schien und beschloß das Thema zu wechseln. »Wie gern würde ich Harrisons schottisches Hochland sehen! Er hat geprahlt, es sei genauso schön wie mein heimatliches Tal, und ich möchte es unbedingt kennenlernen, wenn er ...« Als sie Elliotts ärgerliche Miene sah, verstummte sie. »Habe ich was Falsches gesagt, Vater?«

»Nein, natürlich nicht, ich mußte nur an etwas anderes denken. Das Hochland ist wirklich sehr schön, da hat Harrison recht.«

»Bevor ich nach Montana zurückkehre, möchte ich Schottland kennenlernen. Wird die Zeit dafür reichen?«

Diese letzte Frage stellte sie ihrem Mann, der ihr lächelnd zunickte. »Wir nehmen uns ganz einfach die Zeit.«

»Du – du willst nach Montana zurückfahren, Victoria?« stammelte Lillian. »Sei nicht albern! Jetzt bist du *hier* zu Hause.«

»Nörgle nicht dauernd an meiner Tochter herum, Lillian«, tadelte Elliott, warf ihr einen scharfen Blick zu, und sie hielt sofort den Mund. »Sie muß sich doch erst bei uns – einleben.«

Sofort spürte Mary Rose dic Spannung, die in der Luft lag. Sowohl ihre Tante als auch ihr Vater schienen sich über irgend etwas aufzuregen. Und sie fürchtete, sie wäre dafür verantwortlich. Hilfesuchend schaute sie ihren Mann an, der beruhigend ihre Hand drückte.

Nun drehte sich die Konversation um Damenmode. Mary Rose hätte sich viel lieber nach der politischen Arbeit ihres Vaters erkundigt, aber das wäre wohl zu freimütig gewesen. Aus Angst vor einer neuerlichen Zurechtweisung ihrer Tante schwieg sie. Gelangweilt hörte sie zu, während Lillian wortreich beklagte, daß die langen Schleppen aus der Mode gekommen seien. Die fashionablen kurzen Jäckchen würden die Hüften viel zu sehr betonen. Das mochte jungen, schlanken Frauen stehen, aber keinesfalls würdevollen, älteren Ladys.

Barbara und ihr Mann Robert gesellten sich hinzu, um an der Diskussion teilzunehmen. Erst in einer Stunde sollte das Essen serviert werden. So lange mußte Mary Rose dieses belanglose Geschwätz noch ertragen. Fanden die Männer das nicht furchtbar öde? Sie schaute Harrison an, der vor sich hinstarrte und offenbar an ganz andere Dinge dachte. Da beschloß sie, seinem Beispiel zu folgen, doch das war ein Fehler, denn ihre Gedanken kehrten sofort zu ihrer Familie nach Montana zurück. Sie malte sich aus, was ihre Brüder wohl gerade machten, und schmerzliches Heimweh erfüllte ihr Herz.

»Kannst du's, Victoria?« fragte Eleanor.

Die schrille Stimme riß Mary Rose abrupt in die Wirklichkeit zurück. »Was denn?«

»Tennis. Hast du denn nicht zugehört?«

Nein, sie hatte nicht zugehört. »Ich kann nicht Tennis spielen.«

»Dann mußt du's lernen, meine Liebe«, entschied Onkel Robert. »Das ist jetzt der letzte Schrei.«

»Mary Rose kann zwar nicht Tennis spielen, aber Klavier«, verkündete Harrison voller Stolz.

»O nein!« protestierte sie unglücklich, und er neigte sich erstaunt zu ihr.

»Kannst du's denn nicht?«

»Hier in England nicht.« Ihr flehender Blick veranlaßte ihn, das Thema nicht weiterzuverfolgen.

Inständig hoffte sie, er würde später nicht fragen, was in ihr vorgegangen sei. Sie wußte nicht, ob sie ihre Gefühle erklären konnte. Auf Rosehill hatte sie oft mit Adam am Klavier gesessen und vierhändig gespielt. Da gab es viel Gelächter, wenn ein falscher Ton angeschlagen wurde. Oder Mary Rose hatte das Tempo beschleunigt, um das Stück noch vor Adam zu beenden. Auf keinen Fall wollte sie ihren englischen Verwandten etwas vorspielen. Womöglich würde man sich über ihre Technik mokieren, und dann hätte sie das Gefühl, der Spott wäre auch gegen ihren Bruder gerichtet.

In einer knappen Woche hatte sich ihr Verhalten drastisch geändert. Bei ihrer Ankunft hatte sie den Wunsch verspürt, ihrem Vater alles von den Brüdern zu erzählen. Nun wollte sie nichts mehr über ihre Familie in Montana verraten. Es genügte vollauf, wenn sie selbst unentwegt mit grausamen Kommentaren konfrontiert wurde. Und sie könnte es nicht ertragen, wenn man die Männer, die sie so innig liebte, ebenfalls kritisierte und schlechtmachte.

Plötzlich wäre sie am liebsten in ihr Zimmer hinaufgelaufen, um ihnen einen langen Brief zu schreiben. Aber damit mußte sie sich bis nach dem Dinner gedulden. Nun verlief ihr Alltag ganz anders als in Montana. Dort war sie im Morgengrauen aufgestanden und um neun oder zehn Uhr abends ins Bett gegangen. Und hier aß man erst zur Schlafenszeit. Auch an diesem Abend ertönte der Dinnergong nicht vor halb neun. Bei Tisch schlief sie fast ein, und Lillians spitzer Ellbogen stieß sie mehrmals zwischen die Rippen.

Nach der Mahlzeit blieben die Gentlemen im Speisezimmer, um Portwein zu trinken. Inzwischen sollte den Damen im Salon Tee serviert werden. Mary Rose war so schläfrig, daß sie nicht mehr wußte, was sie tat. Automatisch stand sie auf und ergriff ihren Teller, um ihn in die Küche zu tragen.

Als sie Lillian entsetzt nach Luft schnappen hörte, kam sie zur Besinnung und stellte den Teller hastig wieder hin.

Dunkle Röte stieg ihr in die Wangen, und Eleanor tätschelte beruhigend ihren Arm. »Sei nicht verlegen!« wisperte sie und zog sie zur Tür. »Im großen und ganzen machst du's recht gut. Lächle, Mary Rose – ich meine, Victoria! Alle schauen dich an.« Mit sanfter Gewalt zog sie ihre Freundin in den Salon hinüber. »Ist deine Tante Lillian nicht wundervoll? Sie meint es nur gut mit dir, Victoria, das mußt du doch wissen.«

»Warum findest du sie denn so wundervoll?«

»Oh, deine liebe Tante hat entschieden, daß ich auch eine neue Garderobe bekommen muß. In meinen alten Fetzen kann ich dich nicht zu gesellschaftlichen Ereignissen begleiten. Morgen kommt die Schneiderin.«

Ehe Mary Rose den Speiseraum verließ, warf sie ihrem Mann einen letzten Blick zu. Aufmunternd lächelte er sie an und erweckte den Eindruck, die Welt wäre völlig in Ordnung. Aber sobald sie hinausgegangen war, verdüsterte sich seine Miene.

»Schau mich nicht so an, Harrison!« befahl Elliott. »Ja, ich weiß, es mißfällt dir, wie meine Schwestern an Victoria herumkritteln. Aber sie wollen ihr doch nur helfen. Oder willst du, daß deine Frau von eine Verlegenheit in die andere stürzt, wenn sie in die Gesellschaft eingeführt wird? Auch du solltest uns alle in unseren Bemühungen unterstützen.« Seine Finger begannen imaginäre Falten im Tischtuch zu glätten, während er seine Gedanken ordnete. »Das Glück meiner Tochter steht auf dem Spiel, und deshalb finde ich, der Zweck heiligt die Mittel. Sicher, mein Sohn, du hast sehr viel für mich getan, meine Victoria gefunden und nach Hause gebracht. Nun hilf mir, ihr ein guter Vater zu sein. Laß *mich* bestimmen, was am besten für sie ist. Wir alle möchten ihr den Übergang ins neue Leben erleichtern. Und du solltest nicht gegen die Familie kämpfen, Harrison. Wir alle brauchen deinen Beistand. Auf deine Meinung legt Victoria großen Wert. Und wenn du sie veranlassen könntest, sich von ihrer Vergangenheit zu lösen, wird sie bald ganz zu uns gehören. Im Augenblick wehrt sie sich noch gegen ihre wahre Identität. Nennst du sie Mary Rose, wenn ihr allein seid?«

»Ja.«

»Aber sie heißt Victoria«, betonte Robert. »Daran muß sie sich gewöhnen.«

»Oh, sie weiß ganz genau, wer sie ist«, bemerkte Harrison.

»Hast du nicht gehört, was sie heute abend sagte?« fragte Robert. »Sie will nach Montana zurückfahren.«

Seufzend nickte Elliott. »Erst vor ein paar Tagen ist meine Tochter hier angekommen, und schon denkt sie an ihre Rückkehr. Aber ich will sie nicht noch einmal verlieren. Harrison ich flehe dich an – hilf mir!«

Diese eindringliche Bitte erschütterte Harrison. Trotzdem fiel es ihm schwer, den Wunsch seines Schwiegervaters zu erfüllen. Die ganze Familie war fest entschlossen, Mary Rose in einen anderen Menschen zu verwandeln, und das störte ihn ganz gewaltig. »Nun, ich werde tun, was meine Frau glücklich macht«, versprach er. »Und ich ersuche euch alle noch einmal – erlaubt ihr, von ihren Brüdern zu erzählen. Sie braucht diesen seelischen Kontakt. Das müßt ihr doch verstehen.«

Elliott verstand es nicht. »Warum zweifelst du die Ratschläge von Experten wie Kendleton und Wells an? Beide haben uns dringend empfohlen, Victorias Vergangenheit nicht mehr zu erwähnen und ihren Blick in die Zukunft zu lenken. Und ich wüßte es sehr zu schätzen, wenn du mit uns zusammenarbeiten würdest.«

Bedrückt erkannte Harrison, in welcher Zwickmühle er sich befand. Einerseits wünschte er, Mary Rose möge so bleiben wie sie war – andererseits verstand er die Angst ihres Vaters, sie zu verlieren. Wie kompliziert sich die Dinge entwickelten ... Und Mary Rose mußte das alles noch schmerzlicher treffen. Nun fühlte sie sich zwischen zwei

Welten gefangen, und mußte ihr Ehemann nicht versuchen, ihr den Übergang ins neue Leben zu erleichtern?

Mittlerweile drehte sich das Gespräch im Speiseraum um andere Themen, und bald gesellten sich die Herren zu den Damen. Mary Rose konnte nicht zu gähnen aufhören, und Lillians Empörung wuchs. Kurz vor Mitternacht erlaubte sie ihrer Nichte endlich, sich zurückzuziehen.

Trotz ihrer Erschöpfung wollte Mary Rose nicht zu Bett gehen, ohne ihren Brüdern und ihrer Mama Bericht zu erstatten. Die Zofe half ihr beim Auskleiden, dann saß sie im Nachthemd an ihrem eleganten Schreibtisch und schrieb zwei lange Briefe. Schließlich legte sie noch eine kurze Nachricht bei, die Travis ihrer Freundin Corrie bringen sollte.

Auf dem Kissen lag wieder eine rote Rose, und als Harrison eine Stunde später das Zimmer betrat, schlief seine Frau tief und fest – in einer Hand die Blume, in der anderen das Medaillon, das Mama Rose ihr geschickt hatte. Behutsam nahm er ihr beides aus der Hand und legte es auf den Nachtisch, dann kleidete er sich aus und kroch zu Mary Rose unter die Decke. Irgendwann in der Nacht wuchs seine Begierde, und er versuchte vergeblich, sie zu wecken. Erst im Morgengrauen küßte sie ihn wach, schenkte ihm alles, was er ersehnte, und noch viel mehr. Glücklich und zufrieden schlummerte er wieder ein.

Um ihn nicht zu stören, stieg sie so leise wie möglich aus dem Bett und wusch sich. Dann kleidete sie sich an, ohne nach der Zofe zu läuten, und ging nach unten.

Die Dienstboten waren nicht an Frühaufsteher gewöhnt, und so erregte Lady Victoria großes Aufsehen, als sie in der Küche erschien und um ein Frühstück bat. Hastig führte Edward sie ins Speisezimmer und rückte ihr einen Stuhl zurecht. Die gebratenen Nieren und Rühreier, die er ihr anbot, lehnte sie ab. Statt dessen bestellte sie zwei Scheiben Toast und eine Tasse Tee. Nach dem Frühstück fragte sie den Butler, ob sie sich in der Bibliothek ihres Vaters umsehen könne.

»Gewiß, Mylady. Sie haben das Porträt ihrer Mutter noch nicht gesehen, nicht wahr? Ihr Vater ließ es gestern aus seinem Londoner Haus hierherbringen. Für ihn ist es ein großer Trost, dieses Bild in seiner Nähe zu wissen. Darf ich Ihnen den Weg zeigen, Lady Victoria?«

Sie folgte ihm die Treppe hinauf. Im Haus herrschte immer noch tiefe Stille. »Wann steht mein Vater normalerweise auf?« fragte Mary Rose im Flüsterton, um die Langschläfer nicht zu stören.

»Fast so zeitig wie ich, Mylady. Da sind wir.« Edward öffnete die Bibliothekstür und verneigte sich. »Haben Sie noch einen Wunsch, Mylady?«

»Nein, danke.« Sie betrat den dunklen Raum, der nach alten Büchern und neuen Ledermöbeln roch, eilte zum Fenster und zog die schweren Vorhänge auseinander. Dann wandte sie sich zum Kamin. Das Porträt ihrer Mutter war wunderschön. Lange stand Mary Rose davor und fragte sie, was für ein Mensch Lady Agatha gewesen war.

»Um Himmels willen, Victoria, warum bist du schon so früh auf den Beinen?«

Lächelnd drehte sie sich zu ihrem Vater um, der auf der Schwelle stand, in einem langen schwarzen Morgenrock und braunen Lederpantoffeln. »Ich bin es gewohnt, zeitig aufzustehen, Vater. Stört es dich, daß ich in dein Allerheiligstes eingedrungen bin?«

»Nein, natürlich nicht.« Er setzte sich hinter seinen Schreibtisch und begann einige Papiere zu ordnen. Dabei zitterten seine Finger und verrieten, wie unsicher er sich fühlte – so unverhofft allein mit seiner Tochter.

Mary Rose betrachtete wieder das Porträt. »Wie war meine Mutter?«

»Eine bemerkenswerte Frau ...« Er seufzte wehmütig und lehnte sich zurück. »Möchtest du wissen, wie wir uns kennengelernt haben?«

»O ja.« Sie setzte sich in einen Lehnstuhl und faltete die Hände im Schoß. Während der nächsten Stunde hörte sie dem Vater zu, der von seiner Agatha erzählte, aber danach fühlte sie sich dieser Frau nicht enger verbunden als zuvor. »Tut mir leid, daß ich sie nicht gekannt habe. Nach allem, was du sagt, muß sie makellos gewesen sein. Aber sie hatte doch sicher auch Fehler.«

»Gewiß. Zum Beispiel war sie sehr eigensinnig.« Wieder schilderte er einige Ereignisse in seinem Eheleben, und nun verflog seine anfängliche Nervosität. Er fühlte sich immer wohler in Mary Roses Gesellschaft. Und so führte Agatha, obwohl sie längst im Grab lag, Vater und Tochter zusammen.

Von diesem Tag an verbrachten sie jeden Morgen in der Bibliothek. Ein Dienstbote servierte ihnen das Frühstück auf Silbertabletts, und sie unterhielten sich angeregt. Aber Mary Rose sprach nie von ihrer Vergangenheit, weil ihre Tanten ihr eingeschärft hatten, das würde den Vater bedrücken. Statt dessen forderte sie ihn auf, von seiner Familie zu berichten.

Allmählich schloß sie ihn in ihr Herz, und eines Morgens küßte sie seine Stirn, bevor sie die Bibliothek verließ. Überwältigt von dieser spontanen Geste, streichelte er ungeschickt ihre Schulter und mahnte in bärbeißigem Ton, nun solle sie sich beeilen und ihre alltägliche Lektion bei Tante Lillian nicht versäumen.

An diesem Abend teilte er seiner Schwester mit, Victoria habe sich schon sehr gut eingelebt.

Das Gegenteil war der Fall. Mary Rose entwickelte sich zu einer ausgezeichneten Schauspielerin, und nicht einmal Harrison merkte, wie elend sie sich fühlte. Vor lauter Sehnsucht nach ihren Brüdern weinte sie sich fast jede Nacht in den Schlaf, das Medaillon in der Hand.

Ihr Mann konnte sie nicht trösten. Da Lord Elliott ihn mit immer neuen Aufgaben betraute, mußte Harrison während der Woche in London wohnen. Nur am Samstag und Sonntag sah sie ihn, und auch dann waren sie nur selten allein, weil es im Haus von Gästen wimmelte.

Beharrlich suchte Harrison nach Beweisen gegen den

Privatsekretär seines Schwiegervaters. An manchen Abenden blätterte er im ehelichen Schlafzimmer alte Akten durch, die er aus der Stadt mitgebracht hatte, und suchte nach Anhaltspunkten. Douglas hatte das Geld dem Kindermädchen gestohlen, und sie mußte es von MacPherson bekommen haben. »Wie, zum Teufel, hat er es entwendet?« murmelte Harrison vor sich hin.

Mary Rose kannte den Sekretär ihres Vaters noch immer nicht. Kurz vor ihrer Ankunft in England hatte er seinen Jahresurlaub genommen, den er im Ausland verbrachte, und später telegraphisch um eine Verlängerung seiner Ferien gebeten. Sie erklärte Harrison, wahrscheinlich würde sie dem Mann nie begegnen, da sie vor dem ersten Schnee nach Montana fahren wollte. Und MacPherson würde wohl kaum in absehbarer Zeit von seiner Ferienreise zurückkehren. Ihr Mann widersprach nicht, stimmte ihr aber auch nicht zu.

Inzwischen hatte sie ihren Brüdern mindestens ein dutzendmal geschrieben und noch nichts von ihnen gehört. Sie behelligte ihren Mann nicht mit der Sorge, irgend etwas könnte passiert sein, und die Claybornes wollten ihr schlechte Neuigkeiten ersparen. Stillschweigend vergrub sie sich in ihrem Kummer.

Auch Mama Rose meldete sich nicht, obwohl Cole ihr Mary Roses neue Adresse geschickt hatte. War ihr etwas zugestoßen? Großer Gott, was sollte sie tun, wenn ihre Mama sie brauchte, und wenn sie ihr nicht zu Hilfe eilen konnte?

Natürlich zerrte die Angst um ihre Familie an Mary Roses Nerven, und ihre Beziehung zu Tante Lillian verschlechterte sich zusehends. Hingegen wurde Eleanor der erklärte Liebling Lillians, die unentwegt die beiden jungen Damen miteinander verglich. Dankbar nahm Eleanor alle Instruktionen entgegen – Mary Rose nicht. Eleanor wußte die Wohltaten der Elliotts zu würdigen, begeisterte sich für ihre neue Garderobe und erkannte, wie wichtig es war, stets gut auszusehen. Wenn sich Victoria doch ein Beispiel an ihrer Freundin nähme, dachte Lillian. Niemals sah man einen Fleck auf den Kleidern der jungen Dame, auch an der Frisur gab es nichts auszusetzen. Kein einziges Mal rannte sie in würdeloser Haltung durch die Halle. Wenn die gesellschaftlichen Veranstaltungen begannen, würde Eleanor gut gerüstet sein. Und Lord Elliotts Tochter? Wenn sie nun die ganze Familie in Verlegenheit brachte?

Mary Rose begriff nicht, warum sich die Tante wegen dieser belanglosen Dinge den Kopf zerbrach. Die ganze Etikette erschien ihr unsinnig. Offenbar brachten die Frauen den Großteil ihrer Tage damit zu, sich umzuziehen. Morgens ein Reitkleid, dann ein Tageskleid, danach ein Teekleid und schließlich eine elegante Dinnerrobe. Manchmal hatte sie das Gefühl, sie würde nichts anderes tun, als ständig die Stufen hinauf- und hinunterzulaufen.

An politischen Diskussionen durften sich die Frauen nicht beteiligen. Es war undamenhaft, Intelligenz zu zeigen. Sie wollte Harrison doch keine Schande machen, indem sie auf Gleichberechtigung pochte? Mary Rose mußte lernen, nur über das Haus und die Familie zu reden, der Welt ein freundliches Lächeln präsentieren, und wenn sie schon jemanden kritisieren mußte, dann nur die Dienstboten, die wirklich genug Fehler begingen.

Obwohl Mary Rose all diese Regeln abscheulich fand, versuchte sie sich danach zu richten, um ihre Tanten und den Vater nicht zu enttäuschen. Im August und September wurde sie auf ihren großen Auftritt in der Gesellschaft vorbereitet. Sie mußte lernen, welche Adelstitel die verschiedenen Gentlemen und Ladys trugen, wer sich wofür interessierte, wem man besser aus dem Weg ging, wem man besonders freundlich begegnen sollte, und so weiter. Manchmal glaubte sie, ihr Gehirn müßte zerspringen – vollgestopft mit lauter unwichtigen Einzelheiten, die sie nicht vergessen durfte.

Während dieser Unterrichtsstunden saß sie mit ihren Tanten im Wintergarten und lernte nähen.

Lord Elliott überhäufte seinen jungen Anwalt immer noch mit Arbeit, schickte ihn vom einen Ende Englands zum anderen. Wann immer Harrison seine Frau sah, schnitt sie unweigerlich das Thema ihrer Heimreise an. Doch er bat sie, noch ein wenig zu warten, bevor sie eine Entscheidung traf. Beinahe glaubte sie, er wäre mit der Art und Weise einverstanden, wie sie von ihrer englischen Familie behandelt wurde.

Ein letztes Mal rebellierte sie vor ihrem ersten großen Ball. Lillian durchwühlte im Schlafzimmer ihrer Nichte deren Garderobe, und dabei wurde sie von Mary Rose ertappt.

»Was machst du hier, Tante Lillian?«

»Ann Marie erzählte mir, du würdest immer noch diese Krinolinen tragen, Victoria. Die sind jetzt aus der Mode. Erinnerst du dich nicht? Nun trägt man engere Röcke. Möchtest du diesen alten Plunder nicht wegwerfen?«

Entsetzt hielt Mary Rose den Atem an. Sie sollte ihre guterhaltenen Unterröcke wegwerfen? Das wäre geradezu eine Sünde.

Temperamentvoll begann sie mit ihrer Tante zu streiten, und schließlich zerrten beide an einem Unterrock, den Lillian ausrangieren und Mary Rose behalten wollte. Bei diesem Kampf riß er mitten entzwei, und mehrere Schrotkugeln landeten klirrend am Boden.

»Um Himmels willen, was ist das?«

»Grober Schrot. Meine Freundin Blue Belle schlug mir vor, diese Kugeln in die Säume meiner Krinolinen zu nähen, damit sie beschwert werden. Im Westen weht manchmal ein heftiger Wind, und es ist unschicklich, wenn die Röcke der Damen hochflattern.«

Diese Erklärung schockierte die Tante dermaßen, daß sie sich setzen mußte, und Ann Marie befahl, Riechsalz zu holen. Danach verbot Lillian ihrer Nichte, jemals wieder Schrotkugeln in Rocksäumen zu erwähnen.

Am späten Nachmittag übersiedelte die Familie in Lord Elliotts Londoner Haus, und am nächsten Tag sollte Mary

Rose den Freunden und Geschäftspartnern ihres Vaters auf einem großen Ball zu Ehren ihrer Hochzeit vorgestellt werden.

Sie trug ein schönes elfenbeinweißes Abendkleid mit passenden Handschuhen, und ihr Haar, zu kunstvollen Locken hochgesteckt, war mit Saphirnadeln geschmückt. Beunruhigt zupfte sie an ihrem tiefen Dekolleté, das der neuesten Mode entsprach, und die Zofe mußte ihr mehrmals versichern, der Busen würde gewiß nicht hervorquellen. »Wie Lady Agatha«, wisperte das Mädchen und strich ein letztes Mal über die Frisur ihrer Herrin.

Beinahe versäumte Harrison sein eigenes Fest. Er war erst vor zwei Stunden nach London zurückgekehrt, und Mary Rose fand, daß er müde aussah. Neben ihrem Vater stand er in der Halle und beobachtete, wie sie die Treppe herabstieg. Der Anblick seiner Tochter überwältigte Elliott, und er umklammerte den Arm seines jungen Freundes. »Meine Agatha, wie sie leibt und lebt ...«

Mary Rose merkte ihrem Vater an, wie glücklich er war. Am Fuß der Treppe knickste sie formvollendet, was Tränen der Rührung in Lillians Augen trieb. »Gut gemacht, Victoria!« lobte sie.

Um so gründlicher mißfiel Harrison, was er sah. Am liebsten hätte er seine Frau nach oben geschickt, mit dem Auftrag, ein weniger freizügiges Kleid anzuziehen. »Sie wird sich erkälten.«

»Unsinn!« schnaufte Lillian. »Wenn sie ihr neues Jäckchen trägt, kann gar nichts passieren.« Eleanor ließ die anderen fünfzehn Minuten warten. Endlich stolzierte sie die Stufen herab, in einem hellgrünen Abendkleid, und starrte Lillian beifallheischend an. Als sie mit einem Lächeln belohnt wurde, strahlte sie vor Freude.

Harrison half seiner Gemahlin in das Pelzjäckchen, und da entdeckte Lillian die goldene Halskette. »Wo sind deine Saphire?«

»Oben«, antwortete Mary Rose. »Ich möchte mein Medaillon tragen, und Ann Mary erklärte, beides zusammen würde nicht gut aussehen.«

»Meine Liebe, diese Kette ist nachgedunkelt und völlig glanzlos. Nimm sie herunter. Edward, laufen Sie hinauf und holen Sie die Saphire!«

»Sie will ihr Medaillon tragen«, verkündete Harrison, »weil es eine besondere Bedeutung für sie hat. Und für mich.«

Auch Lord Elliott unterstützte den Wunsch seiner Tochter, aber er war der Willenskraft seiner Schwester ebenso wenig gewachsen wie Harrison. Ein hitziger Streit wäre entbrannt, hätte Mary Rose nicht nachgegeben. Sie bat den Butler, ihr Medaillon nach oben zu bringen, auf den Schreibtisch zu legen und vorsichtig damit umzugehen. Sobald die Saphirkette ihren Hals schmückte, glättete sich Tante Lillians Stirn.

»Warum läßt du dir das gefallen, Mary Rose?« fragte Harrison auf dem Weg zur Tür.

»So wichtig ist es nicht, und meine Tante meint es nur gut mit mir.«

Daran hegte er gewisse Zweifel, aber weil Mary Rose offensichtlich keinen Wert auf eine Diskussion legte, verfolgte er das Thema nicht weiter. Sie fühlte sich wie eine Märchenprinzessin und war fest entschlossen, ihrem Vater alle Ehre zu machen. Stumm flehte sie den Allmächtigen an, ihr beizustehen. Der Ball fand im Montrouse Mansion statt. Während Mary Rose den Gratulanten vorgestellt wurde, stand sie zwischen Harrison und ihrem Vater. Ein seniler Herzog nannte sie Lady Agatha und murmelte, ein Wunder sei geschehen. Vergeblich erwartete sie, man würde ihm widersprechen, und schaute Harrison an, der ihr zuzwinkerte.

Allem Anschein nach beging sie keinen Fehler, und sie glaubte das Wohlgefallen ihrer Verwandten zu erregen. Aber sie fand es ziemlich anstrengend, die Neugier der Leute zu befriedigen. Als sie mit einem Baron tanzte, fragte er, ob sie diese wilden Indianer gesehen habe, über die man in manchen Bücher grausige Geschichten lesen könne. Ohne eine Antwort abzuwarten, fügte er hinzu, da sie in St. Louis bei einer gottesfürchtigen Familie aufgewachsen sei, habe sie wohl keine Erfahrungen mit Indianern gesammelt.

Mary Rose belehrte ihn keines Besseren, und nach dem Tanz ging sie auf die Suche nach ihrem Mann. Schließlich entdeckte sie ihn vor der Glastür, die zum Balkon hinausführte, in ein Gespräch mit einem Fremden vertieft. Harrison schien sich zu ärgern, denn er preßte die Lippen zusammen, und in seinen Augen lag ein kalter Glanz. Ehe sie seine Aufmerksamkeit beanspruchen konnte, trat ihr Lillian in den Weg. »Komm mit, soeben sind dein Onkel Daniel und Tante Johanna eingetroffen. Du mußt sie unbedingt kennenlernen, mein Liebes.«

»Ja natürlich. Tante Lillian, hast du dem Baron erzählt, ich sei in St. Louis aufgewachsen?«

Ehe Lillian zu sprechen begann, nahm sie den Arm ihrer Nichte und führte sie an mehreren Tanzpaaren vorbei. »Das war nur eine kleine Notlüge«, erklärte sie in einer abgeschiedenen Ecke, fern von etwaigen Lauschern. »Verstehst du, dadurch fällt es den Leuten leichter, dich zu akzeptieren. St. Louis ist nicht so primitiv wie der Wilde Westen. Dort soll es sogar eine gewisse Kultur geben. Ich möchte nicht, daß du verspottet wirst, Victoria. Nach diesem Abend wird das selbstverständlich niemand wagen. Du benimmst dich wie eine elegante, wohlerzogene Lady, und wir alle sind sehr stolz auf dich. Gewiß blickt deine Mutter lächelnd vom Himmel auf dich herab ... Ah, da drüben ist Daniel. Er sieht deinem Vater gar nicht ähnlich, was?«

Mary Rose gab es auf, die komplizierten Gedankengänge ihrer Tante zu ergründen. Offenbar glaubte Lillian, ihre Nichte müßte sich schämen, weil sie so viele Jahre in den Bergen Montanas verbracht hatte, und sie wußte natürlich nicht, wie wundervoll das Leben dort war. Wie konnte sie auch? Mary Rose durfte ja nie davon erzählen.

Liebevoll wurde sie von Onkel Daniel umarmt, der wie alle anderen Mitglieder ihre Ähnlichkeit mit Agatha bewunderte. Sie mochte ihn, beschloß aber, noch ein wenig zu warten, bevor sie sich eine Meinung über Lady Johanna bildete. Sollte die Frau ständig an ihr herumnörgeln, so wie die anderen Tanten, würde sie Mary Roses Zuneigung bestimmt nicht gewinnen.

Wie immer, wenn sie nervös war, tastete sie nach ihrem Medaillon, um sich an ihre richtige Familie zu erinnern und Trost zu finden. Als sie die Saphire berührte, geriet sie beinahe in Panik. Dann holte sie tief Atem, verdrängte ihre alberne Angst und hörte Daniel zu, der den anstrengenden Familienurlaub in Südfrankreich schilderte.

Immer wieder schaute sie zu Harrison hinüber. Als sie sich endlich entschuldigen konnte, eilte sie zu ihrem Mann. Eigentlich wollte sie ihn bitten, nicht so finster dreinzuschauen. Aber in Gegenwart des fremden Gentleman mochte sie Harrison nicht kritisieren.

Sein Freund Nicholas gesellte sich hinzu, ein attraktiver, dunkelhaariger Mann, und stellte sich mit einer höflichen Verbeugung vor. »Darf ich Ihnen zur Hochzeit gratulieren, Lady Victoria? Ich wünsche Ihnen und Ihrem Mann das Allerbeste.«

»Danke, Sir.«

Er nahm ihren Arm und führte sie beiseite. »Sollen wir Harrison vor dem schlimmsten Londoner Klatschmaul retten?«

»Wie heißt dieser Mann denn?«

»Langweiler«, antwortete Nicholas, und sie brach in Gelächter aus.

Sofort verstummte sie, als sich mehrere Köpfe zu ihr wandten.

»Aber er scheint Harrison nicht zu langweilen.«

»Nein, Ihr Gemahl beherrscht sich mühsam.«

Wenig später wurde Mary Rose mit Sidney Madison bekannt gemacht, einem affektierten Gecken mit viel zu langen Fingernägeln, den sie auf Anhieb unsympathisch fand.

Während er seine Reise nach New York City schilderte, hängte sie sich bei Harrison ein. An ihrer anderen Seite stand Nicholas, die Hände hinter dem Rücken verschränkt. Der fröhliche Glanz in seinen Augen war erloschen, und er schien sich ebenso unbehaglich zu fühlen wie sein Freund, der mit bebenden Fingern ein Glas umfaßte.

Bis jetzt war der Abend reibungslos verlaufen, und so sollte es auch bleiben. Deshalb beschloß Mary Rose, einem Wutanfall ihres Mannes zuvorzukommen. »Darf ich kurz mit dir reden?«

»Oh, ich habe die Aufmerksamkeit ihres Gatten schon viel zu lange beansprucht, nicht wahr?« fragte Madison und wandte sich wieder zu Harrison. »Herzlichen Glückwunsch! Es war wirklich sehr klug von Ihnen, Lady Victoria schon in Amerika zu heiraten – bevor sie's herausgefunden hat.«

Natürlich merkte Harrison, daß der Hurensohn ihn provozieren wollte. Stumm zählte er bis zehn und gelobte sich, nichts zu sagen.

Aber Nicholas beugte sich vor. »Bevor Lady Victoria *was* herausgefunden hat, Madison?«

»Wieviel sie wert ist«, erwiderte der Mann grinsend.

Mary Rose hörte, wie Nicholas tief Luft holte, und dann ließ sich Harrisons Wutanfall nicht mehr verhindern. Blitzschnell landete seine Faust in Madisons Gesicht. Mit einem Schreckensschrei taumelte das berüchtigte Klatschmaul nach hinten und griff sich an die Nase.

Seelenruhig stand Harrison da, zuckte mit keiner Wimper und lächelte sogar, als wäre nichts Ungewöhnliches geschehen.

Um so erstaunter blinzelte Nicholas und flüsterte, während Madison sein Gleichgewicht zurückgewann: »Was hast du getan?«

»Das.« Ein zweiter Fausthieb brachte Madison erneut ins Wanken, und Harrison wandte sich zu seiner Frau. »Wollen wir tanzen, mein Schatz?«

Nicholas Gelächter folgte ihnen bis aufs Tanzparkett.

»Oh, Harrison, du hast doch versprochen, du würdest keinen Wutanfall mehr bekommen«, klagte Mary Rose, während er sie in die Arme nahm und sich im Takt der Musik bewegte. »Hat mein Vater diese Szene beobachtet?«

»Vermutlich, nach seiner Miene zu schließen. Soeben hat er sein Glas fallen lassen.«

»O Gott!« wisperte sie. »Nun hast du meinen Verwandten den Abend verdorben.«

»Das ist nicht *ihr* Abend, sondern deiner, meine Süße. Habe ich dich in Verlegenheit gebracht?«

Darüber dachte sie eine Weile nach, bevor sie zugab: »Nein. Hör auf, so triumphierend zu grinsen. Nun mußt du Zerknirschung zeigen. Mein Vater ist auf dem Weg zu uns.«

Zu spät versuchten sie zu fliehen. Elliott versperrte ihnen den Weg. »Was um Himmels willen hast du getan, mein Junge?«

Mary Rose umklammerte die Hand ihres Mannes. »Frag ihn nicht, Vater, sonst zeigt er's dir. Er hatte nur einen kleinen Anfall. Am besten führe ich ihn hinaus, damit er frische Luft schnappen kann.« Vor allem wollte sie unter vier Augen mit Harrison reden, um ihm klarzumachen, daß er sich nicht im Wilden Westen, sondern in einem Londoner Ballsaal befand.

Aber dazu ergab sich erst eine Gelegenheit, nachdem sie in Lord Elliotts Stadthaus zurückgekehrt waren. Mit Ann Maries Hilfe kleidete Mary Rose sich aus, und sie kroch gerade unter die Decke, als Harrison hereinkam. Ohne Umschweife fragte sie: »Hast du diesem Mann die Nase gebrochen?«

»Wahrscheinlich.«

»Und es tut dir nicht leid?«

»Allerdings nicht. Er hat mich beleidigt. Was sollte ich denn machen?«

»Du solltest nachdenken, bevor du handelst.«

Statt einer Antwort zuckte er nur die Achseln. »Übermorgen fahre ich nach Deutschland.«

»Warum?«

»Weil ich einige Geschäfte für deinen Vater erledigen muß?«

»Kann ich dich begleiten?«

»Nein, dein Vater will dich nicht aus den Augen lassen, mein Engel. Er hat schon minutiös geplant, was du in den nächsten vier Monaten unternehmen wirst, und ich gönne ihm das Vergnügen, dich überall herumzuzeigen. Deshalb nehme ich ihm die Sorge um seine Geschäfte ab. Da gibt's ein paar dringende Fälle. Bitte, versuch es zu verstehen.«

»Aus diesem Grund sind wir also in sein Haus gezogen, nicht in deines?«

»Du sollst dich während meiner Abwesenheit nicht einsam fühlen.«

Wann er von seiner Reise zurückkehren würde, konnte er noch nicht sagen. Wie eine pflichtbewußte Ehefrau versuchte sie Verständnis zu zeigen, aber als er sich aufs Bett setzte und sie umarmte, flüsterte sie unglücklich: »Ich wünschte ...«

»Was?«

»Daß wir mehr Zeit füreinander hätten. Wann werde ich dein Hochland sehen?«

»Bald«, versprach er. »Hab Geduld mit deinem Vater. Für ihn ist jede Stunde, die er mit dir verbringen kann, ein Himmelsgeschenk.«

Fügsam nickte sie und versuchte ihre eigenen Bedürfnisse zu verdrängen. Ihr Vater hatte jahrelang gelitten, und es war ihre Pflicht, ihn zu erfreuen. Ihm zuliebe mußte sie ihr Heimweh noch etwas länger ertragen.

Also würde sie erst im nächsten Frühling nach Montana zurückfahren. Jetzt war die Zeit zu knapp. In wenigen Wochen würde man die verschneiten Bergpässe nicht mehr überqueren können.

Plötzlich kam ihr ein Gedanke. »Einmal hast du erklärt. du würdest gern in Montana leben. War das – eine Lüge, Harrison?«

»Jetzt hör mir mal gut zu, Mary Rose. Ich weiß, ich habe

dir wichtige Dinge verschwiegen. Aber ich werde dich nie wieder belügen. Und eines Tages wirst du mir wieder rückhaltlos vertrauen. Glaubst du das?«

»Ja«, flüsterte sie.

Zärtlich streichelte er ihr den Rücken. »Bleib vorerst bei deinen Verwandten, Liebling. Ihr müßt so viele Jahre nachholen. Und du bist doch eben erst nach Hause gekommen.«

Warum verstand er sie denn nicht? Sie war bei ihren Brüdern zu Hause. Aber sie schwieg, überließ sich willig seinen Liebkosungen, und als die Leidenschaft gestillt war, schlief sie in seinen Armen ein.

Irgendwann in dieser Nacht erwachte sie, fühlte sich geliebt und geborgen – und hatte trotzdem Angst.

28. April 1873

Liebe Mama, diesen Nachmittag muß ich in meinem Schlafzimmer verbringen, zur Strafe, weil ich Peter Jenkins in den Bauch geschlagen habe. Erinnerst Du Dich? Ich habe Dir doch geschrieben, daß er mich ständig belästigt. Heute wagte er sogar, mich zu küssen. Das war so widerlich. Ich spuckte aus und wischte mir den Mund ab. Natürlich war das nicht damenhaft, aber wenn ich mich übergeben hätte, wäre es noch schlimmer gewesen, nicht wahr?

Meine Brüder überlegen, ob sie mich in ein Internat schikken sollen. Bitte, Mama, das mußt du verhindern! Schreib ihnen, sie sollen mich hier auf der Ranch behalten. Ich möchte keine feine Dame werden, wirklich nicht. Übrigens, ich werde immer hübscher. Weißt Du noch, wie Du mir das prophezeit hast?

Ich liebe Dich.
Mary Rose

P.S.: Neuerdings wachsen meine Brüste. Das ist sehr unbequem. Jetzt macht's mir keinen Spaß mehr, daß ich ein Mädchen bin.

20

George MacPherson erinnerte Mary Rose an ein Frettchen – ein großer, dünner Mann mit langer spitzer Nase und stechenden Augen. Wegen dieses Vergleichs wurde sie von Gewissensbissen geplagt, denn der Sekretär begegnete ihr überaus galant und fürsorglich. Es schien ihn aufrichtig zu freuen, sie kennenzulernen, und als sie den Salon betrat, glaubte sie sogar, in seinen Augen würden Tränen glänzen.

Aus der Tasche seines eleganten dunklen Anzugs hing eine goldene Uhrkette. Die braunen Schuhe glänzten spiegelblank. In einer Hand hielt er einen schwarzen Schirm, in der anderen eine prall gefüllte Aktenmappe. Elliott machte seine Tochter mit MacPherson bekannt und bat sie, Platz zu nehmen. Dann sahen die beiden Männer einige Papiere durch.

»Ihr Vater ist sehr großzügig, Lady Victoria«, betonte der Privatsekretär. »Das sind Überweisungen an wohltätige Organisationen, die jeden Monat unsere Spenden erhalten.«

Lächelnd nickte sie ihm zu, und nachdem die Geschäfte erledigt waren, bemerkte sie: »Ich glaube, Sie kannten mich, als ich ein Baby war, Mr. MacPherson.«

»Nennen Sie mich doch George«, bat er und strich eine imaginäre Falte in seinem Jackett glatt. Ohne sich anzulehnen, saß er ihr auf einem Sofa gegenüber. »Ja, Sie waren ein sehr hübsches Kind, Lady Victoria.«

»Könntest du mir von der Nacht erzählen, wo ich entführt wurde, Vater? Ich bin so neugierig.«

»Was interessiert dich denn?« Seine Lordschaft runzelte die Stirn, und sie wandte sich wieder zu MacPherson.

»Nach allem, was ich gehört habe, brachte mich das Kindermädchen heimlich aus dem Haus.«

»Das stimmt. Ihre Eltern nahmen an der Eröffnung einer neuen Fabrik teil, die außerhalb von New York lag, und kamen erst am nächsten Tag zurück. Wie Lydia das schaffte, wissen wir noch immer nicht. Im Haus wimmelte es von Dienstboten. Wahrscheinlich schlich sie mit Ihnen die Hintertreppe hinab, Mylady.«

»Das Kindermädchen hieß Lydia?«

»Ja«, bestätigte Elliott. »Anfangs schaltete sich George in die polizeilichen Ermittlungen ein. Deine Mutter wurde krank, und ich brachte sie nach England zum Arzt ihres Vertrauens.«

»Sechs Monate später stellte die Polizei ihre Suche ein«, fügte MacPherson hinzu. »Inzwischen hatte Ihr Vater bereits seine eigenen Detektive engagiert und mußte ihre Arbeit nur koordinieren.«

»Wie lange waren die Detektive für dich tätig, Vater?«

»Vor vier oder fünf Jahren entließ ich sie, legte alles Weitere in Gottes Hand und versuchte mich mit meinem Verlust abzufinden. Aber Harrison gab nicht so leicht auf. Beharrlich folgte er jeder Spur.« Elliott ergriff die Hand seiner Tochter. »Und wie durch ein Wunder fand er dich.«

»Ihr Vater erzählte mir, Sie seien von Gaunern in einer New Yorker Hintergasse gefunden worden, Lady Victoria«, warf der Sekretär ein.

»Das waren keine Gauner«, protestierte sie empört, »sondern vier herzensgute Jungs, die in Schwierigkeiten steckten und ihr Bestes taten, um zu überleben.«

»Gewiß.« Elliott tätschelte ihre Finger und ließ sie los. »Aber über diese Männer müssen wir jetzt nicht mehr reden, oder? Du bist wieder daheim, und nur das zählt.«

Entschlossen kehrte Mary Rose zu ihrem ursprünglichen Thema zurück. »Hat das Kindermädchen meine Entführung geplant?«

MacPherson schaute seinen Arbeitgeber an, dem das Gespräch sichtlich unangenehm war. »Soll ich antworten, Sir?«

»O ja. Es ist doch verständlich, wenn Victoria sich über jene Ereignisse informieren möchte.«

»Zunächst dachten wir, mindestens ein Komplize müßte Lydia geholfen haben. Aber schließlich gewannen wir die

Überzeugung, daß sie allein gehandelt hat. Ich wünschte, ich könnte Ihnen mehr erzählen, Lady Victoria. Leider tappen wir nach all den Jahren immer noch im dunkeln, und wir werden das Rätsel wohl niemals lösen. Wäre Lydia am Leben geblieben, hätten wir ihr vielleicht die Wahrheit entlockt.«

Elliotts Stirnfalten vertieften sich. »Diese Frau hatte ausgezeichnete Referenzen.«

»Wie wir nun wissen, hat sie sich Ihrer entledigt, Mylady«, fuhr MacPherson fort. »Offenbar bekam sie in letzter Minute kalte Füße. Sie wurde in ihrer Mietwohnung aufgefunden – erwürgt. Die Polizei nahm an, sie hätte einen Einbrecher ertappt.«

Abrupt stand Elliott auf. »Das reicht, George. Nun haben wir lange genug von der Vergangenheit gesprochen. Morgen unterschreibe ich die Überweisungen.«

Mary Rose sah ihrem Vater an, wie erregt er war, und versuchte ihn abzulenken. »Reiten wir heute aus?«

»Eine großartige Idee.«

Als sie ihr Schlafzimmer betrat, um ihr Reitkostüm anzuziehen, traf sie ihren Mann an, der wieder einmal in alten Papieren wühlte. »Soeben habe ich MacPherson kennengelernt«, berichtete sie. »Bist du sicher, daß er hinter der Entführung steckt? Er wirkt so harmlos, fast schüchtern.«

Seufzend richtete er sich auf. »Verdammt, ich weiß überhaupt nichts mehr. Jedenfalls erzählte Douglas, jener Mann habe einen eleganten Anzug getragen, und MacPherson ging am bewußten Abend mit Freunden ins Theater.«

»Jeder zieht sich abends gut an.«

»Ein gewöhnlicher Angestellter nicht unbedingt.«

»Soviel ich weiß, suchst du nach Unstimmigkeiten in den Überweisungen an Wohlfahrtsorganisationen. Hast du schon was gefunden?«

»Da tauchen über zehn Vereine auf, von denen ich nie zuvor gehört habe. Ich werde überprüfen, ob sie tatsächlich existieren.«

»Und wenn ja?«

»Dann muß ich eben andere Anhaltspunkte aufspüren.«

»Warum bemühst du dich so hartnäckig darum? Damals konnte die Polizei keine Verbindung zwischen dem Kindermädchen und MacPherson herstellen. Wieso glaubst du denn, du wirst es schaffen?«

»Weil die Beamten nicht mit Douglas geredet haben. Und die Beschreibung deines Bruders paßt auf MacPherson, oder?«

»Genausogut könnte Douglas einen anderen gesehen haben. Harrison, du bist völlig erschöpft. Jede freie Minute beschäftigst du dich mit diesen alten Papieren. So darfst du nicht weitermachen. Warum ist das alles so wichtig für dich?«

»Wenn ich etwas anfange, bringe ich es auch zu Ende!« fauchte er.

Da Mary Rose wußte, wie müde er war, verzieh sie ihm den unfreundlichen Ton. »Reist du morgen ab?«

»Ja«, bestätigte er und griff nach seinem Jackett.

»Und wohin gehst du jetzt?«

»Wieder ins Büro, Liebling. Sorg dich nicht um mich.«

»Ich würde gern mit dir über unsere Zukunft reden. Hast du heute abend Zeit?«

»Natürlich«, versprach er, gab ihr einen Abschiedskuß und eilte davon.

Abends kam er so spät nach Hause, daß sie schon schlief. Das klärende Gespräch fand nicht statt.

Am nächsten Nachmittag durchquerte Mary Rose gerade die Halle, als die Post gebracht wurde. Sofort erkannte sie Adams Handschrift. Mit einem Freudenschrei riß sie den Brief aus Edwards Hand und rannte in ihr Zimmer hinauf, um ungestört zu lesen, was ihr Bruder geschrieben hatte. Sicher würde sie weinen, und niemand sollte sie dabei beobachten.

Adam wunderte sich, weil sie nichts von sich hören ließ. Sicher habe sie viel zu tun, aber diese Rücksichtslosigkeit passe nicht zu ihr. Sie müsse doch wissen, welche Sorgen ihre Brüder sich machen würden. Könne sie nicht fünf Minuten erübrigen, um ein paar Zeilen zu schreiben?

Erschrocken hielt sie den Atem an. Warum waren ihre Briefe nicht auf Rosehill eingetroffen? Hatte man sie abgefangen?

Nein, zu einer solchen Grausamkeit wären ihre Verwandte fähig, und Mary Rose würde sie beleidigen, wenn sie danach fragte.

Sie beantwortete Adams Brief, dann schlüpfte sie in ihren Mantel, versiegelte das Kuvert und schob es in die Tasche. In diesem Augenblick betrat Ann Marie das Zimmer. »Gehen Sie aus, Mylady? Haben Sie Ihren Unterricht vergessen?«

»Wenn ich mal eine Haushaltslektion verpasse, wird es meine Tante nicht allzusehr irritieren. Würden Sie Eleanor zu mir schicken?«

»Gerade hilft sie Lady Lillian, die Einladungen zu sortieren. Soll ich sie stören?«

»Nein«, erwiderte Mary Rose. Es genügte schon, wenn sie ihre Tante wegen des versäumten Unterrichts erzürnte. Also durfte sie ihr nicht auch noch die Lieblingsschülerin entführen. Eleanor hatte sich bei Lillian unentbehrlich gemacht, und Mary Rose war froh, weil die beiden Frauen sich so gut verstanden. Da wurde sie wenigstens in Ruhe gelassen. »Ich möchte spazierengehen. Wollen Sie mich begleiten?«

Eifrig nickte die Zofe und holte ihren Mantel. Mary Rose hatte ihr diesen Vorschlag nicht ohne Hintergedanken gemacht. Sie wollte ihren Brüdern telegraphieren, alles sei in Ordnung, und sie brauchte jemanden, der ihr den Weg zum Telegrafenamt zeigte. Außerdem müßte sie um einen weiteren Gefallen bitten. »Am Mittwoch nachmittag haben Sie doch frei, nicht wahr?«

»Ja, Mylady. Und jeden zweiten Samstag vormittag.«

»Wären Sie bereit, meine Briefe aufzugeben, wenn Sie aus dem Haus gehen, Ann Marie? Ich wüßte Ihre Hilfe sehr zu schätzen.«

Dieses Ansinnen schien die Zofe zu überraschen, aber sie stimmte zu und versprach sogar, der Familie nichts von ihrem Auftrag zu verraten.

»Selbstverständlich nicht. Aber warum legen Sie Ihre Post nicht einfach auf das Tischchen in der Halle? Mißtrauen Sie dem übrigen Personal.«

»Das nicht. Ich möchte nur verhindern, daß die Briefe – verlorengehen. Und mein Vater tut sein Bestes, damit ich meine Brüder in Montana vergesse. Wenn er die Briefe in der Halle sieht, könnte er sich aufregen.«

Verständnisvoll nickte Ann Marie. »Ebenso wie Ihr Tanten, Mylady.«

Nachdem Mary Rose eine Verbündete gewonnen hatte, fühlte sie sich viel besser. In der nächsten Zeit suchte sie stets die Halle auf, wenn die Post gebracht wurde. Und Ann Marie gab die Briefe ihrer Herrin auf.

Wegen der zahlreichen gesellschaftlichen Verpflichtungen fand Mary Rose kaum Zeit, um über ihre Probleme nachzudenken. Sie stand im Mittelpunkt des allgemeinen Interesses und manchmal erhielt sie für einen Abend drei Einladungen. Während die Wintermonate verstrichen, genoß sie allmählich den Luxus, der sie umgab, die schönen Kleider und kostbaren Juwelen, und die zahlreichen Partys lenkten sie von ihrem Heimweh ab. Ihre Verwandten, insbesondere der Vater, waren stolz auf sie. Wann immer eine schmerzliche Leere in ihrem Innern entstand, sagte sie sich, wie glücklich sie ihn machte.

Ja, alle liebten sie. Und keiner kannte sie. Ihren Mann sah sie nur selten. Sie hätte so dringend mit ihm sprechen müssen, aber ihr Vater schickte sie unentwegt von einem Ort zum anderen. Wenn sie nachts nicht in Harrisons Armen lag, umklammerte sie ihr Medaillon, oder sie trug es am Hals – eine tröstliche Erinnerung an die Heimat.

Nun bekam sie regelmäßig Briefe von ihren Brüdern und Mama Rose. Travis schrieb ihr, sie würden sich auf den Viehtrieb vorbereiten, weil der Schnee in diesem Frühling früher geschmolzen sei. In einem Postskriptum fügte er hinzu, Corrie gehe es gut. Sie würde die Lebensmittelkörbe, die er auf die Lichtung stelle, immer leeren, wenn er sich entfernt habe, aber sie lasse ihn nicht an die Hütte heran. Und er komme sich wie ein Idiot vor, weil er ihr die Briefe seiner Schwester schreiend vorlesen müsse.

Mary Rose und ihre Verwandten bereiteten den Umzug auf den Landsitz vor, wo sie den restlichen Frühling und den Sommer verbringen würden. Natürlich war auch Eleanor, Lillians Protegé, wieder mit von der Partie. Wann Harrison sich hinzugesellen würde, wußte seine Frau nicht.

Eines Tages wanderte sie in der Halle umher und wartete auf die Post, als Eleanor aufgeregt die Treppe hinabstieg. »Wundervolle Neuigkeiten, Victoria! Stell dir vor, Lady Lillian hat mich zu ihrer Assistentin ernannt. Sie ist ganz begeistert von meinen organisatorischen Fähigkeiten, und weil sie soviel zu tun hat, braucht sie dringend Hilfe. Außerdem wird sie einen Ehemann für mich suchen. Und was sie sich vorgenommen hat, schafft sie auch. Ich glaube, sie hat mich wie eine Tochter ins Herz geschlossen. Ist das nicht großartig?«

»Also wirst du nicht nach Amerika zurückfahren?«

»Was soll ich dort?«

»Und Cole? Bedeutet er dir nichts mehr?«

Lächelnd ergriff Eleanor die Hand ihrer Freundin. »Wie könnte ich ihn jemals vergessen? Immerhin habe ich meinen ersten Kuß von ihm bekommen. Aber er würde mich niemals heiraten. Glücklicherweise fand ich das heraus, bevor ich Gefahr lief, mich in ihn zu verlieben. Im Grunde verbindet uns nichts. Das Leben hier in England gefällt mir viel besser. Dir doch auch, oder?«

Diese Frage wurde ignoriert. »Ich werde dich vermissen, meine Liebe.«

»Vermissen?« Verblüfft runzelte Eleanor die Stirn. »Du bleibst doch hier, und wir werden immer die besten Freundinnen sein. Aber nun muß ich mich beeilen. Vor dem Umzug habe ich alle Hände voll zu tun.«

Mary Rose beobachtete, wie das Mädchen die Stufen hinaufeilte, dann wandte sie sich zu Edward, der gerade die Halle durchquerte. »Darf ich Sie etwas fragen, ganz im Vertrauen? Ich muß unbedingt wissen, ob Lady Lillian irgendwelche Briefe unterschlagen hat, die mir aus Montana geschickt wurden.«

»O nein, Mylady!« entgegnete der Butler und erbleichte vor Entsetzen.

Diese Behauptung mußte sie wohl oder übel akzeptieren. Sie nickte ihm zu, wandte sich zur Treppe, dann blieb sie abrupt stehen, als er herausplatzte: »Glauben Sie mir, Mylady, die Familie meint es nur gut mit Ihnen, vor allem Lord Elliott!«

Langsam drehte sie sich um. »Also hat mein Vater die Briefe an sich genommen?« Beklommen senkte er den Kopf, und sein Schweigen war vielsagend genug. »Und ich habe meine Tante verdächtigt«, flüsterte sie verwirrt. »Warum, weiß ich nicht, aber meinem Vater hätte ich so etwas niemals zugetraut. Fing er auch die Briefe ab, die ich in die Halle legte?«

Edward nickte und warf einen Blick zur Salontür, um sich zu vergewissern, daß sie nicht belauscht wurden. »Da Sie sich alles schon zusammengereimt haben, Mylady, wissen Sie's nicht von mir. Ich bin meinem Herrn treu ergeben, und ich möchte nicht illoyal sein ...«

»Das sind Sie nicht, Edward.«

»Ihr Vater befolgte nur den Rat der Ärzte, Mylady, und er möchte Ihnen helfen, die Vergangenheit zu vergessen. Jetzt glaubt er, Sie wären auf dem besten Weg dazu, weil Sie Ihren Brüdern nicht mehr schreiben. Darüber ist er sehr glücklich.«

»Ich verstehe.« Zu entmutigt, um das Gespräch fortzusetzen, dankte sie dem Butler und floh in ihr Schlafzimmer. Also glaubte ihr Vater irrtümlicherweise, sie hätte sich von der Vergangenheit gelöst und würde ihren Brüdern nicht mehr schreiben. Wie gut, daß sie in Ann Marie eine Verbündete gefunden hatte, die ihre Post gewissenhaft aufgab.

Vor lauter Zorn konnte sie kaum einen klaren Gedanken fassen, und sie wußte, daß sie sich beruhigen mußte, ehe sie ihren Vater zur Rede stellte. Doch dann beschloß sie, auf ein solches Gespräch zu verzichten. Er würde nur beteuern, er meinte es gut mit ihr. Und sie fürchtete, einen hysterischen Anfall zu erleiden, wenn sie diese Worte noch einmal hörte.

Ihre Wut verflog nicht. Als ihre Verwandten an diesem Abend das Theater besuchten, blieb sie daheim, unter dem Vorwand, sie sei müde. Ein heißes Bad konnte sie nicht besänftigen. Sie zog ihr Nachthemd und einen Morgenmantel an, dann ging sie zum Toilettentisch und öffnete das geschnitzte Kästchen, in dem sie ihr Medaillon verwahrte.

Die Schatulle war leer.

Vorerst geriet Mary Rose nicht in Panik. In der letzten Nacht hatte sie das Medaillon getragen, und vielleicht war es am Morgen unbemerkt heruntergefallen ... Nein, sie erinnerte sich ganz genau. So wie immer hatte sie es ins Kästchen gelegt. Methodisch durchsuchte sie das ganze Zimmer, ohne Erfolg.

Als Harrison eintrat, sah er sie auf den Knien liegen und unters Bett spähen. Erschöpft sank er in einen Sessel und streckte die Beine aus. Wenn er nicht bald Schlaf fand, würde er zusammenbrechen. Endlich hielt er stichhaltige Beweise gegen MacPherson in der Hand, und die Anspannung der letzten Wochen hatte nachgelassen. Zum erstenmal seit Wochen würde er eine erholsame Nachtruhe genießen.

Aber als er an MacPherson dachte, war er plötzlich hellwach. Dieser Hurensohn! Elliott hatte ihm blindlings vertraut, und die ganze Zeit ... Glücklicherweise würde er nun die verdiente Strafe erhalten.

»Mein Schatz, ich hab's gefunden!« rief Harrison seiner Frau zu, die seine Ankunft nicht bemerkt hatte.

Verblüfft richtete sie sich auf. »Wo denn? Ich habe überall gesucht. Oh, Gott sei Dank! Ich dachte schon, ich hätte es verloren!«

Ihre halberstickte Stimme erschreckte ihn, und als sie sich zu ihm wandte, sah er Tränen über ihre Wangen rollen.

»Offenbar reden wir von verschiedenen Dingen. Ich wollte dir erzählen, daß ich Beweise gegen MacPherson gefunden habe. Und was hast du verloren?«

»Mein Medaillon!« klagte sie. »Es ist verschwunden!«

»Sicher werden wir es bald finden. Ich helfe dir suchen.«

»Und wenn es weggeworfen wurde?«

»Sicher nicht.« Seufzend strich er über seine Stirn. »Komm her und küß mich!«

Wie konnte er nur so gelassen dasitzen, während sie der Verzweiflung nahe war? »O Harrison, du weißt doch, wieviel mir das Medaillon meiner Mama bedeutet. Wenn sie's gestohlen haben, verzeihe ich ihnen niemals.«

»Morgen, wenn wir ausgeschlafen sind, werden wir das Zimmer gründlich durchsuchen ...«

»Bevor wir ins Bett gehen, müssen wir mein Medaillon finden.«

»Beruhige dich doch. Niemand hat's gestohlen.«

»Wie kannst du das wissen?« kreischte sie. »Du bist so selten hier, daß du gar nicht merkst, was in diesem Haus geschieht.«

»Ich war beschäftigt!« Jetzt geriet auch er in Wut. »Und gerade wollte ich dir erzählen ...« Dann verstummte er. Dies war nicht der richtige Zeitpunkt, um Mary Rose über seine Entdeckung zu informieren. In ihrer Aufregung würde sie keine Notiz davon nehmen. Ungeduldig fluchte er: »Du könntest wirklich etwas mehr Verständnis zeigen.«

Schwankend erhob sie sich und ballte die Hände. »Verständnis? Erwartest du von mir, daß ich diese niederträchtigen Machenschaften toleriere? Nachdem mein Vater wochenlang meine Post unterschlagen hat? Wie lange soll ich das noch ertragen, Harrison? Für immer?«

»Elliott soll deine Briefe unterschlagen haben? Das bildest du dir sicher nur ein.«

Darauf gab sie keine Antwort. O Gott, er würde es niemals begreifen …

»Alle lieben dich«, versicherte er in etwas ruhigerem Ton.

»O nein! Sie lieben nur die Frau, die sie aus mir machen wollen. Aber nicht *mich.* Wie könnten sie auch? Sie kennen mich doch gar nicht. Sie lieben den Gedanken, daß Victoria heimgekehrt ist, und nun versuchen sie so zu tun, als hätte ich mein ganzes bisheriges Leben hier verbracht. Und du, Harrison? Liebst du mich oder die Vision der Elliotts?«

»Ich liebe dich!« schrie er.

»Das glaube ich dir nicht!«

Ein wütender Streit entbrannte, und schließlich befahl Mary Rose ihrem Mann, das Zimmer zu verlassen. Wütend stürmte er hinaus, und sie sank ins Bett, weinte sich unglücklich in den Schlaf.

Mitten in der Nacht wurde sie geweckt, und ihr zerknirschter Ehemann bat sie um Verzeihung. »Es tut mir so leid, Baby«, versicherte er immer wieder.

Nur zu gern warf sie sich in seine Arme. Weil sie ihn liebte, würde sie alles tun, um ihre Ehe zu retten.

In verzweifelter Leidenschaft liebten sie sich, und bevor Harrison einschlief, hörte er Mary Rose leise flüstern: »Ich liebe dich.«

»Und ich liebe dich, Victoria.«

Großer Gott, er nannte sie Victoria …

Zwei Tage später fuhr sie nach Hause.

14. August 1874

Liebe Mama Rose, schon wieder muß ich einen Nachmittag in meinem Schlafzimmer verbringen, weil ich mich nicht damenhaft benommen habe. Ich schlug Tommy Bonnersmiths Nase blutig. Aber das hatte er verdient, Mama. Cole fuhr mit mir nach Blue Belle, und als ich den Gemischtwarenladen verließ, packte mich Tommy und preßte seine schwammigen Lippen auf meine.

Etwas später verließ Cole den Laden, aber ich erzählte ihm

nicht, was Tommy mir angetan hatte. Er sah Tommy am Boden sitzen. Dieser eklige Kerl hielt sich die Nase und weinte wie ein kleines Kind. Wenn mein Bruder wüßte, was passiert ist, würde er Tommy erschießen. Und ich will nicht, daß er jemanden erschießt. Das würde seinem Ruf schaden. Natürlich schäme ich mich kein bißchen, denn ich habe genau das Richtige getan. Immer wieder schärften Adam und Cole mir ein, kein Mann dürfe mir zu nahe treten. Das müsse ich verhindern. Und Tommy hat sich einfach zu viel erlaubt, oder?
Bist Du jetzt enttäuscht von mir?

Deine liebevolle Tochter
Mary Rose

21

Als Harrison ins Haus seines Schwiegervaters zurückkehrte, verließ das Schiff, mit dem Mary Rose nach Amerika fuhr, gerade den Hafen. Natürlich wußte er das nicht – niemand wußte es. Er eilte in den Wintergarten, wo Elliott mit seinem Sekretär geschäftliche Transaktionen erörterte. »Wo ist meine Frau?«

Lächelnd blickte Seine Lordschaft auf. »Sie unternimmt mit ihrer Zofe einen Einkaufsbummel.«

»Würden Sie uns entschuldigen, MacPherson?« bat Harrison. Die Hände hinter dem Rücken verschränkt, zwang er sich zur Ruhe. Am liebsten hätte er den Schurken am Kragen gepackt und gegen die Wand geschleudert.

»Bestellen Sie doch Tee für uns, während ich mit meinem Schwiegersohn rede«, schlug Elliott vor.

Der Privatsekretär verneigte sich vor seinem Arbeitgeber, ging hinaus, und Harrison schloß die Tür hinter ihm.

»Niemand wird uns belauschen, mein Junge«, versicherte der Lord. »Außer uns halten sich nur die Dienstboten im

Haus auf, und die sind vollauf beschäftigt, weil sie alle Sachen zusammenpacken müssen. Bald übersiedeln wir aufs Land. Warum schaust du mich so an? Irgendwas stimmt doch nicht. Diesen Blick kenne ich.«

»In der Halle warten Beamte, um MacPherson festzunehmen. Hoffentlich können sie ihm ein umfassendes Geständnis entlocken. Aber es gibt ohnehin genug Beweise, die ihn der Veruntreuung überführen werden. Bald muß der Hurensohn hinter Gitter wandern. Er war es, der damals die Entführung plante.«

Bestürzt ließ Elliott die Papiere fallen, die er in der Hand gehalten hatte. Seine Gedanken überschlugen sich. »George – hat mir Victoria weggenommen? Unmöglich! Er wurde überprüft, aber niemand fand irgendwelche Anhaltspunkte, die auf seine Schuld hingewiesen hätten. Und jetzt behauptest du ...«

»Douglas sah, wie MacPherson aus einer Kutsche stieg und einer Frau den Korb mit dem Baby übergab.«

»Wer ist Douglas?«

Bestürzt runzelte Harrison die Stirn. O Gott, Elliott wußte nicht einmal, wie Mary Roses Brüder hießen. »Einer der Männer, die deine Tochter großzogen. Und er ist ihr Bruder, ebenso wie die anderen. Mit dieser Tatsache solltest du dich abfinden, ehe es zu spät ist.«

Diese letzten Worte wurden nicht beachtet, denn vorerst konnte Elliott nur an die schreckliche Beschuldigung denken, die sein Schwiegersohn ausgesprochen hatte. »Auch noch Veruntreuung ...«

»Du überweist einem Waisenhaus, das längst nicht mehr existiert, regelmäßig Spenden. Zum Zeitpunkt der Entführung gab es dieses Institut noch, aber zwei Jahre später schloß es seine Pforten. Ich fürchte, ein Großteil deines Geldes ist in MacPhersons Tasche gewandert.«

»Aber Veruntreuung und Entführung – das ist zweierlei.«

»Glaub mir, er steckt hinter beiden Verbrechen.«

Verzweifelt rang Elliott nach Fassung. »Laß mir ein bißchen Zeit, mein Sohn ...«

Harrison setzte sich zu ihm und legte mitfühlend eine Hand auf seine Schulter. Geduldig wartete er, während der Lord seine Gedanken ordnete.

Es dauerte eine ganze Weile, bis Elliott bat: »Erzähl mir alles, von Anfang an.«

»Einen Tag, bevor deine Tochter entführt wurde, hob MacPherson einen hohen Betrag von einem deiner Konten ab. In der nächsten Nacht brachte er Victoria zu dem Kindermädchen. Vermutlich sollte die Frau mit der gestohlenen Summe den Lebensunterhalt des Babys und ihren eigenen bestreiten, während er dir möglichst viel Lösegeld zu entlocken suchte. Die Seiten, die er aus der Familienbibel herausgerissen hatte, wollte er dir wahrscheinlich schicken, um zu beweisen, daß deine Tochter sich in seiner Gewalt befand.«

»Und was geschah dann? Wir erhielten keine Lösegeldforderung, nur jene erste Nachricht ...«

»Nun, es hat nicht geklappt. Douglas erzählte mir, die Frau habe sich geweigert, den Korb entgegenzunehmen. Sie schüttelte den Kopf, besann sich aber anders, als MacPherson einen Umschlag mit Geld vor ihrer Nase schwenkte. Nachdem er verschwunden war, bekam sie kalte Füße, warf den Korb auf einen Abfallhaufen und rannte davon.«

»Kannst du das alles beweisen, Harrison?«

»Nur die Veruntreuung. Und die genügt, um ihn für den Rest seines Lebens hinter Gitter zu bringen. Douglas behauptet, er würde MacPherson jederzeit wiedererkennen. Außerdem wird die Polizei deinen Sekretär ganz sicher zum Reden bringen.«

»Hätte sich das Kindermädchen nicht anders besonnen – wäre meine Tochter dann zu mir zurückgekehrt? Nein, wohl kaum. MacPherson hätte sie getötet, nicht wahr?«

»Wahrscheinlich«, stimmte Harrison zu.

Vor Zorn begann Elliott am ganzen Körper zu zittern. »All die Jahre saß dieses Monstrum seelenruhig an meiner Seitc und ...«

Er konnte nicht weitersprechen, und Harrison nickte verständnisvoll. »Ja, er ging verdammt clever zu Werke. Nachdem Victoria und das Kindermädchen verschwunden waren, muß er in Panik geraten sein. Trotzdem blieb er an Ort und Stelle. Nirgendwo konnte er die Ermittlungen so gut kontrollieren wie im Zentrum der Ereignisse. Und solange er für dich arbeitete, sah er alles, was auf deinem Schreibtisch landete, noch vor dir.«

Plötzlich sprang Elliott auf und stürmte zur Tür. »Diesen Schurken werde ich ...«

Harrison hielt ihn am Arm fest. »Inzwischen haben ihn die Beamten schon weggebracht. Ich verstehe, daß du ihn töten willst, aber das kannst du nicht.« Behutsam führte er seinen Schwiegervater zum Sofa zurück und verließ ihn erst, als der erregte Mann sich einigermaßen beruhigte.

Eigentlich hatte Harrison seine Zukunftspläne mit ihm erörtern wollen. Doch vorerst wollte er ihm keine weitere Belastung zumuten. Später würde er seine langjährige Stellung kündigen.

Er ging ins Schlafzimmer hinauf, um ungestört zu überlegen, was er seiner Frau sagen würde. Nun kam es auf die richtigen Worte an. Und wenn er vor ihr auf die Knie fallen und um Verzeihung für das Leid bitten mußte, das er ihr unabsichtlich zugefügt hatte, würde er es tun.

Immer noch erschütterte ihn die Erkenntnis, daß Elliott nicht einmal die Namen ihrer Brüder kannte. In falsch verstandener Vaterliebe hatte der Lord alles getan, um Mary Roses Vergangenheit auszulöschen und sie in die Tochter zu verwandeln, die ihm vorschwebte. Wie schrecklich mußte das für sie gewesen sein ...

Auf dem Schreibtisch lag eine Nachricht. Sobald er das Blatt Papier sah, erfaßte ihn eine böse Ahnung, und er wagte kaum, es anzurühren. Dreimal las er den Abschiedsbrief, dann senkte er verzweifelt den Kopf. Nun hatte er sie verloren, durch seine eigene Schuld. Er wußte nicht, wie lange er reglos dastand. Schatten erfüllten den Raum, als Edward an die Tür klopfte und ihn bat, nach unten zu kommen – sein Schwiegervater würde ihn um ein Gespräch ersuchen.

Elliott wanderte im Salon umher und starrte ein Papier an, das er in der Hand hielt.

»Hat meine Frau sich auch von dir verabschiedet?« fragte Harrison.

Langsam nickte Elliott. »Sie hatte doch alles, was sie sich nur wünschen konnte. Warum war sie hier nicht glücklich? Das verstehe ich nicht ... ›Ich liebe Dich, Vater‹, schrieb sie mir, ›und wenn Du mich kennengelernt hättest, würdest Du mich vielleicht auch lieben.‹ Natürlich liebe ich sie ...«

»Ja, aber du hast versucht, sie zu ändern. Und nun weißt du nicht einmal, wen du verloren hast. Setzen wir uns, ich will versuchen, dich mit dem Charakter deiner Tochter bekannt zu machen. Fangen wir mit Corrie an – der verrückten Corrie. Sicher weißt du nichts über sie.«

Elliott sank bedrückt aufs Sofa, und Harrison erzählte von der Freundschaft zwischen den beiden Frauen. Als der Lord hörte, wie die Einsiedlerin aussah, erbleichte er. Und dann glänzten Tränen in seinen Augen, während sein Schwiegersohn schilderte, wie Corrie durch das offene Fenster Mary Roses Schulter gestreichelt hatte.

»Immer wieder hat mich ihr Mitgefühl mit den Armen und Schwachen beschämt«, gestand Harrison. »Deshalb hatte sie vermutlich auch so lange Geduld mit uns. O Gott, ich hoffte, sie würde dir Zeit geben, damit du lernst, sie so zu akzeptieren, wie sie ist. Aber das hattest du niemals vor, nicht wahr. Ihre Vergangenheit kannst du nicht auslöschen. Montana und ihre Brüder und andere Leute da drüben – dies alles wird stets zu Mary Roses Leben gehören.«

»Ja, jetzt sehe ich's ein – ein Vater muß sein Kind bedingungslos lieben ...« Elliotts Stimme brach, weinend schlug er die Hände vors Gesicht, und Harrison reichte ihm sein Taschentuch. »Jeden Morgen saß sie bei mir in der Bibliothek und hörte zu, wenn ich von meiner Familie sprach. Kein einziges Mal erzählte sie von den Menschen, die ihr etwas bedeuten.«

»Weil du's nicht erlaubt hast.«

»Ich weiß ... O Gott, was habe ich getan.«

Körperlich und seelisch erschöpft, brachte Harrison nicht die nötige Kraft auf, um dem Schwiegervater schonend beizubringen, was er beschlossen hatte. »Ich kündige.«

»Was?«

»Die Aufträge, die du mir erteilt hast, sind erledigt. Weil du mit deiner Tochter allein sein wolltest, kamst du auf die Idee, mich mit Arbeit zu überhäufen und kreuz und quer durchs Land zu schicken. Leider ließ ich mich darauf ein – nicht zuletzt, weil ich nebenbei MacPherson überführen wollte. Auch das ist mir gelungen. Hier gibt es nichts mehr für mich zu tun. Wenn du mich jetzt entschuldigst ... Ich möchte meine Sachen packen.«

»Wohin gehst du?«

Harrison antwortete erst, als er die Tür erreichte. »Nach Hause.«

Adam Clayborne wurde wegen Mordes vor Gericht gestellt. Davon erfuhr Harrison im Mietstall von Hammond, wo er einen Pferdewagen kaufte, um sein Gepäck nach Blue Belle zu befördern. Nun besann er sich anders.

»Ja, Sir, bald werden wir ihn hängen sehen«, frohlockte ein alter Stallknecht. »Zwei elegante Jungs aus den Südstaaten haben ihren Anwalt mitgebracht. Offenbar wollen sie Richter Burns veranlassen, den Angeklagten ihrer Obhut zu übergeben, damit sie ihm daheim den Prozeß machen können. Aber die Leute hier bezweifeln, daß der Richter darauf eingehen wird. Sonst wäre ganz Hammond bitter enttäuscht. Heute wird die Verhandlung abgewickelt, und die meisten Stadtbewohner versammeln sich in Blue Belle. Morgen werden noch mehr dazukommen, auch aus der näheren Umgebung, und ein Volksfest feiern, rings um den Galgen.«

Harrison hatte alles gehört, was er wissen mußte, rasch

kaufte er ein Pferd, warf dem Mann zwanzig Dollar zu und beauftragte ihn, seine Sachen nach Blue Belle transportieren zu lassen.

»Offenbar haben Sie's eilig und wollen nichts versäumen«, meinte der Stallknecht, während Harrison den Rappen sattelte. »Zwei Stunden wird's wohl noch dauern, bis das Verfahren anfängt.«

»Adam Clayborne ist unschuldig«, erklärte Harrison und schwang sich aufs Pferd.

»Das spielt keine Rolle. Er ist ein Schwarzer, von Weißen angeklagt, also wird er aufgeknüpft ...« Verwirrt verstummte der alte Mann, als er merkte, daß er mit der leeren Luft sprach. Harrison war bereits davongaloppiert.

In halsbrecherischem Tempo ritt er nach Blue Belle und hoffte inständig, er würde nicht zu spät ankommen. Mit eigenen Augen hatte er noch keinen Lynchmob im Wilden Westen beobachtet, aber haarsträubende Berichte darüber gelesen. Noch wußte er nicht, wie er Adam retten sollte. Aber er würde Mittel und Wege finden, gesetzliche oder andere.

Was mochte jetzt in Mary Rose vorgehen? Daran wagte er gar nicht zu denken.

Die Verhandlung fand in einem unbenutzten Lagerraum gegenüber von Morrisons Laden statt, und die Stuhlreihen waren bis auf den letzten Platz gefüllt. Mary Rose saß zwischen Adam und Travis auf der Anklagebank, Douglas und Cole warteten draußen, weil der Richter ihnen den Zutritt verweigerte – aus Angst, die hitzigen Temperamente könnten außer Kontrolle geraten.

Am Tisch gegenüber den Claybornes hatten sich Adams Ankläger niedergelassen – ein Anwalt und Livonias Söhne, die Mary Rose an widerwärtige Reptilien erinnerten. Sie ertrug es nicht, die beiden anzuschauen.

Energisch schlug Burns mit seinem Hammer auf den Richtertisch und rief, alle sollten den Mund halten, sonst würde er den Saal räumen lassen. Seine Worte drangen kaum in Mary Roses Bewußtsein. Wie benommen starrte sie vor sich hin. Alle Leute außerhalb von Blue Belle hatten sich gegen Adam gewandt. Aus lächelnden Bekannten waren Feinde geworden. Seine Güte zählte nichts mehr, nur seine dunkle Hautfarbe. Und er hatte angeblich einen Weißen ermordet. Mehr brauchten sie nicht zu erfahren. Adam war schuldig, ganz egal, unter welchen Umständen. Am liebsten hätten sie ihn auf die Straße gezerrt, um ihn zu lynchen.

Wie soll ich das Schlimmste verhindern, überlegte Mary Rose verzweifelt. Adam saß ruhig und gefaßt neben ihr. Obwohl er wußte, was ihm drohte, zeigte sein Gesicht nur milde Neugier.

Wieder schlug der Richter mit seinem Hammer auf den Tisch, um seine Entscheidung zu verkünden, was Adams Auslieferung an die Kläger betraf. »Offenbar sind Ihre Dokumente in Ordnung, Gentlemen ...«

Hastig erhob sich der Anwalt, der Livonias Söhne begleitet hatte. Er hieß Floyd Manning, und als er sich vorstellte, betonte er, seine Familie habe schon über hundert Jahre lang in South Carolina gelebt. Offenbar glaubte er damit, jeden Zweifel an seiner Qualifikation zu beseitigen. »Sicher, alles ist legal. Können wir Clayborne jetzt mitnehmen? Sie müssen dem Gesetz gehorchen, da haben Sie keine Wahl.«

Gellendes Protestgeschrei erfüllte den Raum. Die Kojoten wollten gefüttert werden. »Lassen Sie ihn nicht laufen, Richter!« brüllte jemand im Hintergrund. »Das wäre unfair. Draußen warten meine Verwandten, und ich habe ihnen versprochen ...«

»Verdammt, halten Sie den Mund!« befahl Burns. »Was ich sagen wollte, als Sie mich unterbrachen, Manning – mit diesen legalen Papieren habe ich gewisse Probleme. Und was Ihre Behauptung betrifft, ich hätte keine Wahl ... Sicher, Gesetz ist Gesetz. Aber hier bin *ich* das Gesetz, und von einem Außenseiter lasse ich mir keine Anweisungen geben. Ich werde ihnen Adam Clayborne nicht überantworten, und wenn Sie ihn hängen sehen wollen, müssen Sie warten, bis er für schuldig befunden wird.«

»Aber – Richter, in South Carolina ...«, begann Manning.

»Wir sind in Montana, und hier geschieht, was *ich* sage.«

Mühsam kämpfte Mary Rose mit den Tränen. Würde dieser Alptraum jemals enden? Ihre Brüder hatten gehofft, Burns würde Adam den Südstaatlern übergeben, und geplant, sie außerhalb der Stadt zu überfallen, Adam zu entführen und in den Bergen zu verstecken. Dort sollte er abwarten, bis sich neue Gesichtspunkte ergaben.

Schreiend verlangte das Publikum, Burns solle Adam hier und jetzt den Prozeß machen. Um für Ruhe und Ordnung zu sorgen, legte der Richter seinen Revolver auf den Tisch. Doch das war überflüssig. Plötzlich verstummte die Menge.

Burns sah auf und entdeckte Harrison, der sich mit beiden Ellbogen einen Weg zwischen den wütenden Männern hindurch bahnte.

Auch Mary Rose bemerkte die abrupte Stille und schlang krampfhaft die Finger ineinander. Was war geschehen? Hatten sich Cole und Douglas gewaltsam Zutritt verschafft? Sie wagte nicht hinzuschauen.

Ohne seiner Frau und ihren Brüdern einen Blick zu gönnen, blieb Harrison vor dem Richtertisch stehen. »Ich habe etwas zu sagen.«

Verwirrt hob sie den Kopf und blinzelte. Trotzdem löste er sich nicht in Luft auf. Harrison – in Blue Belle? Ihr Herz begann wie rasend zu schlagen.

»Nun, was gibt's?« fragte Burns.

»Ich bin Harrison Stanford MacDonald ...«

»Warum nennen Sie Ihren Namen«, fiel Burns ihm ins Wort. »Ich weiß, wer Sie sind.«

»Fürs Protokoll, Euer Ehren.«

»Hier führen wir kein Protokoll, zumindest nicht sehr oft. Also, was haben Sie mir mitzuteilen?«

»Ich vertrete Adam Clayborne.«

Die Augen des Richters begannen zu funkeln. Er lehnte sich zurück und strich über sein Kinn. »Tatsächlich?«

»Ja, Euer Ehren.«

»Nun, dann fangen Sie zu arbeiten an. Er wurde des Mordes angeklagt, und ich führe den Vorsitz an diesem Gerichtshof.«

»In Montana hat jeder Mann das Recht auf einen fairen Prozeß, nicht wahr?«

»Allerdings.«

»Dann ersuche ich Sie, mir etwas Zeit zu geben, damit ich mich mit meinem Klienten beraten kann.«

»Wieviel Zeit?«

»Einen Monat.«

Lauthals widersprach das Publikum, und der Richter schoß in die Luft. »So lange kann ich nicht warten, Harrison.«

»Euer Ehren, ich brauche Zeit, um die Verteidigung vorzubereiten.«

»Und wo soll er inzwischen bleiben?«

»Sie könnten ihn in meine Obhut geben«, erwiderte Harrison.

»Dann wird der Nigger weglaufen!«

Burns neigte sich zur Seite und spähte an Harrison vorbei. »Ah, Sie, Bickley! Wollen Sie mit aller Macht die Verhandlung stören? Ich schwöre bei Gott, ich jage Ihnen eine Kugel in den Hintern, wenn Sie nicht Ihr verdammtes Maul halten! Harrison, Sie haben zwei Wochen Zeit, um Ihre Vorbereitungen zu treffen. Hinterlegen Sie eine Kaution, für den Fall, daß Adam flieht?«

»Alles, was ich besitze.«

»Vorerst genügen mir hundert Dollar. Den Rest können Sie in zwei Wochen zahlen, es sei denn, er ergreift die Flucht.«

»Ja, Euer Ehren.«

Der Richter schlug mit seinem Hammer auf den Tisch.

»Bis zum Prozeßbeginn steht Adam unter Hausarrest. Wenn das irgendwem mißfällt, kann er ja an der Grenze der Clayborne-Ranch Wache halten. Aber für den Fall, daß irgend jemand diese Grenze überschreitet, ermächtige ich die Claybornes, ihn niederzuschießen. Die Verhandlung ist vertagt. In zwei Wochen sehen wir uns wieder.« Ein letztes Mal krachte der Hammer. »Da haben Sie sich was Schönes aufgehalst, Harrison«, murmelte Burns. »Ich habe eine ganze Aktenmappe voller Beweise gegen Adam. Die können Sie sich anschauen, bevor ich angeln gehe. Bis nächsten Sonntag wohne ich bei Belle. Bringen Sie Ihre hundert Dollar dort hin.«

Floyd Manning eilte zu Harrison und zischte: »Niggerfreund!«

Das war dem Richter nicht entgangen. »Jetzt haben Sie hier nichts mehr verloren, Manning. Fahren Sie nach Hause. Ich werde die Verhandlung leiten, einen Geschworenenprozeß, und die zwölf Männer suche ich mir selber aus.«

Erbost hob Manning die buschigen Brauen. »Dieser Kerl verdient keinen fairen Prozeß. Man müßte sie alle hinausschleifen und aufknüpfen.«

Burns wandte sich zu Harrison. »Was glauben Sie, wen er meint? Wen sollen wir denn aufknüpfen? Die ganze Stadt oder nur die Claybornes?«

Diese Frage beantwortete Manning nur zu gern. »Natürlich die Claybornes, besonders dieses weiße Mädchen, das unter demselben Dach wie der Nigger wohnt. Eine billige Hure!«

»Haben Sie was dazu zu sagen, Harrison?« fragte der Richter.

Harrison zählte bis zehn, aber ohne Erfolg. »Wieviel Strafe muß man für einen tätlichen Angriff zahlen, Euer Ehren?«

»Fünf Dollar«, erwiderte Burns belustigt, »unter diesen besonderen Umständen.« Grinsend griff Harrison in die Tasche, zog fünf Dollar hervor und warf sie auf den Tisch.

Was dann geschah, überraschte den Anwalt aus den Südstaaten dermaßen, daß er keine Zeit fand, sich zu verteidigen. Ein kraftvoller Fausthieb streckte ihn nieder, reglos blieb er liegen.

Der Richter beugte sich über den Tisch, um den ohnmächtigen Mann genauer zu betrachten, dann wandte er sich wieder zu Harrison und unterdrückte ein Lächeln. »Eine vorsätzlich begangene Tat kostet einen Dollar mehr.«

Ohne zu widersprechen, zahlte Harrison auch diese Strafe und ging zur Anklagebank. Langsam und zögernd verließ das Publikum den Saal, und er fand genug Zeit, um die Gesichter zu mustern. Er kannte kein einziges.

Als Travis aufstehen wollte, bedeutete ihm Harrison, sitzen zu bleiben. »Komm zu mir, Mary Rose, und schau etwas glücklicher drein. Ich bin wieder bei dir.«

Sie zögerte keine Sekunde lang, eilte zu ihm und ließ sich umarmen. Zärtlich küßte er ihre Stirn.

»Willkommen daheim, Harrison«, flüsterte Adam.

»Wie zum Teufel ist das alles passiert?« fragte Harrison.

»Gestern holten sie mich aus dem Bett, und da bin ich. Du bist gerade noch rechtzeitig aufgetaucht. In einer Stunde wäre es wahrscheinlich zu spät gewesen. Die hätten nicht bis morgen gewartet, um mich baumeln zu sehen. Sobald ein Urteil ausgesprochen ist, kann man die Vollstreckung nicht mehr verhindern.«

Sobald die letzten Fremden hinausgegangen waren, stürmten Douglas und Cole herein.

»Schließt die Tür!« rief Harrison.

»Verschwinden wir«, murmelte Cole und warf Travis einen Revolver zu. »Alles in Ordnung, Adam?«

»Ja.«

Zitternd lehnte sich Mary Rose an Harrison, und er streichelte ihre Schulter.

»Los, beeilt euch!« drängte Cole.

»Wenn wir's jetzt versuchen, erschießen sie uns hinterrücks«, wandte Travis ein.

»Da hat er recht«, stimmte Douglas zu. »Dieser Zeitpunkt ist denkbar ungünstig.«

»Aber ich will nach Hause.« Entschlossen stand Adam auf. »Harrison, ich weiß nicht, ob ich dir danken oder dich zusammenschlagen soll. Nun muß ich noch zwei Wochen länger über den Strick um meinen Hals nachdenken.«

»Offenbar mißtraust du deinem Anwalt«, bemerkte Harrison trocken.

»Nein, ich vertraue dir, aber dem Rest der Welt nicht. Du bist ein ehrenwerter Mann. Heutzutage trifft man nur selten jemanden wie dich. Ich habe Mary Rose versichert, du würdest hierher zurückkommen, aber sie wollte mir nicht glauben.«

Verwundert runzelte Harrison die Stirn. Hatte sie gedacht, er würde in England bleiben und seelenruhig seinen Geschäften nachgehen? Wußte sie denn nicht, daß sie sein Herz mitgenommen hatte?

»Begleitest du uns nach Hause, Harrison?« fragte Travis.

»Oder reitest du zu Belle, um dir das Beweismaterial anzuschauen?«

»Ich komme mit euch. Bevor ich irgend etwas unternehme, muß ich mit Adam reden.«

Als sie auf die Straße traten, wurden sie von Einheimischen umringt, die Adam zu ermutigen versuchten. Es tat gut zu wissen, daß die Bewohner von Blue Belle sich nicht gegen ihn stellten.

Während sie nach Rosehill ritten, deckte Harrison der Familie Clayborne den Rücken. Auf dem letzten Grat oberhalb der Ranch wartete er, bis sie alle außer Schußweite waren. Dann ritt er einmal um Rosehill herum, bis er fand, was er suchte. Als er das Haus betrat, saß Mary Rose mit ihren Brüdern am Eßtisch. Er eilte in ihr Schlafzimmer hinauf, und wenige Minuten später ging er in den Speiseraum. Unsicher schaute sie ihn an. Warum war er zurückgekommen? Die Frau, die sich ihre Verwandten in England wünschten, konnte sie nicht sein. Verstand er das denn nicht? O Gott, während der Trennung hatte sie sich elend gefühlt, dem Tod nah. Und seit er seelenruhig in den Gerichtssaal geschlendert war, lebte sie wieder.

Ehe er sich zur Familie gesellte, hörte Mary Rose ihn die Treppe hinaufsteigen. Eine Tür knarrte. Suchte er ihr Schlafzimmer? Hieß das, daß er bei ihr bleiben wollte? Wenig später erschien er im Speisezimmer. »Adam, wir müssen unter vier Augen miteinander reden – am besten in der Bibliothek«, erklärte er, ohne seiner Frau einen Blick zu gönnen.

»Meine Brüder und meine Schwester wissen alles«, entgegnete Adam.

»Trotzdem.«

Niemand störte die beiden, während sie zwei Stunden lang beisammensaßen. Harrison bestand auf einem detaillierten Bericht, und Adam erzählte alles, woran er sich erinnerte – von seinem Leben auf der Plantage, von der Familie des Besitzers.

»Also, Mistress Livonia war mit Walter Adderley verheiratet, und sie hatten zwei Söhne. Die beiden hast du heute vor Gericht gesehen. Reginald ist zwei Jahre jünger als ich, Lionel der ältere – seinem Vater wie aus dem Gesicht geschnitten. Schon zu Mittag fing Walter zu trinken an, und abends mußte er ins Bett getragen werden. Wenn er sternhagelvoll war, wurde er richtig gemein. Er fing Streit mit seiner Frau an. Zwischen den beiden mußte irgendwas geschehen sein, denn wenn er angetrunken war, ertrug er ihren Anblick nicht.«

»Hat er sie geschlagen?«

»O ja, mit beiden Fäusten. Natürlich war ihm diese zierliche, kleine Frau nicht gewachsen. Auch meine Mama schlug er. Sie war Livonias Gesellschafterin und wurde genauso grausam mißhandelt wie ihre Herrin. An einem späten Freitag nachmittag kam ich von den Feldern zurück, und als ich am Haus vorbeiging, hörte ich Mistress Livonia schreien. Wieder einmal verprügelte Adderley beide Frauen. Ich rannte hinein, stellte mich zwischen Livonia und meinen Eigentümer und hoffte, er würde seinen Zorn gegen mich richten und die beiden verschonen. Noch heute sehe ich's ganz deutlich vor mir, wie Mamas Nase blutete, und ein Auge war fast zugeschwollen. Seine Frau hatte er noch schlimmer zugerichtet. Brutal stieß er sie zu Boden, und sie flehte ihn an, doch endlich aufzuhören. Aber er trat sie mit aller Kraft. Da bat sie mich um Hilfe – und ich half ihr ...« Bevor Adam weitersprach, holte er tief Atem. »Ich schlang meine Arme um Adderleys Taille und zerrte ihn nach hinten, während Mama zu Livonia rannte und ihr auf die Beine half. Da verlor er vollends den Verstand. Er schrie, er würde Livonia töten, schüttelte mich ab und warf sich auf sie. Und da schlug ich ihn. Er taumelte nach hinten, wollte mich angreifen, aber er kam aus dem Gleichgewicht und strauchelte. Sein Kopf prallte gegen das Kaminsims. Wahrscheinlich war er schon tot, bevor er am Boden landete.«

»Wo hast du ihn getroffen?«

»Am Kinn.«

»Nicht am Hinterkopf? Er hat sich doch von dir abgewandt ...«

»Ja, aber ich war schneller und sprang wieder zwischen Adderley und Mistress Livonia, um sie zu beschützen. Und bevor er sie packen konnte, rammte ich ihm die Faust aufs Kinn.«

»Was geschah dann?«

»Mistress Livonia gab mir Geld und beschwor mich, die Flucht zu ergreifen. Der Polizei wollte sie erzählen, ich sei verkauft worden. Später schrieb mir Mama, Livonia habe ausgesagt, Adderley sei infolge eines Unfalls gestorben. Mein Fausthieb wurde nicht erwähnt, denn er hätte dem Mann ohnehin nicht schaden können. Damals war ich erst dreizehn und längst nicht so stark wie jetzt; im ganzen Staat wußte man, was für ein schrecklicher Trunkenbold Adderley gewesen war, und so zweifelte niemand an Livonias Behauptung.«

»Hat sonst noch jemand gesehen, was passiert ist?«

»Nein.«

»Und warum sind Livonias Söhne ausgerechnet jetzt hinter dir her? Was für Beweise haben sie?«

»Die Briefe, die ich meiner Mama schrieb. Sie hob sie alle auf. Adderleys Söhne müssen sie gefunden haben. Ein paarmal erwähnte ich die Vergangenheit und gestand Mama, ich hätte Angst um sie.«

Harrison seufzte müde. »Jedenfalls bist du unschuldig, Adam.«

»Damals war ich ein Sklave, und ich wagte es, Hand gegen meinen Besitzer zu erheben. Seine Söhne glauben, allein schon deshalb müßte ich am Galgen baumeln.«

»Meinst du, sie haben Ihre Mutter gezwungen, die Wahrheit zu erzählen?«

»O ja. Reginald gerät ganz nach seinem Vater. Und Mama schreibt mir immer wieder, wie sehr sie sich um Mistress Livonia sorgt. Aber das alles spielt keine Rolle. Wenn zwei weiße Männer mich des Mordes anklagen, werde ich verurteilt, das wissen wir beide, Harrison.«

»Kampflos geben wir uns nicht geschlagen. Nun muß ich doch noch was fragen. Willst du hierbleiben und kämpfen oder davonlaufen?«

»Würdest du mich denn davonlaufen lassen, wenn ich's wollte? Du hast Richter Burns deinen gesamten Besitz als Kaution angeboten.«

»Aufs Geld kommt's mir nicht an.«

»Was rätst du mir?«

»In meinem Herzen bist du mein Bruder geworden, Adam, an dem Tag, wo ich deine Schwester zur Frau nahm. Ich möchte dich retten, und als dein Anwalt empfehle ich dir, hierzubleiben und zu kämpfen.«

»Und als mein Bruder würdest du mir am liebsten zur Flucht verhelfen.«

»So ungefähr«, stimmte Harrison zu.

»Nun, vorerst gibt's wohl nichts mehr zu sagen.«

Harrison lächelte. »Oh, unser Gespräch hat eben erst begonnen. Wir müssen überlegen, was du im Zeugenstand erzählen sollst. Bleib sitzen, das wird eine lange Nacht.«

Während er sich Notizen machte, brachte Cole ein Tablett mit Käse, Brot und Bier in die Bibliothek. Da er nicht hinausgeschickt wurde, lehnte er sich an die Schreibtischkante und hörte zu, wie sein Bruder von Harrison befragt wurde.

Eine Stunde später erschienen auch Travis und Douglas, aber Mary Rose ließ sich nicht blicken. Sie dachte, Adam könnte unbefangener sprechen, wenn er sich nicht um sie sorgen mußte.

Ihr Magen krampfte sich zusammen, und sie brachte keinen Bissen hinunter. Eine Zeitlang blieb sie allein am Eßtisch sitzen, dann ging sie in ihr Zimmer.

Auf dem Kissen lag eine Blume – keine Rose, sondern eine leuchtend rote Stechapfelblüte.

Endlich verstand sie, warum Harrison in England immer wieder eine Rose auf ihr Kissen gelegt hatte: um ihr zu bedeuten, daß sie für ihn nicht Victoria hieß, sondern Mary Rose. Sie war seine Rose. Überwältigt sank sie aufs Bett und preßte die Blume an ihre Brust. Wie hatte sie jemals an ihm zweifeln können? Sie senkte beschämt den Kopf und begann zu weinen.

»Eigentlich sollte dich diese Blüte glücklich machen und nicht traurig.« Harrison stand in der Tür. Wie besorgt und erschöpft er aussah – und wie verletzlich.

»Du liebst mich.«

»Ja.«

»Danke«, wisperte sie.

»Für meine Liebe?«

Sie schüttelte den Kopf. »Weil du meine Unsicherheit ertragen hast. Ich liebe dich so sehr, und trotzdem hatte ich solche Angst ... Nein, warte!« bat sie, als er auf sie zuging. »Erst muß ich dich um Verzeihung bitten. Du warst so geduldig. Die ganze Zeit hast du gewartet, bis ich's endlich verstehen würde.«

»Nein, du wußtest es von Anfang an. Ich mußte dich nur dran erinnern.«

»Aber – du hast mich Victoria genannt.«

»Tatsächlich?« fragte er verblüfft.

»Das brach mir fast das Herz.«

»Mary Rose MacDonald, ich liebe dich«, versicherte Harrison, schloß die Tür, und kam zu ihr. »Wie du heißt, ist mir völlig egal. Und wenn du deinen Namen jede Woche änderst, du wirst immer meine Rose bleiben.«

Lächelnd legte sie die Stechapfelblüte auf den Nachttisch und erhob sich. »Ich liebe dich auch. Und es tut mir so leid, daß ich an dir gezweifelt habe. Kannst du mir jemals verzeihen?«

»Nun ja, ich selbst war nicht ganz unschuldig. Ich wußte, was du durchmachen mußtest, und ich hätte viel früher bei deinem Vater kündigen und dir beistehen sollen.«

»Du hast gekündigt?« flüsterte sie.

»Allerdings.«

»O Harrison! Küß mich!«

Nur zu gern gehorchte er, und das Leid der Trennung war vergessen.

»Und warum hat es so lange gedauert, bis du mir nach Montana gefolgt bist?« fragte sie.

»Meine Süße, wärst du an Bord deines Schiffs auf die Idee gekommen, dich mal umzudrehen, hätte ich dir gewinkt«, übertrieb er. »Sobald ich konnte, fuhr ich dir nach.« Glücklich schmiegte sie eine Wange an seine Brust, lauschte seinem Herzschlag, und er legte sein Kinn auf ihren Scheitel.

»Kehren wir nach England zurück?« flüsterte sie. »Mit dir gehe ich überallhin. Weil ich dich liebe.«

Gerührt strich er über ihr Haar. Für ihn wollte sie sogar ihr Paradies aufgeben. »Nein, wir bleiben hier. Ich werde in der Nähe von Rosehill ein Stück Land kaufen, und wir bauen ein Haus.«

Da begann sie wieder zu weinen und versicherte, es seien

Freudentränen. Und dann erklärte sie, nun würde sie kein Wort mehr mit ihm reden, bevor sie beide nackt im Bett lägen.

Auf diesen Vorschlag ging er bereitwillig ein, und sie zogen einander voller Ungeduld aus. Harrison zerrte die Decke beiseite, und sie sanken auf die Matratze.

Das Glück des Liebesakts war vollkommen wie eh und je – und sogar noch schöner. Denn jetzt gab es nichts mehr, was zwischen ihnen stand.

2. Januar 1876

Liebe Mama, heute feiere ich meinen sechzehnten Geburtstag, und ich darf endlich das schöne Medaillon tragen, das Du mir geschenkt hast. So lange mußte ich darauf warten. Danke, Mama, für diesen kostbaren Schatz. Ich werde ihn stets in Ehren halten, und ich bin so glücklich, weil ich Dich habe. Adam sagt der Allmächtige würde über uns alle wachen, seit dem Tag, wo sie mich in der Hintergasse fanden. Und das stimmt, Mama. Unser gütiger Gott gab mir vier Brüder, die mich lieben und beschützen. Und er gab mir Dich.

Inzwischen habe ich die Hälfte des Geldes gespart, das ich brauche, um nach Carolina zu fahren. Wenn alles gutgeht, komme ich nächstes Jahr zu Dir. Davon träume ich, Mama. Bitte, erlaube mir, Dich zu besuchen Ich muß Dich endlich umarmen.

Deine Tochter
Mary Rose

22

Als sie um ein Uhr nachts aus dem Bett kroch, weckte sie Harrison. »Wohin gehst du?« fragte er gähnend.

»Nach unten. Ich bin halb verhungert. Tut mir leid, ich wollte dich nicht stören. Schlaf weiter.«

Aber er verspürte ebenfalls Hungergefühle und schlüpfte in seine Hose. Dabei schlug er sich den großen Zeh an einem Bettpfosten an. Fluchend hüpfte er auf einem Bein umher.

»Pst!« wisperte Mary Rose und kicherte. »Sonst wachen meine Brüder auf.«

Doch die Warnung kam zu spät. Harrison hatte so viel Lärm gemacht, daß alle Claybornes aufstanden.

Als erster erschien Cole in der Küche. Mary Rose saß auf Harrisons Schoß und schnitt ein Stück Käse in Scheiben. Sobald sie ihren Bruder eintreten sah, rutschte sie auf ihren eigenen Stuhl hinüber.

»Ich konnte nicht schlafen«, erklärte er, setzte sich seinem Schwager gegenüber und schaute ihn durchdringend an. »Wirst du diese leidige Sache in Ordnung bringen?«

»Falls du eine Garantie verlangst, Cole – die kriegst du nicht.«

»Dann hilf mir. Wir müssen Adam zur Flucht überreden.«

»Dabei werde ich dir nicht helfen. Die Entscheidung liegt bei ihm.«

»Soll ich vielleicht untätig zusehen, wie er stirbt? Wenn er zum Tod verurteilt wird, hole ich ihn aus dem Gefängnis.«

Kalte Angst drehte Mary Roses Magen um, der Appetit war ihr vergangen. »Cole, du mußt meinem Mann vertrauen. Er wird alles tun, um Adam zu retten.«

»Wunder kann ich nicht bewirken«, wandte Harrison ein und ergriff ihre Hand. »Aber ich danke dir, weil du an mich glaubst.«

»Zum Teufel mit diesem Glauben!« murmelte Cole.

Gerade rechtzeitig, um die letzten Worte zu hören, kam

Douglas in die Küche. Er trug eine Hose und ein langärmeliges Flanellhemd, das er falsch zugeknöpft hatte. Ohne Umschweife fragte er seinen Schwager: »Hast du schon einen Plan?«

»Morgen schicke ich dem Anwalt in St. Louis, der für mich gearbeitet hat, ein Telegramm. Vielleicht kennt er einen Kollegen in South Carolina. So oder so, ich werde einen finden, der uns helfen kann, und wenn's sein muß, fahre ich selber hin.«

»Wozu?«

»Wir brauchen eidesstattliche Aussagen von Livonia und Mama Rose.«

»Und was haben wir davon?«

»Die beiden müssen mir bestätigen, was Adam mir erzählt hat. Im Augenblick stehen zwei Aussagen gegen eine. Das muß geändert werden. Hoffentlich hilft uns Livonia. Ich könnte mir denken, daß sie Angst vor ihren Söhnen hat.«

»Ganz bestimmt«, meinte Douglas. »Und Adam wird sicher gegen deinen Plan protestieren, Harrison. Er weiß, was der armen Frau zustoßen würde, wenn ihre Söhne nach Hause kommen.«

Harrison widersprach nicht und beschloß, einfach so zu handeln, wie er es für richtig hielt. »Reden wir von was anderem. Mary Rose regt sich auf.«

»Nein, ich rege mich nicht auf«, protestierte sie.

»Aber du ißt gar nichts.«

Seufzend zuckte sie die Achseln. »Worüber möchtest du sprechen?«

Travis kam herein und antwortete an Harrisons Stelle: »Erzähl mal, was die Leute in London von der überstürzten Abreise unserer Schwester halten. War der Teufel los? Hat diese Tante behauptet, Mary Rose sei undankbar?«

Sie starrte auf ihren Teller. »Sicher habe ich meinem Vater sehr weh getan, nicht wahr?«

Da Harrison die Wahrheit nicht beschönigen wollte, antwortete er mit einem schlichten »Ja«.

»Hätte er mich doch verstanden ...«

»Immerhin hatte er genug Zeit, um es zu versuchen, Liebling. Aber er gab dir gar keine Chance. Das erklärte ich ihm, und er schien es zu verstehen.«

»Warum mochten sie Mary Rose nicht?« fragte Cole.

»Weil sie Victoria zurückhaben wollten. Keiner konnte die Tatsache akzeptieren, daß Mary Rose in all den Jahren glücklich war, auch ohne den Reichtum ihres Vaters. Und niemand bemühte sich, sie richtig kennenzulernen. Statt dessen versuchten sie, einen anderen Menschen aus ihr zu machen.«

»Willst du sie jetzt nach England zurückbringen, Harrison, und wollen's die Elliotts noch mal versuchen?« fragte Douglas.

»Nein.«

Die Brüder lächelten. An diesem Abend brauchten sie noch keine näheren Erklärungen zu hören, was Harrisons Pläne betraf.

Eine halbe Stunde lang blieben sie noch am Küchentisch sitzen und redeten. Das Gespräch drehte sich wieder um Adams Problem.

»Was können wir tun, um ihm zu helfen?«

»Eine ganze Menge«, entgegnete Harrison. »Im Gerichtssaal darf Mary Rose nicht neben Adam sitzen. Cole, wir beide nehmen ihn in die Mitte. Und Mary Rose setzt sich zwischen Travis und Douglas hinter die Anklagebank in die erste Reihe.«

»Und warum darf ich nicht neben Adam sitzen?« wollte sie wissen.

»Wenn du seine Hand streichelst, werden alle Leute sehen, wie eine weiße Frau einen schwarzen Mann berührt. Natürlich wissen sie Bescheid über deine Familie, und sie akzeptieren Adam. Aber in diesem Fall, der alle Gemüter erhitzt, darf man sie nicht zu sehr reizen. Wir bekämpfen nicht nur eine Mordanklage, sondern auch Vorurteile.«

»Und warum soll Cole neben Adam sitzen, statt Travis oder mir?« fragte Douglas.

»Um die Zuschauer einzuschüchtern. Du machst sie nervös.«

»So was kann ich, nicht wahr?« Cole lächelte stolz.

»O ja. Vor allem mußt du die zwölf Geschworenen anstarren und so tun, als würdest du dir all ihre Reaktionen einprägen. Sie sollen glauben, sie würden deinen Zorn nicht überleben, wenn sie sich von ihren Vorurteilen leiten lassen.«

»Du kämpfst mit unsauberen Mitteln, und das gefällt mir.«

»Natürlich bleibt das alles unter uns«, betonte Harrison.

Seine Frau gähnte, und nachdem sie ihren Teller leer gegessen hatte, führte er sie ins Schlafzimmer zurück. »Ich habe eine Überraschung für dich, meine Süße. Setz dich aufs Bett und mach die Augen zu.« Sie gehorchte und blinzelte ein einziges Mal. Da sah sie, wie er in seinem Ranzen wühlte. »Hast du die Augen auch wirklich zugemacht?« fragte er.

Ganz fest kniff sie die Lider zusammen und spürte etwas Kaltes am Hals. Noch bevor sie es anschaute, wußte sie, was es war. »Mamas Medaillon! Wo hast du's ...« Sie konnte nicht weitersprechen, Tränen erstickten ihre Stimme.

»Es hat zwischen der Matratze und dem Kopfteil unseres Betts gesteckt.«

Dankbar sank sie in seine Arme. Als er sie leidenschaftlich liebte, wußte er, daß diese Nacht das letzte glückliche Zwischenspiel für lange Zeit war.

Ein Gewitter braute sich zusammen.

In der nächsten Woche sah Mary Rose ihren Mann nur selten. Die meisten Tage verbrachte er in Belles Haus und studierte die Briefe der Claybornes an Mama Rose, die Adderleys Söhne an sich genommen hatten. Nachts saß er in Adams Bibliothek und las Mama Roses Briefe. Zwischendurch machte er sich Notizen, und wenn er nicht arbeitete, saß er auf der Veranda und dachte nach. Geistesabwesend ging er seiner Wege, während der Prozeß immer näher rückte.

Beim Sonntagsdinner bat Mary Rose ihren Mann und ihre Brüder, über alles zu reden – nur nicht über die Verhandlung. »Cole, du hast mich noch gar nicht nach Eleanor gefragt. Willst du nicht wissen, wie es ihr geht?«

Betont gleichmütig zuckte er die Achseln. »Ist sie glücklich?«

»O ja. Sie arbeitet für meine Tante Lillian.«

»Für den General? Dann ist sie tapferer, als ich dachte.«

Harrison lächelte. »Du nennst deine Tante ›General‹, Mary Rose?«

»Warum nicht? Sie hat sich ziemlich militant aufgeführt. Gestern hat Corrie ein Briefchen auf die Lichtung gelegt. Soll ich's euch vorlesen?«

»Nein!« riefen alle vier Brüder wie aus einem Mund und brachen in Gelächter aus.

Dieses unhöfliche Verhalten störte sie nicht im mindesten. »Interessiert's dich auch nicht, Harrison?«

»Diesen Brief hast du mir schon dreimal vorgelesen. Corrie bittet dich um ein Buch.«

»Und?«

»Sie freut sich, weil du wieder da bist. Wie hübsch du aussiehst, wenn du rot wirst.«

»Unsinn, ich werde nicht rot. Wenn meine Brüder mich auslachen, ist mir das egal. Sie sind nun mal unzivilisiert.«

»In England ist's mir ziemlich schwergefallen, mich zivilisiert zu benehmen.«

»O Gott, dann habe ich ja einen Mann geheiratet, der genauso ist wie meine Brüder!«

»Hoffentlich! Ein schöneres Kompliment konntest du mir gar nicht machen.«

»Ich hab's euch ja gesagt.« Cole grinste triumphierend. »Er mag uns.«

»Da kommt jemand zum Haus!« verkündete Douglas. »Ein Mann in einem vornehmen Anzug, der einen Zweispänner fährt.«

Erfreut sprang Harrison auf. »Alfred Mitchell! Der Anwalt, den ich engagiert habe! Wartet hier!« befahl er den Brüdern, die alle aufstanden. »Erst will ich allein mit ihm reden. Ihr könnt ihn später kennenlernen.«

Rasch verließ er das Zimmer, ehe Adam sich erkundigen konnte, wer dieser Mitchell war. Und so richtete er die Frage an Cole.

»Harrison wollte sich über Livonias Söhne informieren. Also telegraphierte er einem Anwalt in St. Louis, der ihm einen Kollegen in South Carolina empfehlen sollte. Der Mann muß Tag und Nacht gefahren sein, sonst wäre er nicht so schnell hier.«

»Sollen wir an der Tür lauschen?« fragte Travis.

»Nein«, entgegnete Adam. »Harrison soll sich ungestört mit diesem Anwalt unterhalten.«

Die Haustür wurde geöffnet und geschlossen, und wenig später kehrte Harrison ins Speisezimmer zurück – sichtlich verwirrt. Der Grund seiner Überraschung stand direkt hinter ihm.

Schwankend erhob sich Mary Rose. »Vater?«

Verdutzt musterten die Brüder den Neuankömmling, und Harrison beobachtete seine Frau. Sie war kreidebleich geworden und sah aus, als könnte sie jeden Augenblick zusammenbrechen. Sofort eilte er zu ihr und umfaßte ihren Arm.

Elliott betrachtete die Familie und wußte nicht, was er sagen sollte. Darüber hatte er sich während der ganzen Reise den Kopf zerbrochen. Wie sollte er den Claybornes klarmachen, daß er sie als Familienmitglieder akzeptierte und hoffte, sie würden ihn in ihrer Mitte aufnehmen? Harrison las die Sorge in seinen Augen, beschloß ihm zu helfen und flüsterte in Mary Roses Ohr: »Dein Vater ist sehr nervös.«

Mehr mußte er nicht sagen. Ihr Herz flog Elliott entgegen, sie eilte zu ihm und stellte sich auf die Zehenspitzen, um ihn zu küssen. »Oh, ich freue mich so, dich wiederzusehen, Vater!«

Erleichtert hielt er ihre Hände fest. »Kannst du mir verzeihen, meine Tochter? Ich bereue zutiefst, was ich dir angetan habe.«

Tränen brannten in ihren Augen. Da er so eindringlich gesprochen hatte, bezweifelte sie nicht, daß er es ehrlich meinte. »O Vater, ich liebe dich. Ich liebe auch Harrison, und ich muß ihm immer wieder irgendwas verzeihen. Er mir übrigens auch. Ich habe dir großen Kummer bereitet, als ich so plötzlich weggefahren bin, nicht wahr? Tut mir leid.«

»Nein, nein, du mußt dich nicht entschuldigen. Durch deine Abreise bin ich zur Vernunft gekommen. Du hast richtig gehandelt, Victoria.«

»Hier heiße ich Mary Rose, Vater.«

»Also gut – Mary Rose. Aber wirst du mir vergeben, wenn du mich in England besuchst und ich dich manchmal Victoria nenne?«

»Das würde mich sicher nicht stören.«

Lächelnd tätschelte er ihre Schulter, dann erinnerte sie sich an ihre Manieren. »Vater, ich möchte dich mit meinen Brüdern bekannt machen«, verkündete sie voller Stolz.

Aufmerksam musterte er einen nach dem anderen, und Harrison trat an die Seite der Claybornes. Was er damit ausdrücken wollte, verstand sein Schwiegervater. In Mary Roses Herzen nahm ihr Ehemann die erste Stelle ein, dann kamen die Brüder und schließlich der Vater. Seiner Lordschaft machte es nichts aus, den letzten Platz auf der Liste einzunehmen, denn er wußte, daß sie genug Liebe für alle empfinden konnte.

Wieder betrachtete er die Claybornes. Das waren also die vier Lebensretter seines Kindes. Große, kräftige junge Männer – Gottes Antwort auf seine Gebete ... Viele Jahre lang, in einsamen Nächten und tiefster Verzweiflung, hatte er den Himmel um ein Wunder angefleht.

Und der Allmächtige hatte ihm längst vier Wunder beschert. Jetzt war er mit einer zauberhaften Tochter gesegnet, mit einem großartigen Schwiegersohn und ...

»Ich glaube, ich habe vier Söhne.«

28. November 1877

Liebe Mama Rose, bei der Abstimmung hat's mich erwischt. Nun muß ich Dir diesen Brief schreiben und Dich bitten, endlich Ruhe zu geben. Mama, es paßt uns einfach nicht, daß Du uns ständig drängst, wir sollen heiraten. Du glaubst, Adam müßte als erste vor den Traualtar treten, weil er der älteste ist. Aber das will er nicht. Damit solltest Du Dich abfinden. Sein Leben gefällt ihm so, wie's jetzt ist, und wir sind mit unserem genauso zufrieden. Deshalb ist es sinnlos, wenn Du Dir Enkelkinder wünschst.

Irgendwann wird Mary Rose heiraten. Jetzt ist sie im Internat, und wir atmen auf, weil wir sie nicht dauernd beschützen müssen. Die Männer in der Gegend hier sind ganz verrückt nach unserer Schwester. Ihr freches Mundwerk stört keinen einzigen. Wir vermissen sie viel schmerzlicher, als wir dachten. Mach Dir keine Sorgen um Deine Tochter. Ich habe ihr erklärt, wie sie sich wehren soll, wenn ihr die Männer in St. Louis zu nahe treten. Außerdem hat sie ihren Revolver und zwei Munitionsschachteln eingepackt. Das müßte genügen.

Hoffentlich bist du mir nicht böse, weil ich dir so unverblümt die Meinung gesagt habe. Wir alle lieben Dich und wären glücklich, wenn Du zu uns kommen und bei uns leben könntest.

Cole

23

Der liebe Gott muß einen gewissen Humor besitzen, dachte Elliott, nachdem er das Verhalten der Brüder eine Stunde lang beobachtet hatte. Mary Roses Schutzengel waren temperamentvoll, streitlustig und laut – schrecklich laut. Dauernd redeten sie durcheinander, und trotzdem hörten sie, was jeder einzelne sagte. Er kam sich vor wie bei einer Massenversammlung. Und er amüsierte sich köstlich.

Nachdem er sie angesprochen hatte, waren sie vorgetreten, um ihm die Hand zu schütteln. Natürlich nahmen sie ihn nur zögernd in der Familie auf, aber das entmutigte ihn nicht. Mit der Zeit würden sie ebenso wie er selbst die Tatsachen akzeptieren. Der Allmächtige hatte sie alle zusammengeführt, und nun mußten sie beisammenbleiben.

Adam lernte er zuerst kennen. »Sie sind der Mann, der so gern diskutiert, nicht wahr?«

»Hast du ihm das erzählt?« fragte Adam seinen Schwager, der ihm lächelnd zunickte.

»Sehr gut!« rief Elliott. »Ich debattiere auch gern, und ich gewinne immer.«

Ein mutwilliges Funkeln erschien in Adams Augen. »Wirklich?«

»Was die Beweggründe der Griechen während der Invasion von Karthago betrifft, irren Sie sich. Das werde ich Ihnen klarmachen.«

»Dieser Herausforderung stelle ich mich sehr gern.«

Dann drückte Seine Lordschaft Travis' Hand. »Und Sie werden Anwalt.«

»So?«

»Ganz sicher. Harrison hat behauptet, Sie würden aus jedem Chaos einen Ausweg finden.«

Travis grinste. »Eigentlich wollte ich die Anwälte immer erschießen, Sir – und niemals einer werden.«

Nun reichte Douglas dem Neuankömmling die Hand. »Und was hat Harrison von mir erzählt?«

»Sie besitzen die wunderbare Gabe, fast alle kranken Pferde zu heilen. Wenn Sie für ein Gestüt in England arbeiten würden, könnten Sie ein Vermögen verdienen. Die Tiere vertrauen Ihnen. Und das verrät mir, daß Sie ein mitfühlendes Herz besitzen. Ich fragte mich, woher meine Tochter ihres hat. Jetzt weiß ich's.«

Danach kam Cole an die Reihe. So leicht wie seine Brüder würde er sich nicht von diesem Lord einwickeln lassen. Elliott hatte Mary Rose gekränkt, und dafür mußte er büßen, ehe er die Gastfreundschaft der Claybornes genießen durfte.

»Wo ist der Niederträchtige?« fragte Elliott.

»Hier, Sir!« rief Cole erfreut, ehe er sich eines Besseren besinnen konnte. »Harrison hat gesagt, ich sei niederträchtig?«

»O ja, und er scheint Sie sehr zu bewundern. Ich habe viel von Ihnen gehört. Einige Bemerkungen stammten von einer jungen Dame namens Eleanor. Bevor ich meine Reise nach Amerika antrat, ermahnte sie mich zur Vorsicht, weil sie glaubte, Sie würden mich erschießen. Was Eleanor betrifft – ich habe mir überlegt …«

»Was, Sir?« fragte Cole.

»Würden Sie das Mädchen wieder in Ihrem Haus aufnehmen?«

»Nein!« riefen alle Brüder wie aus einem Mund, und Elliott lachte.

»Die werden Sie nicht mehr los, Sir«, bekräftigte Cole.

Jetzt mischte sich Mary Rose ein. »Sie fühlt sich ja auch sehr wohl in England. Vater, nach der langen Reise mußt du müde und hungrig sein. Setz dich! Wir haben schon gegessen, aber wir leisten dir gern bei deinem Dinner Gesellschaft.«

Ohne eine Zustimmung abzuwarten, eilte sie zur Küche und lächelte glücklich. An diesem Abend mußte sie den lieben Gott, der ihren Vater zur Einsicht gebracht hatte, mit einem besonders innigen Gebet danken. In der Halle holte Harrison sie ein, umfing ihre Taille und drehte sie zu sich herum. »Wie schön, dich wieder zufrieden zu sehen …«, flüsterte er. »Ich muß dich unbedingt küssen.«

Nur zu gern schlang sie die Arme um seinen Hals und erwiderte einen langen, leidenschaftlichen Kuß. »O Harrison, du hast ihm alles klargemacht! Vielen Dank!«

»Nein, *du* hast ihm die Augen geöffnet, indem du abgereist bist. Ich freue mich auch über seinen Besuch. Zwei Hirne sind klüger als eins.«

»Du meinst – Adams wegen?«

»Genau. Dem scharfen Verstand meines Schwiegervaters ist noch nie etwas entgangen – zumindest nicht in juristischer Hinsicht.«

»Laß ihn erst mal essen, bevor du ihm von Adam erzählst. Sonst würde ihm der Appetit vergehen.«

Harrison wußte, daß die Brüder das Problem von sich aus nicht erwähnen würden. Als er an den Tisch zurückkehrte, setzte er sich neben Cole. Adam saß neben Mary Roses Vater, und sie hatten gerade besprochen, wer wo schlafen sollte.

Wie Harrison dem Grinsen seines Tischnachbarn entnahm, würde ihm das Arrangement mißfallen. Meistens lächelte Cole nur, wenn er schlechte Nachrichten verkünden konnte. »Lord Elliott bekommt Mary Roses Zimmer, und sie zieht zu dir in die Baracke. Da seid ihr ungestört.«

»Während du draußen warst, haben wir abgestimmt«, erklärte Travis.

Ehe Harrison protestieren konnte, rannte seine Frau aufgeregt ins Speisezimmer. »Samuel schwenkt sein Fleischmesser und will mir nicht erlauben, meinen Vater zu bewirten! Tu was, Cole!«

»Nein, ich kümmere mich darum!« schrie Harrison und sprang auf, aber Cole drückte ihn auf den Stuhl zurück.

»Er ist noch nicht bereit, dich zu mögen, und würde dir nur sein Messer in den Bauch stoßen. Also laß mich das lieber machen.«

Verwirrt hob Elliott die Brauen. »Da ist jemand in der Küche, der ein Messer schwenkt – und meine Tochter bedroht?«

»Ja, Sir«, bestätigte Cole auf dem Weg zur Tür, zog seinen Revolver und entsicherte ihn. »Samuel!« brüllte er. »Du stellst meine Geduld auf eine harte Probe!«

»Guter Gott ...« Mehr wußte Seine Lordschaft nicht zu sagen.

Inzwischen hatte Harrison sich beruhigt. »Und diesen

Mann bezahlen sie auch noch«, teilte er seinem konsternierten Schwiegervater mit. »Wenn man das hört, möchte man am liebsten mit dem Kopf gegen die Wand rennen, was?«

Elliott nickte, und Harrison brach in schallendes Gelächter aus. Auf dieser Ranch war es wirklich niemals langweilig. Adam schüttelte etwas verlegen den Kopf. Natürlich verstand er, daß die Situation einem Außenseiter etwas merkwürdig erscheinen mußte. »Samuel ist unser Koch«, erläuterte er.

Während Mary Rose wartete, klopfte sie mit einer Fußspitze auf den Boden. Endlich rief Cole nach ihr, und sie ging seufzend in die Küche.

Wenige Minuten später wurde ihrem Vater eine schmackhafte Mahlzeit serviert. Die Männer tranken Kaffee, während er aß, dann brachte Mary Rose seinen leeren Teller in die Küche. »Jetzt muß ich eine Weile bei Sam bleiben und mich mit ihm versöhnen!« rief sie.

Cole wandte sich zu Harrison und wies mit dem Kinn auf Elliott. »Willst du's ihm sagen?«

»Ja. William, im Augenblick sind wir alle ein bißchen reizbar, weil nächsten Freitag ...«

Hastig fiel Adam ihm ins Wort. »Ich werde wegen Mordes vor Gericht gestellt.«

Elliott hob nur kurz die Brauen, ansonsten zeigte er keine Reaktion. »Haben Sie's getan?«

»Ja, Sir.«

»Verdammt, jetzt hast du's zum letztenmal zugegeben, Adam!« fauchte Harrison.

»Fluch nicht, mein Sohn«, mahnte der Lord. »Gab es mildernde Umstände?«

Adam nickte und schilderte die Ereignisse, dann fragte Elliott: »Bist du auf die Verteidigung vorbereitet, Harrison?«

»Noch nicht ganz, William. Da gibt's nach wie vor eine Menge Arbeit.«

»Hast du schon einen besonderen Plan?«

»Ja.«

»Wird er mir gefallen?«

Ohne mit der Wimper zu zucken, hielt Harrison dem durchdringenden Blick seines Schwiegervaters stand. »Nein, ganz und gar nicht.«

Elliott nickte. »Bring mir Papier, eine Feder und Tinte. Am besten gehen wir alles noch einmal durch, Adam. Und ich möchte deine Notizen sehen, Harrison.«

»Sagen Sie uns doch, was für ein Gefühl Sie haben«, bat Cole. »Denken Sie ...«

Krachend landete Elliotts Faust auf dem Tisch. »Jedenfalls lasse ich's nicht zu. Das ist es, was ich denke.« Er lehnte sich in seinem Sessel zurück und wartete, bis Harrison die gewünschten Dinge holte.

Da die anderen wußten, daß er über den Fall nachdachte, schwiegen sie, um ihn nicht zu stören. Mary Rose kehrte ins Zimmer zurück und setzte sich wieder an den Tisch. In der Luft lag eine fast greifbare Spannung. Die Brüder und ihre Schwester hockten auf den Stuhlkanten, während sie warteten, bis Elliott seine Meinung verraten würde.

Als er endlich zu sprechen begann, wandte er sich an Adam. Seine Stimme klang leise und kühl. »Seid versichert – er ist einer der besten Anwälte, und beinahe bemitleide ich Ihre Ankläger. Im Gerichtssaal wird Harrison keine Gnade kennen – nach allem, was seiner Familie angetan wurde.«

Eine Gänsehaut überzog Mary Roses Arme. »Hast du ihn ausgebildet?«

»Nun, von mir hat er sehr viel über die Jurisprudenz gelernt. Aber wenn er argumentiert, wendet er seine eigene, unverwechselbare Methode an. O ja, er ist brillant, aber auch unbarmherzig. Sobald er einen Gerichtssaal betritt, verwandelt er sich in ein Raubtier. Manchmal, wenn ich ihn beobachtete, jagte er mir Angst ein. Gerade habe ich herausgefunden, was er vorhat. Und wenn er fertig ist, wird's den Anklägern wohl kaum gelingen, die Stadt lebend zu verlassen.«

Ein paar Minuten später kehrte Harrison mit seinen Notizen und den Schreibutensilien ins Eßzimmer zurück, und die tiefe Stille fiel ihm sofort auf. Alle starrten ihn an, und er wußte, daß irgend etwas Bedeutsames geschehen war.

Niemand sagte ein Wort. Und dann bemerkte er noch etwas anderes – Hoffnung in Adams Augen.

Montag ritt Harrison mit Douglas in die Stadt, und sie kamen erst in der Abenddämmerung nach Hause. Douglas brachte fünf Pferde mit, die er im Mietstall ausgeliehen hatte – den gesamten Bestand. Keiner der beiden erklärte, wozu sie die Tiere brauchten.

Travis begleitete Harrison am Dienstag nach Blue Belle, und bei der Rückkehr schauten sie ziemlich grimmig drein. In dieser Nacht liebte Harrison seine Frau mit glühender Leidenschaft. Dreimal erreichte sie den Höhepunkt, ehe er sein eigenes Verlangen stillte.

Den ganzen Mittwoch studierte er seine Notizen, und am nächsten Morgen ritt Dooley zur Ranch, um zu verkünden, Richter Burns sei des Angelns müde und wieder in Belles Haus anzutreffen. So schnell wie möglich wollte Elliott das Beweismaterial gegen Adam sichten, aber sein Schwiegersohn führte ihn erst gegen elf in die Stadt. Vorher mußte er sich um Mary Rose kümmern.

Seit zehn Uhr übergab sie sich immer wieder. Sie versicherte, alles sei in Ordnung und er könne beruhigt aufbrechen. Doch dann begann sie erneut zu würgen, und seine Sorge wuchs.

Eine Stunde später fühlte sie sich besser, wußte aber, daß sie wie der Tod aussah. Sie lag bäuchlings über dem Bett, und an der Seite hing ihr Kopf hinab, während Harrison neben ihr kauerte und ihre Stirn mit einem feuchten, kalten Lappen betupfte. »Das ist meine Schuld, Liebling. Letzte Nacht habe ich dir zuviel zugemutet ...«

»O nein, es war wundervoll. Mir ist schon seit Tagen übel. Dafür kannst du nichts. Es liegt nur an meiner Aufregung. Wegen der Verhandlung.«

Douglas kam in die Baracke, um nach seiner Schwester zu sehen.

»Wo zum Teufel warst du die ganze Zeit«, schimpfte Harrison. »Seit über einer Stunde ist ihr schlecht. Tu doch was, um Gottes willen!«

Verwundert musterte Douglas seinen wütenden Schwager. »Hast du etwa Angst um sie? Zugegeben, ihr wird nur selten übel. Ich kümmere mich schon um sie. Jetzt hat sie schon wieder ein bißchen Farbe im Gesicht. Ich glaube, sie erholt sich.«

»Deine Schwester muß mir versprechen, im Bett zu bleiben, bis ich heute nachmittag zurückkomme. Gib mir dein Wort, Mary Rose. Sonst reite ich nicht weg.«

Dramatisch seufzte sie. »Also gut, du wirst mich im Bett antreffen.« Er hob ihr Haar hoch, um es zu küssen, dann ließ er es wieder fallen.

Taktvoll wartete Douglas, bis Harrison hinausgegangen war, ehe er ein heikles Thema anschnitt. »Kennst du die Ursache dieser Übelkeit? Hast du irgendwas gegessen, das dir nicht bekommen ist?«

»Nein, Douglas, ich sorge mich nur um Adam.«

»Könntest du schwanger sein?«

Diese Frage verblüffte sie, und sie mußte eine Zeitlang darüber nachdenken.

»Ist deine Monatsblutung ausgeblieben?«

Dunkle Röte stieg in ihre Wangen. »Oh, du bringst mich in Verlegenheit! Du bist doch mein Bruder, um Himmels willen! So persönliche Fragen darfst du nicht stellen.«

»Nun?«

»Ja.«

»Wie oft?«

»Zwei ... nein, dreimal.« Mary Rose hob den Kopf. »Glaubst du wirklich ...?« Sie konnte nicht weitersprechen. Ein heißes Glücksgefühl erfüllte ihr Herz. Wenn sie tatsächlich ein Baby erwartete ...

»Ja, ich glaube, ich werde Onkel.« Lächelnd tätschelte Douglas ihre Schulter.

»Vorläufig dürfen wir Harrison nichts verraten. Ich möchte mir erst sicher sein, und er soll nicht vom Prozeß abgelenkt werden.«

Damit war Douglas einverstanden.

Abends kam Harrison mit seinem Schwiegervater aus der Stadt zurück, wo sie in Belles Haus das Beweismaterial gegen Adam studiert hatten. Sofort eilte er in die Baracke, um nachzusehen, ob Mary Rose im Bett lag. Ein Blick genügte ihm, um festzustellen, daß sie tagsüber aufgestanden war. »Hast du dich den ganzen Tag ausgeruht, meine Süße?«

»Ja.«

»Du bist also im Bett geblieben?« fragte er lächelnd.

»Eigentlich müßtest du zufrieden mit mir sein«, meinte sie und erwiderte sein Lächeln. »Du dachtest, ich würde nicht im Bett liegen. Und jetzt bist du überrascht.«

Die ausweichende Antwort entging ihm nicht. »Warst du den ganzen Tag im Bett?«

»Warum fragst du denn schon wieder? Glaubst du mir nicht? Ich dachte, wie wollten einander vertrauen.«

Resignierend schüttelte er den Kopf. Gegen seine eigensinnige Frau war er einfach machtlos, und so lange er sie nicht am Bett festband, würde sie tun, was sie für richtig hielt. »Versprich mir einfach nur, daß du dich ausruhen wirst, wenn du dich schlecht fühlst.«

Sie setzte sich im Bett auf. »Warum glaubst du mir nicht?«

Darauf gab er keine Antwort. »Ich gehe jetzt ins Haus. Bevor du mir folgst, solltest du dein Gesicht mit einer Salbe behandeln.«

»Warte!« rief sie ihm nach, als er zur Tür ging. »Stimmt was nicht mit meinem Gesicht?«

»Du hast einen Sonnenbrand«, erklärte er und drehte sich um. Wenn er erwartete, Zerknirschung in ihrem Blick zu lesen, wurde er enttäuscht. Immerhin wartete sie, bis er die Tür hinter sich geschlossen hatte, bevor sie zu lachen anfing.

War es ein Wunder, daß er sie liebte?

Nach dem Dinner ritt Alfred Mitchell den Hang herab.

»Da ist ein Fremder!« rief Cole. »Schauen Sie doch, Sir, ist das einer Ihrer Verwandten?«

Elliott spähte durchs Fenster. »Schwer zu sagen, er ist so weit weg … Nein, ich glaube, diesen Mann kenne ich nicht.«

»Dann muß es Mitchell sein. Harrison, sollen wir drinnen warten, während du mit ihm redest?«

»Ja.«

»Biete ihm doch eine Erfrischung an!« forderte Mary Rose ihren Mann auf, wußte aber nicht, ob er ihre Bitte gehört hatte. Er war bereits hinausgegangen und eilte dem Reiter entgegen. Auf der Wiese trafen sie sich.

Stöhnend stieg Mitchell vom Pferd. Die Männer schüttelten einander die Hände und stellten sich vor.

»Sie sehen ziemlich erschöpft aus«, bemerkte Harrison, und Mitchell nickte.

Da er viel kleiner als Harrison war, mußte er zu ihm aufblicken. Er wirkte auch um einige Jahre jünger. »Ja, ich bin todmüde«, bestätigte er mit seinem gedehnten Südstaatenakzent. »Was Sie haben wollten, bringe ich Ihnen – aber außerdem schreckliche Neuigkeiten. Können wir spazierengehen, während wir reden? Ich möchte die Krämpfe in meinem Rücken lindern, bevor ich zu meinem Lager zurückreite.«

»Übernachten Sie doch hier, Alfred.«

»Dann würde ich womöglich ausplaudern, was passiert ist. Ich habe am Stadtrand mein Lager aufgeschlagen, und dort werde ich schlafen, wenn Sie mir mein ungeselliges Verhalten verzeihen.«

»Morgen müssen Sie aussagen«, erinnerte Harrison seinen Kollegen.

»Das weiß ich. Und ich tue es sehr gern, Sir.«

Langsam wanderten sie zu den Bergen. Mary Rose stand am Fenster, um sie zu beobachten. Die Hände am Rücken verschränkt, schlenderte ihr Mann dahin. Plötzlich wandte er sich zu Mitchell.

»Von hier aus kannst du nichts hören«, wisperte Douglas hinter ihr, und sie zuckte zusammen.

»Offensichtlich gefällt es Harrison nicht, was Mitchell ihm erzählt. Ich fürchte, das sind keine guten Nachrichten, Douglas.«

»Am schlimmsten wäre es, wenn Mitchell die unterzeichneten Aussagen nicht mitgebracht hätte. Und Harrison hält Papiere in der Hand. Vielleicht hat Livonia sich geweigert, ihre Unterschrift zu leisten.«

Das Gespräch zwischen Harrison und Alfred dauerte etwa zwanzig Minuten. Dann kletterte der Südstaatler wieder aufs Pferd. Als Harrison zum Haus ging, trat Mary Rose auf die Veranda. Beim Anblick seiner verzweifelten Miene erschrak sie. Wenige Schritte vor den Stufen blieb er stehen und winkte sie zu sich. Hand in Hand überquerten sie die Wiese.

»Morgen werde ich lügen, Mary Rose.«

»Im Gerichtssaal?« fragte sie erstaunt.

»Ich tu's nur, wenn du's erlaubst.«

»Niemals würdest du vor Gericht lügen«, erwiderte sie nachdenklich. »Das widerspricht deinem Ehrgefühl. Also tust du's Adam zuliebe. Auch mich würdest du belügen, aber ...«

»Ich habe dir versprochen, dich nie mehr anzulügen, und ich werde mein Wort nicht brechen.«

»Es sei denn, ich bin damit einverstanden.«

»Ja.«

»Also gut.« Lächelnd wandte sie sich zu ihm. »Ich vertraue dir. Tu, was du tun mußt. Um mich mach dir keine Sorgen.«

Gerührt drückte er ihre Hand. »Danke.«

»Für mein Vertrauen?«

»Und für deine Liebe. Und weil du so bist, wie du bist.«

»Küß mich, dann weiß ich, daß du's ernst meinst.«

Bereitwillig erfüllte er diesen Wunsch, dann kehrten sie schweigend zum Haus zurück. »Jetzt werde ich ausreiten«, erklärte Harrison. »Dabei kann ich am besten nachdenken.«

Travis stand auf der Veranda und beobachtete, wie sein Schwager den ungesattelten MacHugh aus dem Stall holte, bei der Mähne packte und sich auf seinen Rücken schwang. Dann sprengte der Hengst den Hang hinauf. »Der reitet ja wie ein Indianer. Was hat er vor?«

»Oh, er will nur nachdenken«, entgegnete Mary Rose.

»Dein Vater möchte dich Klavier spielen hören. Bist du dazu fähig?«

»Sicher, mir geht's gut«, log sie. Nun, die Musik würde sie von ihren Sorgen ablenken. Sie ging in den Salon und setzte sich auf den Klavierhocker. Erwartungsvoll stand ihr Vater neben dem Instrument.

»Was willst du spielen, meine Tochter?«

Die Brüder sahen Mary Roses Miene und wußten sofort, welches Stück sie vortragen würde. »Die Fünfte«, verkündeten sie wie aus einem Mund.

Und sie behielten recht.

Zu Mary Roses Leidwesen schien am Freitagmorgen die Sonne. Sie hätte ein heftiges Gewitter mit Blitz und Donner bevorzugt, denn dann wären die Neugierigen in ihren Heimatstädten geblieben, wo sie hingehörten. Sie fuhr mit ihrem Vater im Zweispänner, Harrison ritt mit Cole und Douglas voraus, und Travis bildete die Nachhut.

Kurz vor dem Stadtrand hielt Harrison die kleine Prozession an. »Fühlst du dich gut, Mary Rose? Es wäre schrecklich, wenn du dich im Gerichtssaal übergeben müßtest.«

»Das wird sicher nicht passieren.«

»Adam, irgendwo las ich, die Sklaven hätten ihren Besitzer nur anschauen dürfen, wenn sie dazu aufgefordert wurden. Stimmt das?«

»Ja. Wenn ein Sklave seinen Herren ansah, war das unverschämt. Warum fragst du?«

»Weil ich's gestern abend vergessen habe!« fauchte Harrison.

»Wenn du auf der Anklagebank sitzt, mußt du Livonias

Söhne anstarren, unverwandt und ausdruckslos. Während sie aussagen, darfst du sie nicht aus den Augen lassen. Und wenn ich dir zuwinke, mußt du eine verächtliche Miene aufsetzen.«

»Das wird ihnen gar nicht gefallen«, warnte Adam.

»Hoffentlich nicht. Und die anderen? Wißt ihr alle, was ich euch aufgetragen habe?« Er wartete, bis sie nickten, dann fügte er hinzu: »Was immer ihr im Gerichtssaal hören werdet, glaubt *niemandem.*«

»Nicht einmal dir?« fragte Mary Rose.

Natürlich wollte er ihnen nicht verraten, daß er zu lügen beabsichtigte. Die schlechten Neuigkeiten durften sie erst erfahren, wenn sich die Geschworenen zurückgezogen hatten. »Was immer ich erzähle oder tue, was immer ein Zeuge erzählen mag – schaut weder erstaunt noch zornig drein. Hörst du, Cole?«

»Ja.«

»Gut, bringen wir's hinter uns.«

Sie setzten ihren Weg fort, und auf der Hauptstraße von Blue Belle kamen sie nur langsam voran, weil sich bereits eine große Menschenmenge versammelt hatte. Richter Burns gewährte den Gaffern noch keinen Zutritt in den Saal. Als die Claybornes auftauchten, wurden sie teils bejubelt, teils beschimpft. Mary Rose stellte sich taub, aber das fiel ihr sehr schwer.

Am Arm ihres Vaters betrat sie den Saal, gefolgt von Harrison und den Brüdern. Burns saß bereits hinter dem Richtertisch und winkte die Familie zu sich. Aus allen Häusern waren verschiedene Stühle geholt und in ordentlichen Reihen aufgestellt worden, mit einem breiten Mittelgang. An der rechten Seite, etwa fünfzehn Schritte vom Richtertisch entfernt, standen zwölf Stühle für die Geschworenen, jeweils sechs in einer Reihe.

»Hallo, William!« begrüßte der Richter Mary Roses Vater. »Ein betrüblicher Tag, was?«

»Allerdings, Euer Ehren.«

»Harrison, gestern machten Sie mir einen Vorschlag und taten so, als wäre es meine eigene Idee. Nun, ich habe beschlossen mitzuspielen, weil es mir sinnvoll erscheint. In diesem Saal möchte ich keine Fremden sehen. Die würden mich nur ärgern, und womöglich müßte ich schießen. An meinem Gerichtshof muß Ruhe und Ordnung herrschen. Cole, geben Sie mir Ihre Waffen. Die anderen Jungs auch. Mary Rose, tragen Sie Ihren Revolver bei sich?«

»Nein, Euer Ehren.«

»Sehr gut.« Burns wartete, bis die Claybornes ihre Schießeisen auf den Richtertisch gelegt hatten. »Übrigens, Morrison kennt alle Leute, die in Blue Belle und im Umkreis von zehn Meilen wohnen. Niemand anderer wird hier eingelassen, schon gar nicht diese nichtsnutzige Bürgerwehr aus Hammond. Wollen Sie die Geschworenen gemeinsam mit mir aussuchen, Harrison?«

Lächelnd schüttelte Harrison den Kopf. »Da verlasse ich mich ganz auf Ihr Urteil, Euer Ehren. Ich habe zwar eine Liste von Leuten aufgestellt, die in oder um Blue Belle herum wohnen – und ich war so frei, die Namen der Personen anzukreuzen, die aus den Südstaaten stammen.«

Der Richter grinste. »Diese Liste benutze ich nur zu gern. Sie wird mir die Arbeit erleichtern. Ich werde John Morrison zum Sprecher der Geschworenen ernennen. Was dagegen?«

Nur mühsam verbarg Harrison seine Freude und tat so, als müßte er überlegen. Burns sollte nicht merken, daß er der Verteidigung in die Hände spielte. Hoffentlich würde sich Morrison sich entsinnen, wie bereitwillig Adam ihm geholfen hatte, nachdem das Dach des Gemischtwarenladens eingestürzt war. »Nein, Euer Ehren, ich erhebe keine Einwände. Morrison ist ein anständiger Mann.«

»Nun, dann lassen wir die Leute herein.«

»Euer Ehren, werden Sie jemanden an der Tür postieren, der unerwünschte Personen fernhält?«

»Ja, gewiß.«

»Ich erwarte ein wichtiges Telegramm. Wenn es eintrifft...«

»Dann werden Sie's kriegen. Ein bißchen knapp, was?«

»Dieses Telegramm würde mir zwar weiterhelfen, aber ich brauche es nicht unbedingt, um meine Argumente zu bekräftigen.«

»Zuletzt sollen die Südstaatler reinkommen.« Burns stand auf. »Da sie gegen Adam aussagen werden, plaziere ich sie dem Angeklagten gegenüber. Zwei Stühle im schrägen Winkel zur Geschworenenbank, damit die Leute die beiden gut sehen.«

Harrison wartete, bis der Richter dem Mittelgang zur Tür folgte, dann setzte er sich zu Adam und flüsterte ihm etwas zu. Was er sagte, konnte Mary Rose nicht verstehen. Aber sie sah, wie ihr Bruder erstaunt die Brauen hob und dann lächelte, zum erstenmal seit vielen Wochen.

Nach einer Viertelstunde hatte Burns die Geschworenen ausgewählt, und sie nahmen ihre Plätze ein. Mary Rose erkannte die meisten Männer, erinnerte sich aber nicht an alle Namen. Wie ihre ernsten Mienen bekundeten, war ihnen der tragische Anlaß dieser Verhandlung bewußt.

Nachdem sich die handverlesenen Zuschauer gesetzt hatten, durften die Gebrüder Adderley eintreten. Beide waren blond, aber durch das Haar Reginalds, des älteren, zogen sich einige graue Strähnen. In seinen braunen Augen funkelten gelbe Punkte, die Mary Rose an eine Eidechse erinnerten. Lionel sah genauso häßlich aus. Ebenso wie sein Bruder hatte er ein wachsbleiches Gesicht. Offenbar hatten die beiden zeitlebens noch keinen einzigen Tag im Freien verbracht, um zu arbeiten.

Dooley und Billy hielten an der Tür Wache. Als Burns zur Richterbank schritt, erhob sich Harrison abrupt, und Adam folgte seinem Beispiel. Die anderen rührten sich nicht, und der Richter schien sich sehr über die Ehrerbietung zu freuen, die ihm der Angeklagte und der Verteidiger zollten.

»Wenn Euer Ehren jetzt erlauben ...«, begann Harrison.

Eifrig nickte Burns. »Warten Sie, bis ich im Nebenraum

verschwunden bin«, wisperte er. »Das ist eine Premiere, und ich will jede einzelne Sekunde genießen.«

Adam wollte sich wieder setzten, aber Harrison zischte: »Bleib stehen!« Sobald der Richter die Tür des Nebenraums hinter sich geschlossen hatte, rief der Verteidiger mit Stentorstimme: »Hört! Hört! Alle sollen sich erheben! Das Gericht beginnt zu tagen! Richter John Burns führt den Vorsitz!«

Sofort sprang das Publikum auf. Burns spähte durch den Türspalt, um sich zu vergewissern, daß auch wirklich alle standen. Dann marschierte er in den Saal, stolz wie ein Pfau. Offensichtlich liebte er Formalitäten, und er konnte sich nur selten daran ergötzen. Ehe er hinter dem Richtertisch Platz nahm, ließ er sich viel Zeit. »Gut, ihr könnt euch setzen. Ich sage das jetzt nur ein einziges Mal, also hört aufmerksam zu. Während mein Gericht tagt, dulde ich kein Geschrei oder andere Geräusche. Dies ist ein geheiligter Grund und Boden, weil ich darauf sitze. Zuerst werde ich den Geschworenen die Beweise gegen Adam Clayborne erklären. Dann rufe ich zwei Zeugen auf.«

Nachdem er einen Schluck Wasser getrunken hatte, fuhr er fort: »John Quincy Adam Clayborne wurde des Mordes an Walter Adderley angeklagt. Bevor die Sklaverei abgeschafft wurde, war Adderley Adams Besitzer. Seine Söhne brachten mir Briefe der Familie Clayborne an Adams Mutter Rose. Jetzt lebt Rose immer noch im Süden auf derselben Plantage und betreut die blinde Livonia, Adderleys Witwe. In sechs oder sieben Briefen wird Adderleys Tod zwar erwähnt, aber sie enthalten kein belastendes Material. Adam erklärt, er sei unschuldig an Adderleys Tod, gibt aber zu, er sei im Haus gewesen, als der Mann starb. Und er leugnet nicht, daß er danach geflohen ist. Wenn er im Zeugenstand erscheint, werde ich ihn über die Ereignisse befragen. Er will doch aussagen, Harrison?«

»Ja, Euer Ehren.«

»Sehr schön. Noch ein letztes Wort an die Geschworenen.

Heute soll die Gerechtigkeit siegen. Wenn einer von euch den Angeklagten schon jetzt für schuldig befindet, soll er seinen Hintern vom Stuhl erheben und verschwinden. Ein Mann bleibt so lange unschuldig, bis seine Schuld erwiesen ist, und ich werde niemandem gestatten, ihn um seine Rechte zu betrügen. Jetzt sind Sie dran, Harrison. Haben Sie den Geschworenen was zu sagen?«

»Ja, Euer Ehren«, antwortete Harrison, stand auf und schlenderte zu den zwölf Männern. »Mein Klient wurde eines Verbrechens beschuldigt, das er nicht verübt hat. Wenn Sie alle Tatsachen kennen, werden Sie ihn freisprechen. Öffnen Sie Ihre Herzen und Ihre Seelen, verscheuchen Sie alle Gefühle, die vielleicht mit seiner Hautfarbe zusammenhängen, und ermöglichen Sie ein gerechtes Verfahren. Abraham Lincoln glaubte an die Gleichheit aller Menschen, so wie hunderttausend tapfere, junge Männer, die willig ihr Leben opferten, um das Ende der Sklaverei zu erwirken. Verspotten Sie die Erinnerung an jene mutigen Soldaten nicht. Bedenken Sie, wie und warum sie starben. Jetzt liegt Adams Leben in Ihren Händen, Gentlemen, und ich werde Ihnen seine Unschuld einwandfrei beweisen.«

Langsam kehrte er zu seinem Tisch zurück, aber statt sich zu setzen, wandte er sich wieder an die Geschworenen. »Ich möchte Ihnen etwas über John Quincy Adam erzählen, zum Beispiel, warum seine Mutter ihn so nannte. Vermutlich kennen Sie alle die amerikanische Geschichte und wissen, daß der sechste Präsident der Vereinigten Staaten John Quincy Adams hieß. Aber deshalb bewunderte Adams Mutter ihn nicht. Sie hörte eine Geschichte über den Präsidenten, die ihr sehr gut gefiel. Als er in den Ruhestand trat, kehrte er nach Hause zurück, um ein ruhiges, friedliches Leben zu führen. Doch dann erfuhr er von einem schändlichen Zwischenfall. Etwa 1835 entführten spanische Piraten zweiundfünfzig Afrikaner und brachten sie nach Kuba. Zwei Kubaner kauften die Gefangenen und transportierten sie per Schiff zu den Zuckerplantagen, um sie zu verkaufen.

Natürlich wollten sich die Afrikaner nicht kampflos versklaven lassen. Sie rebellierten und töteten ein Besatzungsmitglied. Als das Schiff Long Island erreichte, veranlaßten die Kubaner, daß die Afrikaner im Gefängnis landeten und wegen Meuterei und Mordes angeklagt wurden. Was glauben Sie wohl, warum sich Präsident Adams so darüber aufregte? Damals war die Sklaverei noch erlaubt, nicht wahr?«

Einige Geschworene nickten, und Harrison sprach weiter. »Das verwirrte mich, wie ich gestehen muß, und deshalb studierte ich alte Gesetzbücher. Ich fand heraus, daß die Sklaverei in diesem Land bereits um 1835 verboten war. Wenn ein Schwarzer 1835 in Amerika geboren wurde, galt er als Sklave, aber von außerhalb durfte man keine Sklaven mehr hierherbringen. Nun, Präsident Adams vertrat die Ansicht, alle Bürger müßten die Gesetze befolgen, die man so mühsam erarbeitet hatte. Er hörte nicht auf seine Freunde, die ihm rieten, sich aus diesem besonderen Fall herauszuhalten, weil es unpopulär war, sich für Schwarze einzusetzen. Genau das tat Adams. Wissen Sie, was er sagte?«

Fast alle Geschworenen schüttelten die Köpfe.

»Er sagte: ›Möge ich demütig und aufrecht dastehen, in dieser Situation und in allen anderen, niemals vor meiner Pflicht zurückschrecken, Meinungsverschiedenheiten stets ehrlich ausfechten und alle Schmähungen hinnehmen, die mich treffen, wenn ich meine Gedanken freimütig ausspreche.‹ Damit meinte er, das Gesetz solle stets Gesetz bleiben, und er wußte, er würde einigen Leuten in den Hintern treten müssen, um die Ehre dieses Landes zu schützen. Gesetz ist Gesetz. Wenn es von irgend jemandem mißachtet wird und niemand etwas dagegen tut, werden immer mehr Menschen versuchen, das Gesetz zu ihren Gunsten zu auszulegen. Letzten Endes wird man die Verfassung, die uns von den Vorvätern geschenkt wurde, einfach ignorieren.«

Bevor Harrison fortfuhr, schaute er jeden einzelnen Geschworenen durchdringend an. »Damals war Adams vierundsiebzig Jahre alt, aber weder seine Jahre noch sein schlechter Gesundheitszustand hinderten ihn daran, vor das oberste Gericht zu treten und seine Meinung zu verkünden. Er verteidigte jene schwarzen Männer, dann wurden sie nach Afrika zurückgeschickt, wo sie hingehörten. Gesetz ist Gesetz. So lautete Adams' Grundsatz. Und weil John Quincy Adams Mutter den mutigen Präsidenten bewunderte, gab sie ihrem Sohn dessen Namen. Mein Klient wurde als Sklave geboren, lebte und arbeitete auf Adderleys Plantage. Leider hielt Walter Adderley nicht viel von seinen Sklaven, auch nicht von seiner Frau Livonia. Ich besitze schriftliche Aussagen von Südstaatlern, die sich entsinnen, wie oft Livonia von ihrem Mann geschlagen wurde. Wann immer er sich betrank, neigte er zur Gewalttätigkeit. Und er betrank sich oft und gern. Gegen den großen, kräftigen Mann konnte die zierliche, kleine Frau nichts ausrichten. Am liebsten schlug er sie auf den Kopf, und deshalb ist sie jetzt blind. Das haben mehrere Ärzte bestätigt. Finden Sie, ein Mann hätte das Recht, seine Frau zu schlagen?«

Natürlich wußte Harrison, daß es ihm im seinem Anfangsplädoyer nicht zustand, den Geschworenen Fragen zu stellen. Ehe Burns ihn ermahnen konnte, fügte er hastig hinzu: »Nein, Gentlemen, sicher sind Sie anderer Meinung.«

Eifrig nickten die Geschworenen. Jetzt hatte er sie in der Hand, und er würde sie nicht mehr loslassen.

»Adam Clayborne war verzweifelt, denn Adderley verprügelte nicht nur Livonia, sondern auch die Mama des Jungen. Immer wieder versuchte sie, ihre Herrin zu schützen, und weil sie sich einmischte, wurde sie mit einer gebrochenen Nase belohnt. Als Adam dreizehn war, hörte er Livonia um Hilfe rufen und rannte ins Haus. Seine Herrin lag am Boden, und ihr lieber Ehemann trat nach ihr. Später wird Adam das alles mit seinen eigenen Worten erzählen. Er wußte, daß Adderley betrunken war, weil der Mann nach Whiskey stank. Und so umschlang er seine Taille und zerrte ihn nach hinten. Natürlich gelang es dem riesigen Adderley mühelos, den Jungen abzuschütteln. Er griff Livonia wieder an, und

Adam zog ihn noch einmal nach hinten. Da verlor Adderley das Gleichgewicht, stolperte und schlug mit dem Kopf gegen das Kaminsims. Adam hat ihn nicht getötet. Trunksucht und Niedertracht kosteten Walter Adderley das Leben. Und warum rannte Adam davon? Weil seine Herrin ihn darum bat. Sie wußte, was geschehen würde, wenn ihre Söhne alles erfuhren. Damals war Adam ein Sklave. Und Sklaven durften ihre Besitzer niemals anrühren. Er wäre getötet worden, nur weil er seine Mama und Livonia beschützen wollte.«

Harrison wanderte zu seinem Tisch zurück. Plötzlich drehte er sich um. »Wenn ein Mann seine Frau schlägt, verdient er den Tod. Aber Adam hat Adderley nicht umgebracht. Das werde ich beweisen. Und eins sage ich Ihnen schon jetzt. Wenn irgend jemand die Hand gegen meine Mutter erheben würde – ich würde ihn töten, ohne zu zögern.«

Diesmal nickten nur John Morrison und zwei weitere Geschworene. Aber auch die anderen schienen an ihre eigenen Mütter zu denken. Und keiner fand Walter Adderley sonderlich liebenswert.

Das war erst der Anfang. Harrison wollte sie diesen Mann hassen lehren – und dann den Haß langsam gegen seine zwei Söhne lenken. Immer noch standen zwei Weiße gegen einen Schwarzen. Und die Waagschale neigte sich noch lange nicht zu Adams Gunsten.

Nun mußte er Sympathien für Adam gewinnen. Im Tonfall eines Märchenerzählers sprach er weiter. »Bitte, schenken Sie mir noch ein paar Minuten Ihre Aufmerksamkeit. Ich glaube, Sie müßten einiges über Adam Clayborne erfahren. Sicher sind Sie alle neugierig. Die Claybornes reden nicht über sich selber, sie leben sehr zurückgezogen wie die meisten Leute in dieser Gegend. Aber Sie sollten wissen, wie sie alle zusammengekommen sind und ihre Familie gegründet haben. Nach Walter Adderleys Tod floh Adam nach New York City. Zusammen mit drei anderen Jungs hauste er in einer Hintergasse. Douglas, Travis und Cole sind jünger als

Adam, also blickten sie zu ihm auf und hofften, er würde für sie sorgen. Eine große Verantwortung für einen Dreizehnjährigen, nicht wahr? Trotzdem rettete er sie alle vor dem drohenden Tod. Auch um sich selbst mußte er bangen. Wenn er auch keine Schuld an Tod Adderleys trug, so hatte er doch die Arme um die Taille des Mannes geschlungen, und er wußte, daß man ihn allein schon für diese Unverschämtheit hängen konnte. Ja, Gentlemen, es galt als unverschämt, seine Mutter zu retten.«

Harrison hielt kurz inne, um den Kopf zu schütteln. »Eines Tages fanden die Jungen in ihrer Hintergasse einen Korb, den irgend jemand auf den Abfallhaufen geworfen hatte. Die Ratten krochen schon darüber. In diesem Korb lag die kleine Mary Rose. Gerade vier Monate alt. Die Jungs wollten sie nicht ins Waisenhaus bringen, denn sie kannten die gräßlichen Zustände, die dort herrschten. In einer solchen Anstalt wäre das Baby bestimmt nicht am Leben geblieben. Und so nahmen sie Mary Rose mit, als sie sich alle Clayborne nannten und nach Westen zogen, in eine Gegend, die von hochanständigen Menschen bevölkert wird. Es dauerte lange, aber schließlich kamen sie in Blue Belle an. Adam war der einzige, der schreiben und lesen und konnte. Das hatte ihm seine Mama beigebracht, und nun unterrichtete er seine Brüder. Ihrer Schwester zuliebe wollten sie sich alle bilden. Sie sollte ein schönes Leben führen. Freundliche Menschen halfen ihnen. Zum Beispiel nähte die gute Belle hübsche Kleidchen für Mary Rose und zeigte ihr, wie sich ein braves kleines Mädchen benimmt. Bald fand Mary Rose Freunde, mit denen sie spielen konnte. Ihre vier Brüder taten alles für sie, und sie bekam sogar Klavierunterricht. Als sie alt genug war, wurde sie nach St. Louis in ein Internat geschickt. In dieser ganzen Zeit hatten sie's nicht leicht. Aber die Nachbarn standen ihnen bei, und wann immer ein Freund Hilfe brauchte, waren die Claybornes zur Stelle. Mary Rose weiß, wie sie gefunden wurde. Und sie wird wütend, wenn ihre Brüder sie Sidney nennen. Das war der erste Name, den sie ihr gaben, bis sie herausfanden, daß sie ein Mädchen ist. Damals war ihr Köpfchen ganz kahl, und deshalb hielten sie das Baby für einen Jungen.«

Alle Geschworenen lachten, und Harrison fand, daß er genug gesagt hatte. »Nun wissen Sie, wie die Claybornes eine Familie wurden. Stets war Adam der Fels in der Brandung, der seine Lieben um sich vereinte. Er ist ehrenwert und herzensgut. Hätte er jemanden getötet, wäre er der erste, der es zugeben würde. Bedenken Sie das, Gentlemen. Sie beurteilen einen anständigen Mann. Hören Sie sich aufmerksam an, was er Ihnen erzählen wird. Danke.«

Donnernder Applaus erklang, als der Verteidiger sich an seinen Tisch setzte, und sogar Richter Burns klatschte Beifall. Er nickte Harrison zu, trank einen Schluck Wasser, und dann berief er John Quincy Adam Clayborne in den Zeugenstand.

Adam nahm auf einem Stuhl vor dem Richtertisch Platz. Kerzengerade wie ein Soldat saß er da.

»Haben Sie Walter Adderley getötet, Adam?« fragte Burns.

»Nein, Sir.«

»Erzählen Sie, was an jenem Tag geschah.« Während Adam mit leiser Stimme die Ereignisse schilderte, war es im Saal so still wie in einer leeren Kathedrale. Nicht einmal die Leute in den hinteren Reihen mußten sich anstrengen, um jedes Wort zu verstehen. Den Kinnhaken, den er Adderley versetzt hatte, erwähnte er nicht. An diesem Fausthieb war der Mann nicht gestorben. Außerdem hatte Harrison ihm geraten, diese Einzelheit zu verschweigen.

»Noch eine Frage, bevor Sie den Zeugenstand verlassen, Adam.« Der Richter räusperte sich. »Warum lebt Ihre Mama nicht hier bei Ihnen? Der Krieg ist vorbei, alle Sklaven wurden befreit.«

»Mistress Livonia war schon damals fast blind und abhängig von meiner Mutter. Würden Sie meine Mama kennen, könnten Sie verstehen, daß sie eine hilflose Frau nicht einfach im Stich lassen wollte. Also blieb sie bei ihr und betreute sie.«

»Livonia Adderley hat zwei Söhne, die da drüben sitzen. Haben sie Ihrer Mutter nicht geholfen?«

»Nein, Sir.«

»Gut, Sie dürfen zu Ihrem Platz zurückkehren.«

Burns wartete, bis Adam wieder neben Harrison saß, dann rief er seinen nächsten Zeugen auf. »Jetzt sind Sie an der Reihe, Reginald Adderley. Begeben Sie sich in den Zeugenstand. Nachdem ich Sie befragt habe, wird Harrison Sie ins Verhör nehmen ... Was ist das für ein Wirbel an Tür, Dooley?«

»Miss Blue Belle, Euer Ehren! Sie behauptet, Sie hätten ihr erlaubt hereinzukommen!«

»Gut, lassen Sie sie rein!« schrie der Richter. »Sie kann sich ja neben Travis quetschen.«

Alle beobachteten, wie Belle durch den Mittelgang rauschte. Strahlend lächelte sie Burns an und setzte sich auf den Platz, den er ihr zugewiesen hatte. »Danke, Euer Ehren.«

»Oh, du bist sehr willkommen, Belle. Heute siehst du besonders hübsch aus in deinem blauen Kleid.«

»Schätzchen, du weißt doch, daß ich immer Blau trage. Freut mich, wenn's dir gefällt.«

Er nickte ihr zu, dann wandte er sich an Reginald. Ebenso wie Harrison hatte er bemerkt, wie verächtlich der Südstaatler Belle anstarrte. »Erzählen Sie mir, was Sie wissen, Reginald, und beeilen Sie sich.«

»Mein Bruder und ich fanden die Briefe, die der Nigger an seine Mutter geschrieben hat. Als wir sie lasen, wußten wir, daß er unseren Vater getötet hatte.«

»Moment mal. Dieselben Briefe habe ich auch gelesen, ohne diesen Schluß zu ziehen.«

»Und warum ist der Nigger dann weggelaufen? Außerdem hat er meinen armen Daddy angefaßt. Und er wußte genau, wie hart er dafür bestraft werden konnte. Trotzdem hat er's getan. Er ist nicht nur ein Mörder, sondern auch noch unverschämt, und dafür muß er sterben. Um das zu veranlassen, bin ich hergekommen. Zugegeben, den Mord hat er in seinen Briefen nicht erwähnt. Mein Bruder und ich gingen zu unserer Mutter, um herauszufinden, was genau passiert war. Diese Fakten haben wir notiert, und das Schriftstück befindet sich in Ihrem Besitz, Euer Ehren. Unsere Mutter erzählte die reine Wahrheit, dann drückten wir ihr eine Feder in die Hand, und sie unterschrieb ihre Aussage. O ja, sie versichert, der Nigger habe meinen Vater getötet. Sonst brauchen Sie keine Beweise, Euer Ehren.«

»Gewiß, das ist ein stichhaltiger Beweis. Waren Zeugen anwesend, als Ihre Mutter diese Aussage unterschrieb?«

»Ja, mein Bruder Lionel – und die Mutter des Niggers. Die zählt aber nicht. Wie jeder Südstaatler weiß, darf man keinem Nigger trauen.«

Beinahe greifbar spürte Harrison den Haß, den der Mann ausstrahlte. Gespannt beobachtete er die Reaktion der Geschworenen. Sie schienen sich unbehaglich zu fühlen, denn einige rutschten auf ihren Stühlen umher. Aber noch haßten sie Reginald Adderley nicht.

»Ihr Zeuge, Harrison!« rief Burns.

»Glaub kein einziges Wort, das ich sage«, flüsterte Harrison seinem Klienten zu. »Wenn ich nicke, weißt du, daß ich lüge. Gib deinen Brüdern und deiner Schwester Bescheid, aber sonst darf's niemand hören.« Geräuschvoll schob er seinen Stuhl zurück, um zu übertönen, was Adam seiner Familie mitteilte. Dann trat er an den Richtertisch. »Die Aussage dieses Zeugen mag den Angeklagten belasten – oder auch nicht. Wir werden sehen.«

»Allerdings«, bestätigte Burns.

Nun wandte sich Harrison zu Reginald und starrte ihn so lange an, bis alle Geschworenen seine angewiderte Miene bemerkt hatten. Mit sanfter Stimme begann er sein Verhör. »Ich stelle mir gern vor, daß ich so bin wie mein Vater – Gott sei seiner Seele gnädig. Was für ein guter Mann! Sind Sie auch so wie Ihr Vater, Reginald?«

»Natürlich. Ich hin sein stolzer Sohn.«

»Also bewundern Sie ihn.«

»Ja. Alle haben meinen Daddy bewundert.«

»Was geschah nach seinem Tod? Haben Sie die Zustände auf der Plantage geändert?«

»Bald danach fing der Krieg an.«

»Ich wette, Sie bilden sich ein, Ihr Daddy hätte den Krieg verhindern können. Wo Sie doch so stolz auf ihn sind ...«

»Das werden wir wohl nie wissen, oder?« spottete Reginald. »Vielleicht hätte er den Krieg verhindert. Jedenfalls ging's uns jetzt besser, wenn er am Leben geblieben wäre. Alles haben wir verloren. Das hätte Daddy niemals zugelassen.«

»Wie alt waren Sie, als er starb?«

»Siebzehn.«

»Und Ihr jüngerer Brüder?«

»Zwölf.«

»Mit siebzehn ist man alt genug, um zu kämpfen. Haben Sie Ihrem Vaterland gedient, Reginald?«

»Nein. Wegen meines Gebrechens konnte ich mich der Konföderierten Armee nicht anschließen.«

»Und was war das für ein Gebrechen?«

»Muß ich das sagen, Euer Ehren?«

»O ja«, entgegnete Burns.

»Plattfüße«, fauchte Reginald. »Ich habe mir die Spannfüße gebrochen, und deshalb kann ich kaum gehen.«

»Ihre Plattfüße haben Sie also am Kriegsdienst gehindert?« fragte Harrison.

»Ja.«

Der Verteidiger glaubte dem Zeugen ebensowenig wie alle anderen Leute, die im Gerichtssaal saßen.

»Hat Ihr Vater Sie jemals geschlagen?«

»Nein, niemals.« Auch das war eine Lüge.

Harrison ging zum Richtertisch, ergriff die Bibel und hielt sie Reginald hin. Die Formalität der Vereidigung hatte Burns sich erspart. Nun beschloß der Verteidiger, dieses

Versäumnis nachzuholen. Nachdem das erledigt war, fuhr er fort: »Vorhin hat Richter Burns betont, welch großen Wert er auf ein gerechtes Verfahren legt. Hier darf jeder nur die Wahrheit sagen und nichts als die Wahrheit. Aber Sie verschwenden die kostbare Zeit des Richters und der Geschworenen, Reginald. Jetzt frage ich Sie noch einmal, hat Ihr Vater Sie geschlagen?«

Seufzend zuckte Reginald die Achseln. »Nun ja, hin und wieder ein kleiner Klaps. Das war nicht so schlimm wie ...«

Sofort hakte Harrison nach. »So schlimm wie die Prügel, die Ihre Mutter bekam?«

»Weil sie ihn provoziert hat!« schrie Reginald. »Eine Ehefrau muß ihrem Ehemann gehorchen. Das wußte Mutter. Trotzdem stritt sie immer wieder mit ihm, obwohl sie wußte, welch ein hitziges Temperament er besaß.«

»Ging es bei diesen Meinungsverschiedenheiten auch um Sie und Ihren Bruder?«

»Mag sein. Das kann ich nicht sagen.«

»Nein? Nun, hier habe ich eine schriftliche und unterzeichnete Aussage eines Ihrer Nachbarn, der zufällig in Ihrem Haus war und sah, wie Sie und Lionel sich hinter den Rücken Ihrer Mama versteckten, während der Vater auf sie einschlug. Nur um Sie beide zu schützen, ließ sie sich verprügeln.«

»Damals war ich noch sehr jung.«

»Sechzehn. Schon fast ein Mann. Und viel größer als Ihre Mutter.«

»So, wie Sie das sagen, klingt es schlimmer, als es war.« Reginald wandte sich zu Richter Burns. »Außerdem geht's in diesem Prozeß nicht um das Verhalten meines Daddys, sondern um den Nigger. Tun Sie Ihre Pflicht und erinnern Sie den Verteidiger daran!«

»Erklären Sie mir nicht, wie ich meine Arbeit zu erledigen habe!« fauchte Burns. »Ich nehme an, Sie wissen, worauf Sie hinauswollen, Harrison.«

Reginald war sichtlich nervös, und Harrison beschloß, ihm

noch eine kurze Ruhepause zu gönnen, bevor er zum vernichtenden Schlag ausholte. Lächelnd nickte er dem Richter zu und wandte sich wieder zu dem Zeugen. »Da bin ich ganz Ihrer Meinung, Reginald. Hier geht es nicht um das Verhalten Ihres Daddys. Sind Sie ein ehrenwerter Mann?«

»Jeder Gentleman aus den Südstaaten ist ein ehrenwerter Mann.«

»Haben Sie Livonia gezwungen, ihre Aussage zu unterschreiben?«

»Natürlich nicht. Sie wollte es erzählen, nachdem sie es so lange für sich behalten hatte, und sie fürchtete sich.«

»Wovor?«

»Nun, sie wußte, die Nigger-Mama würde sie ermorden, wenn sie irgend etwas verriet.«

»Die Geschworenen sollen diese letzte dumme Bemerkung nicht zur Kenntnis nehmen«, ordnete der Richter an. »Was er da sagt, kann er nicht mit Sicherheit wissen.«

»Wenn Rose so niederträchtig ist – warum hat sie Ihre Mutter dann nicht schon viel früher umgebracht und ist weggegangen?« fragte Harrison.

»Weil sie es nicht wagte.«

»Nach dem Tod Ihres Vaters haben Sie sich kaum um Ihre Mutter gekümmert, was?«

»Es war schrecklich, mit anzusehen, wie sie ihr Augenlicht verlor. Mein Bruder und ich blieben im Haupthaus, und sie zog mit ihrer Nigger-Mama in eine Hütte am Rand der Plantage.«

»Haben Sie die Nachfolge Ihres Vaters angetreten?«

»Das versuchte ich.«

Harrison nickte und ging zu den Geschworenen. »Wie Reginald behauptet, wurde die Aussage seiner Mutter nicht erzwungen, und er erwartet, Sie alle würden ihm glauben. Immerhin ist er ein Weißer. Warum sollten Sie Adam eher glauben als ihm? Aber ich möchte herausfinden, ob Reginald ein wahrheitslicbender Mensch ist. Nun, Reginald, was halten Sie von unserer kleinen Stadt?«

»Oh, die gefällt mir sehr gut.«

»Mögen Sie die Leute hier?«

»Sicher, sie sind sehr freundlich.«

»Sie haben die letzte Woche hier verbracht, nicht wahr?«

Reginald nickte. »Weil uns nichts anderes übrigblieb. Wir wollten in die Berge reiten, konnten aber keine Pferde mieten, und wir sind mit der Postkutsche hergefahren.«

»Waren Sie in Morrisons hübschem Laden?«

»Ja.«

»Und im Salon?«

»Ja.«

»Also haben Sie viele nette Leute kennengelernt, was?«

»Ja.«

»Auch jemanden, den Sie nicht mögen?«

Reginald tat so, als müßte er nachdenken. »Nein, ich fand sie alle sehr nett.«

»Sogar unsere Belle?«

Nun schien Reginald zu merken, in welche Richtung er gedrängt wurde, denn er warf dem Richter einen raschen Blick zu und hielt den Mund.

»Beantworten Sie die Frage, Reginald!« befahl Burns.

»Ja, ich mag sie genauso wie die anderen.«

Jetzt änderte sich Harrisons Tonfall, nahm einen verächtlichen, zornigen Klang an. »Lügner! Sie hassen uns alle, Reginald!«

»Natürlich lügt er, Richter!« schrie Belle. »Er nannte mich eine dreckige Fünf-Cent-Hure! Und Billie kann das bestätigen!«

»Sie ist ja auch eine Hure«, verteidigte sich Reginald.

Grinsend wandte sich Harrison zum Publikum. »Vielen Dank, Belle. Es war sehr nett von Ihnen, mir zu helfen. Und was halten Sie von den anderen Frauen in der Stadt? Zum Beispiel von Mary Rose?«

»Mieser Abschaum! Die lebt mit einem Nigger zusammen!«

Harrison beherrschte sich, obwohl er dem Bastard, der

seine Frau beleidigte, am liebsten die Faust ins Gesicht geschlagen hätte.

»Was soll das, Harrison?« wollte der Richter wissen. »Warum befragen Sie den Zeugen nach den Stadtbewohnern?«

»Weil ich mir ein Urteil über seinen Charakter bilden möchte. Wenn ein Mann behauptet, er würde die Wahrheit sagen, muß ich feststellen, ob ich ihm glauben kann.« Der Richter nickte, und Harrison fuhr fort. »Und wie gefällt Ihnen Catherine Morrison, Reginald? Was haben Sie denn zu Dooley, Henry und Ghost über sie gesagt?«

»Daran erinnere ich mich nicht.«

»Ich schon. Weil Henry alles aufgeschrieben und unterzeichnet hat.« Lässig schlenderte Harrison zu seinem Tisch, holte ein Blatt Papier und überreichte es dem Richter. »Reginald nannte unsere Catherine eine mannstolle Hure, und er glaubt, sie hätte es schon mit allen Männern in Blue Belle getrieben. Deshalb schlug er Henry vor, sie solle doch in Belles Bordell arbeiten. Über ihre Mama wußte er auch einiges zu sagen. Das werde ich hier nicht wiederholen, weil es zu gemein ist. Wenn Sie wollen, können Sie es den Geschworenen vorlesen, Euer Ehren.«

Genau das tat Burns. Harrison vermied es, John Morrison anzuschauen, und nahm vier weitere unterschriebene Papiere von seinem Tisch. Auch dieses Beweismaterial übergab er dem Richter, dann wandte er sich wieder zu Reginald. »Offenkundig verachten Sie uns alle. Für Sie sind wir völlig unzivilisiert, im Gegensatz zu Ihrer vornehmen Gesellschaft im Süden. Während der letzten Woche haben Sie uns unentwegt verhöhnt. Die halbe Stadt hat's gehört.«

Wütend starrte Reginald ihn an. »Und wenn schon? Nur um der Gerechtigkeit zu dienen mußte ich unmögliche Zustände ertragen. Ja, mein Bruder und ich finden Sie alle unzivilisiert und ekelhaft. Aber das ändert nichts an der Aussage meiner Mutter, die diesen Nigger beschuldigt. Nur darauf kommt's an.«

»Aber Sie haben sich soeben selbst widersprochen, nicht wahr, Reginald?«

»Ich wollte nur taktvoll sein.«

»Warum ausgerechnet jetzt? In dieser ganzen Woche war nichts von Ihrem Taktgefühl zu bemerken. Also – haben Sie Ihre Mutter gezwungen, dieses Papier zu unterschreiben?«

»Nein, und das Gegenteil können Sie mir nicht beweisen!« schrie Reginald.

»Euer Ehren, nach diesem Verfahren möchte ich diesen Mann wegen falscher Aussage anzeigen. Noch bin ich nicht fertig mit ihm, und ich möchte ihn noch einmal verhören, nachdem die anderen Zeugen befragt wurden.«

»Also gut, verlassen Sie den Zeugenstand, Reginald, aber nicht den Saal.«

Harrison rief Alfred Mitchell auf und ließ ihn vom Richter vereidigen. Dann begann er: »Nennen Sie uns Ihren Namen und erklären Sie uns, warum Sie hier sind, Alfred.«

»Ich heiße Alfred Mitchell und gehöre der Anwaltskanzlei Mitchell, Mitchell und Mitchell an. Die beiden anderen Mitchells sind meine Brüder. Sie haben mich telegraphisch um gewisse Informationen gebeten, Harrison. Mit der Hilfe meiner Brüder fand ich alles heraus, was Sie wissen wollten – und bedauerlicherweise noch mehr. Gestern übergab ich Ihnen die unterzeichneten und beglaubigten Dokumente.«

Lächelnd wandte sich Mitchell zu den Geschworenen. Trotz seiner Jugend hatte er bereits gelernt, die Leute mit seinem Charme zu umgangen. »Blue Belle gefällt mir sehr gut. Bis jetzt habe ich noch nicht viel davon gesehen, aber die Stadt erinnert mich an eine andere, in deren Nähe ich aufwuchs. Eigentlich bin ich ein Farmerjunge, und ich mag den Schmutz unter meinen Fingernägeln, weil er mir beweist, daß ich harte Arbeit geleistet habe.«

Nur mühsam verbarg Harrison seine Belustigung. Mitchells freundliches Wesen schien die Geschworenen zu beeindrucken, und Morrison grinste sogar.

»Erzählen Sie von Livonia Adderley«, befahl Harrison.

Da erlosch Mitchells Lächeln. »Sie war nicht in ihrer Hütte. Von einem Nachbarn erfuhr ich, sie sei in ein Krankenhaus gebracht worden. Also ging ich hin, um sie zu befragen. Während der ganzen Zeit war der Doktor dabei. Livonia erzählte mir, was geschehen war, ich notierte alles, und sie leistete ihre Unterschrift.«

Harrison brachte das Dokument dem Richter, der es den Geschworenen vorlas. »John Quincy Adam trägt keine Schuld am Tod meines Mannes. Walter Adderley stolperte, und sein Kopf schlug gegen das Kaminsims. Dabei verletzte er sich so schwer, daß er sofort starb.«

»Bitte, lesen Sie alles vor, Euer Ehren«, sagte Harrison.

Burns schaute Cole und Adam an. »Sind Sie sicher?«

»Völlig sicher.«

»Also gut. ›Ich werfe meinen Söhnen nicht vor, wie sie sich verhalten, und ich werde keine Klage gegen sie erheben. Das hat auch Rose versprochen, und meine treue Freundin wird ihr Wort halten. Ich liebe meine Söhne. Nur wenn sie in Wut geraten, jagen sie mir Angst ein. Sicher wollten sie mir nicht weh tun. Aber ich hatte mich geweigert, ihr Papier zu unterschreiben, und da zwangen sie mich dazu. Von der Wahrheit wollten sie nichts wissen, und ich konnte nicht mehr Prügel ertragen, weil ich eine schwache Frau bin. Und so unterzeichnete ich das Schriftstück. Gott möge mir die Lüge verzeihen.«

Atemlose Stille erfüllte den Saal, und der Richter starrte bestürzt vor sich hin.

»War außer dem Doktor und Ihnen noch jemand bei Livonia im Krankenzimmer?«

»Ja, Mama Rose. Livonia nennt sie so, und ich durfte sie ebenfalls mit diesem Namen anreden.«

»War sie im Krankenzimmer oder wartete sie vor der Tür?«

»Sie saß neben dem Bett, hielt Livonias Hand und tröstete sie.«

Bevor Harrison die nächste Frage stellte, holte er tief

Atem. Nur schwer kam sie über seine Lippen. »Und wie sah Mama Rose aus?«

Seufzend schüttelte Mitchell den Kopf. »Fast so schlecht wie Livonia. Ihr Gesicht war geschwollen, und sie hatte blaue Flecken an Armen und Beinen. Eigentlich hätte sie selber im Bett liegen müssen, aber sie wollte Livonia nicht allein lassen. Wann immer die Patientin erwachte, rief sie nach Rose. Und sobald sie die Stimme ihrer Freundin hörte, lächelte sie und schlief wieder ein.«

»Hat Mama Rose ebenfalls ein Dokument unterzeichnet, daß Adams Unschuld bestätigt?«

»Ja.«

Harrison übergab dem Richter das Papier. »Wird Livonia genesen?«

»Daran zweifeln die Ärzte. Sie war schrecklich zugerichtet worden. Vermutlich fehlt ihrem armen, schwachen Körper die Kraft, um sich zu erholen.«

»Und Mama Rose?«

»Sie wird ebenfalls ärztlich behandelt. Eigentlich verstößt es gegen die Regeln des Krankenhauses, daß sie in Livonias Zimmer schläft. Aber die Schwestern machten eine Ausnahme, weil sie Mama Roses Herzensgüte erkannten, und stellten eine Couch für sie hinein.«

Besorgt wandte sich Harrison zu Adam, der die Hände auf den Tisch gelegt hatte und den Eindruck erweckte, er würde jeden Moment aufspringen. Als sein Verteidiger ihm zunickte, beruhigte er sich wieder. Nun erinnerte er sich, daß Harrison erklärt hatte, er würde nicken, wenn in diesem Gerichtssaal gelogen wurde.

Cole tastete nach seinem leeren Waffengurt und überlegte, ob er sein Schießeisen vom Richtertisch holen und eine Kugel in Reginalds Herz jagen sollte. Dann sah auch er, wie Harrison nickte, und riß sich zusammen.

»Erzählen Sie den Geschworenen, wer Livonia zusammengeschlagen hat, Alfred«, bat Harrison.

»Reginald Adderley.«

Ein Raunen ging durch den Saal, aber Harrison ignorierte es. »Wie der Vater, so der Sohn. Wieso wissen Sie, daß es Reginald war, Alfred?«

»Weil Livonia und Mama Rose mir erzählten, Reginald habe sie geschlagen. Am nächsten Nachmittag sah der Doktor Livonias Sohn. Er kam ins Krankenzimmer, in Anwesenheit des Arztes, dessen unterschriebene Aussage ich Ihnen übergeben habe. Er berichtete, Reginald habe sich hinabgebeugt und seine Mutter geküßt. In diesem Augenblick sah der Doktor Kratzer an den Händen des Mannes und fragte, ob er seine Mutter so zugerichtet habe. Darauf erwiderte Reginald, der Doktor solle sich um seinen eigenen Kram kümmern. Und danach besuchte er das Krankenhaus nie wieder. Ich glaube, er engagierte einen Anwalt, und einige Tage später fuhr er mit seinem Bruder nach Montana.«

»Danke, Alfred, Sie können den Zeugenstand verlassen.« Harrison wandte sich zu den Geschworenen. »In den Südstaaten gibt es auch anständige Menschen. Dafür ist Mitchell der lebende Beweis. Reginald Adderley, kehren Sie in den Zeugenstand zurück.« Wütend gehorchte der Mann, und der Verteidiger fuhr fort: »Sie haben mich, Richter Burns und die Geschworenen belogen, Reginald. Nun steht es einwandfrei fest, daß Sie Ihre Mutter gezwungen haben, die falsche Aussage zu unterzeichnen.«

»O nein, ich habe sie nicht gezwungen. Ich half ihr nur, endlich zu erkennen, daß sie die Wahrheit gestehen muß.«

»Indem Sie fast jeden Knochen in ihrem Körper gebrochen haben?« rief Harrison. Angewidert schüttelte er den Kopf. »Ich habe keine weiteren Fragen.«

Nun wurde Lionel aufgerufen, und nachdem Harrison erfahren hatte, was er wissen wollte, beugte er sich hinab und erklärte dem Mann, wie er ihn einschätzte.

Als er sein Schlußplädoyer begann, trat er vor die Geschworenen. »Adam Claybornes Unschuld ist eindeutig erwiesen. Nicht er hat ein Verbrechen begangen, sondern das abscheuliche Brüderpaar, das da drüben sitzt. Schauen Sie sich Reginald und Lionel Adderley gut an, Gentlemen! Und bedenken Sie, was sie ihrer Mutter angetan haben. Wir alle wollen um Livonias Genesung beten, aber ich bezweifle, daß sie sich von diesen grausamen Schlägen erholen wird. Obwohl sie selbst keine Anklage gegen ihre Söhne erheben will, wird der Doktor die beiden wegen Mordes anzeigen, wenn sie stirbt. Treffen Sie die richtige Entscheidung und verhelfen Sie der Gerechtigkeit zum Sieg. Ich danke Ihnen.«

»Gehen Sie in den Nebenraum, da können Sie sich beraten«, befahl Richter Burns den Geschworenen. »Wir warten hier.«

Harrison setzte sich an seinen Tisch, drehte sich zu seiner Frau um und sah Tränen in ihren Augen. »Fühlst du dich nicht gut?« flüsterte er.

»Doch. Ich liebe dich, Harrison.«

Sein Herz erwärmte sich. »Und ich liebe dich auch.«

Dann wandte er sich zu Adam, der ihn fragte: »Als du genickt hast, sollte das heißen ...«

»Genau das.«

Wenig später kam Morrison in den Saal zurück, und der Richter eilte zu ihm. Nach einem kurzen Gespräch gab er Harrison ein Zeichen und verschwand mit dem Sprecher der Geschworenen im Nebenraum.

Harrison und Adam erhoben sich. »Alles aufstehen!« rief der Verteidiger. »Das Gericht beginnt wieder zu tagen.«

Feierlich führte Burns die Geschworenen in den Saal. »Haben Sie ein Urteil gefällt, John Morrison?«

»Ja, Euer Ehren.«

»Und wie lautet das Urteil, was die Mordanklage gegen John Quincy Adam Clayborne betrifft?«

Morrison schaute Adam in die Augen. »Nicht schuldig.«

Jubelnd sprangen die Zuschauer auf und klatschten Beifall. Der Richter schlug mit seinem Hammer auf den Tisch. »Schon gut, das genügt! Wir alle sind glücklich, weil die Gerechtigkeit gesiegt hat. Reginald und Lionel Adderley, Sie werden so schnell wie möglich aus der Stadt verschwinden. Sonst würden Sie nicht lange am Leben bleiben, nachdem Sie die Bewohner von Blue Belle so niederträchtig beleidigt haben. Harrison, kommen Sie her! Die Sitzung ist geschlossen!« Als der Verteidiger zum Richtertisch eilte, fragte Burns: »Was für ein Telegramm erwarten Sie?«

»Mitchells Bruder wird mir telegraphieren, wenn Livonia im Sterben liegt. Was für ein schreckliches Leben die arme Frau führen mußte ... Hoffentlich findet sie im Jenseits ihren Frieden.«

»Offenbar haben Sie's genossen, den Adderleys mit einer Mordanklage zu drohen.«

»O ja, Euer Ehren.«

»Gerade sind die beiden aus dem Saal gerannt, als wäre der Teufel hinter ihnen her. Lassen Sie mich Ihre Hand schütteln, mein Junge. Sie haben gute Arbeit geleistet.« Als Mary Rose zu ihrem Mann trat und einen Arm um seine Taille legte, erinnerte sich der Richter an seine Freundin. »Komm her, süße Belle und gib mir einen Kuß!«

»O Harrison, ich bin so stolz auf dich!« flüsterte Mary Rose. Tränen rannen über ihr Gesicht.

»Erzähl mir das noch mal heute abend im Bett, Liebling«, erwiderte er und küßte sie. »Nun müssen wir Adam nach Hause bringen. Draußen lauert immer noch Bickley.«

»Laß ihn doch von Cole erschießen«, schlug sie vor, und er lachte.

Auch Belle gratulierte ihm zu seiner Leistung. »Morgen komme ich zur Ranch, da wollen wir alle zusammen feiern.«

»Eine gute Idee, Belle«, meinte Mary Rose. »Und bring den Richter mit.«

Zahlreiche Freunde umringten die Familie, und Adam schaute sich wie betäubt um. Offenbar konnte er noch immer nicht an seinen Freispruch glauben.

Als sie den Saal verließen, sahen sie Bickley und fünf Mitglieder seiner Bürgerwehr auf der Straße stehen, bis an die Zähne bewaffnet. Rasch schob Harrison seine Frau hinter sich und bat Elliott: »Steig mit Mary Rose in den Zweispänner, William. Cole wird euch den Rücken dekken.«

Bickleys Zorn richtete sich nicht gegen Adam, sondern gegen Harrison. Als er seine Waffe zog, zögerte Mary Rose nicht und warf sich vor ihren Mann, um ihn abzuschirmen.

»Nein!« schrie Harrison.

Alle hoben gleichzeitig ihre Revolver, und der Richter war schneller als die anderen, da er Bickleys Absicht vorausgeahnt und sein Schießeisen bereits entsichert hatte.

Die Kugel traf Bickleys Stirn, er stürzte nach hinten und landete im Staub.

»Will noch jemand meine Schießkünste auf die Probe stellen?« schrie der Richter. Sofort schüttelten Bickleys Freunde die Köpfe und hoben ihre Hände. »Dann verschwindet aus dieser Stadt!« befahl er. »Und nehmt gefälligst euren toten Spießgesellen mit!«

Erschüttert drückte Harrison seine Frau an sich. »O Gott, Mary Rose, beinahe wärst du getötet worden! Wie konntest du nur!«

»Ich wollte verhindern, daß *du* umgebracht wirst.«

»Aber wenn du ... Um Himmels willen, Mary Rose, was hätte ich denn ohne dich machen sollen?«

Cole begann zu lachen. »Schimpf zu Hause mit ihr, Harrison. Du weißt doch, warum Bickley dich töten wollte, nicht wahr?«

»Wahrscheinlich sind ihm Anwälte genauso verhaßt wie allen anderen Leuten«, meinte Travis. »Bist du sicher, daß ich diesen Beruf ergreifen soll, Harrison?«

Diese Frage belustigte Harrison kein bißchen. Er bat Cole, sein Pferd am Zügel zu führen, und zwängte sich zu Mary Rose und ihrem Vater in den Zweispänner.

Auf dem Heimweg bildeten die Claybornes einen Halbkreis um den Wagen, denn sie trauten Bickleys Freunden nicht. Harrison biß die Zähne zusammen, und Mary Rose erkannte, wie tief ihm das Entsetzen über Bickleys Mordversuch in den Knochen saß. Deshalb beschloß sie, ihn abzulenken. »Vater, war mein Mann nicht wundervoll?«

»O ja. Alles ist planmäßig gelaufen, und er mußte nicht einmal brutal werden.«

»Er war nicht brutal?«

»Nein, ich fand ihn sogar sehr liebenswürdig.« Lächelnd wandte sich Elliott zu seinem Schwiegersohn. »Ich bin stolz auf dich, mein Junge.«

»Allzusehr mußte ich mich nicht anstrengen, William. Immerhin ist Adam unschuldig.«

»Aber darum ging es nicht in diesem Prozeß, oder?«

»Allerdings nicht. Es ging um abgrundtiefen Haß.«

Elliott nickte und schwieg eine Weile, dann verkündete er: »Bald muß ich nach England zurückfahren.«

»Bleib doch noch hier!« bat Mary Rose. »Ich muß dir so viel zeigen, und ich möchte dich auch mit Corrie bekannt machen. Vor allem mußt du meine Berge sehen, das Paradies meiner Kindheit.«

Ihre Bitte rührte ihn. »Also gut, dann werde ich erst in zwei Wochen abreisen. Nächsten Sommer mußt du mich mit Harrison in England besuchen.«

»Das kann ich dir noch nicht versprechen, Vater«, erwiderte sie und schmiegte sich an ihren Mann.

»Warum nicht?« fragte Harrison.

»Nun, es wäre doch möglich, daß wir ein Baby erwarten.«

»Liebling!« rief er, dann schluckte er krampfhaft. »Glaubst du …«

»Noch bin ich mir nicht ganz sicher. Wenn's ein Junge wird, soll er Harrison Stanford MacDonald heißen.«

»Der vierte«, ergänzte er. »Und wenn's ein Mädchen ist?«

»Unsere Tochter möchte ich nach zwei wunderbaren Frauen nennen. Die eine liebte mich bis zu ihrem letzten Atemzug, und auch die andere wird mich bis zu ihrem Lebensende lieben. Agatha Rose … Das klingt hübsch, nicht wahr, Vater?«

Zu bewegt, um zu sprechen, konnte Elliott nur nicken.

Wenige Minuten später erreichten sie die Ranch. Am liebsten hätte sich Harrison mit seiner Frau in die Baracke zurückgezogen, aber die Claybornes wollten ihm einige Fragen stellen und ließen nicht locker. Also setzten sie sich alle auf die Veranda.

»Wie hast du Alfred Mitchell dazu gebracht, im Zeugenstand zu lügen?« wollte Travis wissen.

»Eine Woche gebe ich euch Zeit, das selber herauszufinden. Dann erzähl ich's euch.«

Douglas meldete sich zu Wort. »Endlich verstehe ich, warum wir die Pferde aus dem Mietstall auf die Ranch geholt haben. Du wolltest, daß Lionel und Reginald Adderley in der Stadt festsitzen, nicht wahr, Harrison?«

»Und wieso wußtest du, wie gräßlich sie Blue Belle finden würden?« fragte Cole.

»Adam erzählte mir, die Adderleys seien an Luxus gewöhnt. Deshalb machten ihnen die Stadtbewohner das Leben so schwer wie nur möglich. Billie servierte ihnen ein abscheuliches Essen, und Ghost steuerte seinen Fusel bei. Natürlich beschwerten sie sich lauthals, und jedes schlechte Wort, das sie über Blue Belle und die Leute sagten, wurde gewissenhaft notiert. Diese Aussagen konnte ich bei der Verhandlung gut gebrauchen.«

Elliott stand auf. »Jetzt werde ich mich ein bißchen ausruhen. Wahrscheinlich mußt du uns in einer Woche Mitchells Zeugenaussage erklären, Harrison. Von selber werden wir wohl nicht draufkommen. Aber da ich dich kenne, weiß ich, daß du nichts Unlauteres getan hast, mein Sohn.«

»Eine Woche müßt ihr euch noch gedulden. Adam, wie fühlt man sich als freier Mann? Die Henkerschlinge hat lange genug über deinem Kopf geschwebt.«

»Allerdings, und nun komme ich mir vor wie neu geboren. Irgendwie kann ich's immer noch nicht glauben, daß ich gerettet bin.«

Harrison sah seiner Frau an, wie müde sie war. Nach einer Weile verabschiedeten sie sich von den anderen und gingen in die Baracke. Erschöpft setzte sie sich aufs Bett, und er kniete vor ihr nieder. »Deiner Mama Rose geht's gut«, versicherte er und ergriff ihre Hände. »Alfred Mitchell hat im Zeugenstand nicht gelogen.«

»Das weiß ich. Niemals hättest du ihn um eine Lüge gebeten.«

»Deine Brüder belog ich nur, weil sie an der Wahrheit zweifeln sollten, solange sie in der Nähe der Männer saßen, die ihre Mutter verletzt hatten. Wer weiß, was sonst geschehen wäre …«

»Und was wird aus Livonia, wenn ihre Söhne nach Hause kommen?«

»Liebling, sie liegt im Sterben. Einer von Mitchells Brüdern wird uns telegraphieren, wenn sie tot ist. Tag und Nacht wird sie von einem Mann bewacht, den Alfred engagiert hat. Aber ich glaube, Reginald und Lionel werden vorerst nicht nach Hause reisen. Immerhin droht ihnen eine Mordanklage.«

»Und warum hast du das meinen Brüdern auf der Veranda nicht erklärt?«

»Was glaubst du, was Cole tun würde, wenn er die Wahrheit wüßte?«

»Er würde den Adderleys nachreiten.«

»Deshalb gebe ich Livonias Söhnen eine Woche Zeit, um zu verschwinden. Sonst würde dein Bruder wegen zweifachen Mordes vor Gericht stehen, und ich müßte ihn auch noch verteidigen.«

Mary Rose entzog ihm eine Hand und strich sanft über seine Wange. »Ja, sicher würde Cole eine Dummheit machen. Was du getan hast, war völlig richtig.«

»Danke für dein Vertrauen.«

»Dafür mußt du mir nicht danken. Ich werde immer an dich glauben. Jetzt sind wir alle eine Familie. Wir werden streiten und uns küssen, einander um Verzeihung bitten – so wie es in allen Familien üblich ist. Und die Liebe wird uns immer Kraft geben.«

Liebe Kinder, jetzt ruht Livonia in Frieden. Letzte Woche wurde sie begraben. Während der Totenmesse wartete ich vor der Kirche, dann folgte ich meiner alten Freundin auf den Friedhof. Nachdem die anderen gegangen waren, blieb ich am Grab stehen und verabschiedete mich von ihr. Ich werde sie sehr vermissen.
Ich habe eine Reisegefährtin gefunden, und jetzt komme ich endlich zu Euch. In Kansas gibt es eine Stadt, wo viele Schwarze leben, die den Süden verlassen haben. Dort werde ich mich ein paar Tage ausruhen und alte Freunde wiedersehen, bevor ich die Fahrt fortsetze. Gott sei mit Euch, bald werden wir uns umarmen.

Eure Mama Rose

P.S.: Liebster Adam, ich bringe Deine Braut mit.

Band 12524

Cynthia Wright

Geheimnisvoller Fremder

Washington 1814. Über Amerika liegt der bedrohliche Schatten des Krieges, doch die schöne, eigensinnige Courtney Ashton wird vor allem von privaten Sorgen gequält. Ihre Familie will sie zur Ehe mit einem Mann zwingen, den Courtney weder achten noch lieben kann. Da taucht plötzlich wie ein rettender Engel ein geheimnisvoller Fremder auf. Doch Damon Sheffield umgibt ein düsteres Geheimnis. Als der Krieg über Washington hereinbricht, spitzen sich die Ereignisse dramatisch zu. Ist Courtneys Liebe stark genug, die Wahrheit zu ertragen?

BASTEI LÜBBE